사월의
마녀

이 도서의 국립중앙도서관 출판시도서목록(CIP)은
e-CIP 홈페이지(http://www.nl.go.kr/cip.php)에서 이용하실 수 있습니다.
(CIP제어번호: CIP2008001041)

사월의 마녀

Die Aprilhexe

마이굴 악셀손 장편소설 | **박현용** 옮김

문학동네

차례

파동과 미립자

"중성미자 그것들은 너무나 작구나

전하도 질량도 없구나

게다가 아무런 상호작용조차 없다니

그들에게 지구는 다만 우스운 공일 뿐

간단히 뚫고 지나가버리네

외풍이 심한 복도를 따라 날아가는 먼지처럼

혹은 유리를 통과하는 광자처럼……"

존 업다이크

"누구지?"

언니가 묻는다. 다른 사람보다 예민한 그녀만이 나의 존재를 감지한다. 지금 그녀는 목을 쭉 내밀고 정원을 두리번거리는 한 마리 새 같다. 흰 잠옷 위에 회색 모닝가운만 걸친 모습이 채 가시지 않은 밤의 찬 공기를 느끼지 못하는 사람처럼 보인다. 모닝가운의 앞섶은 열려 있고 허리끈은 고리에 걸린 채 늘어져 있다. 마치 부엌 계단 위에 서 있는 그녀 뒤로 가느다란 꽁지깃이 삐죽 나온 형상이다.

그녀는 머리를 홱 돌려 정원 쪽으로 귀를 기울이고 뭔가 반응이 오기를 기다린다. 아무런 응답이 없자 겁에 질린 날카로운 목소리로 되묻는다.

"누구냐니까!"

그녀의 입김이 작고 하얀 깃털 뭉치가 된다. 그것은 그녀와 잘 어울린다. 언니는 입김과 같은 존재이다. 처음 보았을 때는 안개 같다는 생각이 들었다. 그날은 기숙사로 들어가기 아주 오래 전의 여름, 뜨거운 8월의 어느 날이었다. 병원 회의실에서 의료진회의가 시작되기 직전 후베르트손은 내가 커다란 단풍나무 그늘 아래에서 쉴 수 있도록 배려해주었다. 그리고 나서 후베르트손은 주차장에서 우연히 만난 크리스티나 불프에게 넓은 잔디밭을 가로질러가자고 했다. 잔디밭엔 내가 앉아 있었다. 크리스티나는 부드러운 풀밭에 구두가 푹푹 박히자 자갈이 깔린 곳에 멈춰 서서 구두 밑창에 붙은 진흙을 살펴보았다. 찌는 듯한 더위에도 불구하고 스타킹을 신고 있었다. 깔끔한 블라우스에 어중간한 길이의 스커트, 그리고 팬티스타킹은 모두 비슷비슷한 흰색과 잿빛 톤이었다.

"크리스티나는 손을 씻을 때도 소독약을 사용해."

후베르트손은 그녀를 보여주기 전에 그렇게 말했었다. 얼핏 들으면 좋은 뜻 같지만 그게 다는 아니었다. 처음 보았을 때 그녀의 색채와 형상은 너무 모호하게 느껴져서 마치 물리 법칙이 적용되지 않는 사람 같았다. 그녀는 닫힌 창 사이로, 잠긴 문 사이로 스멀스멀 들어오는 연기 같았다. 그래서 후베르트손이 크리스티나를 부축하려고 몸을 기울였을 때 그의 손이 그녀의 팔을 그냥 투과할지도 모른다는 생각이 퍼뜩 머리를 스쳤다.

그건 뭐 그다지 이상한 일이 아닐지도 모른다. 흔히 자연법칙이라고 부르는 것이 현실에 대한 단편적인 견해들에 불과하다는 것을 우리는 항상 잊고 지내니까. 현실이란 우리가 이해하기에는 너무나 복잡하다. 인간은 질량이 없는 미립자와 광자 그리고 중성자로 이루어진 구름 속에 살고 있으며, 인간의 몸을 구성하는 물질을 포함한 모든 물질은 대부분 진공상태로 이루어져 있다. 미립자들 사이의 거리는 어떤 별과 그 별의 행성만큼이나 멀리 떨어져 있다. 하나의 표면과 강도(剛

度)는 그 자체의 미립자들이 아닌 미립자들을 응집시키는 전자장(電磁場)을 통해서 이루어진다. 또한 양자물리학은 물질의 최소단위가 단지 미립자만은 아니라는 걸 보여준다. 파동이 존재하는 것이다. 동시다발적으로. 같은 시간에 여러 장소에 존재할 수 있는 능력을 가진 것이 있다. 백만분의 일 초 안에 전자는 일어날 수 있는 모든 가능성을 시험한다. 그리고 실제로 이런 가능성들은 순식간에 일어난다. 만물은 유전(流轉)한다. 다 알고 있는 얘기겠지만.

이런 전제하에서 볼 때 우리 중 누군가가 물리학의 법칙을 깨뜨린다고 해도 그리 놀랄 일은 아니다.

그러나 어쨌건, 후베르트손이 한 발로 서서 구두 밑창을 살피는 크리스티나를 잡아주었을 때, 그녀 역시 다른 사람들과 마찬가지로 뚜렷한 형체를 갖고 있음을 알 수 있었다. 후베르트손의 손이 그녀의 팔에 그대로 머물러 있었으니까.

세월이 흐르면서 크리스티나는 점점 더 투명해졌다. 그래서 그녀는 모든 순간을 해체시킬 수 있을 것처럼, 그리고 단 한 번의 파동과 미립자의 운동으로 그 순간들을 쫓아버릴 수 있을 것처럼 보였다.

그러나 그건 환상일 뿐, 크리스티나는 단지 인간을 형성하는 물질들의 단단한 덩어리에 지나지 않는다. 어떻게 보면 다른 것보다 더 단단할 수도 있다.

지금 그녀의 전자들은 새로운 결정을 내린다. 그녀는 내 존재를 잊은 듯 눈을 몇 번 깜박이더니 모닝가운을 꼭 여민다. 그리고 신발을 질질 끌며 잔설이 남아 있는 정원 길을 지나 우편함에서 조간신문을 꺼내든다.

편지는 우편함 맨 밑에 있다. 편지를 본 순간 정원을 스치는 약한 바람처럼 크리스티나의 몸에 전율이 인다. 아스트리드가 보낸 건가, 그녀는 생각한다. 그러나 곧 아스트리드는 죽었다는 사실을, 그것도 벌써 삼 년 전에 세상을 떠났다는 사실을 기억해낸다. 그것이 위안이 된다. 신문을 팔에 끼고 편지봉투를 이리저리 살펴보며 집 안으로 되돌아온다. 그러다 미처 조심하지 못한다.

그녀는 그만 죽은 갈매기에 걸려 비틀거린다.

같은 시간, 나의 또다른 자매는 예테보리의 한 호텔방에서 눈을 부릅뜬 채 힘겹게 숨을 몰아쉬고 있다. 그녀는 항상 그렇게 잠에서 깨어났다가 잠시 완벽한 패닉상태에 빠져든다. 그러다가 서서히 자신이 누구인지, 지금 어디에 있는지를 기억해낸다. 그렇게 아침의 공포는 지나간다. 그녀는 놀란 몸을 한 번 움찔했다가 팔을 허공에 쭉 뻗어보고 나서 다시 잠 속으로 빠져든다. 아, 맙소사! 여기 이렇게 몸을 쭉 뻗고 누워 있을 시간이 없지! 오늘같이 지극히 평범한 목요일은 그 동안의 발자취를 더듬어보면서 보내고 싶다. *A walk down Memory Lane!** 언젠가 그 길을 걸어본 적이 있다. 그러나 이미 오래 전 일이다. 마르가레타는 일어나 앉아 담배를 찾는다. 첫 모금을 빨자 몸이 부르르 떨린다. 마치 피부가 축 늘어지면서 아주 조그만 살점이 뚝 떨어져나와 허공에 떠도는 듯한 착각이 든다. 맨살의 새하얀 팔은 쭈글쭈글하다. 단 하나뿐인 잠옷을 클래스의 집에 두고 오다니……

자타가 공인하는 애연가인 마르가레타는 이상할 정도로 신선한 공기에 집착한다. 그녀는 벌거벗은 몸을 담요 속에 감추고 창가로 가서 문을 활짝 연다. 그리고 추위 속에 가만히 서서 청회색의 늦겨울 풍경을 내다본다.

---

* 옛날에 있었던 즐거운 일들을 회상한다는 뜻의 영어 표현.

스웨덴 그 어디에도 이 예테보리처럼 끔찍한 빛깔을 지닌 곳은 없을 거라는 생각이 든다. 아마 대부분 이 말을 인정할 것이다. 땅거미가 질 무렵이면 키루나의 집에서 항상 이렇게 스스로를 위로하곤 했다. 그나마 운이 좋았다고. 그때 그런 우연이 없었더라면, 꼼짝없이 일생을 이 예테보리의 금속성 하늘 아래에서 보내야 했을 거라고. 타눔에서의 우연이 아니었더라면……

마르가레타는 담배를 한 모금 더 빨고 흡족한 표정으로 연기를 내뿜는다. 오늘은 타눔에 가볼 생각이다. 성인으로서의 삶을 결정지어준 바로 그곳에 이십여 년 만에 처음으로 가볼 생각이다.

당시 그녀는 갓 스물셋의 초보 고고학자였다. 무더운 여름 내내 아득히 먼 고대 동굴벽화를 발굴하기 위해 벌판의 모래를 파헤치며 체로 치고 솔질하는 작업을 했다. 그 동안 마음속에서는 하나의 현(絃)이 기대감으로 바르르 떨리고 있었다. 그 현은 플레밍을 위한 것이었다. 그는 저음의 목소리에 실눈을 가진 덴마크 출신 객원교수였다. 당시 이미 마르가레타는 중년의 남자들과 모종의 관계를 맺고 있었다. 그녀는 자신이 터득한 그간의 기교와 기술을 총동원했다. 플레밍이 바라보면 시선을 내리깔고 서둘러 머리를 쓸어넘겼고, 걸을 때도 젖가슴을 내밀고 엉덩이를 흔들었으며, 티타임에는 그의 농담에 큰 소리로 웃어주었다.

처음에 플레밍은 조금 겁을 내는 듯했다. 그녀가 웃으면 따라 웃고, 미소지으면 같이 미소를 지으며 아주 가끔 다가오긴 했지만 상황을 주도하지는 않았다. 오히려 부인과 아이들, 나이와 의무 같은 단어를 자주 입에 올렸다. 그러나 마르가레타도 그렇게 만만하지는 않았다. 그녀는 예나 지금이나 열정적인 데가 있어서 플레밍이 공공연하게 핑곗거리를 늘어놓을수록 그를 빨아들일 듯 점점 더 강렬한 추파를 던졌다. 마르가레타는 그를 원했다! 문제는 자신이 왜 그토록 그를 원하는지 정확하게 알 수 없다는 것이었다.

두 사람은 잠자리를 같이하게 될 것이다. 당연한 수순일 터였다. 저녁이면 마르가레타는 텐트에 누워 그가 자신의 허리를 감싸안으며 지퍼를 내리는 상상을 하곤 했다. 몸을 떨면서 조용히 자신의 몸을 더듬는 그를 가만히 내버려두지 않을 것이다. 마르가레타는 자신의 아랫도리를 그의 아랫도리에 밀착시키면서 조심스레 돌아누울 것이다. 그러다 결국 지퍼가 열리면 손을 내밀어 형체 없는 덩어리처럼 흰 면팬티 속에서 팽팽하게 부풀어오른 그의 성기를 감싸쥐고, 나비의 날갯짓처럼 가볍게 손가락으로 방랑을 계속할 것이다.

그러나 그와 같이 자는 것은 단지 노정일 뿐이었다. 마르가레타는 플레밍과 욕정을 나누는 것으로 만족해야 한다는 것을 잘 알고 있었다. 하지만 어찌 됐든 상관없었다. 그녀에게는 채워져야 하는, 그리고 채워질 수밖에 없는 마음의 진공영역이 있었다. 그 여름밤 황야에서 두 사람이 바짝 들러붙어 누워 있을 때 깨달았던 것 같다. 플레밍은 그녀가 모르는 뭔가를 말하고 또 하려 했던 것 같았다. 그녀 몸에 난 구멍이란 구멍은 모두 영원히 채워줄 수 있을 것 같던 그 뭔가를. 그러면 마르가레타는 앞으로 만족스런 삶을 살 수 있을 것 같았다. 영원히, 충만한 기분으로.

그리고 결국 일이 벌어졌다. 어느 날 저녁 플레밍은 그녀의 허리를 안고 자신의 바지 지퍼 주위를 계속 애무했고, 마르가레타는 그의 성기를 움켜쥐었다. 플레밍 밑에 있던 자신의 몸이 황야의 모래를 파고들었을 때 그녀의 욕정은 벌써 흥분으로 달아올라 폭발 직전이었다. 곧이어 플레밍도 절정에 도달했다. 그리고, 그게 끝이었다. 플레밍의 물건은 곧바로 풀이 죽어 더이상 그녀를 충족시켜줄 어떠한 시도도 할 수가 없었다. 위안이며 약속이었던 그의 무게가 질식할 듯 위협적으로 다가왔다. 그를 한쪽으로 밀쳐내고 숨을 몰아쉬었다. 플레밍은 그저 알아듣지 못할 말을 웅얼거리며 몸을 돌린 채 황무지 한복판에서 깊은 잠에 빠져들었다.

마르가레타는 자신이 그때 왜 자리를 박차고 나왔는지 지금도 설명할 수가 없다. 그 이상은 꿈도 꾸지 말고 자신이 얻은 빵 부스러기에 만족해야 하지 않았을까? 답답하지만 그냥 몇 달만이라도 플레밍 곁에 있는 게 그녀답지 않았을까? 하지만 그때는 왠지 모를 환멸감이 입안에 감돌아 바지를 찾아 입고 밖으로 나올 수밖에 없었다. 그리고 일부러 발굴품과 고고학자들의 야영장이 있는 곳과는 다른 먼 곳을 향해 걸어갔다.

"아, 불쌍한 것!"

이십오 년이 흐른 지금 그녀는 열린 창가에 서서 스스로를 위로하듯 말한다. 그리고 조심스럽게 담요에서 한 손을 빼낸다. 마치 손을 뻗으면 시간을 거슬러 허탈감에 빠져 타눔의 황야를 배회하던 소녀에게 가닿기라도 할 것처럼. 하지만 동시에 자신의 그런 행동이 현실감각에 어떤 영향을 미칠지 깨닫고 퍼뜩 정신을 차린다. 동작을 멈추고 손을 다른 쪽으로 뻗는다. 담배를 집어 불을 붙인다. 마르가레타는 물리학자이다. 물리학자라는 이유만으로도 그녀는 현대물리학에 대해 어느 정도 두려움을 갖고 있다. 때때로 시간, 공간, 물질 같은 개념들이 눈앞에서 해체되는 듯한 느낌이 들어 스스로 브레이크를 걸어야 할 때가 있다. 끝없이 계속되는 환상에 제동을 걸면서 인간의 관점에서는 아무것도 변한 것이 없다는 사실을 스스로에게 인지시켜야 할 때가 있는 것이다. 이 지구상에서 물질은 영원히 변함이 없으며, 시간은 생명의 시작에서부터 그 마지막까지 세상을 통해 흐르는 하나의 강물과 같다.

시간은 이론에서나 환상일 뿐이다. 인간에게 시간은 현실이다. 시간을 극복하려는 인간의 시도는 광기의 표현일 뿐이다. 이십 년 전 젊은 자신의 모습에서 위안을 얻으려는 것도 마찬가지이다.

마르가레타는 탁 소리를 내며 창문을 닫고 커튼을 친다. 담요가 바닥으로 떨어진다. 기지개를 켠다. 이제 샤워를 하고 예쁘게 꾸미고 싶다. 그리고 클래스의 낡아빠진 고물 자동차를 덜덜거리며 우선 타눔으로, 모탈라로, 스톡홀름으로 가고 싶다. 이 지루한 예테보리 회의는 이제 끝이다. 이제부터 일주일간은 키루나에서 해방이다. 지겨운 박사학위 논문에서도! 샤워를 하는 동안 다시 그때의 기억이 되살아난다. 별안간 플레밍이 눈앞에 나타난다. 그 일이 있고 난 다음날 뭔가를 갈구하는 듯하던 그의 미소도, 집요하게 파고들듯 속삭이던 목소리도 떠오른다. 정말 끝내줬지? 오늘밤도 굉장할 것 같지 않아? 가을까지는 너의 후원자가 되어주고 싶은데⋯⋯

중년의 마르가레타는 쏟아지는 물줄기를 얼굴에 맞으며 눈을 감는다. 젊은 마르가레타가 조용히 미소를 지으며 논문에 열중하는 모습이 보인다.

"미안하지만, 미안하지만, 플레밍, 그건 안 돼요⋯⋯"

"왜 안 된다는 거지?"

젊은 마르가레타는 고개를 돌려 그를 바라본다.

"난 이제 고고학은 하지 않을 거니까요. 가을부터 물리학을 시작할 거예요. 어젯밤에 결심했어요."

늙은 마르가레타는 그때 그의 얼굴을 떠올리며 메마른 웃음을 터뜨린다.

나의 세번째 자매는 매트리스에 누워 눈을 깜박이고 있다. 그것 말고는 어떤 움직임도 찾아볼 수 없다.

비르지타가 누워 있는 곳은 침대가 아니다. 시트도 깔지 않은 매트리스 위, 그것도 지저분한 누런색 스펀지 위다. 양팔은 쫙 벌리고 있고, 왼쪽 입가에는 침이 흐른다……

처량해 보인다. 마치 십자가 모양의 빵반죽 같다.

그래도 비르지타는 아름다웠던 시절을 회상한다. 열다섯 살, 모탈라의 우윳빛 메릴린 먼로였던 그 시절을. 그녀 옆, 바닥에는 지금 로저가 누워 있다. 반백의 수염에, 기름기가 잔뜩 긴 머리칼의 그는 키 작고 비쩍 마른 남자다. 그 때문에 잠들 수가 없으니 아름다웠던 그 시절을 억지로나마 추억할 수밖에. 드디어 눈앞에 보이기 시작한다. 먼저, 차에서 내려 문을 쾅 닫고 주위를 둘러보는 도게의 모습이 되살아난다. 휴대용 레코드플레이어에서 흘러나오는 클리프 리처드의 노랫소리를 제외하면 주차장은 아주 조용하다. 모든 시선이 도게에게 쏠린다. 여자애들의 열망은 나비처럼 그를 향해 날아가고, 사내녀석들의 무력감은 얼음장 같은 침묵으로 이어진다. 그녀는 알고 있었다. 그가 자신을 향해 다가오고 있음을. 그가 발걸음을 떼기도 전에 이미 그녀는 알고 있었다. 그는 그녀에게 다가오고 있다. 그렇게 그녀 앞에 선 도게는 차 문을 열고 그녀의 손목을 낚아챈다.

"지금부터 넌 내 여자야."

더이상 아무 말도 없다. 단지 그 한마디뿐이다.

영화의 한 장면이었어, 비르지타는 지금까지 살아오면서 수천 번도 더 그렇게 생각했다. 그건 정말 한 편의 영화 같았다. 영화는 계속 이어진다. 그가 그녀를 보닛 위에 눕히고 첫 키스를 하기 위해 머리를 숙이자 합창과 현악연주가 빈 공간을 가득 채운다……

그러나 로저가 뒤척이는 바람에 영화는 끊기고 화면은 사라진다.

고개를 돌려 그를 바라본다. 희미한 암모니아 냄새가 코끝을 찌른다. 물 빠진 그의 청바지는 지퍼에서 왼쪽 허벅다리까지 넓게 검은 얼룩이 퍼져 있다……

비르지타는 완전히 녹초가 되어 있다. 기운이 조금만 있었어도, 이런 별볼일 없는 놈은 온몸으로 짓눌러버렸을 것이다. 그러나 지금은 아무런 힘도 없다. 이놈의 소리를 듣지 않으려 귀를 막고 싶어도 손을 들 힘조차 없다. 하긴 그래봤자 아무 소용도 없겠지만. 로저가 내뱉는 말들이 연이어 뇌리에 와서 박힌다.

로저는 추억에 잠긴 비르지타의 얼굴에 손찌검을 하며 욕설을 내뱉는다.

"이런 젠장! 제기랄, 네년 때문에 구역질이 나서 내 물건이 팍 죽어버렸잖아……"

비르지타는 눈을 깜박인다. 숨을 고르며 합창과 현악연주를, 그리고 도게의 커다란 손과 모탈라의 메릴린 먼로를 떠올리려고 애쓴다. 그러나 필름은 이미 끊겼다. 영사기는 헛돌고 엔딩 크레디트가 올라간다. 모든 영상이 사라진다.

눈을 꼭 감고 위안이 될 만한 기억들을 끄집어내려 애써보지만 쉽지가 않다. 다시 눈을 살짝 뜨고 로저를 내려다본다. 오늘은 이 역겨운 놈을 꼭 내던져버리고 말 테다.

이리저리 떠도는
한 조각의 나무

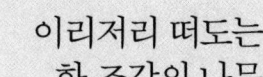

"봄이다, 세시는 생각했다.

오늘밤 나는 이 지상 모든 생명체 안에 존재할 수 있어."

레이 브래드버리

동이 트기 직전이면 복도에서 들려오는 소리들이 달라진다. 야간 근무자들의 속삭임과 조심스런 발걸음은 유리처럼 또랑또랑한 목소리와 둔탁한 구두 뒷굽 소리로 바뀐다. 아침조가 교대하는 시간이다. 더군다나 오늘은 케르스틴1이 아침조이다. 그건 공기를 통해서도 느낄 수 있다. 그녀가 채 도착하기도 전에 공기는 분주함으로 미세하게 흔들린다. 케르스틴2가 아침조일 때는 한층 고요하며 커피향이 난다.

수요일. 오늘은 샤워를 할 수 있을지도 모르겠다. 벌써 꼬박 일주일이 지났다. 몸에서 나는 시금털털한 냄새 때문에 서서히 구역질이 올라오는데다 집중력까지 떨어지고 있다. 두말할 것도 없이 내 후각은 지극히 정상이다. 유감스럽게도.

호흡 인터페이스*에 입을 대고 의식적으로 길게 숨을 내쉬자 머리

---

* 말을 하기 힘든 장애인을 위한 보조장치. 고무호스를 통해 호흡을 조절하면 모니터 상에 문자로 전환되어 의사소통을 할 수 있다.

맡의 모니터가 깜박거린다.

'문서를 저장하시겠습니까? 네/아니오?'

짧게 호흡한다. 네, 문서를 저장하겠습니다. 컴퓨터가 윙윙거리다 꺼진다.

그제야 눈이 몹시 피곤하다는 것을 깨닫는다. 눈꺼풀 밑에 불이 난 것만 같다. 잠시 어둠 속에서 쉬어야 할 것 같다. 게다가 케르스틴1이 아침 회진을 한다면 차라리 자는 척하는 것이 제일 편하다. 밤을 새운 것을 들키면 규칙적인 리듬이 얼마나 중요한지 한참 잔소리를 늘어놓을 것이다. 게다가 자기의 교육담당 간호사들을 불러서 나를 휠체어에 묶고 바보들의 시합이 끊임없이 벌어지는 휴게실로 데려갈지도 모른다. 휴게실에서는 네 살짜리 수준의 기억력을 요하는 게임이나 빙고게임이 벌어진다. 일등상은 언제나 오렌지다. 우승자는 기쁨에 겨운 표정을 지어야 하며, 상을 받을 때만큼은 침을 흘리지 말아야 한다. 물론 능력에 따라 다르겠지만, 내 생각이 맞다면, 그 때문이라도 난 결코 우승자가 될 수 없다. 그런데 케르스틴1은 늘 결과를 속인다. 미국식으로 말하자면, 이른바 조절에 문제가 있는 환자들은 아무것도 이길 수가 없다. 그렇게 되면 시합을 통해 얻게 되는 치료효과는 기대할 수 없게 된다. 나의 경우는 미소조차 제대로 지을 수 없을 정도로 문제가 있다. 침이 흐르고 얼굴이 일그러진다. 입을 맘대로 할 수 없기 때문에 나는 자포자기한 듯 행동한다. 교육담당 조교들이 일등상인 오렌지로 유혹해도 난 미소짓지 않는다. 결코! 케르스틴1은 내 행동이 가짜이고 연극이라는 걸 알면서도 매번 똑같이 벌컥 화를 낸다. 하지만 대놓고 나를 욕할 수는 없고, 그렇다고 내가 예전에 웃은 적이 있다는 걸 다른 간호사들에게 애기해줄 수도 없다.

한 달 전 내가 이 병동으로 옮긴 첫날이었다. 그날도 복도에서는 벌

22

써 몇 시간째 와자지껄한 수다가 벌어지고 있었다. 그 소리에 닭살이 돋을 지경이었다. 그 소음 중에서도 유독 내 귀에 쏙쏙 와 박히는 소리가 있었다. 꽥꽥거리는 듯한 그 불협화음의 주인공들은 신체장애보호시설의 카린과 보모가 되고 싶어하는 명랑한 루트, 신경외과에서 일하는 독일인 트루디, 그리고 그녀 밑에서 일하던 베리트, 안나, 베로니카였다. 마냥 들뜬 새소리 같은 그 목소리의 주인공들은 하나같이 꼭 거리의 여자들 같았다. 그들은 대가가 있어야만 웃고, 지저귀고, 토닥여줬다. 그들의 손은 얼음장처럼 차가웠고, 인정사정 보지 않고 돈을 요구했으며, 더불어 신의 은총까지 기대했다.

기숙사에 있을 때 난 따스한 손과 다정한 목소리를 가진 편안하고 사심 없는 간병인들의 보살핌을 받았었다. 그들은 너무 많은 걸 약속하지 않았다. 몇 해 전만 해도 난 필요한 것은 모두 다 갖춘 좋은 방과 나만을 돌봐주는 간병인을 배정받았다. 정말 여러 부류의 간병인이 있었다. 젊은 남자들도 있었고 실직 위기에 처한 나이든 여자들도 있었으며, 간병인 교육도 제대로 받지 못하고 육체적으로 힘겨워하는 아이 엄마들, 현실과 이상의 엄청난 괴리로 인해 자칫 꿈마저 잃어버릴 위기에 처한 중년 예술가들도 있었다. 그들은 나에게 아무 대가 없이 먹이고 씻기고 옷을 입혀주었다. 한치의 흔들림도 없이 침착했고 조심스러웠다. 내가 신음하거나 통증으로 근육이 심하게 긴장할 때면 즉시 나를 풀어주었다가 다시 견딜 수 있을 만큼 붙잡아주었다. 그것도 곧 아무 소용 없게 되어버렸지만. 발작은 점점 더 자주 일어나고 점점 더 심해져서 나는 매번 간질발작이라는 위험한 상태에 빠졌다. 그러던 어느 날 후베르트손은 내 침대 옆에 서서 미안하다는 듯 눈을 내리깔고 설명했다. 계속 이런 식으로 두면 안 되겠다고, 간병인만으로는 충분하지 않다고, 제대로 의료교육을 받은 사람의 지속적인 보호관찰이 필요하다고, 그러니 나에겐 새로운 약을 투약해 거기에 적응할 시간이 필요하다고. 최소한 몇 달간이라도 말이다. 그래서 나는 예전에 그가 나를 데리고 왔던 보호시설로 되돌아와야만 했다. 그때 복도에서 들리던 소리를 통해 나는 이곳이 부(富)를 축적하는 일이라면 수단과 방법을 가리지 않는 한 여자에 의해 통제되고 있다는 사실을 알게 되었다.

그럼에도 불구하고 나는 최대한 예의를 갖춰 행동하려고 했다. 케르스틴1이 서둘러 방으로 들어왔을 때 나는 모니터를 통해 공손하게 인사하고, 다시 또 호흡을 불어넣어 내 소개를 하려고 했다. 하지만 그녀는 침대로 몸을 숙이더니 모니터를 옆으로 치웠다.

"아, 이런 불쌍한 것……"

여자는 손을 뻗어 내 뺨을 쓰다듬었다.

몸의 뒤틀림을 통제할 수 없기 때문에 내 머리는 언제나 옆으로 돌아간 채 움찔거렸다. 덕분에 그날은 정확한 각도로 케르스틴1의 엄지손가락에 입을 댈 수 있었다. 나는 그녀의 엄지손가락을 덥석 깨물었다. 어찌나 세게 물었던지 앞니가 그 여자의 하얀 피부를 뚫고 뼈에 닿은 듯한 느낌이 들었다. 그러나 곧이어 찾아온 경련 때문에 내 머리는 다시 다른 방향으로 움직였고, 그 바람에 손가락을 놓치고 말았다. 바로 그 순간 느닷없이 웃음이 터져나왔다. 마음속 저 깊은 곳에서부터 우러나온 지독한 냉소였다. 그것이 바로 케르스틴1이 나에게서 들은 유일한 웃음소리였다.

그때 난 계속되는 경련에도 불구하고 호흡 인터페이스를 고정시키고 불어대기 시작했다. 그 여자가 모니터를 너무 멀리 치워버려 볼 수는 없었지만 마음속에 있던 말을 내뱉었다.

"어느 누구도 날 불쌍한 아이라고 부를 순 없어!"

그 순간 그녀는 모니터에 부딪혔다. 그러곤 왼손으로 오른손 엄지

손가락을 감싸쥐고 메마른 신음 소리를 내면서 방에서 뛰쳐나갔다. 잠시 나는 승리를 자축하고 싶었다. 바로 그때 머리맡 모니터에서 깜박이는 문장이 보였다.

어느 누구도 날 불쌍한 아이라고 부를 순 없어. 나쁘지 않은데. 아닐드 슈워제네거라도 이 이상 멋지게 표현하지는 못했을 거야. 꼭 한 번은 해야 할 말이었어. 이처럼 많은 의미를 품고 있는 말은 없을 거야. 지난 세기에도 사람들은, 십 년에 한 번씩은 그전의 불쾌한 단어는 폐기처분하고 좀더 듣기 좋은 새 단어를 찾아냈지. 병신은 불구자로, 불구자는 장애인으로, 장애인은 노동 불능자로, 노동 불능자는 다시 기능장애인으로……

이런 단어의 이면에는 광적인 희망이 숨어 있기 마련이지. 나도 물론 그 희망에 공감해. 추호도 의심할 여지 없이. 어느 날 갑자기 마법의 언어가 생겨나길, 흉터투성이의 뇌가 아물고 척수에 스스로 치유할 수 있는 힘이 생겨나 쇠약해져가는 신경조직들을 재생시킬, 그런 결정적인 명칭이 탄생하길 나만큼 간절히 바라는 사람이 또 있을까. 하지만 우리는 그런 단어를 찾지 못했지. 그런데 지금까지 시범적으로 사용되었던 그런 단어들을 모두 합한다면 바로 좀전 케르스틴1이 내게 던진 그 말이 되지 않을까?

하지만 나는 그런 최종적인 명칭보다는 차라리 사람들이 통상적으로 쓰는 말에서 한 걸음 비켜서 있는 쪽을 택할 것이다. 나는 내가 누구인지 안다. 나는 이리저리 떠도는 한 조각의 나무다. 침몰중인 다른 시대의 난파선이다.

"빌어먹을, 지금 이 시대가 네 몸을 송두리째 짓밟고 있는 것 같아!"

후베르트손은 어느 송년축젯날 밤 술에 취해 들어와선 그렇게 말했다. 그 말에 얼굴이 화끈거렸지만 뭐라고 대꾸하진 않았다. 도대체 무슨 말을 한단 말인가? 아, 내가 당신의 사람이 되게, 박제가 아닌 당신의 연인이 되게 해주세요, 라고? 두 다리는 끊임없이 태아처럼 오그라들고, 머리와 팔은 쉴새없이 뒤틀리며 얼굴은 잔뜩 인상을 쓰고 두 손은 와이퍼처럼 흔들리는데? 말도 안 되는 일이다. 사람들은 사랑 고백을 할 땐 오히려 조심조심 마치 아무것도 들리지 않는 것처럼 행동하는 법이니까.

하지만 나는 듣는다. 본다. 그리고 느낀다.

비록 다른 사람들이 조화롭고 매끄럽게 표현하는 것을, 뚝뚝 끊어 조각조각 표현할 수밖에 없긴 하지만 나는 보고 듣고 느낀다. 단지 가느다란 호스 몇 가닥만이 지금의 내 존재와 육체를 연결하고 있긴 하지만 말이다. 나는 세 가지 소리로 표현한다. 기분이 좋을 때는 한숨을 쉬고, 뭔가 불쾌할 때는 신음 소리를 내며, 고통스러울 때는 살육전을 벌이는 동물처럼 울부짖는다. 나는 그 소리들을 조절한다. 호흡 인터페이스에 때로는 긴 숨을, 때로는 짧은 숨을 불어넣으며. 이런 호흡은 모니터에서 문장으로 전환된다. 또한 지난한 수고가 필요한 일이긴 하지만 왼손으로 숟가락을 잡고 접시로 가져가 음식물을 입으로 옮길 수도, 그것을 씹고 삼킬 수도 있다. 하지만 그게 전부다.

그럼에도 불구하고 나는 오랜 시간 내 육체라는 카오스가 인간 본성의 핵을 내포하고 있음을 믿고 싶었다. 내겐 의지와 오성(悟性)이 있어. 펄떡이는 심장과 숨쉬는 폐도 갖고 있고. 무엇보다 나는 스스로도 놀랄 만큼 특별한 능력이 있는 사람이야. 하지만 이런 뻔한 소리는 아무 도움이 되지 못했다. 그래봤자 결국 난 위대한 조물주가 세상에 쳐놓은 독재의 그물망에 걸려든 한 개인에 불과했다. 최근 몇 달 동안 이런 생각은 좀더 강렬해져서 때때로 이런 생각에 휩싸이기도 했다.

혹시 케르스틴1이 신의 사자는 아닐까? 신이 보낸 작은 거미가 아닐까? 그 거미가 한밤중에 몰래 내 방으로 기어들어와서 산성액으로 나를 녹이고 빨아먹으면 어떡하지?

그러나, 역시 모든 일엔 때가 있다. 내겐 아직 두 가지 과제가 남아 있다.

우선 내게 주어진 삶을 강탈한 나의 자매들이 누구인지 알아내야 한다.

그러고 나서 내 애인을 무덤까지 따라가고 싶다. 그후에라야 나는 사라질 수 있으리라.

그가 들어오는 소리가 들린다. 그 말고는 병실 문을 그렇게 천천히 여는 사람은 없다. 그 시간까지 잠에 취해 신발을 질질 끌며 복도를 걷는 사람도 그밖에 없다. 오늘 그는 약간 머뭇거리는 듯하다. 아마 케르스틴1이 갑자기 웃으며 일어나 앞을 막아서지나 않을까 하는 걱정 때문일 것이다.

그는 그녀를 K1이라고 부른다. 케르스틴2와 구별하기 위해서다.

"그 여자는 정말 이상해. 완벽한 유선형 몸매에 피부는 온통 하얗고…… 꼭 바닐라 아이스크림을 뭉쳐 만든 사람 같아. 불 위에 올려놓으면 형태도 색깔도 모두 흔적 없이 사라져버릴 것 같다니까!"

그는 케르스틴1에 대해 그렇게 말했다.

요즈음 그는 실크 같은 피부나 팽팽한 근육 같은 데엔 아무 관심이 없다. 그 자신이 늙어가고 있기 때문인지도 모른다. 최근 몇 년 사이 얼굴이 부쩍 피곤하고 갸름해 보인다. 잿빛으로 변한 눈썹은 무성해지고 턱은 이중턱이 되었으며 눈 아래 눈물주머니도 불룩해졌다. 케르스틴 밑에 있는 간호사들은 그를 싫어했다. 케르스틴 역시 후베르트손과

거리를 두었다. 그가 다가올라치면 얼른 뒤로 물러나 긴 머리를 쓸어 넘기며 건드리지도 못하게 했다.

나라면 결코 그러지 않을 텐데…… 내가 바닐라처럼 하얗고 매끈한 피부와 마음대로 움직일 수 있는 몸을 가졌다면, 나는 정말 우연으로라도 그와 접촉하고 싶어할 것이다. 그는 내가 접촉할 수 있는 유일한 사람이다. 하지만 그는 내 몸을 잘 만지지 않았다. 한 달에 한두 번 공식적으로 진료할 때만 내 몸에 손을 댄다. 그것도 항상 간호사가 붙어 있어서 그의 손길은 사무적이고 냉정하다. 딱 한 번 진료를 끝내며 내 몸을 쓰다듬은 적이 있었다. 내가 네번째로 폐렴에 걸렸을 때였다. 그때 그는 내 머리를 두 손으로 감싸안고 자신의 가슴께로 가져갔다.

"몸조심해, 이번에도 죽지 않을 거야……"

흰 가운 안에 입은 면스웨터가 내 뺨을 살짝 스쳤다. 그의 몸에선 아몬드 냄새가 났다……

아, 그게 벌써 십일 년 전이다. 그후로 그런 일은 한 번도 없었다.

때때로 우리 두 사람만 있게 될 때면 그는 가끔 침대 모서리에 앉아 내 이불을 어루만졌다. 하지만 대부분은 떨어져 앉아서 내 얼굴은 쳐다보지도 않았다. 그는 창문 그늘 속에 숨어 앉아 무릎에 손을 얹고 밖을 내다보며 말했고, 내가 대답할 차례가 되면 뚫어지게 모니터만 쳐다보았다. 나는 그에게 육체보다 언어로 가까운 사람이었다.

그는 내게 대화할 기회를 주었다. 하지만 그게 전부는 아니었다. 그는 내게 후각과 미각을 주었고 차가움과 따뜻함의 기억을 주었다. 생모의 이름을 알려주었고 내 자매들의 사진을 갖다주었다. 그는 공예협회에서 직접 손으로 짠 아마 시트를 기증받아 내게 주고, 그 답례로 갈대 모양의 아마 섬유가 욕창을 예방한다는 내용의 강연을 해주었으며, 로터리클럽에서는 컴퓨터를, 라이온스클럽에서는 텔레비전을 받아다주었다. 그리고 일 년에 한 번은 나를 특수 제작된 장애인 전용차에 태워 스톡홀름의 기술박물관에 데리고 가서 안개상자를 보여주기도 했다. 그곳에서 나를 몇 시간 동안 컴컴한 방에 앉혀두고 질료의 움직임을 관찰할 수 있게 해주었다.

나는 모든 것을 후베르트손을 통해 얻었다. 모든 것을.

십오 년 전 린셰핑의 신경과 의료진마저 두 손을 들어 결국 이곳 바드스테나의 시설로 옮기게 되었을 때 나는 몹시 지치고 쇠약해져 있었다. 여기에서 난 어떻게든 살아남기 위해 첫 주 내내 주사약에 의지해야 했다. 눈도 거의 뜰 수 없었고 마음대로 움직일 수도 없었다. 매시간 사람들이 살펴봐주었지만 며칠 후면 바로 엉덩이에 욕창이 생겼다. 당시에는 직원도 많았다. 그중에는 아주 열성적인 직원들도 있어서, 어느 간호사는 외스트예타 지역신문의 오래된 기사를 오려 벽에 붙여주기도 했다. 그건 휠체어에 묶인 채 고등학교 졸업모자를 쓰고 있는 내 사진이었다. 모자 아래 머리카락은 듬성듬성 빠져 있었다. *올해의 영광스런 학생!*

간호사들은 매번 내 얼굴을 벽으로 향하게 하고 이렇게 말했다.

"한번 봐. 기억나지? 넌 정말 대단해. 졸업시험까지 치렀잖아……"

당시만 해도 나는 일상어에 가까운 소리 몇 개 정도는 비슷하게 낼 수 있었다. 그러나 그때는 대답할 생각만 해도 기운이 쭉 빠졌다. 그 끔찍한 사진을 제발 떼어주세요. 그러면 더 바랄 게 없겠어요. 하지만 나는 아무 말도 할 수가 없었다.

후베르트손은 휴가를 마치고 셋째 주 목요일에야 왔다. 느릿느릿 내 방으로 들어와 간호사가 차트를 건네줄 때까지 작은 목소리로 계속해서 무슨 말인가를 중얼거렸다. 나는 처음엔 굳이 눈을 뜨고 그를 볼 생각이 없었다. 의사면 의사지, 본다고 뭐가 달라진단 말인가?

진찰을 하던 중 후베르트손은 잠시 침대 위로 몸을 구부려 벽에 걸린 사진을 보았다. 그러나 거기에 대해 뭐라 말하진 않았다. 대신 까칠한 손으로 내 몸을 살짝 누르고 만지면서 다른 의사들이 수없이 해온 것처럼 나의 상태를 점검할 뿐이었다. 하지만 그가 문밖으로 나가던 순간 나는 비로소 그가 다른 의사들과는 다르다는 걸 느낄 수 있었다. 후베르트손은 문가에 서서 말했다.

"신문기사를 붙이는 건 좋아. 어디든 눈에 잘 띄는 곳에 말이야. 하지만 환자를 구경거리로 만들면 안 되지……"

그날 오후 어떤 간호조무사가 신문기사를 다른 곳으로 옮겨주었다. 그러고 나서 내게 시험 삼아 주스 한 잔을 건넸다. 난 삼 주 만에 처음으로 입을 열고 주스를 마셨다.

며칠 뒤 후베르트손은 일 센티미터 두께의 서류철을 팔에 끼고 작정한 듯 침대로 걸어와 내 왼손을 잡았다.

"오늘은 물어볼 게 좀 있는데, 대답해주겠니?"

나는 무심한 표정으로 그를 쳐다보며 아무 반응도 보이지 않았다.

"아, 뭐부터 해야 하나……" 그는 내 손을 좀더 꼭 잡았다. "'예'면 한 번, '아니오'면 두 번 힘을 주는 거야."

그건 내가 아직도 똑똑히 기억하는 의사소통 방법이다. 장애인시설에서 자주 쓰는 방법이었다.

"넌 우리에겐 둘도 없이 좋은 연구 대상이었어. 그건 너도 알고 있을 거야. 하지만 그것 말고 너 자신에 대해 알고 있는 게 있니?"

그에게서 손을 뺐다. 그는 아무 상관 없다는 듯 말을 이었다.

"기분이 상하지 않았으면 좋겠는데, 네가 어디에서 태어났는지 혹시 아니? 네 엄마에 대해서는? 예, 아니오?"

그가 다시 내 손을 잡았다. 조금 더 세게.

"자, 예, 아니오?"

포기한 채 눈을 감고 그의 손을 두 번 눌렀다. 그는 곧바로 손을 풀고 창가로 가 푹신한 의자에 앉더니 손으로 무릎을 감싸안았다.

"정말 믿을 수가 없어! 네 논문들을 읽어보았는데, 여기 이렇게 가만히 누워서도 천문학과 기초물리학 그리고 여러 다른 추상적인 문제에는 미친 사람마냥 빠져들면서, 정작 너 자신에 대해서는 그렇게 아는 게 없다니……"

그는 말을 멈추고 서류를 뒤적였다. 나는 그를 곁눈질하고 있었다. 뉘엿뉘엿 넘어가는 늦가을 석양빛에 그의 윤곽만이 보였다. 잠시 후 그가 일어서서 침대로 다가왔다.

"네가 이렇게 된 데는 이유가 있어. 설명…… 그래, 항상 이유가 있는 곳에는 설명이 따르지. 난 그걸 해줄 수 있어. 문제는 네가 그걸 알고 싶어하는가야."

나는 더듬더듬 그의 손을 잡고 꽉 눌렀다. 두 번.

그는 조용히 말했다.

"그래, 그래. 네가 원한다면 그렇게 하지. 하지만 내일 다시 올게……"

아, 그가 그렇게 말해주었더라면…… 이 생이 끝날 때까지 언제까지나 매일 아침 올게……

그가 문을 열자 복도를 비추던 가느다란 햇살이 바닥으로 떨어진다.

"마누라, 잘 잤어? 기분은 좀 어때?"

그는 십오 년을 한결같이 아침마다 이렇게 인사했다. 그럼 나는 이렇게 대답한다.

"캡틴, 오 나의 캡틴!"

그가 히죽히죽 웃으며 신발을 끌고 창가 의자로 간다.

"난 아직 죽지 않았어…… 그건 그렇고 당신 자매들은 모두 잘 지내나?"

그가 자리에 앉자 나는 대답한다. 내 대답은 그가 마주한 모니터에서 깜박거린다.

"나름대로, 대충, 그럭저럭……"

그가 웃는다.

"그렇겠지. 그 가련한 영혼들이 지금 당신 손아귀에 들어와 있으니 말이야……"

내 백일몽이 그 사람 때문일지도 모른다고 생각하던 때가 있었다. 당시 나는 그 일들을 백일몽이라고 불렀다. 환각상태라는 말은 듣는 것만으로도 몹시 불안했다.

우리가 만난 지 얼마 안 된 어느 날 저녁, 갈매기 한 마리가 내 창가 의자에 내려앉았다. 회색 날개에 노란 다리를 가진 지극히 평범한 갈매기였다. 흐리고 추운 11월 저녁 이런 곳에 있을 갈매기가 아니었다. 지브롤터 해협 위를 날고 있어야 했다. 그런데 그때 정말 믿을 수 없는 일이 벌어졌다. 내가 어떻게 나의 몸을 떠나 그 갈매기의 깃털 속으로 파고들 수 있었을까. 하지만 분명 난 어느새 그 안에 있었다. 나의 존재가 어디론가 깊숙이 파고드는 것 같더니 별안간 하얀 비단깃털로 덮여 있는 것이 아닌가.

처음엔 무슨 일이 벌어지고 있는지 도무지 알 수가 없었다. 숨도 제대로 쉴 수 없었다. 내게 이런 기적 같은 일이 벌어졌다는 사실에 흥분되어 미칠 것만 같았다. 갈매기의 피부 안쪽은 마치 진주 속처럼 빛났고 축축한 간은 적갈색으로 반짝였다. 속이 빈 해골은 부서질 듯 약했다. 마치 장난을 일삼는 저 위대하신 조물주가 원래 피리를 만들려다가 금방 싫증이 나서 가장 날카롭고 기분 나쁜 소리를 내는 새를 만든 것 같았다. 나는 아래로 펼쳐진 대지를 보고서야 내가 어디에 있는지 똑똑히 알 수 있었다. 나는 갈매기의 검은 눈 속에 앉아 있었던 것이다!

나를 둘러쌌던 그때의 공포를 잊지 못할 것이다. 눈 깜짝할 사이 다시 내 몸으로 되돌려놓은 그 오싹한 울림…… 나는 소리를 질렀다. 한껏 벌어진 내 입은 히스테릭한 소리를 지르며 오트밀을 게워냈다. 누군가 복도를 따라 뛰어왔다. 신발 굽이 바닥에 부딪히는 소리에 이어 다급한 발소리가 연달아 들려왔다. 흰옷을 입은 세 여자가 내 방 안으로 돌진해 들어왔다. 그러나 그들이 문을 열었을 때, 갈매기는 이미 날아가버린 뒤였다.

그날 저녁과 같은 일은 계속해서 일어났다. 처음에는 끔찍할 정도로 두려웠다. 천장을 따라 움직이는 파리 한 마리만 봐도 나는 얼른 눈을 감고 스스로에게 주문을 걸었다. 이성을 지켜야 한다고, 그것만이 내가 가진 유일한 것이자 소유할 만한 가치가 있는 거라고. 주문은 효력이 있을 때도, 없을 때도 있었다. 어느 날인가는 느닷없이 천장에 거꾸로 매달려 프리즘 같은 파리의 겹눈으로 내 몸 아래 침대에 붙어 있는 수백 가지 생물들을 들여다보다가, 뚝 떨어져 본래의 내 모습으로 되돌아와서는 고래고래 소리를 질러대기도 했다.

"악몽을 꾸나봐요. 매일 밤 소리를 지르면서 깨어나요……"

간호사들은 회진하러 온 의사에게 하소연했다.

"아아, 그래요, 정말 그런가보군."

말은 그렇게 했지만 후베르트손은 간호사들과는 생각이 달랐다. 그는 가벼운 수면제를 처방해줄 뿐이었다.

당시만 해도 그는 제법 매력적인 청년이었다. 지금처럼 세월의 풍상을 이겨낸 성숙미가 아니라 그 존재 자체가 이미 매력적이었고, 그는 그 점을 충분히 이용할 줄 알았다. 매주 목요일 그는 노르셰핑의 스탠더드 호텔에 묵었다가 금요일 아침 느지막이 내 방에 나타났다. 그가 얼마나 피곤한지 눈빛만 봐도 알 수 있었다. 병동의 젊은 여자들 중 후베르트손에게 아무 감정도 없는 여자는 거의 없었다. 잠깐이나마 그의 눈동자를 빨아들일 듯 응시하는 여자가 꼭 하나씩은 있었다. 그들이 나를 목욕시키거나 내 침대를 정리하며 소곤거리는 대부분의 얘기가 후베르트손과 잠자리를 같이한 여자들에 대한 것이었다. 최소한 얘기의 시작만큼은 그랬다. 하지만 거의 매일 아침 후베르트손이 내 방에 들른다는 사실이 알려지자 나를 둘러싸고 작은 침묵의 구도가 형성되었다. 야릇하면서도 모욕적인 침묵이었다.

나 자신도 정말 이상하다고 생각했다. 그가 나에게 원하는 게 뭔지 알 수 없었다. 내게 흥미를 보이는 의사야 예전에도 있었다. 특히 병신이라고는 해도 그나마 쓸모가 있었던 그때, 고등학교 졸업시험을 치를 무렵에는. 그러나 어느 누구도 후베르트손 같지는 않았다. 그는 하루도 거르지 않고 아침마다 내 병실에 들렀다. 때로는 한마디도 하지 않았고 때로는 한 시간 아니 그 이상 쉴새없이 얘기했다. 나는 세계 정세와 정치에 대한 그의 견해를 알게 되었다. 그는 연구원협회의 몰락과 전문직 종사자들의 상아탑에 대한 이야기, 또 동창들이나 동료들에 대한 이런저런 소소한 이야기를 들려주었지만 나는 별 흥미를 느끼지 못했다.

때로는 나를 놀래키기도 했다. 날이 채 밝기 전 잠에서 깨기도 전에 그가 찾아오면 어린 시절의 어떤 기억들이 봇물 터지듯 되살아나 극심한 공포에 사로잡혔다. 그림자다! 그림자가 창 쪽으로 가면 그나마 마음이 놓였지만 내 어린 시절의 그림자는 침대에서 그렇게 멀리 떨어지지는 않았다. 그림자는 무능한 자를 좋아한다. 무능함 앞에서 그림자는 그 사지를 더 크게 부풀릴 수 있으니까. 그러나 후베르트손은 나를 무능한 상태로 내버려두지 않았다. 뭔가 다른 것, 예전의 그 어떤 의사도 원치 않았던 어떤 것을 원했다. 겨울이 지나자 나는 그에게 길들여졌고, 그는 내 방을 제일 먼저 찾았다. 그사이 나는 당시 그가 던졌던 질문들은 다 잊고 있었다. 그러던 4월의 어느 날 아침, 후베르트손은 두툼한 서류철을 들고 와서 침대 발치에 놓더니 내 왼손을 잡았다.

"네 엄마 이름은 엘렌 요한손이야."

나는 할 수 있는 한 힘껏 손을 빼내려고 했다. 그러나 그는 놓아주지 않았다.

"너는 모탈라 산부인과에서 1949년 12월 31일에 태어났어. 열두시 일 분 전에."

흥분하면 항상 그렇듯이 경련이 점점 크게 일기 시작했다. 그래도 난 눈을 감고 그 사람으로부터 나 자신을 방어하려고 애썼다.

"네 엄마는 더이상 아이를 낳을 수 없었어. 하지만 너에겐 이미 세 명의 자매가 있어."

그 말에 나는 눈을 번쩍 떴다. 그가 쳐놓은 그물에 그만 걸려들고 만 것이다.

"엘렌은 너를 데시레라고 부르기로 했어. 기다리던 딸이란 뜻이야."

나는 그를 빤히 쳐다보았다. 내 이름의 아이러니를 알게 된 건 그보다 몇 년 전의 일이었다.

"넌 엄마 뱃속에선 건강했던 것 같아."

대단히 고맙습니다. 그나마 위안이 되는 말이었다.

"그런데 신생아 황달을 앓게 되었어. 좀 심한…… 당시에는 신생아에게 교환수혈해주는 의료기술이 없었고, 그 때문에 뇌에 이상이 생긴 것 같아……" 그는 잠시 아랫입술을 깨물고 서류 한 장을 넘겼다. "거기다가 분만과정에서도 뇌 손상이 있었어. 간질과 몇 군데의 마비는 그때 생긴 거야. 신생아 때 가벼운 뇌출혈이 있었던 것 같기도 하고…… 게다가 엘렌은 구루병을 앓고 있어서 골반뼈에 이상이 있었는데도 삼십 시간이나 방치되어 있었어. 제왕절개수술이라는 것이 거의 없던 시대였으니까……"

그 여자가 나를 낳다 죽었단 말인가? 그래서 나 혼자 남게 되었나? 문득 호기심이 일었다. 궁금한 게 있다는 표시로 그의 손을 눌렀다. 그러나 몇 개월 전부터 겨우 의사표현은 했지만 신음 소리와 으르렁거리는 소리에 가까운 그런 소리조차 다시 내기까지는 시간이 필요했다. 게다가 후베르트손은 평소의 내 신음 소리나 경련과는 뭔가 다른 움직임은 모두 저항의 몸짓으로 이해해버렸다. 그는 내 손을 좀더 세게 잡고 베개에 눌렀다. 그 동안에도 그의 시선은 계속 서류에 머물러 있었다.

"네 머리는 심하게 망가졌었어. 그래도 넌 머리에 양막을 쓰고 태어났지. 대망막*을 말이야……"

그래? 그래서? 그런 것 따윈 알고 싶지 않았다. 나는 분노했다. 너무 화가 나고 절망적이어서 그의 얼굴에 침이라도 뱉어주고 싶었다. 그러나 쉽지 않았다. 뒤틀리는 몸을 제대로 조절하지 못해 오히려 콧물만 벽에 묻혀버렸다. 그가 내 손을 놓아준 것으로 만족해야 했다. 그는 일어서서 한 걸음 물러나더니 나를 빤히 쳐다보았다.

---

* 大網膜, 아이가 날 때 간혹 머리에 쓰고 있는 양막(羊膜)의 일부분. 옛날에는 이것을 행운의 모자라고 해서 길조로 여겼다.

36

"나도 머리에 양막을 쓰고 태어났어. 너도 알겠지만, 그건 행운을 의미하지. 안 그래?"

그가 순간 얼굴을 찡그렸다가 곧 미소를 지었다.

"너도 알겠지만 우리는 정말 특별한 존재야. 행운을 지니고 태어난 아주 특별한 종들이지."

그는 입을 다물고 시선을 돌려 창밖을 내다보았다. 그러고는 다시 여전히 편안한 목소리로 말했다.

"너에게 말할 필요는 없겠지만 난 네 엄마를 알아. 엘렌 말이야. 예전에 내가 그 집에 세 들어 살았거든. 게다가 지금은 내 환자이기도 하고. 그리고 그 여자에 대한 다른 것들은……"

"이봐, 괜찮은 거야? 완전히 정신을 놓아버리다니…… 좀 어때?"

그가 묻는다. 나는 눈을 깜박인다. 이제 난 다시 후베르트손 곁으로 돌아왔다. 그는 내 침대 발치에서 늦겨울 여명에 휩싸인 채 그림자처럼 서 있다. 빛은 그를 환하게 밝혀주기보다는 오히려 얼굴의 모든 색을 빨아들여 마치 양피지처럼 보이게 만든다. 나는 황급히 호흡 인터페이스로 대답한다.

"좋아요. 당신은요?"

그가 대답을 미룬 탓에 내 물음은 잠시 모니터에 머무른다. 내가 다시 묻는다.

"당신, 수치는 어때요?"

그가 어깨를 으쓱한다.

"잔소리 좀 그만 해……"

나는 참는다. 그러나 곧 불안해져서 호흡 인터페이스를 너무 빨리 불어버린다.

"솔직히 말해봐요. 혈당은 조절하고 있는 거예요?"

그가 숨을 깊이 내쉰다.

"그래, 조심하고 있어. 생각대로 되어가고 있다구……"

"오늘 인슐린 맞았어요?"

"음……"

"좀더 조심하라고 했잖아요!"

그는 손으로 얼굴을 성급하게 쓸어내리다 말고 빤히 쳐다본다.

"이제 그만 해."

하지만 난 그만둘 마음이 전혀 없다. 호흡 인터페이스를 물고 재빨리 훅 대답을 분다.

"술만 조금 덜 마셔도 수치가 떨어질 텐데!"

갈피를 잡을 수가 없다. 나는 알고 있다. 후베르트손은 알코올 기운을 빌려야 마음의 안정을 찾는다는 걸. 하지만 그가 술에 취해 몽롱한 상태로 찾아왔던 그 송년축젯날 밤 이후 지금까지 그 사실을 알고 있다고 말한 적은 한 번도 없다. 그건 우리의 관계를 유지하는 첫번째 조건이자, 까놓고 말할 수 없는 제일의 조약이기도 했다. 나에겐 빈정거릴 권리도, 뻔뻔스러워질 권리도 있지만 그를 귀찮게 할 권리는 없다. 결코! 그것이 두렵다. 합의사항을 어기면 나를 떠나버릴지도 모른다. 그러나 그는 가지 않는다. 단지 놀라서 가만히 서 있을 뿐이다. 그리고 식식거리며 말한다.

"이런, 빌어먹을! 폭삭 늙은 부부 같잖아……"

그는 창가로 가서 바깥으로 몸을 쑥 내민다. 호흡 인터페이스가 내 입술에서 미끄러진다. 폭삭 늙은 부부? 그런 말을 하다니! 한 번도 그런 적 없었는데. 이쯤에서 나의 환상을 고백할 수밖에 없겠다. 내가 어떤 꿈을 꾸었는지. 어느 날 꿈속에서 연극에 나오는 제우스처럼 검푸른 망토에 별 모양의 왕관을 쓴 조물주가 복도를 따라 나타나더니 나를 후베르트손의 신부라고 선포했다. 치유의 능력이 있는 그의 손이 내 몸에 닿자마자 두 다리는 곧게 펴지며 혈액순환이 잘 되는 탄탄한 근육도 생겨난다. 두 손은 잠잠해지고 얼굴도 주름 없이 매끈해진다. 삼각형의 밋밋한 가슴은 예쁜 백합 꽃봉오리처럼 부풀어올라 작고 뾰족한 젖꼭지가 생긴다. 생크림 접시 위의 장밋빛 산딸기처럼. 술 장식처럼 듬성듬성 난 머리카락도 탐스럽게 물결치는 밤갈색 머리칼로 거듭난다. 화려한 금발을 꿈꾸는 건 지나친 상상일까. 그러면 후베르트손은 아마 기가 질려 첫날밤에 도망갈지도 모른다. 그를 놀라게 하고 싶지는 않다. 다만 그가 마지막으로 아침 회진을 돌 때 웨딩드레스를 입고 침대 모서리에 눈부신 모습으로 앉아 있고 싶을 뿐이다. 잘 차려입은 신데렐라처럼.

"왜 웃지?"

그의 말에 나는 호흡 인터페이스를 물고 착한 아내처럼 거짓말을 한다.

"웃긴요."

그가 코를 풀고 다시 등을 돌린다. 그사이 밖은 환하게 밝았다. 어슴푸레한 여명의 시간은 지나갔다. 멋진 하루가 될 것 같다. 후베르트손 뒤로 보이는 하늘 끝자락이 얼음처럼 푸르다. 그러나 새날의 빛도 아무 소용이 없는지 그의 얼굴은 여전히 누르스름한 잿빛이다. 피부의 반점도 전보다 짙어졌다. 그를 바라보자 마음속에서 뭔가 끓어오른다. 내 남편? 그래, 어떤 면에서는 그렇다. 나는 결혼에 대해 많이 알지 못한다. 그저 수많은 소설과 텔레비전 드라마에 나를 대입시켜보았을 뿐이다. 그러나 보고 읽은 것들은 여러 면에서 우리 관계와 많이 닮아 있었다. 십오 년째 우리는 서로의 주변을 빙글빙글 돌고 있다. 같은 전하를 지녀 서로 하나가 되지도, 헤어지지도 못하는 한 쌍의 길 잃은 전자들처럼 같은 궤도 위를 달리고 있는 것이다. 우리는 오랜 시간 많은 이야기를 하면서 지내왔지만, 마음 저 깊은 곳에서 우리를 움직이는 것에 대해서는 침묵했다. 때문에 난 종종 내 어린 시절로 깊이 빠져들었다. 그러나 그의 어린 시절은 그저 언저리만 맴돌 뿐이었다. 그 때문에 난 우리가 만나기 훨씬 전 그의 짧았던 결혼생활보다도 그가 현재 하고 있는 일, 그의 환자들에 대해 더 많이 알고 있다. 이처럼 우리는 나의 현실에서 가장 중요한 것들을 중심으로 커다란 원을 형성하고 있었다. 그의 눈빛은 벌써 예전부터 내가 가진 능력에 대해 얘기하길 꺼리고 있다. 그래서 나 역시 그러한 능력이 마치 단순한 장난에 지나지 않는 것처럼 행동할 수밖에 없다. 나는 셰에라자드를 연기하고, 그는 마치 말 잘하는 재주를 가진 환자를 안정시켜야 하는 의사처럼 행동하는 것이다. 그렇게 우리는 이른바 이성의 차이니스 박스 속으로 숨어든다.

때때로 후베르트손이 그 비범성에도 불구하고 보통 사람과 다름없는 모습을 보일 때면 나는 몹시 괴롭다. 그는 신에 대한 두려움에 시달리고 있다. 자신의 능력으로 할 수 없는 일들에 생각이 미치면 바로 겁을 집어먹는다. 그래서 물질과 우주의 본질에 관계된 질문에는 대답을 회피한다. 최근의 소립자물리학의 진보에 대해 아무리 열성적으로 설명해도 하품만 해댈 뿐이다. 난 우주가 더이상 팽창하지 않고 수축해서 시간이 거꾸로 흐르는 걸 생각만 해도 즐겁지만 이 얘기를 들으면 그는 신경질을 낼 것이다. 그는 이런 것들에는 전혀 흥미가 없었다. 오히려 간병인과 병원 사람들 이야기, 앞으로 실제로 일어날 수 있는 이야기들을 모아 상상의 나래를 펼칠 때 관심을 보였다. 내 관찰력이 꽤 발전 가능성이 있다며, 한술 더 떠 직관이 뛰어나다고까지 말했다. 결국 그는 아까 내가 웃었던 것에 대해 마음을 푼다.

"어젯밤에 또 무슨 사고 쳤니?"

그가 묻는다. 용서받을 희망이 보인다. 나는 때를 놓치지 않고 호흡 인터페이스를 덥석 문다.

"네, 갈매기를 죽였어요."

그가 당황스러운 듯 쳐다본다.

"왜?"

나는 사실대로 말하고 싶었다. 크리스티나의 꿈을 보았기 때문이라고. 거짓말을 하는 동안 진짜 기억이 되살아난다. 창문이 어둡게 빛나는 크리스티나의 집이 보였다. 그녀의 침실 앞 창턱에 앉아 있는 갈매기도, 그 갈매기의 눈 속에 있는 나 자신도. 크리스티나의 꿈이 희미한 안개처럼 침대 위에서 흔들렸다. 처음엔 파악하기 힘들 정도로 흐릿했지만 꿈은 얼마 지나지 않아 뚜렷한 형체를 띠기 시작했다. 벚나무 아래에 세 소녀가 앉아 있었다. 곧이어 주스 쟁반을 든 엘렌이 잔디밭으로 걸어나왔다. 코끝에 안경을 걸친 그녀는 몹시 즐거운 듯이 잔디밭을 쳐다보았다.

그것이 전부였다. 그러나 그것으로 충분했다.

내 분노는 말미잘처럼 퍼져나갔다. 나는 독을 품은 그 검붉은 형체를 보았다. 분노의 촉수는 사방으로 뻗어나갔다. 나를 배신한 엘렌을 향해, 그리고 그 악마 같은 도둑년들 크리스티나, 마르가레타, 비르지타를 향해서! 분노는 느닷없이 온 세상을 향해, 그리고 갈매기를 향해 날아갔다. 나는 우선 갈매기를 하늘 높이 날아오르게 했다. 그리고 날카롭게 울어대며 넓은 원을 그리면서 바람을 거슬러 날도록 했다. 갈매기는 녹초가 되어 양 날개를 부르르 떨었다. 바로 그때 난 방향을 바꿔 갈매기를 송가탄 하늘 높은 곳에서 크리스티나의 집 앞 붉은 자갈길 위로 곧장 떨어지게 만들었다.

후베르트손은 이런 진실을 미친 소리라고 무시해버릴 것이다. 그래서 난 길게 설명하지 않는다.

"그냥 갈매기가 일을 엉망으로 만들어버려서……"

후베르트손이 이마를 찌푸린다.

"또 몸이 떨리니?"

대답하지 않는다. 어두운 모니터를 보고 있던 그가 일어나서 침대로 다가온다. 침대 발치에 서서 실눈을 뜨고 나를 들여다본다.

"무서웠어? 너의 그 세 자매들이?"

내 손은 평상시와 다르게 격렬한 경련을 일으키며 침대 모서리를 내려치고, 그는 아무 반응 없이 지켜보기만 한다.

"이해할 수가 없어. 다른 얘기는 술술 잘 하면서 세 자매 이야기는 왜 그렇게 망설이는 건지, 왜 그 이야기만 나오면 거짓말을 둘러대고 겁에 질리는지…… 그래서 갈매기를 죽여야겠다고 생각한 건 아니니?"

나는 호흡 인터페이스를 덥석 문다.

"당신은 영혼을 치료하는 의사 맞나요?"

그는 대답 대신 식식거릴 뿐이다. 그리고 탁자로 가서 검은 서류철의 표지를 손으로 쓰다듬는다.

"자료가 더 필요해?"

나는 소리를 지른다. 아니오, 란 뜻으로. 더이상의 자료는 필요 없다. 그는 벌써 수년 전부터 자료를 가져다주고 있다. 엄마와 자매들에 대한 수많은 보도자료와 사진과 신문 스크랩들. 이젠 거의 다 외울 정도다.

"뭐라고 말한 거니?"

다시 호흡 인터페이스를 향해 훅 숨을 내쉰다.

"아니에요, 필요 없어요. 이번엔 잘돼가요. 벌써 시작했어요."

"한번 읽어봐도 될까?"

"아뇨, 아직은. 완성되면요."

다시 내게서 등을 돌린 그는 주머니에 손을 넣은 채 말없이 벽에 걸린 그림을 들여다보는 척한다. 이케아에서 산 별볼일 없는 복제화다. 그의 외면에 불안해진 나는 구걸하듯 매달린다.

"이봐요! 이번엔 포기하지 않을 거예요. 약속해요."

내가 있는 힘껏 숨을 내뱉는 소리를 듣고 나서야 그는 몸을 돌리고 모니터에 나타난 내 말을 읽는다. 그리고 웃는다. 나를 용서한 것이다.

"좋아."

우리 두 사람은 아무 말 없이 서로의 눈을 마주 본다. 그제야 나는 항상 그의 시선 저 밑에서 반짝이던 작은 섬광이 보이지 않음을 깨닫는다. 그게 뭘 의미하는지 안다. 병원생활을 오래 한 사람이면 누구나 알고 있다. 시간이 없다……

어금니를 악물고 호흡 인터페이스를 꼭 깨문다. 그와 동시에 머리가 심하게 옆으로 젖혀지며 고무관이 마치 더러운 누런색 젖꼭지처럼 허공으로 뻗쳐오른다. 후베르트손이 침대로 다가와 조심스레 내 입에서 호흡 인터페이스를 빼낸다. 그의 몸에선 항상 아몬드 냄새가 난다. 그 향기에는 빛깔이 있다. 순간 온 방 안이 아침햇살로 붉게 빛나기 시작한다.

이제 더이상 변명은 필요 없다. 나의 자매들을 조종할 시간이다. 그러나 당장은 아니다. 우선은 눈을 감고 아몬드 향기를 맡으며 잠시 휴식을 취하고 싶다.

어떤 다른 곳

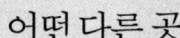

"어떤 사건 P에 대한 과거와 미래의 광원추(光圓錐)는

시공간을 세 개의 영역으로 나눈다. (······)

시공간의 영역은 어떤 다른 곳에 있다.

사건 P에 대한 미래의 광원추도,

과거의 광원추도 아닌 어떤 다른 곳에."

스티븐 호킹

그 편지는 여느 것과는 달라 보였다. 봉투는 한 번 사용했던 것을 뜯었다가 다시 풀칠해 봉했고, 전에 쓴 주소 위엔 뾰족한 볼펜으로 깨끗하게 줄이 그어져 있는데, 그 옆에 적혀 있는 크리스티나의 이름은 어딘지 모르게 필체가 부자연스러워 보인다. 어떤 글자는 급하게 끼적거린 것 같고 어떤 건 상당히 꼬불거린다. 봉투 오른쪽 모서리에 붙어 있었던 듯한 낡은 우표는 뜯겨나가고 꽤 비싼 새 우표 세 장이 왼쪽 귀퉁이에 삐뚤삐뚤 붙어 있지만 소인은 찍혀 있지 않다. 제대로 도착한 게 신기할 정도였다.

아스트리드가 보냈나, 크리스티나는 생각한다. 이윽고 아스트리드가 벌써 삼 년 전에 죽었음을, 이젠 정말 이 세상 사람이 아님을 기억해내자 발밑의 땅이 흔들리는 것 같다. 동시에 자신의 몸은 아직 그 사실을 확신하지 못하고 있음을 느낀다. 눈으로 직접 보고, 죽은 아스트리드의 손보다 더 하얀 자기 손으로 직접 만져도 보았지만, 그녀의 몸은 아스트리드가 죽었다는 사실을 확신하지 못하고 있다. 근육과 뼈, 신경조직들도 크리스티나를 믿지 못한다. 때문에 육체는 아스트리드가 여전히 살아 있는 것처럼 반응한다. 경련으로 허리가 휘어지며 광선처럼 뻗어나온 고통이 납으로 만든 벨트처럼 그 위에 내려앉는다.

의사임에도 불구하고, 아니 어쩌면 바로 그 때문에, 크리스티나는 고통을 무시하는 것이 그에 맞서는 것과 다를 바 없다는 것을 알고 있다. 안경을 이마 위로 올리고 봉투에 얼굴을 바짝 갖다대고는 옛 주소를 읽으려 애쓴다. 그러나 잿빛 아침햇살만으로는 충분치 않다. 파란 선 밑에 씌어 있는 철자 몇 개만 겨우 알아볼 수 있을 뿐이다. A와 E, 그리고 S. 편지를 뜯으려고 입구 아래쪽에 집게손가락을 넣어보지만 허사이다. 빈틈없이 풀질이 되어 있어서 가위가 필요하다.

아스트리드일 리는 없어, 그런 생각을 하면서 집으로 들어와 봉투를 이리저리 살핀다. 그렇다면 비르지타? 그래, 비르지타다. 그럼 마르가레타에게 전화를 해야 한다. 물론 화를 내겠지. 얼굴 본 지도 몇 년이나 지났으니…… 대체 우리는 언제까지 이렇게 서로 자매인 척해야 하는 걸까?

갈매기 때문에 크리스티나는 편지에 대한 생각을 잠시 잊는다. 죽은 새를 피하려다 휘청거린다. 다시 균형을 잡으며 무심코 편지를 가운 주머니에 집어넣고, 한 걸음 물러서서 갈매기의 검은 눈 주변을 감싸고 있는 회색 피부를 바라본다. 얼굴이 찌푸려지고 입술이 씰룩거린다.

그녀는 신문을 가슴에 꼭 끌어안고 헐렁한 고무장화를 끌며 부엌문을 향해 내처 달린다. 에릭은 부엌에서 빵을 자르고 있다. 방금 면도를 했는지 뺨은 발그레하고 적갈색 머리카락은 물에 젖어 더 짙어 보인다. 에릭은 담청색 눈으로 장화를 벗는 크리스티나를 바라본다. 잠깐 스쳤지만 그리 유쾌하지만은 않은 시선이다. 크리스티나는 그의 시선을 통해 자신의 모습을 본다. 우중충한 금발에 깡마른 몸, 구겨진 잠옷, 헝클어진 머리. 한 마리 참새 같은 꼴이다. 동물 꼬리마냥 뒤로 삐죽 나와 있던 모닝가운의 허리끈을 서둘러 매고 별일 아니라는 듯 애써 태연하게 말한다.

"정원에 새가 죽어 있어요. 갈매기가……"

그가 부엌문으로 가서 밖을 내다본다. 손에는 빵칼이 그대로 들려 있다.

"어디?"

그는 목을 곧추세우고 까치발을 한다. 크리스티나는 에릭의 등뒤에 바짝 붙어 같은 쪽을 바라본다. 은은한 비누향이 풍긴다. 순간 두 팔로 그를 안고 향기에 취해보고 싶은 욕망을 느꼈지만 이내 털어버린다. 그런 생각을 하다니…… 우리 사이에 더이상 그런 일은 없을 거야.

하얀 새는 멀리 떨어져 있는데다 지저분해진 눈과 검은 자갈에 가려 잘 보이지 않는다.

크리스티나는 그의 겨드랑이에 팔을 밀어넣으며 속삭이듯 말한다.

"저기, 저기 라일락 앞에. 보여요?"

그제야 에릭은 새를 발견한다. 부자연스럽게 틀어진 머리와 쫙 펼쳐진 날개, 반쯤 벌어진 부리를. 그는 아무 말 없이 알았다는 듯 고개를 끄덕이고는 비닐봉지를 집어든다.

정원으로 나간 에릭은 비닐봉지로 손을 감싸고 새를 집은 다음 봉지를 왼쪽으로 돌려 묶는다. 부엌으로 돌아온 그가 말한다.

"꽤 묵직하네. 한번 들어볼래?"

그는 죽은 새의 무게를 손으로 가늠해본다. 그새 조류학자라도 된 것 같다.

"목이 부러졌어. 벽에 정면으로 부딪혔나봐. 네시 반쯤에 쿵, 하는 소리를 들은 것 같은데, 바람인 줄 알았지…… 당신도 들었지?"

크리스티나는 잠자코 머리를 흔든다. 그는 크리스티나와 새가 들어 있는 봉지를 번갈아 쳐다본다.

"분명 어딘가 아팠을 거야. 건강한 새는 그렇게 곧장 집으로 돌진하지 않거든. 뭐 그리 깊이 생각할 필요는 없지만…… 저기 큰 통에 버려야겠어……"

그는 온수를 틀어놓고 오래도록 손을 씻는다. 하얀 손이 벌게져서 희미한 반점들마저 보이지 않게 될 때까지.

크리스티나의 교수.

마르가레타는 에릭을 그렇게 부른다. 그는 전임교수는 아니다. 강사생활을 한 지 몇 년이 지났건만 거기서 더는 진척이 없다.

그렇지만 마르가레타의 표현은 나름대로 적절한 듯하다. 에릭은 정말 꼭 '교수'처럼 생겼다. 가슴은 좁고 피부는 창백하며, 샤워를 하고 나서 머리를 말릴 때면 산처럼 삐죽 올라온 머리카락들이 한가운데 거의 민둥산처럼 벗어진 부분을 중심으로 헝클어져 빨간색 화환 모양을 이룬다. 아인슈타인의 헤어스타일? 크리스티나의 기억 속 어디에선가 마르가레타가 웃는다. 그러나 지금 에릭을 놀릴 분위기는 아니다. 그래서 입을 꼭 다물고 따라 웃지 않으려 애쓴다.

아침식사를 하는 동안 에릭을 보고 웃는다 해도 그는 눈치채지 못할 것이다. 그는 신문에 푹 빠져 자신이 뭘 하는지도 잊고 탁자 위의 버터나이프만 더듬곤 한다. 한번은 버터통을 식탁 위 저쪽으로 멀찍이 밀쳐두고 계속 헛손질을 하도록 내버려두었다. 그리고 그가 고개를 들 때까지 얼마나 걸리는지 흥미롭게 지켜보았다. 기록은 팔 분이었다.

당시 그들은 린셰핑에 살았다. 아주 사소한 일에도 킥킥거리는 십대 쌍둥이 딸들과 함께. 그애들은 식탁 양옆, 그러니까 오사는 엄마 옆, 토베는 아빠 옆에 앉아 잠자코 버터통의 유랑(流浪)을 지켜보고 있었고, 결국 고개를 들고 당황하여 주위를 둘러보는 에릭을 보고 크리스티나는 웃음을 터뜨리고 말았다. 오사는 이마를 잔뜩 찌푸린 채로, 토베는 콧소리를 내며 웃어댔다. 둘은 동시에 같은 동작으로 일어나 끽끽 소리를 내며 의자를 식탁 밑으로 밀어넣고는 합창하듯 말했다.

"맙소사! 정말 어린애들 같아."

당연하지, 크리스티나는 생각한다. 정말 그럴지도 몰라. 적어도 에릭만큼은. 그는 좋은 의미에서 정말 어린애 같다. 세상에 대해 항상 궁금한 것이 많으니까. 대부분의 남자들은 사춘기가 시작될 때쯤이면 세상에 대해 경탄하기를 그만두고 나머지 인생은 호기심을 억누르는 데 바치지만, 에릭은 언제나 호기심으로 가득 차 있다. 그는 이기기 위해서가 아니라 알기 위해 싸우는 사람이다.

어쨌거나 지금 그는 떠나야 한다. 침실 위쪽에 있는 여행가방이 입을 벌린 채 마지막 셔츠를 기다리고 있다. 그는 다섯 달 동안 떠나 있어야 하고, 크리스티나는 그 다섯 달을 혼자 지내야 한다. 처음 있는 일이다. 지금까지는 쌍둥이 딸들이 항상 곁에 있었지만 이제 그 아이들은 다 커서 웁살라의 대학에 다니고 있다. 바드스테나에는 가끔 한 번씩 불쑥불쑥 들이닥치는 게 다였다.

그리 불만스럽지는 않았다. 오히려 정반대다. 에릭이 미안하다며 또다시 객원교수로 가게 되었다고 했을 때 우울한 표정을 지어 보이긴 했지만, 속으로는 너무 기쁜 나머지 작은 금붕어가 펄쩍 튀어오르는 듯한 느낌이었다. 드디어 쉴 수 있게 된 것이다.

철저히 혼자서 맞는 아침식사가 기다리고 있다고 생각하니 미소가 절로 나온다. 블랙커피를 마셔야지. 금방 만든 신선한 오렌지주스도 좋고. 그리고 체다치즈와 위스키잼을 바른 작고 따스한 흰빵을 먹는 거야. 에릭이 먹던 오트밀과 뮈슬리*는 공항에서 돌아오는 대로 구석에 처박아놓아야지. 고양이도 한 마리 키울까……

그녀가 탈주와 자유를 꿈꿀 때면 늘 그랬지만 에릭은 이미 눈치챈 듯하다. 신문을 내려놓고 그녀를 바라보며 묻는다.

"당신 5월쯤 몇 주 휴가 내서 오지 않을래?"

크리스티나는 당황해서 웃는다. 5월에는 혼자 정원에 앉아 라일락 꽃망울이 터지는 광경을 지켜볼 생각이었다. 먼지 날리는 텍사스의 대학 캠퍼스에 가서 땀을 흘릴 생각은 추호도 없다.

"글쎄요. 후베르트손의 상황에 달려 있어요. 내가 그 대신 근무해야 하면 힘들 것 같은데……"

에릭을 단념시키는 데는 이걸로도 충분하다. 그는 고개를 끄덕이며 다시 신문을 집어든다. 후베르트손의 병에 대해서라면 에릭은 아무 얘기도 들으려 하지 않는다. 의사라는 사람이 당뇨병을 앓고 있는데다 술 때문에 다리를 절단해야 될 상황에까지 이르다니, 그런 사람은 멀쩡한 이들까지 불안하고 혼란스럽게 만든다. 에릭은 몹시 이성적인 사람이다.

그렇지만 신문 머리기사 위로 보이는 에릭 이마의 주름살이 왠지 무척 안쓰럽다. 내 남편, 아니 내 생명의 은인이며 내 보호자인 그…… 그는 언제나 나에게 최선을 다하지만 난 여기에 앉아 그가 떠나기를 바라고 있다……

---

* 아침식사 대용으로 우유에 타서 먹는 날귀리, 말린 과일 등.

그녀는 자기도 모르게 벌떡 일어나서 그에게 다가가 고개를 숙이고 민둥산 같은 머리에 입을 맞춘다.

"당신이 많이 그리울 거예요."

크리스티나는 그가 순간 머뭇거리고 있음을, 잠시 긴장했던 몸이 다시 풀리고 있음을 느낀다. 그는 일어서서 그녀를 끌어안고 목과 뺨, 귀에 입맞춘다. 늘 그런 식이다. 그녀가 한 번 키스하면 그는 더 많이 키스한다. 더욱더 많이. 크리스티나의 애정은 늘 모자라, 차고 넘치는 그의 사랑 속에 허우적거린다. 이젠 그를 떼어놓기 위해 그의 가슴에 두 손을 얹는 즐거움을 애써 억눌러야 한다. 그건 앞으로의 정신건강에 별 도움이 되지 않을 것이다. 까딱 잘못했다간 두 사람은 키스의 기억보다는 거부의 몸짓만을 기억하게 될 테니까.

그러나 에릭이 먼저 그만둔다. 이제 키스를 멈추고 크리스티나를 꼭 붙들고 있을 따름이다. 그리고 곧 포옹으로 이어진다.

"나도 당신이 그리울 거야."

에릭이 그녀의 머리를 쓰다듬으며 말한다. 크리스티나는 몸을 풀고 두 손을 주머니에 넣는다. 순간 퍼뜩 생각이 난다. 아, 편지! 그 이상한 편지가 있었지. 그녀는 편지를 꺼낸다.

"이것 좀 봐요. 아까 신문 가지러 갔더니 이런 게 우편함에 있더라구요."

어느새 다시 자리에 앉아 신문에 푹 빠져 있던 에릭은 이상하다는 눈길로 편지를 바라본다.

"누가 보낸 건데?"

크리스티나는 어깨를 으쓱하며 가위를 집어든다.

"글쎄요, 전혀 모르겠어요."

그녀는 봉투를 잡고 윗부분을 조심스럽게 일 밀리미터 정도 잘라낸다. 편지는 여러 장인지 꽤 두툼하다.

그러나 봉투에서 내용물을 꺼내는 순간 그녀는 자기가 잘못 생각하고 있었음을 깨닫는다. 그건 편지지가 아니라 종이 뭉치였다. 장밋빛의 얇은 종이 뭉치는 소박한 듯하면서도 꽤 고급스러워 보였지만 식탁 위에 펼쳐놓자 고급스러운 느낌은 단번에 사라진다. 처음엔 빈 종이인 줄 알았는데, 가만 보니 종이 한가운데에 어떤 글귀가 씌어 있다. 이 밀리미터가 채 안 되게 깨알같이 적어나간 연필 글씨였다.

크리스티나는 식탁등을 끌어당겨 그 위에 장미색 종이를 얹어놓고 읽기 시작한다.

나는 간절히 기다리던 딸이라네.
나는 결코 올 수 없는 딸이라네.
나는 잊혀진 자매라네.

몇 센티미터 아래에 비뚤비뚤한 작은 글씨로 다시 끼적거려놓은 것이 보인다.

나도 엘렌 아줌마의 벚나무에 앉아 있었지.
그러나 너희들은 전혀 눈치채지 못했지.
엘렌 아줌마, 아주매, 아지매.
빙글빙글 돌아볼까? 아니면 춤을 출까?
빙글빙글 돌자!

"지긋지긋해!" 한 시간 뒤, 크리스티나는 기어를 5단으로 바꾸며 소리쳤다. "염병할, 역겨워, 미쳤어. 아, 또 그 계집애가 무슨 수작을 부리는 거지? 이제 다 끝났다고. 그년 레퍼토리는 다 떨어졌다고 생각했었는데. 뭐? 불리한 진술 때문에 비르지타가 부당하게 기소돼서 마약 중독자로 몰렸다고? 거기다 또 뭐? 다행히 약물중독에선 벗어났지만 난관에 부딪혀 다시 늪에 빠졌다고? 그런 신문기사를 보고도 우린 다 눈감아줬다구! 이젠 정말 지겨워! 마르가레타도 이젠 정말 넌더리가 나! 왜 쉰이 다 된 지금까지도 아직 자매니 어쩌니 해가며 어울리지 않는 역할을 떠맡아야 하는 거야? 몇 년 같이 살긴 했지만 마르가레타도 비르지타도 나랑은 아무 상관 없다구. 엘렌 아줌마는 좀 다르지만. 그마저도 이젠 아무 상관 없어졌지만 말이야. 아무것도 아냐! 결코! 단 일 퍼센트도!"

에릭이 그녀의 팔에 손을 얹는다.

"너무 빨리 몰지 마. 진정하라고. 괜히 신경쓸 것 없어. 편지는 던져버려. 전화도 자동응답기를 틀어놓고…… 그러면 예나 지금이나 당신은 아무 관심도 없다는 걸 그 사람들도 알게 될 거야……"

"흥! 비르지타가 그런 걸 알기나 할까. 마르가레타도 마찬가지야. 아니, 좀더 세게 나가야 할지도 몰라. 지금까지 둘 다 예민한 거하고는 거리가 멀었으니까……"

에릭이 갑자기 웃음을 터뜨린다. 허물없이 껄껄대는 그의 웃음에 화가 약간 누그러진 그녀는 고개를 돌리고, 햇빛을 받아 황금빛으로 빛나는 그의 머리칼을 바라본다. 잿빛 아침은 어느새 반짝이는 늦겨울의 한낮으로 바뀌었다. 하늘은 높고 푸르게 빛나고, 햇빛은 축축하게 젖은 검은 대지 위의 잔설 속에서 반짝거린다.

지금 그녀는 하루 휴가를 내서 스톡홀름행 비행기를 타려는 에릭을 공항에 데려다주는 길이다. 아직 시간은 충분하다. 비행기는 네 시간 뒤에나 떠나니까. 크리스티나는 속도를 늦추며 기어를 저단으로 놓는다. 서두를 필요는 없다. 아직 둘만의 마지막 시간을 보낼 여유는 있다.

그러나 에릭은 다르다. 차가 고속도로에 들어서자 벌써 가만히 차에 앉아 있는 것이 힘겨운 모양이다. 그는 약간 흥분한 듯 말한다.

"당신, 나 떠나 있는 동안 당신의 그 '파라다이스'에서 무슨 거창한 일이라도 꾸미는 거 아니야?"

크리스티나는 톡 쏘아붙이려다 한숨을 쉬며 참는다. 이십삼 년을 지칠 줄 모르는 그의 질투심과 함께 살아왔다. 다른 무엇보다 그 질투심이 가장 두렵다. 세월이 흐르면 없어질 거라고 오랫동안 믿어왔지만 설마 집에까지 그 마수가 뻗치리라고는 생각도 못 했다.

그러나 그랬다. 에릭은 그녀의 집을 질투한다. 당황스럽지만 인정할 수밖에 없다. 그녀는 자신의 '파라다이스'를 사랑한다. 그걸 부정할 수는 없다.

아이들이 웁살라로 떠나자 에릭은 그녀에게 약속했다. 린셰핑에 있는 집은 너무 큰데다 지금까지는 크리스티나가 린셰핑 집과 바드스테나의 직장을 왔다갔다했으니, 이제부터는 당연히 자신이 그렇게 하겠다고. 그러던 그가 18세기에 지은 붉은 집을 보더니 생각이 달라진 것이었다. 그는 갑자기 빌라에서 살고 싶다고 했다. 린셰핑 중심가에 튼튼하고 깨끗하게 잘 지은 빌라 단지가 있는데 대학병원에서도 가깝다고. 아니면 가정주치의 제도도 새로운 단계에 접어들었으니, 대학병원 대신 린셰핑에서 새 직장을 구하는 게 더 낫지 않겠느냐고…… 결혼생활 내내 크리스티나는 에릭이 어려웠다. 그를 불안하게 하거나 화나지 않게 하려고 늘 긴장했으며 그와 다투거나 그의 화난 목소리를 들으면 마음이 불안했다. 톡톡 쏘아붙이며 말대꾸를 하고 나면 마음 한켠에 공포심이 일었다. 그래서 두려움 반 무관심 반으로 에릭을 상대하는 데 익숙해져 있었다. 그러니 에릭의 그 속물근성을 두고 뭐 하러 이러쿵저러쿵 싸우겠는가? 누구나 가지고 있는 성향일 뿐인데. 크리스티나는 아침에 일어나는 것만으로도 벌써 지치고 힘이 들었지만, 그럼에도 온 힘을 다해 자신의 공포이자 동경이기도 한 그 중요한 비밀을 지키려고 애썼다.

그렇지만 양심의 가책을 느꼈다. 에릭에게 맞춰 사는 것은 어쨌든 거짓이었다. 그건 남편을 자기 맘대로 다루기 위한 그녀만의 방식이었으니까. 그러나 에릭은 아무 눈치도 못 채는 것 같았다. 대부분의 남자들이 그렇듯이 그 역시 하나밖에 생각할 줄 모르는 단순한 성격이어서 자기가 원하면 당연히 크리스티나도 원할 거라고 믿었다. 그의 합리성이란 결국 그런 정도였다.

그러나 바드스테나 송가탄의 오래된 집을 구입하게 되었을 무렵, 크리스티나는 완전히 다른 여자가 되어 있었다. 에릭과 집 둘 중 하나를 결정해야 했다면 아마 집을 선택했을 것이다. 에릭도 역시 그런 그녀를 이해하는 듯했다. 반질반질한 열쇠를 손에 들고 흔드는 그녀를 보고 린셰핑 중심가에 있다는 빌라에 대해서는 더이상 말도 꺼내지 못했다. 그러나 아무것도 해줄 수 없는 입장이었던 에릭도 가만히 있지는 않았다. 그는 말했다. 그 오래된 집을 사도 좋아. 하지만 당신이 이해해줬음 좋겠어. 난 집을 수리하는 데 들일 시간이 없어. 당신 혼자 다 해야 할 거야.

그리고 크리스티나는 혼자서 모두 해냈다. 에릭이 린셰핑 집에 웅크리고 있는 몇 달 동안 자신의 모든 자유시간을 그 낡은 집에 쏟아부었다. 페인트를 긁어내고 비닐테이프를 떼어내고 연기에 그을린 카펫을 뜯어냈으며 낡은 바닥은 반짝반짝 광이 나도록 닦았다. 함석장이, 전기기사, 가구공, 지붕 고치는 사람 들을 몸소 지휘하면서 장롱이나 문짝들을 페인트로 칠했다. 크리스티나는 현대사회가 파괴했던 것을 한 조각 한 조각 복원시켜 결국 혼돈스런 상태를 걷어내고 옛 수제품과 현대적인 안락함이 완벽히 조화를 이룬 집을 만들어냈다. 그 집은 크리스티나의 것이었다. 자신의 노동을 통해 얻은 집이었다. 크리스티나는 인생에서 처음으로 무언가를 소유한다는 느낌을 알게 되었고, 난생처음 그 감정이 행복이라는 걸 깨달았다.

그러나 그 집에 이름을 붙여준 사람은 에릭이었다. 그날은 마무리 공사가 한창이어서 거실은 가구 하나 없이 텅 비어 있었지만 크리스티나는 타일장식 난로에 불을 붙이고 거실창을 열어놓았다. 은회색으로 빛나는 벽에 비치는 장작불의 그림자가 얼마나 아름다운지 보여주고 싶었다. 거실을 본 에릭은 흠칫 놀라 문지방에 우뚝 멈춰 서더니 이렇게 입을 열었다.

"아, 꼭 다른 시대에 와 있는 것 같군……"

그는 바지 주머니에 손을 넣은 채 넓은 마룻바닥을 빠르게 서너 걸음 걷다가 몸을 돌려 구석구석 꼼꼼하게 살펴보았다. 그러곤 그녀를 향해 미소지었다.

"축하해, 크리스티나. 당신은 '후기 산업사회의 파라다이스'를 만들어냈군. 이 방엔 20세기는 존재하지 않는 것 같아. 실패로 끝난 세기 같은 건 아예 괄호로 묶어버린 느낌이랄까."

그 찬사에 크리스티나는 불안해졌다. 왠지 모르게 수치스러웠다. 불현듯 자신이 훔친 보석으로 치장한 사기꾼, 장물아비의 질 나쁜 친구가 된 듯한 느낌이 들었다. 몇 주 동안 그의 말을 곱씹으며 자신의 불편한 심기를 설명해보려 애써야 했다.

크리스티나는 예전부터 자신이 과거를 지나치게 예민하게 받아들이고 있으며, 그 때문에 항상 허기와 비참함과 질투심에 사로잡혀 있다는 걸 알고 있었다. 에릭이 그런 것을 이해할 리가 없었다. 에릭은 자신을 불쾌하게 했던 많은 늙은 목사나 의사들에게 그저 어깨나 한번 으쓱해 보이면 그것으로 끝이었다. 그는 누이와 함께 관리하고 보관해야 했던 많은 고서적들과 목사관의 가구들을 어떻게 해야 할지 몰라 짜증을 내곤 했다. 그런 잡동사니로 뭘 할 수 있겠어? 난 의학도이지 골동품상이 아니야. 내가 누구인지, 나의 뿌리는 잘 알고 있으니, 그런 고물들을 질질 끌고 다닐 필요는 없다구.

하지만 크리스티나는 자신이 탯줄 없는 크리스티나 종(種)의 하나가 아닐까 하는 느낌에 시달려왔다. 누군가의 뱃속에서 태어난 것이 아니라 새나 도마뱀처럼 크고 흰 알에서 부화하지 않았을까 하는…… 그러나 에릭은 그런 느낌을 이해하지 못했다. 그는 두 팔을 내저으며 크리스티나의 항변을 어설픈 논리로 일축해버렸다. 당신에겐 아스트리드라는 엄마가 있었잖아. 더 알고 싶은 게 있으면 개인기록을 뒤져보면 되고. 일곱 살 때까지의 기억이 거의 없어서 불안하다지만, 그게 뭐 그리 중요한가? 병원과 고아원, 엘렌 아줌마 집에서 지낸 시절, 아스트리드와 함께했던 십대 때는 모두 기억하잖아. 더 알고 싶으면 옛 서류를 뒤지거나 사회복지국에 문의하면 될 거고!

"당신은 아무것도 몰라요. 내가 알고 싶은 건 나 자신만의 이야기가 아니에요. 누군가 다른 사람의 이야기도 좀 알고 싶다구요."

그런 점에서 '파라다이스'는 크리스티나가 원하던 이야기를 선사해주었다. 그 집을 사는 것과 동시에 그녀는 이야기, 그러니까 하나의 역사를 산 것이었다. 크리스티나는 사람들이 원하던 물건을 손에 넣었을 때 그러하듯 그 집의 역사를 소중히 여겼다. 대문은 1812년에 만들어졌고 건물 자체는 더 오래된 것이었다. 새로 단장한 거실의 고풍스런 책장에는 감라 바드스테나 협회를 소개하는 작은 팸플릿이 꽂혀 있었다. 거기에는 이미 14세기 말 이 자리에 처음 건물이 세워졌다는 내용이 적혀 있었다. 역사는 역사의 틀 안에서만 얘기할 수 있는 법이다.

그러거나 말거나, 사랑엔 이성적인 동기가 필요하지 않다.

크리스티나는 그런 것들에 전혀 연연하지 않고도 '파라다이스'를 사랑했다. 혼자 집에 있을 때면 조금은 이상한 행동을 하고 있는 자신을 발견했다. 창에 뺨을 대고 있거나 벽을 쓰다듬기도 했고, 크리스마스 트리를 장식한 수술들이 서서히 내려앉기 시작한 노을빛에 은색으로 반짝이는 광경을 거실 한구석에 서서 이십 분 이상 바라보기도 했다. 문을 껴안으려다가 손가락이 껴서 멍이 든 적도 있었다. 그날 저녁 집에 돌아온 에릭을 보니 괜히 조금 미안했다. 손가락에 든 파란 멍이 마치 오후 내내 애인과 같이 시간을 보내다가 얻은 키스 자국 같다는 생각이 들었다. 에릭 역시도 그랬는지, 그녀의 아픈 손가락을 필요 이상으로 꽉 잡고 붕대를 감아주었다.

내 남편······ 그녀는 예전과 다름없는 감정으로 순간 그의 뺨을 쓰다듬었다.

내 남자······

오사와 토베가 공항의 국제선 터미널 앞에서 기다리고 있다. 멀리서부터 아이들을 알아본 에릭이 깜짝 놀라 소리를 지른다. 기뻐하는 모습을 보니 크리스티나의 마음도 흔들린다. 에릭은 딸들이 시간을 내서 공항에 나오리라고는, 작별인사를 하러 웁살라에서 아란다까지 오리라고는 생각도 못 했던 것이다. 그는 눈을 동그랗게 뜨고 크리스티나가 미처 차를 다 세우기도 전에 정신없이 내려 두 아이를 껴안는다. 그녀가 차에서 내리자 세 사람은 꼭 들러붙어서 막 시합을 앞둔 축구 선수들처럼 서로 어깨를 감싸안고 있다. 여우들 같군, 그녀는 생각한다. 빨간머리협회 연례총회쯤 되려나? 아냐, 꼭 여우 축구회 모임에 온 것 같아. 그런데 나만 그 회원이 아니네.

그녀는 조심스럽게 차 문을 잠그고 그들에게로 다가간다.

그때부터 목소리와 감정들로 충만한 시간이 계속 이어진다. 에릭은 탑승 수속장에서 신문가판대로 정신없이 오가고 아이들은 배가 고프다며 공항 쇼핑몰에 있는 스낵코너에 가자고 조른다. 그들은 거의 한 시간 후에야 스낵코너에 도착한다. 가는 도중 온갖 상점들을 기웃거리는 아이들에게 에릭은 웃음을 지으며 그답지 않게 선뜻 돈을 지불한다. 새 지갑이 필요하다고? 그래, 그래. 진짜 '멀버리'네. 새 스웨터를 사야 한다고? 좋아, 직접 손으로 뜬 거네. 뭐? 새 장갑? 왜 안 되겠니? 당장의 주머니 사정만 생각하면 뭘 할 수 있겠어?

비행기가 이륙하고 양손 가득 쇼핑백을 든 아이들이 웁살라행 버스에 몸을 싣고 나서야 크리스티나는 가벼운 발걸음으로 주차장으로 향한다. 바람이 약하게 분다. 그 바람을 즐기듯 고개를 드니 머리카락이 살랑거린다. 순간 몸이 붕 떠서 어디론가 날아갈 것만 같다. 자유다. 완전한 자유다. 정해진 일과도, 점심을 차릴 필요도, 기다리는 아이들도, 환자도 없다. 이십 년 만에 처음으로 혼자서 모든 걸 결정할 수 있는 시간이 온 것이다.

액셀러레이터를 밟자 엔진이 경쾌하게 부릉거린다. 크리스티나는 조심스럽게 주차장을 빠져나간다.

불현듯 그리움이 엄습한다. 커피나 한 잔 하고 가려고 뉘셰빙 다리 부근에 차를 세운다. 카페테리아를 나서는데 문득 에릭의 까칠한 뺨과 비단결처럼 보드라운 아이들의 뺨이 떠오른다. 문득 밀려드는 상실감…… 가슴에 울컥하고 묵직한 고통이 느껴진다. 나의 가족! 불과

네 시간 전까지만 해도 같이 앉아 밥을 먹으며 두런두런 이야기를 나누었는데 지금은…… 지금 그들과 같이 있다면, 내 옆에 그들이 있다면!

주차장에 서서 여러 번 숨을 깊이 들이마신다. 석양이 지고, 공기는 차고 눅눅하다. 텅 빈 화물차 주차장 뒤에 나무 한 그루가 꼿꼿이 보초를 서고 있다. 마치 진군을 기다리는 로마군처럼. 그러나 명령은 내려오지 않는다. 세상은 적막하다. 바람 한 점, 움직임 하나, 멀리서 들려오는 자동차 소리 하나 없다. 크리스티나는 망토를 꼭 여미고 하늘을 올려다본다. 라일락 빛깔의 하늘엔 구름 한 점, 별 하나 없다. 비행기는 더더욱.

모두 떠났어. 크리스티나는 생각한다. 이제 더이상 그녀마저 이곳에 없는 듯하다. 자기 자신조차……

한 남자가 주차장을 가로질러간다. 그의 눈길에 퍼뜩 정신이 든다. 주머니에서 허둥지둥 열쇠를 찾는다. 차에 타 실내등을 켜고 백미러에 비친 자신의 얼굴을 유심히 들여다본다. 헤어질 때 에릭의 눈가는 촉촉이 젖어 있었다. 오사는 훌쩍이고 토베는 대성통곡했다. 그녀만이 아무런 감정의 동요 없이 그 자리를 지키고 있었다.

"난 어떤 인간일까?"

거울에 비친 자신에게 큰 소리로 묻는다. 그리고 다시 한번 귀머거리에게 하듯 더 큰 목소리로 되묻는다.

"난 도대체 어떤 인간일까?"

몇 시간 후 덜커덩거리며 둥근 돌들이 깔린 송가탄 도로에 도착한다. '파라다이스'는 고독한 가로등 불빛 속에 약속이라도 한 듯 조용히 서 있고, 맞은편 도로에는 오래된 산사나무가 호위하듯 서 있다. 크리스티나는 차에서 내려 잠시 고개를 한쪽으로 기울인 채 조용히 서 있는다. 마치 무슨 소리라도 들리는 것 같다. 주위는 온통 정적으로 가득 차 있지만 갑자기 베테른 쪽에서 따스하면서도 강한 바람이 윙윙거리며 불어와 겨울의 냉기 속에 봄의 향기를 불어넣는다. 크리스티나는 우편함 쪽으로 향한다. 바람에 떠밀려가는 듯한 기분이다. 어떤 불길한 예감에 사로잡혀 우편함을 열지만 달랑 청구서 한 장과 전단지 한 장만 있을 뿐이다.

안으로 들어가기 전, 잠시 캄캄한 정원을 산책한다. 라일락 덤불 옆에 멈춰 서서 죽은 새에 대한 기억을 묻어버리기라도 하듯 자갈길을 고른다. 그녀는 담뱃불도, 부엌 계단에 누군가 앉아서 자신을 바라보고 있는 것도 눈치채지 못한다. 난데없는 쉰 목소리에 그녀는 소스라치게 놀란다.

"안녕, 크리스티나. 너도 오늘 편지 받았지?"

아아, 아주 그럴싸해 뵈는군, 마르가레타는 생각한다. 모직망토에 가죽장갑이라! 거기에 체인과 말머리와 온갖 잡동사니가 그려진 구식 에르메스 목도리까지, 휘황찬란하군. 젠장할!

그녀는 일어서서 담배꽁초를 자갈밭에 버리고는 구두 뒷굽으로 형체도 알아볼 수 없게 비벼끈다. 그리고는 편지를 주머니에 쑤셔넣고 일부러 느린 걸음으로 라일락꽃을 향해 간다. 가까이 다가갈수록 크리스티나의 표정이 또렷해진다. 입은 벌어지고 윗입술이 들어올려져 이가 훤히 다 보인다.

"놀랐어? ……미안. 그럴 생각은 아니었는데……"

크리스티나는 손으로 목 언저리를 더듬고 있다. 앞이 잘 보이지 않는지 두꺼운 안경 너머로 두 눈을 깜박거린다.

"너, 마르가레타니?"

쓸데없는 질문이다. 그녀는 이미 알고 있다. 쉰 목소리, 거리낌 없는 행동, 갑작스런 등장, 마르가레타 말고는 그럴 사람이 없다.

크리스티나의 목소리가 상냥해진다.

"아, 그래. 오랜만이야. 오래 기다렸니?"

"몇 시간 됐어. 야근하는 줄 알았네."

"이런, 추워서 꽁꽁 얼었겠다."

"왜? 난 북쪽을 좋아하잖아! 기다리는 동안 얼마나 좋았는데⋯⋯"

물론 마르가레타의 말은 거짓말이다. 피하지방이 두꺼워서 추위를 잘 타진 않지만, 기다리는 게 좋았을 리는 없다.

솔직히 말하면 과거로 떠난 그녀의 여행은 하루 종일 실패의 연속이었다. 마르가레타는 정원에서 혼자 크리스티나를 기다릴 때부터 일이 잘못될지도 모른다는 생각에 사로잡혀 있었다. 경험이란 거미줄처럼 부서질 듯 약해서, 어떤 생각도, 어떤 말도 제대로 견뎌내지 못할 때가, 때로는 그냥 묻어두는 편이 나을 때가 있다. 그저 의식의 언저리에서 한 번씩 희미하게 빛을 발하는 것으로 만족해야 할 때가 있는 것이다.

타눔에서의 경험이 그랬다. 그때의 경험은 그녀의 의식 한켠에서 이슬처럼 투명하고 촉촉하게 빛났다. 마르가레타는 그 기억의 주변에서는 지극히 조심스럽게 움직였다. 그때의 기억을 들춘 것은 지금까지 딱 한 번, 바로 클래스와 관계를 가진 뒤 아주 편안한 마음으로 자신이 물리학을 공부하게 된 계기를 설명하던 때였다. 젊은 시절 황야에서의 기억에 대해 주저하며 소곤소곤 이야기하기 시작했다. 해 뜨기 직전 여명이 밝아올 무렵이면 꽃이 만발한 듯 시나브로 연분홍빛으로 물들던 들판의 모습과 하늘과 땅이 뒤섞이던 장관에 대해, 그리고 북극성이 아침햇살에 그 빛을 잃을 때까지 반짝이던 광경에 대해.

"언젠가 언덕에 올라갔을 때였어…… 그곳에서 황야를 내려다보는데, 아주 똑같이 생긴 하얀 접시 세 개가 눈에 들어오지 뭐야. 파라볼라 안테나였어. 하지만 당시 난 그런 건 알지 못했고, 그런 안테나가 뭔지 아는 사람도 별로 없던 때였지. 그 비슷한 것도 보지 못하던 때였으니까. 난 그게 그저 우주와 관계가 있는 것이라고 생각했어…… 너무너무 기뻤어. 정말 믿을 수 없을 만큼 행복했지. 크고 멋져 보이고…… 아, 그냥 그런 게 존재한다는 사실 하나만으로도 가슴이 벅찼어!"

마르가레타가 얘기하는 동안 그녀의 무릎을 베고 조용히 누워 있던 클래스가 얼른 일어나 앉더니 침대 밑 소나무 마룻바닥에 맨다리를 늘어뜨리고 의심스럽다는 듯 물었다.

"오, 저런. 그래서 물리학을 시작했단 말이야?"

마르가레타는 클래스를 따라 웃음을 터뜨렸다. 그러곤 찰싹 소리를 내며 마룻바닥에 일어서서는 그를 팔꿈치로 살짝 찔렀다.

"뭔가에 조금 미쳐보는 것도 괜찮다고 그러지 않았어?"

그는 대답 대신 웃었다.

"그래도 그렇게 완전히 미칠 것까진 없었잖아!"

그후 마르가레타는 자기 자신을 책망해야 했다. 왜 잠자코 있지 않았을까? 이런 경험은 누구와도 나눌 수 없다는 걸 인정하고 이를 악물고라도 말하지 말아야 했다. 그 누구와도, 믿을 만한 친구나 애인이라도 공유할 수 없다는 걸 깨달았어야 했다. 그건 어쩌면 영원한 것은 없다는 이 시대의 정신과 관계있을지도 모른다.

마르가레타는 어떤 식으로든 자신의 경험을 표현할 수는 있었지만 클래스처럼 현실적인 사람들을 이해시킬 수는 없었다. 파라볼라 안테나를 본 순간 가슴이 터질 것 같았다고, 난파선과 무인도를 연상했다고 한다면, 클래스는 분명 꽤나 당황했을 것이다. 거기다 일종의 종교적 체험 같았다고 덧붙인다면, 노골적으로 불쾌감을 드러냈을 것이다. 이성적인 사람은 종교적인 체험을 하지 못한다. 그건 지금도 마찬가지다.

그러나 어쨌든 그랬다. 그날 아침은 말 그대로 가슴이 터질 것만 같았다. 난생처음으로 신의 존재를 예감했던 날이었다. 파라볼라 안테나는 고고학을 공부할 때 보았던 고대 사원이나 폐허가 된 신전 그 무엇보다도 충격적이었다. 경외감이 절로 일었다. 불현듯 자신이 로빈슨 크루소가 된 듯한 기분이었다. 평생의 기다림 끝에 저 멀리 수평선에서 돛을 발견한 로빈슨 크루소.

"아, 그래!" 그녀는 자기가 무슨 말을 하고 있는지도 모르면서 그저 감탄사만 연발했었다. "아, 그래!"

황야의 색깔은 태양이 떠오르면서 더욱 강렬해졌다. 황야에 핀 무수한 꽃들은 무채색의 밤을 벗고 보라색으로 짙게 물들었고 은빛으로 빛나던 풀들은 황금빛으로 변했다. 그렇게 커다란 색채 도면 위에서 일곱 색깔 무지개가 번쩍 빛나는 듯하더니 금방 한데 어우러져 다시 하얗게 변했다. 그 순간 다시 보니 하얀 접시는 돛이 아니었다. 그건 소리였다. 우주를 향한 동경으로 몸부림치는 고함 소리였다. *우리 여기 있어요! 우리 여기 있어요! 우리 좀 구해주세요!* 그런데 지금은 아무 소리도 들리지 않았다. 기억조차 없다. 결국 마르가레타는 그 거미줄을 짓밟아버렸다. 이제 다시는 기억하지 못할지도 모른다. 한 젊은 여인이 히스꽃 앞에 무릎을 꿇고 앉아 파라볼라 안테나를 가만히 쳐다보고 있는 모습을, 그리고 한 중년 여인이 도로 가에 차를 세우고 내리는 모습을 더이상 기억 못 할지도 모른다. 반쯤 감은 눈꺼풀이 기대감으로 바르르 떨렸다. 그 시간을 좀더 즐기기 위해 눈을 감았다. 그리고 세 개의 흰 안테나를 보려고 고심 끝에 조수석 문 옆에 자리를 잡고 선 다음 드디어 눈을 떴다. 한눈 가득 들어올 안테나를 기대하며 눈을 번쩍 떴다. 크고 맑게……

그러나 두 눈엔 아무것도 들어오지 않았다. 마르가레타는 눈을 끔벅이며 그 일대 황야와 파라볼라 안테나는 그대로지만, 찰나로 느껴지는 그 이십오 년의 세월이 자신을 전혀 다른 여자로 만들어놓았다는 사실을 받아들일 수밖에 없었다. 변해버린 자신 탓에 경외감은 되살아나지 않고, 이제 머릿속은 자질구레한 지식들로 가득 차 있을 뿐이었다. 하얀 안테나들을 바라보면서 대성당과 폐허가 된 사원에 대한 기억을 되살려보려 해도 허사였다. 난파선과 하얀 돛에 대한 기억도 마찬가지였다. 지금 눈앞에 있는 게 뭔지 정확히 보였기 때문에 어떤 이미지도 들어설 수 없었다. 이제 우주를 향한 외침은 더이상 없었다. 그곳엔 단지 단순한 위성수신을 위한 파라볼라 안테나가 있을 뿐이었다. 그 안테나를 귀라고, 혹은 빛을 뿜어내는 눈이라고 말할 수도 있을 것이다. 하지만 그렇다고 해도 그건 그저 평범한 확성기에 지나지 않았다. 중요하고 유용한 물건이지만 경외심이란 눈곱만치도 불러일으키지 못하는 확성기.

마르가레타는 큰 소리로 혼잣말을 중얼거리면서 옛 신전 근처 자갈밭으로 걸어갔다. 바보 같긴! 바보! 멍청이! 미쳤어!

불현듯 떠오른 생각에 현기증이 일었다. 만약 그날 밤 황야를 헤매고 다니지 않았더라면 지금 무엇이 되어 있을까? 시간은 오래 걸렸더라도 최소한 박사학위는 받지 않았을까? 고고학 박사학위를 받는 데 사오 년 이상 걸리는 사람은 없다. 하지만 물리학자는 십 년, 십오 년을 매달려야 간신히 뭔가가 될 수 있다. 고고학자들은 그리스로 세미나나 회의를 떠나 밤이면 포도주를 마시며 섹스를 즐기지만, 물리학자는 밤마다 홀로 노를란드의 추운 간이숙소에 앉아 언 귀를 녹여가며 실험도구를 확인해야 한다. 적어도 자신의 타고난 재능만 믿고 스위스 베른 같은 곳으로 떠날 만큼 무모하지 않은 마르가레타 같은 보통의 물리학자라면 말이다.

그러나 마르가레타는 다시 차에 앉아 액셀을 밟으며 생각했다. 이제야 내가 그저 평범한 재능의 소유자라는 것을 깨닫게 되다니……

조수석을 더듬어 담배를 찾아 불을 붙였다. 연기가 매웠다. 눈물이 날 것 같았다. 눈을 깜박여 일부러 눈물을 흘렸지만 시야는 맑아지지 않았다. 금세 다시 눈물이 고였다.

마르가레타는 흐느끼면서 검지로 허둥지둥 코밑을 훔쳐냈다. 여기 이렇게 앉아 훌쩍이고 있는 사람이 정말 나란 말인가? 그 쌀쌀맞은 성격이 예술의 경지에까지 올랐다는 마르가레타 요한손이 맞단 말인가? 아니다, 여기에 그런 여자는 없다. 십오 년 동안 한 번도 울지 않은 그녀였다. 지금도 그럴 생각은 전혀 없다. 차 안은 순식간에 담배연기로 가득 찼다…… 손잡이를 돌려 유리창을 내렸다. 달리는 차 안으로 바람이 불어와 머리카락이 나풀거렸고, 고여 있던 눈물이 주르르 흘러내렸다.

이젠 됐다. 진정하자. 마르가레타는 자신이 의기소침했었다는 것을, 잠시나마 상당히 위축되어 있었다는 사실을 순순히 받아들였다. 자신의 인생 전체가 그저 중간 정도, 평균을 넘지 못한다는 사실을 깨닫게 된 뒤부터, 중년의 나이에 평범한 재능, 반쯤 진척된 박사논문과 정리 안 된 재정상태, 그리고 피도 섞이지 않은 절반의 자매들이 있다는 걸 깨닫게 된 뒤부터 말이다. 사람들은 이런 나를 어떻게 생각할까? 그녀는 지금까지 대부분의 나날을 아랫도리가 없는 여자로 보냈다. 클래스는 스톡홀름에, 그녀는 키루나에 살고 있다. 게다가 클래스와는 단지 우정과 육체뿐이라고 처음부터 말했었다. 그러니 그와의 관계 역시 절반의 관계일 뿐이다. 담배를 비벼끄면서 절로 얼굴이 찡그려졌다. 아마 키비크의 연시(年市)에 나가면 시선을 한 몸에 받을 수 있을 것이다. 다들 와서 이 절반의 여인을 구경해보세요! 딱 절반 가격에 드릴 테니!

마르가레타는 우데발라를 몇 킬로미터 앞두고서야 비로소 자기 연민의 감정을 떨쳐버릴 수 있었다. 사거리에서 차를 멈추고 지도를 들여다봤다. 옌셰핑을 거쳐 가면 스톡홀름까지 한참 걸리지만 어쩔 수 없었다. 기억의 선로를 따라가는 그녀의 여행에는 하나의 목적지가 있었다.

크리스티나의 새 주소를 알고 있었지만 바드스테나에선 서지 않기로 미리부터 작정했다. 하지만 자존심 강한 이 소도시에 사는 그 조그맣고 도도한 여의사와 함께 모탈라에 가보고 싶었다. 스톡홀름으로 가기 전에 엘렌 아줌마 묘지에 초 하나 밝혀놓고, 옛집에도 슬며시 들러보고 싶었다. 급할 건 없지만 클래스가 사라예보에 가 있는 며칠만이라도 처음으로 그의 집에 혼자 있는 즐거움을 누려보고 싶었다. 그의 비밀을 캐내려는 건 아니지만 서랍이나 장롱이 열려 있다면, 그래, 그렇다면……

요기를 하려고 골덴오터 부근에 차를 세웠다. 그리고 반 시간이 넘도록 카페테리아에 앉아 잿빛이 도는 푸른 겨울 호수를 하염없이 바라보았다. 그런데 다시 출발한 후 얼마 못 가 그만 일이 터지고 말았다. 클래스의 낡은 피아트가 덜거덕거리는 듯싶더니, 갑자기 일개 기갑사단이 진격하는 소리를 냈다. 마르가레타는 방향을 바꿔 갓길에 차를 세웠다. 차 주위를 맴돌면서 살펴보아도 무엇이 잘못됐는지 알 수가 없었다. 그러나 다시 시동을 걸자 소리는 더욱 심해졌다. 도저히 고속도로로 진입할 자신이 없어, 마르가레타는 그저 보이는 방향대로 천천히 차를 몰았다.

그 덜거덕거리는 차로 좁은 길들을 느릿느릿 통과해 바드스테나에 도착했다. 어렵사리 찾은 카센터에서는 지금 당장은 수리할 수 없다고, 배기관이 너무 낡아 린셰핑에서 구해와야 할 것 같다고 했다. 그것도 운이 좋으면 말이다.

"내일, 내일 오후나 되어야 할 것 같아요. 그전에는 안 되겠는데."

정비사는 외스트예타 사투리로 느릿느릿 말했다. 마르가레타는 식은땀에 젖어 달라붙은 머리를 쓸어넘겼다.

"비용이 많이 들까요?"

그는 모자를 벗고 옆을 바라보았다.

"그럴 거예요. 정확한 건 살펴봐야 알겠지만……"

얘기를 끝내고 다시 차가 있는 곳으로 나오니 와이퍼 밑에 웬 편지가 한 통 꽂혀 있었다.

크리스티나의 집이라고 생각되는 곳에 도착하자, 흥분해서인지 몸이 몹시 떨렸다. 아무도 문을 열어주지 않자 흥분은 더욱 심해졌다. 집 주위를 몇 바퀴나 돌면서 쉴새없이 부엌문을 두드리고 계속해서 현관 초인종을 눌러댔다. 그녀는 몹시 예민해져 있었다. 이 집은 정말 비어 있는 건지도 모른다. 마르가레타를 집에 들이지 않으려고 크리스티나가 저 어두운 창문 뒤에 숨어 있을 이유가 없다. 간단하다. 크리스티나는 집에 없는 것이다.

숨이 막혀오는 듯했지만 차츰 이성을 되찾으면서 마음도 조금씩 안정되어갔다. 결국 부엌 계단에 앉아 기다리기로 했다. 처음엔 편지봉투를 잡고 손가락으로 살짝 건드렸다가 다시 검지로 봉투 입구를 톡톡 건드렸다. 잠시 후 근육의 긴장이 풀어지며 몸에 뜨거운 기운이 돌았다. 마르가레타는 두 손을 무릎 위에 올려놓았다. 편지는 이제 그 반원 모양으로 놓인 손바닥 아래, 청바지를 입은 그녀의 허벅지 위에 놓여 있었다.

이제는 좀 느긋하게 기다릴 수도 있을 것 같았지만, 그 이상한 편지의 마지막 글귀가 머릿속에서 계속 윙윙거렸다. *어휴, 어휴, 창피한 줄 좀 알아! 아무도 널 원하지 않는다구!*

기다리는 시간이 길어지자 마르가레타는 한쪽 다리를 쭉 뻗었다. 부츠가 정원 길까지 닿았다. 크리스티나가 매주 한 번씩 자갈이 깔린 길을 정성스럽게 고르고 있음을 한눈에 알 수 있었다. 엘렌 아줌마한테 배운 것이었다. 토요일이면 언제나 세 아이는 갈퀴를 받아 각자 맡은 곳을 정돈해야 했다. 크리스티나는 울타리와 집 사이의 길, 마르가레타는 조그마한 앞마당, 비르지타는 뒤편의 자갈밭.

마르가레타가 지금까지 살면서 얻은 삶의 지혜를 한 땀 한 땀 수를 놓아 표현한다면, 아마 그때의 토요일이 주제가 될 것이다. *인생은 자갈밭을 갈퀴로 고르는 것과 같다.* 정말로 그랬다. 그녀는 자갈밭을 고르듯 그렇게 살아왔다.

비르지타는 엘렌 아줌마가 안 보인다 싶으면 곧바로 갈퀴를 내동댕이치고 부엌 창문에서 보이지 않는 담벼락으로 슬금슬금 기어갔다. 그리고 그 밑에 앉아 앞머리 밑에 숨겨진 두 눈을 꼭 감고 이미 상처투성이인 손톱을 피가 날 때까지 또 물어뜯었다.

마르가레타는 그런 비르지타를 경멸했다. 비르지타를 따라 하고 싶은 생각은 눈곱만치도 없었다. 오히려 앞마당을 정말 예쁘게 꾸미고 싶었다. 그녀는 자갈밭에 갈퀴로 꽃과 서커스 말과 공주를 그려놓고 때로 그걸 보며 눈물을 글썽거렸다. 하지만 다른 식구들은 마르가레타가 얼마나 정성껏 갈퀴질을 하는지 알 수 없었을 것이다. 겉보기엔 전혀 한 것 같지 않았으니까.

제대로 일한 사람은 크리스티나뿐이었다. 그녀가 지나간 자리는 자 갈이 똑바로 줄을 맞춰 정렬해 있었다. 그녀는 맨 먼저 자기가 맡은 부 분을, 그다음엔 마르가레타, 그리고 마지막으로 비르지타의 구역까지 정리했다. 그렇지만 불평 한마디 없었다. 오히려 그 사실을 들킬까 전 전긍긍하며 마르가레타와 비르지타의 일을 서둘러 끝마쳤다. 불안한 눈초리로 부엌 창문을 살피면서.

그럼에도 불구하고 그 둘은……

마르가레타는 자세를 바꾸고 주머니를 뒤져 담배를 찾았다. 작년부 터 크리스티나 쪽에서 완전히 소식을 끊어버려 한 번도 만나지 못했 다. 강림절 기간 내내 마르가레타는 전화벨이 울릴 때마다 설레는 가 슴으로 수화기를 들었다. 크리스티나가 마음을 바꿔먹고 예전처럼 크 리스마스 파티에 초대할지도 몰라…… 하지만 바드스테나산(産) 레 이스 장식이 된 카드 한 통이 전부였다. 카드에는 성(姓)만 씌어 있었 다. 그건 크리스티나가 자신을 자매로 받아들이고 싶지 않다는 결정적 인 증거였다. *어휴, 어휴, 창피한 줄 좀 알아! 아무도 널 원하지 않는 다구!*

문득 여기는 자기가 있을 곳이 아니라는 생각이 들었다. 부들부들 떨리는 손으로 담배에 불을 붙였다. 왜 그렇게 자신과의 관계를 부정 하려는 사람을 계속 생각해야 하는 걸까? 지금까지 살아오면서 마르 가레타는 늘 떠나보내기보다는 스스로 떠나는 사람이었다. 지금도 그 렇게 해야 한다. 얼른 일어나 작은 호텔이라도 찾아야 한다. 근사한 점 심을 즐기고 신용카드로 멋지게 계산해야지. 정말 배가 고프다. 포도 주를 한잔 마시고 방금 다림질된 깨끗한 침대 시트에 몸을 누이면……

아니면 차를 렌트해서 곧장 스톡홀름으로 가버릴까? 하지만 피아트를 계속 바드스테나에 세워둘 수는 없다. 클래스가 돌아와서 차가 없는 걸 알면 난리를 칠 테니까. 게다가 이 이상한 편지도…… 어떤 방식으로든 편지에서 자유로워지고 싶었다. 유감스럽지만 크리스티나가 이 편지의 의미를 파악할 수 있는 유일한 사람이다. 뭔가 일이 벌어지고 있다. 이 세상에서 단 세 사람만이 알 수 있는 일…… 그리고 이 편지를 보낸 사람도 아마 그 셋 중 하나일 것이다. 곧장 달려가 그 사람에게 따지는 건 꿈에도 생각지 않았다. 머릿속이 혼란스러운 채로 일을 벌였다가 더 안 좋은 결과를 가져올 수도 있다.

그런데…… 도대체 왜 이런 고민을 해야 하는 걸까? 모탈라의 그 뻔뻔스런 주정뱅이가 이 마르가레타 요한손에게 무슨 짓을 할 수 있을까? 왜 자신은 이 편지를, 또 다음주에도 계속 올지도 모를 편지들을 변기에 처넣지 못하는 걸까? 뭐가 그렇게 두려운 걸까?

"아, 아니야!" 그녀는 소리치며 일어섰다. 말도 안 되는 이런 일은 무시해버리고 가까운 호텔로 가자. 비르지타는 나를 그냥 내버려둘 거야. 크리스티나처럼……

그때 도로에 차 한 대가 멈춰 섰고, 순간 마르가레타 역시 동작을 멈추었다. 달아나기엔 너무 늦었다. 그녀는 꼼짝 않고 서서 정원에 들어서는 크리스티나의 가벼운 발걸음에 귀를 기울였다. 왜 그런지 크리스티나는 라일락 앞에 잠시 멈춰 섰다가 이쪽으로 걸어왔다.

자신의 존재를 들키지 않았다고 생각한 마르가레타는 어떤 극적인 상황을 연출하고 싶어졌다. 그녀는 부엌 계단에 다시 앉아 쉰 목소리로 말했다.

"안녕, 크리스티나. 너도 오늘 편지 받았지?"

두 사람은 어느 정도 거리를 두고 서 있다. 크리스티나는 발을 딱 붙이고 손을 다소곳이 배 앞에 모은 채, 마르가레타는 다리를 벌리고 손은 재킷 주머니에 찔러넣은 채. 불현듯 마르가레타는 알 수 없는 자신감이 생긴다. 밤공기가 폐를 촉촉하게 적시며 혈관을 타고 흐르는 불순물들을 모두 씻어내린 듯 깨끗한 느낌. 막 목욕을 마치고 나온 것 같다.

"날 기다리고 있었던 거야? 미안해. 오늘 에릭이 스톡홀름으로 떠났거든. 텍사스에서 객원교수 자리를 맡았어. 아주 흥미로운 프로젝트를 맡았다나봐. 고령 임신에 관한 것이라던가. 그리고……"

크리스티나는 그렇게 말하면서 부엌문 쪽으로 간다.

그녀는 불청객에 대한 불편한 심기를 아주 능숙하게 감추고 있다. 밝고 친근하고 상냥하게 조율한 목소리. 마르가레타가 어린 시절부터 기억하고 있던 목소리와는 영 딴판이다. 엘렌 아줌마의 집으로 온 뒤 첫 한 달 동안은 크리스티나는 늘 속삭이듯 말을 해서 때로는 그냥 식식거리는 것처럼 들리기도 했다. 시간이 지나 서로 이야기를 나누기 시작하고 나서야 크리스티나가 이상한 사투리를 쓴다는 것을 알게 되었다. 숀 지방 사투리를 굴려서 하는 듯한 발음이었다. 숀 사람들은 대체로 복모음을 발음하지 않았지만, 복모음 뒤에 나오는 R는 꼭 목에서 굴려 발음했다. 크리스티나는 숀 지방 출신은 아니었지만 그곳 사람들처럼 혀끝을 둥글게 굴려 말했다. 그렇다고 단모음을 제대로 발음하는 것도 아니었다. 그 의문은 몇 년이 지나 꼭 마녀 같은 그녀의 엄마, 푸른 손가락의 아스트리드가 자기 딸을 찾으러 왔을 때에야 풀렸다. 아스트리드의 발음도 꼭 그랬던 것이다. 그즈음 크리스티나의 말투는 촌스러운 외스트예타 지방 사투리였는데 고칠 생각이 전혀 없는 것 같았다. 크리스티나는 아스트리드가 다가오자 엘렌 아줌마의 의자 뒤에 숨어 미친 듯이 소리를 질러댔다.

크리스티나가 부엌문을 열고 들어가 불을 켜자 마르가레타도 따라 들어가 부엌을 둘러보며 재킷을 벗는다. 그럼 그렇지. 최신 냉장고와 대형 냉장고가 인테리어용 목재 패널 뒤에 감추듯 빌트인으로 처리되어 있다. 하지만 최신식 전자레인지만큼은 숨길 수 없었나보다. 전자레인지 때문인지 석탄 난로 위에 놓인 국화 문양 동판 접시가 더욱 눈에 잘 띈다. 세상에나, 이 집이 얼마나 신기한 것들로 가득 차 있는지 한눈에 보이는군.

마르가레타는 재킷을 의자 등받이에 걸치면서 말한다.

"새 집이야, 아니면 오래된 집을 고친 거야?"

크리스티나는 잠시 부엌 한가운데 서서 망토의 맨 윗단추를 만지작거린다. 망토보다 먼저 그 안에 걸친 실크 숄을 벗고 싶은 모양이다. 단추도 풀지 않은 채 옷장 쪽으로 가며 어깨너머로 말한다.

"보고 싶으면 한번 둘러봐. 난 옷 좀 걸어놓고……"

마르가레타도 부엌에서 기다릴 생각은 없다. 어슬렁거리며 따라나간다. 복도를 지나 옷장 거울에 비친 크리스티나의 모습을 슬쩍 엿본다. 무슨 아픈 비밀이라도 간직한 듯한 숄을 벗어 낡은 옷장에 집어넣으며 한 손으로 머리를 쓸어넘기고 있다. 그 손이 다시 불안스레 떨며 재킷 속에서 반짝이는 진주목걸이에 가 닿는다. 목걸이도 풀려는 건가? 그러나 그건 아니다. 문가에 서 있던 마르가레타는 문설주에 몸을 기대며 쓸쓸한 미소를 짓는다.

"목걸이 예쁘네. 교수님이 준 거야?"

그 말은 크리스티나에게 어린 시절의 오랜 반항심을 다시 일깨운다. 그녀는 고개를 뒤로 젖히며 목걸이를 풀 생각이 전혀 없음을 분명히 한다. 그러곤 목걸이를 만지작거리며 말한다.

"응, 예쁘지? 오래됐어. 에릭의 집안 대대로 물려내려온 거야. 시어머니가 주셨어……"

마르가레타가 눈꺼풀을 추켜올린다.

"그 소심하던 잉게보르크가? 죽었어?"

크리스티나는 고개를 끄덕인다.

"응, 작년에."

마르가레타는 말없이 크리스티나 옆 옷장 거울에 비친 자기 얼굴을 바라본다. 순간 피로가 몰려온다. 무슨 근거로 크리스티나의 숄과 목걸이를 비웃을 수 있단 말인가? 마르가레타 자신은 그런 평범한 스타일이 아니라서? 관습 따위를 따르는 성격이 아니어서? 자신은 다른 중년 여성들과는 다르니까? 블랙진과 디자이너 가죽재킷, 단발머리, 진한 눈화장, 그리고 특이한 디자인의 목걸이. 문득 마르가레타는 자신이 그 독특한 목걸이로 부족한 외모를 애교 있게 커버하고 있는 것은 아닌가 생각한다. 가느다란 가죽벨트에는 큼직한 자개장식이 몇 개 박혀 있다. 이런 차림새로 뭘 표현하고 싶었던 걸까? 무슨 생각으로 이렇게 차려입었던 걸까? 크리스티나가 몸을 돌려 그녀를 쳐다본다.

"피곤하니?"

마르가레타는 고개를 끄덕인다.

"요즘 잠을 통 못 잤거든……"

"왜?"

마르가레타가 어깨를 으쓱한다.

"모르겠어…… 어떤 불길한 예감 때문이었는지……"

크리스티나의 얼굴에 순간 의사다운 표정이 떠올랐다 사라진다. 의사들의 세계에서 예감이란 말은 어울리지 않지만 퍼뜩 뇌리를 스치는 것이 있다.

"너, 편지 어쩌고 하지 않았니?"

마르가레타가 주머니에서 편지를 꺼내 내밀었지만 크리스티나는 받지 않는다. 손을 재킷 주머니에 집어넣으며 고개를 숙인 채 눈으로만 유심히 편지를 살핀다.

두 사람은 동시에 얼굴을 들고 서로를 응시한다. 마르가레타가 얼굴을 찡그리며 얼른 고개를 돌린다. 오랫동안 무시하려고 했던 목 안의 응어리가 부풀어오르는가 싶더니 마치 미끈미끈한 비눗방울처럼 펑 터진다. 입을 꼭 다물지 않으면 눈물이 왈칵 쏟아질 것만 같다. 크리스티나가 걱정스러운 듯 마르가레타의 팔을 쓰다듬는다.

"그래, 괜찮아. 진정해, 마르가레타. 그 계집애가 뭐라고 썼기에 그렇게 흥분하는 거야?"

마르가레타가 다시 편지를 내민다. 이번엔 받을 수밖에 없다. 크리스티나는 마치 편지를 손가락에 꽂듯이 집는다. 손가락이 꼭 작은 핀셋 같다. 그녀는 조심스럽게 손가락을 밀어넣어 구겨진 종이를 꺼내 조심조심 서랍장 위에 올려놓는다. 그런 다음 안경을 제대로 끼고 마르가레타에게 뭔가를 결심한 듯한 눈길을 보낸다. 이윽고 낭랑한 목소리로 읽기 시작한다.

세 명의 여자가 아이를 낳았네.
아아, 아스트리드가 신음했네, 아아, 엘렌이 신음했네, 아아, 게르트루드가 신음했네.
아아, 아아, 아아.
조산원이 그들을 돌아보았지. 으앙, 으앙, 으앙, 으앙!
아기는 네 명이었네.
한 아이가 바닥으로 떨어졌네, 이 못생긴 아이는 누구 아이예요?
어휴, 어휴, 창피한 줄 좀 알아, 아무도 그 아이를 원하지 않아!

어휴, 어휴, 창피한 줄 좀 알아. 아무도 널 원하지 않는다구.

잠시 정적이 흐른다. 두 사람은 서로의 눈길을 피한다. 크리스티나는 손으로 편지를 쓸어보다가 뭔가 작정한 듯 옷장 서랍을 열어 수건 하나를 꺼내든다.

"얼굴 좀 닦아, 그리고 같이 밥 먹자……"

마르가레타는 시키는 대로 한다. 그리고 코와 입가에 붙은 휴지를 떼어내지도 않은 채, 쉰 목소리로 말한다.

"그년을 죽일 수만 있다면! 그앤 모두에게 죄를 지었어, 우리 모두에게. 우리가 이렇게 철저히 저주받은 삶을 살아야 하는 건 모두 비르지타 때문이야!"

봄은 공허한 약속에 불과했다. 지금은 밤, 겨울이 최후의 발악을 하고 있다. 바람이 불고 눈이 내리기 시작한다. 창밖엔 반쯤 녹아내린 눈이 벌써 쌓이기 시작한다. 마르가레타는 가볍게 몸을 떨며 식탁 앞에 앉는다. 부엌 창문 앞 덤불이 이리저리 살랑거리며 유리를 문지르는 듯하더니 순식간에 성난 청소부처럼 유리창을 채찍질한다.

크리스티나의 편지를 읽은 마르가레타는 흥분해서 한참을 씩씩거렸다. 조금은 과장된 반응. 도무지 이해하기 어려운, 터무니없는 행동이다. 마르가레타는 과장된 몇 마디 말로 눈물을 감출 수 있을 거라고 계산하고 있는 것이다. 이젠 눈물도 나오지 않는다. 여전히 휴지를 들고 있었지만 이젠 목의 멍울도 없어지고 눈물도 말라버린 뒤였다. 그녀의 시선은 싱크대 앞에서 왔다갔다하는 크리스티나를 한순간도 놓치지 않고 계속 뒤쫓고 있었다. 반질거리는 부엌집기들 사이를 익숙하게 돌아다니는 크리스티나의 모습이 꼭 자기 집에 무단 침입한 사람 같아 보인다. 팔을 몸에 딱 붙이고 조용조용 걸어다니며 물을 틀 때도 물줄기를 약하게 해서 큰 소리가 나지 않게 한다. 냉장고 문도 심호흡을 하고 절대 소리나지 않게 닫는다.

부엌 전등도 은밀한 분위기를 한층 더한다. 크리스티나는 식탁 위 램프만 밝혀놓았다. 스벤스크트 텐 제품이군. 이천은 줬겠는데! 마르가레타는 속으로 생각한다. 그 어슴푸레한 분위기 속에서 크리스티나는 싱크대 주위를 분주하게 돌아다니고 있다. 뭔가에 몰두해 있는 모습이 몹시 기대된다. 그녀는 포도주를 미리 따놓고, 손수 구운 빵을 전자레인지에 넣어 따뜻하게 데운 다음 꽁꽁 언 수프도 막 데우려던 참이다.

"좀 도와줄까?"

마르가레타의 말에 크리스티나가 화들짝 놀라며 돌아본다. 마르가레타의 존재를 잊고 있던 그녀는 곧 정신을 차리고 허둥지둥 대답한다.

"아냐, 아냐. 거의 다 했어…… 그냥 앉아 있어."

"담배 피워도 돼?"

크리스티나가 어깨를 으쓱한다. 마르가레타는 담배에 불을 붙이고 라이터를 손에 쥔 채 식탁 위로 몸을 구부린다.

"초에 불 붙일까?"

"그래, 그러고 싶으면……"

크리스티나가 상관없다는 듯 말한다. 마르가레타는 페루산(産) 촛대를 알아본다. 그녀가 산 것이다. 그날의 기억이 스치듯 지나간다. 그녀는 늦은 밤 리마의 해변에 앉아 있었다. 그 바로 몇 시간 전 그 아이를 처음 보았다. 검은 눈동자에 주름투성이인 깡마른 사내아이. 아이는 갓난아기처럼 머리 위로 팔을 올리고 누운 채 눈도 깜짝하지 않고 마르가레타를 응시했다. 그 시선 때문에 한동안 아무 말도 할 수 없었다. 말없이 모래사장에 앉아 고요한 바다를 쳐다보았다. 우리 같은 고아는 동족이니 서로서로 돌봐줘야 해. 호텔로 돌아가는 길에 마치 엄마가 된 듯한 기분이 들어 웃음이 절로 나왔다. 들뜬 기분에 노점에서 손으로 직접 그린 그림이 새겨진 예쁜 촛대를 다섯 개나 샀다. 그중 하나는 병원에 있는 엘렌 아줌마의 탁자에, 또하나는 바드스테나의 식탁에 올려놓았다. 그중에서도 그 아이의 침대 옆 바닥에 놓은 촛대가 가장 예뻤다는 건 신만이 아시리라……

크리스티나가 따뜻하게 데워진 수프 접시를 앞으로 내민다. 수프에서 나는 새콤한 냄새가 잊고 있던 무언가를 일깨운다.

"이거 엘렌 아줌마 수프지?"

마르가레타가 허겁지겁 숟가락을 집어들고, 크리스티나의 얼굴엔 이날 저녁 처음으로 미소가 번진다.

"맞아, 작년에 아줌마가 수프 조리법을 적어주셨어. 굴라시*랑 산딸기 케이크 만드는 법도……"

마르가레타는 금방이라도 입에 넣을 듯이 숟가락을 들고 웃는다.

"아, 산딸기 케이크! 나도 좀 알고 싶은데…… 너 그거 생각나니?"

더 말할 필요도 없다. 크리스티나는 나직이 킥킥거리며 웃는다. 엘렌 아줌마의 웃음소리가 어디선가 메아리쳐 오는 것 같다. 와인 한 잔을 건네는 크리스티나의 손이 웃음소리에 박자를 맞추어 흔들린다.

"너, 잼 병 속에 손가락을 넣다가 들켰었잖아…… 얼마나 불쌍해 보이던지! 솔직히 너무 무서웠어……"

그녀의 웃음에 마르가레타가 답한다.

---

* 소고기, 감자, 피망, 토마토 등의 야채를 넣고 파프리카로 양념한 헝가리 요리.

"그래, 정말 너무너무 무서웠지. 그날따라 천둥까지 쳤잖아 왜."

크리스티나가 무심코 빵 바구니를 내미는 바람에 그들 사이에 놓여 있던 달걀이 깨질 뻔했다.

"지난번에 묘지에 갔었니?"

마르가레타가 따뜻한 빵 한 조각을 집으면서 묻는다. 그 빵도 엘렌 아줌마의 요리법대로 구운 건지 궁금한 듯 손가락으로 만져본다. 크리스티나가 어깨를 으쓱한다.

"만성절*이었잖아. 그래서 몰래 다녀왔지. 이젠 모탈라에는 더이상 가고 싶지 않아……"

마르가레타는 화들짝 놀라며 버터나이프를 들고 있는 손을 멈춘다.

"왜, 그 계집애 만났어?"

"아니야, 그렇지만……"

크리스티나는 마르가레타의 등 위 벽을 바라보고 가만히 앉아 있다.

"그런데."

마르가레타가 조바심을 낸다.

"왜 그래?"

"누군가 나를 감시하고 있는 것 같아. 세상 사람들 모두가 마치 나에 대해 알고 있는 것 같아. 걔가 내 처방전 묶음을 훔쳐갔던 그날부터 말이야. 그때 심문받으러 경찰서에 여러 번 들락거렸잖아. 법정에서 증인진술까지 하고. 신문에서도 떠들고, 지방방송국에까지 나왔으니. 아니, 썩 기분 좋은 일은 아니었어……"

"그래도 언론에서 네 이름을 언급한 건 아니었잖아?"

---

* 매년 11월 1일 태양의 계절이 끝나고 어둠과 추위의 계절이 시작되었음을 선포하며 축제를 벌인 켈트족의 풍습에서 유래한 것으로, 성인(聖人)과 죽은 자들을 기리는 가톨릭의 축일이다.

크리스티나가 조금은 냉소적인 웃음을 내비친다.

"소용없어. 여긴 누가 누군지 뻔히 아는 동네야. 글쎄 봄에는 무슨 일이 있었는지 아니? 모탈라에 장을 보러 가던 길에, 뭘 좀 먹으려고 시장 근처에 새로 생긴 작은 레스토랑에 갔었거든. 셀프 서비스를 하는 아주 평범한 음식점이었는데 주인여자가 직접 나와서 그릇들을 치우기 시작하는 거야. 그러고는 내 옆을 지나가는데 그릇이 달그락거리길래 아무 생각 없이 그냥 쳐다봤어. 그랬더니 여자가 말을 붙이더라. 실례지만 바드스테나의 불프 선생님 아니세요? 그렇다고 했지…… 그랬더니 여자가 인상을 쓰면서 동정하는 듯한 눈빛으로 이러는 거야. 맞군요, 이제야 말씀드리는데, 우리 식당에서 선생님 동생에게 접시 닦는 일을 시키려고 했었어요, 돕고 싶어서. 하지만 그게 그리 간단치만은 않더군요……"

불쾌해진 마르가레타의 얼굴이 금세 일그러진다.

"그래서 뭐라고 대답했어?"

"내가 거기서 무슨 말을 할 수 있었겠어? 걔가 무슨 잘못이라도 저질렀나요? 손님들 앞에서 스트립쇼라도 한 거예요? 손님들을 주방으로 끌어들여 매춘이라도 했나요? 감자에 암페타민이라도 뿌렸어요? ……말은 고맙지만, 됐습니다, 그러고는 벌떡 일어나 사실대로 말했지. 나한테는 자매가 없어요, 라고."

그랬다. 하지만 자매가 바로 여기 앉아 있다. 마르가레타의 뺨이 화끈 달아오르고 가슴속에서 뜨거운 것이 올라오는 듯했지만 크리스티나는 전혀 눈치채지 못하는 것 같다. 그녀는 잔을 든다.

"건배하자, 환영해……"

그러나 식탁 위에 올려진 마르가레타의 손은 움직이지 않는다. 축배 따위는 하고 싶지 않다.

"미안해." 마르가레타는 자신의 목소리가 너무 단호하게 들려 스스로도 깜짝 놀란다. "포도주를 따랐는지도 몰랐네. 술은 못 마셔. 오늘 밤 다시 스톡홀름으로 가야 하거든……"

그리고 다시는, 다시는 돌아오지 않을 거라고 마음먹는다. 절대, 돌아오지 않을 거야, 절대로! 넌 자신을 믿고 있겠지, 이 속물아!

크리스티나가 잔을 다시 내려놓고 놀란 눈으로 바라본다.

"오늘밤에 어떻게 가겠다는 거야? 이런 날씨에…… 차도 없으면서."

마르가레타는 창밖으로 눈길을 돌린다. 바람이 불고 눈도 내리지만 아직 눈보라까지는 아니다.

"차를 한 대 렌트했어. 일이 있어서. 모레 의대 졸업시험 때문에 회의가 있어. 그 준비도 좀 해야 하고."

"하지만 우리 아직 할 얘기가 남았잖아."

크리스티나가 말을 가로막는다. 지금은 그녀 쪽이 더 진지하다. 자신이 한 말의 의미를 분명히 의식하고 있는 것 같았다.

"먹으면서 얘길 좀더 하는 게……" 크리스티나가 눈을 내리깔고 숨을 한 번 깊이 몰아쉰다. "마르가레타, 우린 정말 오랜만에 만났잖아. 내가 이렇게 부탁할게, 응?"

하지만 계속 그녀를 쳐다보는 마르가레타와 달리 정작 크리스티나는 고개를 들지 않는다. 그저 핀셋 같은 하얀 손가락으로 식탁보에 떨어진 빵 부스러기들을 신경질적으로 집어낼 뿐이다.

"제발!"

그렇게 말하면서도 시선은 계속 아래를 향해 있다. 이제 그녀의 목소리는 애원조로 바뀌어 있다. 두 사람은 말없이 앉아 있다. 이런저런 생각들이 마르가레타의 머릿속을 헤집고 다닌다. 원래 오늘밤에 떠날 생각은 아니었다. 하지만 이젠 더이상 이 집에 있고 싶지 않다. 크리스티나의 집을 떠나든 그렇지 않든, 모욕적인 건 마찬가지다. 그때 퍼뜩 한 가지 방법이 떠오른다. 마르가레타는 잔을 들며 입을 연다.

"내일 떠나는 게 좋겠어. 그러면 모탈라에 들러 아줌마 묘지에도 가볼 수 있을 테니 말이야. 오랫동안 거기에 꽃을 갖다놓은 사람이 없었을 거야……"

식사를 마친 후 크리스티나는 거실 벽난로 앞에 앉아 물끄러미 그 안을 들여다보다가 묻는다.

"그러면 비르지타는? 비르지타는 어떻게 해야 할까?"

"죽여버렸으면 좋겠어……"

마르가레타는 이렇게 말하고 크리스티나가 내온 아마레토를 한 모금 들이켠다. 입 안 가득 순한 브랜디의 아몬드 향이 퍼지더니 순식간에 목에 불이 붙은 듯 뜨거워졌다가 다시 가라앉는다. 크리스티나는 지금까지 마르가레타가 한 번도 누려보지 못한 풍요로운 삶의 한 자락을 그녀에게 제공했다. 이런 삶을 살기 위해서는 아주 세세한 부분까지 신경써야 한다. 마르가레타로서는 엄두도 내지 못할 일이었다. 십대 때 팬티는 반만 걸쳐 입고 속치마는 늘 엉덩이 위로 둘둘 말려올라가 있었다. 옷을 제대로 갖춰입을 이십 초의 여유마저 아까웠다. 그렇게 시간이 흘러 성인이 되자 부엌 싱크대에 서서 급히 커피 한 잔을 마시는 것으로 하루를 시작했다. 매번 그런 식이었기 때문에 혀는 늘 불에 덴 듯 뜨거웠다. 그러면서도 물론 잘 차려진 식탁에서 제대로 된 아침식사를 하고 싶다는 헛된 꿈을 꾸기도 했다. 내일 아침이면 더 나은 새로운 삶이 시작되리라고 날마다 확신했다. 내일부터는 담배를 끊고, 아침운동도 시작하고, 식사도 제대로 챙겨먹고, 부엌에 커튼도 달아야지…… 하지만 오늘은 아니다, 할 일이 너무 많으니까. 당장 그 모든 일을 하지 않으면 곧 죽음이 덮칠 것이다. 그러면 더이상 아무것도 하지 못할 것이다.

크리스티나는 그만 마시겠다고 한다. 젊었을 때처럼 알코올에는 별로 자신이 없어 보인다. 식사를 하면서 와인 몇 모금을 홀짝거리는 게 전부다. 이제는 등받이가 높은 안락의자에 등을 꼿꼿이 세우고 한쪽 다리를 꼬고 앉아 커피잔을 양손으로 받치고 있다. 손가락을 쫙 펴고 있어서 마치 그 사이에 커피잔이 떠 있는 것처럼 보인다. 커피를 마실 때도 목을 꼿꼿이 하고 몸 전체를 잔 쪽으로 기울여 입술만 가볍게 잔을 스칠 뿐이다.

마르가레타가 고개를 끄덕이며 소파 쿠션에 머리를 기댄다.

"이제…… 비르지타를 죽여버릴 때가 됐어."

크리스티나는 보일 듯 말 듯 당혹스런 웃음을 짓는다.

"맞는 말이긴 하지만 너무 늦었어……"

"뭐가 늦었다는 거야?"

크리스티나는 커피를 한 모금 마시고 소리내어 웃는다.

"엘렌 아줌마 사건이 벌어졌을 때, 그때 바로 죽였어야 했어. 그러면 아무런 의심도 받지 않고 해치울 수 있었을 거야. 하지만 지금 우린 일이 생길 때마다 그애를 경찰서에 신고하고, 또 자동응답기에 메시지도 남겼잖아…… 걔에 대한 우리의 감정을 경찰이 너무 잘 알고 있어. 그때 바로 죽였어야 해. 나라도 그랬어야 했는데."

마르가레타가 알 수 없는 웃음을 지으며 허리를 펴고 앉는다.

"그래도 난 아주 재미있었어……"

크리스티나의 잿빛 눈은 유리처럼 맑다. 그녀는 계속 커피를 홀짝이며 미동도 않고 마르가레타만 쳐다보고 있다. 그러더니 다시 웃는다. 보통 사람들처럼 친근하게…… 그리고 말한다.

"나도 그래. 물론 재미있었어…… 하지만 이제부턴 어떡하지?"

"몰라. 지금 당장은 아무것도 할 수 없을 것 같아. 비르지타가 또 무슨 짓을 벌일지 생각해보는 거 말고는……"

"그게 무슨 말이야? 무슨 일이 또 벌어진다는 거야?"

"모르지…… 물론 좋은 일은 아니겠지, 무슨 일이든. 현관 매트 위에 죽은 고양이를 올려놓는다든지, 아니면 텔레비전 토크쇼에 나와서 '날 용서해줘' '너그럽게 봐줘' 뭐 그럴지도 모르고. 그러면 사람들은 그애를 어떻게 생각할까?"

크리스티나는 귀엽게 생긴 신발에서 발을 빼내 두 다리를 옷 아래로 얼른 집어넣는다.

"음……"

"아니면 똥 봉투를 병원 네 책상 위에 놓아두는 건 어때?"

"그건 벌써 했어. 다시는 그러지 못할 거야……"

마르가레타는 한숨을 쉬며 눈을 감으면서도, 말을 멈추지 않는다.

"아니면 바드스테나 티드닝 신문사에 너에 대한 투서를 보낼까? 기사화될 수도 없는 쓰레기 같은 말들로 말이야. 아니면 불장난을 할까……? 그럴 때 네가 신고하면 딱 좋을 텐데."

크리스티나는 잠자코 고개만 끄덕인다. 마르가레타는 단숨에 잔을 비우고 탁 소리를 내며 테이블에 올려놓는다. 정적이 흐른다. 크리스티나는 안락의자에 공처럼 몸을 구부리고 앉아 있다. 발은 옷 아래 숨기고 손은 재킷 소맷부리에 집어넣은 채.

"그래도 그런 일들이 최악은 아닐 거야."

크리스티나는 시선을 무릎에 둔 채 이렇게 입을 연다. 마르가레타는 대꾸가 없다. 나도 알아, 그녀가 혼잣말을 한다. 나도 알아, 정말 무서운 건 그애가 우리 모두의 약점을 낱낱이 다 알고 있다는 거지. 어휴, 어휴, 창피한 줄 좀 알아. 아무도 널 원하지 않는다구!

"한 잔 더 해도 될까?"

그녀는 눈을 감은 채 묻는다.

한 시간 후, 마르가레타는 크리스티나의 집 객실 침대 모서리에 내키지 않는 마음으로 앉아 있다. 좁은 방은 가구들로 꽉 차 있다. 크리스티나는 이 방에다 모든 애정을 다 쏟아부은 것 같다. 고풍스런 철제 침대와 서랍장, 의자와 책상, 거기다가 옛 문양을 그대로 옮겨놓은 벽지까지.

욕실에서 크리스티나의 이 닦는 소리가 들린다. 혹 칫솔도 골동품을 사용하고 있는 건 아닐까! 손으로 직접 깎은 1840년산 아니면 뭐 그 정도 오래된 것? 거기다가 밤새 무심결에 나오는 말들을 내뱉을 수 없도록 칼손 사(社)의 풀로 양치질을 하고 나오는 건 아닐까?

두 사람은 특별히 많은 말을 하지는 않았다. 마르가레타는 도대체 무엇을 기대한 걸까? 해결할 수 없는 문제를 크리스티나가 풀어줄 거라고? 아니면 자매로서 뭔가 도움을 줄지 모른다고? 어쨌든 여기에 온 건 어리석은 짓이었다. 내일 가능하면 일찍 떠나리라. 차 수리가 끝나지 않았다면 몇 시간이고 시내를 쏘다니면 될 테고. 이번만큼은 마르가레타도 배울 만큼 배운 사람이라는 걸 보여줄 작정이다. 이젠 더 이상 만나지 않으리라. 설사 무슨 일이 일어난다 해도……

크리스티나가 바깥 복도에서 부르는 소리가 들린다.

"애! 마르가레타, 이제 욕실 써도 돼."

손수건과 세면도구가 든 주머니를 들고 막 일어서려는데 전화벨이 울린다. 서랍장 거울 속으로 그녀의 얼굴이 보인다. 눈을 꼭 감고 이마는 잔뜩 찡그린 채…… 밖에서 크리스티나의 목소리가 들린다.

"네, 그래요. 하지만……"

잠시 침묵이 흐르고 크리스티나가 다시 말한다.

"물론이죠. 하지만……"

그녀의 말은 끊겼지만 상대방의 얘기는 계속되는 것 같다.

"상태가 얼마나 안 좋은데요?"

크리스티나가 묻는다.

수화기에서 들리는 상대방의 목소리가 한 옥타브 올라간다. 환자인가? 틀림없이 환자일 거야.

크리스티나가 말한다.

"그래요, 네. 알아요. 저도 의사니까요…… 네, 네, 곧 가죠…… 네, 네."

그녀는 고맙다는 말도, 안녕이란 말도 없이 수화기를 내려놓는다. 순간 집 안에 정적이 흐른다. 마르가레타는 꼼짝 않고 방 거울 앞에 서 있다. 크리스티나도 복도에 꼼짝 않고 서 있는 것 같다.

"마르가레타. 마르가레타!"

드디어 크리스티나의 음성이 들린다. 뭔가 자제하는 듯한 목소리다. 마르가레타는 심호흡을 한 번 하고 밖으로 나간다. 수건과 주머니를 팔에 낀 채 복도 한복판에 멈춰 선다.

"비르지타야?"

"아니, 모탈라 여성의 집이래……"

"그런데?"

크리스티나가 한숨과 함께 손가락으로 머리를 쓸어넘긴다. 지금까지 보여주었던 끔찍할 정도의 단정한 모습은 온데간데없다. 구겨진 잠옷에 헝클어진 머리, 가운 앞섶은 활짝 벌어져 있다.

"비르지타에게 무슨 문제가 생겼다고 그러는데, 상태가 좋지 않대. 모탈라에 있는 병원이라는데, 우리더러 와보라고……"

"도대체 무슨 일이래?"

크리스티나는 체념한 듯 한숨을 쉬었지만 목소리에는 아무 감정도 묻어나지 않는다.

"곧 죽을 것 같대. 죽기 직전이래……"

"이 늙은 주정뱅이 년 같으니라고!" 누군가 저 멀리서 고함을 친다. "아직도 침대에다 토하고 있어? 역겹고 더러운 창녀 같으니……"
　토를 해? 침대에다?
　목소리는 차츰 제대로 알아들을 수 없는 웅얼거림으로 가라앉는다. 소리의 주인공이 누구인지도 알 수가 없다. 눈을 뜰 수가 없다. 젠장, 어딘지는 모르지만 침대에 누워 있는 것 같다. 더러운 침대 시트 위…… 손으로 쓸어내리자 기름에 전 미끌미끌한 작고 까만 알갱이들이 손가락 끝에 묻어난다. 이런 알갱이들은 수없이 보아왔기 때문에 굳이 확인할 필요도 없다. 시트가 너무 더러워져서 더이상 때가 옷감 틈새에 낄 수 없을 때 생기는 것일 뿐이다. 냄새 역시 마찬가지. 갈색으로 구워진 달착지근한 잎담배 향에 맥주를 먹고 난 뒤의 토사물에서 나는 시큼한 냄새가 뒤섞인……
　어쨌거나, 그 말이 맞다. 술 취한 그 할망구는 침대에 토악질을 하고 지금 그 위에 그대로 누워 있다. 토사물이 천천히 말라붙으면서 볼이 팽팽해졌지만 자세를 바꿀 수가 없다. 몸은 천근만근 무겁고 열이 난다. 그녀가 할 수 있는 일이란 천천히 손을 들어 볼을 한번 만져보는 것뿐이다. 언젠가 게르트루드는 말했었다. 이렇게 누워 있는 모습이 마치 동화 속 천사 같다고. 정말 귀여운 작은 천사 같다고.

주위는 곧 잠잠해진다. 비르지타는 다시 생각에 몰두한다. 그 속물 같은 년들에 대해……

생각들은 낯익은 풍경 속으로 흘러들어간다. 사냥터, 그녀는 MP 소총을 팔에 끼고 맹수처럼 소리 없이 이 언덕 저 언덕을 살금살금 걸어다닌다. 그러고 나서 마르가레타에게 한 방, 크리스티나에게 또 한 방. 총알은 무릎, 배, 가슴, 목구멍을 뚫고 들어간다. 하! 이제 그 역겨운 원숭이들은 갈기갈기 찢긴 고깃덩어리로만 남았다……

그 속물들을 추적하는 일은 결코 싫증나는 법이 없다. 술을 끊고 금단현상에 시달릴 때도, 가끔 한번씩 한없이 마음이 들뜰 때도, 또 술독에 빠져 살던 작년에도 언제나 그 게임은 재미있었다. 그것은 비르지타가 갖고 있는 유일한 비밀이다. 경찰이나 사회복지사 들에게도 설명하기 힘들다. 다른 경우엔 의사소통의 어려움이 거의 없어서 마약중독자들과는 마약중독자들의 언어로, 그 잘난 사회민주주의자들과는 라틴어로 얘기할 수 있다. 심지어 법정에서는 조서를 읽듯 술술 진술할 수도 있다. 하지만 그 속물 같은 년들을 쫓아다니는 게임에 대해서는 어떻게 설명한단 말인가? 피고는 마르가레타 요한손과 크리스티나 불프를 상상 속에서 8673번이나 갈기갈기 찢어 다진 고기처럼 만들었음을 시인했습니다. 맞습니까? 이건 법에 저촉되는, 불리한 협박이다. 비르지타는 결국 어떤 말도, 어떤 행동도 할 수 없다.

다시 고통이 몰려오고 속이 심하게 울렁거린다. 누군가 감자를 으

깨듯 내장을 짓찧는 듯하다. 위로 아래로, 위로 아래로…… 대장이 오
그라들고 위장은 불이 난 것 같다. 그러나 이제 속에서 올라오는 것은
시큼하고 묽은 액체뿐이다. 젠장, 더이상 견딜 수가 없다. 예전엔 암페
타민 두 알에 독주 한 병을 다 마시고도 거뜬했는데. 그땐 정말 행복했
었는데. 그러고 나면 작은 맥주 한 병만 있어도 기분이 좋았지.

맥주, 아! 맥주 한 병만 있다면!

돌덩이처럼 무거운 팔을 억지로 들어올려 침대에서 몸을 일으킨 비
르지타는 끙끙거리며 머리를 흔든다. 스펀지처럼 졸졸졸 흐르는 물 속
에 뇌가 모두 풀어진 느낌이다. 뒤틀리듯 위가 아프지만 일어나야만
한다. 살려면 어쩔 수 없다……

간신히 일어나 앉긴 했지만 아직 눈을 제대로 뜰 수가 없다. 어디가
위고, 어디가 아래인지 분간할 수가 없다. 혹시나 하는 마음에 발가락
을 위아래로 까딱거려본다. 차가운 바닥과 천조각이 발끝에 느껴진다.
눈을 뜨고 다리 사이를 내려다보니 양발 사이에 무늬가 있는 초록색
셔츠가 놓여 있다. 바닥은 회색이고 발뒤꿈치 아래엔 불에 탄 자국이
있다. 천천히 고개를 들어 주위를 둘러본다. 집은 아니다. 어딘가 다른
곳…… 작은 방의 왼쪽으로는 벽면 전체를 차지하는 검은 창이 세 개.
그곳에 걸어놓으려 한 모양인지 커다란 천이 한쪽 구석에 매달린 채
늘어져 있고, 라디에이터 밑에는 탁상용 램프가 불이 켜진 채 나동그
라져 있다. 아직 밤인 것 같다. 아니면 아주 이른 새벽이거나…… 그
런데 여기는 대체 어디지?

그곳은 여느 간이숙소처럼 친숙한, 익명의 공간이다. 사회복지국
소유의 가구들. 불에 탄 자국과 물때가 진 간이책상, 지금 앉아 있는
침대, 바닥에 놓인 매트리스 두 개. 그리고 하나는 서 있고, 다른 하나
는 나동그라져 있는 나무의자 두 개.

밤새 지옥의 축제가 열린 모양인지 공기는 연기와 사람들의 냄새로 무겁다. 재떨이는 꽁초들로 넘쳐나고, 탁자는 병과 깡통들, 유리잔들로 가득하다. 비르지타는 아주 조심스럽게 살금살금 다가가 깡통 하나를 흔들어본다. 반쯤 남아 있는 것 같다. 두 손으로 탐욕스럽게 깡통을 움켜쥐고 속에 든 것을 벌컥벌컥 마신다. 감자 으깨는 도구가 다시 배 아래쪽에서부터 공격을 시작해 위장을 쥐어짠다. 눈을 꼭 감고 꼿꼿하게 앉아 그 역겨움과 싸움을 벌인다. 첫번째 경련이 가라앉자 남아 있던 맥주를 다시 빠르게 마셔댄다. 깡통이 비자 눈을 뜬다. 바닥에 있는 램프가 더 밝게 빛나는 듯하고, 그래서인지 주위의 윤곽도 더욱 선명해진다. 이제야 혼자가 아님을 알게 된다. 벽을 따라 네 명, 아니 다섯 명의 사람이 누워 자고 있다. 로저는 보이지 않는다. 뒤편 구석에 밝은 금발의 어린 여자아이가 눈을 동그랗게 뜨고 앉아 비르지타를 쳐다보고 있다. 실제로 그녀를 보고 있는 것 같지는 않다. 아이는 마치 동화 속 그림처럼 기이해 보인다. 이상하리만치 가느다란 목에 동그란 머리통…… 마치 어린 장미공주가 동화에서 비틀거리며 걸어나온 듯하다.

비르지타는 침대를 꼭 붙들고 신음 소리를 내며 일어선다. 여기, 자기의 모든 생각과 행동을 지배할 자유가 있는 늙은 여인이 서 있다. 자신의 모습에 조용히 키득거린다. 그녀는 그런 자기 자신과 지금껏 살아왔다. 죽고 싶다, 그래서 아름다운 시신을 남기고 싶다고 입버릇처럼 말하면서.

신경쓸 거 없어. 화장실에나 가야겠어. 약한 무릎 때문에 비틀거리는 걸음으로 문을 나서서 작은 복도에 이른다. 화장실 문은 활짝 열려 있고 불도 켜져 있다. 비르지타는 거울에 비친 자기 모습을 본다. 깜박이는 눈과 잿빛 입술과 헝클어져 뭉친 머리.

주정뱅이 늙은 년.

뚱뚱한 주정뱅이 늙은 년. 아, 정말 싫어……

수치심에 얼굴이 붉어졌지만 익숙한 감정이다. 견뎌낼 수 있다. 손으로 얼굴을 가리고 변기에 앉는다. 더는 잠시도 버틸 수 없다.

누군가 머리채를 휘어잡고 흔드는 바람에 정신이 번쩍 든다. 거칠게 휘둘렸지만 오히려 그 고통은 개운하고 시원하다. 상쾌하게 느껴질 정도다. 비르지타는 다시 정신을 차리고 쉰 목소리로 말한다.

"아야! 빌어먹을, 지금 뭐 하는 거야?"

"꺼져, 이 늙은 여편네야. 오줌 싸겠어!"

거친 음성과 이중턱을 지닌 키 큰 사내가 그녀를 내려다보고 서 있다. 억세고 막무가내인 사내는 그녀의 머리채를 잡아올려 복도로 내팽개친다. 비르지타는 옷더미 위에서 비틀거리다 바닥에 동그라진다.

"이 더러운 놈!"

소리를 쳤지만 반응은 없다. 그가 변기 앞에 다리를 쫙 벌리고 벽에 기대선다. 그녀의 말을 듣지 못한 것 같다. 그는 자기만의 세계에서 행동하는 사람만이 가질 수 있는 침묵의 시선, 내면을 향한 시선의 소유자였다. 그런 사내를 알아보지 못한 자신이 더 당혹스럽다. 그는 분명 마약중독자이다. 모탈라에 있는 마약중독자는 대부분 알고 있다고 생각했는데, 여기 있는 이 사람은 처음 본다……

그는 지금 화장실에서 벽과 얘기를 나누고 있다. 눈길 한번 밖으로 돌리지 않고 혼자서 끊임없이 주절거리고 있다. 단조로운 톤으로 낮게 웅얼거려 처음에는 무슨 말인지 알아들을 수 없었지만 점점 커지는 소리에 몇 마디 단어는 분명하게 들어온다.

"……이 역겨운 늙은 년들은 모조리 죽여버려야 해! 더러운 갈보년들! 갈기갈기 찢어 죽일 년들, 자기 구린내에 질식시켜 죽여버려야 해…… 갈보, 갈보, 갈보년……"

이 비슷한 소리는 예전에도 들어봐서 그다음에 무슨 일이 벌어질지
는 뻔하다. 정신이 퍼뜩 든다. 옷더미 속에서 방한복을 찾아 걸치는 둥
마는 둥 하고 얼른 문 쪽으로 기어간다. 순간 사내가 복도로 나와 비르
지타가 허둥대는 꼴을 지켜본다. 비르지타의 움직임은 더 빨라진다.
사내는 단숨에 달려와서 비르지타의 머리채를 휘어잡고 들어올린다.
온몸의 무게가 머리카락에 실려 머리 가죽이 벗겨질 것만 같다. 아무
것도 보이지 않는다. 단지 하얗게 불타는 듯한 고통만이 눈에 들어올
뿐이다. 그러나 오래 걸리진 않는다. 일 초도 안 지난 것 같다. 사내가
비르지타를 바닥에 내려놓고 맨발로 엉덩이를 찬다. 다행히 세게 밀지
않아서 층계참에 떨어진다.

그가 거의 맨정신에 가까운 목소리로 말한다.

"더러운 갈보년! 꺼져버려!"

비르지타는 얻어맞지 않으려면 얼마나 비굴하게 굴어야 하는지 아
주 잘 알고 있다. 바닥만 내려다보며 그의 시야에서 벗어날 때까지 기
어갔다. 계단이라도 있었다면 키 큰 풀숲의 뱀처럼 미끄러지듯 빠르게
사라져버릴 텐데. 그러나 계단은 없다. 공포가 밀려온다. 계단이 없
다! 순간 엘리베이터가 눈에 들어온다. 급히 엘리베이터에 올라타자
문은 곧바로 닫힌다.

그렇게 몇 분 뒤 숙소 앞마당으로 나왔을 때는 어스름한 새벽 무렵
이었다. 약하게 날리던 눈발은 그쳤지만 여전히 매서운 날씨다. 비르
지타는 몸을 떨며 재킷을 좀더 꼭 여민다. 걸어가면서 아래를 내려다
보니 발에 처음 보는 검은색 하이힐이 신겨져 있다. 커다란 검정 하이
힐…… 마치 미니마우스의 신발이라도 훔쳐 신은 듯한 모양새이다.

천천히 고개를 들어 주위를 둘러본다. 마당이 너무나 낯설다. 난생

처음 보는 회색 빌딩 앞. 잔디밭 맞은편에 보이는 사층짜리 임대주택 몇 채 역시 처음 보는 건물들이다. 최근에 리노베이션을 한 모양인데, 회색 콘크리트에 생기를 주려고 덧칠한 듯한 장밋빛 페인트는 정말 어울리지 않는다. 그냥 두는 편이 오히려 나았을 듯하다.

고개를 저으며 걸음을 옮긴다. 하이힐의 가느다란 굽 때문에 비틀거리면서 잔디밭과 놀이터를 지난다. 주위를 한참 둘러보며 자신이 지금 어디에 있는지 말해줄 만한 것을 찾아보지만 아무것도 없다. 보이는 건 집들뿐이다. 큰 집, 작은 집, 회색 집, 붉은 집. 집들 사이사이로 겨울 추위에 지친 덤불과 반쯤 비어 있는 주차장, 그리고 눈 때문에 더러워진 공터와 별 재미 없는 담벼락의 낙서들……

여긴 대체 어디일까?

주차장 한가운데 서서 천천히 몸을 돌려 둘러보지만 모든 것이 낯설 뿐 아무것도 알 수 없다. 게다가 어찌나 추운지 뺨이 얼얼할 정도다. 점차 발가락의 감각도 잃어간다. 놀랄 일도 아니다. 맨발에 하이힐만 신었으니까. 비르지타는 불현듯 두 발을 잘라내고 휠체어에 앉아 있는 자신의 모습을 떠올린다. 매력적이면서도 섬뜩한 그림이다. 죄의식을 느낀 속물 두 년이 병실 문 앞에 서 있는 모습도 보인다. 그년들은 조잡한 코트를 입고 있다. 자신은 하늘색 병원 가운을 걸치고 있는데. 네크라인 밖으로 깨끗한 흰색 잠옷 칼라가 내비친다. 금방 감은 머리는 젊었을 때처럼 윤기가 흘렀고 향기가 났다. 비르지타는 처음엔 그 속물들을 알아보지 못할 것이고, 그년들은 한참을 문밖에 선 채 눈물을 참으려고 애쓸 것이다. 그러면 그녀는 고개를 천천히 들어 크고 검은 눈으로 그 속물 같은 년들을 바라본다……

아, 고개를 흔들어 망상을 떨쳐버리고 다시 주변을 둘러본다. 이곳은 정말 미칠 것만 같다. 그녀는 어딘지 도무지 알 수 없는 곳에서 처음 보는 신발을 신은 채 서서히 얼어붙고 있었다. 아, 맥주 한 병만 있다면…… 집으로 가야 한다. 그녀의 작은 셋방은 정말 완벽한 은신처다. 항상 맥주가 있는……

멀리서 자동차 소리가 들려온다. 차 한 대가 외로이 새벽 어스름을 뚫고 달린다. 두 팔로 몸을 감싸고 소리나는 쪽으로 걸어간다. 이 유랑은 영원히 끝나지 않을 것 같다. 수차례 뜯어고친 콘크리트숲을 지나, 잔디밭과 놀이터를 지나 끝없이 계속될 것만 같다. 그러나 지금은 해야 할 일이 있다. 온기가 빠져나가지 않도록 몸을 두 팔로 감싸안고 바삐 걷는다. 일단 차도에 접어들기만 하면 어딘지 알 수 있을 것이다. 지금까지 줄곧 모탈라에서 살았기 때문에 모르는 도로는 하나도 없다. 아무리 술에 취했다 해도…… 처음부터 어디인지 알았더라면 지금쯤은 집에서 맥주를 마시고 있었을 텐데…… 그리고 잠들 수 있었겠지. 그래, 내 침대에서. 순간, 그 생각에 골똘히 빠져 눈을 감았다. 그렇게 눈을 감은 채로 걸으니 그대로 잠들 것만 같았다.

이런 제기랄! 머릿속에서 끊임없이 돌아가는 이 빌어먹을 영상들을 막을 방법은 없을까. 짧은 필름처럼 떠오르는 이런 영상들은 위험하다. 마치 마법에 빠진 듯 그녀를 혼란스럽게 만든다. 꿈꾸는 대로 되는 건 하나도 없으니, 최선의 방법은 간절한 소망들을 작고 까만 자루에 담아 머릿속 저 뒤쪽에 쌓아두고 열어보고 싶은 유혹에 빠지지 않는 것뿐이다. 비르지타는 어린 시절부터 이미 그것을 알고 있었다. 그 추악한 할망구 엘렌의 집에서 게르트루드의 집으로 다시 돌아가는 자신의 모습을 셀 수도 없이 많이 그려보았다. 하지만…… 게르트루드는 죽었다. 더 나이가 들어선 도게와 행복한 가정을 꾸리는 환상에 젖어들었다. 그 소망이 얼마나 간절했는지 지금도 다른 실제 경험들보다 그 꿈이 더 또렷하게 기억날 정도다. 방 세 개에 레이스 장식 커튼이

쳐진 주방이 있는, 그런 현대적인 집에서 살고 싶다는 꿈. 그런데 어떻게 되었지? 돌연 도게가 사라지고 아이를 빼앗길 때까지 장작을 때서 음식을 만들고, 겨울에도 찬물로 샤워해야 했다. 화장실은 복도 끝에 달려 있는 것이 전부였다.

정신차려! 집에 있는 모습을 상상해선 안 돼. 그러다보면 다시는 집으로 돌아가지 못할 거야. 잠자리에 대해 생각하다보면 다시는 잠을 잘 수 없을지도 몰라. *넌 네 일만 생각하면 되는 거야.* 그 끔찍한 할망구 엘렌은 항상 그렇게 말했었다. 사실 그건 맞는 말이었다. 그 독사가 평생 한 말 중에서 유일하게 맞는 말이었다.

도로에 더욱 가까워진다. 하지만 역시 처음 보는 길이다. 뱃속이 다시 요동치기 시작한다. 도로는 꽤 넓다. 이차선 도로는 모탈라에 있는 어느 길보다 훨씬 넓은 듯하다. 길 저쪽으로는 또다시 새로운 주택가가 시작된다. 회색의 높은 집들, 검은 창문…… 모두 처음 보는 집들이다.

이게 무슨 일이지? 제기랄, 대체 여긴 어디야?

비르지타는 눈을 감고 심호흡을 한 뒤 다시 눈을 뜨고 정신을 집중해본다. 이제 어떡해야 하나. 비르지타 프레드릭손은 지금 어딘지 모를 잔디밭 위에 서 있다. 입고 있는 다운재킷은 제 것이지만, 이 바보 같은 신발은 누구 것인가. 여기가 어디인지, 여기까진 대체 어떻게 온 것인지도 알 수가 없다. 이 순간 알 수 있는 건, 재킷 지퍼를 올리면 그래도 덜 추울 거라는 것뿐이었지만 그건 너무 힘든 일이다. 손가락들이 모두 곱아버려 지퍼를 올릴 수도 없다.

바로 앞에 보이는 인도의 검은 아스팔트 위로 군데군데 눈이 얼어붙어 있다. 얼어 있던 눈이 발밑에서 바스락, 깨진다. 작은 얼음 조각들이 검은 하이힐 속으로 튀어들어왔다. 이제 인도다. 몇 미터 떨어진

곳에서 여자 하나가 쳐다본다. 비르지타는 일하러 가는 스벤손 부인*
처럼 평범하게 보이려 애쓴다. 팔을 이리저리 흔들며 흐느적거리는 약
물중독자처럼 보이지 않기 위해 재킷 주머니에 손을 넣고 여자 쪽을
향해 조심조심 발걸음을 옮겨본다. 그제야 어딘지 알 것 같다. 버스정
류장이다.

"실례합니다."

목소리는 심하게 쉬어 있다. 헛기침을 하면서 평범한 스벤손 부인
도 이른 아침에는 목이 쉴 수 있다는 걸 보여줄까 하다가 좀더 안전한
방법을 찾는다. 비르지타는 가능한 한 맑은 목소리를 내려 애쓴다.

"실례지만 제가 길을 잃었는데, 지금 여기가 어디인지……"

여자는 외국인이다. 짧게 자른 까만 머리에 엉덩이 선이 드러날 정
도로 몸에 딱 맞는 얇은 외투를 걸치고 있던 여자는 비르지타를 가만
히 쳐다보다가 갈색 눈을 좀더 크게 뜨고 손사래를 친다. 거기엔 그런
의미들이 들어 있을 것이다. 건드리지 마, 이 뚱보야! 날 그냥 내버려
둬, 난 스웨덴어를 못 해. 나도 여기 사람이 아니라구……

"저 말씀 좀……"

미소를 지으려 애쓰다보니 입이 무슨 사각틀처럼 느껴진다. 평범한
스벤손 부인이라면 이가 부서져 까만 구멍이 뚫린 듯한 얼굴로 거리를
돌아다니지는 않을 거야. 웃을 때마다 그녀가 누구인지 고스란히 드러
난다. 늙은 주정뱅이 약물중독자…… 그녀는 어금니를 악물고 웃음
을 거둔다.

바로 그때 버스가 들어온다. 어딘가 이상하다 싶어 잠시 생각해보
니, 버스 앞유리에 붙어 있는 행선지가……

---

* 스웨덴에서 흔히 쓰이는 여성 이름으로, 평범한 여자를 뜻함.

브린네비? 거긴 노르셰핑인데…… 비르지타는 퍼뜩 자신이 어디에 있는지 깨닫는다.

버스기사는 냉정하다. 공회전을 시키면서 계속 같은 말을 되풀이한다. 버스표가 없으면 승차할 수 없소. 예외란 없습니다.

비르지타는 출입문 손잡이를 꼭 붙들고 사정한다.

"조금만 봐주세요. 젠장, 너무 추워서 그런단 말예요…… 돈은 나중에 보내줄게요. 약속해요! 주소만 적어주면 그 망할 놈의 버스조합에 돈을 부칠 거라구요. 그러니 제발……"

하지만 버스기사는 계속 앞만 쳐다볼 뿐 대꾸도 하지 않는다. 비르지타는 다시 사정한다.

"제발, 빌어먹을! 이제 좀 태워주세요!"

"계단에서 내려서요! 출발해야 하니까. 문 닫습니다!"

말은 그렇게 하지만 버스기사의 시선은 여전히 앞을 향해 있다. 문이 조금 움직이긴 했지만 차가 아직 출발하지 않았기 때문에 비르지타는 쉽게 포기할 생각이 없다.

"제발 좀요…… 어떤 나쁜 놈이 지갑을 훔쳐갔단 말예요. 집에 가면 돈이 있으니 도착하는 대로 보내줄게요. 약속해요. 우선 경찰서에 가서 분실신고부터 하고…… 그만 출발하자구요, 빌어먹을!"

"내려요! 문 닫게!"

버스기사는 문을 조금 움직이며 위협했지만 여전히 완전히 닫지는 못한다. 비르지타는 한 계단 위로 올라선다.

"앉을 생각도 없어요. 계속 서서 갈 테니까…… 정말 돈 부친다고 약속할게요!"

"내려요!"

버스기사는 입을 꼭 다물고는 등을 꼿꼿이 편다. 비르지타는 한 발짝 더 안으로 들어간다. 버스기사의 얼굴이 코앞에 와 있다.

"이봐요, 불쌍하게 생각해서라도 한번쯤은……"

그렇게 말하며 그녀는 입을 다문 채 웃어 보인다. 이봐요! 누군가 등뒤에서 그 말을 따라 하며 킥킥거린다. 몸을 돌리자 제일 앞좌석에 앉아 있는 십대 여자아이 두 명이 보인다. 터지는 웃음을 참느라 한 아이는 숄로, 또 한 아이는 손으로 입을 틀어막고 있지만 둘 다 고개를 들어 쳐다볼 엄두는 내지 못한다. 비르지타는 아이들을 한 번 쏘아보고는 다시 돌아선다. 비르지타의 심기를 가장 불편하게 하는 것이 바로 킥킥거리는 십대들이다. 그들은 비르지타가 지금 왜 요 모양 요 꼴로 사는지, 그 이유를 생각하게 한다. 비르지타도 한때는 온 세상을 비웃어줄 자신이 있었다. 하지만 지금은 그런 일에 신경쓸 시간이 없다.

"내리라니까!"

"잠깐만, 동전은 몇 개 있을 거예요. 도둑놈이 몽땅 털어가지는 못했을 테니까…… 어서 출발해요, 얼마나 있는지 보여줄 테니…… 어서 출발해…… 아, 있네요…… 여기 일 크로네하고 오십 외레…… 그런데 요금이 얼마죠?"

하지만 버스기사는 시동을 끄고 자리에서 일어선다. 로저처럼 마르고 왜소한 체구지만 버스의 결정권을 가지고 있다는 이유만으로 거드름을 피우는 그가 별로 겁나지는 않는다.

"다음 버스 타요. 내리세요!"

비르지타는 들은 척 않고 여전히 주머니를 뒤지며 말한다.

"자, 이제 출발하세요!"

"이 여자가 귀가 먹었나…… 내리라고 했잖아!"

여자아이들은 여전히 등뒤에서 킥킥거리고, 별안간 그애들 뒤쪽에 있던 한 남자가 말한다.

"저런 여자는 어서 쫓아내버려요! 바빠 죽겠는데!"

작지만 단호한 그의 목소리에 이어 다른 누군가가 맞장구를 친다.

"맞아요! 여기서 이렇게 노닥거릴 시간 없어요. 출근해야 한다구요!"

"주둥이 닥쳐! 입 닥치고 끼어들지 말라구. 당신들과는 상관없는 일이니까……"

비르지타는 그렇게 말하며 바지 뒷주머니에 손을 넣는다. 순간 뭔가 이상한 것이 만져진다. 종이? 그래, 그렇다! 술을 마실 때면 언제나 마지막 남은 돈은 뒷주머니에 넣었지. 비르지타는 또 방심하고 만다. 꿈을 조심해야 한다는 사실을 잠시 잊어버린 것이다. 바람결에 하나의 영상이 마음의 눈 앞을 스쳐 지나간다. 버스기사의 셔츠 주머니에 백 크로네짜리 지폐 한 장을 찔러주고 승리의 기쁨을 누리는…… 그러나 그것이 전부다. 손에 잡힌 것을 확인하는 순간, 현실을 인정해야만 했다. 현실을 방해하는 그녀의 꿈…… 백 크로네짜리 지폐 따윈 없다. 그것은 편지였다. 어딘가 이상해 보이는 작은 편지 한 통이었다.

"게슈타포 같은 놈!"

비르지타는 고함을 지르며 보도로 내려선다. 잠시 비틀, 하며 중심을 잃었지만 넘어지지는 않는다. 다시 몸을 돌려 버스에 타고 싶었지만 버스기사가 좀더 빠르다. 쉭쉭거리며 문이 닫히자마자 버스는 달리기 시작한다. 비르지타가 붙잡을 만한 것은 아무것도 없다. 김 서린 창문 안쪽에서 승객들은 비르지타의 헛손질을 지켜본다.

비르지타는 다시 한번 소리를 지르며 버스를 뒤따라간다.

"게슈타포 같은 놈! 빌어먹을 히틀러 같은 놈! 승차거부로 고발해버릴 테다……"

있는 대로 다 퍼부어주지도 못했는데 버스는 이미 한참 멀어진다. 새벽 여명에 서서히 사라져가는 빨간 후미등만 멀리 보일 뿐이다.

비르지타는 한참을 걸은 후에야 비로소 손에 들고 있던 이상한 편지의 존재를 깨닫는다. 콧물을 훔치려 손으로 코밑을 문지르는데 그 편지가 뺨을 스쳐 생채기를 낸 것이다. 눈물, 콧물이 다 흘러내리건만, 추워서인지 정말 울고 있는 건지 자신도 알 수가 없다.

가로등 아래 멈춰 서서 편지를 꼼꼼히 살펴보니, 이미 한 번 사용한 낡은 봉투에 누군가 처음에 썼던 주소를 지우고 그 옆에 비르지타의 주소를 써놓았다. 미스 비르지타 프레드릭손! 미스?! 어떤 정신나간 놈이 나를 '미스'라고 부르는 거야? 손가락이 너무 곱아서 편지를 꺼내다가 봉투를 완전히 찢어버린다. 작고 노란 편지지를 보는 순간 터무니없는 소망이 고개를 쳐든다. 처방전인가? 누가 그녀에게 처방전을 보낸 것이 틀림없다. 아마 소브릴 아니면, 오 하느님! 로힙놀! 지진이라도 난 듯 두 손이 덜덜 떨린다. 결국 입으로 노란 종이를 펼치니, 정말 처방전 용지이다. 크리스티나의 스탬프가 찍혀 있는. 닥터 크리스티나 불프. 그러나 그뿐이다. 종이에는 너무도 잘 알고 있는 붉은 잉크의 글자들만 크고 서툰 글씨로 씌어 있을 뿐이다.

아, 비르지타의 옷을 입고 있다면.
이 가죽 같은 음부를 찢어버리고,
어떤 차에든 올라탈 텐데.
아무하고나 섹스를 할 텐데.

그리고 맨 아래에는 좀더 작은 글씨로 다시 씌어 있었다.

그애만 그렇게 할 수 있지!
그애는 그렇게 했어!
그애는 그렇게 했다구!

정체를 알 수 없는 갈고리 같은 것이 비르지타의 위를 움켜잡는 듯하다. 고통이 엄습한다. 고개를 숙이고 양손으로 가슴을 꾹 누른다.

어디로 가려 했던 건지 도무지 기억이 나질 않는다. 그저 정처 없이 도로를 따라 걸을 뿐이다. 60년대식 콘크리트 건물이 어깨 뒤로 사라지고, 이제 오른쪽으로는 50년대식 노란색 임대주택이, 왼쪽으로는 판에 박은 듯 답답해 보이는 빌라들이 나타난다. 임대주택 쪽 창문 여기저기에서는 불빛이 환하게 빛나지만 빌라들은 아직도 어두컴컴하다.
비르지타는 그 망할 놈의 할망구 엘렌의 집을 찾아나선다. 지금이 몇시나 되었는지는 전혀 감을 잡을 수 없지만, 그 옛날 수치스러운 비방의 노래가 적힌 편지가 꼬깃꼬깃 구겨진 채 브래지어 안에 있다는 것만은 분명했다. 구겨진 종이가 바스락거리며 피부에 생채기를 낸 것 같다. 화가 치밀어오른다.
빌어먹을 년들! 엘렌, 그리고 그 속물 같은 년들! 기필코 그년들을 죽여버리고 말겠어! 이제 환상 같은 건 필요 없어! 나도 참을 만큼 참았다구! 거짓말에 중상모략, 그것도 모자라 경찰에 신고하고, 거기다 악의적인 증인진술까지 해?! 정신을 차리고 제대로 살아보려 애쓸 때도, 어떻게든 내 생활을 꾸려가려 애쓸 때도, 날 못살게만 굴었지! 고소하고, 고발하고! 어떻게든 날 곤경에 빠뜨리려고만 했지. 누구도 날

도와주지 않았어. 그 빌어먹을 질투심 때문에, 처음 만났을 때나 지금이나 변함없는 그 질투심 때문에 말이야! 나한테는 나를 진정으로 사랑한 친엄마 게르트루드가 있다는 이유로 말이지! 크리스티나의 엄마 아스트리드는 반쯤 미쳤었지. 자기 딸을 불태워 죽이려 했던 여자…… 마르가레타에겐 엄마가 없었어. 그앤 임대주택 공동세탁실에 버려졌지. 갓난 아기를 세탁실에 버리다니, 정말 형편없는 여자야. 다들 무정한 엄마들이지. 하지만 내겐 게르트루드가 있었어. 그건 그 속물 같은 년들에게도, 엘렌 할망구에게도 견딜 수 없는 사실이었지. 엘렌은 이 세상에서 단 하나뿐인, 위대한, 최고의 엄마가 되고 싶은 욕심에 사로잡힌 여자였으니까. 스웨덴 최고의 어머니! 흥! 작작 좀 하시지. 모성애가 뭔지도 모르는 것들이……

비르지타는 코를 훌쩍이며 비틀거린다. 보도는 얼어붙어 미끄럽지만 차도는 눈을 뚫고 달리는 자동차들 때문에 까만 바퀴 자국의 고랑이 만들어져 있다. 길이 난 부분은 이미 바짝 말라 있어서 미니마우스의 미끄러운 가죽신을 신고도 잘 걸을 수 있을 것 같다. 비르지타는 부러 얼어붙은 차도를 향해 걷는다. 덩어리들은 크고 단단하다. 도게의 주먹보다 더 크고 단단해 보인다. 예전의 도게는 그 어떤 녀석들보다도 주먹이 컸었지…… 도게, 아! 도게는 그들이 비르지타를 향해 감당할 수 없는 질투심을 품은 두번째 이유였다. 그날 저녁 마르가레타의 표정은 지금도 잊을 수 없다. 자동차 창문에 비친 그녀의 얼굴은 새파랗게 질려 있었다. 도게가 비르지타를 선택하다니! 모탈라 최고의 신붓감들을 제치고! 물론 크리스티나 같은 쥐며느릿과에 속하는 계집애들은 빼고 말이다. 모두들 자기가 선택되길 꿈꾸었지. 하지만 그애들은 아니었어. 다른 누구도 아니었지. 선택받은 건 바로 나, 비르지타 프레드릭손이었다구.

비르지타는 차도 한복판에 서서 다시 그때를 회상한다. 60년대, 6월의 연푸른 황혼이 깃들기 시작한 바라모 해변. 그녀와 마르가레타는 클라인 라르스, 로아와 함께 차에 앉아 휴대용 레코드플레이어에서 흘러나오는 클리프 리처드의 최신곡을 듣고 있었고, 도게는 마침 자신의 크라이슬러를 타고 주차장으로 들어서고 있었다. 사이키 조명이 달린 그 차는 뒤쪽이 불룩 튀어나온 빨간 크라이슬러였다. 그는 잠시 차를 세운 뒤 엔진을 부릉거리며 주위를 살폈다. 스스로도 자신이 잘생겼다는 것을 알고 있었다. 까만 머리카락은 반짝반짝 윤기가 흘렀고, 가죽 재킷 안에 입은 하얀 나일론 셔츠는 이마만큼이나 눈부시게 빛나고 있었다. 도게 자신도 그 사실을 알고 있는 것 같았다.

그러나 그에게 끌리는 진짜 이유는 따로 있었다. 그것은 도게가 위험인물이라는 소문 때문이었다. 자동차 절도와 몇 년간의 소년원 생활, 그후 여름 내내 연시를 기웃거리고 다닌 다양한 이력들은 강렬한 향수처럼 주차장으로 퍼져나가 여자아이들의 눈을 내리깔게 만들고 입술을 타게 했다.

"도게다!"

클라인 라르스의 목소리에서 미세한 떨림이 느껴졌다. 아버지가 새로 뽑은 포드 앵글리어에 시동을 걸던 그애의 신체 부위 중 일부가 순간 불룩 치솟았다.

"아니, 기다려봐……"

클라인 라르스는 복종에 익숙했다. 십구 년 동안 아버지 말에 복종했으며, 그중 팔 년은 학교 선생님에게, 또 최근 사 년은 룩소르 사의 공장장에게도 순종해야 했던 그였다. 그리고, 지금은 비르지타의 말을 듣고 있었다. 처음이자 마지막으로……

도게는 차에서 내려 주위를 둘러보았다. 클리프 리처드의 노랫소리를 제외하면 주차장에선 아무 소리도 들리지 않았다. 모든 시선이 도게에게 쏠렸다. 여자아이들의 꿈이 나비처럼 그를 향해 날아가고, 사내아이들의 무력감은 분노의 침묵으로 바뀌는 순간이었다.

비르지타는 직감적으로 그가 자신을 향해 오고 있음을 느꼈다. 그가 포드 앵글리어 쪽으로 발걸음을 돌리기도 전에 이미 알았다. 그것은 클라인 라르스도 마찬가지였다. 이마에 땀방울이 송글송글 맺힌 그는 아무 말 없이 고개를 숙인 채 비르지타의 무릎에 올려져 있던 플레이어를 제 무릎으로 가져갔다. 그 순간, 도게가 차 문을 열고 비르지타의 손목을 낚아챘다.

"지금부터 넌 내 여자야!"

그뿐이었다. 그는 더이상 아무 말도 하지 않았다. 단지 그 말뿐이었다.

영화였지. 정말 한 편의 영화 같았어…… 도게가 차에서 그녀를 끌어내릴 때 어디선가 합창 소리와 현악연주가 들리는 것 같더니, 그가 앵글리어의 보닛 위에 그녀를 누이고 키스를 하자 음악 소리는 점점 크레셴도로 바뀌었다. 비르지타는 클라인 라르스가 차 안에서 눈을 꼭 감고 있는 모습을 곁눈질했다. 그 뒤로 하얗게 질린 마르가레타의 모습도 보이는 듯했다. 실눈을 뜬 마르가레타는 하얀 이를 다 드러내고 있었다. '뭐야, 꼭 무슨 짐승 같잖아.' 비르지타는 그런 생각을 하며 다시 두 눈을 감았다. 도게의 혀에서는 쓴 맥주 맛이 났다. 그런 향기, 그런 맛은 처음이었다. 지금까지 다른 남자들한테는 펀치나 과일맥주의 맛이 났었는데.

도게는 비르지타의 손을 잡지 않았다. 단 한 번도 손을 잡은 적이 없었다. 대신 교도관처럼 손목을 잡았다. 비르지타는 종종걸음으로 그를 쫓아 크라이슬러 쪽으로 갔다. 그녀가 허리를 펴고 앉는 동안, 도게는 시동을 걸었다. 그가 버튼을 누르자 자동차 천장이 열리면서 미끄러지듯 뒤로 내려갔다. 비르지타는 흥분된 마음을 억누를 수가 없었다. 모탈라에서 제일 멋진 남자와 함께 오픈카에 앉아 있다니! 그 순간만큼은 그 동안 이 도시에서 감수해야 했던 모든 것들이 그렇게 나쁜 것만은 아니라는 생각까지 들었다. 그 모든 것들이 의미가 있었다. 바로 이 순간을 위해……

방향을 바꾸기 위해 도게는 주차장을 한 바퀴 빙 돌았다. 그것은 비르지타에게 승리의 퍼레이드였다. 그녀는 선택된 사람이었다. 선택되지 못한 다른 여자아이들은 모두 바라모 해변의 여왕을 쳐다보고 있었다. 하지만 주차장을 빠져나가는 순간 뒤쪽에서 사내아이들이 부르는 끔찍한 노랫소리가 들려왔다.

"아아, 내가 비르지타의 옷을 입고 있다면……"

진짜 그런 내용이었는지 어떤지는 확신할 수가 없다. 하지만 비아냥거리는 그 웃음소리만큼은 영원히 잊지 못할 것이다. 도게가 그녀를 힐끔 곁눈질할 때, 소리는 더욱 분명해졌다. 그가 물었다.

"제기랄, 뭐야?"

"아, 아무것도 아니야……"

대답을 피할 수밖에 없었다. 달리 뭐라 말할 수 있을까? 열세 살 때부터 꽁무니를 졸졸 쫓아다니던 소리였다고? 화장실 벽과 공중전화 부스 여기저기에 휘갈겨져 있던 낙서였다고? 학교 운동장에서 큰 소리로 놀림을 당하던 소리, 룩소르 공장에 다닐 때는 늘 등뒤에서 수군거리던 소리였다고? 그걸 어떻게 얘기할 수 있단 말인가? 모든 게 수포로 돌아갈 텐데. 어차피 나중엔 그도 알게 될 일이지만……

"차 근사한데."

비르지타는 그렇게만 말하고 시트커버를 매만졌고, 그는 그녀를 쳐다보며 웃을 뿐이었다.

 뒤쪽에서 들리는 급제동 소리에 비르지타는 몸을 반쯤 돌려 방어자
세를 취한다. 언제나 그랬듯 침착하게. 운전자는 다시 한번 액셀을 밟
아 요란하게 엔진 소리를 냈지만 비르지타는 아랑곳 않고 천천히 검은
아스팔트의 차도 한가운데로 걸어간다. 커다란 얼음 덩어리를 발로 걸
어차면서…… 엔진 소리가 최고조로 높아졌지만, 그녀에겐 아예 들리
지도 않는 것 같다.
 맞은편 도로에 하얀 단독주택이 보인다. 엘렌 할망구의 집도 흰색
이었지. 모양은 조금 다르지만 어쩌면 같은 집인지도 모른다. 그사이
집을 고쳤을지도 모르니까. 비르지타가 알아보지 못하도록 정원의 화
단을 새로 다듬고 창문을 바꿔 달았을지도 모르는 일이다. 아무래도
집이 비슷해 보인다. 불 켜진 부엌에서 누군가 왔다갔다하는 그림자가
보인다. 엘렌이 틀림없다. 식탁과 레인지 사이를 뒤뚱거리며 왔다갔다
하는 엘렌. 언제나처럼 모닝가운 아래 주름진 젖가슴을 축 늘어뜨린
채 말이다. 장바구니 같은 젖가슴…… 제기랄, 역겨운 할망구!
 순간 뒤에 있던 자동차가 클랙슨을 울리지 않았더라면 비르지타는
곧장 그 집으로 갔을지도 모른다. 그녀는 그 자리에 얼어붙은 듯 멈춰
선다.
 "시끄러워!"
 비르지타는 운전자가 아닌 자동차를 향해 소리친다. 하지만 차를
등지고 서 있었기 때문에 외침은 반대방향으로 퍼져나간다.
 "입 닥쳐! 날 좀 내버려두란 말이야!"
 그러나 뒤쪽에 있던 또다른 차가 다시 클랙슨을 울린다. 그제야 비
르지타는 등을 돌린다. 잠깐 비틀거렸지만 곧 중심을 잡는다. 뒤로 자

동차 세 대가 연달아 선 채 하얗게 헤드라이트를 켜고 그녀를 바라보고 있다. 제일 앞에 선 차는 여전히 조금씩 움직이며 비르지타를 위협하듯 붕붕거린다. 급기야 운전자가 창문을 내리고 몸을 내민다.

"당신, 뭐야? 차도에서 썩 비키지 못해! 인도로 올라가라구!"

한눈에 봐도 어떤 사람인지 알 만하다. 번쩍이는 자동차, 깔끔하게 자른 머리, 고급스러워 보이는 안경, 험악한 목소리, 하얀 셔츠와 넥타이. 영락없는 속물이다.

속물들은 정말 견딜 수가 없다. 그녀는 고민할 것도 없이 허리를 숙여 커다란 얼음 덩어리를 집어올린 다음 곧장 남자의 얼굴을 향해 집어던진다. 비명 소리와 함께 시동이 꺼진다.

사방에서 터져나온 소음들로 아침의 고요는 산산조각이 난다. 고함 소리와 날카로운 경적 소리가 뒤범벅되어 울린다. 또다른 차 두 대가 멈춰 선다. 곧 문이 열리고 남자 둘이 나와서는 쿵 소리를 내며 문을 닫는다. 어디선가 개 짖는 소리도 들려온다. 뒤이어 백발의 노인 하나가 하얀 집의 문을 열고 나온다. 난간을 잡고 천천히 계단을 내려오는 그는 자신이 맨발이란 걸 전혀 느끼지 못하는 듯하다. 비르지타는 멈칫한다. 도로 한가운데 꼼짝 않고 서서 자기를 둘러싼 주위의 움직임을 면밀히 살피다가 맨발의 노인이 정원에 내려서자 움찔 놀라 한 발 물러선다. 그러고는 이내 등을 돌려 냅다 달리기 시작한다. 노인이 보도에 내려서기도 전에 그녀는 시야에서 사라진다. 그러나 노인은 그녀의 얼굴을 보았다. 다른 사람들 역시 마찬가지다. 그 자리에 있던 사람들은 모두 비르지타를 보았다.

숨을 곳이 없다. 도로변에 늘어선 집들의 정원은 너무 작은데다 덤불들마저 벌거벗은 채 까만 가지를 드러내고 있고, 맞은편 임대주택 뒤쪽의 정원은 크고 황량할 뿐 기어들어갈 만한 작은 창고 하나 없다. 비르지타는 자신의 발소리와 거친 숨소리, 그리고 멀리서부터 들려오는 사이렌 소리에 귀 기울인다. 아니 벌써? 벌써 경찰이 오고 있는 건가?

굳게 닫혀 있는 문들을 흔들어보았지만 소용이 없다. 문고리에 달려 있는 자물쇠의 숫자를 닥치는 대로 눌러대자 작은 램프에서 빨간 불빛이 깜빡이기 시작한다. 사이렌 소리가 점점 가까워진다. 달려야 한다. 흔적도 없이 사라져야만 한다……

비르지타는 어느 집 지하실 계단에서 잡혔다. 얼음처럼 미끄러운 계단에서 넘어져 발을 삔데다 손에도 상처가 났다. 한참을 지하실 문을 열고 들어가려 했으나 허사였다. 미니마우스 구두를 벗어 뒷굽으로 문에 달린 작은 유리창을 부수려고도 해보았지만 아무 소용이 없었다. 물결무늬가 있는 강화유리는 금 하나 가지 않았다.

사이렌 소리가 점점 더 가까이 다가오자 그녀는 포기했다. 잠자코 그 소리를 들으며 차가운 시멘트 바닥에 앉아 재킷을 머리에 뒤집어썼다. 뺨이 붉게 상기된 젊은 경찰이 이 미터 높이의 난간 위에서 고개를 숙이고 내려다볼 때까지 그런 모습으로 앉아 있었다.

"여기 있다! 찾았어요……"

젊은 경찰은 모음을 굴리는 노르셰핑 사투리를 썼다. 옆에 있던 셰퍼드가 짖어대며 승전보를 알렸다.

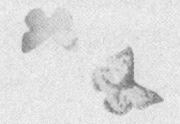

형벌 원정

"나는 베난단티다.

그리하여 일 년에 네 번,

네 번의 계절이 바뀔 때,

보이지 않는 싸움을 이끌기 위해 다른 사람들과 함께

길을 떠난다.

육신은 그 자리에 남겨둔 채……"

시비데일 종교재판소의 경매인
바티스타 모두코,
1580년 6월 27일

그래, 좋다.

결국 난 자매들을 조종하기 시작했다. 지금 내가 원하는 바로 그 장소에 정확하게 그들을 옮겨놓았다.

피곤에 지친 크리스티나는 암담한 기분으로 모탈라 여성의 집 앞에 세워둔 차 안에 앉아 있고, 마르가레타는 이미 문을 열고 들어가고 있다. 잠시 후 조심스럽게 문을 닫으며 나서는 그녀는 혹시 문이 덜컥 닫혀버리지나 않을까 문고리를 한번 돌려본다. 계단이 있는 집 앞에 설 때마다 아드레날린이 넘치는 남자들을 조심해야겠다는 생각이 든다. 잠깐 서서 담배에 불을 붙인다. 크리스티나는 차 문을 열고 상황이 어쩔 수 없다면 어떤 냄새든 참을 각오가 되어 있다는 듯 어서 타라는 손짓을 한다.

마르가레타가 고개를 흔들며 차에 오른다.

"여기서 전화한 게 아니래. 여자가 셋인데, 한 명은 자원봉사자이고 둘은 보호를 받고 있는 사람들이야. 아무도 전화하지 않았대, 정말……"

"그 말을 믿니?"

"물론! 자원봉사자 말이 비르지타는 더이상 출입하지 못하게 되었대. 몇 번 왔었는데, 집기를 몽땅 때려부쉈다나봐."

크리스티나는 차를 출발시키며 무덤덤하게 말한다.

"맙소사, 여성의 집에서도 출입금지를 당하다니! 하긴, 나라도 그렇게 할 수밖에 없었겠지만……"

"이제 그럼 어떻게 할까?"

"아침이나 먹으러 가자, 출근시간이 얼마 안 남았어……"

비르지타는 도와달라고 애원하고 있다. 그녀가 애원을 하다니! 그녀는 하늘나라 모든 천사들의 명예에 오점을 남기고, 지옥에 있는 모든 가련한 피조물들의 이름을 거론해 그들을 귀찮게 한다. 이제는 색깔조차도 그녀를 떠난다. 잿빛으로 덩어리진 머리와 핏기 없는 얼굴, 모공이 확장된 피부. 입술은 윤곽만 겨우 남아 있을 뿐이다.

이렇게까지 변하다니! 한때 모탈라의 우윳빛 메릴린 먼로였던 그녀가……

그녀에 비해 젊은 경찰은 매력적이다. 잡지에 나오는 미소년 스타일이다. 금발에 푸른 눈, 딱 벌어진 어깨, 그리고 강철 같은 근육과 뼈대를 감싸고 있는 파스텔 톤의 복숭앗빛 피부. 옛날의 젊은이들과는 다르다. 20세기 최후의 종(種)이라 할 수 있는 이런 남자들은 턱을 보면 잘 알 수 있다. 목 근육이 잘 발달되어 턱이 아주 넓다. 뭔가 좀 이상하다. 요즘 젊은이들에겐 큰 턱이나 강철 같은 근육 따윈 필요가 없다. 부드러운 백합이 되길 원한다면, 갈수록 더 가냘프고 창백해지길 원한다면, 튼튼한 떡갈나무 같은 인상의 남성으로 성장하지 않는 게 더 나을 것이다.

젊은 경찰과는 전혀 다른 이유 때문이지만 비르지타 역시 턱 근육이 잘 발달되어 있는 편이다. 이십 년이 넘도록 어금니로 암페타민을 씹어왔다. 지금은 딱딱한 걸 씹을 이도 없지만…… 게다가 지금은 다른 약을 하고 있다. 그녀는 처음에 암페타민을 선택했을 때처럼, 자기 의지로 약을 끊었다고 믿고 있었다. 비슷한 처지에 있던 많은 사람들이 죽는 것을 보면서 스스로 끊었다고. 하지만 정확하게는 그녀가 암페타민을 끊은 게 아니라, 암페타민이 그녀를 포기한 것이었다. 마침내 암페타민이 몸 안에서 아무런 반응을 일으키지 못하자, 비르지타는 이제 알코올에 의지할 수밖에 없었다. 시멘트 계단을 내려오는 미소년 경찰의 예민한 코를 자극하는 냄새가 있었다. 두말할 것도 없이 비르지타에게서 나는 그 냄새는 물론 장미나 재스민 향은 아니었다.

경찰이 아무리 재촉해도 비르지타는 머리에 재킷을 뒤집어쓴 채 웅크리고 앉아서 일어나려 하지 않는다. 팔을 붙잡고 계단 위로 끌고 올라왔을 때에야 정신을 차리고 도망치려 한다. 경찰의 팔에 침을 뱉고는 죄 없는 여자를 함부로 다룬다고 괴성을 지르며 발로 셰퍼드를 걸어찬다. 개가 이빨을 드러내고 달려들듯 으르렁거리자 미소년 경찰이 진정시킨다. 체면이 걸린 문제이니까. 주정뱅이 여자 하나 잡으려고 개까지 동원하다니, 안 된다, 순전히 혼자 힘으로 해내야 한다.

하지만 비르지타는 다르다. 비굴함이라는 것에 중독이라도 된 듯 천대받을 짓만 골라 하고 다녔다. 상점이란 상점엔 모조리 들어가 도둑질을 했고, 그때마다 붙잡혔다. 모탈라 거리 곳곳에서 욕설을 퍼붓고 소동을 일으켜 경찰에 잡힌 것도 한두 번이 아니었다. 보호시설이란 보호시설은 모두 돌아다니며 거짓말을 했고 또 금방 들통이 났다.

어느 토요일 오전인가는 사람들로 북적거리던 시장 쓰레기통에 구역
질을 하다 지독한 냄새를 풍기며 다리를 타고 내려오는 묽은 똥을 보
기 위해 한참을 고개를 숙이고 있었고, 또 어느 날 밤인가는 곤드레만
드레 취해 눈밭에 앉아 질펀하게 오줌을 싸기도 했다. 동네 아이들이
떼거리로 몰려와 그녀를 둘러싸고 춤을 추며 놀려댔다. 그녀는 이 남
자 저 남자 앞에서 옷을 벗었다. 그녀를 보지 않으려고 내내 그녀의 얼
굴을 손으로 가리고 있던 로저 같은 사내 앞에서도. 그러나 나는 보았
다. 그 비참한 상황 한가운데서도 번득이는 그녀의 오만을, 자기 파멸
을 넘어서는 그 알 수 없는 자존심을……

부상당한 운전자 하나를 중심으로 몇 사람이 보도 위에 모여 서 있
다. 손으로 한쪽 눈을 가리고 있는 남자의 뺨에는 눈물처럼 핏자국이
나 있고, 하얗게 질린 다른 운전자 두 사람은 보디가드처럼 옆에 서서
눈을 동그랗게 뜨고 비르지타를 쳐다본다. 그들 바로 앞쪽으로 예의
그 젊은 경찰보다 좀더 나이가 들어 보이는 경찰이 하나 서 있는데, 이
상하게도 그는 보였다 안 보였다 한다. 혹시 천사인가. 너무 자주 나타
나서 이제 더는 눈에 띄지 않는 지친 수호천사 말이다.

맨발의 노인은 그새 신발을 신고 그 한심한 경찰 옆에서 양팔을 들
고 서 있다. 미소년 경찰이 비르지타를 질질 끌며 도로를 가로질러오
는 것이 보이자, 노인은 검버섯이 핀 손으로 그녀를 가리킨다.

"저 여자야. 저 여자가 그랬어. 내가 봤다구!"

"입 닥쳐, 이 노친네야!"

비르지타는 쉴새없이 중얼거린다. 예의를 중시하는 부모에게서 노
인을 공경하라는 가르침을 받고 자란 미소년 경찰이 보기에 그건 정말
무례한 행동이다. 그는 곧장 비르지타의 목을 세게 내리친다. 그러고
나서야 문득, 이 여자 역시 나이가 들 만큼 들었다는 생각이 든다.

바드스테나로 되돌아가는 차 안에서 크리스티나와 마르가레타는 벙어리처럼 말이 없다. 그들, 그러니까 나의 자매들은 마치 서로 통하는 관(管) 같다. 하나가 화를 내거나 짜증을 내면 다른 하나는 걱정을 하며 달래고 구슬리고 웃어주지만, 상대의 기분이 풀어지고 나면 곧장 쌀쌀맞게 변해버린다. 비르지타가 눈에 보이지 않을 땐 항상 그런 식이다. 하지만 일단 비르지타가 나타나면, 두 사람은 끔찍할 정도로 하나가 된다. 소름이 끼칠 정도로.

피곤에 지친 새벽 어스름 속에서 지금 두 여자는 침묵의 안정을 찾고 있다. 오늘밤이 다 가도록 너무나 많은 말을 했다. 처음에 임종을 지키러 간다고 생각했을 때는 정중하고 낮게 말했지만, 중환자실에서는 사무적인 말투로 바뀌었고, 오늘밤 새로 받은 환자 중에 비르지타 프레드릭손이라는 사람은 없다는 소리를 들었을 때는 의심이 가득한 날카로운 목소리가 되었다.

크리스티나의 감정은 극에 달했다. 신중하던 평소의 모습은 급속도로 허물어져 속살이 다 드러날 정도로 민감해졌다. 병원을 샅샅이 뒤지고 다니는 동안 분을 참지 못해 구두 굽으로 몇 번이고 바닥을 내리쳤다. 이 병동 저 병동 다니며 얼마나 날카롭고 권위적인 음성으로 사람들을 대했는지 모두들 그녀가 의사라는 걸 눈치챌 정도였다. 간호사 하나는 그 목소리에 기겁을 하며 무릎을 굽히기까지 했다. 크리스티나가 조금 안정이 되면, 이번엔 마르가레타가 그랬다. 자신감으로 가득 찼던 모습은 금방 금이 가기 시작했다. 최신 유행하는 뾰족한 굽의 부츠를 신은 마르가레타는 불안스레 크리스티나를 뒤쫓으며 신경질적으로 떠들어댔다.

"비르지타는 여기 없어, 가자, 제발……"

그러나 크리스티나는 흔들리지 않았다. 차례차례 그 큰 병원의 소아과에서 노인병동까지 모든 과를 돌았다. 한 시간이 넘도록 복도를 훑고 다니다 결국 포기하고 다시 일층에 내려왔을 때 얼굴은 분노로 하얗게 질려 있었다. 이제 그녀는 비르지타가 혹시 자물쇠나 빗장 뒤에서 불쑥 튀어나오지 않을까 불안해하고 있었다. 여차하면 열쇠를 아예 없애버리기라도 할 태세였다. 크리스티나는 문에 등을 기대며 말한다.

"정말 못 말리는 애야! 더이상 어떻게 할 수가 없어…… 유전인가봐. 누가 그 엄마에 그 딸 아니랄까봐. 정말 구제불능이야!"

차가운 밤바람에 마르가레타의 머리는 엉망이 되었다. 그녀는 비틀거리며 주머니에서 담배를 찾는다.

"크리스티나! 너도 유전이니 뭐니 하는 말을 할 처지는 아닌 것 같은데……"

크리스티나는 몸을 돌려 적의가 가득한 눈으로 마르가레타를 노려본다. 크리스티나의 얼굴에 다시 혈색이 돌아온다. 애처로워 보이던 그녀의 금발이 가로등 불빛에 반짝거리는 것도 같다.

"아스트리드를 두고 하는 말이니? 아스트리드 때문에 내가 그런 말을 해선 안 된다는 거야? 하지만 내겐 아버지의 유전자도 있다구!"

마르가레타는 손으로 바람을 막으며 담배에 불을 붙인다.

"그건 비르지타도 마찬가지야!"

"그래. 하지만 그래봤자 술고래이거나 구제불능이었겠지."

"그럼 넌 네 아버지에 대해 아는 게 있어? ……나? 그래, 난 엄마가 누구인지도 몰라. 우리 같은 유전자를 가진 사람들이 뭘 알 수 있겠어?"

"그래…… 그건 우리의 인생이 증명해주고 있지. 하지만 내가 정말 진저리나게 싫은 게 뭔지 알아? 바로 너의 그 불쾌하기 짝이 없는 휴머니즘이야. 처음엔 그 계집애를 욕하고 저주하다가 어느새 또 어쩔 줄 몰라하지. 그년을 죽여버리자 말해놓곤 정작 때가 오면 불쌍한 비르지타, 불쌍한 비르지타…… 뭐 새삼스러울 것도 없지만…… 어쨌거나 새겨들으라구."

마르가레타는 크리스티나의 얼굴에 대고 담배연기를 깊게 내뿜으며 말한다.

"그러니까 넌 너의 만족스런 삶이 그 특별한 유전자 때문이라고 말하고 싶은 거야? 엘렌 아줌마가 가장 좋아했던 아이가 너였다는 것과는 아무 상관이 없다는 거야?"

크리스티나는 흥분해서 씩씩거린다.

"엘렌 아줌마가 가장 좋아했던 아이라고? 내가? 아줌마가 가장 귀여워하고 예뻐했던 건 바로 너였어! 난 그저 항상 얌전한 아이였을 뿐이지. 얌전한 것 빼면 아무것도 아니었어. 그리고, 비르지타 역시 아줌마 집에 같이 있었다는 거 잊지 마. 아줌마가 비르지타를 더 좋아했던 때도 있었으니까. 걔가 룩소르 공장에서 일하기 시작했을 때였을 거야. 정말 믿기지 않았지. 공장 정직원이 되다니…… 아줌마는 내 졸업장이나 상장보다 그게 훨씬 낫다고 생각했어."

마르가레타는 크리스티나의 팔을 잡기 위해 손을 뻗어 그녀의 망토를 더듬었으나, 그녀는 세차게 뿌리친다. 그녀가 얼마나 흥분하고 있는지 고스란히 전해진다. 마르가레타는 목소리를 낮춘다.

"정말 모르는 거야? 너는 성공해서 엘렌 아줌마를 깜짝 놀라게 했어. 아줌마로선 상상도 못 한 일이었지. 비르지타가 공장에 취직한 건 그저 그런 일이었어. 아줌마가 우리에게 진정으로 바랐던 건 바로 평범한 삶이었어. 평범한 직장, 평범한 남편, 그리고 예쁜 아이를 둔 평범한 가정…… 그런데 넌 그 모든 걸 이루었잖아. 아줌마가 너에게 기대했던 그 모든 걸 넌 얻었어. 그것도 생각보다 훨씬 더 훌륭하게 말이야."

크리스티나는 대답 없이 등을 돌려 주차장을 향해 걸어간다.

"이제 담배 꺼, 출발할 거야."

하지만 마르가레타는 반쯤 남은 담배를 끄지 않는다.

"지금 또 어딜 간다는 거야?"

"여성의 집이지, 어디긴 어디야? 한번 갈 데까지 가보자, 마지막으로……"

과연 거기에 있을까, 비르지타는……

"아침식사예요, 데시레. 요거트? 아니면 오트밀?"

문간에서 간호조무사가 재잘거린다. 기분 좋은 앵무새가 지저귀는 것 같다. 순전히 형식적인 질문이다. 그녀는 내가 요거트를 먹을 거라는 걸 안다. 그게 맛있어서가 아니다. 사실 난 사과무스를 곁들인 오트밀을 더 좋아한다. 그러나 케르스틴1이 아침 당번일 땐 오트밀을 먹어서는 안 된다. 오트밀은 침대에 흘리기 때문에 누군가 먹여주어야만 한다. 때문에 빨대로 요거트를 마실지, 아니면 간병인이 옆에 바짝 붙어앉아 도와줘야 하는 음식을 먹을지 선택해야 할 땐 항상 요거트를 택한다. 항상.

난 이 간호조무사의 이름을 모른다. 아직 간호사들과 간호조무사들의 이름을 하나도 모른다. 이 여자는 무슨 오랜 소꿉놀이 친구나 되는 것처럼 옆에서 계속 조잘거린다. 데시레, 데시레…… 케르스틴1의 지시일 것이다. 환자들은 이름을 불러주면 잘 협조하니 그렇게 하라는. 그녀의 남편은 장사꾼이라고 했다. 탁자에 알약을 올려놓은 간호사는 여전히 떠들어댄다.

"베개를 털어줄게요, 데시레. 머리 쪽을 좀 높이면 더 편할 거예요, 먹을 때 흘리지도 않을 거고. 커피도 좋아한다고 하던데, 아니에요? 커피광이라고 들었는데, 호호호…… 후베르트손 박사님하고 아침 담소는 나눴어요? 박사님 것도 한 잔 가져올까요?"

뼈를 분질러버릴 테다. 어서 꺼져! 아니면 죽여버릴 거야. 그때 불쑥 저 여자의 머릿속에 들어가 주둥이를 틀어막을 수도 있을 것 같다는 생각이 든다. 그러나 그건 그저 상상일 뿐, 지금은 그런 위험한 형벌을 집행할 시간도, 힘도 없다.

하지만 예전엔 달랐다. 내 능력을 발견한 그해 첫여름에는 모든 위험한 일과 뭔가를 체험하는 일에 게걸스럽게 몰두했다. 주변 사람들은 눈에 들어오지도 않았다. 관심사는 오로지 그들이 내 지시를 수행할 대리인으로 적합한가 어떤가, 그것뿐이었다. 병원 목사건 물리치료사건 간병인이건 의사건 상관없었다. 문병객이나 상복을 입은 유족들도 마찬가지였다. 더 나은 대리인이 나타나면 지체 없이 그들의 몸을 떠나 그들을 한여름 더위 속으로 사정없이 밀어냈다. 그 동안 한 번도 해보지 못한 일들이 너무나 많았고, 그 모든 걸 하고 싶었다. 나는 쉴새 없이 대리인을 갈아치우며 변신을 거듭했다. 아침에는 굽 높은 샌들을 신고 목덜미를 스치는 산들바람에 마음이 들뜬 아가씨로, 점심때는 베테른 호숫가에 앉아 하얀 모래를 만지작거리는 젊은 남자로 변했으며, 황혼 무렵이면 코발트빛 참제비고깔 화분에 허리를 숙이고 그 향기에 머릿속까지 흠뻑 취하는 중년의 여인으로 변신했다.

그해 여름 많은 걸 배웠다. 키스를 하고 키스를 받는 법을 배웠고, 메마른 음부를 촉촉하게 적시는 춤을 배웠으며, 무엇보다 솜털로 덮인 젖먹이의 머리를 스칠 때 입과 코의 느낌이 어떤지도 알았다.

그러나 낮이 짧아지고 키 큰 나무들이 까만 소묘처럼 바뀌던 그해 가을, 사정은 달라졌다. 나는 베난단티*를 알게 되었고 그들의 경고를 들었다. 내게 소풍과도 같았던 그 외출에 나름의 대가가 필요하다는 것을 깨닫게 된 것이다. 외출에서 돌아올 때마다 점점 더 피곤해졌고, 가끔은 몇 시간씩 반쯤 의식이 없는 상태에 빠지곤 했다. 다행히 그때는 넘치도록 많은 체험을 한 후였으므로 다른 사람의 몸 속에 들어가는 것이 전혀 어렵지가 않았다. 병동 사람들의 몸 속에 들어가는 일이 재미있어지기 시작했다. 간병인들의 몸 속에도 숨어들어갔다. 그러면서 항상 머리맡에서 다정하게 웃어주던 사람들, 가장 친절했던 사람들이 두려워지기 시작했다. 그들은 정신병자나 다름없었다. 그들은 암묵적인 살인자였다. 개새끼들! 그들은 휴게실과 복도에서 소리를 낮추어 소곤거렸다.

"어떻게 저러고 살까? 말도 한마디 못 하고, 걷지도 못하고……"

"그런데다 머리는……"

"그래, 정말이야. 꼭 다른 별에서 온 사람 같다니까. 처음엔 정말 무섭더라고……"

"욕창은 또 어떻고…… 어제는 골반뼈가 다 보이더라니까. 후베르트손이 아마 시트 어쩌고 하면서 떠들던데, 도움이 될라나."

"얼마나 괴로울까……"

"맞아, 정말 끔찍해. 저렇게 삼십 년을 누워 있었다니. 앞으로도 삼

---

* 16세기부터 이탈리아 북부지방에 내려온 농경문화의 산물로, 풍요로운 수확을 보장해주는 수호자 역할을 담당한다. '자유자재로 이동할 수 있는 사람들(good walker)'로 번역할 수 있다. 머리에 대망막을 쓰고 태어난 이들은 죽음의 세계와 접촉할 수 있는 능력을 가지고 있어 꿈속에서 마녀들과 전투를 벌인다. 1610년까지는 선한 일을 행하는 사람들로 인식되었으나 종교재판을 거치면서 마녀와 동일시되었다. 1640년부터는 베난단티 스스로 자신들을 실제 마녀로 여기게 되었다.

십 년, 아니 그 이상을 더 저러고 지내야 할 텐데…… 차라리 죽는 편이 나을 것 같아."

그해 가을 내가 있는 병동의 사고 발생률은 급격하게 올라갔다. 어떤 간호사는 계단에서 굴러 다리가 부러졌고, 또 어떤 간호사는 펄펄 끓는 물에 손을 데었으며, 어떤 여자는 실수로 내 간질 약을 삼켰고, 또 어떤 여자는 빵을 자르려다 손가락을 베었다.

사고는 계속되었다.

내가 내린 벌은 분명 가혹했다. 하지만 내가 틀렸다고는 생각지 않는다. 난 그저 그 위선적인 동정심, 목소리만 남아 있고 마음은 없는 그 가증스런 동정심에 벌을 내렸을 뿐이다. 하지만 말이 없는 조용한 여자들은 가만히 내버려두었다. 가끔은 그 무뚝뚝하면서도 상냥한 태도에 마음이 끌리기도 해서, 그들이 머리카락을 뽑거나 뺨을 어루만져도 물지 않았다. 물론 그들이 침묵할 때만 가능한 일이었다. 진정한 친절은 말하지 않는 것이다. 참된 친절엔 많은 말이 필요 없다. 다만 행동이 필요할 뿐이다.

지금 아침식사를 들고 침대 머리맡에 나타난 이 여자는 정말 끔찍하다. 너무 많이 지껄이는 통에 꼭 말들이 침처럼 턱을 따라 줄줄 흐르는 듯하다. 이 여자가 내 방을 나가자마자 다른 사람에게 뭐라고 말할지 보지 않아도 뻔하다. 왜 사는지 몰라, 아무런 의미도 없는 삶을……

그 말의 의미를 난 정확하게 안다. 중요한 건 이 여자가 내 죽음을 바란다는 게 아니다. 죽음은 오히려 나도 바라는 바이다. 내가 참을 수 없는 건, 자기 삶보다 내 삶이 더 무의미하다고 단정지어 말하는 것이다. 빌어먹을, 네년의 인생은 얼마나 심오한 의미를 갖고 있어서? 애들 몇 낳은 게 그렇게 의미 있는 일이야? 몇십 년 동안 어느 놈팡이 옆에 붙어앉아 텔레비전을 보며 시간을 보낸 게, 가끔 한 번씩 바드스테나 길거리를 총총거리며 쇼핑하는 행운을 가진 게 그렇게 의미 있는 삶이냐구!

내가 그런 문제를 제기하면 이 여자는 입을 다물어버릴 것이다. 난 알고 있다. 자유자재로 움직이는 이런 족속들은, 후베르트손을 포함해서, 자신에게 의미 없는 사람에 대해서는 쉽게 말하면서도 그 반대에 대해서는 어려워한다는 것을. 의미…… 이런 족속들을 창녀촌에 드나드는 구세군들과 다를 바 없이 만든 건 순전히 개념 그 자체이다. 창녀들을 보며 창피해 죽겠다고 하지만, 얼굴이 벌게지는 건 정작 그들이다. 그렇게 판단력조차 흐려지는 것이다.

그것은 뉴턴 때문인지도 모른다. 뉴턴이 제시한 기계적인 세계상 때문에 삼백 년 전부터 서구인들에게 '의미'라는 개념이 너무 낯설어진 탓이다. 그렇다. 우주는 뉴턴의 시계이고 인간은 그저 그 안에 살고 있는 미생물에 지나지 않는다면, 의미라는 개념은 단지 고통을 뜻할 뿐이다. 그 우주 안에서 나처럼 생물학적으로 불완전한 미생물들은 철저히 무시될 수밖에 없다. 뉴턴의 시계는 그런 불완전한 존재 없이도 똑딱똑딱 잘도 간다. 어쩌면 더 잘 갈지도 모르지. 불완전한 존재는 생물학적으로 완전한 존재보다 의미가 없다. 그러나 그사이 뉴턴의 이론이 단지 현실의 표피만 건드렸을 뿐이라는 연구결과가 발표되었다. 우주는 불변의 기계가 아니라 하나의 심장이다. 늘어나고 줄어드는, 무한히 팽창했다가 끝없이 수축되는, 살아 움직이는 심장이다. 다른 모든 심장과 마찬가지로 우주는 비밀과 미스터리, 수수께끼와 모험, 변화와 변신으로 가득 차 있다. 다만 한 가지 변하지 않는 게 있다면 질량과 에너지의 양이다. 한번 주어진 질량과 에너지는 형태가 새롭게 바뀌어도 영원히 존재할 것이다.

내 육체의 불완전한 덩어리를 형성하고 있는 각 부분들은 우주와 마찬가지로 영원하다. 그러나 그런 부분들의 집합이 갖는 특이점은 자기 존재를 스스로 의식한다는 것이다.

나는 의식을 갖고 있다. 그 점에서만큼은 내 주변의 걷고 말하는 다른 사람들과 다를 바가 없다. 의미란 분명 그 의식 속에 숨어 있다. 의미의 형태나 그 내용에 대해서는 나는 알지 못한다. 그것이 방정식인지 시인지, 노래인지 전설인지 나는 알지 못한다. 그러나 그 존재만은 확신한다. 그 어딘가에 의미는 존재한다.

그래서 나는 감히 주장한다. 지금 내게 줄 버터빵을 우표만한 크기로 조각조각 자르고 있는 저 이름 모를 여자의 삶만큼이나 내 인생도 의미가 있다고. 아니, 저 여자보다 내 인생이 더욱 의미가 있다고 자신 있게 말할 수 있다. 저 여자는 바로 지금, 여기에만 존재할 수 있으니까. 다른 어떤 곳이 아닌 바로 이곳에만.

하지만 나는 내 육신이 없는 곳에서도 존재한다. 양자로 전환되기 전의 전자처럼 다른 곳에도 나는 존재한다. 전자와 똑같이 나는 흔적을 남긴다. 내가 존재하지 않는 곳에도.

4월의 마녀, 베난단티는 말한다. 당신은 우리와 거의 비슷하지만, 우리의 일원은 아닙니다. 난 갈매기나 까치 혹은 까마귀 같은 대리인들의 날개를 펼치게 해서 경멸 섞인 인사를 전한다. 나도 알고 있다. 나는 그들과 거의 비슷하지만 그들의 일원은 아니다.

그들 중 몇은 나를 질투한다. 난 그들보다 능력이 뛰어나 광활한 대지를 누비고 다닐 수 있으니까. 하지만 그건 정당한 일이다. 베난단티의 육체는 언제나 제 기능을 다하고 있어서 일상의 세계에서 정상적인 삶을 누린다. 그들 대부분은 일 년에 네 차례 있는 축제일에만 자신의 육체를 떠나고, 몇몇은 자신이 베난단티라는 것조차 모른다. 계절이 바뀔 때 밤새도록 죽은 자들의 행렬에 함께하고도 다음날 아침이면 창백한 얼굴들과 회색 그림자들만 어슴푸레하게 기억하는 그들이다. 단지 꿈을 꾸었을 뿐이라고 생각하는……

하지만 '4월의 마녀'는 다르다. 그들은 자신의 존재를 분명하게 인식하고 있다. 자신의 능력을 정확하게 알고 나면 그들은 시간을 가로질러갈 수도 있고 공간을 떠다닐 수도 있으며, 사람의 몸뿐 아니라 물방울이나 곤충의 몸 속에도 쉽게 숨어들 수 있다. 하지만 자기만의 삶을 갖지는 못한다. 육체가 항상 연약하고 불완전해서 제대로 움직일 수조차 없는 것이다.

우리 4월의 마녀는 그 수가 많지 않다. 난 지금까지 한 번도 다른 4월의 마녀를 만난 적이 없다. 일 년에 네 번, 나와 같은 4월의 마녀를 만나겠다는 희망으로 죽은 자들의 행렬에 용감하고 성실하게 참여했지만 그들은 없었다. 각양각색의 인간들이 모여 늘 활기찬 바드스테나 시장에서도 마찬가지였다. 내가 만난 거라곤 그림자 세계에 잔뜩 겁을 집어먹은 베난단티뿐이었다.

하지만 이 소시민들도 가끔은 쓸모 있을 때가 있다. 내가 처음보다 신중해진 것도 다 그들 덕택이다. 영혼이 떠나 있는 텅 빈 육신에게 누군가 말을 걸면, 그 영혼은 다시는 육신과 하나가 될 수 없다는 사실을 알려준 것도 그들이었다. 결국 그 역시 죽은 자들의 행렬 속에서만 형체를 가지는 윤곽 없는 그림자가 되는 것이다.

모든 것이 갖추어진 좋은 병실에서 지낼 때는 그럴 염려가 없었다. 그곳에서는 도움을 청하지 않는 한 아무런 제약도 받지 않았다. 내가 자는 척하고 있으면 간병인은 조용히 침실 문을 닫고 나갔다. 하지만 여기는 다르다. 하루 종일, 언제든지, 누구라도 안을 들여다볼 수 있는데다 케르스틴1과 조원들은 마치 대낮부터 낮잠을 퍼자는 환자들처럼 할 일이 없어 보인다. 그러니 환자에게 말이라도 거는 수밖에……

난 하루 종일 내 육체를 지키고 있어야 한다. 때문에 어떤 일에 직접 개입하기보다는 멀리서 지켜보는 것으로 만족할 수밖에 없다. 날아가는 새를 낚아채서 가능한 한 빨리 편지를 주소지로 보내는 정도의 순간적인 외출이 전부인 것이다.

하지만 밤은, 밤은 나의 것이다. 적어도 내 방이 있는 한, 밤은 나의 것이다. 야간 당직 간호사들 역시 마찬가지다. 그들을 조심조심 다루는 법도 익혔다. 밤이 시작될 즈음에는 업무가 많아 조종하기가 어렵기 때문에 그냥 내버려둔다. 내가 내 육체 안에 머물러 있는 동안에는 어떠한 부탁도 하지 않는다. 그리고 밤 동안만이라도 그들과 접촉할 일이 없도록 불이 꺼진 후에야 갈매기나 까치에게로 날아간다. 날개가 넓은데다 까치와 달리 새털처럼 가볍게 하늘을 나는 갈매기는 최고의 대리인이다. 게다가 감각이 무딘지, 자기의 의식을 관류하는 또다른 영혼을 전혀 느끼지 못하는 것 같다. 그에 비해 까치는 마치 사람처럼 어느 순간 자기 뒤에 뭔가가 있다고 느끼면 바로 겁을 집어먹는다.

야근하는 간호사들을 놀라게 할 생각은 없다. 그래서 그들을 내 일에 자주 이용하지는 않는다. 다만 환자들이 꿈도 없는 깊은 잠에 빠지고, 간호사들도 간호사실로 돌아가 골똘히 자기 생각에 빠지는 새벽 두세시 사이의 조용한 시간에만 그들의 몸을 빌린다. 나는 매우 조심스럽게 선행을 베푼다. 이번엔 이 사람에게, 다음엔 또다른 사람에게 나의 의식을 천천히 흘려보낸다. 슬픔에 빠져 있는 이에게는 위로의 말을 속삭이고, 소년들에게는 아름다운 꿈을 그려주고, 마음이 불안한 사람에게는 잔잔한 바다에 대한 노래를 불러준다. 그렇게 해서 그들이 모두 의식과 무의식의 좁은 경계지역에 들어가고 나면 몇 사람만 나를 위해 일하도록 한다.

몇 주 전 어느 날 밤 나는 아그네트에게 깨알 같은 글씨로 장밋빛 종이에 편지를 쓰게 했다. 그리고 그녀는 복도를 지나 내 방으로 들어와 그 편지를 베개 밑에 숨겨두었다. 다음날 밤에는 마리 루이스에게 편지를 쓰게 해서 같은 방법으로 숨기도록 했다. 다시 며칠 후엔 얼굴이 백지장처럼 하얀 일바에게 노란색 처방전을 찾아내게 한 다음 불프 박사의 옛 스탬프를 찍게 했다. 비르지타를 비방하는 노래를 머릿속에서 속삭이자 그녀는 너무 역겨웠는지 연필을 떨어뜨리고 말았다. 하지만 나는 내 의식을 좀더 확장시켜 결국 일바의 머릿속에 내가 가득 차도록 만들었다. 일바는 어쩔 수 없이 빨간 사인펜을 움켜쥐고 내가 부르는 대로 어설프게 종이에 받아적었다. 다음날 아침 후베르트손이 왔을 때 나는 완전히 녹초가 되어 그가 묻는 말에 어떠한 반응도 보일 수가 없었다. 하지만 그날 밤엔 곧 또다시 검은 눈동자의 투아를 시켜 낡은 편지봉투 세 장에 주소를 쓰게 만들었다. 그리고 어젯밤, 나는 오랫동안 준비해온 일에 착수했다. 일찌감치 레나와 함께 간호사 사무실로 가서 조용히 문을 닫은 나는 그녀에게 전화번호를 누르게 했다. 그리고 모탈라에 있는 여성의 집에서 전화를 거는 것처럼 그녀를 조종했다.

이 모든 일들은 후베르트손을 위한 것이었다. 그는 벌써 오래 전부터 우리 자매들의 이야기를 알고 싶어했다. 하지만 내게 후베르트손이 소중한 만큼, 나는 그가 원치 않는 것도 받아들일 수 있을 때에만 그가 원하는 것을 줄 생각이다. 그가 내게 남겨진 인생 이야기를 받아들일 때에만.

내게 그 이야기의 시작을 선물한 사람은 다름아닌 후베르트손이었다.
"넌 우리나라가 배고프던 시절의 마지막 희생양이야."
언젠가 후베르트손은 그렇게 말을 꺼냈다. 그렇게 생각할 수도 있을 것이다. 어차피 개개인의 인생에 대한 기록은 동시에 조상들의 삶에 대한 기록일 테니까.

내 이야기는 내가 태어나기 삼십 년 전으로 거슬러올라간다. 제1차 세계대전이 끝나던 무렵인 11월의 어느 날, 어린 여자아이 하나가 노르셰핑의 한 부엌에 앉아 울고 있다.

"무는 싫어, 무는 싫어, 엄마……"

아이는 목놓아 흐느끼지만 아이엄마는 아무 말 없이 몸을 숙여 난로에 장작을 밀어넣는다. 자작나무 껍질에 불이 붙는 광경을 물끄러미 바라보던 그녀는 화력조절 문을 닫고 계속 불이 타오를 때까지 가만히 쳐다본다.

아이는 온통 눈물범벅이 된 얼굴로 애원한다. 아이의 두 눈과 턱, 입술이 모두 눈물범벅인 것과 대조적으로 엄마의 얼굴을 둘러싼 모든 것은 메마르고 닫혀 있다. 굳게 닫힌 입술, 단단히 말아쥔 주먹, 단호해 보이는 등……

"엄마, 제발! 무는 정말 먹기 싫어…… 정말 싫다니까!"

하지만 엄마는 딸에 대한 애처로운 마음을 꾹 눌러삼킨다. 그녀는 마치 딸의 눈물을 슬퍼해야 하는 이유를 잊어버린 사람 같다. 아이는 다시 입을 열지만, 순간 엄마는 고개를 돌려 아이의 눈을 쏘아본다. 아이는 입을 다문다. 아직 채 네 살이 되지 않은 아이는 엄마의 눈빛이 무엇을 의미하는지 잘 알고 있다. 상황은 더 나빠질 것이다.

"무밖에 없다니까."

엄마의 말에 아이는 이제 아무 대꾸도 없다. 다만 엄마가 앞치마로 눈물을 닦아주는 동안 벙어리처럼 앉아 있을 뿐이다. 앞치마는 하도 여러 번 빨아서 부들부들했지만, 엄마의 손은 바로 그 물일 때문에 몹시 거칠었다.

가을이 지나고 겨울이 되어 형편이 더욱 나빠지자 아이는 더이상 울지 않았다. 굶주림이 야금야금 몸을 갉아먹을 지경에 이르자 말도 없어졌다. 그것은 아이의 연약한 뼈대를 주물러 골격을 바꾸어놓았다. 구루병 때문에 다리는 O자형으로 휘고 갈비뼈가 그대로 다 드러났다. 골반은 어느새 완전히 형태가 변했다.

아이는 등에 혹처럼 졸음을 짊어지고 다녔다. 엄마가 공장에 나가고 난로 속 불씨와 함께 홀로 남겨지는 아침이면 곧장 침대 겸용 소파에 기어올라가 누웠다. 어느새 노는 법도 잊어버려 오트밀과 우유를 먹으며 놀던 시절은 기억에도 없었다. 그러던 어느 날 소파 밑에서 빵부스러기를 발견하면서 옛 기억이 되살아난다. 아이는 매트리스가 접히는 부분 사이로 손을 집어넣어 집게손가락으로 나뭇바닥을 쭉 훑어내린다. 뭔가 딱딱한 것이 느껴진다. 빵 부스러기다. 아주 오래 전 누군가 이 소파에 누워 빵을 먹었으리라. 아이는 손가락에 침을 묻혀 다시 아래로 밀어넣는다. 손끝에 빵 부스러기가 묻어 올라온다. 입에 넣자 아주 작은 부스러기에서도 향긋한 빵냄새가 되살아난다. 호두 맛이 살짝 감도는 잘 구워진 빵 맛. 순간 코피가 주르르 흘러내린다.

아이는 어쩌면 앞으로 평생 피를 흘리게 될지도 모른다. 혈관 벽이 비눗방울처럼 약해져서 바람이 스치기만 해도 그대로 터져버릴 것 같다. 시간이 흘러도 상태는 나아지지 않는다. 아이의 육체는 그후에 일어난 변화를 믿지 않으려는 것 같다. 배고픈 시절은 끝이라는 걸, 식탁 위엔 감자와 고기, 양파소스, 그리고 잡곡빵과 향기로운 사과가 차려진다는 걸, 자신도 이제 버터를 듬뿍 넣은 흰빵을 구울 수 있을 만큼, 한 컵 가득 따라진 우유에 달려들지 않을 수 있을 만큼 배우고 성장했다는 걸 믿지 않으려는 것 같다. 여전히 피는 흘러내리고, 세월이 흐르면서 뼈는 기형으로 굳어진다.

그렇게 늘 출혈이 있는 몸에서 나의 존재는 시작된다. 나는 생모의 두꺼운 점막을 뚫고 들어가 그 안 깊숙이 자리를 잡고는, 태아 상태로 끊임없이 그 안을 떠다니며 성장한다. 생모의 노랫소리와 킥킥거리는 웃음소리를 들으며.

내가 태어나기 전 생모를 검진한 의사는 거실 겸용 부엌이라든가 굶주림 같은 것에 대해서는 전혀 모르는 사람이다. 그는 생모의 골반 속 산도(産道)를 측정하지 않는다. 나의 연약한 두개골은 기형적인 뼈에 눌려 서른 시간이나 고통을 당한다. 배고팠던 시절 제대로 먹지 못했던 것이 출산을 방해한 것이다. 우리 두 사람이 거의 죽기 직전에 이르러서야 의사는 산모의 배를 가른다.

"이게 뭐예요?"

엘렌은 정신을 차리고 속삭이듯 묻는다.

산모에게 뭐라고 해야 하나? 뭐라고 해야 할까?

산파는 등을 돌린 채 잠자코 있다. 모두 말이 없다.

그러나 나는 스스로 시간을 가로질러 손을 뻗고 속삭인다.

"엄마, 나는 이리저리 떠도는 나무예요, 이리저리 떠도는 한 조각의 나무……"

이 이야기로 후베르트손을 성가시게 할 생각은 없다. 후베르트손은 엘렌의 민감한 혈관 벽과 기형적인 골격에 대해 이미 알고 있다. 나와 달리 그는 엘렌을 실제로 알고 있었고 또 돌보았다.

그는 내게 완전히 다른 것을 원한다. 이미 다 끝나버린 이야기를, 충격을 받고 바닥에 쓰러진 집주인을 발견했던 삼십여 년 전 6월의 어느 날 시작된 그 이야기의 끝을 알고 싶어한다.

후베르트손은 몇 번이고 되풀이해서 세 소녀의 당시 모습을 얘기해주었다. 크리스티나는 두 주먹을 입가에 대고 문지방에 돌처럼 서 있었고 마르가레타는 바닥에 쓰러진 엘렌의 손을 잡고 앉아 있었으며 비르지타는 벽에 찰싹 달라붙어 날카로운 음성으로 신음하듯 중얼거리고 있었다고 했다. "내가 그런 게 아니야, 내 잘못이 아니야⋯⋯"

그날 그가 엘렌을 병원으로 옮기고 밤늦게 다시 돌아왔을 때, 집은 텅 비어 있었고 문에는 청소년국에서 아이들을 돌볼 거라는 메모가 붙어 있었다. 그후 후베르트손은 그저 멀리서 지켜볼 수밖에 없었다. 나중에 동료가 된 크리스티나는 그와 일정한 거리를 두고 지냈다. 업무에 대해서는 많은 이야기를 나누었고 또 가끔 식사 초대도 했지만 엘렌이나 당시 사건 얘기가 나오면 곧장 말문을 닫고 시선을 피해버렸다.

"그냥 알고 싶을 뿐이야. 내가 집에 오기 전에 무슨 일이 있었는지, 그것만 알고 싶어⋯⋯"

후베르트손은 가끔씩 내게 그렇게 말했고, 어느 날 나는 그만 어리석은 약속을 하고 말았다.

"당신을 위해 그 이야기를 기록하게 해주세요."

나는 곧 후회했다.

내가 겁을 내는 바람에 좀 늦어지고 있긴 하지만 언제든 다시 이야기를 쓰기 시작할 거라고 후베르트손은 믿고 있다. 하지만 그렇지 않다. 난 내 자매들이 무서운 게 아니라 다가가고 싶지 않을 뿐이다. 사실 난 누구에게도 다가가고 싶지 않다. 후베르트손만 빼고.

지금 상황에서 가장 견딜 수 없는 것은, 외적으로도 내적으로도 나 자신을 지킬 수 없다는 것이다. 오십 년 가까이 내 몸을 돌봐준 것은 다른 사람들이었다. 머리를 감기고 연고를 발라주고 양치질을 해주고 손톱을 깎아주고 더러워진 기저귀를 갈아주고 피 묻은 붕대를 다시 매주었다. 아이였을 때는 이 모든 것이 만족스러웠다. 그리고 아직 젊을 때만 해도 그럭저럭 견딜 만했다. 하지만 세월이 흐르자 하루하루가 고통의 연속이었다. 이 사람 저 사람이 내 몸을 만질 때마다 하나씩 구멍이 생기는 듯했고, 그 구멍을 통해 내 존재가 빠져나가는 것만 같았다. 머지않아 내겐 덜거덕거리는 뼛조각을 담는 피부 주머니만 남고, 나머지는 모두 이 시립보호시설의 리놀륨 바닥에 방울방울 떨어져 청소부의 빗자루에 쓸려갈지도 모른다.

내 비밀스런 능력을 발휘해 상황을 역전시켜야 한다. 4월의 마녀가 대리인의 몸을 이용하려면, 하얀 두개골을 둘러싸고 있는 연약한 피부 쪽으로 대리인의 영혼을 바짝 몰아붙일 수 있어야 한다. 하지만 나는 아직도 종종 다른 사람의 두개골 속에서 내 존재를 잃어버리곤 한다. 대리인의 머릿속에 들어가 섹스를 하기도 하고, 느닷없이 울고 웃기도 하고, 사랑하고 증오하기도 한다. 내 판단이 아닌 대리인의 감정에 따라서 말이다. 나는 대리인의 몸 속에서 허우적거린다. 하지만 그러고 싶지 않다. 그래서는 안 된다.

요즘은 차라리 동물이나 생판 모르는 사람의 몸 속에 들어가는 게 더 낫다. 그래야 허우적거릴 염려 없이 끝까지 떠다닐 수 있으니까. 내 삶과 연관되어 있어 나 스스로 나쁜 사람 혹은 좋은 사람이라는 선입견을 가진 사람들의 몸 속에 들어가는 건 아무래도 내키지 않는다. 때문에 나는 케르스틴1이나 후베르트손의 몸은 한 번도 빌리지 않았다. 내 자매들의 몸도.

내 자매들 중 하나는 내 삶을 살고 있다. 후베르트손이 오래 전 그날의 일을 알고 싶어하는 것만큼 나도 그때 어떤 일이 있었는지 알고 싶다. 하지만 나는 그저 그 삶을 알고 싶을 뿐, 경험하고 싶지는 않다. 그저 보고 싶을 뿐, 구체적으로 경험하고 싶지는 않다.

하지만 어쨌거나 후베르트손의 그 오래된 의문에 답하기로 약속했다. 때문에 나는 지금 이 순간 여러 곳에 존재한다. 침대에 몸을 반쯤 일으키고 앉아 소시지가 든 빵조각을 힘겹게 더듬는 동시에, 노르셰핑 경찰서의 만취자보호실 천장에 매달려 비르지타를 보고 있으며, 또한 '파라다이스' 앞 계단에 서서 열쇠를 찾는 크리스티나의 모습을 지켜보고 있다. 그리고 크리스티나 뒤에 바짝 붙어서서 입술을 깨물고 서 있는 마르가레타까지. 그녀가 말한다.

"어서 샤워하고 싶어……"

손님을 접대하느라 긴긴밤을 뜬눈으로 새워 녹초가 된 크리스티나는 어깨만 한 번 으쓱할 뿐이다. 마르가레타의 목소리는 간절하다.

"괜찮다면 몇 시간만 자고 싶어. 차도 오후나 되어야 찾을 수 있을 테고……"

크리스티나는 다시 한번 어깨를 으쓱하고는 문을 연다. 그녀의 침묵에 마르가레타는 머쓱해진다.

"괜찮으면 내가 아침 차릴게. 샤워하고 어서 출근 준비해."

망토를 정리해서 옷걸이에 거는 크리스티나를 바라보며 마르가레타는 오래된 함 위에 재킷을 올려놓고 다시 큰 소리로 말한다.

"우리 그렇게 하자. 내가 아침 차릴 테니까 넌 출근 준비해…… 차 마실래? 아님 커피?"

복도 거울에 비친 창백한 자신의 얼굴을 들여다보며 크리스티나는 그제야 대답한다.

"커피. 블랙으로……"

비르지타는 만취자보호실의 경사진 바닥에 입을 벌리고 누워 있다. 잠을 자고 있지만 꿈은 꾸지 않는다. 잠결에도 비르지타는 꿈꾸지 않도록 조심한다. 그녀는 어떠한 조사도 받지 않았다. 이름을 대지 않자 아무런 절차 없이 곧장 보호실에 처넣었던 것이다. 비르지타는 소리를 지르지도 욕설을 내뱉지도 않았다. 손을 뺨에 대고 가만히 모로 누워 있을 뿐이다. 천사처럼. 진짜 어린 천사처럼.

맙소사. 그 대가로 날 버리다니……

그래도 어쩔 수 없는 사실이다. 엘렌은 나를 버렸다. 1950년대 초, 건강하지만 가난한 여자아이 셋은 모탈라에서 좋은 가정을 얻었다. 그리고 그 몇 년 전 경련성 간질을 앓는 중증 장애아는 장애인보호시설로 보내진 다음 곧바로 잊혀졌다.

따져보면 그것은 잘한 결정이었다. 한 아이의 불행을 대가로 세 아이의 행운을 샀으니. 엘렌은 나라 전체가 이익만을 추구하던 시대에 살았다. 고통스럽고 불완전한 것은 견디기 힘든 시기였다. 복지국가의 초기단계, 나라 구석구석이 깨끗해야 했고, 온갖 오류와 기형적인 것은 공공기관에 꽁꽁 숨겨둘 수밖에 없었다. 의사들의 새하얀 가운에서는 바람 냄새, 물냄새가 풍겼고 아침저녁으로 병원 바닥을 초록색 비누로 닦았으며 빳빳하게 풀을 먹인 간호사들의 유니폼이 사각거리는 소리가 몇 미터 앞에서도 들릴 정도로 복도는 조용했다. 그 완벽함을 방해하는 것은 아이들 몇뿐이었다. 뇌수종으로 눈이 멀고 비틀거리며 걷는 아이, 심하게 휜 안짱다리 아이, 구슬프게 우는 꼽추 아이, 그리고 소리를 지르고 말을 더듬는 간질 환자도 있었다.

엘렌은 여러모로 시대적인 인물이었다. 스웨덴 최고의 자가요양 간병인이었던 그녀는 예방의학단체의 일원이었다. 젊은 시절 공장에 다니며 심한 고초와 감금생활을 겪은 뒤 노르셰핑의 섬유공장에서 모탈라로 도망쳤다. 그곳에서 간호사와 비슷한 옷을 입고 매일 자전거를 타고 시내를 돌아다니며 독거노인들에게 식사를 차려주고, 아픈 엄마들을 대신해서 아이들의 코를 풀어주고 목욕을 시켜주었다. 출산 직후 불안해하는 여자들에게는 산후우울증에 시달리지 않도록 엄마로서의 의무감을 되풀이해서 일깨워주기도 했다.

그녀는 보석과도 같은 존재였다. 청소년국에서도 사회복지국에서도 이구동성으로 그렇게 말했다. 쾌활하고 책임감이 강하고 깔끔하며 착실했다. 자기 일에 충실했으며 요리도 수준급이었다. 당시 건설노동자 대표로 모탈라 시 참사회 총회에 참석하러 온 후고 요한손이 수줍어하며 엘렌을 쫓아다니기 시작했을 때도 놀라는 사람은 없었다. 두 사람은 천생연분이었다. 그는 유능하고 성실했으며 책임감이 강했다. 당시 후고는 엘렌보다 스무 살 연상의 홀아비였고 자기 소유의 집과 함께 어린 아내에게 줄, 막 완공된 새집을 또 한 채 갖고 있었다.

후베르트손이 갖다준 서류 어디에선가 사십대의 후고 사진을 본 적이 있다. 어딘가 수정한 흔적이 남아 있는 사진 속에는 피곤에 지친 눈과 매끄러운 얼굴을 가진 중년의 남자가 있었다. 하지만 그가 정말 내 아버지라고 상상하기는 어렵다. 그의 눈은 내게 아무 말도 해주지 않았다.

하지만 그 역시 그리 이상하게 생각할 일은 아닐 것이다. 후고는 단지 내 생모에게 정자를 공급해준 사람일 뿐이니까. 엘렌이 분만실로 들어갔을 때 후고는 이미 다른 병실에서 암과 싸우고 있었다.

나는 빵을 씹다 멈추고 귀를 기울인다. 복도에서 교육담당 팀원들의 발소리가 시끄럽다. 목소리에서는 진정하려고 애쓰는 기색이 역력하다. 중환자가 생긴 듯하다.

누구일까……

난 특별히 환자를 많이 알고 있지는 않다. 아니 솔직히 말하면 그들을 피한다. 환자들은 대부분 나이가 많은 편이다. 그들과 가까이 지내서 딱히 좋을 게 없다. 바로 얼마 전 케르스틴2 밑에 있는 간호사가 나를 복도로 데리고 나갔을 때 식당에 있던 한 노인을 본 적이 있다. 반쯤 열린 식당 문으로 그를 보는 순간 그대로 숨이 멎을 뻔했다. 뒤에 있던 간호사 역시 그 자리에 우뚝 멈춰 섰다. 순간적으로 눈빛이 교차했다. 간호사와 노인과 나의 눈이.

노인은 나처럼 휠체어에 묶인 채 앉아 있었는데, 제일 위쪽의 벨트가 풀려서 상체가 앞으로 쏠린 채 왼쪽 뺨이 식탁 위에 엎어져 있었다. 치아는 입에서 밀려나올 듯 돌출되어 있었고 두 팔은 힘없이 매달려 있었다. 팔을 들어올릴 수가 없으니 탁자를 짚고 몸을 일으킬 수도 없었다. 어깨는 뾰족한 탁자 모서리에 꽉 짓눌린 채였다. 몹시 고통스러워 보였다.

그는 아무 말이 없었다. 신음 소리 하나 없이 천천히 눈꺼풀만 껌벅거릴 뿐이었다. 다시 시간이 흐르기 시작했다. 간호사는 휠체어를 잡고 있던 두 손을 입으로 가져갔다.

"맙소사, 저럴 수가!"

마침 케르스틴2가 담당하는 간호사들의 근무시간인 것이 정말 다행이었다. 그들이라면 어린애나 다름없는 그 노인에게 쓸데없는 소리는 하지 않을 테니까. 그녀는 황급히 노인에게 다가가 그를 일으켜 앉혔다.

"누우실래요, 폴케 씨?"

그녀의 물음에 노인은 눈을 감고 고개를 끄덕였다. 순간 나는 노인에 대한 어떤 걷잡을 수 없는 감정에 사로잡혔다. 휠체어를 박차고 일어나 노인을 붙잡고 이 모욕적인 상황에서 벗어나 다른 곳으로 데려가고 싶었다. 하지만 내가 할 수 있는 일이란 고작 내 옆을 지나가는 노인에게서 눈길을 돌리는 것뿐이었다. 다른 사람들이 내게 늘 그랬던 것처럼.

분명 그는 죽기로 작정했을 것이다.

그건 노인들 중에서도 가장 강한 사람들만이 할 수 있는 일이다. 그들은 죽음을 결심한다. 병까지 선택할 순 없지만 일단 병에 걸리면 죽음을 능가할 어떤 힘을 지닌 것처럼, 아주 쉽게 고통스런 삶에서 해방된다. 어느 날, 움켜쥐고 있던 삶의 끈을 그냥 툭 놓아버리면 끝나는 것이다.

하지만 나는 그 끈을 놓지 않으려 항상 안간힘을 쓴다. 내 삶의 끈은 무엇보다도 내 자매들과 후베르트손에게 연결되어 있다. 또한 너무 일찍 세상을 뜬 사람들의 기대 역시 저버릴 수 없다. 그래서 난 삶의 끈을 놓을 수가 없다. 하지만 폴케 씨는 아무것도 두려울 것이 없다. 그는 자신의 삶을 마무리지었다. 그는 더이상 죽은 자들의 행렬에 동참할 필요가 없을 것이다.

문이 닫히자 앵무새 같은 목소리의 간호사가 엉덩이로 다시 문을 연다.

"아침은 먹었어요, 데시레?"

나는 호흡 인터페이스를 물고 훅 분다.

"네. 오늘 샤워를 하고 싶은데, 괜찮을까요?"

모니터를 읽는 그녀의 얼굴에 자신 없는 표정이 스친다. 그녀는 어깨를 으쓱한다.

"잘 모르겠어요. 한번 물어보지요……"

"벌써 일주일이 넘었어요……"

그녀는 내 말을 막으려고 애쓰지만 나는 요구한다. 나는 까다로운 환자다. 일인실을 쓰며 간병인을 따로 두는 환자들은 대부분 까다롭지만 후베르트손을 내 편으로 둔 나는 특히 더 까다로운 편이다. 나 같은 사람들은 모든 결정권을 본인이 갖고 있다고 생각한다. 언제, 얼마나 자주 샤워를 할지까지 말이다. 일손이 달리는 문제나 병원의 절약방침 따위는 내 알 바 아니다. 나는 호흡 인터페이스를 놓지 않는다.

"오늘은 샤워를 꼭 해야겠어요. 냄새가 다 날 정도니. 일주일에 한두 번은 샤워를 해야 욕창이 생기지 않는다는 건 당신들이 더 잘 알 텐데요……"

그녀의 목소리는 더이상 앵무새 같지 않다. 알약을 들고 황망히 문쪽으로 나가는 그녀의 목소리는 한 옥타브 내려가 있다.

"예, 예. 물어본다고 하잖아요!"

곧장 케르스틴1에게 보고되겠지만 곧바로 답변을 주지는 않을 것이다. 나는 가벼운 미소를 지으며 기다리기로 마음먹는다.

'파라다이스'의 크리스티나는 터져나오는 한숨을 억지로 참으며 식탁 앞에 앉아 있다. 그토록 오랫동안 꿈꾸어왔던 아침식사이건만…… 위스키 마멀레이드도, 체다치즈도, 작은 식빵 조각도 없다. 게다가 고요함도 평안함도 없다.

달걀이 이상하다. 반쪽이 어디로 가고 없다. 달걀을 삶는 동안 껍질이 터져 흰자가 거품처럼 껍질에 붙어 있다. 마치 광견병에 걸린 것마냥…… 게다가 마르가레타는 무슨 정성이 뻗쳤는지 빵을 여덟 조각이나 구웠다. 숯덩어리가 된 빵이 싸늘하게 식어 바구니에 담겨 있다.

"내 빵은 내가 구울 걸 그랬나봐."

크리스티나가 식탁을 바라보며 살짝 미소짓자 마르가레타가 어깨를 으쓱한다. 식사를 준비하는 동안 마르가레타의 기분은 점점 더 저기압이 되어갔다. 살림솜씨에 대해 크리스티나가 흉을 보든 말든 젠장 이젠 아무래도 상관없다.

"여기에서 좀더 자다 갈래?"

새로 구운 빵에 버터를 얇게 펴바르던 크리스티나는 문득 궁금하다. 마르가레타는 벌써 까맣게 탄 빵조각에 버터를 바른 후이다. 둘은 빵 부스러기가 떨어져 얼룩덜룩한 버터를 말없이 바라본다. 결국 마르가레타가 입을 연다.

"응, 네가 괜찮다면……그래도 점심때까지는 사라져줄게."

"그럼 열쇠 줄 테니까 문 잠그고 가. 열쇠는 소라고둥 속에 넣어놓고……"

크리스티나가 고개를 끄덕이며 진지한 얼굴로 말하자, 마르가레타는 비웃듯 얼굴을 찌푸린다.

"부엌 계단 옆에 있는 거?"

"그래, 에릭과 발리에 갔을 때 산 거야. 깨지지 않게 집으로 갖고 오느라 얼마나 고생했는지 몰라."

"그러면 진짜란 말이야?"

놀란 듯한 마르가레타의 물음에 크리스티나가 의외의 질문이라는 듯 고개를 든다.

"그럼 진짜지."

마르가레타는 킥킥대며 담배를 집어든다. 반쯤 먹다 만 빵조각은 접시에 그대로 남아 있다. 그녀는 라이터를 톡톡 두드리며 말한다.

"그래? 난 플라스틱인 줄 알았어."

크리스티나가 슬슬 짜증이 나기 시작할 즈음 때맞춰 전화벨이 울린다. 병원에 가봐야만 한다. 지금 당장……

케르스틴1은 생각보다 빨리 왔다. 밑창이 부드러운 하얀 샌들을 신은 탓에 발소리도 들리지 않는다. 방문을 두드리는가 싶더니 어느새 내 앞에 서 있다.

예쁜 여자들은 도대체 표정이 없다. 광고에 나오는 여자들만 봐도 그렇다. 미인 중에서도 최고의 미인은 특히나 그렇다. 자유자재로 움직이는 눈과 입술의 작은 움직임이 있을 뿐.

케르스틴1이 바로 그런 사람이다. 물론 코와 뺨과 턱도 예쁘지만 반짝이는 눈과 또렷한 입술이 얼굴을 점령하고 있어서 다른 것들은 눈에 띄지도 않는다. 케르스틴은 나를 보며 활처럼 휜 예쁜 눈썹을 살짝 찡그린다. 그녀는 가련한 나의 모습에서 반짝이는 시선을 떼지 못한다.

"또 욕창 생겼어요?"

나는 호흡 인터페이스를 문다.

"아니, 아직은요."

"울리카가 욕창이 생겼다고 하던데요?"

"울리카라니, 누구?"

"아침 가져오는 간호조무사 말이에요. 당신이 욕창이 생겼다고 했다던데……"

"그게 아니라, 오늘 샤워를 안 하면 욕창이 생길 거라고 했지요."

"오늘은 샤워를 시켜줄 만큼 인원이 충분치 않아요."

"그래도 꼬박 일주일을 못 했는데!"

"미안하지만 재정 문제는 내 소관이 아니에요. 그건 그렇고, 난 당신이 휴게실에 올 줄 알았는데. 욕창을 예방하려면 앉아 있는 게 좋아요. 당신도 알잖아요. 오늘은 빙고게임도 있어요. 합창단도 오고……"

몸의 뒤틀림이 점점 더 심해진다. 머리가 이리저리 제멋대로 움직여 인터페이스를 무는 것조차 쉽지 않지만 더듬거리면서라도 내 생각을 말할 수는 있다.

"빙고게임도, 합창도 다 필요 없어요. 샤워가 하고 싶다구요."

내가 호흡으로 생각을 다 불어내기까지 케르스틴1은 참을성 있게 기다린다. 그리고 웃는다.

"함께 하면 당신도 좋아할 거예요. 오늘 오렌지가 당신 차지가 될지 또 알아요? 그리고 방 청소도 해야 하구요. 환기도 시킬 겸."

호흡 인터페이스가 입에서 미끄러져 옆으로 떨어진다. 다시 입에 물려고 뒤틀림과 맞서 싸운다. 케르스틴1은 서두르지 않는다. 침대 옆에 서서 상냥한 미소를 띤 채, 안간힘을 쓰고 있는 내 모습을 지켜볼 뿐이다. 겨우 인터페이스를 다시 입에 물었지만 단 한마디밖에 하지 못한다.

"환기라니?"

"그래요, 다른 병실로 옮길 거예요. 좋죠?"

더욱 환하게 미소지으며 말하는 그녀를 보고 나는 힘껏 숨을 불어넣는다.

"안 돼요!"

허리를 숙여 이불을 꼭 여미는 그녀의 목소리는 조금 가라앉아 있다.

"유감이군요. 당신이 활력을 찾는 데 도움이 될 거라 생각했는데."

그녀는 팔짱을 끼며 다시 말한다.

"미안하지만 내겐 아무런 권한이 없어요. 2호실의 폴케 씨가 일인실이 필요해서 환자들을 다른 침대로 옮겨야만 하거든요. 상태가 아주 안 좋아서 식구들이 모두 이곳으로 오고 있는 중이에요. 당신 방을 쓸 거예요. 당신은 마리아와 같은 방을 쓰게 될 거고요."

경련으로 호스가 찢어질까 두려웠지만 나는 호흡 인터페이스를 힘껏 물어뜯는다. 이렇게 케르스틴2와 그 조원들의 근무시간이 되기만을 묵묵히 기다려야 하나? 아니면 후베르트손이 찾아올 내일 아침을?
방을 옮긴다는 생각에 극심한 공포가 몰려왔지만 나는 인터페이스를
놓지 않고 혹 분다.

"누구 방으로 간다구요?"

단어들이 모니터에서 깜박거린다. 이미 문으로 향하던 케르스틴1이
눈길을 돌린다. 한 손은 손잡이를 잡고 다른 한 손으로는 가볍게 손짓
을 한다.

"마리아라는 아이요. 알잖아요, 다운증후군을 앓고 있는…… 너무
너무 사랑스러운 아이예요. 다른 황인종 아이들처럼. 아이들은 이 지
상의 소금과 같은 존재예요. 언제 봐도 사랑스럽고 상냥하고. 그 아이
가 당신에게 많은 걸 보여줄 거예요."

눈앞에서 섬광이 몇 번 번쩍인다. 단순한 뒤틀림이 아닌 발작이 내
온몸을 뒤흔든다. 눈을 감는다. 시야가 어둡다. 폭풍이 다가온다. 내가
할 수 있는 일이란 단지 그 힘에 몸을 맡기는 것뿐이다.

펌프 쌍둥이

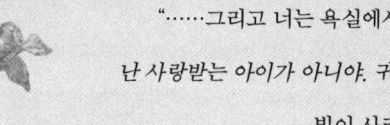

"……그리고 너는 욕실에서 혼잣말을 중얼거린다.

난 사랑받는 아이가 아니야. 귀염둥이가 될 수 있다면.

빛이 사라지고 황혼이 시작된다.

우리는 담요 밑이나 불타는 자동차 아래 다 망가진 몸으로 갇혀 있다.

빨간 불꽃이 차에서 새어나와 아스팔트를 태운다.

머리나 바닥이나 쿠션이 더이상 우리 것이 아닐 때까지.

아니면 우리가 그 모든 것이 될 때까지."

마거릿 애투드

"보호시설이라고? 응급병동에서 일하는 줄 알았는데?"

"거기서도 일해. 보호시설 주치의로 그곳 환자들을 돌보기도 하고……"

크리스티나는 열쇠꾸러미를 찾으려고 부엌을 여기저기 뒤지고 다닌다. 망토는 벌써 입고 있다. 벽난로 옆 의자 위에서 꾸러미를 찾아 허둥지둥 부엌문 열쇠를 빼내려고 애쓰지만, 마음처럼 잘 되지가 않는다. 손가락에 억지로 힘을 준 탓인지 투명한 피부에 빨간 반점이 생긴다.

"이리 줘. 내가 해볼게……"

크리스티나는 망토의 단추를 채우며 마르가레타가 열쇠를 빼기를 기다린다.

"자, 여기!"

마르가레타는 꾸러미를 건네고 부엌문 열쇠만 식탁 위에 올려놓는다. 두 사람의 시선이 동시에 열쇠에 가 꽂힌다. 엘렌 아줌마의 목소리가 머릿속에서 윙윙거리는 것 같다. *열쇠는 식탁 위에 두지 마라! 그건 불길한 징조야!* 마르가레타는 미소지으며 재킷 주머니에 열쇠를 넣는다.

크리스티나는 아까처럼 허둥대는 것 같지는 않다. 오히려 머뭇거린다.

"그래…… 그래, 그렇게 해. 너도 들었지?"

마르가레타가 얼굴을 찡그린다.

"난 언제나 그렇게 해. 혼자 있을 때도."

"아줌마 묘지에 갈 거니?"

마르가레타는 고개를 끄덕인다.

"가능하다면, 어두워지기 전에……"

"비르지타는 어떻게 하지?"

"후! 정말 기분 꽝이군, 이번에도……"

잠시 침묵이 흐르자 크리스티나가 헛기침을 한다.

"말했잖아, 우린 떨어져 있어도 서로 통한다구. 그건 그렇고, 암튼 지금 난 무척 바빠……"

마르가레타의 말이 끝나자마자 크리스티나가 한 걸음 다가온다. 마르가레타에게 손을 뻗으려는 찰나 마르가레타가 담배연기를 뿜어 그녀의 걸음을 막는다.

"에릭!"

시동을 걸면서 크리스티나는 속으로 크게 불러본다. 혼자 있을 때면 종종 이렇게 그의 이름을 부르곤 한다. 그가 그리워서라기보다 그러다보면 마음이 조금 안정되기 때문이다. 지금은 무엇보다 안정이 필요하다. 스물네 시간, 지난 하루 동안 일어난 모든 일들이 마치 장막을 걷고 — 청회색의 비로드 커튼인지, 물결치는 금속의 블라인드인지는 몰라도 — 과거를 들추어낸 것만 같다. 에릭이 떠나주었으면 하고 바랐을 때만 해도 까맣게 잊고 있었다. 과거를 전혀 의식하지 않고 살 수 있도록 도와준 커튼이 바로 그였다는 사실을. 그의 곁에서 과거는 죽은 것이나 다름없었다. 반대로 그가 곁에 없으면 과거는 꿈틀대며 숨을 쉬기 시작했다.

하지만 이번엔 그녀 역시 다를 것이다. 그녀는 더이상 어린애도, 사춘기 소녀도 아니었다. 과거는 흘러갔다. 오늘을 살고 있는 크리스티나 불프가 더이상 과거에 얽매여 있을 수만은 없다. 크리스티나 불프는 룬드 대학에서 다시 태어났다. 세계사가 덜덜거리며 톱니바퀴를 교체하던 그 60년대 말에 새로 태어난 것이다. 누군가 강의실에 달걀 한 알을 굴려놓았고, 몇 시간 후 껍질이 깨지기 시작해서 한밤중이 되자 부화가 끝났다. 두 조각으로 나누어진 그 달걀 속에서는 젊은 여자 하나가 기어나왔다. 탄생의 순간부터 그녀는 완벽했다. 매일 아침 정각 여덟시면 책상 앞에 앉아 책을 펼치는, 목표의식이 뚜렷하고 진지한 여자. 여자는 오후에 가끔 한 번씩 책을 옆으로 밀어놓고 하늘색 편지지를 꺼내 또다른 인생에서 만난 양어머니에게 편지를 쓰곤 했다. 내용은 언제나 똑같았다. 저는 잘 지내고 있어요. 크리스마스에 엄마에게 가려고 돈을 모으고 있어요. 양어머니는 거의 답장을 보내지 않았지만 종종 노르셰핑의 소인이 찍힌 다른 편지가 도착했다. 크리스티나는 그 편지들을 뜯지도 않은 채 꼬깃꼬깃 구겨서 쓰레기통으로 던졌다. 노르셰핑에 아는 사람은 아무도 없었다. 그녀는 새 생명을 얻어 룬드에 살고 있었으니까.

'사람들은 누구나 자기 삶을 선택할 수 있어. 하지만 남이 얻은 걸

쉽게 빼앗을 수는 없지.'

당시 그녀는 종종 그런 생각을 하곤 했다.

크리스티나는 오랜 시간 성장을 거듭하며 결단을 내렸고, 지금은 바드스테나에 살고 있었다. 책임감과 의무감이 강한 사람으로, 과거는 들출 필요도 또 그럴 시간도 없는 사람으로 말이다. 다시 시동을 건다. 엔진에 문제가 있는지 부르릉, 소리가 나더니 계기판에 빨간 불 두 개가 들어온다. 연료등과 배터리 등이다. 머리를 쓸어넘긴 이마에 땀이 배고 안경엔 금세 김이 서린다.

"항상 침착하게."

부러 큰 소리로 말하며 눈을 질끈 감고 다시 시동을 건다. 기적이 일어난다. 부드러운 엔진 소리와 함께 차가 움직이기 시작한다. 부랴부랴 손목시계를 들여다본다. 통화 후 칠 분이 흘렀다. 시설까지 팔 분은 더 걸린다. 일단 하는 데까지 해보자.

물론 폴케 씨는 곧 시설에서 죽을 것이다. 그를 구할 방도는 없다. 치명적인 급성폐렴 증세가 시작되었다. 노인성치매 환자들은 대부분이 병을 통해 비로소 삶에서 해방된다. 그 때문만이 아니더라도 그는 노환으로 기운이 떨어지면서 연이어 감각기관이 제 기능을 잃기 시작했다. 보지도, 듣지도, 말하려고도 하지 않았다. 그런 상황에서 크리스티나가 할 수 있는 일은 아무것도 없다. 그저 숨을 거둔 후 행복한 여행이 되기만을 빌 뿐이다. 다른 의사들처럼 굳이 병원에 가지 않고 전화 한 통화로 모르핀을 처방하고 아침식사를 할 수도 있었을 것이다. 그러나 그럴 순 없다. 아마 하루 종일 폴케 씨의 고통스런 죽음에 대한 죄책감에 시달릴 것이다. 제시간에 가지 못하면 어쩌나. 동료들의 시선은 물론 전화를 해준 금발의 수간호사—그녀는 케르스틴1을 이렇게 부른다—의 시선도 두렵다. 케르스틴1은 크리스티나가 기본적으로 의사로서의 소명의식이 부족하다고 생각하고 있었다.

그건 맞는 말이다. 크리스티나는 직업의식이 없다. 의사라는 직업을 선택한 것 자체가 잘못이었다고 벌써 오래 전부터 느끼고 있었다. 에릭을 처음 만난 그날부터……

그녀는 별 기대 없이 그의 강의를 수강했다. 박사과정을 밟고 있던 주근깨투성이 에릭은 한눈에도 사람들 앞에 서는 게 익숙지 않아 보였다. 처음에는 너무 긴장한 탓에 시선을 어디에 둘지 몰라 헤맸고 말도 자꾸 끊겼다. 그러나 시간이 지남에 따라 주제에 몰입하면서 막힘이 없어졌다. Agenesia cordis*! 임산부 삼만오천 명 중 한 명꼴로 나타나는 극히 드문 경우인데요……

크리스티나는 별로 귀에 들어오지 않아서 대충 흘려듣고 있었으나, 관심 분야가 나오면 나름대로 중요한 부분을 찾아보곤 했다. 그렇다고는 해도 이제 막 의사가 된 사람에게 꼭 필요한 얘기 같지는 않았다. 가만히 앉아 있는 것도 꽤 오랜만이었다. 지난달까지만 해도 당직근무에서 일반 상담으로, 응급실에서 의료센터로, 보호시설에서 양로원으로 정신없이 오가며 환자들을 상대해야 했다.

크리스티나 마르틴손이 시험에 통과하여 의사가 되었을 때 요란하던 주위의 반응도 이제는 누그러졌다. 그녀도 처음에는 자신이 의사가 된 것이 기쁘고 놀라웠지만, 이젠 어둡게 빛나는 겨울 창문에 비친 자신의 모습이 익숙하기만 하다. 하얀 가운 주머니에 청진기를 꽂고 어두운 표정으로 서 있는 자그마한 여자. 가소롭다는 듯 살짝 윙크를 해본다. 그래, 여기 이분은 진짜 박사님이란다!

짜릿한 기쁨의 순간은 날이 갈수록 희미해져갔다. 자기가 얼마나

---

* 심장이 없는 태아를 가리키는 의학용어.

순진했던가를 깨닫기 시작한 것이다. 한때는 매시간 뚜렷한 목표의식을 갖고 열정적으로 책 속에 파묻혀 산 적도 있었다. 잠을 자면서도 연구에 쫓겼고 밤마다 중환자들이 꿈에 나타나 불안에 떨며 깨야 했다. 하지만 당연한 일로 받아들였다. 날이 밝으면 꿈 같은 건 머릿속에서 털어버리고 그날의 새로운 주제에 몰두했다. 당시에는 이렇게 생각했었다. 어느 날 잠에서 깨면 의사가 되어 있을 거라고, 자기 자신을 비롯해 모든 것이 완전히 달라져 있을 거라고. 내면을 흐르던 불안함도 말라 단단해질 거라고, 자신의 모든 것이 완결되어 한 치의 흔들림도 없을 거라고. 마치 콘크리트 기둥처럼.

하지만 날이 밝아도 기적은 일어나지 않았다. 일 년 열두 달 내내 아무런 변화 없이 날이 밝고 저물었다. 그렇게 십일 년 동안 연구와 실습 과정을 거칠 즈음 직업을 선택할 때가 왔음을 느꼈다. 의사가 되는 건 당연했다. 정말 의사가 되고 싶은지는 알 수 없었지만.

그런데 왜? 그것이 왜 그렇게 중요했을까?

물론 아스트리드, 그리고 엘렌 때문이었다. 그녀는 그 두 명의 엄마 때문에 의사가 되었다.

크리스티나는 젊은 강사의 말엔 귀도 기울이지 않고 고개를 숙이고 있었다. 그랬다. 아스트리드도 엘렌도 그녀의 성공을 전혀 예상하지 못했다. 병상에 누운 엘렌은 크리스티나가 의학을 공부할 생각이라고 말하자 믿지 못하겠다며 소스라치게 놀랐고, 아스트리드는 노골적으로 코웃음을 쳤다. 크리스티나의 포부는 어렵사리 말을 꺼내자마자 좌절되어버렸다. 아스트리드가 그런 반응을 보이는 데는 이유가 있었다. 그녀 같은 사람들에게 의사란 대단한 위세를 지닌 계층이었다. 의사들 앞에만 서면 그녀는 지극히 평범하고 왜소한, 아양이라도 떨듯 미소지으며 말도 가려서 하는 소심한 여인으로 변했다. 크리스티나는 아스트리드의 그런 모습을 두 눈으로 똑똑히 보고 싶었다. 바라는 것은 그뿐이었다.

의사라는 직업은 지금까지의 생활을 벗어나기 위한 시도이자 도피처였다. 그러나 아스트리드는 크리스티나를 놓아주지 않은 채 그녀의 마음에 혐오감이라는 작은 씨앗을 심어놓았다. 그 씨앗은 크리스티나가 공부하는 동안 겨울잠을 자다가 첫 발령을 받자 활짝 꽃을 피웠다. 당시 크리스티나는 매일같이 눈앞에 몰려드는 살덩어리들에 기겁하며 혐오감을 숨기기에 급급했다. 털이 부숭부숭한 넓적다리, 밀가루 반죽 같은 배, 여자들의 출렁이는 젖가슴과 남자들의 쪼글쪼글한 엉덩이, 악취가 나는 오래된 상처와 고약한 냄새를 풍기는 아랫도리, 그 모든 것이 혐오스러웠다.

병든 살덩이는 그 자체만으로 형벌이다. 그러나 의사는 순수하고 티 없이 순결한 몸으로 불완전한 존재들 위로 높이높이 떠다닌다. 부패라는 것이 접근조차 할 수 없을 것처럼……

그래. 크리스티나는 다시 눈을 들어 젊은 강사를 바라보았다. 계속 의사의 길을 가자. 저 자유를 얻기 위해서라도 의사가 되어야 한다. 흰 가운에 청진기를 든 의사 차림으로 처음 침상 앞에 섰을 때 몹시 힘겨워하면서도 일그러진 웃음과 함께 두 손을 잡아주던 엘렌 아줌마 때문에라도.

젊은 강사는 신경질적으로 교탁을 문지르다가 스크린을 내리고 슬라이드를 보여주었다. 조금 미안해진 크리스티나는 여고생처럼 똑바로 앉아 흥미 있는 척 앞을 주시했다. 불이 꺼지고 강의실이 컴컴해졌다. 첫번째 화면이 떴다. 태반이었다. 혈맥이 에틸렌 블루로 채워져 있다. 강사의 지시봉이 스크린 위에 비친 동맥을 가리켰다.

"원인은 아직까지 밝혀지지 않았습니다. 임신 초기의 혈관 기형 때문이라는 이론이 있는데, 쌍둥이 중 약한 쪽은 배꼽을 통해 필요한 혈액을 공급받게 됩니다…… 그 혈관들은 우선적으로 하반신에 피를 공급합니다. 곧 보면 알겠지만, 그 때문에 하반신이 비정상적으로 자라게 됩니다……"

그는 다시 단추를 눌렀다. 충격받은 학생들은 숨죽인 채 화면을 지켜보았다. 크리스티나는 도대체 뭐가 뭔지 알 수가 없었다. 눈을 깜박이고 안경을 올리며, 완전히 문외한이라는 듯 손으로 입만 두드려댈 따름이었다. 손을 다시 무릎에 내려놓고 중요한 메모라도 하는 것처럼 재빨리 노트를 쳐다보았지만 아무것도 쓰지는 않았다.

화면에는 탯줄로 연결된 조그만 인체가 보였다. 장차 다리가 될 조직의 이상 발육으로 그 몸은 연약하고 불완전해 보였다. 머리, 혹은 팔이 없는 태아는 장밋빛 피부의 작은 고깃덩이에 불과했다. 그건 절반의 사람이었다. 목과 머리가 있어야 할 자리가 아무것도 없이 매끈하며 연약했다.

강사는 학생들이 좀더 화면에 집중하도록 영사기 옆에 말없이 서 있다가 계속 강의를 이어나갔다.

"이런 건 문학에서는 The acardiac monster라고 부릅니다. 심장 없는 괴물, 말 그대로 분명 심장을 갖고 있지 않습니다. 그러나 저는 그렇게 부르고 싶지 않습니다. 그 말이 음…… 그러니까 좀 자극적이어서……"

그가 다시 단추를 누르자 새로운 화면이 떴다. 태아를 약간 다른 각도에서 본 것이었다. 두 개의 조직이 있었는데, 그중 하나의 다리가 될 부분 사이에서 흠 없는 피부에 잡힌 작은 주름이 보였다. 지시봉이 주름 위를 맴돌았다.

"기형과 건강한 아이로 이루어진 한 쌍둥이의 성은 항상 똑같습니다. 대부분 여자아이인데, 그 원인은 밝혀지지 않았습니다. 이런 펌프 쌍둥이는 사망률이 높습니다. 임신 후기로 갈수록 점점 더 많은 혈액이 필요하기 때문이죠. 그래서 아주 심각한 상황에 이를 수 있습니다."

그로부터 여러 해 뒤, 그러니까 자신의 쌍둥이 아이들이 이미 학교에 들어갔을 무렵, 크리스티나는 문득 에릭의 설명을 잘못 이해했을지도 모른다는 생각이 들었다. 그녀는 잠들어 있는 그를 무작정 흔들어 깨웠다. 결혼한 뒤 에릭에게 잠은 아주 신성한 의미를 가진다는 걸 알게 되었지만 그 순간만은 전혀 개의치 않았다.

크리스티나는 어두운 침실에서 속삭였다.

"에릭…… 에릭……"

조금 시간이 지나서야 그는 뭐라고 중얼거리며 돌아누웠다. 크리스티나는 계속 어깨를 흔들었다.

"여보! 물어볼 게 있는데……"

에릭이 그녀 쪽으로 몸을 돌리고 잠이 덜 깬 눈으로 쳐다보았다.

"뭔데?"

"우리가 처음 만났을 때 당신이 했던 강의 기억나요? 심장 없는 괴물, 기억나죠?"

그는 어깨까지 이불을 끌어당기고는 다시 눈을 감았다.

"음, 그래. 그런데 왜?"

"그때 펌프 쌍둥이 이야기를 했잖아요? 그렇죠? 그게 어느 쪽을 말한 거예요? 건강한 아이예요, 아니면 그렇지 않은 아이예요?"

그는 조용히 미소를 지으며 생각을 가다듬었다.

"이런 세상에, 크리스티나. 한밤중에 무슨 그런 질문을…… 당연히 건강한 태아를 얘기하는 거지. 뻔하잖아. 펌프 쌍둥이가 자기 피를 기형의 쌍둥이에게 주는 거니까……"

"아, 그래요? 고마워요. 이제 자요."

그는 손을 뻗어 아내의 손을 잡고 가볍게 눌렀다.

"갑자기 그건 왜 물어?"

"아, 그냥 문득 그 단어가 생각났어요. 지금까지 계속 펌프 쌍둥이를 건강하지 못한 태아라고 생각해왔거든요."

그는 다시 잠에 빠져들면서도 여전히 관심을 보였다.

"왜?"

크리스티나는 손을 이불 밑으로 쑥 집어넣었다. 그리고 옛날의 그 영상을 지워버리려고 눈을 꼭 감았다.

"아, 그냥 그 기형아가 펌프처럼 보였거든요……"

"어서 자."

"당신도요."

아스트리드는 말끝마다 고마워요, 부탁해요, 잘 자, 잘 있어, 라고 하는 크리스티나 부부의 대화방식에 질색했다. 어느 날 처음이자 마지막으로 크리스티나의 집을 불쑥 찾아와서 그런 생각을 거침없이 얘기했다.

그녀는 발음을 강하게 굴리는 특유의 숀 사투리로 말했다.

"꽤나 호들갑스럽게 사는군. 너희들 얘기만 들어보면 퍽이나 고상해 뵌다. 그냥 간단하게 말하면 안 되니? 그렇게 고상한 척 지껄여야만 직성이 풀려? 세상에, 그렇게 눈꼴시게 말하고 싶어서 결혼했다니?"

크리스티나는 아스트리드가 그렇게 솔직하게 싸움을 걸어오길 고대했었다. 혀끝에서 날을 갈며 몇 달 전, 아니 몇 년 전부터 준비한 대답을 써먹을 날만 이제나저제나 기다리고 있었다. 하지만 처음에는 입을 일자(一字)로 딱 다문 채, 아직 반이나 남은 엄마의 커피잔을 들고 일어나 싱크대로 가져갔다.

"이봐, 고상한 부인! 아직 안 끝났어!"

아스트리드가 등뒤에서 소리를 질렀다.

크리스티나는 순간 멈칫했다. 그리고 잔을 든 채 등을 돌리고 그녀를 가만히 노려보았다. 아스트리드는 푸른빛이 감도는 손으로 손짓했다.

"빌어먹을, 끔찍할 정도로 친절하시군. 커피잔 다시 가져와. 기왕 친절을 베푸는 김에 재떨이도 좀 가져오실까?"

"여기서는 담배 피우지 마세요. 에릭이 싫어하니까……"

"아, 그러셔? 그 느끼한 남편분이 그렇게 명령을 내리셨군…… 창문을 여는 방법도 있는데."

아스트리드는 비웃으며 담배에 불을 붙였다. 식탁에 몸을 구부리자 젖가슴이 반쯤 채운 구슬 주머니처럼 흔들렸다. 그녀는 시위라도 하듯 한참이나 끙끙거리며 옷걸이로 겨우 창문을 열고 낮은 신음 소리와 함께 다시 쓰러지듯 의자에 앉았다. 그러고는 담배를 한 모금 깊이 빨고 식탁을 쾅쾅 내리쳤다. 드디어 크리스티나는 반쯤 남은 잔을 가시 돋친 말 한마디와 함께 아스트리드 앞에 내려놓고 크게 한 번 심호흡을 했다. 그녀는 아주 단호한 음성으로 마음속에 담아두었던 말을 토해냈다.

"상소리를 하는 것보다는 상대를 존중해주며 대화하는 게 서로에게 신뢰를 주죠. 하긴 당신이란 사람에겐 감정이라고는 하나밖에 없었죠. 분노 말이에요."

그런데 아뿔싸! 크리스티나가 그 웬수 같은 엄마를 너무 과소평가 했었나보다. 아스트리드는 눈짓 한 번으로 그녀가 오랫동안 준비해온 대답을 먼지처럼 날려버렸다.

"나의 예쁜 이곳에 키스해라! 네 말을 듣고 있으면 꼭 스웨덴의 히

트곡을 듣는 것 같아, 그렇지 않니? 애정이 넘치는 짧은 말 한마디! 미소와 함께 말해주오!"

크리스티나는 식탁 옆에 선 채로 여전히 한 곳을 응시하고 있었지만 마음속에서는 해묵은 두려움이 꿈틀대고 있었다. 아스트리드는 고개를 숙여 푸른 손가락으로 크리스티나의 손목을 뱀처럼 감싸누르며 비틀었다. 하지만 아플 정도는 아니었다. 아스트리드는 나지막하게 숨을 쉬며 똑똑히 말했다. 톤은 보통때보다 더 낮았다. 속삭임에 가까울 정도로.

"엄마 앞에서 그렇게 잘난 척하지 마라, 아가. 내가 허락하지 않았다면, 넌 잘난 의사도, 고상한 귀부인도 될 수 없었을 거야……"

그때 에릭이 문을 열고 들어오며 큰 소리로 인사하는 소리가 들렸다. 곧이어 복도에서 옷걸이가 딸각거리는 소리가 났다.

재킷을 걸고 있구나, 크리스티나는 생각했다.

아스트리드의 손아귀에 좀더 힘이 들어갔다. 뭔가 바닥에 떨어졌다.

그가 신발을 벗고 있다. 오, 내 사랑! 빨리 오세요.

종이가 바스락거리는 소리. 그가 우편물을 뒤적인다. 아스트리드가 더 힘껏 손목을 비틀었다. 딸의 살갗에 제 손목을 문지르며 크리스티나의 반응을 유심히 살폈다. 눈에 눈물이 어린다. 저항하진 않았다. 지금까지 딱 한 번 반항한 이후, 다시는 그러지 않겠다고 마음먹었던 것이다.

"나 왔어요!"

에릭이 또 외쳤다.

"집에 아무도 없어?"

그가 부엌으로 향했다. 크리스티나는 눈을 질끈 감았다가 엄마를 노려보았다. 아스트리드는 코웃음을 쳤지만 시선은 다른 곳을 향하고 있었다. 그녀는 손아귀의 힘을 풀고 어린애처럼 손을 홱 밀쳐냈다.

"나 왔어요!"

에릭이 다시 한번 소리치며 미소를 띤 채 부엌문 앞에 섰다.

아스트리드는 황급히 담배를 비벼끄고 손으로 이마를 쓸면서 시선을 딴 곳으로 돌렸다. 크리스티나의 눈이 두 사람 사이를 불안스레 옮겨다녔다. 아스트리드를 볼 때 그녀의 눈은 승리감으로 작아졌고 에릭을 볼 땐 반짝이며 커졌다.

그녀는 두 팔을 활짝 벌리고 그에게 다가갔다.

"왔어요? 당신 온 줄 몰랐어요……"

내 남편, 크리스티나는 그의 품으로 무너져내렸다.

정말 내 남편이 왔다.

그녀는 지금까지 교제한 유일한 남자가 에릭이며, 유일하게 키스해본 남자 또한 그라는 걸 한 번도 말한 적이 없었다. 학술회의 도중 식사시간에 그가 옆에 앉자 크리스티나는 온몸이 경직되는 것 같았다. 몇 주 뒤 그가 전화를 걸어 연극을 보러 가자고 했을 때도 약속을 지키기 위해 마지못해 나갔다. 그가 싫었다기보다는 한 남자에게 자신을 드러내는 것이 너무 힘들었기 때문이다.

첫해 봄에 같이 식사를 하고 콘서트에 가고 연극을 보면서 크리스티나의 처녀막은 점점 더 두껍고 질겨졌다. 십 년 전이었다면 그럴 수 있다고 이해했을지도 모른다. 아마 오 년 전쯤이었다면 비웃음의 대상이 되었을 것이다. 그리고 지금은 수치스런 일이 되었다. 세상이 바뀐 것이다. 서른이 다 된 여자가 남자 경험이 한 번도 없다고 하면 뭔가 결함이 있는 게 아닌가 하는 시선으로 쳐다보는 시대였다.

어느 해 하짓날 저녁, 크리스티나는 잘 다린 여름옷을 새 가죽가방에 조심스럽게 집어넣으며 그리움에 왈칵 눈물을 쏟았다. 바람과 바다 냄새를 물씬 풍기는 예쁜 면원피스가 있다 한들 무슨 소용이 있을까? 손톱을 진주처럼 반짝이게 다듬은들, 머리 모양을 바꾼다 한들 다 무슨 소용이란 말인가? 이제 일을 벌일 때가 온 것이다. 그러지 않으면 에릭은 성 안나 섬의 부모님 별장에서 열리는 하지 축제에 초대하지 않을 것이다. 그녀는 자신에게 닥칠지 모를 상황들에 대해 만반의 준비를 했다. 출세한 여자에 대한 상류층의 교만한 친절에 맞닥뜨렸을 때, 에릭의 형제들이 가족에 대해 간접적으로 물었을 때, 그리고 그녀의 짤막한 대답에 에릭의 부모가 눈을 치뜰 때 등등. 그러면 에릭은 그녀를 한쪽으로 물러서 있게 할 것이다. 그는 벌써부터 '크리스티나의 배경이 너무 보잘것없다'는 자기 어머니의 걱정을 농담으로 받아넘겼다. 그렇다 해도 과연 한 번도 남자 경험이 없는 그녀를 감당할 수 있을까? 움찔하고 뒷걸음질치는 건 아닐까? 아니면 마음껏 비웃으며 외면해버리지는 않을까?

나중에 곰곰 생각해보니, 그때 자기 육체가 온전히 홀로 결정을 내렸던 것 같았다. 느닷없이 오른손이 앞으로 쑥 나가 블라인드를 내렸다. 발은 그녀를 장롱 쪽으로 데려갔고 오른손은 장롱에서 손거울을 꺼냈으며 왼손은 단추를 풀고 옷을 바닥으로 떨어뜨렸다. 한 손이 여행가방을 옆으로 치우고 다른 손은 슬립을 아래로 끌어내렸다. 그리고 오른쪽 다리가 들리면서 침대 모서리로 올라갔고, 오른손의 둘째, 셋째, 넷째 손가락이 외과수술도구를 감싸쥐었다. 두 눈이 감겼다.

손거울을 다리 사이에 대고 낯선 여인의 아랫도리를 보듯 살펴보았다. 웬만큼 성경험이 있는 여자인 척 속이고 싶었다. 피는 그렇게 많이 나오지 않았다. 빨리 씻으면 모든 흔적을 없애버릴 수 있을 것이다. 지금처럼 피를 흘리는 일은 앞으로 다시는 없을 것이다.

욕실로 가면서 무심코 오른손 손가락을 쳐다보았다. 손톱 밑과 손가락 마디마디에 빨간 핏자국이 넓게 퍼져 있었다. 순간 역겨움에 휘청거릴 정도로 현기증이 일었다. 욕실에 들어서자마자 벽에 몸을 기댔다. 불도 켜지 않은 채로 문을 닫았다. 어둠 속에서 수도꼭지를 더듬어 찾아 씻고 또 씻었다. 너무 차가워서 손가락의 감각이 마비될 때까지.

다음날 아침 집 앞에 차를 대놓고 기다리던 에릭을 향해 크리스티나는 가벼운 발걸음으로 계단을 뛰어내려갔다. 환상적인 날이었다. 바드스테나의 하늘은 성모 마리아의 옷처럼 파랬다. 자작나무 잎은 햇빛을 받아 반짝였고 공기는 숨쉬기에 너무나 가벼웠다.

계단을 내려와 보도에 서자 에릭이 믿지 못하겠다는 듯 말했다.

"기분이 아주 좋아 보이네요! 무슨 일 있어요?"

크리스티나는 저도 모르게 터져나오는 웃음을 참으려 애썼다. 그리고 평상시처럼 신중한 목소리로 말했다.

"아니, 일은 무슨…… 그냥 기분이 좋아서 그래요. 그뿐이에요."

나만의 남자가 있기 때문이라고, 크리스티나는 난생처음 그런 생각을 했다. 난 대가를 치르고 처음으로 내 남자를 갖게 된 거야!

엘렌 아줌마를 비롯해, 그 집에서 크리스티나가 남자를 사귈 수 있으리라 생각한 사람은 아무도 없었다. 그녀 자신도 마찬가지였다. 사춘기 시절엔 잔뜩 찌푸린 얼굴로 다달이 생리통을 견뎌내느라 애썼다. 속이 메스껍고 고통스러웠다. 한 달에 한 번 마루 위에서 몸을 뒤틀었고, 오한으로 덜덜 떨릴 때면 보온병을 들고 담요가 두 장이나 깔린 침대 속으로 기어들었다. 반면 마르가레타와 비르지타는 건초 더미 같은 머리를 잔뜩 부풀려세우고 보통 사춘기 여자아이들이 그렇듯 세상을 다 가진 것처럼 즐거워했다.

악몽과도 같은 시간이었다. 후덥지근한 여름날 저녁에도 엘렌 아줌마가 펄펄 끓는 물을 채운 병을 모직양말로 감싸 침대에 밀어넣어주면, 그걸로 얼음처럼 차가운 두 손을 녹이며 눈을 감은 채 행복했던 시간을 생각하려고 애썼다. 1학년 첫 시험에서 일등을 했던 날이나, 엘렌 아줌마가 구운 따스한 롤빵에 버터가 녹아들던 즐거운 일요일 아침의 부엌 풍경, 아니면 집 밖 벚나무 아래에서 놀던 어느 조용한 여름저녁을 떠올렸다.

그 어린 소녀가 엘렌 아줌마의 집에서 지내는 건 전혀 어려운 일이 아니었다. 그저 잘 먹고 말 잘 듣고 보살핌만 받으면 되었다. 크리스티나에게 문제될 일은 아무것도 없었다. 엘렌 아줌마의 요리는 맛있었고, 시키는 일도 모두 수긍할 수 있었다. 누군가의 보살핌을 받는다는 것은 그야말로 유쾌한 일이었다. 언젠가 비르지타는 아줌마가 식사 전에 지저분한 얼굴을 씻고 오라고 하자 소리를 지르며 반항했다. 그러나 크리스티나는 자기 차례가 되면 즐겁듯 느긋하게 아줌마의 배에 몸을 기댔다. 비르지타는 엘렌 아줌마의 손이 너무 거칠다고 투덜댔지만 크리스티나에게는 그 우악스런 손조차도 기분 좋게 느껴졌다. 시설에서 지낼 때 손을 살짝 잡는 보모가 하나 있었다. 크리스티나는 그 보모가 다가올 때마다 신경질적으로 소리를 질렀다. 보모가 인내심을 잃고 손을 꽉 움켜쥘 때까지 소리를 지르고 또 질러댔다. 그러고 나서야 크리스티나는 제 몸을 씻기도록 허락했다. 그러면서도 자기를 지키기 위해 본능적으로 소리를 질렀다.

그 외에 아동복지시설에서의 특별한 기억은 없다. 창문이 높이 달린 널찍한 방에 침대가 일렬로 놓여 있었다는 것 정도밖에는. 그리고 생각나는 모든 것은 온통 하얀색이다. 벽과 침대, 심지어 정원의 자작나무 잎을 통해 방 안으로 스며든 불빛까지도. 이따금 번개처럼 뇌리를 스치는 장면들이 있다. 한 소년이 다리가 하나뿐인 테디베어 인형을 꼭 끌어안고 있던 모습. 겨울 부츠에 외투를 입은 여자아이가 문을 나서면서 고개를 돌려 자신을 바라보던 모습. 아주 어려 보이는 여자아이가 보드라운 수건을 빼앗기자 *내 수건, 내 수건, 내 수건 내놔!* 하며 눈물 흘리던 모습. 그러나 그 모든 것은 어떤 의미를 찾을 수도, 도무지 이해할 수도 없는 기억들이었다. 이름도 인과관계도 알 수 없기에 누구에게 설명할 수조차 없었다.

병원도 마찬가지였다. 기억할 수 있는 것은 잠을 자면서도 속삭이듯 노래를 불렀던 것과 주사기를 꾹 누르던 하얀 손가락뿐이었다. 그중 단 한 사람만은 온전히 기억이 났다. 치료중 상태가 좋아져 일반병동으로 옮긴 유일한 환자였다. 뚱뚱한 그 노파는 쉴새없이 떠들어대며 잠시도 가만히 있질 않았다. 이 침대, 저 침대를 옮겨다니며 다른 환자들의 병세와 치료상태에 대해 이러쿵저러쿵 큰 소리로 떠들고 다녔다. 그녀의 주된 관심 대상은 화상을 입은 다섯 살짜리 여자아이였다. 그 꼬마에겐 갈증이 가장 큰 고통이었다. 그러나 크리스티나에겐 악마 같은 고통을 잠재울 진통주사는 있어도 갈증을 없애줄 방법은 없었다. 흰옷의 간호사들은 링거주사가 효과적일 거라고 멀찍이 떨어져 쑥덕거렸으나 그마저도 소용이 없었다. 혀는 점점 더 부풀어올라 가래로 범벅이 되었다. 입술이 툭 튀어나오고 목구멍은 숨을 쉴 때마다 색색거리는 소리가 날 정도로 좁아졌다. 갈증에 시달리는 꼬마의 모습은 보기에도 고통스러웠다. 간호사들은 침대 옆에 작은 가제수건이 담긴 물그릇을 갖다놓았다. 입술에 습포를 해서 고통을 완화시키자는 크리스티나의 처방에 따른 것이었다. 흰옷의 간호사는 몸을 숙여 꼬마에게 당부했다. *입술을 적시는 건 괜찮은데, 빨면 안 돼. 뭘 해도 상관없지만 절대 빨아선 안 돼!*

물론 꼬마는 습포를 빨았다. 아무도 눈치 못 채게 조심조심. 데지 않은 손으로 습포를 잡고 간호사가 얘기한 대로 입만 살짝 스쳤다. 그러나 아무도 모르게 가제 밑에서 입을 벌리고 얼기설기 짠 섬유조직 밑을 혀끝으로 허겁지겁 핥았다. 돌연 혀는 살아 있는 존재로 바뀌었다. 습포에 맺힌 물방울을 알알이 빨아들이도록 조종하는 자기만의 의지를 가진 굶주린 어린 짐승 같았다.

그와 동시에 꼬마의 오장육부에서 어떤 노란 물질이 악취를 풍기며 올라왔다. 몸은 발작을 일으켰고 상처에 다시 불이 붙은 것 같았다. 꼬마가 고통스러워하며 잠시 눈을 떴을 때, 침대 옆에 뚱뚱한 여자가 집게손가락을 펴고 서 있었다.

"내가 다 봤어. 너 빨아 먹었지. 네 책임이야."

크리스티나는 입을 꼭 다물고 흐르는 눈물을 삼켰다.

여자가 다시 말했다.

"내가 봤는데, 분명히 네 잘못이야."

바로 그때 날카로운 목소리가 크리스티나의 머릿속을 비집고 들어왔다.

"잘 들어, 이 버르장머리 없는 년! 이 모든 게 다 너 때문이야. 모두 너 때문에 일어난 일이라구!"

보모 잉아의 뒤로 까만 철문이 날카로운 소리를 내며 닫혔다.

"이리 와."

잉아는 크리스티나에게 손을 내밀었다. 그녀는 외투와 똑같은 톤의 파란색 장갑을 끼고 있었다. 크리스티나는 밝은 갈색의 외투를 입고 완두콩 빛깔의 벙어리장갑을 끼고 있었다. 끔찍한 색깔들이라는 생각이 들었다. 오랜 침묵의 시간 동안 이 세상 색깔이란 색깔은 너무 단단하고 날카로워 보여 꼭 눈에 들어간 모래알처럼 껄끄럽게 느껴졌다. 세상을 흑백사진으로 만들어버리고 싶었다.

잉아가 크리스티나의 손을 잡았다.

"들어와, 그렇게 쭈뼛거리지 않아도 돼. 우리 올케는 아주 좋은 사람이야."

크리스티나의 손이 맥없이 떨어졌다. 그녀의 손은 너무 부드럽고 약해서 잡을 수조차 없었다. 정원에 얼어붙은 듯 서 있던 크리스티나에게는 아무 소리도 들리지 않았다. 지금 이 순간 무슨 일인가 벌어져, 불현듯 자신이 머릿속에 그리던 사진 속으로 걸어들어온 것만 같았다. 정원은 상상 속에서 본 흑백의 세상처럼 서로 비슷비슷하면서도 각기 구별되는 톤의 색채를 갖고 있었다. 모든 것이 일치했다. 여명의 어스름한 불빛과 하얀 안개, 잿빛 하늘을 향해 뻗어올라간 유실수의 까만 가지들, 얼었다가 녹아내린 잔디 위의 눈. 그건 크리스티나 같은 소녀들을 위한 정원이었다. 겨울공주를 위한 정원.

잉아가 손을 잡고 끌어당겼다.

"이제 다 왔다. 무서워할 것 없어……"

바깥 계단은 육중해 보였다. 그 돌계단은 베란다의 나무계단과는 완전히 달랐다. 발을 디뎌도 삐걱거리지 않고 흔들림 없이 묵직하게 자리를 지키고 있었다. 마치 등반할 사람을 기다리는 산 같았다. 붉은 기왓장 위로 눈을 쓸어낸 흔적은 그곳이 깨끗하게 관리되어왔음을 말해주고 있었다.

잉아는 초인종을 누름과 동시에 문을 열고 크리스티나를 좁은 현관으로 들이밀었다. 거기도 온통 돌이었다. 회색 바닥은 반짝반짝 빛이 났다. 다공질(多孔質)의 돌로 된 벽은 연녹색이었다. 마치 돌로 만든 조그만 병원 같았다.

잉아는 부리나케 덧신을 벗었다. 부드러운 고무재질로 된 덧신은 끝나지 않은 겨울 추위로부터 그녀의 고급 하이힐을 보호하는 역할을 했다. 잉아는 서둘러 크리스티나가 고무장화를 벗도록 도와주고는, 갈색 중간문을 두드려 열며 거실을 향해 소리쳤다.

"여보세요! 아무도 없어요?"

안에서 들려오는 시끄러운 소리에 크리스티나의 등줄기에 가벼운 전율이 흘렀다. 라디오에서 시각을 알리는 소리, 프라이팬에서 뭔가

지글거리는 소리가 들려왔다. 그건 복지시설의 부엌 타일바닥에서 듣던 혐오스런 소리들 같았다. 그 소란스런 소리를 듣고 있으면 정신이 없고 불안해졌다. 보호시설 스테인리스 통에 담긴 굵은 입자의 분유만큼 불쾌하게 느껴졌다.

누군가 라디오를 끄고 프라이팬을 불에서 내려놓았다. 그래도 이곳엔 사람의 목소리가 머물 공간은 있었다.

잉아는 크리스티나의 머리를 쓰다듬으며 핀을 다시 꽂아주면서 말했다.

"얘는 거의 아무것도 안 먹어요. 말도 안 하고. 울 때 빼고는 목소리를 들어본 적이 없는 것 같아……"

탁자 맞은편에 앉아 있던 여자는 잠시 크리스티나의 회색 눈을 쳐다보고는 말했다.

"그래, 그래. 이 세상은 말이 너무 많아서 탈이지……"

옆에 있던 여자아이가 단단해 보이는 여자의 팔에 뺨을 갖다댔다.

"엘렌 아줌마, 아줌마도 말하잖아요. 자기도 항상 말하면서……"

엘렌은 손가락 끝으로 여자애의 코를 살짝 잡아당겼다.

"어, 어…… 우리 마르가레타의 코가 또 없어졌네!"

아이는 킥킥거리며 우유잔을 들어 크게 한 모금 마셨다. 비프스테이크도 열한 조각이나 먹어치웠다. 크리스티나도 같이 세어보았다. 열한 개! 부엌 싱크대 위 커다란 접시에는 아직도 비프스테이크가 산처럼 쌓여 있었다. 크리스티나는 언제나 그랬듯 딱 한 개만 먹고 포크를 내려놓았다. 잉아가 더 먹으라고 권하면 거절할 생각이었다. 그러나 결심은 거기까지였다. 우유 한 잔을 금세 다 비웠다. 그건 수돗물을 탄 거친 가루우유가 아니라 진짜 우유였다.

"이렇게 예고도 없이 들이닥친 거, 너무 신경쓰지 않았으면 좋겠어요. 크리스마스 시즌인데 아이들 네 명이 남아 있더라고요. 아이들을 데려오고 문을 닫는 게 낫겠다 싶어 원장이 두 명을 데려가고, 브리타와 내가 한 명씩 데려온 거예요. 그러지 않으면 올 크리스마스를 제대로 보낼 수 없을 것 같아서……"

잉아는 말을 멈추고 다시 크리스티나의 이마를 손으로 쓰다듬었다.

"정말 귀여운 애니까 짐스럽지는 않을 거예요."

꽃무늬 윗도리를 입은 엘렌은 조용히 웃고 있었다. 묵직해 보이는 하얀 팔을 탁자에 얹은 채. 곧 그녀가 입을 열었다.

"짐이라뇨…… 무슨 그런 말을……"

어느 날 오후, 크리스티나는 엘렌 아줌마네 집 거실에 혼자 앉아 있었다. 그녀는 우툴두툴한 소파에 앉다가 허벅지를 약간 긁혔다. 바지도 입지 않은 채 팬티와 양말 차림으로 있었던 것이다.

집은 너무 적막했다. 보모 잉아와 마르가레타는 크리스마스 트리를 사러 시장에 갔다. 같이 가자는 말에 크리스티나는 단호히 고개를 저었다. 그녀가 몸을 축 늘어뜨리고 옷 입길 거부하는 탓에 잉아는 도무지 외투를 입힐 수가 없었다.

"내가 데리고 있을게."

엘렌 아줌마는 결국 그렇게 결정했다. 잉아는 쟤가 왜 저러는지 모르겠다, 미안해서 어쩌냐 하며 한바탕 잔소리를 늘어놓고는 그렇게 하기로 했다.

크리스티나는 허리를 쭉 펴고 소파에 앉아 주위를 둘러보았다. 이 공간이 맘에 들었다. 이곳의 색채들은 한데 잘 어우러져 있어, 서로 악다구니를 쓰며 싸우지도, 죽일 듯 달려들지도 않았다. 커튼의 샛노란

172

색은 소파의 짙은 회색을 다정하게 쓰다듬는 듯했고, 진한 노랑의 카펫은 벽에 붙어선 키 작은 갈색 서랍장과 잘 어울렸다. 서랍장 위에는 노랗게 물든 숲의 그림이 걸려 있었다. 매혹적이었다. 그림 속으로 들어가 겨울공주가 아닌 가을공주가 되어야 할 것만 같았다…… 아니다. 그냥 이대로 이 방에 있고 싶다. 똑딱거리는 벽시계 소리가 적막함을 더하는 이 집, 이 고요함 속에 머무르고 싶었다.

그때 아치 모양의 문틀 아래 우뚝 선 엘렌 아줌마가 눈에 들어왔다. 여전히 꽃무늬 윗도리를 입고 있었다. 넓적하고 각 진 얼굴을 검은 머리로 가린 풍만한 가슴의 엘렌은 팔짱을 낀 채 하얀 팔을 내보이며 서 있었다. 안경은 콧등으로 흘러내려와 있었고 콧구멍에는 하얀 솜뭉치가 끼워져 있었다.

"사탕 먹을래?"

그녀는 안경 너머로 크리스티나를 쳐다보며 주머니에서 봉지를 꺼냈다. 그리고 무언가 설명하려는 듯 "비단쿠션……" 하고 말하며 소파 옆 안락의자에 앉았다. 크리스티나는 머뭇머뭇 고개를 숙여 봉지 안을 들여다보았다. 사탕들은 정말 비단쿠션 같았다. 비단처럼 반짝이며 희미한 빛을 발했다. 장미, 연보라, 하늘색……

"하나 집으렴."

엘렌 아줌마가 봉지를 흔들었다. 크리스티나는 엄지와 검지를 핀셋처럼 오므려 조심스럽게 집어넣었다. 비단쿠션 사탕들은 살짝 녹아내려 서로 엉겨붙어 있었다. 제일 예쁜 것을 떼어내느라 한참 만지작거려야 했다. 밝은 연보라색 사탕이 집혀 나왔다.

엘렌 아줌마가 다시 봉지를 흔들었다.

"하나 더. 많이 있으니까, 자……"

크리스티나는 또 봉지에 손을 집어넣었다. 이번엔 덩어리째 끄집어냈다. 약간 눅눅한 비단쿠션 사탕 네 개. 숨을 멈추고 엘렌 아줌마의 시선을 살폈다. 뭐라 하면 어떡하지?

그러나 아줌마는 사탕 덩어리는 쳐다보지도 않은 채 봉지를 오므려 주머니에 쑤셔넣었다. 그리고 나서 의자에 기대앉아 거실 맞은편에 걸린 그림을 응시했다. 순간 그녀도 가을공주의 숲으로 들어갈지 고민하는 것처럼 보였다. 엘렌은 한숨을 내쉬며 중얼거렸다.

"그래, 세상일이 마냥 쉽지만은 않지."

그때 크리스티나의 입 안에서 비단쿠션 사탕의 부드러운 표면이 터졌다. 달콤한 크림 덩어리가 혓바닥 가득 번졌다.

그래, 그랬지. 지금도 기억난다. 그 초콜릿 맛이.

밖은 어두워졌다. 집 안엔 황혼이 깃들었다. 화이트 크리스마스는 기대하기 힘들 것 같다. 오전에 내리던 질척질척한 눈은 거의 비로 바뀌었다. 아무래도 상관없다. 크리스마스 이브는 때맞춰 올 테니까. 크리스티나는 거실에 앉아 검게 빛나는 창문으로 떨어지는 빗방울을 잠자코 바라보았다.

아줌마는 아무 말도 하지 않았다. 그건 정말 믿기지 않는 일이었다. 크리스티나가 그때까지 본 어른들은 다들 말하는 데 정신이 팔려 생각할 겨를도 없어 보였다. 하지만 이 아줌마는 가만히 앉아 있을 뿐이었다. 콧구멍을 솜으로 틀어막고 입은 반쯤 벌린 채. 잠을 자는 건 아니었다. 초롱초롱한 잿빛 눈을 크게 뜨고 있었다.

그때 현관 바깥에서 잉아의 웃음소리와 마르가레타의 떠드는 소리가 들리더니, 타이츠를 신은 마르가레타가 외투 단추를 열어놓은 채 엉거주춤 문을 열고 들어왔다. 엘렌 아줌마는 팔걸이에 얹었던 팔을 뻗어 외투를 벗겨주었다. 아줌마는 마르가레타가 떠드는 소리에 웃음을 터뜨리며 그녀의 머리를 장난치듯 헝클어뜨렸다.

크리스티나는 고개를 돌려 창문을 바라보며 여전히 유리창을 두드리는 빗방울에 시선을 빼앗겼다. 그때 불현듯 스친 생각에 화들짝 놀랐다. 내가 말을 할 수 있다면 모든 게 달라질지도 몰라.

그런 생각을 한 건 처음이었다. 전에는 꿈도 꾸지 못한 일이었다.

하지만 자신이 원했을 때 쉽게 사라지지 않았던 목소리인 만큼, 다시 돌아오길 바란다고 해서 금방 돌아오는 건 아니었다.

마르가레타는 크리스티나가 말을 하지 않는다는 걸 전혀 눈치채지 못하는 것 같았다. 마르가레타는 온 집 안을 특유의 목소리로 가득 채웠다. 입에서 구슬이 굴러나오듯 쏟아진 말들은 순식간에 바닥을 데굴데굴 굴러 구석으로 사라졌다.

크리스마스 트리 장식이 끝나자 마르가레타는 집 안을 구경시켜주겠다며 크리스티나를 잡아끌었다. 회색 시멘트로 된 세탁실과 연두색 욕실이 딸린 어두컴컴한 지하실과 돌계단, 그리고 위층 복도와 셋집으로 난 갈색 문. 그리고 가장 중요한 다락방. 크리스티나는 채광창에 머리를 들이밀고 깊이 숨을 들이마셨다. 먼지와 톱밥과 나무의 좋은 냄새가 났다.

"여기는 놀이방 같은 곳이야." 마르가레타가 합각머리 창문 아래 가구들이 놓인 쪽으로 걸어가며 설명했다. "후고 아저씨가 여기다 놀이방을 만들려고 하다가 가구만 만들어놓고 그만 돌아가셨대……"

마르가레타와 크리스티나는 갑자기 거인이 된 것 같았다. 가구들이 너무 작아서 의자에는 엉덩이도 채 걸칠 수 없었고 책상엔 무릎도 들어가지 않았다. 마르가레타의 설명이 다시 이어졌다.

"아저씨는 아주 어린 아이를 위해 가구를 만드셨나봐. 이젠 모두 내 차지가 됐지만……"

잠시 뒤 다시 거실로 내려갔다. 엘렌 아줌마의 집엔 네 개의 방이 있었다. 마르가레타는 그 방들에 각각 이름을 붙여주었다. 큰방, 작은방, 먹는 방, 빈방.

그러나 '빈방'은 이름처럼 텅 비어 있진 않았다. 마르가레타가 방문을 조금 열자 그 틈새로 침대와 서랍장이 보였다.

"여기가 원래 내 방이야. 나중에 학교에 들어가면 쓸 거야. 지금은 엘렌 아줌마 방에서 같이 자. 작은방에서."

크리스티나는 얼굴을 찡그렸다. 어른과 한 침대에서 자고 싶지 않았다. 마르가레타가 크리스티나의 생각을 읽기라도 한 듯 말했다.

"물론 같은 침대에서 자는 건 아니야. 이단침대여서, 밤에는 아래 침대를 끄집어내 쓸 수 있거든."

그러나 '작은방'에서 마르가레타의 흔적은 찾아볼 수 없었다. 침대 겸 소파와 안락의자, 빨래 바구니와 반짇고리가 보일 뿐 장난감도, 동화책도 없었다. 크리스티나가 살던 복지시설에서는 모든 아이들이 자기 옷과 물건들을 넣어둘 수 있는 작은 장을 가지고 있었다. 그러나 이 집에서 마르가레타는 복도에 있는 엘렌 아줌마의 옷장에 자기 옷을 걸어놓았다. 옷장 속 봉에는 크고 작은 옷가지들이 뒤죽박죽 걸려 있었다. 그래도 마르가레타는 전혀 개의치 않는 듯 부엌 쪽을 향해 폴짝폴짝 뛰어가 문짝 하나를 활짝 열며 말했다.

"청소도구함이야! 여기에 내 장난감이 있어!"

크리스티나는 조심스럽게 한 걸음 내딛고는 안을 둘러보았다. 그건 청소도구함이라기보다는 아주 작은 방 같았다. 천장에는 하얀 전구가 달려 있고 바닥에는 낡은 카펫이 깔려 있었다. 코를 찌르는 듯한 냄새가 났다. 무슨 냄새인지 알 것 같았다. 복지시설 마룻바닥이 반짝거리던 날이면 으레 풍기던 냄새. 바로 왁스 냄새였다.

얼마 후 크리스티나는 청소도구함 바닥에 앉아 마르가레타의 인형 침대를 만드는 일에 열중했다. 두 어른은 부엌에서 뚝딱거리며 뭔가를 만들고 있었다. 비프스테이크를 다 만든 아줌마는 검정 주물 프라이팬 위에 또 뭔가를 올려놓고 지글지글 끓였다. 양배추와 식초 냄새가 진동했다.

식사는 잠자리에 들 시간이 다 돼서야 끝났다. 크리스티나와 마르가레타는 조그만 소시지와 미트볼이 담긴 접시를 받아 식탁 위에 올려놓았다. 엘렌 아줌마는 주물냄비를 저었고 잉아는 겨자소스를 만들었다. 그녀는 다리 사이에 그릇을 끼고 앉아 그 안에 커다란 쇠구슬을 넣었다. 구슬이 그릇 안을 구르며 겨자씨를 으깼다. 매운 겨자씨 때문에 눈물이 났다. 잉아가 코를 훌쩍거리며 설명했다.

"이건 진짜 포탄 같아. 할머니한테 물려받은 건데, 이걸로 겨자씨를 으깨는 게 전통이 되어버렸어."

순간 엘렌 아줌마가 웃음을 터뜨리며 손수건을 건넸다. 그리고 웃음 섞인 목소리로 말했다.

"코 좀 닦아요. 콧물 떨어지겠어."

크리스티나는 계속되는 엘렌 아줌마의 웃음소리에 귀를 기울였다. 그 웃음이 정겹게 느껴졌다. 꼭 작은 비둘기 한 마리가 목구멍에 둥지를 튼 것 같았다. 둥지를 틀고 기쁨에 겨워 큰 소리로 킥킥거리는 작은 비둘기. 크리스티나는 그 생각에 너무 골몰한 나머지 음식 한 접시를 모두 비우고 말았다. 소시지 세 개, 고기완자 네 개, 버터빵 한 개를 거의 다 먹어치운 것이다. 마지막 빵조각을 우물우물 씹는 순간 기어이 속이 메스꺼워졌다. 반쯤 씹다 만 빵을 접시에 뱉었다. 순간 머릿속에서 들려오는 낯선 목소리에 화들짝 정신이 들었다. *먹던 걸 뱉다니!*
이 버릇없고 뻔뻔한 계집애!

크리스티나는 눈을 감고 불호령이 떨어지길 기다렸다. 하지만 아무
일도 없었다. 그 소리를 듣고도 상처가 되살아나지 않은 건 이번이 처
음이었다. 잠시 후 조심조심 눈을 뜨고 주위를 둘러보았다. 잉아는 손
수건으로 눈물을 훔치느라 아무것도 보지 못했다. 마르가레타는 입을
헤벌리고 뚫어지게 쳐다보고 있었지만 아무 말도 하지 않았다. 엘렌
아줌마는 한 손으로 조심스레 크리스티나의 머리를 쓰다듬으며, 다른
한 손으로는 반쯤 씹다 만 빵조각을 윗도리 주머니에 부리나케 쑤셔넣
었다.

잉아가 코를 닦으며 눈을 들었다.

"어머나, 크리스티나가 다 먹어치웠네!"

그렇게 첫날이 지나갔다.

다른 가족들은 크리스마스 이브 늦은 오후에야 모습을 드러냈다.
엘렌 아줌마의 엄마 셀마가 제일 먼저 도착했다. 잘 다려 입은 검정 예
복이 하얗고 쭈글쭈글한 얼굴과는 대조적이었다. 셀마는 마르가레타
의 턱을 잡고 차가운 눈초리로 살펴보다가 별말 없이 손을 떼고 등을
돌렸다.

"새로 온 아이냐?"

크리스티나 등뒤에 있던 잉아가 무릎을 구부리며 인사했다.

"아니에요, 아니에요. 제가 일하는 복지시설에 있는 아인데, 크리스
마스 기간 동안만 여기서 지낼 거예요."

셀마가 어깨를 으쓱했다.

"아, 그래. 난 아이들을 좋아해요. 단 예의바른 아이만. 안 그러면

어디다 갖다버릴 거야."

잉아가 뭔가 말하려는 듯 입을 여는 순간 현관에서 또다른 소리가 들려왔다. 주빈들이 도착한 것이다.

스티그가 문을 활짝 열고 두 팔을 벌렸다. 뒤따르던 군나르도 얼른 팔을 벌렸다. 둘이 재킷 단추를 풀자 나일론으로 덧댄 연노랑 띠가 앞가슴에 드러났다. 집 안은 온통 그들의 우렁찬 목소리로 가득 찼다.

"우리 왔어요!"

스티그의 목소리가 천둥치듯 울렸다.

"메리 크리스마스!"

군나르의 목소리도 쩌렁쩌렁했다.

뒤로는 그들 가족의 모습이 보였다. 스티그의 부인인 비테와 군나르의 부인 아니타, 그리고 머리를 깔끔하게 빗어넘긴 다섯 명의 사내아이. 키가 제각각인 그들은 새 시대에 어울리지 않는 이름을 갖고 있었다. 보세, 키엘레, 라세, 올레, 안테.

"어서 오세요."

엘렌 아줌마가 말했다.

크리스티나의 시선이 그녀의 움직임을 좇았다. 엘렌 아줌마는 아까 입었던 윗도리 대신 칼라가 뾰족한 회색 예복을 입고 있었다. 옷뿐만 아니라 목소리도 갈아입은 것 같았다. 잉아 역시 평소와 다른 모습으로 바뀌어 있었다. 엘렌과는 약간 다른 식으로. 스티그에게 손을 내미는 그녀의 뺨은 흥분으로 벌게져 있었다.

"오빠! 정말 반가워!"

스티그는 잉아의 손을 정신없이 흔들다 말고 얼른 재킷을 벗었다.

"그래, 잘 지내니?"

"응, 잘 지내요. 요즘은 무슨 일 해요?"

스티그가 셔츠 깃을 살짝 뽑아 세웠다.

"10월에 청소년국 국장이 됐는데, 소식 못 들었니?"

잉아는 손을 입에 갖다댔다. 그녀의 변신은 완벽했다. 복지시설의 엄격한 교사가 아니라 그저 어린 소녀의 모습이었다.

"전혀! 처음 듣는 얘기예요. 아이 좋아라……"

스티그는 군나르를 감싸안고 여동생 앞에 세웠다.

"그리고 지금 보고 있는 사람이 룩소르 노동조합의 제2대 위원장에 오를 몸이지! 내년엔 석 달 코스로 루뇌에 갈 거래. 그러면 승진도 놀랄 만큼 빠를 거야. 다음엔 분명 네 차례라고."

군나르는 형의 어깨를 툭 치며 말했다.

"아, 아직 멀었어. 나도 어서 형처럼 입에 기름칠 좀 하면서 살고 싶은데……"

스티그는 반박했다.

"쓸데없는 소리! 내가 장담하건대, 넌 문제없을 거야."

잉아가 숨도 쉬지 않고 말했다.

"아, 후고 오빠가 이걸 못 보다니, 굉장히 좋아했을 텐데……"

크리스티나는 엘렌 아줌마 집에서 보낸 이 첫 크리스마스 이브를 결코 잊지 못할 것이다. 특별한 일이 있었던 건 아니다. 크리스마스 이브만 되면 어떤 가정에서든 펼쳐지는 평범한 풍경이었다. 마법에 걸린 듯 산더미 같은 음식들이 날라져왔다가 순식간에 없어졌다. 청어와 감자 수플레, 돼지갈비와 수육, 미트볼과 소시지, 치즈와 파스타, 훈제 햄과 붉은 양배추. 어른들 식탁엔 라이트 비어와 필스 비어가 차려졌다. 땀에 흠뻑 젖은 스티그는 셔츠 소매와 넥타이는 신경도 쓰지 않고 식탁 주위를 빙 돌며 술 따르는 일을 자청했다. 아이들 식탁에 음료수를 따라주는 사람은 없었다. 대신 접시 옆에 크리스마스 포도주스가 한 병씩 놓여 있었다. 크리스티나는 아무것도 먹을 수 없었지만 식사 시간 내내 미트볼 하나와 소시지 하나를 마치 알리바이처럼 접시에 놓아두었다. 그 자리에서 그녀는 거의 눈에 띄지 않는 존재였지만, 그냥 스스로 그래야겠다고 생각한 것이다. 그녀는 이처럼 자신의 모습은 드러내지 않으면서도 다른 사람들의 행동을 눈여겨보았고, 말은 하지 않으면서도 다른 사람들의 말 한마디 한마디에 신경을 썼다.

만약 크리스티나가 말을 한다 해도 큰 소리로 떠들 용기는 없었을 것이다. 어떻게 어린 소녀가 이 목청 큰 가족들의 천둥 같은 음성을 압도할 수 있겠는가? 크리스티나는 눈을 감고 귀를 기울였다. 어른들이 모인 식탁에서는 군나르가 술을 한잔 걸친 토요일 오후의 목소리로 뭐라고 얘기하자 셀마가 비꼬듯 웃음을 터뜨리며 수다를 떨었고, 스티그는 맞장구를 치며 주먹으로 식탁을 쾅쾅 내리쳤다. 그러다가 헐떡거리며 힘겹게 숨을 몰아쉬었다. *케켁, 케켁, 케켁!* 꼭 쫓기는 돼지가 내는 소리 같았다. 비테, 아니타, 잉아의 웃음소리는 청아했다. 제비떼가 지붕으로 올라가며 지저귀는 소리 같았다. 아이들은 무슨 말인지 알아듣지도 못하면서 덩달아 웃어댔다. 그때 느닷없이 그 왁자지껄한 분위기를 깨는 마르가레타의 날카로운 음성이 들렸다.

"도대체 무슨 말이에요? 어서 말해줘요! 뭐라고 했어요?"

엘렌 아줌마의 작은 비둘기 웃음소리만이 빠져 있었다. 크리스티나가 눈을 떴을 때 아줌마는 문가에 서서 손님들을 바라보고 있었다. 자기도 모르게 시선이 잉아, 아니타, 비테에게로, 그리고 그들이 입은 형형색색의 옷과 윤기 있는 머리카락과 반짝이는 눈동자로 옮겨갔다. 네모난 얼굴에 회색 옷을 입은 엘렌 아줌마만이 그들과 달랐다.

그 소란스러움 속에서 아줌마는 속삭이듯 뭔가를 얘기하고 있었다.

"얘들아! 이제 그만 하고 큰방으로 가자……"

한바탕 야단법석을 떨며 웃고 난 스티그와 군나르는 아까처럼 맨 앞에 서서 어깨동무를 했다. 그들은 조금 비틀거리며 네발 달린 동물처럼 엘렌에게 다가가 아무 말 없이 그들 사이에 그녀를 세웠다. 후고의 미망인과 그의 두 남동생, 그들은 서로의 몸을 용접한 듯 서 있었다. 일체감, 한 가족, 그 자체였다.

　"이 세상에서 가장 멋진 식사였어요."

　스티그의 말에, 잔뜩 술에 취한 군나르가 자못 진지한 표정으로 고개를 끄덕였다.

　"완벽해! 이보다 더 좋을 순 없지……"

　엘렌 아줌마가 웃기 시작했다.

　"예, 예, 정말 고마워요. 커피와 과자도 좀 드셔야죠……"

　엘렌은 늘 그랬듯 자신감에 차 있었고 단호했으며 상냥했다. 그러나 누군가 좀더 찬찬히 살펴본 사람이 있다면, 그녀의 윗입술이 바르르 떨리고 있음을 발견할 수 있었으리라. 이상한 일이었다. 이 집의 주인인 엘렌 아줌마가 마치 손님처럼 보이다니.

지금까지도 크리스티나는 엘렌 아줌마 집에서의 첫 크리스마스 파티 도중 그 비밀스런 회의가 도대체 언제 열렸는지 궁금했다. 보호시설 주차장으로 들어서면서 이 의문이 다시 고개를 들었다. 회의의 주도권은 누가 잡았을까? 엘렌 아줌마? 잉아? 아니면 스티그?

　크리스티나는 엘렌 아줌마였기를 바랐다. 스티그에게 귓속말로 이말 없고 깡마른 잿빛 머리의 계집아이를 키우고 싶다고 속삭였기를 바랐다. 그러나 결코 그랬을 리 없다. 아줌마는 후고의 가족들에게 뭔가 요구하기를 꺼렸다. 그들은 후고와 엘렌의 결혼생활이 너무 짧았던 탓에 후고의 집과 생명보험에 대한 권리를 양도하기 어렵다고, 또한 그녀가 벌써 너무 많은 걸 받았다고 생각하고 있었다.

　잉아였을 리도 없다. 당시 너무 젊었던 금발의 잉아는 제 생각만 할줄 알았지 남을 위해 살겠노라고 진지하게 고민할 수 없었다. 불완전한 그 자아의 절반 정도는 항상 다른 어딘가에 가 있었다. 자신을 완전히 잊어버리고 자기만이 들을 수 있는 왈츠에 맞춰 꿈꾸듯 스텝을 밟기도 했다. 보모들이 입는 폭 넓은 치마를 무도회 드레스처럼 나풀거리면서.

그래, 스티그가 틀림없어. 몇 년 뒤 비르지타를 데려왔던 것처럼 나를 엘렌 아줌마의 집으로 데려온 것도 분명 그였을 거야.

"스티그는 메기주둥이야!"

크리스티나의 기억 속 어딘가에서 비르지타가 이렇게 말하며 웃는다. 직원 주차장의 다른 차들 사이에 주차하며 그녀는 가만히 미소짓는다. 엘렌 아줌마가 가장 어려워하던 시동생에게 비르지타가 붙여준 별명, 그것을 잊고 있던 자신이 이상하게 여겨진다. 비르지타가 새 별명을 지을 때마다 박장대소하던 마르가레타의 모습도 떠오른다. 하지만 자신은 입을 꼭 다물고 보일 듯 말 듯한 미소를 지을 뿐 크게 웃지 못했다. 비르지타의 뒤통수 어딘가에 자신에게 붙여줄 별명도 준비되어 있을 거라 충분히 짐작할 수 있었기 때문이다.

그러나 메기주둥이든 아니든 스티그와 그의 자치단체의 도움이 없었다면 크리스티나는 아마 다른 어딘가에서 다른 모습으로 정착했을 것이다. 스모란드에 있는 신교 가정집에 보내졌을지도 모르고, 외스트예타 지역 변두리에 박힌 어느 지저분한 농장에서 자랐을지도 모른다. 50년대에 시설에서 어린 시절을 보내는 것은 흔한 일이었다. 그리고 대부분 양부모를 만났다. 몇몇 아이들은 신경쇠약이나 결핵에 걸린 부모에게 다시 돌아갈 때까지 몇 년간 시설에 머무르기도 했다.

아스트리드의 커다란 두 눈은 불안해 보였다. 스티그만 아니었다면 그녀는 크리스티나가 열두 살 되던 해 벌써 딸을 데려갔을 것이다. 하지만 그랬더라면 자신의 삶을 담보로 잡힐 수밖에 없었을 거라고, 크리스티나는 입을 앙다물며 확신했다. 엘렌 아줌마의 집에 와서야 비로소 삶에 대한 강한 의지가 생겼으니까. 악착같이 살아남겠다는 의지밖에는 아무것도 없었으니까. 그런 면에서 스티그는 생명의 은인이나 마찬가지였다.

크리스티나는 안전벨트를 풀며 혼잣말을 중얼거린다.

"그 사람에겐 아주 우스운 일이었을 거야. 정말 칭찬받을 만한 일인데……"

세월이 흐를수록 스티그는 점점 존경의 대상과는 거리가 멀어졌다. 죽은 형보다 더 훌륭하고 권위 있고 가치 있는 사람이 되기 위해 끊임없이 노력했지만 별 위엄이 없어 보였다. 그는 자신의 천적이 바로 자기 안에 있다는 걸 미처 깨닫지 못했다. 너무 많이 마셨고, 너무 많이 말했고, 어떻게 해서든 후고를 닮으려고 괜한 아량을 베풀었다.

훌륭한 크리스마스 식사에 대한 보답으로 엘렌 아줌마에게 아이를 선물한 것은 정말 그다운 행동이었다. 당시 과부가 아이를 입양하는 것은 아주 예외적인 경우에만 가능했다. 그러나 청소년국 의장인 메기 주둥이 스티그에게는 그저 손가락 하나만 까딱하면 되는 일이었다. 스티그는 공동체니 연대감이니 떠들었지만, 실은 자신의 특권을 모탈라의 다른 남자들에게 보여줄 수 있는 기회에 집착했을 뿐이었다.

반신불수가 된 엘렌이 이곳 바드스테나의 보호시설에 누워 있고, 자신은 노르셰핑에 있는 아스트리드의 고층아파트로 옮기던 사춘기 시절, 크리스티나는 처음으로 이런 생각을 했다. 자기도 그 집에 들어가면서 비르지타와 같은 취급을 받을 수도 있었다. 아줌마는 자기를 원치 않는지 모른다. 스티그의 말이라서 어쩔 수 없이 따른 건지도. 충분히 가능한 일이었다. 아줌마는 스티그가 내린 결정들에 대해 종종 땅이 꺼져라 한숨을 쉬곤 했지만 드러내놓고 반대하지는 않았다.

느닷없이 찾아온 이 생각이 너무 끔찍스러워 크리스티나는 마음을 잡을 수가 없었다. 자기도 모르게 반쯤 씹다 만 소시지 한 조각을 접시에 떨어뜨렸다. 아랫입술엔 침이 매달려 있었다. 식탁에서 딸과 마주 앉아 철 지난 잡지를 뒤적이던 아스트리드가 고개를 들었다.

"이런, 망할." 아스트리드는 낮은 소리로 이렇게 말하고 입에 문 담배를 잡으려고 창백한 손가락을 들었다. "웩, 토할 것 같아. 정신 못 차려?"

크리스티나는 아스트리드의 영상을 지우려고 머리를 흔든다. 하지만 활짝 열린 스크린 커튼은 좀처럼 닫히지 않는다. 이번엔 원피스에 고무장화를 신고 계단에 서 있는 마르가레타가 보인다. 크리스티나의 등뒤에서 까만 대문이 날카로운 소리를 내며 닫혔다. 외투를 입지 않은 마르가레타는 한눈에도 무척 추워 보였다. 그녀는 두 팔로 몸을 감싸고 무릎을 떨며 크리스티나를 기다리고 있었다.

"어서 와, 크리스티나! 어서! 우린 '빈방'에서 같이 지낼 거야. 엘렌 아줌마가 벌써 정리해놨는데, 같이 가야 들여보내준대. 어서어서!"

그러나 크리스티나는 무심히 다른 쪽만 바라보고 있었다. 2월의 늦은 오후였다. 태양은 정원에 비스듬히 걸려 있었다. 봄이 오고 새싹이 돋으려면 시간이 더 흘러야 했지만 정원은 어느새 봄의 색채를 드러내고 있었다. 수묵화가 수채화로 변했고, 미처 떨어지지 않은 작년의 나뭇잎들이 갈색 딱지처럼 내려앉아 있었다. 잉아는 등뒤에서 마르가레타를 보고 웃으며 외투 단추를 풀었다.

"뭐가 그렇게 급하니, 마르가레타."

마르가레타는 아랑곳하지 않았다.

"왜 이제야 오는 거야, 크리스티나. 어서 들어와!"

몇 분 뒤 크리스티나는 '빈방'이 정말 달라졌다는 걸 확인할 수 있었다. 양쪽 벽에 침대가 놓여 있고 창가에는 작은 책상이 있었다. 옷장은 없었다. 순간 복도 옷장에 어수선하게 걸려 있던 옷들이 떠올라 몸이 바르르 떨렸다. 마르가레타와 엘렌 아줌마의 옷가지 틈바구니에 과연 내 옷들을 걸어놓을 수 있을까?

"지금 방 옮겨도 되죠, 아줌마? 크리스티나가 왔으니까 짐 옮겨도 되죠, 네?"

엘렌 아줌마가 어딘가에서 비둘기 소리를 내며 낮게 웃었다.

"마르가레타는 며칠 전부터 기다리다 못해 몸살이 났어요."

잉아는 고개를 끄덕이며 말을 이었다.

"크리스티나도 진작부터 안절부절못하고 난리였어요."

크리스티나는 고개를 돌려 잉아를 빤히 쳐다보았다. 왜 거짓말을 하는 걸까?

며칠 지나지 않아 크리스티나의 옷에서 묘한 냄새가 나기 시작했다. 여러 가지가 뒤섞인 냄새였다. 아침에 옷을 입을 때마다 냄새의 정체를 알아내려 애썼다. 대부분은 비누 냄새였다. 그리고 고기 구울 때 나는 냄새와 시큼한 몸 냄새, 트리스텔 사의 파우더 냄새, 엘렌 아줌마의 냄새가 뒤섞여 있었다.

크리스티나는 자기가 왜 엘렌 아줌마 집에 들어와 살게 되었는지, 또 얼마나 있게 될지 전혀 알지 못했다. 유일하게 아는 건, 어느 날 잉아가 옷들을 몽땅 세탁소에 보냈다가 다음날 새 여행가방에 차곡차곡 챙겼다는 것뿐이었다. 그리고 삼십 분 정도 기차를 타고 오다 모탈라에 내려 다시 버스를 타고 마지막 주택가까지 왔다. 공업도시에 걸맞은 푸른 회색 버스였다. 크리스마스에 왔을 땐 미처 몰랐는데, 지금 보니 시골과 도시가 한데 어우러진 변두리 동네였다. 왼편으로는 집들이, 오른편으로는 농경지가 있고 도로 저편으로는 숲이 보였다.

바드스테나 쪽으로 난 도로는 위험했다. 엘렌 아줌마가 동행하지 않는 이상 절대 그쪽으로 가서는 안 되었다. 그러나 정원에서는 뭐든 맘껏 할 수 있었다. 물론 과일나무의 가지를 꺾는 건 안 되지만, 벚나무를 타고 올라가 튼튼한 나뭇가지에 앉아 있는 건 괜찮았다.

처음엔 아무도 나무에 올라가지 못했다. 크리스티나는 그럴 엄두도 못 냈고 마르가레타는 나무 타는 걸 별로 좋아하지 않았다. 크리스티나가 오고 일주일이 지나자 마르가레타는 조금 변했다. 정말 잘못해서 혼이 났든, 아니면 아줌마가 잘못 알고 혼을 냈든, 무척 예민해져서 울먹이기 일쑤였다. 먹는 것도 거부했다.

엘렌 아줌마는 매일 한숨을 쉬며 마르가레타를 어린아이처럼 무릎에 앉히고 뭐라도 먹이려고 애썼다.

"도대체 왜 그러니? 좀 먹어봐, 그렇게 잘 먹던 애가……"

마르가레타는 입을 꾹 다물고 눈을 감았다. 그리고 아줌마 가슴에 머리를 기댄 채 세상을 향한 문을 모두 닫아버렸다. 마르가레타의 그런 행동은 엘렌 아줌마의 목구멍에 둥지를 틀었던 작은 비둘기를 쫓아버렸다. 그녀만이 비둘기를 다시 불러올 수 있을 것 같았다. 크리스티나의 노력은 아무 소용이 없었다. 물론 설거지한 그릇을 마른행주로 깨끗이 닦으면 아줌마는 칭찬을 아끼지 않았고, 먼지 닦는 걸 돕겠다고 걸레를 잡아당기면 미소짓기도 했다. 하지만 작은 비둘기의 웃음소리는 들리지 않았다.

음식을 거부하는 마르가레타 때문에 크리스티나는 내키지 않아도 먹어야 했다. 뿐만 아니라 식사를 다 하고 나서는 매번 접시와 우유잔을 싱크대로 들고 가서 잘 먹었다며 공손하게 무릎을 구부렸다. 이 모든 게 철저히 계산된 행동이었다. 자기가 칭찬을 받으면 마르가레타가 좀더 크게 소리 지를 거라는 걸 알고 있었기 때문이다.

크리스티나는 선해 보이는 눈을 동그랗게 뜨고 다시 부엌으로 갔다. 식기를 설거지통에 넣고 홈집이 난 빈 접시를 뜨거운 물로 닦았다. 그리고 몸을 돌려 엘렌 아줌마 앞에서 가볍게 인사를 했다.

아줌마가 약간 피곤한 목소리로 말했다.

"기특하기도 해라. 참 잘 하는구나, 크리스티나."

바로 그때 문이 덜커덩거리는 소리와 함께 마르가레타가 울부짖으며 뛰쳐나왔다. 그리고 어린애처럼 엘렌 아줌마의 무릎을 와락 껴안았다.

'마르가레타도 첫 일주일은 어떻게든 버텨보려고 했을 거야.' 크리스티나는 생각에 잠긴 채 사이드브레이크를 올리며 백미러를 유심히 쳐다본다. 잠을 못 자고 긴긴밤을 지새우고 나면 얼굴이 약간 창백해 보인다. 하긴 생기발랄한 크리스티나 불프를 기대하는 사람도 없다. 별 특징이 없어 보인다는 건 사람들이 그녀의 인상을 애기할 때마다 빠지지 않는 말이다. 그녀도 안다. 남자들의 시선을 끌지 못하는 고지식한 여자. 비르지타가 고르고 고른 크리스티나의 별명은 쥐며느리였다. 마르가레타는 이번에도 영락없이 웃음을 터뜨렸다.

"난 나야. 다른 누구도 될 수 없어." 크리스티나는 거울에 비친 자기 모습을 보고 말한다. "쥐며느리 크리스티나 불프, take it or leave it*!"

내키지 않는 걸음을 늦추기라도 하듯 더이상 서두르지 않고 천천히 주차장을 가로지른다. 그녀는 시설에 가는 걸 별로 좋아하지 않는다. 그녀 덕에 시설에 입주한 노인이 죽음의 대기실에 온 기분이라며 울먹

---

* '아님 말고!' 라는 뜻의 영어 표현.

일 때면, 언제나 위로의 말을 찾느라 정신이 없다. 그렇게 생각하시면 안 돼요. 절대 그렇지 않아요. 이 시설에서는 두 가지 치료 방향을 정해 놓고 있는데, 일차적으로는 장애인들의 사회적응을 최우선으로 고려하고 있지요. 하지만 환자들의 생각이 그렇듯 크리스티나 역시 진실은 그와 다르다는 걸 알고 있다. 시설은 죽음의 대기실이다. 정말 더 살 팔자를 타고난 사람이 아니라면 이곳에서 살아 나갈 수 없다.

크리스티나가 이 시설을 싫어하는 건 환자들을 거짓으로 안심시켜야 하기 때문만은 아니다. 그보다는 이곳의 미적 감각이 영 맘에 들지 않는다. 공간을 꾸미는 것은 직원들의 몫인데, 그들은 마치 텅 빈 공간을 두려워하는 사람들 같다. 40년대에 지어진 이 보호시설은 원래 연한 노란색으로 회칠한 조화로운 건물이었다. 하지만 이제는 거대한 파티장으로 변해버렸다. 조그만 소나무 장롱, 붉은 플라스틱 조화, 싸구려 놋쇠 등의 장식에, 울고 있는 아이들의 사진과 일상의 행복이나 모성에 대한 지극히 상투적인 문구를 플라스틱 액자에 넣어 걸어놓았다. 이러한 것들은 건물을 초라하게 만드는 데 그치지 않고, 그 안의 사람들까지도 원래보다 더 왜소하게 만들어버렸다. 평생 씨앗을 심고 꽃을 피운 늙은 정원사 폴케 씨가 왜 플라스틱 꽃에 둘러싸여 있어야만 하는 걸까? 차라리 숲으로 데려가거나, 그의 침대를 교회 중앙통로에 놓아두는 편이 낫지 않을까? 그래서 병든 육신이 허락하는 한 최후의 시간만큼은 창공과 이 세상의 아름다움을 누리게 해주는 편이 낫지 않을까?

에릭과 쌍둥이 아이들은 그녀의 이런 삐딱한 시각을 늘 못마땅하게 여겼다.

"너희 엄마는 예술가여서 그래, 얘들아. 그냥 내버려둬."

에릭은 항상 그렇게 말하고 눈길을 돌렸다.

그건 맞는 말이다. 엘렌 아줌마의 집에서 보낸 시간이 그녀를 예술가로 만들었다. 그러나 그렇게 설명하면 에릭은 냉소를 보내며 화제를 돌렸다. 그녀는 에릭이 무슨 생각을 하는지 알고 있었다. 미적 감각이 뛰어나야 수준 높은 교양을 유지할 수 있는데, 그런 면에서 엘렌 아줌마는 교양이라고는 눈곱만치도 찾아볼 수 없는 여자라는 것이다. 그는 늘 이렇게 쉽게 얘기했다. "당신은 단순한 여자 밑에서 컸어."

크리스티나는 조금의 망설임도 없이 엘렌 아줌마를 자신의 어머니보다 열등한 사람으로 취급하는 에릭의 무례함에 매번 입을 다물어버렸다. 에릭의 어머니 잉게보르크는 시골 목사관에서 자랐고 부엌에는 들어가본 적도 없었다. 그녀는 엘렌이 하녀로 일할 때 여학교에 다녔고, 엘렌이 구스타브스베리 잔으로 커피를 마실 때 영국산 도자기에 차를 마셨다. 이 모든 것이 에릭의 눈에는 엘렌보다 자기 어머니가 더 깊이 있고 가치 있는 사람으로 보이게 했다. 그러나 잉게보르크는 아름다움에 대해 눈곱만치도 모르는 여자였다. 그저 자기에게 속한 것들을 순서대로 잘 정리하고, 평생 그 기준에 맞춰 행동하고 생각하고 느끼는 순종적인 사람에 지나지 않았다.

크리스티나는 물론 에릭의 오만함이 무지에 기인한 것이라고 생각했다. 그리고 그 무지함은 어딘가 결핍된 인생을 산 사람들을 곁에서만 관찰할 뿐 깊이 알려고 하지 않은 데서 나온 거라고 말해줄 수도 있었다. 하지만 산다는 것이 모든 사람들에게 똑같이 그렇게 명쾌한 문제는 아니라는 것을 아무리 얘기해봐야 그는 그저 잠깐 혼란스러워하고 말 것이다. 조금이라도 독자적인 추진력이 있는 사람이라면 무슨 일이든 잘 견디며 어떤 식으로든 다른 사람들을 배려한다. 크리스티나는 이런 사실들을 에릭에게 자주 상기시키려 하지 않았다. 말들은 항상 목구멍에 박힌 채 입 밖으로 나오지 않았다. 엘렌 아줌마가 자신에게 얼마나 중요한 존재인지 말도 꺼내지 못했고, 에릭이 충분히 동조할 만한 의견도 절대 말하지 않았다. 고맙다는 말도 하지 않았다. 하지만 에릭과 그의 가족이 없었다면 자신의 인생은 어떻게 되었을까? 자신을 온전한 한 인간으로 만들어준 건 결국 그들 아니었던가.

그래서 크리스티나는 그가 '소박하다'는 말과 '단순하다'는 말을 혼동하고 있다는 사실을 한 번도 입에 담지 않았다. 그것이 그녀에겐 무척 거슬린다는 것도. 소박하다는 말이 아주 다른 의미로도 해석될 수 있다는 걸 어떻게 이해시킨단 말인가? 아줌마의 집에서 사는 동안 뼛속 깊이 박힌 세심함이란 단어와 같은 의미일 수도 있다는 걸 어떻게 말한단 말인가? 아줌마의 집에서는 세간 하나하나가 고유한 아름다움과 의미를 지니고 있었다. 손으로 직접 짠 리넨 식탁보는 잘 다림질해서 사용했고, 꼼꼼하게 무늬를 넣은 행주 두 개는 각각 잔과 접시를 닦을 때 사용했다. 금으로 테두리를 장식한 날씬한 커피잔들은 결혼선물로 받은 것이었다. 엘렌 아줌마는 미니멀리스트였다. 아욱을 키워도 단 하나만 부엌 창가에 올려놓아 그 존재가 더욱 빛나도록 했다. 50년대 말 비테나 아니타 같은 여자들이 최신 테두리 장식의 커튼과 화려한 꽃무늬 램프 갓으로 집 안을 치장하는 동안에도 아줌마는 줄곧 단색만을 고집하며 유행 품목은 사들이지 않았다. 그래서 집은 내내 40년대에 머물러 있었다. 아줌마의 집은 바닷가의 잔물결처럼 오늘이 내일 같고 내일이 오늘 같은 엇비슷한 나날의 연속이었다. 조용한 리듬만이 반복되면서 일상의 온갖 불안감과 불만을 누그러뜨렸다. 모든 것은 곧 제자리를 찾았다. 마르가레타는 아줌마의 무릎에서 내려와 다시 먹기 시작했고 크리스티나는 집 안 구석구석에서 나는 여러 가지 냄새에 무뎌졌다. 둘은 청소도구함에서 놀다가 끼니때가 되면 기어나왔다.

엘렌 아줌마는 먹는 일을 가장 중요하게 여겼다. 당연히 식사 준비에도 상당한 공을 들였다. 매주 월요일에 바느질공장 차가 와서 일주일분 일감인 미완성 재킷 오십 벌을 내려놓고 가도, 아줌마가 낮에 요리하는 짬짬이 그것들을 처리하는 경우는 드물었다. 낮엔 오로지 요리에 집중하고, 바느질은 며칠씩 밤을 새워가며 하기 일쑤였다. 다른 집안일도 마찬가지였다. 계단 청소보다는 대구새끼 요리에 얹을 겨자소스를 만드는 게 더 중요했다. 또 거실 먼지를 닦는 일보다 양배추고기말이 요리를 위해 양배추를 데치는 일이 우선이었다. 그리고 세탁한 옷가지를 다림질하는 것보다 바삭바삭한 커틀릿 튀김옷을 만들기 위해 오븐에서 빵을 건조해 빵가루를 만드는 일이 먼저였다.

엘렌 아줌마는 항상 분주했다. 그 넓적한 손에서 일거리가 마치 강물처럼 넘실거렸다. 하지만 결코 서두르는 법이 없었다. 늘 입으로 뭔가를 흥얼거렸고 웃을 때면 작은 비둘기 소리를 냈다. 아줌마에게 웃음을 선사하는 건 이제 마르가레타만이 아니었다. 크리스티나가 머리카락을 입에 넣고 우물거리는 것만 봐도 아줌마는 킥킥거리며 침에 젖은 머리카락을 잡아뺐다.

"어휴, 이 바보야. 그건 맛없어."

*바보*란 말은 중요한 의미를 담고 있었다. 크리스티나는 그 뜻을 알고 있었다. 그건 잘못을 하긴 했지만 크게 나무랄 일은 아닐 때 쓰는 말이었다. 엘렌 아줌마는 작은 잘못은 이해해주었다. 정리 안 된 침대를 보며 아줌마가 장난스럽게 나무라면 마르가레타는 킥킥거리며 애교 섞인 웃음으로 받아넘겼다. 하지만 크리스티나는 이런 경우가 다른 바보들에게도 똑같이 적용되리라고 확신할 수는 없었다. 마르가레타 역시 항상 어물쩍 넘어갈 수 있는 건 아니었다. 따라서 침대를 잘 정돈해놓는 것이 가장 안전한 방법이었다. 한번은 엘렌 아줌마가 마르가레

타를 다루듯 크리스티나를 자기 무릎에 앉히려고 한 적이 있었다. 하지만 크리스티나가 긴장했다는 것을 알고 곧바로 놓아주었다. 그러고는 곁에 앉아 헝클어진 머리카락을 매만져 머리핀으로 꼭 묶어주었다. 머리 정돈이 끝나자 엉덩이를 정겹게 찰싹 때렸다. 그 일 이후 아줌마는 씻길 때를 빼놓고는 크리스티나의 몸에 손을 대지 않았다. 혼자 할 수 있을 만큼 자란 뒤에도 세수하고 머리 빗고 단추 채우는 걸 도와주었다. 크리스티나는 싫은 내색 없이 말 잘 듣는 어린아이로 변해갔다. 추운 지하 욕실에서 집게손가락으로 그녀 몸의 상처를 만져도 가만히 있었다. 상처들은 다 아물어서 건드려도 별로 아프지 않았다. 불그스름하고 커다란 반점들을 보면 그때의 기억이 되살아나긴 했지만 대부분 잊어버렸다.

엘렌 아줌마는 크리스티나가 시설의 보모들에게 어떤 일을 당했는지 말하지 않아도, 완강하게 머리를 가로젓지 않아도, 다른 누구에게 속삭여 털어놓지 않아도 전혀 개의치 않고 그저 있는 그대로 받아들였다. 진지한 표정으로 잿빛 눈동자를 반짝이며 크리스티나의 입을 쳐다보았다. 그러면서 소리도 안 나는 그 입술을 보며 '예'인지 '아니오'인지 유심히 살폈다. 그게 전부였다. 나중에 입술을 움직여 작은 말소리를 냈을 때도 아줌마는 별말이 없었다.

하지 축제 기간에는 온 가족이 모여 청어를 먹고 술을 마셨다. 크리스티나는 파를 썰어도 된다는 허락을 받았다. 그녀는 혀까지 빼꼼 내밀고 한 조각 한 조각 똑같은 크기로 잘랐다. 잉아가 등뒤에 서서 가만히 지켜보다가 탄성을 질렀다.

"파를 이렇게 잘 썰다니, 정말 믿을 수가 없구나."

"고맙습니다."

크리스티나는 무릎을 구부리며 인사했다.

잉아는 고개를 돌려 엘렌 아줌마를 쳐다보았다.

"들었어요? 애가 말을 했어요!"

엘렌 아줌마는 뒤도 돌아보지 않고 식탁 앞에 서서 훈제청어 토막을 유리접시에 보기 좋게 담고 있었다.

"말 잘 해요. 가을엔 학교에도 보낼 건데요."

'올 여름은……' 크리스티나는 시설 계단을 서둘러 오르면서 생각한다. 여름 중에서도 최고의 여름이었다. 날씨가 좋아서가 아니다. 완전히 정반대다. 6월 중순부터 오기 시작한 비가 육 주 내내 계속되었다. 그래도 상관없었다. 크리스티나는 비를 좋아했다. 비는 엘렌 아줌마의 집과 세상 사이에 쳐진 담장 같은 것이었다. 오전의 부엌은 아주 조용했다. 엘렌 아줌마는 바느질을 했고 마르가레타와 크리스티나는 식탁에 앉아 그림을 그리고 있었다. 무심코 고개를 든 크리스티나는 각자의 일에 몰두하도록 만드는 이 침묵의 소리에 가만히 귀를 기울였다. 들리는 건 유리창을 두드리는 빗방울 소리뿐이었다.

비가 내려 날씨가 좋지 않은 날에도 바깥바람을 조금씩 쐬어야 했다. 오후가 되면 아줌마는 우비와 고무장화를 챙겨 두 아이를 정원으로 내보냈다. 둘은 처음에는 계단에 서 있거나 가만히 웅크리고 앉아 있었다. 하지만 얼마 지나지 않아 빗속으로 뛰쳐나가 서로 얼싸안았다. 어느 날은 까치밥나무 덤불 뒤에 달팽이집을 지었다. 크리스티나는 달팽이를 찾아 나섰고 마르가레타는 젖은 땅 여기저기에 길과 집들을 그렸다. 바드스테나로 소풍을 간 적도 있었다. 엘렌 아줌마의 무거운 가방 안에는 커피와 코코아가 든 보온병과 버터빵 열두 개, 계피빵 세 개, 사과 여섯 개가 들어 있었다. 마르가레타와 크리스티나는 베테른 호수 공원의 축축한 벤치에 앉아 가져온 음식을 허겁지겁 먹어치우고는 깔깔거리며 큰 성으로 갔다. 그때 까마귀처럼 검은 베일을 귀까지 덮어쓴 수녀가 자전거를 타고 지나갔다. 그들은 입을 다물고 엘렌 아줌마를 빤히 쳐다보았다.

크리스티나의 눈에 비친 바드스테나는 결코 수녀들의 도시가 아니었다. 그곳은 창백한 여자들의 도시였다. 역에서 슬로츠베건으로 가는 동안 여자들을 유심히 살폈다. 그리고 스토르가탄 거리를 걷는 동안에도 지나가는 모든 여자들의 얼굴을 고개를 숙인 채 살펴보았다. 역시 바드스테나 여자들의 얼굴은 모두 창백했다. 기분이 좋았다. 얼굴이 창백한 여자들은 모두 속삭이는 듯한 목소리를 가졌을 거라고 상상해보았다. 그래서 한 가지 다짐을 했다. 이다음에 어른이 되면 서로서로 속삭이듯 얘기하는 도시에 살리라……

이 소풍에는 새 레이스 견본을 하나 사겠다는 엘렌 아줌마의 계획도 포함되어 있었다. 하지만 쉽지 않았다. 아줌마는 이 가게, 저 가게 둘러보며 점원들이 내미는 견본과 실을 꼼꼼하게 살폈다. 결국 결정을 내리긴 했지만 아줌마는 마음이 무거운 듯 땅이 꺼져라 한숨을 쉬었다. 견본은 비쌌다. 생활에 꼭 필요하지 않으면서 맘에 드는 건 대부분 비싸다.

레이스 뜨기는 크리스티나에게 커다란 승리감을 안겨주었다. 마르가레타를 상대로 크리스티나가 거둔 첫번째 승리였다. 크리스티나는 레이스를 뜨는 아줌마의 등뒤에서 유심히 손동작을 살폈다. 처음에는 뭐가 뭔지 도통 알 수 없었다. 레이스 틀 위에서 실패를 이리저리 움직이는 손은 마치 잠자리의 정처 없는 날갯짓 같았다. 그러나 금방 요령을 알게 되었고 얼마 후에는 아줌마의 어깨 너머로 손을 뻗어 바로 다음에 움직여야 할 실패를 가리킬 정도가 되었다. 엘렌 아줌마는 다락에서 낡은 레이스 틀을 가져와 크리스티나가 첫 작품을 시작하도록 도와주었다. 기나긴 8월의 밤을 그들은 커다란 식탁에 마주 앉아 한 땀 한 땀 레이스를 뜨면서 보냈다. 마치 동화 속의 엄마 잠자리와 큰딸 잠 자리 같았다. 동생 잠자리는 부엌 바깥에서 화난 얼굴로 앉아 있었다. 물감을 들고 부엌에 들어가서는 안 되기 때문이었다. 그건 공정한 처 사였다.

지금 크리스티나에겐 더이상 기억을 더듬을 시간이 없다. 두 계단 씩 성큼성큼 밟고 올라가 어서 하얀 가운으로 갈아입어야 한다. 전화 를 받은 지 벌써 십육 분이 지났다. 제발 폴케 씨가 견뎌주었으면……

케르스틴1이 간호사실 탁자 앞에 앉아 있다. 크리스티나는 그 여자 를 볼 때마다 가벼운 충격을 받는다. 진주처럼 하얀 손톱에서 금발의 머리카락까지, 흠잡을 데라곤 없는 끔찍스럽게 완벽한 외모다.

크리스티나는 다른 때보다 더 친절하게 보이기 위해 필요 이상으로 상냥하게 인사한다.

"안녕하세요! 나 왔어요. 폴케 씨는 아직 2호실에 있죠?"

케르스틴1은 크고 푸른 눈으로 크리스티나를 빤히 쳐다보며 머뭇거 린다. 뭔가 못마땅한 눈치다. 그녀는 무슨 원칙이기라도 한 듯 항상 이 곳 의사들에게 불만을 표했다.

"네, 아직까지는. 그런데 다른 방으로 옮기려고 해요. 오늘 방이 거 의 차긴 했지만 잘될 거예요. 아니, 잘돼가요. 어쩔 수 없이 환자 몇 명 이 방을 같이 써야 되겠지만."

크리스티나는 고개를 끄덕이며 케르스틴1이 내민 서류를 받아든다.

"새 항생제를 써보는 게 어때요?"

케르스틴1이 눈을 치켜뜨며 묻는다.

크리스티나는 한숨을 내쉰다. 벌써 임상용 시약 세 개를 써보았지만 어떤 것도 효과가 없었다. 네번째 약도 마찬가지일 것이다.

"글쎄요."

그녀는 짧게 대답하고 등을 돌린다.

죽음은 입냄새 같은 악취를 동반한다. 복도에서부터 시큼한 냄새가 풍기더니 병실에 들어서는 순간 악취가 진동한다. 상태가 어떤지 폴케 씨를 슬쩍 쳐다본다. 얼굴만 봐도 알 수 있다. 아래턱은 축 늘어지고 입은 벌어져 검은 구멍 같다. 뺨의 얇은 피부는 오랜 투병생활로 인한 부종으로 팽팽해졌다. 그녀가 딱히 해줄 수 있는 일은 없다. 그러나 의사로서의 모양새를 유지하기 위해 청진기를 귀에 꽂고 그의 가슴을 두드린다. 예상했던 대로 희미한 소리가 들려온다. 호흡이 약해졌고 왼쪽 폐엽의 소리는 가느다랗다. 그 가운데 심장박동 소리가 끈질기게 들려온다. 금방이라도 끊어질 듯 약하긴 하지만 힘겹게나마 자기 임무를 수행하고 있다. 사실 그렇게 서둘러 올 필요는 없었다. 폴케 씨의 심장은 앞으로도 여러 시간 불가능에 맞서 싸울 것이다.

침대 옆에선 백발의 여인이 폴케 씨의 부어오른 손을 잡고 서 있다. 느닷없이 몸에 전율이 인다. 울고 있는 아내와 젖은 눈의 장성한 자식들 앞에서 치료 중단을 선언하는 것만큼 괴로운 일은 없다.

"복도로 나가시죠."

크리스티나는 목소리를 낮춘다. 여인은 대답 없이 눈을 깜박인다. 가득 차오른 눈물이 그녀의 통통한 뺨 위로 흐른다. 크리스티나는 자기 말을 듣지 못했나 싶어 잠시 망설인다.

"어서요. 복도로 나가시죠."

다시금 재촉한다. 그러나 여인은 고개만 흔들 뿐이다.

"이 사람을 혼자 둘 순 없어요······"

"말씀드릴 게 있어요."

"그럴 필요 없어요. 어떤 결정을 내리실지 알아요."

크리스티나는 입을 다문다. 죽음을 선고하는 데도 의식이 있다. 관례적인 말이 혀끝을 맴돈다. 더이상 저희가 할 수 있는 일은 없습니다. 단지 폴케 씨가 고통스럽지 않게 해드릴 수 있을 뿐입니다. 이 말을 전하지 못한다면 온 신경이 마비될지도 모른다. 크리스티나는 침대 모서리에 서서 울고 있는 여인을 바라보다가 무심코 한숨을 쉰다. 이 여자에게 앞으로 어떤 일이 닥칠 것인가? 열다섯 시간, 혹은 스무 시간 동안이나 폴케 씨의 손을 붙잡고 앉아 그가 겪는 죽음의 전 과정을 목격하게 될 것이다. 갈증. 고통. 호흡곤란. 숨넘어가는 소리. 괴로워 보이긴 하겠지만 그건 분명 삶을 벗어나는 간단한 출구일 것이다. 활짝 열린 죽음의 문이자 환영의 문……

그러나 크리스티나는 비탄에 잠긴 늙은 여인의 모습에서 동정심뿐만 아니라 이해를 넘어서는 일종의 질투심 같은 걸 느낀다. 자신은 단 한 번도 그렇게 울어본 적이 없다. 엘렌 아줌마가 십오 년간의 요양원 생활 끝에 결국 세상을 떠났을 때조차 그렇게 울 수 없었다. 하지만 마르가레타는 달랐다. 그녀는 엘렌 아줌마의 주검을 부둥켜안고 흰색 환자복에 마스카라 자국을 묻혀가며 펑펑 울었다. 그리고 시신을 향해 의미 없는 위로의 말을 속삭였다. "다 잘될 거예요, 사랑하는 엘렌. 잘될 거예요, 다시 건강해질 거예요……"

크리스티나는 분노했다. 눈물을 철철 흘리는 마르가레타를 보며, 마치 그녀가 자신만의 꿈을 훔쳐간 것 같은 기분이 들었다. 크리스티나는 구두 소리를 내며 병실을 뛰쳐나와 복도를 지나 계단을 내려갔다. 내처 요양원 잔디밭의 커다란 단풍나무까지 달려갔다. 겨울이었지만 거리낌이 없었다. 무릎까지 쌓인 눈에 하이힐이 푹푹 박히고 발이 얼음장처럼 꽁꽁 얼어붙었지만 아랑곳하지 않았다. 이윽고 단풍나무에 다다르자 온몸을 내던져 나무를 두 발과 두 주먹으로 쿵쿵 때렸다. 크리스티나는 소리를 지르며 몇 년 만에 처음으로 욕을 해댔다.

"빌어먹을! 빌어먹을! 제기랄!"

엘렌 아줌마의 시신을 떠나보낸 날 밤, 마르가레타와 크리스티나는 병원 주차장을 지나 응급실을 향해 걸었다. 크리스티나의 방으로 들어간 두 사람은 차가운 손으로 찻잔을 감쌌다. 긴 침묵이 흐른 뒤 크리스티나가 먼저 입을 열었다.

"넌 사랑 없이도 살 수 있다고 생각하니? 그렇게 살 수 있을까?"

마르가레타가 다시 훌쩍이기 시작하며 손으로 코를 훔쳤다.

"물론이지. 아무리 애를 써도 사랑 없이 살아야만 하는 경우가 있잖아, 제길!"

그녀의 말을 듣고 나서야 크리스티나는 왈칵 눈물을 쏟았다. 그건 엘렌 아줌마의 죽음 때문이 아니라 마르가레타가 벌써 아줌마에 대한 기억을 너무 많이 잊어버렸기 때문이었다.

결국 크리스티나는 노부인에게 의사로서 할 수 있는 몇 마디 의례적인 말을 꺼낸다. 그러고는 복도로 나가 케르스틴1과 함께 링거 약 조절과 모르핀에 대해 이야기한다. 케르스틴1 같은 여자는 호시탐탐 의사가 자리를 뜨기만을 노려 진통제를 놓으려고 안달한다. 이런 부류의 간호사들은 벌써 여러 번 경험했다. 죽음을 앞둔 환자 앞에서 초자연적인 감정에 사로잡히는 여자들. 초보의사 시절엔 이런 일을 겪기도 했다. 신앙심 깊은 늙은 수간호사가 신음하는 노인에게 엎드려 귓속말로 이렇게 속삭이는 것이었다. "당신은 정말 육신에 독을 품은 채로 우리 주님을 마주하시겠습니까?" 그러나 케르스틴1은 진통제를 처방할 것이다. 특별히 종교적인 성향을 내비친 적은 없으니까.

크리스티나는 간호사실 문설주에 기대서서 헛기침을 한다. 서류를 뒤적이던 케르스틴1이 고개를 든다. 그러나 때마침 간호조무사가 들이닥치는 바람에 두 사람은 아무 말도 나누지 못한다.

"빨리 오세요, 6호실 발작이에요! 다른 때보다 심해요!"

"마리아?" 케르스틴1이 묻는다.

"아뇨, 데시레예요."

케르스틴1은 천천히 일어서며 하얀 간호사복 위쪽에 생긴 주름을 매만진다. 마법의 손길이 스치기라도 한 듯 주름은 일 초도 안 되어 사라진다. 마치 다림질을 한 것처럼 감쪽같아졌다. 크리스티나는 그 모습을 넋 놓고 쳐다보다 퍼뜩 자신이 해야 할 일이 있음을 깨닫는다. 그러나 두 간호사가 얘기하는 환자가 누구인지 모른다. 그녀는 이곳에 있는 자기 환자들의 얼굴과 이름을 다 외우지 못했다. 그럼에도 불구하고 묻는다.

"내가 도울까요?"

"그럴 것까진 없어요." 케르스틴1이 대답한다.

크리스티나가 응급실로 들어서자 향긋한 커피향이 코끝을 파고든다. 후베르트손이 휴게실에 앉아 신문을 읽고 있다.

"안녕하세요, 일찍 오셨네요?"

크리스티나가 인사한다.

후베르트손이 신문에서 눈도 떼지 않고 대답한다.

"난 항상 일찍 나오는데, 몰랐나요?"

그렇다. 그녀는 몰랐다. 어떻게 안단 말인가? 사실 크리스티나는 가능한 한 그를 피해왔다. 그건 의도적이라기보다는 본능에 가까운 행동이었다. 그녀는 자신의 전력이 바드스테나 응급실의 다른 여의사들과는 다르다는 것을 알고 있는 사람들을 본능적으로 피했다. 후베르트손은 크리스티나가 열네 살 되던 해 엘렌 아줌마 집에 세 들어 살았던 터라 그녀의 여고 시절을 잘 알고 있었다. 당시 그녀는 여느 여고생들처럼 체크무늬 원피스와 더플코트를 입고 다녔지만 그들과 꼭 같지는 않았다. 더플코트의 단추는 뼈가 아닌 나무로 만든 것이었고 원피스의 체크무늬는 붉은색이 아니라 검푸른 색이었다. 옷은 엘렌 아줌마가 만들어주었지만 부담을 덜어드리고자 옷감과 단추는 자신이 직접 사왔던 것이다.

옷감과 단추를 제대로 샀다면 다른 학생들과 거의 차이가 없었을지 모른다. 하지만 그렇다고 해도 학급에서 크리스티나가 차지하는 위치는 별반 다르지 않았을 것이다. 그녀는 제일 별볼일 없는 학생이었다. 같은 반에 그런 아이가 두 명 더 있었는데, 그들 역시 가슴이 절벽인데다 관심을 끌 만한 구석도 없어서 다른 아이들은 말도 잘 붙이지 않았다. 그들끼리도 서로 이야기를 나누는 법이 없었다. 하굣길에 크리스티나는 연신 헛기침을 해댔다. 목소리가 탁하고 말을 잘 하지 않는다는 걸 들키고 싶지 않았기 때문이다. 하지만 목소리를 감추는 데 항상 성공한 건 아니었다. 어느 날 오후 집에 돌아와서 쉰 목소리로 "다녀왔습니다" 하고 인사하는 순간, 큰방에 아줌마와 함께 새 세입자가 앉아 있는 걸 발견한 것이다. 아줌마는 제일 좋은 찻잔으로 커피를 대접하고 있었다. 코밑엔 땀방울이 맺혀 반짝거렸고 콧구멍에는 검붉게 물든 솜이 끼워져 있었다. 아줌마는 신경을 쓰면 코피를 흘리곤 했다. 잠시 후 아줌마는 조심스레 문을 닫고 나와 속삭이듯 말했다.

"의사 선생님이란다."

크리스티나는 자못 진지하게 고개를 끄덕였다. 두 사람은 가만히 서서 후베르트손이 계단을 올라가 곁방 문을 열고 가방을 내려놓는 소리에 귀를 기울였다. 그녀는 아줌마를 쳐다보았다. 그처럼 경외감으로 가득 찬 표정은 처음이어서 당황스러웠다. 평소 엘렌 아줌마는 대학교육을 대단치 않게 생각했다. 너무 오래 학교에 다녀도 사람을 망칠 수 있다고 생각한 것이다. 크리스티나의 고등학교 선생들 중에는 그런 생각을 뒷받침해주는 사람이 몇 명 있었다. 그래서 그녀가 자기 학교 선생들에 대해 호의적으로 이야기할 때면 아줌마의 눈빛에는 경멸의 감정 같은 것이 슬쩍 드러났다. 그러나 의사들은 이 범주에 속하지 않았다. 의사들의 지식은 존경할 만한 것이지 우스운 것이 아니었다. 시간이 흘러 후베르트손이 그 집안의 친구가 되었을 때, 아줌마는 그가 다가오면 저절로 굽혀지는 무릎을 펴느라 애써야 했다.

당시 이혼 직후였던 후베르트손은 바드스테나에 새 직장을 잡고 모탈라에서 숙소를 구했다. 예테보리 병원에서 보조의사로 지내던 과거의 삶을 가능한 한 멀리하고 싶었던 것이다. 엘렌 아줌마는 이런 이야기들을 전혀 들려주지 않았다. 정보를 입수한 건 당연히 비르지타였다.

후베르트손은 그후 다시 결혼을 하지 않았다. 애석한 일이다. 늙고 병든 지금, 그는 절실히 아내가 필요할 것이다.

"내 커피도 있어요?"

크리스티나가 묻는다.

"그럼요. 가져다 마셔요, 여기 앉아서……"

후베르트손이 신문을 뒤적이며 말한다.

크리스티나는 냉장고를 뒤져 그 안에 있던 버터통과 치즈 한 조각을 집어든다. 빵도 한 조각 남아 있길 기대했지만 없다.

"선생님, 빵 조금만 먹어도 될까요?"

후베르트손이 신문을 탁자에 올려놓았다.

"물론. 넉넉해요."

"정말요?"

후베르트손이 웃음을 터뜨린다.

"저 뒤에 더 있으니 신경쓰지 말고 먹어요."

후베르트손은 퍼석퍼석한 빵을 둘로 나누고 있는 크리스티나를 유심히 쳐다본다.

"그렇게 헐레벌떡 출근하다니, 무슨 일 있어요? 아직 아침도 못 먹은 거예요?"

"시설에 좀……" 크리스티나는 짧게 대답하고 탁자에 앉는다. "아침을 먹긴 했는데 제대로 못 먹어서요."

"왜, 뮈슬리를 태웠어요?"

후베르트손이 묻는다.

"마르가레타가……"

크리스티나는 이 말만 하고 허겁지겁 빵을 베어문다. 더이상 얘기하지 말아야 한다. 이건 분명 그의 구미를 당기는 이야기이다. 후베르트손이 다시 고개를 숙인다.

"당신 동생? 여기 있어요?"

크리스티나는 입 안에 든 빵을 한 번 더 우물거리고 대답한다.

"내 수양동생요."

후베르트손이 가볍게 미소짓는다. 그리고 고개를 끄덕이며 다시 신문을 든다.

"아, 그렇지. 수양동생. 맞아, 그랬어."

크리스티나는 이마를 찡그린다. 후베르트손이 지난 이야기를 끄집어내는 게 두렵다. 하지만 그는 말을 삼간 채 계속 신문만 뒤적인다. 그가 헤드라인 이외의 자잘한 글자들을 제대로 읽을 수 있을지 의문이다. 최근 몇 년 동안 당뇨 관리를 소홀히 한 사이, 시력의 절반은 족히 잃었을 것이다. 여하튼 후베르트손의 건강은 그의 환자들보다 훨씬 안 좋다. 오늘은 더욱 그래 보인다. 크리스티나는 몸을 숙여 그의 팔을 쓰다듬는다.

"어떻게 지내요? 괜찮아요?"

후베르트손이 자리에서 일어나 서둘러 문 쪽으로 간다.

"최고야. 아주 좋아요. 뭐 별일 있겠어요? 신문도 실컷 읽고."

그는 어깨 너머로 말한다.

그녀의 얼굴이 일그러진다. 까탈스런 늙은이.

오전 내내 크리스티나는 동생과 후베르트손의 일을 잊고 있었다. 팔에 기운이 없어 잘 굽힐 수 없었을 뿐, 밤새 뜬눈으로 지새웠다는 사실조차 잊을 정도였다. 오늘 진료는 할 만하다. 유달리 이 일이 맘에 들어서가 아니라, 그저 반복되는 일상 속에서 안정감을 찾았기 때문이다. 벌써 수천 번도 더 내뱉었고 앞으로도 계속될 그럴싸한 말들의 성찬. 그런 일상 속에서 느끼는 안정감. 게다가 오늘 아침에는 처치가 간단하고 병명이 뚜렷한 환자들만 이어지고 있다. 가벼운 증세의 위염 환자, 몇 개의 연쇄상 구균 보균자, 알레르기 때문에 사과주스를 마시면 안 되는 다섯 살짜리 꼬마 등등. 이런 증상들의 경우 눈에 보이지 않는 종양이 있을 위험은 별로 없다. 다음 환자가 들어오자 기분이 더 가뿐해진다. 소년을 힐끔 쳐다본 것만으로도 어디에 문제가 있는지 금방 알아차린다. 결막염이다.

그럼에도 꼼꼼히 살펴본다. 소년을 진찰대에 눕힌 다음 밝은 빛에 눈이 아플까봐 등을 꺼준다. 왠지 정이 간다. 소년은 에릭처럼 마른 몸에 어깨가 좁고, 여드름으로 뒤덮인 턱은 염증으로 부어 있다. 분명 쿨한 타입은 아니다. 오사와 토베가 고등학교 시절 한번 키워보겠다며 집으로 데려왔던 팔팔한 수탉들과는 비교도 안 된다. 테스토스테론이 펄펄 넘치는 닭들이었다.

"연고를 하나 처방해줄게. 그리고 며칠 동안은 집에 있는 게 좋겠다." 크리스티나는 진료를 마치며 말한다.

보통 크리스티나는 처방전을 잘 써주지 않는다. 의료보험조합에서 의사들의 처방전 발급 비율에 대한 통계를 내기 때문에 남발했다가는 질책을 감수해야 한다. 하지만 이 소년은 아직 어려서 통계범위에 들지 않는다. 게다가 너무 슬퍼 보이는 얼굴이 단 며칠의 휴식이라도 필요함을 절실히 말해주는 것 같다.

소년이 몸을 일으킨다. 하지만 진찰대에서 내려서지 않고 그대로 걸터앉아 다리를 흔든다. 처방전을 쓰려고 자리에서 일어서던 크리스티나는 등받이 없는 의자에 도로 앉는다. 녹슬지 않아 반짝반짝 빛이 나는 의자다.

"왜, 할말 있니?"

소년은 고개를 수그린 채 대답 없이 한숨을 쉰다.

"뭐 물어보고 싶은 거 있어?" 그녀가 조심스럽게 말을 건다.

소년은 그제야 고개를 들고 빨갛게 실핏줄이 선 눈으로 빤히 쳐다본다. 속눈썹에 눈곱이 엉겨붙어 있다.

"왜 사는 걸까요?" 드디어 소년이 거친 음성으로 말문을 연다.

그녀는 저도 모르게 두 손을 오금 아래 집어넣었다가 다시 빼내어 손바닥을 위로 향한다. 나도 잘 모르겠는데, 라는 표시다. 그러나 입은 다물고 있다.

"선생님은 아시잖아요, 의사니까. 왜 살아야 하는지 가르쳐주세요."

순간 간밤의 피로가 밀려들고, 의사들이 늘 둘러대는 그럴싸한 말들을 송두리째 잊어버린다. 크리스티나는 한숨을 쉬며 말한다.

"나도 잘 몰라. 그냥 사는 거지."

소년은 다리를 흔들며 똑같은 자세로 앉아 있다. 한쪽 양말에 구멍이 나 있다.

"그래도 더이상 살고 싶지 않다면요? 그러면 어떻게 해야 하나요?"

"너, 살고 싶지 않니?"

"네."

"왜?"

"그냥 살고 싶지 않아요."

그 말에 크리스티나는 필요 이상의 행동을 한다. 손을 뻗어 그의 머리를 쓰다듬는다. 이 아이를 진심으로 위로해주고 싶다…… 그때 전화벨이 울린다. 아무 생각 없이 전화를 받으려고 일어선다. 그 순간 아차, 하는 생각이 든다. 수화기를 드는 그녀의 속이 부글부글 끓는다.

"네, 크리스티나 불프입니다. 무슨 일이시죠?"

수화기를 타고 온 목소리는 겁에 질린 듯 조그맣다. 접수 업무를 보는 간호사들도 진료중인 의사에게 전화를 하면 안 된다는 걸 알고 있다.

"크리스티나 선생님, 죄송해요. 경찰 전화예요. 무척 중요한 일이라고 하도 성가시게 굴어 어쩔 수 없었어요……"

크리스티나는 그 자세 그대로 앉아 있는 소년에게 눈길을 보낸다. 이제는 다리를 흔들지 않는다.

"좋아요, 연결해줘요."

수화기에서 딱딱거리는 소리가 들리더니 다른 여자의 목소리가 흘러나온다.

"여보세요. 불프 박사님이신가요?"

"네."

"여기는 노르셰핑 관할 경찰서예요. 지금 어떤 여자를 보호하고 있는데 선생님 이름을 대서……"

크리스티나는 도저히 참을 수가 없다. 도대체 어떤 주정뱅이가 감방에 처박혀 있지 않고 노르셰핑까지 왔단 말인가? 그래서 뭘 어쩌라고?

"비르지타 프레드릭손이라고 하는데……"

크리스티나가 말을 가로막는다.

"다쳤나요?"

"아뇨. 그 반대예요."

"반대라니 무슨 말이죠?"

"이 여자가 사람을 쳐서 오늘 아침에 붙잡혀왔어요. 더는 데리고 있을 수가 없어서 풀어주려는데 모탈라로 돌아갈 버스비가 없다고 하잖아요. 그러면서 선생님이 보증을 설 거라고…… 우리가 이 여자에게 차비를 빌려주면 갚겠다는 보증을 서는 데 동의하시나요? 어차피 자매지간이시니."

수화기 저편에서 낯익은 목소리가 들린다.

"이런 제기랄! 보증을 설 거라니까! 어차피 그 여자의 저주받은 의무이고 빚이라구……"

분노가 치밀어 눈앞에서 불덩이가 하얗게 타오르는 듯하다. 목구멍에도 하얗게 불이 붙는다. 이럴 수는 없다.

경찰이 외치는 소리가 들린다.

"여보세요? 여보세요, 불프 박사님. 듣고 계신가요?"

크리스티나는 숨을 들이쉬고 나서 카랑카랑한 금속성으로 말한다.

"네, 듣고 있어요. 유감스럽지만 도와드릴 수가 없군요. 뭔가 오해가 있는 게 분명해요. 내게는 자매가 없어요."

"하지만 이 여자가 그러는데……"

"거짓말이에요."

"선생님 명의의 처방전도 갖고 있어요."

불안감이 크리스티나의 등줄기를 타고 오른다.

"그 처방전에 뭐라고 씌어 있나요?"

"아뇨, 그냥 양식만 있어요. 말하기 거북한 글귀가 적혀 있고요. 선생님의 스탬프도 찍혀 있네요. 바드스테나 응급실, 크리스티나 불프…… 선생님 아닌가요?"

크리스티나는 머리를 쓸어넘긴다. 무슨 글귀인지 알 것 같다. 어떻게 잊을 수 있겠는가. 하지만 그 장난에 놀아날 생각은 결코 없다.

"당신들이 갖고 있는 서류를 뒤져보면 몇 년 전에 그 여자가 내 처방전을 통째로 훔쳐갔다는 걸 확인할 수 있을 거예요. 그것 때문에 처벌도 받았고."

여경은 말이 없다. 머리를 긁적이는 소리만 들릴 뿐이다.

"아, 예, 그러면…… 우리도 뭘 어떻게 해야 될지 잘 모르겠군요."

"사회복지시설로 보내면 될 거예요."

수화기에서 바스락거리는 소리가 들린다. 경찰이 화들짝 놀라 소리친다. 크리스티나는 느닷없이 귀를 파고들듯 가깝게 들리는 낯익은 목소리에 고막이 터질 것만 같다.

비르지타가 고래고래 소리를 지른다. "잘 들어, 이 늙은 년아! 넌 내 가랑이에 막대기를 내동댕이쳤을 때나 지금이나 하나도 달라진 게 없구나. 그래도 인정할 건 인정해야 해, 빌어먹을. 난 정말 네가 이렇게까지 하리라고는 꿈에도 생각 못 했어. 이름도 밝히지 않고 이런 편지를 보내다니. 야, 이 더러운 년아. 역겨워, 토할 것 같다구!"

크리스티나는 탁 소리를 내며 수화기를 내려놓고 손으로 얼굴을 감싼다. 비르지타가 자신의 깊고 깊은 내면까지 밀고 들어온다. 비르지타는 그녀에겐 늪과 같은 존재이다. 부풀어오른 풍선처럼 탱탱해서 결코 무릎에 올려둘 수 없는 그런 존재. 그녀는 몇 분 동안이나 그렇게 가만히 앉아 있었다. 손목시계가 째깍거리는 소리가 들린다. 문득 등뒤에서 느껴지는 조심스런 인기척에 고개를 든다. 맙소사! 소년을 까맣게 잊고 있었다.

그녀는 의자를 돌리고 앉아 숨을 깊이 들이쉰다.

"미안, 일이 좀 생겨서. 어디까지 얘기했지?"

소년이 빤히 쳐다본다. 아이의 눈은 염증 때문에 검은 선처럼 보인다.

"처방전을 써주신다고 했는데……"

"아, 그렇지……"

소년이 진찰대에서 미끄러지듯 내려와 갑자기 어른처럼 행동한다.

"연고 어쩌고 말씀하시다 말았는데……"

소년이 나간 뒤 크리스티나는 어두운 방 안에 우두커니 앉아 있다. 일어나서 불을 켤 기운조차 없다. 마음의 안정을 되찾으려면 다음 환자를 기다리게 하는 한이 있더라도 좀 쉬어야 할 것 같다. 의자를 돌려 창밖을 내다본다. 방금 진료실을 나선 소년이 주차장을 가로질러가는 게 보인다. 왠지 불안해진다. 고개를 푹 숙인 채 걷는 소년의 어깨는 앞으로 잔뜩 굽었고 양팔은 맥없이 흔들린다. 질척하게 녹아내린 눈에 금방이라도 미끄러질 듯 위태로운 모습이다. 외투 단추도 제대로 채우지 않았고, 장갑도 목도리도 끼지 않았다. 문득 의대생 시절 끊임없이 자신을 충동질하던 그 생각이 떠오른다. 자살 가능성이 있을까? 그래, 저 아이는 자살할지도 몰라.

불현듯 소년과 자신의 인생 사이에 어떤 연관성이 있지 않을까 하는 생각이 뇌리를 스친다. 학대받으며 자라다 입양된 자신의 인생이, 사십 년이 지난 지금 한 낯선 소년의 자살에 영향을 미친다면, 그 얼마나 복잡미묘하고 불가해한 인연인가. 만약 그녀의 인생에 비르지타만 없었다면 책상 위 전화는 울리지 않았을 것이다. 소년이 얘기를 늘어놓다가 결국 문을 열고 진료실을 나서는 그 순간까지도 전화는 침묵을 지켰을 것이다.

"만약이라는 말이 없었다면."

크리스티나의 회상에 불쑥 아스트리드가 끼어들어 비웃는다. 아스트리드. 그래, 그 여자에게 책임이 있다. 크리스티나의 인생을 이 꼴로 만들어놓은 장본인이 바로 그녀이다. 그녀가 죽은 뒤에도 오랫동안 더러운 손톱으로 다른 사람들의 상처를 들쑤셨을 만큼, 그녀가 크리스티나에게 미친 영향은 컸다. 크리스티나는 무심결에 책상 제일 아래 서랍을 열고 봉투 한 장을 꺼낸다. 벌써 몇 년째 거기에 들어 있는 구겨진 갈색 봉투다.

에릭은 크리스티나가 그걸 보관하고 있다는 사실도, 그가 누누이 얘기했던 일을 십오 년 전에 이미 끝내버렸다는 사실도 모른다. 봉투에는 크리스티나의 어린 시절에 관한 서류가 들어 있다. 뿐만 아니라 소방서의 출동 및 조사 보고서, 바드스테나 소재 비르지타 병원에 보관되어 있던 아스트리드의 서류 일부도 들어 있다. 의사라는 직업을 십분 활용하고 적당히 거짓말도 섞어가며 구한 것들이다.

맨 위에 자신의 병원 서류가 있다. 누렇게 변색된 서류들을 스탠드 불빛 아래 들이밀고 눈에 익은 단어들을 읽어나간다. *다섯 살 여아. 22시 25분 구급차로 이송. 의식불명. 배, 흉곽, 왼쪽 상박과 오른손 손바닥에 이삼 도의 화상……*

믿을 수 없다. 서류를 읽을 때마다 의구심이 든다. 도저히 있을 수 없는 일이다. 그러나 그 모든 내용이 사실이라는 것도 알고 있다. 다른 부위보다 더 얇고 윤기 나는 배, 흉곽, 왼쪽 상박, 오른손 손바닥의 살갗이 그것을 증명한다.

수사보고서와 페테르손 부부의 증인 진술서도 갖고 있다. 그녀는 아스트리드와 함께 살던 아파트도, 그 옆집에 살던 사람도, 노르셰핑의 성 페르스가탄에 있던 단독주택도 기억나지 않는다. 그렇지만 증인 진술서를 뒤적이는 동안, 페테르손 부인이 쓰던 외스트예타 지방의 촌스런 억양이 들리는 것만 같다.

"그래요, 매일 그 아이 소리를 들었어요. 대개 흐느껴 울곤 했는데…… 그날은 소름이 끼칠 정도로 울부짖어서 귀를 기울일 수밖에 없었어요."

수사보고서 첫 페이지에 나와 있는 요약문은 다음과 같은 세부사항을 담고 있었다.

1955년 3월 23일 저녁 9시 30분경, 엘사와 오스카르 페테르손 부부는 매캐한 연기 냄새를 맡았다. 현관으로 간 페테르손 부인은 그 냄새가 옆집에서 난다는 것을 알았다. 부인은 남편에게 소방서에 신고하라고 말한 후 곧바로 옆집 문을 흔들어보았다. 문이 열려 있음을 확인하고 황급히 집 안으로 들어가 부엌과 거실을 뒤졌지만 화재의 원인도, 집주인인 아스트리드 마르틴손도 찾지 못했다. 곧 작은방으로 들어가려다 문 바깥쪽에 열쇠가 꽂혀 있는 것을 발견했다. 문을 열고 안으로 들어가니 아이의 침대에서 불꽃이 일고 있었다. 페테르손 부인은 이불을 덮어 불을 껐다. 그때 아스트리드 마르틴손이 나타나 부엌칼로 페테르손 부인의 등을 두 차례 찔렀다. 때마침 방으로 들어온 페테르손 씨가 이를 목격하고 마르틴손의 칼을 뺏으려 했다. 그 와중에 석유램프가 바닥에 떨어졌고, 이로 인해 다시 불길이 번졌다. 페테르손 부인은 이불로 불을 껐고, 그사이 페테르손 씨는 마르틴손을 제압해 붙잡았다……

크리스티나는 서류들을 다시 봉투에 집어넣는다. 심문 조서를 모두 외울 지경이어서 굳이 읽어볼 필요도 없다. 아스트리드의 조서는 특히 그렇다. 처음에 아스트리드는 아이가 램프를 넘어뜨려 불이 났다고 주장했었다. 하지만 소방대원들은 아이의 팔다리가 침대에 끈으로 꽉 묶여 있었다고 진술했다. 대질심문에 들어가자 아스트리드는 난폭하게 돌변했다. 정확한 병명을 진단할 수 없었던지 비르지타 병원의 진단서는 온통 물음표투성이였다. 내인성 정신이상? 편집증적 정신분열증? 우울증? 급성발작성 정신병? 불명확한 병명만큼이나 의사들의 치료법도 다양했다. 아스트리드는 비르지타 병원에 입원한 칠 년 동안 온갖 치료를 감수해야만 했다. 결박, 지속적인 목욕요법, 심지어 황산염과 전기충격, 인슐린 치료요법에도 시달렸다. 나중엔 당시 기적의 방법으로 알려졌던 인공동면 치료까지 치러내야 했다.

크리스티나는 이 모든 걸 알고 있었다. 하지만 지금은 아무것도 기억나지 않는다. 더 이상한 것은 어렸을 적에는 전부 알고 있었는데, 아스트리드가 엘렌 아줌마의 집으로 자기 딸을 찾으러 왔을 당시에는 아무것도 기억하지 못했다는 점이다.

1월 초, 추운 겨울날이었다. 살을 엘 듯한 차가운 공기가 허파를 뚫고 들어오는 것 같았고 태양은 눈이 시릴 정도로 하얗게 빛났다. 하지만 따스한 엘렌 아줌마의 부엌은 향긋한 냄새로 가득했다. 아줌마는 건포도빵을 굽고 있었다. 크리스티나와 마르가레타는 크리스마스 방학중이었다. 오전 내내 눈밭을 뒹굴다 들어온 두 사람은 식탁에 둘러앉아 스키 바지가 마르기를 기다리고 있었다. 창밖 처마에는 추위에 바짝 언 참새가 한 조각 남은 빵 부스러기를 내키지 않는 듯 쪼아대다 깃털을 곤두세우고 가만히 앉아 있었다.

"새한테 빵조각 좀 줘도 돼요?"

마르가레타가 물었다. 엘렌 아줌마는 몸을 굽혀 앞치맛자락으로 오 븐에서 열판을 잡아 꺼냈다.

"그러렴. 금방 구운 건 말고. 지난주에 먹다 남은 빵 두 개가 바구니 에 있을 거야…… 그걸 줘."

아줌마의 말이 끝나자마자 두 아이는 자리에서 벌떡 일어났다. 마 르가레타의 손이 먼저 바구니에 닿을 것 같았다. 양모양말을 신은 마 르가레타는 리놀륨 바닥 위를 스케이트 타듯 미끄러지며 두 걸음을 내 달렸다. 그 순간 엘렌 아줌마가 손을 뻗어 멈춰 세웠다.

"잠깐만, 이 바보야. 얌전히 걸어야지. 그렇게 스케이트를 타다 양 말에 구멍나면 어쩔 거야!"

덕분에 기회는 크리스티나에게 돌아갔다. 아줌마가 마르가레타를 뇌주었을 때 빵조각은 이미 크리스티나의 손에 들려 있었다. 그녀는 양손에 빵을 한 조각씩 들고 승리의 미소를 지었다.

"아줌마!"

마르가레타는 불만 가득한 목소리로 외쳤다. 굳이 쳐다보지 않고도 무슨 일인지 훤히 꿰고 있던 아줌마는 등도 돌리지 않고 말했다.

"한 사람 앞에 하나씩이야. 싸우면 안 돼."

그때 문 두드리는 소리가 들렸다.

그날부터 크리스티나는 시간이란 상대적인 개념이고, 순간과 영원 은 동일한 것임을 깨달았다. 그때 번쩍하고 뇌리를 스친 영상이 있었 다. 돌멩이 하나가 시커먼 물 속에 떨어지면서 수면 위로 넓은 파문이 퍼져나간다. 이것이 시간이다. 돌은 현재이고, 파문은 지나간 과거이 자 앞으로 도래할 미래이다. 크리스티나는 그때까지 일어난 모든 일과 앞으로 일어날 모든 일을 알고 있었다. 그러나 과거든 미래든 기억하는 것은 불가능했다. 길게 한숨을 내쉬며 수천 갈래 생각의 가닥을 잡아본다. 누구나 문을 두드릴 수는 있다. 하지만 대문 여는 소리도 못들었는데 현관문 두드리는 소리가 나다니, 그게 가능한 일인가? 또 내 팔의 털들은 왜 이렇게 모두 곤두선 걸까?

엘렌 아줌마와 마르가레타는 문 두드리는 소리에 대수롭지 않은 반응을 보였다. 마르가레타는 딱딱한 빵덩어리를 입에 물고 부엌 창가로 갔고, 엘렌 아줌마는 앞치마에 손을 닦으며 문을 열러 갔다.

복도에서 들려온 목소리는 좀 독특했다. 슌 지방 사투리를 쓰긴 했는데 그것도 완벽한 건 아니었다. 그 목소리는 마중 나온 엘렌 아줌마의 인사마저 가로막고 나섰다.

"애를 집으로 데려가야겠어요."

낯선 목소리가 말했다. 곧바로 엘렌 아줌마의 날카로운 음성이 이어졌다.

"누굴 말하는 거예요? 원하는 게 뭐죠?"

"걔는 내 딸이에요. 데려가야겠어요."

뭔가가 바닥에 떨어졌다. 크리스티나는 순간 눈을 깜빡였다. 벽걸이전화기 아래 있던 의자가 넘어진 것이었다. 코피다, 크리스티나는 생각했다. 엘렌 아줌마는 부엌 문지방에 서서 피가 흐르는 오른쪽 콧구멍을 앞치맛자락으로 누르며 크리스티나를 향해 황급히 손짓했다. 저리 가 있어!

나중에 생각해보니 그 손짓은 청소도구함에 숨으라는 뜻인 것 같았다. 하지만 그 순간엔 미처 그런 생각을 하지 못했다. 4학년이 된 크리스티나와 3학년이 된 마르가레타는 더이상 그 작은 공간에서 놀 수 없을 만큼 커버린 뒤였다. 이제 청소도구함은 말 그대로 청소도구함일 뿐이었다. 진공청소기와 걸레 양동이가 자리를 차지하고 있고, 주머니들 옆에 달린 고리에는 걸레가 걸려 있었다. 불룩한 주머니들에는 크리스티나가 아줌마를 도와 수놓은 글자가 새겨져 있었다. 봉지, 끈, 코르크 마개, 영수증 등의 글자들은 마치 한 편의 시나 노래처럼 느껴졌다. 그건 크리스티나의 눈썰미 덕분에 이루어진 것이었다. 그녀는 모든 사물의 윤곽을 좀더 예리하게 포착하는 시선을 지니고 있었다. 무심코 지나치기 쉬운 일상의 세세한 부분까지 놓치는 법이 없었다. 갈색 리놀륨 바닥, 방수포로 된 식탁보의 무늬, 창문 앞에 항상 웅크리고 있는 작은 참새. 크리스티나는 이런 생각을 했다. 내 눈길로 너를 돌로 만들어버릴 거야. 그러면 넌 내 허락 없이는 움직이지 못하게 되는 거지.

그러나 지금, 정작 움직이고 있는 건 그녀 자신이다. 그녀는 어느새 식탁 옆에 서 있었다. 어떻게 여기까지 왔지? 어떻게 아줌마 의자를 옆으로 밀치고 그 뒤에 섰는지 전혀 기억이 나지 않았다. 하지만 분명 엘렌 아줌마 의자 뒤, 벽에 등을 딱 붙이고 서 있었다.

"내 딸은 어디 있어요?"

복도에서 목소리가 들려온다. 엘렌 아줌마가 앞치맛자락을 내렸다. 코 주위에 활짝 핀 꽃처럼 작고 둥그런 핏자국이 나 있었다. 아줌마는 복도로 몸을 돌려 몹시 거친 음성으로 말했다.

"나 귀 안 먹었어. 이 집에 그렇게 쉽게 들어올 수 있을 거라 생각하셨나?"

엘렌 아줌마가 그런 목소리를 내는 건 드문 일이었다. 하지만 한번 냈다 하면 크리스티나나 마르가레타뿐 아니라 온 세상이 깜짝 놀라 움찔할 정도였다. 크리스티나는 식료품 가게 주인과 어느 세입자와 같이 있을 때 그런 소리를 들어본 적이 있었다. 그런데 밖에 있는 저 여자는 별로 주눅 드는 기색이 없어 보였다. 그때 팔 하나가 불쑥 들어오더니 아줌마를 옆으로 밀쳤다. 여자의 모습이 보였다. 아스트리드였다.

그녀는 진짜 마녀 같아 보였다. 큰 키에 뼈만 앙상하게 남은 몸, 그리고 오뚝한 콧날을 가졌기 때문일 것이다. 아니면 특이한 옷차림 때문일지도 모른다. 1월에 까만 우비와 선원용 방수모자라니! 머리 위에 삐딱하게 얹은 모자의 넓은 챙은 우산처럼 이마를 덮어 눈 주위에 그림자를 드리우고 있었다.

"크리스티나아아아!"

그녀는 그 이름과 절대 떨어질 수 없다는 듯 철자 하나하나를 빨아들이듯 소리쳐 불렀다.

"내 따아아알!"

아스트리드는 양팔을 벌리며 두 걸음 앞으로 다가왔다. 순간 누군가 소리를 질렀다. 일정한 톤의 새된 목소리가 어떻게 목구멍을 떠났는지는 알 수 없지만, 크리스티나는 그 목소리의 주인공이 자신일 거라고 생각했다.

아스트리드는 말했다.

"이 사람들 말 믿지 마라. 모두 거짓말이야……"

크리스티나는 곁눈질로 마르가레타를 보았다. 그녀는 여전히 딱딱한 빵을 손에 들고 입을 벌린 채 식탁 맞은편에 서 있었다. 엘렌 아줌마는 아교로 붙여놓은 듯 부엌 문가에 멍하니 서 있었다. 검붉은 핏줄기가 오른쪽 콧구멍에서 천천히 흘러나오지 않았다면 아줌마의 복제품으로 착각할 정도였다. 크리스티나는 다시 입을 벌려 소리쳤다. 이번에는 자기 입에서 진동과 함께 튀어나간 날카로운 비명을 분명히 느낄 수 있었다.

아스트리드는 거의 숨도 쉬지 않고 내뱉었다.

"소리지르지 마라. 그렇게 소리지를 필요 없어. 다 새빨간 거짓말이야. 사기라구. 우리 함께 살 때 행복했었잖아, 크리스티나……"

아스트리드의 눈이 그늘 속에서 깜빡거렸다. 그녀는 크리스티나의 매끈매끈한 피부 때문에 제대로 시선 처리를 하지 못하는 것 같았다. 여전히 아스트리드는 양팔을 벌리고 있었다. 손이 가볍게 떨리는 게 보였다. 손가락은 너무 하얘서 푸른색에 가까웠다.

크리스티나는 의대생 시절 경련이 인공동면의 일차 부작용이라는 걸 배웠다. 두번째 부작용은 저혈압, 세번째는 빛에 대한 과민반응이며 네번째는 안면이 이상하게 일그러지는 증상이다. 그리고 다섯번째 부작용은 체온 급강하이다. 그날의 일들을 의학적으로 설명하자면 이렇게 간단히 얘기할 수 있을 것이다.

하지만 그런 증상들이 실제로 일어났을 때는 정말 마법 같다는 말 밖에 달리 표현할 길이 없었다. 부엌 창문으로 들어온 하얀 햇빛이 반짝이며 아스트리드와 문가에 서 있는 엘렌 아줌마까지 비췄다. 아줌마는 눈을 깜빡였다. 그런 무의식적인 행동에 잠이 깬 듯 아줌마는 심호흡을 한번 하고는 거침없이 부엌으로 걸어가 크리스티나의 앞을 막아섰다. 아스트리드는 그 주위를 빙빙 돌면서 양팔을 벌려 크리스티나를 잡으려 했다. 하지만 번번이 한 박자씩 늦어 푸른 손가락만 허공을 맴돌았다. 갑자기 그녀의 얼굴이 일그러지기 시작했다. 윗입술이 젖혀져 이와 잇몸이 훤히 드러났고, 혀가 불쑥 튀어나와 턱을 핥았다. 오른쪽 눈이 감겼다가 다시 뜨였다. 그 순간 몸이 기우뚱하면서 무릎이 풀렸고 의식을 잃은 채 바닥에 쓰러졌다.

엘렌 아줌마가 스티그에게 전화를 걸었고, 비르지타 병원의 간호사들이 첫 외출을 나왔던 아스트리드를 데려갔다. 그후로 전과 다름없는 나날이 계속되었다. 하지만 아스트리드가 엘렌 아줌마네 집의 뭔가를 부수고 간 듯한 느낌을 떨칠 수 없었다. 유리벽이나 얼음담장, 또는 거대한 비눗방울 같은 걸 터뜨리고 간 느낌이었다. 온갖 소리들이 예전보다 날카롭게 들렸다. 자동차들은 브레이크 소리를 길게 끌며 도로를 지나갔고, 기왓장들은 겨울바람에 들썩거리는 소리를 냈다. 후베르트 손의 손님들이 계단을 오르내리는 소리도 이젠 시끄럽게 느껴졌다. 공기도 달라져 있었다. 갑자기 온 집 안이 싸늘하고 눅눅하게 느껴졌다. 오한에 떠는 일이 잦아진 크리스티나는 니트재킷에 양모양말을 두 겹씩 신고 안절부절못했다. 추위에 곱은 손가락은 예전처럼 고분고분 말을 듣지 않았다. 뜨고 있던 레이스가 마르가레타의 것처럼 지저분하고 유치해 보이면 견디지 못하고 내던져버렸다. 피부도 근질근질해서 저녁 내내 아줌마 옆에 앉아 라디오에 귀를 기울이기도 어려웠다. 대신 집 안을 하릴없이 돌아다니며 침대에 누워 책을 읽는 마르가레타를 방해하곤 했다. 때론 창가를 오가며 분재의 마른 잎을 뽑거나 검게 빛나는 유리창에 자신의 모습을 비춰보기도 했다. 그러면서 냉정해지고자 애썼다. 이 수척하고 하얀 얼굴을 갑자기 창문에 가져다대면 어떤 느낌이 들까? 엘렌 아줌마가 죽는다면, 아줌마의 집을 떠나야 한다면 어떤 기분일까?

블랙홀. 그런 느낌일 것이다. 아니 그런 느낌이 들었다.

아스트리드의 방문 이후 엘렌 아줌마 역시 달라졌다. 레이스에서 눈을 떼어 미소도, 말도 없이 크리스티나를 주시하는 일이 잦아졌다. 생활 방식도 바뀌었다. 전화벨이 울려도 아이들은 전화기 옆에 얼씬할 수 없었고 우편함으로 달려가서 우편물을 가져오는 일도 해선 안 되었다. 대신 아줌마가 매서운 추위에도 아랑곳 않고 정원에 서서 여러 통의 편지를 뜯어 읽었다. 크리스티나는 부엌 창문을 통해 그 모습을 엿보았다. 아줌마는 이맛살을 찌푸리며 봉투를 뜯고는 편지를 대충 훑어 본 뒤 곧장 쓰레기통에 내동댕이쳤다.

마르가레타에게만 아무런 변화가 없었다. 그녀는 집안 분위기가 좀 달라졌다는 것, 그리고 갑작스럽게 집안에 비밀이 생겼다는 것을 눈치 채지 못하는 듯했다. 늘 그랬듯 애교 많은 고양이처럼 틈만 나면 아줌 마 주위를 어슬렁거렸고, 책에서 읽은 갖가지 이야기들을 종알거리며 크리스티나를 귀찮게 했다. 스티그의 방문이 훨씬 잦아졌다는 것, 그 것도 아이들이 잠자리에 드는 시간 이후에야 온다는 것 또한 전혀 알지 못하는 듯했다.

반면 크리스티나는 그런 사실들을 눈치채고 있었다. 밤마다 '빈방' 침대에 누워 눈을 동그랗게 뜬 채 부엌에서 들려오는 스티그의 단조로 운 목소리에 귀를 기울였다. 매번 쉴새없이 떠드는 그의 목소리만 들 렸을 뿐 엘렌 아줌마는 거의 말이 없었다.

설득. 그래, 분명 스티그는 아줌마가 원치 않는 무언가를 설득하고 있었다. 그런 생각이 들자 불쾌감이 물밀듯 밀어닥쳤다. 문득 무슨 문 제인지 알아내고 싶어졌고, 그러려면 어떤 짓이든 해야 할 것 같았다. 소리가 나지 않도록 아주 조심스럽게 맨발로 바닥을 딛고 일어서서 살 금살금 복도로 나갔다.

"우리에게 필요한 건 장기적인 해결책이에요. 고아원은 그런 해결 책이 될 수 없어요. 적어도 이번 경우만큼은."

스티그는 엘렌 아줌마가 타준 커피를 홀짝거리며 말했다. 크리스티 나는 숨이 멎는 듯했다. 다시 돌아가야 한다고? 갑자기 오줌보가 터질 것 같았다. 아니, 이미 오줌은 나오고 있었다. 아랫도리를 잔뜩 조이고 있었지만 뜨뜻한 물줄기가 왼쪽 허벅다리를 타고 흘러내렸다. 냅다 화 장실로 뛰어갔다. 너무 급해서 문을 닫을 시간조차 없었다.

소리를 들은 엘렌 아줌마와 스티그가 급히 복도로 나왔다. 화장실 문은 열린 채였다. 크리스티나는 창피해서 눈을 감았다. 플란넬 잠옷을 무릎까지 내리고 변기에 앉아 있는 모습을 아줌마에게 보이고 싶지 않았다. 하지만 변기에서 일어설 수도, 문을 닫을 수도 없었다. 그랬다간 바닥에 오줌을 쌀 테니까.

"깼니?"

놀라서 묻는 아줌마 뒤로 스티그의 미소 띤 얼굴이 보였다.

"마르가레타, 들어보렴. 네게 동생이 하나 더 생긴다면 어떨 것 같니?"

그가 물었다.

"얘는 크리스티나예요."

아줌마가 말했다.

이튿날, 비르지타는 이미 아줌마네 집 현관의 문지방에 서 있었다.

크리스티나는 비르지타의 모습을 귀엽다고 해야 할지, 못생겼다고 해야 할지 알 수 없었다. 그녀는 그 두 가지 모습을 모두 지니고 있었다. 밝은 금발 곱슬머리에 두 눈은 동그랗고 입술은 에로스의 활처럼 눈에 띄게 도톰했다. 하지만 몸매가 영 엉망이었다. 그것만 아니었다면 아마 인형 같았을 것이다. 장딴지는 굴곡이 없어 말 그대로 일자였고 배는 볼록했으며 손은 크고 뭉툭했다. 목은 얼굴과 달리 칙칙한 회색이었고, 녹색을 띤 짧은 인중은 바르르 떨리고 있었다. 손톱은 얼마나 물어뜯었는지, 손가락 끝이 새빨갛게 부어올라 한눈에 보기에도 아플 것 같았다.

"우리 엄마한테 보내줘요."

비르지타는 이렇게 말했다. 하는 얘기는 영락없이 어린애였지만 말투는 무겁고 탁해 남자 목소리 같았다.

"그래그래. 하지만 엄마는 안정을 취해야 한다는 걸 너도 알잖니?"
함께 온 청소년국 여직원이 말했다.

"그치만 내가 없으면 우리 엄마는 편히 있을 수가 없어요. 내가 엄마를 돌봐야 해요……"

여직원은 실없이 웃음을 터뜨리고는 비르지타의 재킷 단추를 풀어주려고 몸을 숙였다.

"그래그래, 이해한단다. 하지만 이제 엄마에겐 정말로 휴식이 필요해. 그래서 엄마가 널 보살펴달라고 우리에게 부탁한 거야."

비르지타는 의심스러운 눈초리로 쳐다보며 콧물을 훌쩍 들이마셨다. 그러고는 검지로 코를 쓱 훔친 다음 여직원의 손을 뿌리쳤다. 풀어진 재킷 단추도 도로 잠갔다. 일순간 정적이 흘렀다. 모두들 단추를 주시했다. 마르가레타도, 크리스티나도, 여직원도, 엘렌 아줌마도. 비르지타의 두 눈동자는 그들의 얼굴을 하나하나 훑었다. 탐색이 끝나자 눈을 감고 숨을 내쉬었다. 깊은 한숨이었다. 크리스티나와 마르가레타도 덩달아 억지로 한숨을 쉬었다. 바람 한 줄기가 복도에 몰아치는 듯했다.

비르지타가 퍼뜩 눈을 떴다. 눈에서는 불이 번쩍 일었다. 그녀는 뒤돌아 문을 향해 냅다 뛰기 시작했다.

누군가 크리스티나의 진료실 문을 똑똑 두드린다. 겁먹은 듯 약한 두드림이다. 추위에 떨던 참새가 아줌마네 집 참새용 발판에서 비상해 시공간을 날아다니다가 병원 복도에 착지한 게 아닌가 하는 착각이 든다. 그러나 크리스티나의 몸은 그보다 이성적이어서 자신에게 필요한 알리바이를 즉시 만들어둔다. 민첩하게 움직여 램프를 옆으로 밀고, 서류를 작성하는 중이었던 것처럼 의자를 컴퓨터 쪽으로 돌려놓는다.

"들어오세요."

그녀가 태연하게 대답한다.

"죄송해요, 크리스티나……"

간호사 헬레나의 머뭇거리는 목소리이다.

"다음 환자 들여보내요."

크리스티나는 모니터에 시선을 고정시킨 채 말한다.

"그게 아니라, 오 분만 시간을 내주시겠어요?"

헬레나의 말에 그녀는 의자를 완전히 돌려 문 쪽을 향한다.

"무슨 일이죠?"

"후베르트손 박사님이……"

"그 사람한테 무슨 일 생겼어요?"

"박사님이 너무 이상해요. 시설에서 전화가 왔는데요, 후베르트손 박사님의 환자 한 명이 간질발작을 심하게 일으켰다는데……"

"그런데요?"

"그런데…… 후베르트손 박사님과 얘기를 할 수가 없어요."

크리스티나는 안경을 추켜올린다.

"술 마신 것 같던가요?"

헬레나는 기분이 상한 듯 몸을 비튼다. 그녀는 후베르트손을 가장 적극적으로 변호하는 사람이다. 언제든 그의 변덕스럽고 괴팍한 성질을 받아줄 마음의 자세가 되어 있다. 마치 처음 알을 품어본 암탉처럼, 그에게 무슨 일이라도 생기면 하얀 날개를 펼쳐 품어줄 준비가 되어 있다.

"아니, 그게 아니라, 이상하게도 박사님이 말씀을 못 하시네요."

크리스티나는 일어서서 가운 주머니에 손을 찔러넣는다. 짜증이 치민다. 헬레나가 후베르트손이 이상하다고 얘기한 건 이번이 처음은 아니다. 그녀는 후베르트손이 어딘가에서 위스키를 퍼마시다 와서 그럴 거라는 크리스티나의 말을 매번 완강히 부정했다. 그에게는 무설탕 목 캔디도 소용없는 것 같았다. 헬레나가 후베르트손이 이상하다고 말할 때마다 그에게선 박하와 알코올이 뒤섞인 지독한 냄새가 났다. 그런 날이면 크리스티나는 자신의 환자뿐 아니라 그의 환자까지 진료해야 했다.

"어디 계시죠?"

"박사님 방에 계시는데요."

크리스티나는 환자대기실을 지나면서 바로 상황을 파악한다. 대기 실에 있는 세 명의 환자 중 한 명은 자기 환자이고 다른 두 명은 후베 르트손의 환자이다. 이렇게 되면 오늘 점심시간은 없다.

후베르트손의 방문은 반쯤 열려 있다. 크리스티나가 조금 전에 그 랬던 것처럼 그 역시 불을 모두 꺼놓은 채 가만히 앉아 창밖을 내다보 고 있다. 다만 그의 시선은 주차장이 아니라 시설 건물의 노란 벽을 응 시하고 있었다. 크리스티나는 그가 앉은 의자의 등받이를 반쯤 돌리고 몸을 굽혀 그의 눈을 들여다본다.

"무슨 일이에요?"

아침보다 더 창백하고 이마는 젖어 있다. 크리스티나의 목소리가 높아진다.

"무슨 일이에요? 어디 아픈 거예요?"

그는 아무렇지 않다는 반응을 보일 뿐 대답이 없다.

"술 마셨어요?"

그가 눈을 한 번 찡긋하며 머리를 가볍게 가로젓는다. 크리스티나 는 좀더 다가가서 코를 킁킁거리며 냄새를 맡는다. 위스키도, 박하향 도, 오래된 독주 냄새도 나지 않는다.

"오늘 뭐라도 좀 먹었어요?"

후베르트손은 어떤 의미로도 해석할 수 있는 낮은 소리로 웅얼거린다. 이마에 손을 대보니 땀으로 흥건히 젖어 있다.

"인슐린, 인슐린 주사 맞았어요?"

후베르트손은 알아들을 수 없는 말로 짜증을 낸다. 그의 눈꺼풀이 깜박거리고, 상황은 명백해진다. 인슐린 부족으로 인한 혼수상태. 크리스티나는 놀라서 멈칫한다. 그는 자신이 당뇨병 환자들에게 당부했던 규칙들을 다 지키진 않았지만 혼수상태만큼은 피하고자 늘 주의했었다. 외출할 땐 꼭 바지 주머니에 각설탕을 한 움큼 넣고 다니던 그였다.

크리스티나는 헬레나의 어깨 너머로 말한다.

"서둘러요. 글리코겐 테스트를 해야겠어요. 글리코겐 주사 준비해주세요."

크리스티나는 헬레나가 안도하고 있다는 걸 눈치챈다. 이런 상황에서는 다른 간호사들도 똑같았을 것이다. 의사에게 책임을 넘기고 주사를 준비할 때만큼 간호사들이 안심하는 순간은 없다. 크리스티나가 직접 혈액검사를 하는 동안 헬레나는 주사기를 준비한다. 크리스티나는 후베르트손의 커다란 손을 잡고 주삿바늘을 찌른다. 헬레나는 작은 리트머스종이를 그의 손끝에 대고 누른다. 결과는 즉시 나온다. 혈당치가 극도로 낮다. 둘은 서로 말을 나누거나 쳐다보는 일 없이 조용히 일에 몰두한다. 헬레나는 몸을 숙여 그의 하얀 가운을 반쯤 벗긴 다음, 오른팔 소매를 접어올리고 고무줄로 팔꿈치 윗부분을 묶는다. 크리스티나는 혈관이 잘 보이도록 손끝으로 그의 팔오금을 두드린다. 주삿바늘이 꽂히는 게 느껴지는지 후베르트손이 숨을 내쉰다. 천천히 피스톤을 누르자 그는 눈을 뜨고 낭랑한 목소리로 말한다.

"데시레."

"비르지타, 마르가레타, 크리스티나. 어린 데시레만 없군요. 그애만
있다면 여기가 꼭 우리의 왕궁 같을 텐데……"

청소년국 여직원이 손님 특유의 사교적인 웃음을 지으며 말했다.

"데시레 설사."

비르지타가 말했다. 여직원이 바깥 계단에 있던 비르지타를 잡아끌
어 집 안으로 데리고 들어가자 그녀는 부엌 바닥에 주저앉아버렸다.
크리스티나의 마음속엔 두려움이 차올랐다. 새로 온 저 계집애는 바닥
에 주저앉아 있을 나이가 아니다. 젖먹이 같은 그 이상한 말투도 집어
치우고 식탁에 앉아 주스를 마시고 건포도빵을 먹어야 할 것이다. 크
리스티나나 마르가레타처럼.

"데시레 설사. 방귀 아가씨, 똥, 설사 뒷간 공작부인."

비르지타가 다시 말했다.

마르가레타는 킥킥거렸고 크리스티나는 엘렌 아줌마의 얼굴을 불
안스레 쳐다보았다. 아줌마의 반응은 생각보다 심각했다. 얼굴은 하얗
게 질려 있었고 동공은 확대되어 새카맸다. 평소에는 거의 보이지 않
던 눈가의 주름이 깊이 패어 마치 거미줄을 그려넣은 것처럼 보였다.
아줌마는 미동도 없이 자리에 앉아 비르지타를 주시했다. 하지만 비르
지타는 아줌마의 시선에도 아랑곳없이 두 다리를 비스듬히 뻗은 채 부
엌 바닥에 주저앉아 있었다. 타이츠 무릎엔 구멍이 나 있었고 청회색
니트재킷은 작아 보였다. 그것을 늘이려는 듯 끊임없이 재킷 소매를
잡아당겼다.

여직원은 엘렌 아줌마에게 눈길을 돌리며 목덜미에 손을 대고 말했다.

"이제 바보 같은 짓은 그만 해, 비르지타."

"설사 뒷간 공작부인."

마르가레타가 다시 웃음을 터뜨리자 비르지타는 바닥에서 눈을 떼고 힐끔 쳐다보았다. 순간 비르지타의 입 언저리가 가벼운 미소로 바르르 떨렸다. 마침내 여직원이 일어나 비르지타에게 다가갔다.

"이제 일어서, 비르지타! 탁자로 가서 다른 아이들처럼 주스를 마시려무나."

그러나 비르지타는 다시 머리를 숙이고 바닥만 쳐다봤다.

"노란 주스는 안 마셔."

여직원은 팔을 옆으로 축 늘어뜨리고 한 걸음 물러섰다. 뭘 어찌 해야 할지 갈피를 잡지 못하는 것 같았다.

"왜 안 마시겠다는 거니?"

"노란 주스는 오줌 맛이 나니까!"

일은 순식간에 터졌다. 그때까지 가만히 앉아 있던 아줌마가 단호한 몸짓으로 다가와 아이를 바닥에서 일으켜세웠다. 비르지타는 아줌마의 팔에 대롱대롱 매달려 마치 나무인형처럼 이리저리 흔들렸다. 엘렌 아줌마는 낮은 음성으로 말했다.

"이것만은 분명히 하자. 지금 떠든 그 소리 앞으로 절대 해선 안 돼. 그리고 이 집에서는 내가 결정한다! 명심해라."

아줌마는 비르지타를 짐짝처럼 번쩍 들었다가 탁자 앞 의자에 내려놓았다. 그리고 아까부터 비르지타를 기다리고 있던 잔에 노란 주스를 채웠다.

"마셔!"

아줌마는 팔짱을 꼈다. 마르가레타는 보통때처럼 천연덕스럽게 소리 높여 웃었다.

"오렌지 주스야! 엘렌 아줌마가 가을 내내 모아둔 오렌지로 손수 짜신 거야."

크리스티나는 아무 말 없이 잿빛 눈으로 새로 온 아이의 얼굴을 유심히 바라보고는 몇 모금 만에 잔을 비워버렸다. 비르지타는 조금도 움직이지 않았다. 말없이 앉아 꼼짝 않고 그 노란 액체를 뚫어져라 쳐다보았다.

엘렌 아줌마는 그런 비르지타에게 몸을 굽혀서 변함없이 작지만 아주 명료한 목소리로 말했다.

"마셔. 안 마시고는 못 배길 거야."

뒤쪽에서 부엌 시계가 째깍거리는 소리가 들렸다. 빨간색의 작은 초침이 숫자판 위에서 움직였다. 초침이 12를 가리켰을 때, 비르지타는 팔을 뻗어 유리잔을 잡았고 6에 다다랐을 때 잔을 비웠다.

이제 새로운 시간이었다.

크리스티나와 헬레나가 후베르트손을 벽 쪽 진찰용 침대로 데려가자 그가 눈을 깜박이면서 잠에 취한 곰처럼 머리를 흔든다.

"조금만 쉬어요. 십오 분 후에 새로운 테스트를 해볼 테니. 그다음에 모탈라로 이송할지 결정을 내리죠……"

후베르트손이 뭐라고 중얼거린다. 몇 초가 지나서야 크리스티나는 그의 말을 이해한다. 시설. 물론, 시설에 있는 사람들이 전화를 하긴 했다. 크리스티나는 헬레나에게 몸을 돌린다. 헬레나는 노란 이불을 후베르트손의 어깨까지 끌어당겨 세심하게 덮어주고 있다.

"전화는 누가 했죠?"

"1조장 케르스틴이 했어요."

"좋아요, 내가 걸어보죠."

크리스티나는 후베르트손의 전화로 신호음을 들으면서 잘 다듬은 손톱으로 책상보를 톡톡 두드린다. 꽤 한참 뒤에야 1조장 케르스틴이 전화를 받는다. 유리알처럼 맑은 목소리이다. 아주 편안한 음성이지만 크리스티나의 귀엔 케르스틴의 불만스런 마음이 전해지는 듯하다.

"예, 우리가 전화했어요. 후베르트손 박사님이 환자가 발작을 일으키면 언제든지 전화를 하라고 늘 말씀하셨거든요. 이번에는 두 사람이 발작을 일으켰는데, 한 환자가 무척 심했어요. 처음에는 칠 분 정도였는데, 그러고 나서 사십오 분 정도 발작이 계속되었어요……"

크리스티나는 입술을 깨문다. 사십오 분간의 발작은 지속적인 발작, 즉 간질발작 상태로 넘어가는 지점을 의미한다.

"이제는 괜찮나요?"

"글쎄요. 일단 십 밀리그램짜리 스테솔리드 네 알을 투여했는데요."

크리스티나는 한숨을 쉰다. 어떻게 감히 그런 처방을 내린단 말인가? 그 정도라면 말 한 마리의 목숨도 빼앗을 수 있는 양이다.

"환자 몸무게는 얼마나 되죠?"

"한 사십 킬로그램 정도 됩니다."

크리스티나는 경련을 일으키듯 주먹을 쥔다. 미쳤군!

"남잔가요, 여잔가요?"

"여자예요. 후베르트손 박사님의 특별 환자인데, 선생님도 아시잖아요."

"아뇨, 난 모르겠는데. 그건 그렇고 후베르트손이 그렇게 많은 양을 주사하라고 지시했나요?"

케르스틴은 답답하다는 듯 낮게 한숨을 내쉰다.

"아뇨, 시간이 좀 걸리더라도 박사님이 이쪽으로 오셔서 주사를 놓으시는데, 오늘은 뵐 수가 없어서…… 그래도 걱정할 필요는 없어요. 의지가 강한 환자니까. 그 환자는 움직일 수도 말을 할 수도 없고 뇌에도 문제가 있어요. 간질발작 증세도 있구요. 마흔다섯 살이 넘었는데 평생을 병원에서 보낸 환자예요. 아무튼 죽지는 않을 거예요."

크리스티나는 입술이 탔다.

"내가 그쪽으로 가죠."

케르스틴의 한숨 소리가 들린다.

"그럴 필요 없어요. 매일 한 번씩은, 그리고 가끔은 하루에도 몇 번씩 발작을 일으키는 환자예요. 그쯤 되면 항상, 늘 후베르트손 박사님께 전화를 하죠. 발작을 일으키고 나면 몇 시간 눈을 붙여요. 자는 걸 좋아하거든요. 그리 문제될 것도 없고."

크리스티나는 헛기침을 한다.

"여하튼 그쪽으로 갈게요."

케르스틴이 어깨를 움찔하는 소리가 들리는 듯하다.

"정 그러시면 좋을 대로 하세요. 진찰할 환자가 없다면……"

크리스티나는 이번엔 이를 악물고 마음의 준비를 한다. 하지만 1조장 케르스틴을 보는 순간 숨을 쉴 수가 없다. 그녀의 긴 금발머리가 수없이 작은 별들로 반짝인다. 꼭 샴푸 광고에 나오는 모델 같다. 그녀는 환자를 복도로 부축하고 있었다. 가운은 눈이 부실 정도로 하얗고 양말은 부드럽고 폭신해 보인다. 흰 샌들은 구두상자에서 지금 막 꺼낸 것 같다. 하지만 그런 완벽한 외모도 옆에 있는 환자에게까지 영향을 미치진 못한다. 크리스티나의 환자 마리아의 머리카락은 윤기 없이 무겁게 어깨까지 늘어져 있고 빛바랜 트레이닝복에 굽이 다 닳은 슬리퍼를 신고 있다. 다운증후군과 중증 간질발작을 앓고 있는 그녀의 얼굴엔 선처를 바라는 죄인의 미소가 담겨 있다.

"안녕, 마리아? 오늘은 기분이 어떠니?"

크리스티나는 아무리 바빠도 인사를 건넨다. 상대방이 인사를 안 하고 그냥 지나치면 마리아는 몇 주 동안 우울증에 시달릴지도 모른다.

"별로 좋지 않아요. 정말 별로예요."

마리아는 대답하면서 고개를 젓는다.

크리스티나는 멈칫한다. 마리아는 원체 불평이 없는 아이다. 기운을 잃고 졸도하기 직전까지도 언제나 해맑은 얼굴로 세상 모든 게 아름답다고 하던 아이였다.

"무슨 일 있니?"

"천사들과 같이 지낼 수 없대요."

마리아는 고개를 떨군다.

"괜찮아. 잠시 그러는 거라고 했잖아."

대화에 끼어든 케르스틴이 마리아의 손을 쓰다듬는다. 크리스티나는 마리아의 방이 성스러운 공간임을 알고 있다. 파티장 같은 시설 건물에서 마리아의 방은 소박하고 신성한 사원 같은 곳이다. 그녀는 방을 천사들로 장식해놓았다. 창문에는 도자기로 만들어진 붉고 통통한 볼의 케루빔 천사가, 천장에는 직접 만든 세라핌 천사가 끈에 매달려 있었다. 그리고 반짝이는 책갈피 천사와 알록달록한 잡지로 만든 천사가 바닥에서 천장까지 방 안을 온통 뒤덮고 있었다. 마리아는 부분적으로 칼손 접착제를 사용해서 천사들을 손수 벽에 붙였다. 천국에 대한 꿈이 없는 아주 현실적인 사람인 시설 관리팀의 한 여직원은 마리아의 방 얘기만 나오면 눈빛이 신경질적으로 변했다. 그녀는 주무부서 관리가 그 방을 보면 뭐라 할지, 무슨 일이 벌어질지 항상 전전긍긍했다. 그래도 마리아 방의 천사들을 없앨 생각은 하지 않았다. 그녀에게 삶의 의지를 주는 건 천사의 방뿐이라는 걸 알고 있기 때문이었다. 마리아는 잇단 발작에서 깨어날 때마다 불안한 눈빛으로 방을 둘러보았다. 그러다가 천사들에게 둘러싸여 누워 있는 자신의 모습을 보고 안정을 되찾았다.

"마리아가 그 방을 쓰면 안 된다니요?"

크리스티나는 뭐라 말할 수 없는 일종의 두려움 때문에 케르스틴 대신 마리아의 얼굴을 보며 묻는다.

케르스틴이 설명한다.

"유감스럽게도 다른 방법이 없어요. 폴케 씨가 독방이 필요한데 그를 천사인형들 틈바구니에 있게 할 순 없고, 그래서 후베르트손 박사님의 특별 환자를 마리아의 병실로 옮겼어요. 지금 그 환자는 수면과 어느 정도의 안정이 필요해서, 마리아가 몇 시간 휴게실에 가 있는 게 최선이라고 생각했기 때문에……"

마리아는 크리스티나에게 미소로 애원해보지만 입꼬리만 아래로 처질 뿐 마음처럼 되지 않는다. 금방이라도 울 듯한 표정이다. 크리스티나는 머리를 쓸어넘긴다. 서서히 맥이 풀리면서 그 자리에 주저앉을 것만 같다. 참 이상한 날이다! 아직 열두시도 안 되었는데……

"다른 방법은 없나요?"

크리스티나는 체념한 듯 묻는다.

"예, 없어요. 오늘은 빙고게임을 하는 날이니, 게임을 하다보면 곧 기분이 나아질 거예요."

마리아의 방에 들어선 순간 뭔가가 머리를 스친다. 크리스티나는 마치 새의 공격으로부터 자신을 방어하듯 본능적으로 손을 든다. 퍼뜩 정원에서 본 죽은 갈매기 생각이 난다. 하지만 머리를 스친 것은 새가 아니라 부드러운 실로 된 천사의 발이었다. 마리아의 마지막 작품이 문 위 천장에 붙인 실에 매달려 있었다. 오십 센티미터 크기의 천사 머리는 은박지로 되어 있었고, 곱슬머리는 금색 접착테이프였다. 옷은 '시 자치단체 소유'라는 문구가 쒸어진 낡은 수건으로 만든 것이었다. 드문드문 깃털을 붙여 만든 마분지 날개 밑에서도 똑같은 문구가 빛났다. 아마 마분지와 총천연색 부활절 깃털이 부족했던 모양이다. 그나마 시설이 자치단체 관할로 이전되었을 때, 유행이 지나서 버리려고 했던 낡은 재료를 얻어 쓰는 행운을 누렸던 것 같다.

벽에 걸려 있는 수백 가지의 천사 그림들이 빛을 모두 흡수해서 방은 어둡다. 밖은 아직 오전이지만 여기 마리아와 천사들의 방 안은 영원한 어둠의 세계다. 분위기 또한 예사롭지 않다. 창문 앞 전등 아래 있던 탁자는 옆으로 밀려나 있고, 탁자 한복판엔 가위, 깃털, 접착테이프, 잘게 오려낸 잡지들이 뒤섞여 쌓여 있다.

다른 여자 환자의 침대가 창문 아래 놓여 있다. 마리아의 잡동사니 옆에서 그 환자의 소지품들은 초라하고 어색해 보인다. 침대 발치에 서류철 하나와 책 몇 권, 머리맡 금속 삼각대 위에는 노란 고무관이 연결되어 있고, 그 끝에 입술 접촉면이 달린 컴퓨터가 보인다. 컴퓨터로 의사소통을 하는 여자 환자가 보호시설에 들어왔다는 얘기는 들은 적이 있다. 하지만 지금 모니터에는 어떤 글자도 나타나 있지 않다. 이 환자는 모든 말에서, 그리고 자신의 컴퓨터에서도 멀리 떨어져 있다. 하지만 화면보호기는 마리아의 방에 썩 잘 어울린다. 수많은 별들이 반짝이는 새까만 우주. 화면을 들여다보자 갑작스레 눈앞이 핑 돌더니 순간 빛의 속도로 우주를 질주하는 느낌이 든다. 잠깐 눈을 감았다가 환자의 차트를 내려다본다. 데시레 요한손, 환자번호 491231-4082. 뇌 손상. 뇌성마비와 후천성 중증 간질 증세.

환자는 어린 새처럼 보인다. 깃털 없는 작은 새. 너무 연약해서 매트리스에 누워 있던 흔적도 남지 않을 것만 같다. 살갗에 뼈마디와 힘줄이 모두 드러날 정도로 말랐다. 한 손은 손가락이 모두 굽어 맹수의 발톱마냥 굳어 있다. 누운 자세도 이상하다. 등을 대고 누워 있는데 두 다리를 뱃속의 태아처럼 잔뜩 구부리고 있다. 얼굴은 하트 모양으로 턱이 뾰족하고 날카롭다. 눈꺼풀 위의 피부는 델타 삼각주 모양의 파란 혈관이 보일 정도로 얇다.

후베르트손이 애지중지하는 환자……

청진기를 들고 환자에게 몸을 굽히자 손을 가볍게 떤다. 크리스티나는 잠깐 차트를 본다. 이 환자는 정말 매일같이 발작을 일으켰을 것이다. 외관상으로는 작년에 일으켰던 여러 번의 발작이 뇌 손상을 악화시킨 것 같다. 그래도 지금 이 순간은 편안하게 잠들어 있는 듯 심장 박동 소리가 엘렌 아줌마의 거실 벽시계처럼 조용한 리듬을 타고 있다. 숨소리도 일정하고 별다른 이상한 소리도 들리지 않는다. 크리스티나는 청진기를 다시 주머니에 쑤셔넣고 팔다리의 반사운동을 살펴본다. 정상인들의 반응과 똑같다. 경련의 후유증을 찾아볼 수 없다. 마지막으로 조심조심 환자의 입을 벌리고 작은 손전등으로 목구멍 내부를 비춰본다. 괜찮다. 혀도, 뺨 안쪽도 깨문 흔적이 없다. 지금 상태로는 모든 것이 정상이다. 크리스티나는 손전등을 끄고 잠들어 있는 환자의 얼굴을 바라본다. 아, 작고 가엾은 한 마리 벌레 같아……

여자가 침대 속에서 움찔하면서 눈을 뜬다. 아주 잠깐 연푸른색 눈동자가 크리스티나를 빤히 쳐다보다가 다시 눈꺼풀이 천천히 내려앉는다. 크리스티나는 한 걸음 물러선다. 심장이 두근거린다. 곧 모든 것이 지나간다. 환자는 몇 번 숨을 고르더니 다시 평온하게 잠든다. 크리스티나의 심장이 약간의 스트레스를 받았을 때처럼 다시 뛰기 시작한다.

그녀는 체크무늬 침대 커버를 잡아당겨 흘러내리지 않도록 잘 덮어준다. 그러다가 그만 발치에 있던 책 한 권을 바닥에 떨어뜨리고 만다. 크리스티나는 허리를 숙여 책을 집어든다. 책제목을 본 순간 눈이 저절로 동그래진다. 『아인슈타인의 꿈』. 침대 위에 있는 다른 책에도 시선이 간다. 머리 겔만의 『쿼크와 재규어』, 레이 브래드버리의 『태양의 황금사과』, 카를로 긴즈부르그의 『베난단티: 16, 17세기의 종교의식과 마녀』, 브로어 가델리우스의 『마녀와 마녀재판과정』과 수없이 읽어서 낡아 떨어진 스티븐 호킹의 『시간에 대한 짧은 역사』.

크리스티나는 순간 움찔한다. 그런 물리학 관련 신간들은 마르가레타의 전공 분야이다. 크리스티나는 그것을 하나도 이해하지 못한다. 마르가레타가 물질과 반(反)물질, 빅뱅과 우주의 팽창, 쿼크와 스트레인지에 대한 설명을 늘어놓거나 이 모든 게 뭘 의미하는지 떠들기 시작하면 머리가 지끈거리기 시작했다. 이 많은 이론들은 그저 추측의 냄새만 풍길 뿐이다. 그건 크리스티나가 전혀 좋아하지 않는 향기이다.

그녀는 협탁 위에 책을 차곡차곡 쌓는다. 스티븐 호킹의 책을 그렇게 닳도록 읽었다니, 가슴이 뭉클하다. 침대에 누운 이 여자에게 호킹은 신과 같은 존재임이 틀림없다. 왜 그렇게 호킹에게 열광하는 것일까? 호킹의 두뇌에? 아니면 그의 명성에? 아니면 단순히 여성들과의 스캔들 때문에?

크리스티나는 잠시 후 주차장을 걸으며 아까보다 기분이 훨씬 좋아진 걸 느낀다. 공기는 온화하다. 물기로 반짝이는 아스팔트길을 뒷굽으로 또각또각 흥겹게 내딛는다. 무심결에 손을 목 뒤로 넣어 신선한 바닷바람이 목덜미를 스치도록 머리카락을 들어올린다. 두 팔을 벌려 한 바퀴 빙 돌고 싶은 충동을 억누른다. 의사에게도 감정은 있다. 하지만 높고 짙푸른 창공과 하얗게 빛나는 태양, 그리고 잔디 위의 밤나무가 꽃봉오리를 금방이라도 툭 터뜨릴 것 같은 광경을 보았다고 해서 주차장에서 크게 환호성을 지를 수는 없는 일이다. 내일은 춘분. 신선한 공기가 크리스티나를 들뜨게 만든다.

엘렌 아줌마의 집에서 계절이 바뀌는 시기는 여러 가지 전통의식과 연관되어 있었다. 발푸르기스의 밤*에 여름옷들이 다락에서 나왔다가 기온이나 날씨에 상관없이 9월 15일이면 다시 다락으로 들어갔다. 아이들이 너무 덥다거나 춥다고 불평해도, 아줌마는 항상 똑같은 말을 반복할 뿐이었다. 봄에는 땀이 나는 거고, 가을은 추운 거라고.

크리스티나의 얼굴에 미소가 피어오른다. 아무리 생각해도 엘렌 아줌마의 고리타분한 생각을 비웃을 수만은 없었다. 아줌마는 1920년대의 자신처럼 1950년대의 모든 여학생도 앞치마를 두르고 학교에 가야 한다고 믿는 사람이었다. 그래서 크리스티나는 첫 등굣날 체크무늬 면 원피스에 수놓은 앞치마를 입었다. 동시에 아줌마는 새로운 규칙을 받아들이는 데도 망설임이 없었다. 크리스티나의 손을 잡고 학교에 가면서 다른 어린 여학생들의 차림새를 유심히 살펴보던 아줌마는 주저 없이 크리스티나의 앞치마를 풀어 가방에 쑤셔넣었다. 서운했다. 가슴에 십자수로 크리스티나의 이니셜을 넣고 아랫부분에는 작은 새를 도드라지게 수놓은 예쁜 앞치마였다. 지금 그 앞치마는 크리스티나의 집인 '파라다이스'의 서랍 안 비닐백에, 아줌마가 돌아가신 뒤 경매에서 낙찰받은 다른 수예품들과 나란히 담겨 있다. 가끔씩 조심스럽게 봉해놓은 비닐백들을 하나하나 열어볼 때마다 아줌마의 향기가 나는 듯했다. 진한 비누 냄새와 크리스텔의 분말 파우더 냄새. 그러나 열어볼 때마

---

* 마녀들이 무도회장으로 모이는 5월 1일 전야.

238

다 향기가 점점 옅어져 이제는 아주 가끔씩만 꺼내보고 있다.

그래도 그때를 추억하는 건 행복한 일이다. 그 백이 있다는 것만으로도, 내 소유라는 것만으로도. 단지 그 자체만으로도 행복하다.

비르지타가 들어오자, 크리스티나는 가장 구석진 곳으로 밀려날 수밖에 없었다. 마르가레타는 언제나 모든 것을 침대 위에서 했다. 책을 읽고 그림을 그리고 인형놀이를 하고, 숙제를 했다. 반면 크리스티나는 잠잘 때만 침대를 이용했다. 그림을 그리거나 숙제를 할 때는 창문 앞 책상에 앉았다. 그러나 이제는 그럴 공간이 없었다. 새 침대가 들어왔기 때문이었다. 엘렌 아줌마는 책상을 복도에 내놓았다. 그곳은 너무 어두웠다. 이젠 '먹는 방' 식탁에도 앉을 수 없었다. 사흘째 되는 날 비르지타가 도자기 인형을 깨뜨려버린 후로 '먹는 방'은 아이들에게 금지구역이 되어버렸다. 식탁은 여전히 그 자리에 있었지만 예전 같지 않았다. 마르가레타와 비르지타가 함께 식탁 앞에 앉아 있으면 집중하기가 어려웠다. 둘은 끊임없이 재잘거리고 킥킥대고 서로의 비밀을 속닥거렸다.

비르지타가 오고 난 뒤 집안은 예전의 평화가 사라졌다. 비르지타는 전기에 쐰 듯했다. 주위에는 불꽃이 튀었고 전류가 지직거리며 흘러 그녀에게 접근하기만 해도 감전될 것만 같았다. 전화벨이 울리면 엘렌 아줌마가 몸을 돌리기도 전에, 비르지타가 수화기를 들어서 "헬로!"라고 외쳤다. 초인종 소리만 들려도 복수의 화신처럼 돌계단으로 돌진했다. 잠시도 가만히 있지 않았다. 마르가레타처럼 책을 읽지도, 엘렌 아줌마나 크리스티나처럼 뜨개질을 하지도 않았다. 비르지타의 놀이란 방들을 쑤시고 다니며 소란을 피우는 것이었다. 또 같이 놀아주지 않으면 화를 냈다. 아줌마가 정한 규정을 어기는 데도 망설임이 없었다. 하루는 비르지타가 까만 철문 밖에서 위태롭게 아줌마의 자전거를 타고 있었다. 그러다 그 다음날 그걸 타고 나가서 몇 시간이나 행방불명되었다가 결국 시내 한복판 구(舊)도로에서 아줌마에게 발각되었다. 집 금고에서 일 크로네 주화 네 개를 훔친 적도 있었다. 그 일로 아줌마가 이틀 동안 방에 가둬두려 하자 비르지타는 혀를 날름거리며 이렇게 소리쳤다.

"염병할 할망구 같으니! 너는 우리 엄마가 아니야! 그런 말 할 자격 없다구!"

그때마다 크리스티나는 귀를 틀어막고 눈을 꼭 감았다. 엘렌 아줌마는 그런 크리스티나에게 주의를 기울일 여유가 없었다. 떼를 쓰며 울부짖는 비르지타를 '빈방'으로 끌고 가 문을 잠그느라 혼이 빠질 지경이었다. 부엌으로 돌아온 아줌마의 코에선 코피가 흘렀다. 아줌마는 싱크대로 가면서 여전히 접착제로 붙여놓은 듯 식탁에 앉아 있는 크리스티나를 힐끔 보며 화난 목소리로 말했다.

"넌 도대체 왜 그러고 앉아 있는 거니? 다시는 이런 일 없을 거야!"

그러나 잠시 뒤 크리스티나가 화장실 변기 앞에 주저앉아 구역질을 했을 때, 엘렌은 다시 옛날의 아줌마로 돌아와 있었다. 그녀는 크리스티나의 이마를 한 손으로 짚고 다른 한 손으로 등을 쓰다듬으며 속삭였다.

"금방 괜찮아질 거야. 모든 게 다 잘 풀릴 거야……"

하지만 그 생각은 오산이었다. 비르지타는 이사 온 첫봄부터 갖가지 방법으로 모두를 녹초로 만들었다. 마르가레타와 함께 밧줄을 잡고 집과 정원을 돌아다니면서 땅따먹기 놀이를 했다. 마르가레타는 하루 종일 경악과 열광 사이를 오가며 때로는 웃고, 때로는 놀라서 어쩔 줄 몰라했다. 더이상 예전 그대로인 것은 없었다. 이제 다락방은 마녀의 은신처로, 지하실은 유령의 집으로, 정원은 위험천만한 정글로 변했다. 그러다가도 잠자리에 들 시간이 되면, 비르지타는 아기처럼 구슬프게 울었다. 아줌마는 전등을 끌 수도, 아이들만 방에 둘 수도 없었다. 아줌마는 마르가레타의 침대 모서리에 앉아 그녀가 잠들 때까지 손을 잡고 있어야만 했다.

아줌마는 매일 코피를 흘렸다. 오후에 학교에서 돌아온 세 아이는 종종 거실에 앉아 있는 아줌마의 모습을 볼 수 있었다. 눈을 감고 입을 벌린 채 안락의자에 앉아 있는 아줌마의 양쪽 콧구멍에는 검붉은 탈지면이 끼어 있었다. 레이스 틀은 '먹는 방' 탁자 위에 손도 대지 않은 채 놓여 있었다. 한번은 식사시간에 감자퓌레 같은 별볼일 없는 요리를 봉지에서 꺼내놓기도 했다. 그런데도 그 주엔 바느질일을 거의 하지 못해 공장차가 오기 전날 밤 새벽 두시까지 일거리를 붙들고 있어야 했다.

하지만 가장 고통스러운 건 아줌마가 크리스티나를 예전처럼 돌봐주지 않는다는 것이었다. 물론 크리스티나가 설거지를 도우면 항상 미소 띤 얼굴로 고맙다고 했고, 예전처럼 숙제를 다 했는지 물어보기도 했으며, 뜨개질을 할 때 코가 잘못되면 도와주기도 했다. 하지만 시야에서 한 걸음만 벗어나도, 크리스티나는 더이상 그녀의 눈에 띄지 않는 존재가 되었다. 아줌마의 시선은 더이상 크리스티나의 움직임을 좇지 않았다. 설령 관심을 갖고 본다 하더라도, 뻣뻣하게 긴장한 등만이 보일 뿐이었다. 크리스티나는 이제 매사에 조심스러운 아이가 되어 있었다.

크리스티나는 비르지타가 왜 하필 자신을 미움의 대상으로 선택했는지 이해할 수 없었다. 그러나 그건 사실이었다. 첫 주부터 비르지타는 눈을 가늘게 뜨고 크리스티나를 보았다. 둘째 주에 크리스티나는 팔다리가 없는 자기 인형을 발견했고, 그 일주일 뒤에는 도서관에서 빌린 책 한 장이 찢겨져나갔음을 알게 되었다. 그리고 정원에서 놀 때 는 특별히 조심해야 한다는 사실을 알았다. 등뒤에서 날아온 느닷없는 공격에 넘어져 무릎에 상처가 나고 양말에 구멍이 생길 수도 있었다. 최악은 다치지 않고 양말만 구멍나는 경우였다. 그러면 엘렌 아줌마는 화를 내면서 양말은 나무에서 열리는 게 아니라고 꾸짖었다. 크리스티 나는 누군가 뒤에서 때렸다는 말을 할 수가 없었다. 그때마다 평소보 다 더 눈을 가늘게 뜨고 옆을 서성이는 비르지타가 보였기 때문이다. 게다가 아줌마에겐 몇 가지 원칙이 있었는데, 제 잘못을 다른 사람에 게 떠넘기는 걸 아주 싫어했다. 양말에 구멍을 낸 사람은 양말을 신고 있는 사람이다. 무릎에 상처가 나면 일은 좀더 빨리 마무리되었다. 그 때는 군말 없이 반창고를 붙여주고는 달콤한 빵과 몇 마디 위로의 말 로 달래주었다.

비르지타가 벗나무를 정복했을 때 모든 상황은 보다 더 간단히 처 리되었다. 오랜 세월 정원 한복판을 지켜온 벗나무는 마치 제일 먼저 꼭대기까지 올라오는 아이에게 모든 기대를 걸겠노라고 유혹하는 듯 보였다. 크리스티나와 마르가레타는 종종 그런 유혹을 느꼈지만 고작 제일 아랫가지에만 올랐을 뿐 더는 용기를 내지 못했다. 하지만 비르 지타는 두려움이 없었다. 끙끙거리며 뚱뚱한 몸을 이끌고 나무를 탔 다. 나무껍질에 긁혀 허벅지 안쪽에 피가 나도 신경쓰지 않고 점점 더 높이 올라갔다. 마르가레타는 쫓아 올라가다 중간쯤에서 그만 두 팔로 나무를 감싸안고 가만히 멈춰 있었다. 크리스티나도 여느 때처럼 간신 히 제일 밑의 가지에 걸터앉고는 약이 올라 목을 쭉 빼고 비르지타와 마르가레타를 올려다봤다.

"조심해!"

크리스티나가 소리쳤다. 하지만 비르지타는 겁이 없었다. 식식거리며 웃고는 두 손으로 머리 위 가지를 움켜잡고 일어섰다. 크리스티나는 눈을 감았다. 비르지타가 중심을 잃기를 바랐는지, 아니면 그럴까 두려웠는지 알 수 없었다. 아니, 내심 그러길 바랐다. 하지만 다시 눈을 떴을 때, 비르지타는 가지 위에 걸터앉아 있었다. 아래로 떨어지지 않았던 것이다.

비르지타는 나무를 잘 탔다. 결국 그것은 엘렌 아줌마가 비르지타를 받아들이는 결정적인 계기가 되었다. 처음 몇 달 동안 아줌마는 비르지타가 무슨 말을 하든, 무슨 짓을 하든 절대로 웃지 않았었다. 아줌마는 비르지타를 보기만 해도 목소리에 날이 섰고 명령조의 말투로 바뀌었다. 그러던 6월의 그날 저녁, 정원에 나와 벚나무에 앉아 있는 세 아이의 모습을 본 아줌마의 얼굴에 환한 미소가 피어올랐다.

"세상에, 비르지타. 나무 타는 실력이 대단하구나!"

아줌마는 안경 너머로 눈을 깜박이며 말했다. 엘렌 아줌마는 들고 있던 쟁반을 허둥지둥 잔디밭에 내려놓았다. 주스잔들이 부딪치는 소리가 들렸다.

"가만히 앉아 있어, 사진기를 가져올 테니."

아줌마는 벚나무와 세 소녀를 사진에 담았다. 그건 아줌마가 확대해서 손수 색을 칠해넣을 만큼 아주 성공적인 사진이었다. 하지만 아줌마 사진사는 색깔을 선택할 때 그만 실수를 하고 말았다. 비르지타의 옷은 장밋빛으로, 크리스티나의 옷은 초록색으로 서로 바꾸어 칠한 것이었다. 그러나 비르지타는 그 실수에 매우 만족스러워했다. 사진을 액자에 넣어 아줌마의 옷장 위에 세워놓던 그 순간부터 비르지타는 장밋빛을 자신의 색깔로 정했다.

"이제부터 장미색은 다 내 거야."

그날 저녁 잠자리에서 비르지타는 이렇게 말했다.

"그러면 노란색은 다 내 거야. 사진에서 나는 노란 옷을 입고 있으니까."

마르가레타가 말했다. 크리스티나는 얼굴을 벽 쪽으로 돌렸다. 크리스티나는 비르지타와 마르가레타의 숨소리만 들어도 그들이 자신의 말을 기다리고 있다는 걸 느낄 수 있었다. 몇 분간 침묵이 흘렀다. 결국 마르가레타는 그 긴장을 견디지 못하고 물었다.

"크리스티나, 너는 초록색이야, 파란색이야? 아니면 빨간색?"

크리스티나는 대답하지 않았다. 그녀는 장미색 말고 좋아하는 색깔이 없었다.

헬레나가 응급실 문가에 서서 크리스티나를 기다린다.

"후베르트손 박사님의 환자 한 분은 다른 날짜로 진료시간을 바꾸었어요. 그래도 나머지 한 환자는 박사님이 보셔야 할 것 같은데······ 박사님 환자까지 합치면 삼십 분은 더 진료를 하셔야겠어요."

"오늘 오후 후베르트손 박사님의 예약 환자가 몇 명이죠?"

"여섯 명인데, 지금 바로 전화를 돌려서 진료시간을 연기하려고 해요."

크리스티나는 서둘러 탈의실로 들어가 겨울 부츠를 벗는다.

"후베르트손 박사님은 어떠신가요?"

"방금 막 검사를 끝냈는데, 당 수치가 다시 높아졌어요. 지금은 주무시고 계시구요."

"좋습니다. 좀더 경과를 기다려야겠군요."

"참, 동생분이 전화를 하셨던데."

크리스티나는 숨이 턱 막힌다.

"내 동생이요?"

"떠나기 전에 작별인사를 하려고 한 모양인데, 제가 여기 상황을 말씀드리니까 스톡홀름에 도착하면 다시 전화하겠다고 하셨어요."

크리스티나는 숨을 내쉰다. 아침에 마르가레타를 '파라다이스'에 두고 출근한 걸 몇 시간 동안 잊고 있었다.

"그리고 후베르트손 박사님께도 안부 전해달라고 하더군요. 두 분 모두 어렸을 적부터 잘 아는 사이라면서……"

헬레나는 얼굴에 미소를 지으며 발걸음을 옮긴다. 크리스티나는 살짝 얼굴을 찡그리며 가운을 잡아당긴다. 마르가레타의 조잘대는 모습이 눈에 훤하다. 예전과 전혀 달라진 게 없다.

"그래요. 맞아요."

"그랬군요. 전혀 몰랐네요."

마르가레타가 후베르트손에게 안부를 전했다는 말을 듣고도 크리스티나는 그다지 놀라지 않는다. 후베르트손은 마르가레타의 첫사랑이었으니 분명 그에 대해 좋은 추억을 갖고 있을 것이다. 정확히 열네 살 되던 해에 마르가레타는 고양이가 애교를 떨듯 엘렌 아줌마의 다리 주변에서 어슬렁거리던 습관을 버렸다. 그 대신 후베르트손이 가까이 오면 음흉한 감정에 사로잡혀 온몸의 신경을 곤두세웠다. 매일 식사시간엔 특히. 후베르트손은 반 년 동안 엘렌 아줌마의 집에서 하숙했지만 그뒤로도 혼자서 살림을 꾸려갈 생각은 접었다.

"또 통조림만 먹었어요. 이러다간 괴혈병에 걸리겠어요."

그는 이렇게 말하면서 엘렌 아줌마의 집에서 하루 한 끼 식사를 해결하는 대가로 다달이 꽤 많은 금액을 주겠노라고 했다. 뿐만 아니라 빨래와 청소까지 해주면, 두 배의 금액을 주겠노라고 말했다.

엘렌 아줌마로서는 망설일 이유가 없었다. 고등학생인 크리스티나와 마르가레타, 룩소르 공장에서 일하는 비르지타와 달리 그녀는 한가했다. 더군다나 돈도 필요했다. 최근에 건물 몇 군데에 문제가 발생했고 부업으로 하는 바느질도 벌이가 예전 같지 않았다. 세 아이의 양육비도 많이 늘어서 더 많은 돈이 필요했다.

한편 후베르트손의 제안을 받아들이려면 몇 가지 투자가 뒤따라야 했다. 명색이 박사님인데 평범한 방수식탁보 위에서 식사하게 할 수는 없는 노릇이다. 결국 아줌마는 린셰핑까지 장을 보러 갔다. 모탈라에는 비올라 그레스텐 디자인 사의 식탁보가 없었다. 비올라 그레스텐 제품이라면 틀림없다는 게 바느질 모임 여자들의 생각이었다. 바느질 모임에서 엘렌 아줌마는 성실하긴 하지만, 조금은 소극적인 회원이었다. 아줌마는 린셰핑에서 부엌 의자를 칠할 라커 한 통과 냅킨 재료, 부엌에 달 새 커튼과 납작한 목재 냅킨용 고리 다섯 개도 샀다.

냅킨에 관해서는 사연이 있었다. 1940년대 그러니까 시 자치단체의 봉사요원이 되기 직전 일 년 동안 엘렌 아줌마는 어떤 건축가 집에서 가정부로 일한 적이 있었는데, 그때 냅킨의 상징적인 의미를 몇 가지 배웠던 것이다. 그 집안 사람들은 현대적인 사고방식을 갖고 있어서 엘렌은 매일 함께 식탁에 앉을 수 있었고 그들처럼 일주일에 한 번 아마포로 된 냅킨을 사용할 수 있었다. 하지만 주인과 가정부의 차이는 아주 미묘한 부분에서 드러났다. 주인집 식구들은 모두 자기만의 냅킨 고리를 가지고 있었지만 엘렌의 냅킨은 고리 없이 사각형으로 접힌 채 접시 위에 놓였다.

엘렌 아줌마의 집에서는 원래 냅킨을 쓰지 않았다. 보통 식사가 끝난 뒤 화장실에 가서 입을 닦았다. 그리고 대부분 깨끗하게 먹었다. 크리스마스와 하지 축제를 비롯한 명절이 되면 아줌마는 얇고 작은 종이 냅킨을 샀지만 그건 어쨌거나 장식용이었다. 이제는 바뀌어야만 했다. 후베르트손은 분명 냅킨과 냅킨 고리를 사용해왔을 것이다. 그런 그가 식탁에서 홀로 냅킨을 이리저리 흔든다면 어떻겠는가?

크리스티나와 엘렌 아줌마는 주말 내내 부엌을 단장했다. 부엌 의자에 사포질을 하고 라커를 칠하고 냅킨 가장자리를 박음질하고 커튼을 달았다. 그러나 비르지타는 가죽재킷의 깃을 빳빳이 세우고 나가 토요일 밤을 즐기느라 정신이 없었다. 그러면서 그렇게 정성을 쏟는 그들의 모습에 콧방귀를 뀌었다. 마르가레타는 부엌 문지방에 서서 자기 생각은 이렇다 저렇다 떠들기만 할 뿐 도울 생각은 하지 않았다. 아줌마는 마르가레타의 간섭에 짜증을 내며 그녀에게 냅킨 고리를 구분할 수 있도록 색색의 면실을 고리에 묶게 했다. 색깔은 마르가레타 마음대로 고를 수 있었다. 물론 비르지타의 것에는 장미색을, 자기 것에는 노란색을, 그리고 크리스티나의 것에는 흰색 면사를, 엘렌 아줌마 것에는 연푸른색을 묶었다. 하지만 후베르트손의 냅킨 고리만큼은 새빨갛고 가느다란 비단끈을 감아 리본 모양으로 매듭을 지었다.

일요일 저녁 후베르트손이 처음으로 점심식사를 하러 엘렌 아줌마의 부엌에 내려왔다. 마르가레타의 뺨은 붉게 달아올랐다.

"당신은 여기 가운데 앉으세요."

마르가레타가 당돌하게 말했다. 그리고 이젠 더이상 무릎을 구부리며 그를 아저씨라고 부르던 어린 소녀가 아님을 보여주고 싶어했다. 후베르트손은 그런 그녀를 유쾌하게 바라보았다. 그는 새로 칠한 의자와, 그것과 대결이라도 하듯 반짝거리는 마르가레타의 눈, 이 둘의 의미를 단박에 알아챘다. 하지만 신선한 양고기 요리에는 전혀 관심이 없었다. 물기 없는 감자, 그리고 완두콩과 당근을 곁들여 시큼하게 구운 고기 요리, 새콤한 젤리와 오이피클이 먹고 싶을 뿐이었다. 그리고 그 화려한 요리 위에 끼얹어 먹을 갈색 양파소스를 원했다. 벌써 한 시간 전부터 집 안 구석구석에는 식초와 안초비, 월계수 잎과 검은 후추가 뒤섞인 맛있는 양파소스 냄새가 진동했다.

그들 다섯은 무릎에 새 냅킨을 펼쳐놓고 엘렌 아줌마의 식탁에 둘러앉았다. 그리고 말없이 음식을 먹었다. 비르지타는 밝은 금발머리를 높이 세워올리고 눈썹을 마스카라로 시커멓게 칠했다. 말 꽁지머리를 한 마르가레타의 뺨은 상기되어 있었다. 크리스티나는 새 안경을 코에 반쯤 걸쳐쓰고 있었고 후베르트손은 곱슬머리가 이마까지 흘러내려와 있었다. 엘렌 아줌마의 뺨도 요리를 하느라 긴장해서 잔뜩 달아올라 있었다. 아줌마는 후베르트손이 세 접시째 음식을 덜어가는 것을 보고서야 긴장을 풀었다.

"죄송합니다. 원래 이렇게 많이 먹지는 않는데…… 오늘 요리는 정말 근사하군요!"

그 말에 모두 웃음보를 터뜨렸다. 비르지타마저도.

그해 비르지타는 유난히 잘 웃지 않았다. 어린애 같은 고집불통 기질은 엄마의 죽음으로 눈물 속에 묻혀버리긴 했지만, 극심한 슬픔이 지나간 뒤에도 보통 사람들과는 달라 보였다. 더이상 소리를 지르거나 닥치는 대로 난리를 치고 다니지는 않았지만 윗입술은 항상 뭔가를 비웃듯 일그러져 있었다.

비르지타는 7학년 2학기의 종반에 접어들면서 굳은 결심을 했다. 그녀는 매일 저녁 부엌 식탁에 앉아서 똑같은 말을 반복했다. 8학년에 진급할 생각은 꿈에도 없어요! 그건 자유였다. 원한다면 자퇴할 수 있었다. 게다가 군나르 아저씨도 룩소르 공장에 일자리를 하나 알아보겠

노라고 약속했다. 엘렌 아줌마가 공장 일은 재미가 없다고 애써 설명
해도 비르지타는 콧방귀만 뀔 뿐이었다. 재미? 대체 재미로 일하는 사
람도 있나? 돈을 벌려고 일하는 거지. 룩소르 공장이라면 열네 살짜리
여자아이도 꽤 많은 돈을 벌 수 있었다. 크리스티나는 비르지타에게
관심을 쏟는 아줌마의 모습을 보고 처음엔 깜짝 놀랐다. 그때부터 아
줌마에게는 저녁에 크리스티나와 마르가레타의 숙제를 검사하는 일
보다 비르지타의 도시락을 준비하는 일이 더 중요해졌다. 크리스티나
는 비르지타보다 생일이 세 달 빠르고 마르가레타는 비르지타보다 겨
우 열한 달 늦긴 했지만, 두 아이는 아직도 소녀티를 벗지 못한 반면
비르지타는 어른이 다 된 것처럼 보였다.

　엘렌 아줌마는 비르지타의 요란스런 치장에 대해 한마디도 하지 않
았다. 비르지타가 청바지 같은 옷을 몸에 딱 붙게 줄여 입고 싶다고 하
면 기꺼이 재봉틀을 꺼냈다. 결국 많은 옷들을 줄이고 줄인 나머지 음
부가 다 드러날 지경이 되었다. 비르지타는 복도 거울에 자신의 모습을
비춰보며 흡족한 미소를 지었다. 빵빵한 가슴, 볼록 솟아오른 엉덩이와
옷 중간쯤에 누구나 알아볼 수 있는 삼각주.

　비르지타는 스프레이를 뿌려 머리를 세우고 손질하는 데 공을 들였
다. 매번 이런저런 최신 헤어스타일을 시도했으나 외출하는 그녀의 모
습은 항상 똑같아 보였다. 마치 거대한 산처럼 부풀린 솜사탕 같은 헤
어스타일과 하얗게 칠한 입술 그리고 검은색 마스카라를 바른 눈썹.
흡사 오토바이 폭주족의 신부 같았다. 물론 정말 폭주족의 신부라면
커브를 제대로 돌 자신이 없을 만큼 소심한 겁쟁이는 아닐 것이다.

　크리스티나는 비르지타를 혐오했다. 출렁이는 흰 살덩이와 항상 반
쯤 내려앉은 눈꺼풀, 이 모든 것이 역겨웠다. 가까이 가면 시큼한 냄새
가 풍겨 입을 열 수조차 없었다. 비르지타가 없어도 그 냄새는 방 안에

진동했다. 당시 크리스티나는 사람들이 싫어질 때였다. 후베르트손은 손가락이, 메기주둥이 스티그는 입이 역겨웠다. 엘렌 아줌마조차 조금은 역겹다는 생각이 들었다. 아침에 아줌마가 잠옷 바람에 모닝가운을 걸치고 식사를 준비할 때면, 부엌 전체에 그녀의 몸냄새가 살짝 풍겼다. 그 냄새는 크리스티나의 습관을 바꾸어버렸다. 크리스티나는 세수를 하고 옷을 입고 머리를 빗고 아침 식탁에 앉아서 아줌마의 냄새가 너무 지독하다 싶으면, 금방 씻은 손을 코에 대고 비누향기를 맡았다. 비누향은 코를 자극했다.

혐오스럽지 않은 건 마르가레타뿐이었다. 비르지타가 마르가레타를 자기처럼 만들려고 했을 때조차 역겹다는 생각은 들지 않았다. 비르지타는 머리를 세울 때 쓰는 빗과 스프레이 통, 립스틱과 마스카라를 들고 야단법석을 떨었지만 마르가레타의 변신은 그리 오래가지 않았다. 삼십 분만 지나면 다시 반쯤 술에 취한 물곰의 모습으로 돌아왔다. 부풀려올린 머리는 밑으로 처졌고 립스틱은 모두 빨아먹은 상태이며 마스카라는 눈 주위에 둥그렇게 번져 있었다. 엘렌 아줌마는 그런 마르가레타를 보고 웃으며 씻으라고 일러주었다. *어휴, 이 바보야!*

때때로 마르가레타는 비르지타를 자신의 모험에 끼워주기도 했다. 토요일 저녁만 되면 둘은 복도 거울 앞에서 서로 밀고 밀치며 법석을 떨었다. 엘렌 아줌마는 부엌 문지방에 서서 그런 그들의 모습을 물끄러미 바라볼 뿐 주의를 주거나 꾸짖는 일도 드물었다. 아줌마는 십대들의 전유물이라고 할 수 있는 새로운 것, 이해할 수 없는 것에 대해 이러쿵저러쿵 얘기할 권리가 없다고 생각하는지 그런 일에서는 한 걸음 뒤로 물러나 있는 사람처럼 보였다.

크리스티나에게 십대들의 생활방식에 흥미를 붙여보란 얘기도 하지 않았다. 그 나이 또래의 전형적인 모습을 암묵적으로 보여준 건 비르지타였다. 하지만 크리스티나에 대한 비르지타의 공공연한 적개심은 그사이 싸늘한 무관심과 경멸로 바뀌어 있었다. 비르지타는 크리스티나를 무시하고 가끔 빈정대며 이러쿵저러쿵 토를 달 때를 제외하곤 절대 말을 거는 법이 없었다. 크리스티나가 뭔가 물어보아도 대답도 제대로 하지 않았다.

게다가 그녀를 바라보는 비르지타의 눈빛은 좀 특별했다. 눈동자가 순간적으로 불안스레 반짝이다가 잠깐 깜박였다. 그 눈빛은 이 쥐며느리야, 난 널 보고 있는 게 아니야! 라고 말하는 듯했다.

그럼에도 불구하고 크리스티나는 비르지타가 무슨 짓을 하고 다니는지 하나부터 열까지 모두 알고 있었다. 마르가레타가 참지 못하고 비르지타가 털어놓은 비밀을 시시콜콜 얘기해주었던 것이다. 매일 아침 등교하는 삼십 분 남짓 동안, 비르지타의 브래지어를 처음으로 더듬은 사내녀석의 이름과, 비르지타의 팬티 속에 손을 밀어넣었던 녀석의 별명을 마르가레타가 귓속말로 알려주었을 때, 크리스티나는 처음엔 두 눈을 반짝이며 웃음을 참지 못했다. 그러나 몇 달이 지나면서 그런 소리를 들어도 별로 웃지 않게 되었다. 그리고 어느 날 아침 공중전화부스의 문을 열고 벽에 휘갈겨쓴 짧은 문구를 본 순간 미소는 완전히 자취를 감추어버렸다. 크리스티나는 안경을 고쳐 쓰고 첫 줄을 큰 소리로 읽었다. 아아, 내가 비르지타의 옷을 입고 있다면……

"쉿!"

마르가레타가 손을 입에 갖다대며 외쳤다. 크리스티나는 눈을 동그랗게 뜨고 마르가레타의 얼굴을 뚫어져라 쳐다보았다. 벽에 씌어 있는 말의 의미를 파악한 마르가레타가 입을 다물어버린 건 당연한 일이었다. 게다가 크리스티나가 그런 불결한 말들을 입에 올리는 것 역시 상상할 수 없는 일이었다.

크리스티나는 떨리는 손으로 가방 안에서 필통을 뒤적거려 가장 좋은 볼펜을 꺼냈다. 한 글자 한 글자 정서할 때만 쓰는 그 볼펜으로 벽의 낙서 위에 쭉쭉 줄을 그었다. 어떤 멍청한 놈이 그런 말도 안 되는 낙서를 해놓았는지, 제대로 글 한번 써보지 못한 놈일 것이다.

마르가레타는 울기 시작했다. 전화부스 벽에 기대어 어린아이처럼 훌쩍이면서 조금씩 바닥으로 미끄러져내렸다. 잔뜩 쉰 목소리로 마르가레타는 그간 있었던 최악의 사건을 술술 털어놓았다.

"토요일날 비르지타가 남자애들 셋과 집단 섹스를 했다는 소문이 학교에 떠돌고 있어…… 하지만 비르지타한테 물어보았더니 너무 취해서 기억이 안 난다고, 아무것도 모르겠다고 하더라구. 그러면서 막 웃는 거야!"

크리스티나는 무시무시한 공포가 확 퍼지는 것을 느꼈다. 그녀는 볼펜을 좀더 꾹꾹 눌러가며 벽에 씌어 있는 그 불결한 문구 위에 한 줄을 더 그었다. 그러나 아무 쓸모 없는 짓이라는 걸 알고 있었다. 이 낙서는 절대 지울 수 없을 것이다. 결코.

이런 확신이 마치 돌멩이처럼 크리스티나의 마음속에 뚝 떨어졌다. 그렇게 되리라는 걸 진작부터 알고 있었다. 이제 때가 온 것이다.

파국이다.

크리스티나가 네번째 환자의 진료를 막 끝내고 나오니 헬레나는 이미 병원 복도에 서 있다.

"후베르트손 박사님은 좀 어떠세요?"

크리스티나는 가라앉은 음성으로 묻는다.

"위험한 고비는 넘기셨어요. 지금 막 방에서 나와 박사님 드릴 버터빵을 몇 개 샀어요. 크리스티나 박사님 것도 샀는데…… 이리 오세요!"

헬레나의 목소리도 가라앉아 있다. 크리스티나는 문 앞에 있는 서류 캐비닛 쪽을 흘낏 본다. 아직 두 명의 환자가 대기실에 앉아 있다.

"내가 진료해야겠죠?"

"물론이죠. 하지만 우선 뭘 좀 드셔야지요. 어서 오세요."

후베르트손은 책상 옆에서 의자를 방 쪽으로 향한 채 컴퓨터를 등지고 앉아 있다. 후베르트손의 모니터 화면보호기를 눈여겨본 적이 한 번도 없었는데 이제 보니 수많은 별이 반짝이는 새까만 우주가 보인다. 크리스티나는 눈썹을 치켜세운다. 후베르트손이 아무하고나 화면보호기를 공유했을 리는 없다. 케르스틴이 그 여자를 후베르트손이 좋아하는 환자라고 한 건 맞는 얘기인 듯하다.

"데시레 요한손을 진찰했어요."

크리스티나는 생각나는 대로 말한다. 하지만 헬레나가 건네준 봉지를 뒤적이느라 정신이 없는 후베르트손은 아무 반응이 없다. 햄샌드위치는 입맛에 맞는 것 같은데 생수를 마셔보고는 뭐라 투덜거리며 입을 비죽거린다.

"생수 대신 도수 낮은 맥주 좀 사다줄 수 있어요?"

그가 묻는다. 헬레나는 반항적인 꼬마를 대하듯 너그러운 미소를 지어 보인다.

"안 돼요. 맥주는 아직 안 돼요."

"그러면 커피 한 잔쯤은 괜찮죠?"

"갖다드릴게요."

헬레나는 행복한 미소를 지으며 문 밖으로 나간다. 크리스티나는 조소 섞인 웃음을 숨기기 위해 빵을 한입 베어문다. 이 일을 해오면서 남자 의사에게 알랑거리는 간호사들을 수도 없이 봐왔다. 그럴 때마다 곤혹스럽다. 하지만 헬레나에게 굳이 화를 낼 이유는 없다. 헬레나는 여의사들에게 병원 차트와 서류를 찾아주는 일은 거부하면서, 남자 의사들을 돕는 일이라면 발 벗고 나서는 그런 간호사들과는 다르기 때문이다. 다만 후베르트손을 대하는 그녀의 태도는 정말 어처구니가 없다.

후베르트손 또한 헬레나의 호의적인 행동을 당연하게 받아들이는 것 같다. 의자에 등을 기대고 앉아 생수를 한 모금 마시는 그의 표정이 무척 흡족해 보인다.

"기분이 어때요?"

크리스티나가 묻는다. 그는 약간 삐딱하게 웃으며 생수병을 내려놓는다.

"괜찮아요. 꼭 열일곱 소년이 된 기분이에요."

크리스티나가 코를 찡긋한다.

"엄청 망가진 열일곱 소년……?"

그가 킥킥거리며 화제를 바꾼다.

"마르가레타가 전화로 안부 전했다는 얘기 들었어요. 여기엔 얼마나 있었던 거죠?"

크리스티나는 물을 한 모금 마시며 즉답을 피한다. 최근 몇 달 동안 후베르트손은 마르가레타, 비르지타, 엘렌 아줌마에 대한 얘기를 꺼낼 수 없었다. 그래서 기회다 싶으면 화제를 그쪽으로 돌렸다. 다분히 의도적이다. 그것이 크리스티나를 화나게 한다는 것도 잘 알고 있다.

"마르가레타는 떠났어요."

크리스티나는 짧게 대답한다.

"여행중에 잠간 들른 거였어요. 그건 그렇고 얘기했다시피, 시설에 있는 당신 환자 데시레 요한손을 봤어요. 1조장 케르스틴이 스테솔리드 십 밀리그램짜리 네 알을 먹였다고 하던데……"

그러나 후베르트손은 전혀 듣지 않은 채 미동도 없이 창밖을 내다
보고 있다. 크리스티나는 그의 눈길을 좇는다. 창밖 벤치 위에 새 한
마리가 앉아 있다. 갈매기이다. 우아한 몸짓으로 노란 다리 한쪽을 앞
으로 내밀고는 하얀 머리를 숙이며 후베르트손을 뚫어져라 쳐다본다.
그리고 아주 천천히 양 날개를 활짝 편다. 창문 아랫부분을 거의 다 가
릴 정도로 큰 회백색 날개이다. 마치 인사를 하는 것 같다. 아니 경의
를 담은 인사 그 이상으로 보인다.

"아니, 저런……"

크리스티나의 목소리가 유리창을 뚫고 나간 모양이다. 새가 움찔하
더니 날아가버린다. 크리스티나도 일어서서 창가로 다가가 주차장을
지나 비상하는 갈매기의 모습을 눈으로 좇으며 말한다.

"어제 너무 이상한 일이 있어서…… 갈매기는 철새 아닌가요?"

"모든 갈매기가 그런 건 아니에요. 일부는 여기서 겨울을 나죠. 그
런데 그건 왜요?"

헬레나는 설명하면서 커피와 알약을 후베르트손의 책상 위에 놓는
다. 크리스티나는 후베르트손을 힐끔 본다. 이제야 몸을 움직여 의자
를 반쯤 돌려놓고 커피잔에 손을 뻗는다.

"좀전에 갈매기 한 마리가 저기 앉아서 아주 이상한 몸짓을 했어요.
어제는 우리집 정원에 갈매기 한 마리가 죽어 있었는데……"

후베르트손은 커피잔을 막 입으로 가져가려다 말고 멈춘다.

"정말?"

"네. 목이 부러졌더라구요. 에릭은 벽에 부딪혀서 그런 거라고 하던
데……"

헬레나가 박장대소한다.

"어쩌면 전염병에 감염된 갈매기일 수도 있죠. 동물학자에게 신고

해야 할지도 몰라요."

후베르트손의 얼굴이 미심쩍다는 듯 굳어진다. 헬레나는 보지 못했으나 크리스티나는 감지한다. 이상하게도 그 모습이 엘렌 아줌마와 닮아 있다. 며칠을 망설이다가 결국 비르지타에 대한 소문을 실토했을 때 아줌마가 지었던 표정과 똑같다. 그 다음날 거실 바닥에 쓰러져 더 이상 움직이지도, 말하지도 못하던 아줌마의 창백한 얼굴과 아주 흡사해 보인다.

"아이들은 청소년국에서 보호하겠습니다."

메기주둥이 스티그가 이런 쪽지를 후베르트손의 방문에 압정으로 붙였다. 세 명 모두 엘렌 아줌마네 집 복도에 창백한 얼굴로 말없이 서 있었다. 부엌 레인지 위에서 양배추고기말이가 냄새를 솔솔 풍기고 식탁 위에는 이미 점심식사가 차려져 있었지만, 아무도 식탁을 치우고 양배추 요리를 냉장고에 넣을 생각을 하지 못했다.

"너희들 필요한 거 모두 챙겼니? 칫솔, 잠옷, 교과서, 빠뜨린 거 없어?"

스티그가 명령하듯 물었다. 아무도 대답하지 않았다. 마르가레타만 소리 없이 고개를 끄덕였다.

밖에는 올겨울 첫눈이 내리고 잿빛 어스름이 내려앉아 정원을 흑백사진으로 바꾸어놓고 있었다.

스티그는 대문을 잠그면서 말했다.

"이제 너희들은 나와 함께 가는 거야. 얼마나 걸릴지 모르지만 결정이 나려면 며칠은 기다려야 될 거다."

비테는 신축한 집의 어둡고 작은 지하공간을 아이들을 위한 파티실로 꾸며주었다. 스티그는 해초 무늬의 초록색 벽지로 도배를 했다. 비테는 뢰르슈트란드 사에서 나온 파란색 달력 접시를 일렬로 늘어놓았다. 그녀는 비르지타가 팔을 높이 들어 재킷을 벗는 걸 가만히 보다가 짜증스러운 목소리로 말했다.

"이 접시세트 굉장히 비싼 거야. 그러니까 깨뜨리지 말고 얌전히 지내."

점심식사를 하려 했지만 부엌 식탁은 좁았다. 십대들답게 손이 크고 다리가 긴 비테의 사내아이들은 자리를 많이 차지했다. 거의 그녀 혼자 돌보기 때문에 비테의 사내아이들이라고 불렀다. 크리스티나와 마르가레타가 식탁 한쪽에 바짝 붙어 앉고, 비르지타와 비테는 다른 한쪽에 바짝 붙어 앉는 수밖에 없었다. 비테와 스티그는 얘기하느라 정신이 없었다.

비테가 우유 한 모금을 마시고는 고개를 내저으며 묻는다.

"엘렌은 린셰핑으로 후송된 거야? 그렇다면 꽤 심각한 상태라는 얘기인데……"

스티그는 크리스티나를 흘끗 쳐다보면서 말한다.

"글쎄…… 그렇다고 위독한 상황을 미리 걱정할 필요는 없을 것 같아. 린셰핑 병원 의료진은 최고 권위자들이거든. 그 분야의 전문가들이지. 여기 모탈라 의사들보다 엘렌을 훨씬 빨리 낫게 해줄 거야."

비테는 미심쩍다는 듯 머리를 흔들었다.

"뇌출혈이라……"

스티그는 쿵 소리를 내며 우유잔을 탁자에 내려놓았다.

"정말 뇌출혈인지는 아직 확실치 않아."

"하지만 후베르트손도 그렇게 말하지 않았나?"

"후베르트손이라고!"

스티그는 무시하듯 버럭 소리를 지르며 손바닥으로 입을 훔쳤다.

삼 주 후 어느 일요일, 스티그는 새로 산 승용차 볼보 아마존의 문을 열고 아이들에게 서두르라고 소리쳤다. 크리스티나는 뒷좌석으로 기어들어가 엘렌 아줌마의 커다란 히비스커스 화분을 조심스럽게 다리 사이에 놓았다. 이곳에 온 지 일주일 후 꽃에 물을 주고 먼지를 닦아주려고 엘렌 아줌마의 집에 가보니, 그 히비스커스는 완전히 말라서 잎이 많이 떨어져 있었다. 하지만 지금은 다시 살아나 꽃봉오리 세 개가 탐스럽게 맺혔다. 크리스티나는 꽃이 피어나면 린셰핑에 누워 있는 엘렌 아줌마에게 보여주고 싶었다. 마르가레타는 벚나무에 앉아 찍은 사진이 든 액자를 배에 대고 옆에 앉아 있었다. 조수석에 앉은 비르기타의 손엔 아무것도 들려 있지 않았다.

그들은 서로 아무 말도 하지 않았다. 지난주에는 거의 한마디도 나누지 않았다. 마르가레타조차 크리스티나와 함께 가는 아침 등굣길에도, 저녁에도 입을 열지 않았다. 예전처럼 책을 읽지도 않았다. 꼭 해야 하는 작문이나 계산 숙제를 할 때면, 지하 파티실로 내려가 매트리스에 누워 천장만 바라볼 뿐이었다.

크리스티나는 예전보다 활달해졌다. 일주일이 지나고부터 매일 엘렌 아줌마의 집에 가서 우편물을 수거해 분류했고, 꽃에 물을 주고 먼지를 닦았다. 가끔 한 번씩 진공청소기를 돌리기도 했는데 꼭 필요해서 그랬다기보다는 시끄러운 청소기 소리를 들으면 마음이 안정되기 때문이었다. 이층에 사는 후베르트손에게 올라가는 일은 없었다. 그에게 온 우편물은 제일 아래 계단에 가만히 내려놓고, 등뒤로 소리나지 않게 문을 닫았다.

비르기타는 크리스티나와 마주치는 일이 거의 없었다. 이른 아침이면 공장에 출근했고 오후에 식사를 하러 집에 오는 일도 없었다. 하지만 크리스티나는 매일 밤 비르지타가 닳아빠진 신발을 손에 들고 파티실 계단을 내려올 때마다 잠에서 깼다. 크리스티나는 비테의 사내아이들이 비르지타의 존재를 불쾌하게 여기고 있음을 직감했다. 사내아이들의 실없는 미소와 음흉한 눈빛은 키엘레가 같은 반 친구에게서 그 불결하고 추잡한 소문을 귓속말로 전해들은 날 이후로 싹 사라졌다. 그 추잡한 소문은 모탈라 시 전역으로 퍼졌다. 바람을 타고 삽시간에 퍼져나갔다.

스티그는 린셰핑 시립병원 앞에서 세 아이가 차에서 하나씩 기어내리는 모습을 가만히 쳐다보았다.

"모두 괜찮나?"

그가 군대식으로 물었다. 마르가레타는 고개를 끄덕였고 크리스티나는 속삭이듯 "예"라고 말했다. 하지만 비르지타는 갑자기 한 걸음 뒤로 물러섰다.

"난 싫어요."

그녀가 말했다.

"바보 같은 짓에 시간 낭비하고 싶지 않다."

스티그는 이렇게 말하며 자동차 문을 힘껏 닫았다. 비르지타가 고개를 가로젓자 부풀려세운 머리가 흔들렸다.

"그래도 난 싫어요."

스티그는 비르지타의 팔뚝을 잡았다. 그의 목소리가 더 낮게 깔렸다.

"이제 바보짓은 집어치워!"

순식간에 비르지타가 팔을 뿌리쳤다. 그 힘이 어찌나 셌던지 밝은 금발 앞머리에 비스듬히 꽂은 머리핀이 아스팔트 위로 떨어졌다. 비르지타는 몸을 돌려 냅다 달리기 시작했다. 꼭 끼는 옷과 굽 높은 신발을 신은 채로 최대한 빨리. 주차장을 반쯤 가로질러 달리다가 갑자기 몸을 휙 돌리고 날카로운 목소리로 소리를 질렀다.

"난 싫다고 했잖아! 그렇게 못 알아듣겠어, 이 더러운 새끼야!"

스티그는 어깨를 움찔하며 자동차 열쇠를 주머니에 쑤셔넣었다.

"갈 테면 가라지. 이 날라리!"

"꼭 해적 같아."

마르가레타는 이렇게 말하며 울다가 웃었다. 엘렌 아줌마는 미소를 지어 보였지만 표정은 일그러져 있었다. 낯선 표정이었다. 그러면서 오른쪽 눈을 가린 검은 안대에 부들부들 떨리는 왼손을 갖다댔다.

옆 침대에 누운 여자가 말했다.

"이 아줌마는 눈꺼풀이 감기지 않는단다. 그래서 눈이 건조해지지 않도록 안대를 하고 있는 거야."

그 순간 크리스티나는 이 여자가 십 년 전 자신의 병실 침대 옆에 은근슬쩍 들어왔던 그 여자가 아닐까 하는 생각이 들었다. 크리스티나는 고개를 돌리고 적의에 찬 시선으로 노려보았다. 그러자 여자는 곧 침대에서 일어나 허둥지둥 나갔다. 물론 그녀는 예전의 그 여자가 아니었지만 제 발로 나가준 건 다행이었다. 병실엔 호기심 어린 눈으로 쳐다보는 여자가 넷이나 더 있었으니까.

엘렌 아줌마는 말을 하지 못했다. 말을 하려 해도 입술에 침만 흥건히 고일 뿐이었다. 크리스티나와 마르가레타는 그런 아줌마를 이해했다. 마르가레타는 뺨을 손으로 괴고 침대 가장자리에 걸터앉았고, 크리스티나는 침대 머리맡에서 베개를 베고 아줌마 곁에 바짝 붙어 누웠다.

아무도 입을 열지 않았다. 더이상 할말이 없었다.

그날 저녁 세 소녀가 스티그의 집 거실에 모였다. 스티그는 셔츠 소매를 걷어올린 채 식탁 옆에 서 있었고, 소녀들은 꽃무늬 소파에 나란히 앉아 있었다. 크리스티나는 왼쪽, 비르지타는 오른쪽, 이들의 완충 역할을 하는 마르가레타는 가운데 앉아 있었다. 스티그는 아이들과 눈을 마주치지 못하고 청소년국에서 보내온 탁자 위의 하얀 서류 세 뭉치에 시선을 고정한 채, 한참 동안 셔츠 앞주머니를 뒤져 담배를 꺼냈다. 담배 한 개비를 꺼내 불을 붙이기까지는 상당한 시간이 걸렸다.

드디어 스티그가 말문을 열며 담배연기를 내뿜었다.

"자, 엘렌 아줌마의 상태를 보았으니 너희들도 아마 짐작하고 있겠지."

잠깐 말을 멈추었지만, 여전히 시선은 탁자에 고정되어 있었다.

"그러니까, 이렇게 하자. 청소년국에서는 비르지타에겐 작은 방 한 칸을 마련해주고 마르가레타에게는 새로운 양부모를 주선하기로 결정했어. 그리고 크리스티나는 노르셰핑에 사는 친엄마에게 가게 될 거야."

몇 시간 후 은백색 늦겨울이 오후의 장밋빛 비단으로 바뀔 무렵, 크리스티나는 낡은 외투에 서류가방을 든 채 주차장을 가로질러가는 후베르트손을 발견했다. 외투를 걸친 것으로 보아 헬레나가 퇴근을 권유해 집으로 돌아가는 길인 모양이다. 하지만 자신의 오래된 볼보 승용차 쪽으로는 가지 않는다……

　크리스티나는 시계를 본다. 아무리 서둘러도 진료는 항상 정해진 시간을 넘긴다. 다음 환자는 1958년생. 좋다. 보통 이 또래의 남자들은 유독 허세가 없다.

　대기실로 가 환자를 부르려고 자리에서 일어서면서 다시 한번 창밖을 힐끗 내다본다. 가만히 서 있는 후베르트손의 모습이 보인다. 응급실 쪽을 바라보며 누군가와 이야기를 나누고 있는 것 같다. 크리스티나는 미소를 짓는다. 아마 창문으로 후베르트손의 퇴근을 감시하던 헬레나가 왜 곧장 차를 타지 않는지 잔소리를 했을 것이다……

하지만 후베르트손은 별 상관하고 싶지 않은 모양이다. 숱 많은 눈썹을 치켜세우며 뭐라고 말하더니 곧바로 방향을 바꿔 시설로 향한다. 간호사실 창문이 쿵 소리를 내며 닫힌다. 후베르트손도 그 소리를 들은 모양인지 거부하듯 서류가방을 흔들어 보인다.

크리스티나는 그런 몸짓을 예전에 한 번 본 적이 있다. 지금으로부터 삼십 년 전에.

그날은 스웨덴의 모든 가게가 문을 닫고 모든 사람들이 집으로 돌아간 어느 적막한 토요일 오후였다. 축축한 황혼이 노르셰핑을 무겁게 내리눌렀고 거무스레한 건물 정면의 노란 유리창이 서서히 빛을 발하고 있었다. 거리의 가로등은 희뿌윰하게 빛났다.

크리스티나는 등뒤로 병원 문을 닫고 그 자리에 가만히 서 있었다. 층계 위에 서서 천천히 장갑을 끼었다. 서두르지 않았다. 그녀는 주말 근무를 끝내고 집으로 돌아갈 때 절대로 서두르는 법이 없었다.

더플코트 소매와 장갑 사이는 약간 벌어져 있었다. 노르셰핑으로 오고 난 뒤 키가 몇 센티미터 더 자란 것이다. 옷은 대부분 꽉 끼고 해져 있었다. 특히 속옷이 심했다. 체육 시간 이전에 반 전체가 옷을 갈아입을 때면, 크리스티나는 항상 문 뒤로 가서 숨었다. 그래서 아이들은 크리스티나의 구멍 난 팬티와 완전히 회색으로 변한 딱 하나뿐인 브래지어를 보지 못했다.

아스트리드에게 새 옷을 사게 돈을 달라고 말할 생각은 꿈에도 없었다. 그 대신 매달 아르바이트 급료에서 이십 크로네를 따로 떼내어, 십 크로네짜리 지폐 두 장을 수학책 겉표지 밑에 숨겨두었다. 새 더플코트를 사기까지는 꽤 많은 시간이 걸렸지만 그런대로 괜찮았다. 아스트리드가 새 옷을 복도에서 발견하는 날 어떤 반응을 보일지는 예측할 수조차 없었지만. 그때까지는 장갑의 손목 부분을 잡아당기거나 아니면 두 손을 코트 주머니에 깊숙이 쑤셔넣는 수밖에 없다. 하지만 브래지어와 새 팬티 몇 장은 바로 다음주에 사도 괜찮을 것이다. 아스트리드가 그것까지 눈치챌 리는 없을 테니까.

크리스티나는 가랑비에 머리가 젖지 않도록 모자를 덮어쓰고 고개를 숙인 채 매끄러운 아스팔트 위를 미끄러지듯 걷다가 쇠드라 산책로에 이르러서야 발길을 멈추고 고개를 들었다. 전차가 정거장에 섰다. 크리스티나는 차표를 사야 할지 잠시 고민했다. 아니다. 차표는 너무 비싸다. 그리고 전차를 타면 너무 빨리 도착할 것이다. 걸어서 가면 집까지 족히 한 시간은 걸릴 것이다.

바로 그때 그의 모습이 보였다. 그를 알아보기까지 시간이 좀 걸렸다. 그 잠깐 동안 크리스티나는 누구한테 한 대 얻어맞은 것마냥 온 세상이 약간 비스듬히 기울어 보였다. 온몸이 환호로 차올랐다. 그 사람이다! 정말 그가 노르셰핑의 병원 앞 전차에서 내리고 있었다.

"후베르트손! 후베르트손!"

크리스티나는 버럭 고함을 질렀다. 후베르트손은 눈길 둘 곳을 찾지 못하고 크리스티나를 미끄러지듯 지나쳤다. 순간 그의 모습은 길을 잃고 헤매다 별 도리 없이 앞을 향해 걸어가는 사람처럼 보였다. 크리스티나는 극심한 공포에 사로잡혔다. 더 생각해볼 겨를도 없이 달려가 그의 팔을 잡았다.

"나 모르시겠어요? 나예요. 크리스티나!"

그는 한 걸음 물러서서 그녀를 바라보았다.

"아, 그래. 너구나."

크리스티나의 음성은 완전히 바뀌어 있었다.

"엘렌 아줌마는 어때요?"

후베르트손의 얼굴이 살짝 일그러졌다.

"별 차도 없이 그냥 그래."

"아줌마가 내 편지는 받으셨나요?"

"응."

"계속 요양원에 계셔야 해요?"

"요양원 측이 어떻게 생각하는지는 모르겠다만, 내 생각에는 계속 거기에 계셔야 할 거야."

"문병하러 가는 건 괜찮죠?"

"물론. 그건 그렇고 너는 잘 지내니?"

크리스티나는 어깨를 움찔했다.

"그래, 그래, 알았어."

잠시 둘 사이에 침묵이 흘렀다. 후베르트손은 헛기침을 하며 어쩔 줄 몰라했다.

"내가 좀 바빠서, 직장 동료와 약속이 있거든…… 그럼 잘 지내."

크리스티나는 고개를 끄덕였다. 환호성은 사라졌다. 그녀는 실망의 작은 웅덩이 안에서 꼼짝도 않고 서 있었다. 후베르트손이 크리스티나와 과거를 연결시켜주던 마지막 남은 가느다란 은색 실을 무심히 끊어버린 기분이었다. 하지만 다시 이을 수 있을 것이다. 속옷을 새로 사지 않는다면. 그렇게 생각하자 다시 기운이 났다.

"후베르트손!"

후베르트손은 계속 길을 가며 고개를 돌렸다.

"바드스테나까지 차비가 얼마죠?"

"삼십이 크로네!"

후베르트손은 몇 걸음 뒷걸음치며 대답한 뒤 다시 몸을 돌리고 서류가방을 들어 보이는 것으로 마지막 인사를 대신했다.

모든 일은 크리스티나의 존재를 무시한 채 진행되었다.

그렇다고 새로운 사건이 일어나는 것도 아니었다. 노르셰핑으로 온 뒤로 꼭 유리인형이 된 것 같았다. 사람들이 크리스티나의 얼굴을 바라보는 경우는 우연히 부딪혔을 때 정도가 고작이었다. 그녀와 말을 하는 사람은 학교 선생님들을 제외하고 단 세 사람뿐이었다. 아스트리드와 마르가레타, 그리고 엘시에 간호사.

엘시에는 크리스티나를 정말 좋아하는 것처럼 보였다. 토요일 오후면 항상 커피를 마시면서 지난 수학시험의 점수를 물었다. 크리스티나가 좋은 점수를 보여주면 이중턱을 만들면서 흡족한 표정으로 고개를 끄덕였다.

하지만 엘시에가 항상 만족한 것은 아니었다. 가끔 크리스티나의 턱을 잡고 얼굴을 빤히 쳐다보았다. 먹는 건 잘 먹니? 잠은 충분히 자고? 건강한 아이는 볼이 붉고 눈 밑에 그늘이 없어야 한단다. 일하면서 학교에 다닌다는 건 대단한 일이야. 네 엄마에게도 분명 큰 도움이 될 거야. 하지만 정말 다 해낼 수 있겠니? 차라리 주말에는 맑은 공기를 마시면서 충분히 쉬는 편이 낫지 않겠어?

크리스티나는 엘시에가 턱을 만질 때마다 부끄러움을 느꼈다. 창백한 얼굴이 꼭 거짓말을 하는 것처럼 보였다. 하지만 일은 크리스티나가 기분전환을 할 수 있는 유일한 수단이었다. 병원에서는 간섭받을 필요가 없었다. 여기서는 무릎을 굽혀 인사하고 지시받은 일을 얌전하게 처리하기만 하면 되었다. 하지만 물론 그런 이야기를 할 수는 없었다.

또한 엘시에만 보면 마음이 편해진다는 말도 할 수 없었다. 그녀의 음성을 듣고, 통통한 몸에서 풍기는 장미향수와 비누향을 맡고 있을 때면 목 근육의 긴장이 풀리곤 했다. 엘시에는 연푸른 간호사복 안에 코르셋을 받쳐입었다. 부드럽지만 흐트러짐이 없는 그녀는 크리스티나가 기꺼이 닮고 싶은 모습이었다. 하지만 크리스티나는 그 바람과는 반대로 날이 갈수록 조금씩 얼음조각상을 닮아갔다. 겉으로 보기엔 단단히 얼어 있는 것 같지만 속으로는 질척대며 물이 흐르는 얼음조각상.

크리스티나는 가끔 머릿속으로 엘시에 간호사가 자기 집으로 이사오라고 말하는 장면을 그려보았다. 쇠드라 산책로에 늘어선 영국식 연립주택에 사는 자신의 모습이 보인다. 장미 무늬 벽지를 바른 자기만의 방에서 매일 저녁 18세기에 만든 작은 숙녀용 갈색 책상에 앉아 숙제를 하는 동안 엘시에는 부엌에서 저녁 차를 준비할 것이다. 그러고나서 아담한 거실에 나란히 앉아 라디오를 듣는다…… 물론 엘시에가 그런 말을 한 적은 한 번도 없었다. 크리스티나는 엄마와 함께 살고 있다. 그리고 다른 여고생들처럼 당연히 앞으로도 엄마와 같이 살아야 할 것이다.

한번은 다른 간호사에게서 하게뷔 지역에 대한 얘기를 듣고 혐오감에 어쩔 줄 몰라하며 고개를 젓는 엘시에를 본 적이 있었다. 그날부터 크리스티나는 병원에 들어서기 전엔 항상 고무장화를 철저하게 검사했다. 신발 가장자리에 묻은 진흙 부스러기도 용납할 수 없었다. 진흙 묻은 신발은 노르셰핑의 신시가지 주민임을 공표하는 것이기 때문이다. 첫 세입자가 이주한 뒤 일 년이 지났는데도 그 지역은 여태껏 흙투성이 건축현장이나 마찬가지였다.

아스트리드는 그곳의 첫 입주자들 가운데 하나였다. 아파트 청약 명단에 이름을 올려놓고 몇 년을 기다리다 결국 회색 콘크리트 아파트 제일 꼭대기층에 방 두 개짜리 거처를 마련하게 되었던 것이다. 그녀는 일 년이 지나서도 매일같이 새 아파트를 침이 마르도록 칭찬했지만, 그전에 살았던 철거주택에 대해서는 심하다 싶을 만큼 저주를 퍼붓고 험담을 늘어놓았다. 집에 있는 동안 크리스티나는 아파트나 흙투성이 주변환경에 대한 비판은 일절 얘기하지 않으려고 안간힘을 썼다. 집 밖에서는 자신이 사는 곳에 대한 얘기가 은연중에라도 나오지 않도록 주의했다. 사실 지금까지 주소를 묻는 사람이 하나도 없었기 때문에 들킬 위험은 전혀 없었다.

크리스티나는 학교 친구가 없었다. 그것은 자연스러운 일이었다. 다른 아이들은 여러 해 전부터 알고 지내온 사이였고 크리스티나는 전학생이었다. 게다가 너무 피곤해서 친구를 사귈 시간도 없었다. 쉬는 시간엔 항상 교과서를 들고 운동장으로 나갔다가, 다음 시간 준비를 위해 들어왔다. 복도에는 그녀같이 창백한 얼굴의 아이들이 있었지만, 말을 붙이는 건 너무 큰 용기를 필요로 했다.

마르가레타는 첫 크리스마스 방학이 끝난 뒤에야 나타났다. 그녀는 운동장에 있던 크리스티나를 향해 정신없이 달려왔다. 어찌나 빨랐던지 어느새 눈앞에 와서 한바탕 수다를 쏟아놓는 바람에 크리스티나는 놀랄 겨를도 없었다. 엘렌 아줌마가 후베르트손이 있는 바드스테나의 요양원으로 가신 거 알고 있니? 난 여기 노르셰핑의 새 양부모에게 오기 전 주 바드스테나에 있을 때 아줌마를 찾아갔었거든. 이제 난 무남독녀 외동딸이야. 방도 혼자 쓰고 옷도 엄청 많단다. 언제 한번 우리집에 초대할 테니 내가 어떻게 사는지 보러 오지 않을래? 크리스티나가 미처 대답하기 전에 수업종이 울렸다. 그리고 그다음에 마르가레타를 보았을 땐, 아이들이 곧잘 담배를 피우는 운동장 모퉁이에서 2학년 남학생 하나와 시시덕거리고 있었다. 마르가레타는 다시는 초대란 말을 입에 올리지 않았다. 복도에서 우연히 마주쳐도 몇 마디 짧은 대화만 나눌 뿐이었다. 그들에겐 공통의 화젯거리가 없었다. 그건 아마도 크리스티나는 많은 부분에 대해 침묵해야 했던 반면, 마르가레타는 전형적인 십대로 완벽하게 변신하느라 정신이 없었기 때문일 것이다. 단한 달 만에 마르가레타는 패션잡지 최신호에서 튀어나온 듯한 모습으로 변해 있었다. 바로 몇 해 전에 오토바이 폭주족의 신부 같았던 마르가레타의 모습은 떠올리기조차 힘들었다. 이제 최신 유행 단발머리에, 무릎까지 내려오는 숄을 두르고 있었다. 최첨단 유행을 좇는 여인의 모습이었다. 그에 비하면 크리스티나는 아무것도 아니었다. 기껏해야 성공을 꿈꾸는 출세주의자일 뿐이었다.

아스트리드와 살게 된 지 일주일 만에 크리스티나는 세 가지 결심을 했다. 첫째, 무슨 일이 있어도 고등학교는 졸업한다. 둘째, 과거의 일에 연연하지 않는다. 셋째, 절대로 울지 않는다.

세번째 결심은 앞의 두 가지를 위한 전제조건이었다. 그래서 가장 지키기 힘들었다. 가끔은 자신이 학교에서 배운 파블로프의 개가 되어가고 있다는 생각이 들었다. 특별히 슬프다는 느낌 없이 대부분의 시간을 그저 무감각하게 보내다가도, 매일 오후 아스트리드의 아파트 문에 열쇠를 꽂을 때면 어느새 눈물이 가득 고였다. 마치 몸에 눈물기계가 장착된 느낌이었다. 문을 닫으면 그녀의 몸은 흐느낌에 들썩였고 눈물이 주르르 흘렀다. 저절로 벌어진 입에서는 알아들을 수 없는 울부짖음이 새나왔다. 더플코트를 옷걸이에 걸어놓으면서 진정하려고 애써봐도 아무 소용이 없었다. 마치 자신이 몸 밖으로 떨어져나온 느낌이 들었다. 두 손으로 코트를 만지작거리다 그만 바닥으로 떨어뜨리고 말았다. 침착하고 능숙하게 허리를 굽혀 외투를 집어들었다. 그러는 동안에도 입은 쉴새없이 울부짖고 고함 지르고 탄식하고 신음했다.

"너는 뭐라고 그렇게 중얼거리는 거니? 왜 조용히 있지 못하는 거야?"

눈물기계가 잔소리를 했다. 뭐라고 대답한단 말인가? 아무 말도 할 수 없다. 한번 일어난 일은 돌이킬 수 없는 법이다.

눈물은 시작했을 때와 마찬가지로 뭐라 설명할 수 없이 급작스럽게 멈췄다. 흐느끼던 눈물기계도 멈춰 섰다. 크리스티나는 훌쩍이며 숨을 몰아쉬고는 시계를 보았다. 눈물기계는 늘 정확했다. 이십 분 후면 아스트리드가 돌아올 것이다. 크리스티나는 얼굴을 찬물로 씻고 감자를 깠다. 갈색 감자는 그녀의 손에서 순서대로 하얗게 벗겨졌다. 크리스티나는 더이상 흐느껴 울지 않겠다고 마음속으로 다짐했다. 반드시 그래야만 했다. 수학의 숫자처럼 논리적이고 무조건적인 것이었다. 울음을 그치지 않으면 숙제를 제대로 하지 못할 것이고, 숙제를 하지 못하면 성적이 떨어질 것이고, 성적이 떨어지면 아스트리드는 학교를 그만두라고 닦달할 것이다. 그게 끝이 아니다. 아마 그다음엔 방직 공장에 다니라고 강요할 것이다. 무슨 일이 벌어지든 상관없다. 하지만 그것만은 안 된다.

크리스티나가 노르셰핑에 온 지 한 달 만에, 그러니까 첫 크리스마스 방학 때 아스트리드는 방직공장에 일자리를 주선해주었다. 아스트리드는 그걸 일종의 특혜라고 말했다. 자신이 작업반장과 동료들에게서 좋은 평판을 얻고 있기 때문에 그 딸도 남들이 모두 탐내는 아르바이트 자리를 얻을 수 있었다는 것이다. 그것이 실을 짜는 일이든 뭐든.

공장은 아스트리드의 활동영역이었다. 매일 오후 일터에서 집으로 돌아오면, 식탁 의자에 털썩 주저앉아 부어오른 다리를 문지르면서 직장에서 일어났던 아주 사소한 일까지 일일이 이야기했다. 거만하고 떠벌리기 좋아하는 원단창고 인부들이 여직공들보다 임금을 이십오 외레나 더 달라고 했다지 뭐니. 그리고 한 멍청한 핀란드 출신 일꾼은 원사(原絲)창고 문짝에 다리가 끼었어. 뭐 워낙 바보 같은 녀석이니, 그럴 만도 해. 비르깃은 이제 겨우 서른넷인데 글쎄 할머니가 된다더라. 하지만 그리 놀랄 건 없지. 그들 모녀는 항상 바람기가 철철 넘쳤으니까. 마우트와 몬칸은 직접 목격한 적도 있대.

마우트와 비르깃, 몬칸과 바브로라는 이름이 스치듯 지나갔다. 크리스티나는 그 이름의 주인들을 알지 못했다. 하지만 아스트리드의 이야기를 가만히 듣고 있으면 공장의 모습이 머릿속에 바로바로 그려졌다. 스웨덴 전역에서도 가장 현대화된 방직공장이었다. 여기저기에 미끈한 쇳덩어리들이 번쩍거리고, 바닥 전체는 기계에 필요한 목재 쪽마루로 되어 있다. 물론 반짝반짝 빛이 난다. 거대한 직조실 안의 직조기들은 완전 자동이므로 늘 직원이 붙어 있을 필요는 없다.

하지만 현실은 따귀를 맞는 것과 같다. 크리스티나는 크리스마스 방학 동안 직조실 청소를 맡았다. 어느 날 작업반장이 직조실 문을 열었을 때 크리스티나는 말 그대로 누구한테 따귀를 얻어맞는 느낌이 들었다. 직조실 안은 무척 어두웠다! 그리고 너무 불쾌했다! 기계들은 담녹색 메뚜기 색깔이었고 바닥 쪽마루는 폭격이라도 맞은 듯 낡고 부서져 있었다. 하지만 그 정도는 참을 만했다. 가장 참기 힘든 것은 둔탁하게 울리는 굉음이었다. 그 소리는 공장 문을 열고 들어섰을 때부터 뒤편 어디에선가 가만히 숨어 기다리다가 직조실 문을 열자마자 굉음을 내며 톤을 높였다. 그건 무슨 짓이든 할 수 있는 광기 어린 생명체의 울부짖음이었다. 크리스티나의 몸뚱어리를 잡아 흔들고 때리는 미친 사람의 성난 소리 같았다. 물방앗간의 유령이다! 크리스티나는 그 외에 더이상 아무 생각도 나지 않았다. 물방앗간 유령이 살덩이 사냥에 나선 것이다……

그래서 크리스티나는 여름방학이 다가오자 떨리는 마음으로 병원 인사과에 근무를 신청했다. 짤막한 면접 뒤에 업무에 대한 합의를 했다. 크리스티나는 방학 첫날부터 일을 하기로 했다. 병원에는 보조인 력이 많이 부족했으므로 원한다면 방학식 날부터도 괜찮았다.

그때까지 아스트리드와 크리스티나는 일종의 휴전상태였다. 크리스티나는 일요일에 이사를 했다. 아스트리드는 커피와 어설픈 미소로 환대했으나 몇 시간 만에 목소리가 높아졌다. 크리스티나는 다른 사람의 도움 없이 침대 겸 소파를 거실로 날랐다. 그녀는 곧장 일을 해치우지 않고 아스트리드가 거실에서 나가자 우선 발코니로 가서 문을 활짝 열었다. 잠시 문가에 서서 숨을 깊게 들이마시며 아스트리드의 담배연기로 가득 찬 폐를 맑게 했다. 미루어두었던 희망이 마음속에서 꿈틀거렸다. 상황이 더 나빠지지는 않을 것이다. 눈물을 뚝뚝 흘리며 두려워하는 크리스티나에게 스티그는 이마를 찡그리며 넌 너무 선입견에 짓눌려 있다고 핀잔을 주었더랬다. 그의 말이 옳은지도 모른다. 모탈라를 떠나기 전 스티그는 장황하게 훈계를 늘어놓았다. 크리스티나, 넌 정신병자들이 너무 오랫동안 사회의 음지로 내몰려 있었다고 생각지 않니? 정신병을 치료할 수 없다거나 수치스럽게 여기던 시대는 지나갔어. 약으로 치료할 수도 있고 사회복지정책으로 예방할 수도 있지. 더구나 네 엄마는 병세가 눈에 띄게 호전되었어. 딸을 돌보고 양육하는 데 지장이 없을 만큼 완전히 건강을 되찾았어. 그러니 네가 걱정할 이유는 눈곱만치도 없어. 열한 살 때 엘렌 아줌마 부엌에서의 일은 병이 낫기 전이어서 그랬던 거야. 다시는 그런 일 없을 거야. 메기주둥이 스티그는 그렇게 장담했었다.

크리스티나는 침대 겸 소파를 펼쳐놓았다. 탱크처럼 묵직한 암갈색 소파는 무척 보기 흉했다. 방 안 가구 모두 묵직한 갈색이었다. 게다가 아스트리드는 구석 자체를 거부하는 것처럼 보였다. 벽이 맞닿는 곳마다 가구를 비스듬히 놓아 구석은 전혀 눈에 보이지 않았다. 네 귀퉁이모두 수치스러운 비밀이라도 되는 양 감춰져 있었다. 발코니 문 옆 티크 책장 위에는 먼지가 두껍게 내려앉아 있었다…… 아마도 크리스티나가 내일 학교에서 돌아와 진공청소기와 걸레를 가지고 한 바퀴 돌면, 아스트리드의 목소리가 더이상 높아지지는 않을 것이다.

발코니 문을 열고 침대 시트를 펼치고 있을 때, 아스트리드가 욕실에서 나오는 소리가 들렸다. 그리고 몇 초 뒤 브래지어와 팬티만 걸친그녀가 거실 문가에서 갑자기 걸음을 멈추는 바람에 크리스티나는 싸늘한 저녁공기를 한 모금 들이마실 수밖에 없었다.

"맙소사, 거기서 뭘 하고 있는 거니?"

그녀는 이렇게 물으며 크리스티나를 빤히 쳐다보았다. 크리스티나는 양손으로 침대 시트를 꽉 잡았다.

"잠자리를 손보고 있어요."

"그만둬, 이 멍청아. 발코니 문은 왜 열었어?"

"환기시키려고……"

"환기라고? 젠장할, 이 한겨울에 이렇게 집 안에 찬바람이 쌩쌩 돌게 만들다니!"

아스트리드는 발코니로 가서 문을 쾅 닫고, 더듬거리며 블라인드를 내린 후 바깥이 보이지 않도록 가렸다. 그녀가 다시 돌아섰을 땐 눈은 실눈이 되었고 목소리는 한층 더 높아졌다.

"다른 사람에게 네 몸을 보여주고 싶어서 그렇게 안달이 났냐?"

크리스티나의 눈빛이 흔들렸다. 후들거리는 무릎을 억지로 곧추세우려고 애를 썼다. 아스트리드는 실실 웃으며 말했다.

"그래 맞아, 넌 그런 애야. 창문 앞에서 홀라당 벗고서 지나가는 관음증 환자놈들한테 보여주고 싶어 안달인 그런 족속 말이야. 그런 역겨운 놈들한테……"

크리스티나는 입을 열어 자신은 항상 옷을 잘 갖춰입는다고 분명히 말하고 싶었다. 잠자리를 마무리하고 블라인드를 내리려 했다는 것도, 그리고 여긴 십일층이라 밖에서 들여다볼 수도 없다고 말하고 싶었다. 하지만 말이 나오지 않았다. 몸이 이미 깨닫고 있었던 것이다. 어떤 말도 도움이 되지 않으리라는 걸.

"거기 그렇게 멍청히 서 있지 말고 어서 가서 자! 그리고 난 창녀들이나 하는 그런 불결한 짓거리는 참을 수 없으니 명심해. 내 집에 살려거든 똑바로 처신하라고."

몇 차례 비상식적인 경우가 있긴 했지만 그럼에도 아스트리드는 처음 몇 달 동안은 거의 정상인에 가까웠다. 아침에 자명종이 울리면 일어나서 커피를 올려놓고 씻고 양치질을 하고 크리스티나를 깨우고 아침을 차렸다. 저녁에는 거실에 앉아 TV를 보았고, 크리스티나는 부엌에서 숙제를 했다. 때때로 아스트리드는 커피를 가져오라거나 발 씻을 물을 떠오라거나 담배를 사오라는 둥 잔심부름을 시키기도 했다. 그러면 얼른 보온병을 가져와야 했고 플라스틱 대야에 물을 받아야 했고 재빨리 간이매점으로 달려가기도 했다. 하지만 심부름이 끝나면 절대로 거실에 있지 않았다. 심부름을 끝내자마자 곧바로 숙제와 시험을 핑계대며 다시 부엌 식탁으로 돌아왔다.

아스트리드와 많은 대화를 나누는 것은 분명 위험한 일이었다. 어떤 말과 화제에 그녀의 눈이 불을 뿜을지 예측할 수 없었다. 희미한 연보라색이 도는 그 차디찬 눈빛에 크리스티나는 여지없이 시선을 내리깔고 입을 다물었다. 미친, 이라는 말은 입 밖에도 낼 수 없었다. 아스트리드를 진정으로 무시했던 선생들도 그녀에게 한 번도 미쳤다는 말을 쓰지는 않았다. 또한 엘렌 아줌마나 모탈라 얘기를 해서도, 아스트리드의 사생활이나 그녀를 임신시킨 남자에 대해 물어서도 안 되었다. 의약품이나 화재, 혹은 어린아이로 이어질 수 있는 대화는 모두 절대 금물이었다.

잠자코 앉아 있는 것보다 아스트리드의 열등감을 자극하지 않는 것이 더 어려웠다. 열심히 먼지를 훔치거나 청소기를 돌리고 가득 찬 재떨이를 비우기라도 하면 그녀는 분을 참지 못하고 어쩔 줄 몰라했다. 피우다 만 담배꽁초와 커피 찌꺼기를 거실 카펫에 쏟아버린 적도 있었다. 또 언젠가는 복도 바닥에 쓰러진 그녀를 크리스티나가 일으켜세워주자 버릇이 없다며 빨지도 않은 팬티로 크리스티나의 얼굴을 문질러버린 적도 있었다. 하지만 그런 일들은 예외적인 경우였다. 대부분은 욕을 하는 정도에서 그쳤다. 그 이상 아무 일도 없었다. 아스트리드가 언성을 높이고 오만상을 찌푸리면, 크리스티나는 하얗게 질린 얼굴로 걸레나 청소기를 손에서 떨어뜨렸다. 그 정도로 충분했다. 하지만 결국 둘 사이의 휴전협정은 몇 주 뒤 크리스티나가 망설이면서 다른 아르바이트 자리를 찾았다고 말한 순간 깨져버렸다.

욕설과 함께 시작된 잔소리는 보통때보다 훨씬 길었다. 공장이 아닌 병원을 선택한 것이 아스트리드를 무시한 처사처럼 보였겠지만, 천만의 말씀, 아스트리드 또한 크리스티나를 무시했다. 아스트리드는 줄담배를 피우며 거실을 왔다갔다하면서 끊임없이 떠들어댔다. 흥, 병원에서 일을 한다고? 정말 골때리게 고상한 일자리를 얻으셨군. 크리스티나 네년도 정말 미치게 고상한 거 좋아하는 여자지…… 구린내가 풀풀 풍길 정도로 세련되고 고상해. 하하, 그런데 내 딸아, 이거 하나만은 명심하기 바란다. 너처럼 고상한 여자들도 보통 사람들처럼 뭐라도 먹고 입으려면 다 돈이 들어간다는 걸 말이야. 그러니 크리스마스 방학 때처럼 일을 해서 여름에도 방세와 식비는 꼭 내길 바란다. 요강을 날라서 돈을 벌든 어쩌든 간에 돈을 벌어오라구. 말도 고분고분 잘 듣고. 난 너처럼 빌어먹을 고상한 년을 먹여 살릴 만한 능력이 안 되거든. 엘렌처럼 정부에서 네 양육비를 주는 것도 아니고. 그게 아니꼬우면, 이 집을 나가든지. 난 열네 살 때부터 나 먹을 건 내가 알아서 해결했으니까. 재임대한 집에 또 세를 들어 살면서. 넌 벌써 내가 못 간 중학교 과정도 마쳤어. 뭐 반에서 일등, 전교에서 수석을 한다고는 해도, 어쨌든 고등학교 졸업을 못할까봐 엄청 골머리를 앓고 있는 것 같은데…… 분명 그 정신나간 엘렌이 너를 앉혀놓고 나에 대한 온갖 험담을 늘어놓으면서, 고등학교는 졸업해야 된다고 했겠지. 흥, 내가 그걸 모를 거라고 생각할 만큼 멍청하진 않겠지? 아니, 아니, 넌 정말 멍청해. 영리하지도 바지런하지도 않아. 쓸 만한 일자리를 잡아 앞가림할 생각은 안 하고, 무슨 대학 지망생이라도 되는 양 교실 의자에 그 무거운 엉덩이를 딱 붙이고 앉아 있는 걸 훨씬 더 좋아하니……

거실 창문 앞 보랏빛 하늘에 어둠이 깃들면서 그 색채가 점점 더 짙어지고 있었다. 등을 곧추세우고 두 손은 깍지 낀 채 거실에 앉아 있던 크리스티나는 그 하늘에 빠져버릴 것만 같은 착각에 사로잡혔다. 수백 마리의 검은 새떼가 석양 속을 미끄러지듯 날다 일순간 방향을 바꾸어 다른 쪽으로 가버렸다. 크리스티나의 시선은 아스트리드를 향했다. 그녀를 똑바로 쳐다보기는 이번이 처음이었다. 키가 크고 뼈대가 굵다. 하지만 자신은 그렇지 않다. 긴 턱과 살짝 굽은 코 역시 전혀 닮지 않았다. 우리는 한 핏줄이 아닐지도 모른다. 이 모든 것이 단지 어리석은 오해에 지나지 않을지도 모른다.

순간 아스트리드의 표정이 굳어졌다.

"뭘 그렇게 뚫어져라 쳐다봐? 내 말은 듣고 있는 거니?"

그녀는 주먹을 쥐고 크리스티나의 얼굴 앞에 흔들었다. 두 손이 바르르 떨렸다. 왼쪽 입가엔 침이 조금 고여 있었다.

"내 말 한마디도 빼놓지 않고 듣고 있는 거냐구? 난 너를 계속 먹여 살릴 생각이 없다, 이 말씀이야!"

크리스티나는 아스트리드를 옆으로 밀치고 자리에서 일어섰다. 아주 침착한 모습이었다.

"얼마면 되죠?"

아스트리드는 주먹을 풀고 손을 내렸다.

"뭐라고?"

"얼마면 되냐구요?"

"무슨 말이지?"

"매달 얼마를 내면 되겠냐구요?"

아스트리드는 입을 다물지 못했다. 크리스티나는 재빨리 수입과 지출을 계산했다. 암산만큼은 자신이 있었다.

"난 지난 크리스마스 방학 때 삼 주일 동안 아르바이트를 하고 백이십오 크로네를 벌었어요. 그리고 이 집의 한 달 식비와 주거비는 백육십육 크로네예요. 그건 여름방학에 드릴 수 있을 거예요. 여름방학엔 그것보다 이십오 크로네는 더 벌 거예요. 그리고 가을부터는 내 장학금으로 나오는 학기당 사백이십육 크로네를 당신이 받게 될 거예요. 그러니까 반 년으로 계산하면 당신한테 이백삼십구 크로네를 빚지는 것이고, 한 달로 치면 오십구 크로네하고 얼마더라, 아, 칠십오 외레를 빚지는 셈이죠. 그것도 꼭 갚겠어요."

크리스티나는 당당하게 거실을 나와 부엌으로 가서 수도꼭지를 틀었다. 그리고 찬장에서 잔을 하나 꺼냈다. 이 느낌은 또 뭐람! 머릿속이 유리잔으로 콸콸 쏟아지는 물처럼 맑고 차가웠다. 그런데 목이 말랐다. 빌어먹을, 목이 탄다……

물을 마시려고 유리잔을 막 들었을 때, 아스트리드가 다가왔다. 순간 손에서 잔이 미끄러지면서 합성수지로 만든 카펫의 녹색 테두리 위로 떨어졌다. 하지만 깨지지 않고 카펫과 리놀륨 바닥을 거쳐 다시 방향을 틀어 부엌 식탁 밑으로 데굴데굴 굴러갔다.

"우리, 이거 하나만은 분명히 해두자."

아스트리드는 푸른빛이 감도는 손가락을 우두둑 소리가 나게 하나씩 잡아당겼다. 그리고 크리스티나의 머리를 단번에 움켜잡았다.

"누구한테 엉덩이를 걷어차이면 난 꼭 되갚아줘야 직성이 풀린다는 걸……"

크리스티나는 눈을 감고 머릿속에 떠오르는 온갖 생각을 떨쳐버리려 애썼다. 언젠가 한 번은 벌어질 일이었어. 입에 감도는 이 피 맛도 언젠가 한 번은 맛봐야 했던 거라구.

크리스티나는 마지막 환자의 진료를 끝내고 문을 닫고 불을 끈다. 그리고 의자에 풀썩 주저앉는다. 잠시 눈을 붙여야 한다. 눈뿐만 아니라 온몸이 너무 피곤하다. 이제 기나긴 불면의 밤이 거대한 파도처럼 밀려오고 있다……

창문으로 들어오는 오후의 햇살 아래 몸을 뒤로 기댄 채 손을 앞으로 내밀어 쭉 뻗은 손가락을 들여다본다. 곧고 예쁘다. 골절되었다가 치료 없이 자연스럽게 붙은 다섯 개의 손가락은 피부가 잘 감싸고 있어서 상처의 흔적조차 없다. 룬드로 오기 전까지는 자신도 의식하지 못했다. 그런데 어떤 수업에선가 뢴트겐 장치 밑에 손을 놓았고, 그 사진을 과 친구들과 같이 보게 되었다. 일순간 강의실은 놀라서 웅성거리는 소리로 가득 찼다. 교수의 고집에 크리스티나는 골밀도 검사를 받게 되었다. 검사 결과는 지극히 정상으로 나왔지만 이어지는 교수의 물음에 마음의 안정을 찾을 수가 없었다. 언제 어떻게 부러진 건지 저도 모르겠어요. 기억이 없어요. 언젠가 겨울에 미끄러지면서 손을 뻗었다가 그렇게 된 것 같아요. 아하, 하지만 육안으로도 손가락들이 골절된 시점이 각기 다른데. 좀 이상하군. 통증은 못 느꼈나요? 네, 제 기억엔 손가락이 심하게 아팠던 적은 한 번도 없었는데요……

그 통증을 생각하면 크리스티나의 눈에선 이글이글 불이 타올랐다. 부러진 손가락은 아스트리드의 광기가 극에 달했던 순간을 의미했다. 아스트리드의 두 눈은 만족감에 도취된 듯 반짝반짝 빛이 났고 입술은 침으로 촉촉하게 젖어 있었다. 그녀는 우선 크리스티나를 바닥으로 밀쳐 넘어뜨린 뒤 한쪽 무릎으로 가슴을 꾹 누르면서, 반사적으로 주먹을 꽉 쥔 크리스티나의 손에서 억지로 손가락 하나를 잡아올렸다. 일이 터지기 몇 초 전 집 안은 정말 쥐 죽은 듯 조용했다. 아스트리드는 머리를 들고 코를 가볍게 킁킁거렸다. 크리스티나는 숨을 헐떡거리며 새어나오는 비명을 참느라 애를 썼다.

그래도 마지막 순간엔 어쩔 수가 없었다. 고등학교 졸업시험 하루 전날엔 정말 크고 날카로운 비명 소리를 지르지 않고는 배길 수가 없었다.

"맘대로 하세요! 하지만 난 의사가 될 거야, 의사가 될 거라고. 당신이 어떻게 하든 상관없어!"

"이런 버르장머리 없는 년! 어린 것이 저 잘난 줄만 알고, 나쁜 년! 네까짓 게 의사가 된다고, 흥, 정신병원이나 가라지!"

아스트리드는 속삭이듯 말하고는 크리스티나의 약지를 꽉 잡고 뒤로 힘껏 젖혔다. 크리스티나는 무척 고통스러웠지만 기를 쓰고 고함을 질렀다.

"물론 당신 생각은 그렇겠지! 하지만 의사가 되는 건 유전적인 것과는 아무 상관 없어……"

이제 일이 터진다. 곧. 금방. 크리스티나는 입술을 꽉 깨물었다. 여기서 한마디만 더 하면, 손가락이 남아나지 않을 것이다.

그랬다간 아스트리드는 정말 참지 못할 것이다. 결코 분을 이기지 못할 것이다.

크리스티나는 팔을 내렸다. 더이상 기억하고 싶지 않다.

"집에 가자."

혼잣말을 낮게 중얼거리는 자신의 모습에 웃음을 터뜨린다. 그리운 집 '파라다이스'까지는 그리 멀지 않다. 일어나서 망토만 걸치면 된다. 자동차는 그냥 주차장에 세워두고 바드스테나의 푸르스름한 석양 속을 여유 있게 걸어보자. 집에 도착하면 벽난로에 불을 지핀 다음 어깨에 숄을 두르고 차 한 잔과 책 한 권을 들고 안락의자에 몸을 맡겨보자. 집 안이 너무 고요해서 나를 둘러싼 세계가 텅 빈 것처럼 느껴질지도 몰라. 마치 이 세상 최후의 생존자인 듯한 느낌이 들지도 모르지……

이런 생각들이 머릿속을 스쳐 지나간다. 하지만 일어서지도, 망토를 집어들지도 않고 의자에 가만히 앉아 있는다.

전화벨이 울릴 때까지 그렇게 우두커니 앉아 있었다.

정신지체 장애인의 미소

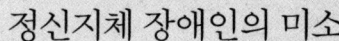

"우리가 가진 유일한 것은 우리 자신이다.

우리는 오로지 우리 자신만을 갖고 있다.

우리 자신만을, 우리 자신만을.

우리는 절규의 이중창이다."

라스 포르셀

나는 잠에서 깨어나고 싶지 않다. 알고 싶지 않다.

발작을 할 때마다 내가 가진 능력이 하나씩 사라지는 속도가 점점 빨라진다. 간질발작이 가을의 폭풍이라면 나는 고독한 나무다. 나뭇잎이 차례차례 떨어질 때까지 폭풍은 요동치며 나를 잡아 흔든다. 그러면 금방 앙상한 가지만 남는다.

지난주 나는 오른발의 감각을 잃었다. 오늘은 또 무엇을 잃을지 알고 싶지 않다.

게다가 지금은 가을이 아니다. 내일은 밤과 낮의 길이가 같은 춘분이다. 봄의 첫날이자 겨울의 마지막 날.

베난단티는 춘분을 몸의 가려움 같은 증상을 통해 감지한다. 은행이나 상점에서 지루한 업무를 보며 몸을 이리저리 비틀고 매상과 대출 대신 회향(茴香)과 기장을 생각한다. 눈동자는 불안하게 흔들린다. 누가 말을 걸어도 듣지 못한다. 그들은 다른 곳을 그리워한다. 먼저 죽은 사람들이 지금 어디에선가 서로 만나 밤의 행렬을 준비하고 있다는 것을 안다.

후베르트손, 크리스티나, 마르가레타, 비르지타 같은 사람들은 그런 걸 알 리가 없다. 대부분의 사람들은 춘분에 별다른 의미를 두지 않는다. 옛날엔 이날을 성스러운 날로 기렸다는 걸 아는 사람은 더더욱 적다. 메소포타미아의 신 티아마트와 마르두크 시절부터 겨울과 봄은 이미 앙숙이었다. 에스키모인들에게 그것은 겨울에 태어난 남자와 여름에 태어난 남자의 불화로 나타났다. 한참 후에 건국된 스웨덴에서는 싹튼 나뭇가지로 사람과 동물을 때리는 풍습이 있었다. 그러나 실제 싸움은 비밀리에 벌어졌다. 수백 년 동안 마녀들은 춘분이 되면 은밀히 밤의 전쟁에 참여했다. 처음에는 중세 이탈리아에서 시작하여 나중에는 북쪽까지 올라왔다. 남쪽 사람들은 마녀들의 기장에 맞서 회향가지로 싸웠고 북쪽 사람들은 가문비나무 가지를 든 마녀들에 맞서 꽃봉오리가 움튼 나뭇가지를 갖고 저항했다. 하지만 남쪽이든 북쪽이든 중요한 건 다가올 추수였다. 베난단티는 배고픔으로부터 인간을 구했다.

나는 마녀의 은밀한 징표를 지니고 있다. 바로 울 수 없다는 것이다. 지금까지 한 번도 울어보지 못했다. 그럼에도 나는 춘분 때만 되면 탈영병처럼 베난단티의 행렬에 합세했다. 그러나 그건 괜찮았다. 요즘 다른 마녀들은 나를 비난할 만한 꼬투리를 잡은 듯하다. 여하튼 마녀들의 상황이 별로 좋지 않다. 그 때문에 베난단티의 축제도 성격이 바뀌었다. 이제 그들은 일 년에 네 번, 죽은 자들의 행렬에서 선창자 역할을 할 뿐이다. 까마귀 한 마리가 그들 위를 날다가 배고팠던 옛 기억을 되살리며 까악까악 울어도 거의 눈치채지 못한다. 놀랄 일은 아니다. 베난단티는 그들만의 시간을 살면서도 이 시대의 다른 사람들과 마찬가지로 배고픔을 잊어버린 사람들이다. 베난단티는 배고픔이라는 것이 이 풍요로운 시대 깊숙이 그 기다란 손가락을 뻗어 상처를 낼 수 있다는 사실을 깨닫지 못한다.

하지만 나는 안다. 그래서 까악까악 울어댄다. 하여 난 오늘밤에도 울부짖을 것이다.

그러나 아직 몸을 일으킬 만한 상태는 아니다. 케르스틴[1]이 스테솔리드를 너무 많이 투여한 탓에 나는 바위처럼 무거운 육체 안에 갇혀 있다. 심장이 천천히 뛴다. 심장이 뛸 때마다 가슴을 통해 어떤 떨림이 전해진다. 이런저런 생각들도 같은 리듬으로 떨린다. 그 생각들을 붙잡고 있기도 힘들다……

이런 상태에서는 간호사들을 거리를 두고 볼 수밖에 없다. 그들을 이쪽저쪽으로 밀어버릴 수도 없다. 하지만 그런 건 상관없다. 그사이 내 자매들의 이야기는 알아서 잘 전개되고 있다. 나의 의지나 개입 없이도.

마르가레타의 머릿속에 지금 막 스스로도 놀랄 만한 생각이 떠올랐다. '파라다이스'의 욕실 거울 앞에 이를 덜덜 떨며 서서 맨 몸뚱어리를 타월로 감싸려 애쓴다. 하지만 잘 되지 않는다. 손으로 더듬거리다 타월을 놓쳐버린다. 몇 번이나 허리를 굽히고 수건을 집어 다시 시작한다. 늘 그렇듯이 너무 급하다. 샤워한 뒤에 물기라도 닦았으면 덜 추웠을 것이다. 그리고 그냥 보통 수건을 썼다면 좀더 손쉬웠을 것이다. 하지만 시간이 없다. 마르가레타는 목욕타월을 둘러 가슴 윗부분에 묶고 복도로 나가 젖은 발로 계단을 뛰어내려간다. 바닥에 남을 자국은 생각도 않은 채. 크리스티나가 젖은 발자국을 좋아할 리 없다. 어쩌면 불안해할지도 모른다. 물론 그건 마르가레타의 발자국이며 자신이 칠

칠치 못한 손님을 집에 들인 데 대한 당연한 결과라고 마음을 가다듬으려 하겠지만 쉽지는 않을 것이다. 몇 주 동안 내면에서 위협하듯 속삭이는 낮은 목소리에 시달릴 것이다. 조심해! 네 생각처럼 이 집에는 지금 너 혼자 있는 게 아냐. 사람인지 괴물인지 여하튼 뭔가가 구석에 숨어 있어. 성냥을 갖고 노는 걸 좋아하는 사람인지, 아니면 괴물인지 여하튼 뭔가가 숨어 있어…… 불쌍한 크리스티나! 몇 주일 동안 불면의 밤을 보낼 것이다. 자신에게 아주 조금이라도 안정과 평화가 깃들기를 바라며.

반면 비르지타는 안정과 평화엔 눈곱만큼도 관심이 없었다. 만취자 보호실에서 풀려난 뒤 실습 나온 경찰대학 여학생을 울렸다. 텅 빈 사무실에 들어가 몰래 전화를 하고 직원휴게실에 기어들었다가 발각되었다. 또 휴게실에서 구걸하듯 얻어 마신 커피에 대해 이러쿵저러쿵 불평을 늘어놓아 젊은 여경 둘의 심기를 건드렸다. 급기야 경찰은 비르지타를 유치장에서 쫓아냈다. 하지만 비르지타는 나가기를 거부하고 일층 접수창구로 가서 팔을 흔들며 큰 소리로 떠들었다. 그곳에는 범죄 피해자들이 고소장 접수를 위해 지친 모습으로 줄을 서서 기다리고 있었다. 비르지타는 거기에다 대고 노르셰핑 경찰서가 게슈타포 지하실보다 나을 게 없으며, 최소한 일곱 명의 경찰관을 직권남용 혐의로 고발할 생각이라고 떠들어댔다.

아하, 그래. 오늘은 비르지타의 컨디션이 괜찮아 보인다. 하지만 다른 때 같지는 않다. 열변을 토해낼 상대를 잘못 골랐다는 걸 깨닫지 못한다. 자동차에 스테레오 음향장치를 새로 장착하고 급발진하길 좋아하는 요즘 사람들은 목소리 큰 중년 부인을 별로 동정하지 않는다. 또한 그들의 표정과 말투를 봐도 이런 일은 오늘이 처음이 아님을 알 수 있다. 비르지타는 자기 뒤에 있는 경찰 두 명을 알아채지 못한다. 두 눈을 번뜩이며 아주 깔끔한 차림으로 서 있는 젊은 두 경찰을. 썩 꺼지지 못해! 이 늙은 주정뱅이 년!

케르스틴1이 뺨을 세게 후려치며 자기 눈을 보라고 소리친다. 그녀의 눈은 보석처럼 빛난다. 그녀가 비닐장갑을 끼며 말한다.

"자, 시트를 갈아야겠어요. 침대가 완전히 젖었어요. 잠옷도 새로 갈아입고……"

"일어나 앉히려면 옷을 입혀야 하지 않을까요?"

울리카가 조심스럽게 묻는다.

"아니, 지금은 필요 없어요. 스테솔리드를 많이 맞아서, 몇 시간 더 자야 할 거예요."

나는 아직 내 능력을 시험할 용기가 나지 않는다. 하지만 뭔가 할말이 있으니 호흡 인터페이스가 필요하다는 의사를 전달하기 위해 입을 움직인다. 하지만 케르스틴은 못 본 척한다. 내가 또 샤워를 하겠다고 할까봐 두려운 모양이다. 대신 한 손으로 내 이마를 쓰다듬으며 다른 손으로 컴퓨터를 밀어놓는다. 이제 호흡 인터페이스와 노란 호스는 내 손이 닿을 수 없는 곳에서 이리저리 흔들리고 있다. 누가 허락해주지 않는 한 나는 아무 말도 할 수 없을 것이다.

나는 사방의 벽을 둘러본다. 눈을 깜박인다. 하지만 이건 현실이 아니다. 현실이 아닐 수도 있다.

"여기 좀 보세요. 데시레가 지금 천사를 봤나봐요……"

울리카가 말한다. 케르스틴1은 이마를 찌푸리며 울리카를 질책한다.

"환자들에 대해 얘기하는 것은 금물이에요. 같이 대화를 나누는 건 몰라도. 청각은 대부분 마지막까지 온전하니까."

나의 청각은 완벽하다. 케르스틴도 알고 있다. 그럼에도 내 귀에 대고 큰 소리로 말한다.

"천사가 보이세요? 마리아의 천사들이에요. 여긴 마리아 방이거든요. 예쁘죠, 그렇죠? 마리아는 정말 사랑스러운 아이예요. 당신하고도 아주 잘 지낼 거예요……"

케르스틴은 고개를 들고 여전히 쉰 목소리로 고함을 친다.

"마리아, 이리 와서 데시레 아줌마에게 아침인사를 드리렴."

나는 보지 않고도 소리만으로 마리아가 고분고분한 성격의 아이임을 알 수 있다. 케르스틴이 완곡하게 명령을 내리자마자 마리아는 금속성 도구를 탁자 위에 떨어뜨리고 어딘가에서 의자 하나를 질질 끌고 서둘러 머리맡으로 온다. 순간 나는 그녀의 얼굴을 확인하고 내가 착각했음을 깨닫는다. 지금 앞에 있는 마리아의 눈은 회색이다. 마치 누군가를 위협하듯 노란색과 갈색 줄이 그어져 있던 타이거 마리아의 눈과는 다르다.

"데시레에게 인사하지 않을래?"

케르스틴이 다시 한번 묻는다.

"안녕, 데시레 아줌마."

이렇게 말하는 마리아의 입가에 구걸하는 듯한 미소가 보인다.

수많은 세월 동안 나는 미소와 더불어 살았다. 나는 미소가 좋은 것이라는 것만은 확실히 알고 있다. 미소는 세상에 대한 정신지체 장애인들의 유일한 보호막이다. 부탁의 미소, 구걸의 미소.

단정적으로 얘기하자면 타이거 마리아는 눈을 뜨고 있는 매 순간 미소를 띠고 있었다.

나 자신은 처음부터 웃기를 거부했다. 그런 식으로 미소짓지 않더라도 세상 사람들은 내가 정말로 정신적 장애가 있는 게 아니라 그렇게 보일 뿐이라는 걸 금방 알아챌 거라 생각했다. 하지만 그건 부질없는 희망이었다. 레델리우스 병원장은 처음부터 나를 중증 정신지체 장애인으로 단정짓고 얘기해볼 생각조차 하지 않았다.

거의 열두 살이 다 되었을 무렵에도 그 의사는 일주일마다 있는 장애인시설 방문진료에서 매번 똑같은 결론을 내렸다. 침대 옆 탁자에 놓인 책더미도 소용이 없었다. 레델리우스는 내가 그저 기계적으로 다른 사람을 흉내내어 책장만 넘기고 있다고 주장했다.

"그뤼네발트를 비롯한 어떤 사람들은 바보도 교수가 될 수 있을 거라는 궤변을 늘어놓곤 했지요."

레델리우스는 잠시 말을 쉬었다.

"하지만 때론 사실을 직시해야 할 때가 있어요. 이런 아이들은 하루에 똑같이 세 번 먹고 두 번 씻는 것 말고는 할 일이 없어요."

옆에 있던 수간호사는 고개를 끄덕이며 그의 말을 모두 받아적는 척했다. 모두들 그냥 시늉만 하고 있다는 걸 알았지만, 정작 레델리우스는 눈치채지 못하는 것 같았다. 오히려 정반대였다. 연필을 쥐고 끄적거리는 모습에 우쭐해진 레델리우스는 가끔 한 번씩 그녀가 제대로 받아적을 수 있도록 잠깐 말을 멈추었다.

"병원장으로서," 그는 쉬엄쉬엄 분명한 어조로 말을 이어갔다. "나는 환자들에 대해 어떤 책임감을 느끼고 있을 뿐만 아니라, 또한⋯⋯" 잠깐 끊고, "납세자들, 그러니까 세금을 낸 사람들에게도 책임감을 느끼고 있습니다." 긴 호흡. "우리의 귀중한 세금은 미래를 짊어질 아이들과 청소년들에게 돌아가는 편이" 잠깐 끊고, "기껏해야 침팬지 수준에 머무를 수밖에 없는 환자들에게 쓰이는 것보다 나으리라고 생각합니다⋯⋯" 다시 끊고, "그러니까 여기 이 아이 같은 환자들 말이죠."

내 문제는 그렇게 처리되었다. 레델리우스는 내 옆 침대로 몸을 돌렸다. 거기엔 타이거 마리아가 차려 자세로 누워 있었다. 당시 열세 살이던 타이거 마리아는 자기의 존재에 대해 조금씩 파악해가기 시작한 참이었다. 이날 그녀는 침대에 묶여 있었다. 레델리우스는 그 끈을 보고 물었다.

"마리아가 무슨 잘못을 했나요?"

수간호사는 서류철을 가슴에 대고 눌렀다.

"도망치려고 했어요."

레델리우스는 심각한 고민을 품은 괴로운 사람마냥 머리를 흔들었다.

"마리아! 이게 무슨 소리니?"

타이거 마리아는 왈칵 울음을 터뜨렸다. 어린애가 큰 소리로 보채는 것 같았다. 타이거 마리아의 얼굴은 금방 눈물 콧물로 범벅이 되었다. 뺨은 눈물로, 이마는 땀으로, 턱은 침으로 범벅이었다. 내 몸은 점점 더 크게 뒤틀렸다. 타이거 마리아는 도망치려 한 게 아니라고, 그저 성치 않은 다리로 간이매점에 가려 했을 뿐이라고 대신 말해주고 싶었다. 타이거 마리아는 생일날 엄마가 편지봉투에 넣어보낸 오 크로네짜리 지폐로 우리에게 군것질거리를 사주려고 했던 거예요. 그런데 그만 사감 선생님의 허락이 있어야 문밖을 나갈 수 있다는 걸 잊었어요. 그런 건 깜빡 잊을 수도 있는 일 아닌가요? 더구나 다운증후군을 앓고 있고 열세 살밖에 안 되었고 수없는 간질발작으로 구타당해 기억력이 감퇴된 아이라면? 게다가 타이거 마리아에게 도망이란 불가능한 일이지요. 좌골에 장애가 있어서 한 번에 몇백 미터 이상은 걸을 수 없으니까요. 당신은 그런 사실을 모르나요? 그런 상황을 생각해보지 않았나요? 하지만 말이 나오지 않았다. 그때 몸의 경련이 잦아들고 내 얘기를 인내심을 갖고 들어줄 사람만 있었다면, 조금이나마 내 생각을 전달할 수 있었을 것이다. 내 얘기에 아무도 귀를 기울이지 않았다. 내가 내뱉은 건 거품투성이의 침과 알아들을 수 없는 몇 마디 소음이 전부였다. 레델리우스는 경련이 점점 심해지는 나를 보지 못한 채 타이거 마리아만 빤히 바라보며 무겁게 한숨을 내쉬었다.

"언제 그랬나요?"

수간호사는 연필을 내려놓고 자못 진지한 표정으로 그를 쳐다보았다.

"어제였습니다."

"간호사와 사감은 어떤 결정을 내렸나요?"

"사흘간 침대에 묶어두라는 명령을 내렸어요. 그리고 이틀 동안은 밖에 나가지 못하도록 했습니다."

레델리우스는 고개를 끄덕였다.

"자 들었지, 마리아. 규칙은 지키라고 있는 거야. 이번 일을 계기로 뭔가 깨닫기를 바란다."

타이거 마리아는 흐느껴 울었다. 눈물 뒤로 구걸하는 듯한 미소가 엿보였다.

"예—에! 명심할게요. 약속해요. 명심할게요……"

나는 눈을 감았다. 돌연 타이거 마리아에 대해 엄청난 분노가 일었다.

우리 넷은 같은 방을 썼다. 타이거 마리아와 나와 엘세게르드와 암네타. 침대와 서랍장은 각각 하나씩 썼고, 의자 두 개가 딸린 작은 탁자 하나는 공동으로 썼다. 창문 앞에는 큰 떡갈나무가 서 있었고, 문을 나서면 여덟 개의 갈색 문이 있는 긴 복도가 보였다. 각 층마다 복도 끝에는 작은 간호사실이 있었다. 아이들은 들어갈 수 없는 방으로 볼일이 있을 때는 노크를 하고 간호사가 문을 열어줄 때까지 기다려야 했다. 하지만 그건 문제될 게 없었다. 대부분의 아이들이 문지방을 넘어설 수 있는 정도의 체력도 갖추지 못했으니까. 모두가 걷는 데 장애가 있었다. 정도의 차이만 있을 뿐 모두 중증이었다.

우리 방 구성원들의 특징은 네 명 모두 장애와 더불어 간질을 앓고 있다는 것이었다. 그래서 우리는 늘 헬멧을 쓰고 있어야 했다. 제대로 된 진짜 헬멧이라기보다는 솜을 넣은 모자에 가까운 것으로 턱 밑에서 단추를 채우는 것이었다. 엘세게르드와 암네타는 그 모자를 무슨 혐오스런 계급장처럼 여겼지만 타이거 마리아와 나는 아무렇지도 않게 쓰고 있었다. 그래도 우리 사이에는 서열 같은 건 없었다.

장애인시설에 수용된 아이들 사이에는 이른바 엄격한 위계질서가 존재했다. 장애 정도가 경미한 아이들이 최상위층에 속했고, 신체장애와 정신장애를 함께 갖고 있는 아이들이 최하층에 자리했다. 정신적인 장애가 없는 아이들로서는 바보들과 선을 명확히 긋는 것이 가장 중요한 일이었다. 이는 자신의 안전을 지키기 위해서 꼭 필요한 조치였다. 모두들 자신이 바깥 세상 사람들한테는 바보로 보일 수 있다는 것을 알고 있었다. 하지만 그건 위험한 일이었다. 일단 바보로 간주된 사람은 바보라는 그 역할에 자신을 끼워맞추려는 성향을 갖고 있기 때문이었다. 더군다나 간질병이 일종의 정신장애인 것만은 틀림없었다. 바보가 아닌 다음에야 입에 거품을 물고 일정한 간격으로 바닥을 구르진 않을 테니까. 그것도 오줌을 질펀하게 싸면서.

간질만 앓지 않았다면, 엘세게르드와 암네타는 최상위층에 속할 수 있었을 것이다. 엘세게르드는 안짱다리여서 지팡이만 짚으면 되었고, 척추 손상인 암네타는 휠체어를 타고 다녀야 했지만 매력적인 외모 덕에 그것을 보상받을 수 있었다. 밝은 색의 곱슬머리가 솜을 넣은 모자 밑으로 폭포수처럼 구불구불 흘러내렸고, 인형처럼 작은 얼굴에 애처로운 미소가 번지면 보는 사람들마다 눈물을 글썽거렸다. 그래서 암네타는 크리스마스 축제 때마다 빠지지 않고 노래를 부를 수 있었다.

"사랑하는 엄마, 당신에게 온 세상을 그려드릴게요……"

그 노랫소리를 들으면 레델리우스마저 얼굴을 일그러뜨리며 소리 없이 눈물을 흘렸다.

암네타의 엄마는 정말 좋은 사람이었다. 대단히 헌신적인 엄마였다. 일이 없는 날이면, 시설에 와서 암네타를 휠체어에 태우고 스톡홀름 시내 상점을 모두 뒤지고 다녔다. 저녁이 되면 암네타는 품에 쇼핑백과 선물꾸러미를 가득 안고 돌아왔다. 구경해도 돼? 와, 새 블라우스네! 퍼즐도 있고! 이건 향기 나는 목도리! 게다가 긴 휴가철엔 항상 스바르트셸란드의 집으로 가거나 싱외 별장에 다녀왔다. 완전히 기숙학교의 정식 학생이나 다를 바 없었다.

엘세게르드와 타이거 마리아에게도 엄마가 있긴 했지만, 그들에 대해서는 잘 파악할 수 없었다. 아프리카 오지의 선교사로 가 있던 엘세게르드의 부모는 삼 년에 한 번 집에 다녀갔다. 타이거 마리아의 엄마는 남편 없이 아이들 네 명을 데리고 빌헬미나에 살았다. 그녀는 선교사인 엘세게르드의 부모보다도 드물게 방문했지만, 대신 매주 엽서를 보냈다. 간호사들이 점심시간에 엽서를 큰 소리로 읽어주고 나면, 타이거 마리아는 그것들을 신발 상자에 모아두었다. 다른 친구들이 숙제를 하고 있으면, 타이거 마리아는 의자를 내 침대로 끌고 와서 엽서들을 모두 내 이불 위에 펼쳐놓았다.

"어떤 카드가 가장 예쁘니? 이 겨울풍경? 아니면 말고마이 해변의 석양?"

나는 항상 겨울풍경 사진에 감탄했지만, 결정은 타이거 마리아의 몫이었다. 그녀는 항상 말고마이 해변의 석양 풍경이 담긴 엽서를 골랐다.

그들의 숙제가 끝나면 나의 공부가 시작되었다. 엘세게르드가 나의 담임 선생님이었고, 암네타는 글씨를 교정해주는 선생님이었다. 그리고 타이거 마리아는 나를 응원해주는 역할을 맡았다. 나는 그들 셋이 모두 필요했다. 그중에서도 특히 타이거 마리아가.

공부는 놀이처럼 시작되었다. 엘세게르드는 공부놀이를 좋아했다. 그녀는 일학년 때부터 이다음에 크면 선생님이 되겠다는 생각을 갖고 있었다. 책상은 교탁이 되었고 의자 두 개는 학생들의 걸상이 되었다. 처음에 엘세게르드는 암네타와 타이거 마리아에게 학생 역할을 하라고 했지만 이들은 금방 싫증을 냈다. 엘세게르드가 가르치는 것은 암네타가 이미 다 아는 것이었고, 타이거 마리아에겐 너무 수준 높은 것이었다. 암네타와 타이거 마리아는 킥킥거리며 자기들끼리 떠들었다. 그들은 색다른 놀이를 찾았다. 이들이 방에서 나가면 엘세게르드는 나를 앞에 두고 가르치기 시작했다. 나는 침을 질질 흘리며 열의를 보였다. 책들 속에 씌어 있는 그 깨알 같은 기호들의 의미를 배우는 것이 가장 재미있었다. 그건 마치 눈으로 라디오를 듣는 것과 같았다. 그리고 라디오를 듣는다는 건 내게 아주 멋진 일이었다.

엘세게르드는 읽기 책을 손으로 가리켰다.

"오, 오, 오토, 오븐!"

"외외외."

나는 대답했다.

"아니, 그게 아니고, 다시 한번 해봐. 이건 오라고 읽어. 오!"

"외—!"

"아니라니까. 가르쳐줬잖아. 오! 오토! 오븐!"

"오오외—!"

"그래! 잘했어! 별을 하나 줄게. 이건 엠(M)이야. 엠 하고 읽어볼래?"

"외오오에엠!"

"맞아! 아주 잘했어! 별 한 개 더 줄게, 데시레. 자 오늘은 여기까지야. 이제 우리 찬송가 한 곡 부르고 주님께 기도드리자꾸나!"

"외외외엠!"

"기도드리자, 주님께 기도를 드리지 않으면 나쁜 사람이야!"

엘세게르드는 뜻대로 움직이지 않는 내 손을 한데 모아 서로 깍지를 껴주었다. 그리고 경련으로 손이 다시 풀리기 전에 빠르게 주기도문을 외웠다.

"아멘!"

그녀는 숨도 쉬지 않고 기도를 마쳤다.

"외에엠!"

나는 말하면서 엘세게르드의 얼굴을 보았다. 그녀의 작고 창백한 얼굴에 미소가 햇살처럼 번졌다.

"자, 그럼, 별 한 개 더 줄게."

나의 기초교육은 그런 식으로 이루어졌다. 한쪽 벽에는 엘세게르드의 별이 흩어져 있었다. 잠시 후 암네타는 엘세게르드 옆에 앉아 내가 연필 잡는 것을 도와주었다. 반면 타이거 마리아는 침대에 자리를 잡고 앉아 나의 눈부신 발전에 놀라서 입을 못 다물고 감탄을 연발했다. 읽기 책을 마치면 곱셈의 나라를 거쳐 자연과학의 모든 분야를 훑었다. 그들은 내가 한 번도 본 적 없는 새와 나무에 이름을 붙여주었다. 우리는 구스타브 바사*가 건초 더미를 실은 마차에 몸을 숨기는 장면에서는 그와 함께 숨을 멈추었고, 지도에 나온 모든 지역을 같이 날아다녔다. 엘세게르드는 활력 넘치는 선생이었다. 때로는 너무 열정적이

---

* 1523년 덴마크 세력을 완전히 몰아내고 스웨덴을 온전한 독립국으로 만든 왕.

다 싶을 정도로. 발데마르 아터닥*과 크리스티안 티란에 대해 너무나 생생하게 설명한 탓에 타이거 마리아는 덴마크인에 대한 공포감까지 갖게 되었다. 그래서 레델리우스 원장이 연수차 삼 개월간 미국에 가게 되어 그 자리를 덴마크인이 대신하게 되었다는 소식을 듣고 두려움에 사로잡혔다.

그의 이름은 프레벤이었다. 레델리우스는 보통 간호사와 간호조무사들을 데리고 다녔지만, 그는 혼자서 우리 방에 찾아와 꼭 손님처럼 행동해서 우리를 당황스럽게 했다. 그는 엘세게르드의 침대에서 암네타의 침대로, 이어서 내 침대로 와서 인사를 하며 악수했다. 하지만 타이거 마리아의 침대를 보고는 깜짝 놀랐다. 이 아이는 어디 갔니?

우리 셋은 신속하게 방어망을 구축했다. 엘세게르드는 다리를 절며 프레벤에게 가서 여러 번 무릎을 굽혀 인사를 했다. 그리고 애매한 말로 타이거 마리아에 대해 사과했다. 암네타는 자신의 예쁜 얼굴을 십분 이용하여 타이거 마리아가 무서워서 침대 밑에 들어가 있다고 설명했다. 그녀의 두 눈은 햇살처럼 반짝였다.

"의사를 두려워한다고?"

프레벤이 세련되지 않은 말투로 물었다.

"그게 아니라, 덴마크 사람을 무서워해요……"

암네타가 설명했다. 프레벤은 놀란 듯했지만, 재빨리 마음을 가다듬고 무릎을 굽혀 침대 밑을 들여다보았다.

"안녕."

그가 조심스럽게 말했다. 타이거 마리아는 울부짖으며 귀를 막았다.

"덴마크 사람을 무서워하는 이유가 뭐니?"

---

* 14세기 덴마크의 왕으로 스웨덴 왕 마그누스와의 싸움을 통해 많은 영토를 정복했다.

울음소리가 더 커졌다. 겁먹은 엘세게르드가 허둥지둥 가서 문을 닫았다. 프레벤은 더 혼란스러워졌다.

"왜 문을 닫았니?"

두려움이 더 커진 엘세게르드는 뭐라고 대답할 수가 없었다. 하지만 암네타는 고개를 비스듬히 기울이고 무척 사랑스러운 미소를 지었다.

"사감 선생님과 간호사 언니들이 마리아의 울음소리를 들을까봐 문을 닫은 거예요."

프레벤은 바닥에 책상다리를 하고 앉았다.

"아, 그렇구나. 그렇다면 마리아가 덴마크 사람을 무서워하는 이유도 설명해줄 수 있겠니?"

"발데마르 아터닥 때문이에요."

암네타가 말했다.

"크리스티안 티란 때문이기도 하고요."

이번엔 엘세게르드가 대답했다. 프레벤은 웃음을 참느라 키득거리다 일어서서 흰 가운을 툭툭 털었다. 그리고 타이거 마리아의 침대 모서리에 앉았다. 그가 말했다.

"발데마르 아터닥은 말이야. 너희는 그 이름의 뜻을 아니?"

그건 모두 알고 있었다. 타이거 마리아까지. 하지만 대답을 한 사람은 엘세게르드였다. 그녀는 자기 침대 모서리에 가만히 내려앉으며 말했다.

"아터닥은 새로운 날이란 뜻이에요."

프레벤은 고개를 끄덕였다.

"바로 그거야. 그는 밤의 어둠에서 덴마크를 해방시킨 사람이기 때문에 그런 이름을 얻게 되었어……"

우리는 그의 어투에 이미 익숙해 있었다. 라디오에서 동화를 들려주는 아줌마들의 목소리도 그랬으니까.

프레벤은 엘세게르드보다 훨씬 뛰어난 선생님이었다. 그는 삼십 분 동안 타이거 마리아의 침대에 앉아 발데마르 아터닥의 업적에 대해서 설명했다. 아터닥은 지략과 강력한 무기를 바탕으로 한 독특한 전략으로 스웨덴의 마그누스 왕과 홀슈타인 지방 사람들의 맷돌 공격으로부터 덴마크를 구해냈다고 했다. 방 안은 쥐 죽은 듯 조용했다. 얘기가 시작되고 얼마 지나지 않아 바닥에 소리 없이 누워 있던 타이거 마리아의 손이 보였다. 그녀는 귀를 막고 있지 않았다. 위에 있는 우리들처럼 얘기에 집중하고 있었던 것이다. 그리고 며칠 뒤 프레벤이 레델리우스의 부하직원들을 모두 대동하고 일주일에 한 번 있는 정기 회진을 왔을 때, 타이거 마리아는 수간호사가 시킨 대로 차려 자세로 누워 있었다. 프레벤은 그녀의 침대 옆에 미소 띤 얼굴로 멈춰 섰다.

"안녕, 내가 누군지 알겠니?"

타이거 마리아는 눈을 내리깔고 애원의 미소를 지어 보였다.

"덴마크 사람……"

수간호사의 숨 멎는 소리가 들리는 듯했다. 프레벤이 손으로 제지하지 않았더라면, 분명 타이거 마리아를 그 자리에서 꾸짖었을 것이다.

"그럼 내 이름이 뭔지는 아니?"

"으—음, 발데마르 아터……"

마리아의 대답은 옳았다. 프레벤은 우리의 발데마르 아터닥이었다. 그는 빛을 들고 우리를 찾아왔다. 처음으로 우리의 모든 게 달라지리라는 예감이 들었다. 그는 엘세게르드를 학업과정을 상담하는 교사에게 보내도록 했고, 암네타에게는 성장발육이 제대로 안 된 다리 근육의 재활치료를 받도록 했으며, 타이거 마리아에게는 새 외출복을 선물했다. 그건 정말 절실하게 필요한 일이었다. 타이거 마리아는 몇 년 동안 닳고 닳은 옷 아니면 좀 큰 아이들이 작아서 더이상 입지 않는 옷을 물려받아 입었다. 이제 그녀는 주일 아침 예배 시간이면, 깃에 기계자수를 놓은 암청색 겨울 면옷을 입고 네모난 얼굴에 환한 웃음을 띤 어린 신부가 되어 예배당 중앙 통로 앞 계단을 오르내린다. 하지만 역시 제일 큰 선물을 받은 사람은 나였다. 카롤링 병원의 언어치료사에게 진료를 받게 된 것이다.

당시 열세 살이던 나는 스톡홀름에서 산 기억은 있었지만, 시내 구경을 한 적은 한 번도 없었다. 다른 아이들이 최소한 일 년에 한 번 소풍을 갈 때에도, 나와 타이거 마리아 같은 아이들은 함께 가지 못했다. 우리 같은 애들에겐 무의미한 일이었다. 본 것을 이해하지도 못할 테니까.

하지만 이제 내가 카롤링 병원에 가야 한단다. 혼자 택시를 타고서.

나는 그 순간을 절대 잊지 못할 것이다. 간호조무사가 내게 옷을 입히면서 암네타가 일곱 살 때 들었다는 것과 같은 내용의 몇 가지 당부를 했다. 그러고 나서 나를 데리고 계단을 내려가 자동차 뒷좌석에 앉혔다. 붉은 벽돌 건물에 도착하자 택시 운전사는 나를 언어치료사에게 데려다주었다. 언어치료사 닐손 부인은 굽 높은 구두를 신고 셔츠 깃을 꼿꼿이 세운, 아담하지만 우아해 보이는 여성이었다. 앵두처럼 붉은 립스틱을 칠한 입술은 반짝거렸고, 손톱에는 똑같은 색깔의 매니큐어를 발랐다. 머리는 아주 세련되게 세워올려 곱게 빗질을 했다. 하지만 정작 나를 매혹시킨 것은 다름아닌 그녀 특유의 미소였다. 미소지을 때 그녀의 입술은 입꼬리가 올라가지 않고 작은 원을 그리며 코 주변으로 세 개의 비스듬한 선을 만들었다. 만화책에 나오는 우스꽝스러운 생쥐처럼 꼭 얼굴에 수염이 난 것 같았다.

그렇지만 나는 앞에 앉아 있는 여자가 보통 생쥐가 아님을 빨리 터득해야 했다. 그건 양의 탈을 쓴 사자였다. 불가능한 낱말들을 하나하나 내 입 밖으로 끄집어내려는 사자. 낱말은 명확하게 발음해야 했다. 우물우물하거나 신음 소리를 내는 것조차 용납될 수 없었다! 하지만 미국에서 돌아온 레델리우스가 또다시 세금을 아끼려고 들자, 닐손 부인은 나한테 하는 것보다 훨씬 더 엄격하게 나의 상관을 대했다. 처음엔 낮은 소리로 몇 번 으르렁거렸고 다음엔 화난 음성으로 쉭쉭거려, 레델리우스는 덜덜 떨면서 뒷걸음질쳤다. 나는 일주일에 한 번씩 언어 치료를 위해 카롤링 병원에 가야 했는데, 그건 닐손 부인의 남편이 그 병원의 유명한 신경과 의사라는 사실과도 모종의 관련이 있는 것 같았다. 권위적인 사람들 모두가 그렇듯 레델리우스 역시 속을 가만히 들여다보면 비열한 개에 지나지 않는 인물이었다. 자기보다 힘이 세 보인다 싶으면 목구멍이 훤히 다 보이도록 벌렁 드러눕는 비열한 개.

하지만 레델리우스는 이제 더이상 예전의 모습을 되찾을 수 없었다. 미국에 갈 때까지만 해도 하나의 왕국을 다스리는 왕이었지만 돌아왔을 때는 왕복(王服)을 벗고 물러난 독재자에 지나지 않았다. 마치 그의 대리인이 장애인시설 담장에 구멍을 뚫어놓아 그 구멍으로 빛과 공기와 새로운 사고들이 쏟아져들어온 것 같았다. 하지만 이 구멍은 프레벤 혼자만의 업적이라고는 할 수 없었다. 다른 사람들의 도움으로 구멍을 좀더 크게 뚫을 수 있었다. 한 라디오 방송 기자는 우리 시설의 실상을 잔잔한 목소리로 보도하면서, 썩어빠진 규율과 예배가 진정 최우선인지 전 국민이 고민해볼 것을 촉구했다. 몇몇 용감한 부모들이 이에 동조 의사를 밝혔다. 보행장애를 갖고 있는 아이들에게 바구니를 엮고 제본을 하는 직업교육을 시키는 것이 정말 의미 있는 일입니까? 장애인이라고 해서 무조건 시설에만 있어야 합니까? 학교에 다니게 하면 안 됩니까? 일반학교에 휠체어 경사로를 만들어서 장애아들을 부모와 같이 살게 하는 게 더 경제적이고 낫지 않을까요? 이런 항변에 사회복지부 장관은 월넛 목재로 치장된 집무실에 앉아 턱을 문지르며 이렇게 중얼거렸을지도 모른다. 그래, 이제 복지국가도 완성되었으니 마지막 의붓자식이랄 수 있는 정신지체 장애인들을 위해 돈을 좀 써도 괜찮겠지.

그사이 십대 소녀가 된 우리 넷은 레델리우스의 이마에 드리운 어두운 구름을 고소한 듯 지켜보았다. 우리 중 셋은 그 구름의 정체까지도 알고 있었다. 바로 칼 그뤼네발트와 장애인 보호법의 시행으로 생긴 것이었다. 타이거 마리아와 나에게도 학교에 갈 가능성이 생겼다! 이제 침대에 우리를 묶거나, 집을 그리워할 때마다 타이거 마리아에게 포박용 재킷을 입히는 일도 금지되었다.

그때 얼마나 즐거웠던가! 우리 방 벽은 모두 샛노란 색으로 칠해졌고 간호사실은 담화실로 개조되었다. 부모 대표단은 텔레비전 구입 자금을 요구했다. TV수상기가 설치되자 새 취침시간에 대해 사감과 합의했다. 이제 열 살 이상의 아이들은 매일 밤 아홉시에 자지 않아도 된다! 일층에는 제일 어린 아이들을 위한 놀이공간이 마련되었다. 색색깔의 교육용 장난감도 구비되었다. 매주 화요일에 '진흙 아줌마'가 오면 일곱 살짜리 아이들은 팬티까지 홀랑 벗고 샤워실에서 손가락 그림물감이 든 커다란 용기를 갖고 한 시간 동안 맘껏 놀 수 있었다. 그 시간이 끝나면 '진흙 아줌마'가 샤워기 밑에 아이들을 모두 세워놓고 깨끗하게 닦아주었다. 사감이 와서 뭐라 불평을 늘어놓으면 간단한 일이니 걱정하지 말라고 설명했다. 손가락 물감은 물에 깨끗이 씻겼다. 그래도 아이들은 목욕을 해야 했는데, 그럴 때마다 휠체어는 또 물줄기를 얼마나 잘 받아먹던지!

우리 또래의 장애인들을 위한 책수레는 정말 참신한 아이디어였다.

바르브로 사서는 동화 읽기 시간이 되면 우리를 담화실로 불러모아놓고 크고 하얀 치아를 드러내며 웃었다. 동화 읽기가 끝나도 책벌레들과 둘러앉아 빙긋 미소를 지으며 일주일 동안 읽을 책을 차례차례 나누어주었다. 암네타에게는 『내 이름은 삐삐 롱스타킹』을, 엘세게르드에게는 『쿨라 굴라』를 주었다. 그리고 내 책은 이거라고 눈짓하며 『아르네 씨의 보물과 죽음의 짐수레꾼』을 건네주었다.

하지만 곧 책을 읽기도 어려워졌다. 갑작스레 일상의 생활방식이 끼어들면서 시설 분위기가 전체적으로 번잡해졌기 때문이었다. 가족들이 시도 때도 없이 찾아왔다. 몇 년 전만 해도 무릎을 굽히고 굽실거리며 인사하던 사람들이, 이제는 사감과 간호사들이 면회시간을 지키라고 나무라도 무시하듯 코웃음을 칠 뿐이었다. 아니, 엄마가 자식도 맘대로 볼 수 없나요? 여기가 무슨 교도소라도 된단 말인가요? 아이의 욕구와 성장에 대해 기초적인 지식을 가진 사람이 단 한 명이라도 있다면 그런 소릴 할 수 있나요?

그렇게 빛이 우리 방 안으로 침입했다.

하지만 가장 밝은 곳에 가장 어두운 그림자가 생긴다는 걸 그 누구도 미처 생각지 못했다.

그림자가 숨을 쉰다. 일은 그렇게 시작되었다.

이미 깊은 잠에 곯아떨어진 세 친구는 그 그림자의 숨소리를 전혀 듣지 못했다. 나만 혼자 깨어서 어둠 속을 응시했다. 이때가 하루 중 최고의 시간, 전적으로 내게만 귀속된 유일한 시간이었다. 이제 나는 세 친구가 재잘거리는 소리와 간호사들의 정해진 방문에 방해받지 않고 맘껏 상상의 나래를 펼칠 수 있었다.

나는 누워서 스테판을 생각했다. 나보다 한 살 많은 그는 바로 위층에 살았다. 그래, 그의 침대는 정확히 내 침대 바로 위에 있었다. 그 사실을 암네타에게 들어 알고 있었다. 나와 달리 암네타는 위층에 가본 적이 있었다. 나는 그의 방도, 그가 다니는 복도도 보지 못했으나 매일 공원으로 산책 나갈 때마다 스테판을 볼 수 있었다. 스테판은 금발머리와 파스텔 톤의 올리브색 피부를 가지고 있었다. 꼭 몸 전체가 황금 물 속에 들어갔다 나온 사람 같았다. 앞머리를 길러서 반항적인 인상을 주었는데, 그 사이로 붓으로 섬세하게 그린 듯한 눈썹을 볼 수 있었다. 마치 이마 위를 날아다니는 한 마리 제비 같았다.

스테판은 시를 썼다. 누구나 아는 사실이었다. 또한 극도의 절망감으로 비명을 지르며 제본실 작업대 위에 목발 하나를 집어던져 인쇄지와 아교와 실패가 한데 뒤엉킨 채로 바닥에 떨어졌던 사건도 모두 알고 있었다. 현장에 있던 교사와 학생들은 삼십육계 줄행랑을 쳤고, 그들이 사라진 뒤 스테판은 다른 학생의 지팡이로 빗장을 채웠다. 바리케이드는 한 시간이 넘도록 계속되었다. 급기야 레델리우스가 문 앞에 나타나 포박용 재킷이나 가죽끈 등의, 이미 반쯤은 그 의미를 잃어버린 체벌도구를 들먹거리며 위협했지만 스테판은 지팡이를 빼지 않았다. 하는 수 없이 사감이 창문으로 기어들어가 그를 문에서 밀쳐냈다. 그 순간 스테판은 소리도 지르지 않고 두 손에 얼굴을 파묻은 채 꼼짝도 않고 앉아 있었다.

시설의 여자아이들 모두가 스테판을 흠모했다. 나는 언젠가 한번은 그가 내 말 상대가 되어줄 거라고 생각할 만큼 어리석지는 않았다. 하지만 그의 생각을 즐겨 했다. 가끔씩 소박한 꿈도 꿔보았다. 커다란 떡갈나무 아래 휠체어가 나란히 놓여 있고, 스테판이 데시레를 위해 최근에 쓴 시를 읽는다. 시를 낭송하는 동안 그의 손은 데시레의 손을 찾아 헤매고 나뭇잎 새로 불어오는 바람이 두 사람 위로 살랑거린다……

그 순간 처음으로 그 소리를 들었다. 그 낯선 숨소리를.

문이 열리고 닫히는 소리도, 리놀륨 바닥을 걷는 소리도, 셔츠 소매가 스칠 때마다 나는 작은 소리도 들리지 않았다. 오로지 거의 한숨에 가까운 무거운 숨소리만 들릴 뿐이었다.

방 안은 어두웠기에 문가의 낯선 그림자를 발견하기까지는 어느 정도 시간이 필요했다. 그림자는 전혀 움직이지 않았다. 하지만 살아 있는 존재의 윤곽이라는 건 의심의 여지가 없었다. 극도로 조심스런 생명체의 그림자.

그 그림자가 나의 눈길을 느낀 것 같았다. 내가 그림자를 발견한 순간 그도 내가 깨어 있다는 걸 알았다. 하지만 그는 멈칫거리지도, 어둠 속으로 물러서지도 않고 한 걸음 내디디며 다시 숨을 내쉬었다. 숨소리는 무겁고 가빴다.

어느새 다른 아이들도 하나둘 잠을 깨는 것 같았다. 엘세게르드의 침대 시트가 바스락거리는 소리가 들렸다. 암네타의 침대에서도 조심스럽게 숨을 죽인 소리가 들려왔다. 타이거 마리아만이 아직 깨지 않았지만 깊이 잠든 것 같지는 않았다. 몸을 뒤척였고 숨소리로 보아 곧 눈을 뜰 것 같았다.

그림자는 우리가 깨어나기를 기다렸다. 그리고 이 침대에서 저 침대로 미끄러지듯 오가며 속삭였다. 마치 오늘을 기점으로 몇 달 동안 밤마다 벌어질 장면을 우리 모두 보고 들을 준비가 되어 있는지 확인하는 것처럼. 처음에는 엘세게르드의 침대 머리맡에 섰다가, 그다음에는 암네타, 그리고 내 침대 곁에 섰다. 그림자는 침대의 격자 틀을 손으로 잡고 가볍게 흔들어 그 진동을 침대 전체에 전달했다. 그건 일종의 위협이자 경고였다. 나는 움직일 용기는 안 났지만 실눈을 뜨고 어둠 속에서 가능한 한 많은 것을 보려고 애썼다. 하지만 소용없는 짓이었다. 그의 얼굴이 보이지 않았다. 내 앞에 서 있는 건 단지 그림자일 뿐이었다.

이제 그림자는 몸을 돌려 타이거 마리아의 침대로 간다. 침대 모서리에 가만히 서서 마치 인사라도 하듯 한 손을 든다.

어둠 속에서 속삭이는 듯한 목소리가 들려왔다.

"아아, 마리아. 나의 천사, 내 작은 꽃 타이거야! 내 사랑! 나의 귀여운 장난꾸러기!"

문이 닫히고 황급히 복도를 걸어가는 발소리가 사라진 뒤로도 한참 동안 우리는 조용히 누워 어둠 속을 응시했다. 들리는 건 암네타의 침대에서 터져나온 낮은 울음소리뿐이었다. 마치 바늘이 내 고막을 찢고 머릿속으로 뚫고 들어오는 듯한 날카롭고 새된 소리였다. 귀를 막으려 했지만 경련으로 손이 옆으로 젖혀졌다. 다시 그 소음이 귀를 뚫고 들어왔다. 그때 퍼뜩 나 자신도 암네타와 똑같은 소리를 내려고 성대를 조율하고 있다는 걸 느꼈다.

결국 엘세게르드는 해서는 안 될 일을 저질렀다. 그녀는 불을 켜고 목발을 찾아 침대에서 내려왔다. 그뒤에는 엄한 체벌이 기다리고 있었다. 이 장애인시설에서는 밤에는 누구도 침대 밖으로 내려와선 안 되었다. 낡은 규칙들은 계속 그대로 유지되었다.

나는 그때의 엘세게르드를 결코 잊지 못할 것이다. 금방이라도 쓰러질 듯 불안하게 목발을 짚고 서서 이마에 내려온 회색이 도는 금발 머리를 쓸어올리던 모습을. 그 순간 엘세게르드는 아름다웠다. 얼굴은 하얗고 눈은 검고 깊었다. 그녀는 한마디 말도 없이 절룩거리며 타이거 마리아의 침대로 가서 구겨진 이불을 높이 들어 털었다. 그리고 가만히 누워 있는 타이거 마리아 위에 잘 펼쳐 덮어주었다. 나는 목을 쭉 빼고 타이거 마리아를 쳐다보았다. 그녀는 인형처럼 뻣뻣한 모습으로 가만히 누운 채 미소 띤 얼굴로 천장을 빤히 바라보고 있었다.

몇 년 후 내가 기숙사로 이사해 독방을 쓴 지 벌써 여러 해 되던 어느 날, 갑자기 낯선 여인이 들이닥쳤다. 그 여자는 갈색 외투를 입고 있었다. 그 색깔의 강렬함은 아직도 기억한다. 갈색이 작열하듯 빛나는 색깔일 수 있다고는 한 번도 생각해보지 않았다. 하지만 여자의 외투는 강한 빛을 발하고 있어서 옷의 주인을 쳐다볼 수 없을 정도였다.

"안녕, 데시레. 나 모르겠니?"

나는 멍한 얼굴로 눈을 깜박였다. 엘세게르드?

"기억나지?"

그녀는 이렇게 말하며 거실을 향해 몇 발짝 걸었다. 아직 다리를 절긴 했지만 작은 지팡이 하나로 몸을 지탱할 수 있었다.

"장애인시설에서 같은 방이었잖아……"

깜짝 놀랐다. 엘세게르드나 암네타를 다시 볼 수 있으리라고는 꿈에도 생각해본 적이 없었다. 우리는 헤어지면서 영원히 이별한다고 믿었다. 우리와 같은 장애인들은 스스로 결정을 내릴 수 없었다. 타이거 마리아가 죽기 전에 이미 암네타는 떠나버렸고, 그 뒤를 이어 엘세게르드도 바로 시설을 나갔다. 그녀는 장례식에도 참석하지 않았다. 어린 나이임에도 기숙사가 딸린 정규 시민대학에 입학을 한 것이다. 떠나기 전 마지막 날 엘세게르드는 기쁨과 슬픔 사이를 왔다갔다했다. 기다리고 기다리던 자유가 찾아온 것에 환호성을 지르다가도, 금방 타이거 마리아에 대한 슬픔으로 풀이 죽었다.

그 엘세게르드가 지금 나의 거실에 앉아 있다. 나의 손님들을 편하게 대접하기 위해 바로 얼마 전 구입한 밝은 색 안락의자에. 기숙사의 내 방에서 산 지는 오 년째였다. 그때 나는 '나의'라는 말을 즐겨 썼다. 나의 집, 나의 안락의자, 나의 손님.

엘세게르드는 외투 단추를 풀면서 주위를 둘러보았다.

"와! 방이 정말 예쁘네. 밝고 아늑해!"

햇빛이 쏟아지는 겨울날이었다. 바닥에 내리쬐는 햇살 속에서 먼지들이 반짝이며 춤을 추었다. 꽃무늬 커튼의 색상도 다른 때보다 유난히 더 예쁘게 느껴지던 날이었다. 당시 나는 커튼 숭배자가 되지 않을까 걱정될 정도로 꽃무늬 커튼을 하염없이 바라보며 즐거워했었다. 방의 다른 인테리어도 아름다웠다. 밝은 색의 자작나무 탁자, 빨간색 소파, 책으로 넘쳐나는 서가. 손으로 일일이 헝겊을 기워 만든 카펫은 후베르트손의 지인을 통해 공예협회에서 저렴하게 구입한 것이었다.

나는 우쭐해져서는 나의 아름다운 거실을 보여주느라 정신이 없었다. 그래서 엘세게르드가 외투를 벗는 것도 눈치채지 못했다. 하지만 수수한 흰 깃에 검은색 블라우스를 입은 그녀를 보고는 호흡 인터페이스에 바람을 훅 불었다. 당시만 해도 나는 호흡 인터페이스를 손으로 잡을 수 있었다.

"너 수녀 됐니?"

엘세게르드는 시선을 내리깔고 소녀 같은 몸짓으로 옷을 쓰다듬었다.

"응. 작년에 서품을 받았어…… 너도 알겠지만 여기 바드스테나에서 세계 가톨릭교도회의가 열려서 온 거야. 오늘은 널 만나려고 따로 시간을 냈어."

나는 손을 최대한 뻗어서 엘세게르드의 손을 쓰다듬었다.

"네가 와서 너무 반가워."

그녀는 내 컴퓨터 모니터를 힐끗 보며 미소지었다.

"나도 반가워. 이렇게 언제까지나 네 생일을 축하할 수 있을 거야. 여기 나폴레옹 케이크 사왔는데……"

나는 웃으면서 바람을 훅 불었다.

"아직도 기억하고 있어? 내가 생일 때마다 먹고 싶어하던 걸?"

"그럼. 암네타의 엄마가 생일파티 준비하는 걸 좋아하셨잖아. 일 년에 네 번……"

"타이거 마리아가 공주 왕관을 갖고 싶어했던 것도 기억나니?"

엘세게르드의 눈에 눈물이 글썽였다. 그녀는 눈길을 돌렸다.

"커피 물 올려놓을까, 아니면 네가 해줄래?"

그녀가 물었다. 나는 휠체어 모터를 작동시켜 부엌으로 갔다.

몇 시간이 지나 석양이 깃들 무렵에야 엘세게르드는 타이거 마리아의 얘기를 꺼냈다. 그녀가 옷을 잡아당기며 입을 열었다.

"매일 타이거 마리아를 생각했어. 그건 내 잘못이었어……"

나는 아무런 대꾸도 하지 않았다.

"그때 너는 아무것도, 어떤 말도 할 수 없는 상황이었어…… 암네타도 너무 몸이 약해서, 역시 아무것도 기대할 수 없었지. 하지만 난 우리들 중에…… 나이도 제일 많았고 몸도 제일 건강했어. 그런데 타이거 마리아가 죽는 걸 몰랐다니……"

나는 모니터에 몇 마디 위로의 말을 띄웠다.

"너도 할 만큼 했어. 우리한텐 말하지 않았어도, 그 여자 사감한테는 얘기했잖아."

엘세게르드는 얼굴을 찌푸렸다.

"사감은 내 말을 무시했어. 네 생각은 어떠니? 타이거 마리아는 처음엔 말을 안 했고, 그다음엔 아무것도 먹지 않았어. 그저 방 안을 서성이며 하루 종일 멍하니 웃기만 했는데…… 그런데도 그 사감이란 여자는 내가 쓸데없는 생각을 한다고 몰아세웠지!"

너무 깊이 숨을 불어넣은 탓에 내 말은 모니터 제일 하단에 떴다.

"하지만 그건 지금도 마찬가지야. 그들은 우리 같은 사람들은 무엇이 사실이고, 무엇이 옳은 일인지 판단하지 못한다고 생각하지."

엘세게르드는 낮게 흐느끼기 시작했다.

"나도 스테판처럼 해야 했어. 그런 작자들은 발도 들여놓지 못하게 문을 막아버릴 걸 그랬어. 그리고 소리를 고래고래 질러서 당직 간호사를 불렀어야 했는데……"

"소용없는 짓이었을 거야. 당직 간호사는 대부분 어린아이들을 돌봤잖아. 또 설사 그 소리를 들었다 해도 너무 멀어서 제때 오지도 못했을 거고, 왔어도 우리 말을 믿지 않았을 거야."

엘세게르드는 몸을 굽히고 내 손을 잡았다.

"너도 알고 있지, 그렇지? 스테판 기억나지? 그가 무슨 일을 했는지도? 그 일에 대해서 서로 얘기한 적도, 입 밖으로 낸 적도 전혀 없지만, 응?"

"기억해."

엘세게르드는 숨을 몰아쉬었다. 그녀의 얼굴은 어둠 속에서 은처럼 하얗게 빛났다.

"고마워."

나는 손을 내 쪽으로 잡아뺐다.

"고맙다니?"

엘세게르드는 대답하지 않았다. 잠시 뒤 모니터에 있던 내 말이 지워졌다. 그사이 나는 엘세게르드가 고맙다고 한 이유를 알았다.

우리는 오랫동안 조용히 앉아서 타이거 마리아를 회상했다.

그가 오고 있다. 계단을 올라오면서 중얼거리는 소리가 들린다. 그가 안 왔으면 좋겠다. 나의 능력을 시험해보기 전까지는 오지 않았으면 좋겠다.

그럼에도 문을 밀고 신발을 질질 끌며 방으로 들어오는 소리가 들리자 내 안의 피로가 어느새 눈 녹듯 사라진다. 마치 썰물처럼 바다로 빠져나가 텅 빈 해변만 남은 것 같다. 나는 눈을 뜬다.

"대체 어디에 갔다 온 거니? 하늘나라에라도 갔다 왔니?"

방 한가운데에 선 후베르트손은 흰색 천사인형에 머리가 닿자 팔을 내저었다.

나는 할말이 있다는 표시로 입술을 움직인다. 후베르트손이 침대로 다가와 컴퓨터를 앞으로 잡아당기고 내 입술에 호흡 인터페이스를 물리면서 말한다.

"지금은 또 어쩜 그렇게 말똥말똥하니? 스테솔리드를 네 알이나 먹었으면 하루 종일 아무것도 못 할 텐데……"

대답하기가 어렵다.

"안색이 안 좋아 보이네요. 무슨 일 있어요?"

"몸이 별로 좋지 않아. 그렇게 나쁜 건 아니지만. 퇴근해서 제대로 된 식사를 하고 좀 쉬면 될 거야."

조심하라고 말하고 싶다. 조심하세요. 식사할 때 포도주는 마시지 말고 항상 혈당수치 조심해요! 하지만 그와 나 사이에 맺은 협정조항이 떠올라 주저한다. 너무 가까워지지 말 것. 그래서 짧게 대답한다. 그래요.

"진찰 좀 하고 싶은데. 스테솔리드 투약 경과가 어떤지……"

"크리스티나가 왔었어요."

후베르트손이 모니터를 힐끗 보며 답한다.

"그래, 나도 알고 있어. 크리스티나한테 들었지. 너는 자고 있었다던데……"

*작고 가엾은 벌레 같은 것……*이라는 크리스티나의 말 때문에 깼다고는 말하지 않는다. 그 말에 대해 크리스티나는 속죄해야 할 것이다. 조만간.

"안 잤어요."

후베르트손은 헛기침을 하며 눈을 돌린다.

"가끔 우연이라는 게 있긴 하지…… 어제 자기 집 정원에 갈매기가 죽어 있었다고 하더군."

나는 대답하지 않고 빤히 쳐다본다. 그는 내 눈을 똑바로 쳐다보지 못한다. 대신 내 팔목을 잡고 자기 시계를 보면서 맥박을 잰다. 드문 일이다. 보통 맥박 체크는 간호사에게 시킨다. 팔목을 잡고 있는 손이 깃털처럼 가볍다. 손끝도 따스하다.

"흠, 피곤하니?"

내 팔목을 놓으며 묻는다. 짧게 숨을 내쉰다.

"네."

"1조장하고 얘기를 해봐야겠어. 1조장이 과용했어…… 스테솔리드 네 알이라니!"

나는 대답하지 않는다. 대답할 수가 없다. 바닷물이 다시 해변으로 밀려오고 있다. 후베르트손은 주위를 둘러보며 앉을 자리를 찾는다. 하지만 내 침대가 공간을 다 차지하고 있어서 창턱에 걸터앉을 수도 없다. 그는 어쩔 줄 몰라하며 침대 모서리에 서서, 벽에 걸린 수많은 천사인형을 훑어본다. 나도 그의 눈길을 좇는다. 피곤에 지쳐 몸이 푹 꺼져버릴 것 같았지만 그래도 잠에 빠지기 직전, 눈앞에 보이는 게 천사들의 일부분이라는 걸 또렷이 느낀다. 벽에 있는 마리아의 천사들은 서로 밀고 밀치며 여러 겹으로 겹쳐 있다. 호기심 많은 케루빔 천사는 어깨 너머로 세라핌 천사를 보고 있다. 남자 천사의 크고 하얀 날개가 여자 천사의 부드럽고 둥그런 날개와 부딪친다. 천사들 사이로 어린 푸티 천사들이 불안스레 날아다니며 숨을 쉰다. 그 사이사이엔 또 독특한 모양의 작은 천사들이 반짝반짝 빛나고 있다……

"정말 끝내주는군."

그의 말이 옳다. 정말 끝내준다. 다음 순간 마리아의 집착이 고맙다는 생각까지 든다. 벽이 책갈피 천사로 덮여 있지 않았다면, 후베르트 손의 마음이 동하지 않았을 것이다. 내 손을 들어올리고 침대 모서리에 앉을 자리를 만들지도 않았을 것이다. 보통때처럼 무덤덤한 그라면, 지금처럼 나의 손을 잡아주지도 않았을 것이다.

둥지 안의 새알. 조개 안의 진주.

그의 손 안의 내 손. 내 손이 있을 자리는 항상 그곳이다.

정말 무지한 사람들만이 오늘날에도 성 아우구스티누스처럼 시간은 강물이라고 믿는다. 우리 같은 사람들은 시간을 삼각주로 표현한다. 즉 시간은 갈라져서 항상 새로운 길을 찾다가 다시 하나로 합쳐진다. 그러다가 다시 수천 개의 하상(河床)을 찾아나선다. 어떤 순간들은 폭포수처럼 지나가고, 또 어떤 순간들은 걸음을 멈추고 작은 웅덩이를 이룬다. 시간의 강물은 그 작은 웅덩이 옆을 흐른다. 하지만 웅덩이는 영원토록 정지해 있다……

그것이 순간이다. 하나의 웅덩이. 나는 그 웅덩이에 빠져든다. 영원히 그 물 속에 머물고 싶다.

그가 내 손을 잡은 적은 한 번도 없었다.

아니, 한 번인가 있었던 것 같다. 정말 그랬는지, 추억 속에서였는지, 한낱 꿈이었는지 알 수는 없지만.

하지만 실제로 그런 일이 있었다 해도 아마 오래 전 일이었을 것이다. 장애인보호시설이 개축되기 전, 기숙사에 들어가기로 결정되기 한참 전쯤. 아마도 후베르트손이 그 여자의 이름을 입에 올린 날이었을 것이다. 아니 잘 모르겠다. 더이상 기억이 나지 않는다.

후베르트손이 나를 안고 칙칙한 복도를 지나갔던 날을 기억한다. 머리 위에선 천장에 댄 판자가 윙윙거리며 소리를 냈고 그 너머로 어둠을 넘어서지 못하고 하얗게 반짝이는 별들이 보였다. 나는 후베르트손의 팔 위에서 어릴 때 불빛에 대고 늘 그랬듯이 별을 가지고 놀았다. 눈을 감으면 별빛이 붉어졌다가 얼른 눈을 깜박이면 온 세상이 어슴푸레했다. 그리고 다시 눈을 꼭 감으면 눈꺼풀 위로 별이 녹색 빛을 뿜어내고 있었다……

당시에 후베르트손은 건강하고 힘도 셌다. 팔에 안은 나의 무게를 전혀 느끼지 못하는 것 같았다. 흐트러짐 없는 걸음으로 병동의 좁은 계단을 펄쩍펄쩍 뛰어오르다시피 했다. 도중에 우리는 간병인을 만났다. 그녀는 후베르트손을 보며 염려스러운 표정으로 미소지었다. 그는 머리를 잠깐 숙여 답례했지만 걸음을 늦추지도, 왜 이 병동에서 저 병동으로 여자 환자를 안고 가는지 설명하려고도 하지 않았다. 나는 그녀의 표정을 보고 의기양양하게 큰 소리로 웃었다. 저 여자를 포함해서 간호사들은 얼마나 놀랄 것인가? 오늘 남은 업무시간 동안 뭐라 수다를 떨고, 또 무슨 추측들을 할 것인가! 바로 그 만남의 순간 나는 그들 전체를 꿰뚫어보았던 것이다.

잠시 후 후베르트손이 한 방문 앞에 섰다.

"이 방에 있는 여자는 들을 수도 있고, 볼 수도 있어. 그러니 잠자코 있어. 소란 피우지 말고."

덜컥 겁이 났다. 나는 왼팔로 후베르트손의 가운 소매를 붙잡고 힘껏 잡아당겼다. 머리가 심한 경련을 일으키며 의지와는 상관없이 옆으로 꺾였다. 난 이 여자 보고 싶지 않아요! 그런다고 뭐가 달라지나요? 깨진 유리잔을 내다버리듯이 날 내동댕이쳐버린 여자야! 날 레델리우스한테, 그리고 장애인시설에 내다버린 여자라구요! 그것도 모자라 다시 신경과 연구진들한테 넘겼지요. 아무도 되돌릴 수 없어요. 이미 벌어진 일은 되돌릴 수 없으니까……

나는 이 모든 것을 설명하려 했지만 너무 흥분한 나머지 으르렁거리는 소리만 냈다. 그래서 그는 내 말을 제대로 이해할 수 없었다.

"쉿!"

그는 이 말과 함께 팔꿈치로 문을 열었다. 나는 그 방을 알고 있었다. 내 방이 될 뻔했으니까. 잿빛 아침햇살과 연녹색의 벽. 옛 유행의 잔여물인 주황색 화학섬유 커튼. 엉덩이가 닿는 부분에 가느다란 금이 간 빛바랜 플라스틱 의자. 그 옆의 조그만 탁자. 이 시설에서 절대로 교체하지 않을 자치단체 소유의 협탁. 줄무늬 침대 시트와 노란색 와플 무늬 이불.

나는 눈을 깜박이며 방 안을 둘러보았다. 아니다. 좀더 꼼꼼히 들여다보니 이 방에는 내 방에 없는 물건들이 많다. 탁자 위에는 배가 불룩한 촛대가 서 있었고, 창가 의자 위에는 사진 액자들이 일렬로 늘어서 있었다. 정원에 꽃이 만발한 6월에 하얀색 주택 두 채를 공중에서 찍은 사진이 보였다. 고등학교 졸업모를 쓰고 있는 두 소녀의 사진도 금테 액자에 담겨 있었다. 한 소녀는 진지해 보였고 다른 소녀는 미소를 짓고 있었다. 그리고 확대해서 손수 색을 입힌 흑백사진도 있었는데 딱 보기에 1960년대에 찍은 것이었다. 세 여자아이가 벚나무에 앉아 있는 사진이었다. 얼굴은 옅은 장미색으로, 옷은 각각 장미색, 노란색, 녹색으로 칠했는데, 그들을 둘러싼 나뭇잎만 원판 그대로 회색이었다.

후베르트손이 두 발짝 걸어들어갔다. 나는 눈을 감고 머리를 그의 가슴 쪽으로 돌렸다. 속삭일 때마다 그의 숨결이 나의 턱을 따스하게 쓰다듬었다.

"겁내지 마. 자고 있어……"

제일 먼저 여자의 손을 보았다. 아주 컸다. 그리고 푸른빛이 감돌 정도로 하얬다. 타원형으로 완벽하게 손질된 손톱은 반짝반짝 윤기가 흘렀다. 손톱 표면을 얼마나 열심히 문질렀는지 하얀 반달도 보였다. 나는 깜짝 놀랐다. 내 경험에 비추어보면 간호사들은 손톱만은 짧게 깎도록 지시했다. 그런 면에서 이 여자는 특별 대우를 받고 있는 것이다.

호기심이 두려움을 밀어냈다. 나는 눈을 들어 여자의 얼굴을 바라보았다. 얼굴도 손처럼 창백했고 피부는 주름살 하나 없이 매끈했다. 뺨에는 파열된 모세혈관 몇 가닥이 마치 가느다란 보랏빛 줄처럼 선명하게 드러나 있었다. 머리카락은 나이든 여자 천사의 머리처럼 가늘고 하얗고 구불구불했다.

후베르트손이 속삭였다.

"뇌출혈이었어. 벌써 십사 년째 이렇게 반신불수 상태로 누워 있어. 이제 폐렴 증세까지 보이고 있고……"

그녀는 죽기 직전의 사람처럼 입을 벌린 채 누워 있었다. 그런데도 숨소리는 들리지 않았다. 병실에는 완벽한 정적이 흐르고 있었다. 그녀의 가슴이 천천히 올라갔다가 다시 조심스럽게 내려갔다.

나중에 후베르트손의 품에 안겨 다시 내 침대로 돌아온 후 잠에서 깼을 때, 그는 내 손을 가만히 잡고 있었다. 그리고 다시 그 손을 다른 손으로 달걀 껍데기처럼 동그랗게 말아줬다. 그제야 감히 물어볼 수 있었다. 그전에는 생각조차 못 했던 말이었다. 내 입에서 분명한 목소리로 굴러나온 말 한마디 한마디가 유리알처럼 맑게 울렸다.

"그 여자는 왜 나를 버렸나요?"

후베르트손은 대답하지 않았다.

하지만 후베르트손은 그냥 넘어갈 사람이 아니었다. 이튿날 마음이 바뀌어 알고 싶지 않다고 했는데도 그는 이미 마음의 준비를 하고 있었다. 나는 아무짝에도 쓸모없는 신경 소모일 뿐이라고 으르렁거리며, 시위라도 하듯 애써 귀를 틀어막으려 했다. 그러나 결과는 참담했다.

그는 우선 엘렌이 살았던 시절의 얘기부터 시작했다.

"너는 왜 그 여자가 널 버렸느냐고 물었지. 그건 간단해. 1950년대에는 그런 일이 아무렇지도 않게 일어났으니까. 정상적인 범위를 조금이라도 벗어나는 건 절대 받아들이지 못하던 시대였거든. 의사들도 마찬가지였지. 내가 예테보리의 병원에 있을 때, 융통성 없는 늙은 의사들 대부분은 건강하지 못한 육체에 건강하지 못한 정신이 깃든다고 생각했어. 부모들에게 장애가 있는 자식은 어디에 줘버리고 그냥 잊으라고 충고하는 원장도 있었으니까. 안짱다리도 장애인 취급 받던 시절이었어……"

후베르트손은 말을 멈추고 이마를 찌푸렸다.

"그 원장이 정확히 어떤 생각을 가지고 있었는지는 잘 모르겠어. 안짱다리 아이 모두를 정신적으로 문제가 있다고 본 건지, 아니면 단순히 그가 갖고 있는 질서에 대한 가치관에 어긋난다고 생각한 건지. 아마도 절름발이를 비롯한 많은 장애인들이 길거리를 활보하고 다니면 그가 중요시하는 질서와 통일성이 깨질 거라고 생각한 것 같아. 그래서 공공시설에 감금하는 편이 낫다고 여긴 거지. 장애인들이 특별히 오래 사는 것도 아니었으니까……"

318

후베르트손이 내 쪽으로 돌아섰다. 나는 경련이 심해질 것을 뻔히 알면서도 혀를 날름 내밀었다. 후베르트손은 내가 일부러 그런다는 걸 알고 있었다. 그의 관찰력만큼은 존경할 만했으니까.

"소리지를 테면 질러봐. 하지만 네가 그 시대를 이해하지 못한다면 절대로 엘렌을 이해할 수 없을 거야. 그 시절을 안다고 생각하지 마. 발길질과 침 세례를 당하고 무시당하는 장애인부터 정도가 좀 덜하다 해도 잔뜩 몸을 웅크린 채 침을 질질 흘리며 기어다니는 사람들의 처지를 알기엔 넌 너무 어렸어…… 공중위생시설은 정말 최악이었지. 빌어먹을, 가끔은 군대보다도 못하다는 생각이 들었다니까."

그는 몸을 돌려 침대 발치에 섰다. 그리고 침대 위에 던져놓았던 서류 뭉치에서 종이 한 장을 꺼내 올려놓고 손가락 끝으로 톡톡 두드리면서 목소리를 높였다.

"네 담당의사는 심메르만이라는 신경과 의사였어. 생후 삼 주차인 너를 보고 금방 모든 결론을 내렸더군. 여기 서류를 보면 네 상태가 너무 심각해서 그 어떤 학습도 불가능하다고 씌어 있어…… 음식을 씹거나 눈을 맞추는 기초적인 일도 할 수 없을 거라고. 이 진단서를 보면 심메르만은 네가 인간으로서 어떤 감정적인 생활도 할 수 없을 거라는 소견을 갖고 있었어."

후베르트손이 손에서 종이를 놓쳤다. 종이는 팔락거리며 침대 위로 떨어졌다. 그가 헛기침을 했다.

"이것에 대해서 엘렌과 얘기해보지는 않았어. 엘렌은 내가 너의 존재를 알고 있다는 걸 몰라. 지금은 너무 늦었어. 엘렌의 몸 상태가 몹시 좋지 않아. 내가 알기로는 엘렌은 지금껏 누구한테도 너에 대한 얘기를 한 적이 없어. 물론 주변 사람들은 엘렌과 후고 사이에 아이가 하나 있었다는 건 알고 있지만. 그 아이가 죽었다고 했는지 살았다고 했는지, 여하튼 사람들에게 뭐라고 얘기를 했는지는 모르겠어…… 그런 일에 대해서 왈가왈부하지 않는 것이 당시의 분위기였지. 하루빨리 잊어버리고, 계속 살아나가는 것이 최선이라고 생각했으니까."

그의 목소리가 조금 차분해졌다.

"네가 태어난 지 삼 개월 만에 후고가 암으로 죽었다는 걸 잘 생각해봐. 엘렌은 모든 시간을 그의 곁에서 보낼 수밖에 없었어. 병원 차트에는 엘렌이 출산 후 이틀째 되는 날 퇴원했다고 적혀 있어. 무모한 짓이었지. 당시 모든 산모들은 최소한 일주일은 가만히 누워서 산후혈전증이 나아지기를 기다려야 했거든. 그리고 의료진은 간질과 뇌 손상의 치료를 위해 널 스톡홀름으로 보냈어. 그것만큼은 의심의 여지가 없었지. 그래서 넌 생후 첫 이 년을 소아병원에서 보내게 된 거야. 알겠니?"

후베르트손이 나를 힐끗 훔쳐보았다. 하지만 상관없었다. 그가 억지로 짜맞춘 퍼즐게임의 또다른 조각을 내가 갖고 있다는 걸 가르쳐줄 생각은 꿈에도 없었으니까.

"엘렌이 그때 널 만났는지는 아무도 몰라. 병원에서 유리창 너머로 보았을 수도 있겠지. 나는 회의적이었지만, 당시 의료진은 아이들을 부모와 멀리 떼어놓으려고 안달이었어…… 그리고 뜻대로 잘 안 되면 한술 더 떴지."

그는 다시 창문 쪽으로 몸을 돌려 잿빛 하늘을 응시했다.

"네 생모가 너를 한 번도 찾아오지 않은 이유가 궁금하다면, 심메르만이 엘렌에게 보낸 편지를 보면 알 수 있을 거야. 네 서류철에 복사본이 있어. 보고 싶니?"

나는 숨을 헐떡거리며 바람을 훅 불었다.

"아뇨!"

후베르트손은 그 자리에 엉거주춤 주저앉았다.

"그래. 네 맘 이해해. 내용도 별다르지 않아…… 같은 노래의 다양한 변주곡이라고나 할까? 이 아이에게는 아무것도 기대할 수 없습니다, 모든 서류가 죄다 그런 내용이지. 학습적인 면에서 아무것도 기대할 수 없습니다. 걷지도, 말하지도, 어떤 것을 이해하지도 못할 겁니다."

레델리우스에 대한 기억이 머릿속에 아른거렸다. 침팬지들. *Hey, hey, we're the Monkeys*……*

후베르트손은 서서 꿈을 꾸는 것처럼 보였다. 방금 전까지 그렇게 열심히 움직이던 두 손은 이제 축 늘어져 있었다. 잠시 그렇게 꼼짝 않고 서 있다가 눈을 몇 번 깜박이더니 얘기를 계속했다.

"그래. 항상 그런 식이었지…… 엘렌이 쓴 편지들은 서류철에는 없어. 하지만 꽤 자주 심메르만에게 편지를 썼던 것 같아. 심메르만은 너를 집에서 간호하는 것은 불가능하다는 답장을 보냈어. 널 면회하는 것조차 힘든 일이라고 조언했더군. 너한테도 의미가 없는 일일 거라고. 너는 필요한 모든 걸 얻을 수 있으니…… 시간마다 식사가 제공되고 거기에 깨끗한 기저귀까지……"

그럼에도 불구하고 나는 엘렌에게 책임이 있다고 말하고 싶었다. 그 누구도 엘렌이 자신의 책임을 다하는 걸 방해할 권리는 없었어요. 그녀 스스로 자신의 의무를 깨달아야만 했어요. 내가 자기 자식이고 아무리 많은 장애를 갖고 있어도 한 인간임을 기억해야만 했다구요. 하지만 나는 말을 할 수 있는 상태가 아니었기 때문에 눈을 감고 가만히 있었다. 이건 후베르트손에게 이제 그만 입을 다물라는 일종의 호

---

* 1960년대 미국의 록그룹 '몽키스'의 첫 앨범에 실린 테마곡 〈The Monkees〉.

소였다. 그러나 그는 멈추지 않고 대리석으로 된 창턱을 손마디로 톡톡 치면서 계속 말을 이어갔다.

"그래도 너는 잘 크고 있었어. 최소한 심메르만이 보기엔 그랬어. 그러니 엘렌 부부는 앞날을 생각해서 아이를 하나 더 낳는 게 낫지 않겠느냐고……"

후베르트손은 이 말을 하면서 어이없다는 듯 웃음을 터뜨렸다.

"그 악마 같은 놈이 글쎄 바보같이 엘렌이 과부라는 걸 잊어버린 거야!"

그는 한동안 말이 없었다. 몸짓으로 보아 돌아갈 시간이 다 되었다는 걸 느낄 수 있었다. 그가 다시 입을 열었다.

"그래. 여하튼 그렇게 해서 마르가레타가 양딸로 오게 된 거지……"

나는 너무 피곤해서 후베르트손이 여전히 내 손을 잡고 있는지 어떤지도 알 수 없었다. 하지만 아무래도 상관없었다. 내 손이 거기 있으니.

나는 항상 어떤 호수 안에 머무르고 있다. 호수는 초록빛이고 유리처럼 맑다. 물 속 깊이 나의 자매인 마르가레타의 모습까지도 보인다. 마르가레타는 클래스의 낡은 자동차에 앉아 라디오에서 나오는 그의 목소리에 귀 기울이며 미소짓고 있다. 아무도 자기 차를 추월할 수 없을 거라는 생각이 들 정도로 속력을 내어 이리저리 차를 몰 때만큼 그녀에게 짜릿한 순간은 없다. 그리고 지금 이 순간 마르가레타는 특히 더 기분이 좋다. 우선은 크리스티나, 그 정신나간 년이 있는 곳으로부터 일 킬로미터 정도는 더 떨어져 노르셰핑의 비르지타를 찾아가고 있기 때문이다. 드디어 마르가레타는 일련의 사건들이 일어난 경위를 파악한 것이다. 그래서 지금 오늘의 선행을 베풀러 가는 길이다. 마르가레타는 말 그대로 해결사이자 나의 제일 나이 어린 자매이다.

반면 비르지타는 지금 이 순간에도 선행과는 거리가 멀다. 헐렁한 하이힐을 신고 노르셰핑의 노라 산책로를 따라 걸으면서 어떻게 하면 모탈라로 갈 수 있을지 궁리하고 있다. 버스에서는 쫓겨났지만, 기차라면 가능할 것이다. 이미 여러 번 기차 화장실에 숨어 꽤 긴 구간을 버틴 적이 있었다…… 하지만 그전에 담배를 좀 피워둬야 하는데 주머니에는 일 크로네 오십 외레밖에 없다. 돈 없이 담배를 구할 방법은 없을까? 응? 누구라도 제발 좀 알려줄 수 없어?

내 자매들의 동그라미가 차례로 겹치며 서서히 같은 방향으로 돈다. 세 개의 동그라미가 예상한 방향대로 돌고 있다. 나는 나의 호수에 좀더 깊이 들어갈 수 있다.

나는 허우적거린다! 입과 목구멍으로 물이 밀려든다. 벌어진 입을 통해 목과 가슴으로 물이 흘러든다. 기침을 한다. 눈도 뜨지 않는다. 물을 먹지 않으려고 사력을 다한다. 숨을 헉헉거린다…… 살려주세요, 물에 빠졌어요!

누군가 침대 윗부분을 정신없이 추켜올리는 바람에 머리가 앞으로 떨어진다. 작은 목소리가 들린다.

"아니, 이런! 주스 한 모금을 주려고 한 것뿐인데, 잘 몰랐어요……"

케르스틴1의 음성이다.

"괜찮아. 좀 도와줘, 데시레를 앞으로 숙여봐!"

내 머리가 이리저리 흔들린다. 하지만 나는 머리를 바로 세우려 하지 않는다.

내가 잃어버린 게 뭔지, 내 최후의 발작으로 치러야 할 대가가 뭔지 이제는 알기 때문이다.

나는 더이상 물을 마실 수가 없다. 이제 다시는 물을 마실 수 없을 것이다.

벚나무 공주

"원한다면 네 손을 나의 손에 얹으렴.
나는 사랑의 음료와 사랑의 힘을 빨아마시기 위해
머물러 있는 사람이 아니라오.
나는 늘 사랑에 쫓겨다니는 사람이라네.

매혹적인 방랑의 노래에
어린 나는 고향 바닷가를 등졌다네.
나는 그저 스쳐 지나가는 사람일 뿐.
원한다면 네 손을 나의 손에 얹으렴."

얄마르 굴베리

마르가레타는 크리스티나 뒤로 문이 덜컥 닫히자마자 담뱃불을 비벼끄고 고풍스런 부엌 의자에 등을 기대고 앉아 기지개를 켠다. 가능한 한 빨리 식탁을 치우는 게 좋을 것이다. 그 고매하신 부인이 예고 없이 일찍 퇴근해서 아침부터 식탁 위에 그대로 놓여 있는 설거짓감을 발견하고 아연실색하여 심장발작을 일으키지 않도록 하려면.

예전부터 마르가레타는, 교양인의 모든 의식과 예절을 체계적으로 배웠음에도 그중에 청소라는 것이 그리 높은 지위를 차지하지 않는다는 걸 아직도 모르는 크리스티나가 늘 이상했다. 몸을 청결히 하고 옷을 깔끔하게 입는 것은 물론 교양인이라면 두말할 나위 없이 지켜야 할 덕목이다. 정결한 몸과 깔끔한 옷차림과 지저분한 집, 이건 하나의 구호처럼 당연한 소리다. 구석구석 먼지 한 톨 보이지 않는 집 안은 소시민적 꼼꼼함을, 더 나쁘게 말하면 프롤레타리아적 열등감을 상징한다. 뭔가를 자꾸 감추려는 사람은 주변의 완벽한 질서를 필요로 한다.

이러한 점에서 사회적 계급의 라이프스타일을 받아들인 크리스티나보다 자신이 더 고단수임은 의심의 여지가 없다. 둘의 사회적 계급은 같으나 키루나에 있는 마르가레타의 집은 항상 카오스 상태이다. 그러나 그녀는 개의치 않는다. 우연히 그녀의 집 안을 들여다본 사람들은 모두 물리학자들이었다. 그들은 마르가레타가 판에 박은 말로 민망한 상황을 벗어나려고 하면 그저 피식 웃을 뿐이었다.

"저는 우리집에 있으면 엔도르핀이 팍팍 솟는걸요."

하지만 만약 크리스티나의 집처럼 깨끗했다면, 마르가레타는 아무 말 않고 잠자코 있었을 것이다. 달빛이 스며드는 수정처럼 맑은 창문, 마루청 하나하나 비로드처럼 부드럽게 닦인 부엌 바닥, 그리고 너무 깨끗한 나머지 직물의 색감이 그대로 느껴지는 퀼트 카펫, 이 얼마나 쾌적한가. 하지만 얼마나 열심히 쓸고 닦아야 할까! 뿐만 아니라 에릭, 정확히 얘기하자면 에릭이 상속받은 유산은 크리스티나가 원하는 것을 뭐든 가질 수 있게 해주는 전제조건 중 하나이다. 이에 비해 마르가레타는 설령 남자친구들이 아무리 많은 돈을 싸들고 온다 해도 항상 어느 정도 거리를 유지했다. 대부분의 남자들은 자신의 삶뿐만 아니라 여자의 인생에서까지 주연배우로 나서려 해서 사람을 피곤하게 한다. 마르가레타는 자신의 인생에서 조연을 맡고 싶지는 않았다.

어쨌든 지금은 크리스티나의 집 안을 찬찬히 둘러보고 싶다. 어제 저녁 거실에서 본 장롱에 무척 호기심이 일었다. 그 위에는 하얀 덮개 위에 주석 촛대와 볼이 붉고 통통한 엘렌의 젊은 시절 사진이 놓여 있어서 마치 작은 제단처럼 보였다. 그래서 그 장롱 안에는 분명 어떤 흥미로운 비밀이 숨겨져 있을 것만 같았다.

마르가레타는 설거지를 하고 나서 젖은 손을 청바지에 한 번 쓱 문질러 닦고 거실 쪽으로 난 이중문의 한쪽을 밀어 연다. 조금 삐걱거리는 소리가 들린다. 부엌으로는 아침햇살이 비친다. 하지만 거실은 아직도 회색 어스름이 깔려 있다. 잠시 문간에 서 있다가 머리를 흔들며 천천히 주위를 둘러본다. 어제 보지 못했던 것들이 눈에 들어온다. 크리스티나는 자기 집 거실을 성역으로 만들어놓았다. 마치 산타가 엘렌에게 헌납한 거실 같다. 눈썰미가 있는 사람이라면 거실 여기저기에 놓인 엘렌의 유품을 알아볼 수 있을 것이다. 가장자리를 레이스로 뜬 작은 덮개, 거실 탁자에 놓인 압착유리로 된 소박한 과일 접시, 마틴 앤더스 넥소스의 전집을 포함한 1940년대 판 적갈색 책들. 제단 위에 놓인 은테 액자. 그 속에서 침묵하고 있는 성상(聖像). 바로 엘렌의 사진이다.

그렇지만 엘렌에게 신전은 필요 없다. 그녀는 성녀가 아니라 그저 비범한 모성을 지닌 여인이었을 뿐이니까. 그녀도 우유가 상했다거나 난데없이 부엌 창문에서 파리떼를 발견하면 아이들에게 욕을 퍼부었다. 뿐만 아니라 얼마나 인색한지 크리스마스나 생일날 주는 선물이라고는 스케치북과 제도용 연필이 고작이었다. 그때가 아니면 몽당연필로 헌 봉투와 포장지에 글씨를 끼적거려야 했다. 하지만 그보다 더 견딜 수 없었던 건 엘렌의 질투심이었다. 그녀의 초록 눈동자에 몇 번 독기 어린 불꽃이 인 적이 있었다. 모두 학교와 연관된 일이었다.

크리스티나가 고등학교 입학 허가 통지서를 기다리고 있었을 때, 엘렌의 눈빛에는 유난히 독기가 서려 있었다. 열두 살의 크리스티나는 마치 사형선고를 기다리는 사람 같았다. 엘렌 아줌마가 우편물을 가지러 나갈 때면 크리스티나는 창백한 얼굴로 문 뒤에 마비된 듯 서 있었다. 날이 갈수록 크리스티나는 마르고 왜소해져갔다. 오랜 기다림이 그녀의 모든 힘을 빨아먹은 것 같았고, 소식이 올 때까지 아침에 일어나는 것조차 힘들었다.

마침내 편지가 도착한 날 엘렌 아줌마는 그것을 정원에서부터 뜯어 손에 쥐고 들어왔다.

"어떻게 됐어요?"

크리스티나가 속삭이듯 물었다. 엘렌 아줌마는 진지한 표정으로 편지를 들여다보았다. 그러고 나서 크리스티나의 머리 위쪽을 올려다보며 말했다.

"하, 어쩌니…… 안 됐어."

크리스티나의 얼굴은 잿빛으로 변했다. 그대로 쓰러질 것 같았다. 그녀는 몇 걸음 물러서서 전화기가 놓인 선반 밑 보조의자에 털썩 주저앉았다.

"그럴 줄 알았어요!"

그녀는 겨우 이렇게 말했다. 그러자 엘렌 아줌마가 웃음을 터뜨리며 편지를 이리저리 흔들었다.

"장난친 건데, 사실 너도 알았지? 당연히 합격이지, 네 성적 정도면."

그렇지만 크리스티나는 가만히 앉아서 기뻐할 수만은 없었다.

세월이 흐른 지금 마르가레타는 학교 문제에 대한 엘렌의 질투심을 이해할 수 있다. 하지만 받아들일 수는 없다. 사생아 출신의 방직공장 직공에겐 고등학교를 다니겠다는 생각 자체가 불가능했던 시절을 탓할 수는 있다. 하지만 자신은 할 수 없었던 것이라도 자기 아이들한텐 베풀 수 있을 만큼 엘렌 아줌마는 성숙했어야 했다.

크리스티나도 그때 일을 기억하고 싶어하지 않는다. 언젠가 전화통화를 하던 중에 마르가레타가 그 이야기를 꺼내자 크리스티나는 전화통에 대고 귀청이 찢어질 듯 날카롭게 고함을 빽 질렀다. 모두 거짓말이고 쓸데없는 힘담이야! 우리가 잘 되길 바랐던 사람은 오직 엘렌 아줌마뿐이야! 그렇게 소리를 지르고 수화기를 덜컥 내려놓더니 연락을 끊었다. 마르가레타는 꼬박 몇 달 동안 크리스티나의 마음을 풀어주려 노력해야 했다.

마르가레타의 표정이 일그러졌다. 엘렌 아줌마가 어떤 존재였는지 기억한다면 아줌마를 욕할 수 있을까? 그럴 수 없다. 그녀는 그 모든 장단점을 떠나 당시 마르가레타에겐 최고의 엄마였다. 설사 이런 찬사를 듣기 위한 경쟁이 그다지 치열하지는 않았다 해도.

엘렌 아줌마의 제단은 1815년에 제작된 오래된 농가(農家)용 장롱이다. 앞에 1815라는 숫자가 서툴게 씌어 있다. 마르가레타는 열쇠를 세 번 돌리고 나서야 간신히 닫힌 장롱 문을 연다. 문을 열고 보니 실망스럽다. 장롱은 반 정도만 채워져 있다. 위쪽 선반에 꼼꼼하게 밀봉한 비닐백 몇 개가 있고, 아래 칸에는 누런 종이봉투가 전부이다. 그래도 무엇이 들어 있는지 꼭 알고 싶다.

마르가레타는 바닥에 책상다리를 하고 앉아 비닐백을 집어든다. 열어보기도 전에 엘렌 아줌마의 수예품이란 것을 알아차린다. 경매를 하는 동안 크리스티나가 아주 신중하게 골라낸 것들이다. 여기 있는 것은 엘렌 아줌마의 작품 중 백분의 일도 되지 않지만 가장 꼼꼼하게 수를 놓은 것들이다. 마르가레타는 흠집이라도 낼까 무서워 선뜻 비닐백을 열어보지 못한다. 새의 밑그림이 그려진 레이스 견본이 있다. 파란색 비로드로 된 것이다. 마르가레타의 얼굴에 미소가 번진다. 엘렌 아줌마가 수공예협회의 다른 여자들에게 작품을 보여주면 그들은 전시회니 박물관 어쩌구 하는 얘기를 꺼냈다. 그럴 때마다 아줌마는 우쭐한 마음을 감추지 못했다. 그만큼 아줌마의 작품은 정말 훌륭했다. 몇달을 인내하고 머릿속으로 계산하며 짜낸 숙련된 작품들이었다. 마르가레타는 구멍을 내 테두리를 장식한 작은 덮개를 지금도 기억하고 있다. 그 덮개 하나를 수놓는 데 두 달이 걸렸다. 하지만 비닐백에는 전혀 낯선 작품이 들어 있다. 십자수로 가장자리에 작은 새들과 함께 이니셜을 수놓은 작은 체크무늬 앞치마 하나. CM. 보나 마나 크리스티나 마르틴손의 이니셜이다. 그걸 입은 크리스티나의 모습을 본 기억은 없다. 부드러운 최고급 삼베로 된 작은 배냇저고리도 있다. 마르가레타의 것임이 분명하다. 아기였을 때 엘렌 아줌마의 집에 온 건 그녀뿐이니까……

마르가레타는 조심조심 접착테이프를 떼어내고 배냇저고리를 집어올린다. 저고리가 그녀의 손바닥만하다. 엘렌 아줌마에게 오던 때 이렇게 작았었나? 생후 사 개월 된 아기의 크기는 얼마나 될까?

마르가레타는 비닐백을 바닥에 평평하게 펴놓고 작은 저고리를 조심스럽게 올려놓는다. 손으로 하나하나 꿰매 만든 것이었다. 가장자리는 박음질을 했는데, 이음새는 보이지 않게 처리하고 주름진 깃에는 흰색으로 수를 놓았다. 애타게 아이를 기다리는 사람만이 이렇게 정성껏 옷을 만든다. 누군가 마르가레타를 간절히 원했던 것이다.

"내가 얼마나 외롭고 쓸쓸한지 천사가 알고서 구름을 톡 건드려 널 우리집에 떨어뜨린 거야……"

마르가레타가 어렸을 때, 그리고 엘렌 아줌마의 유일한 아이였을 때 아줌마는 늘 그렇게 말했다. 그러면 마르가레타는 이렇게 물었다.

"지붕이 다 망가졌겠네?"

"아니, 넌 영리해서 벚나무 위에 떨어졌지. 버찌를 따려는데 네가 보이더라구."

"난 뭘 좋아했어?"

"먹성이 좋았지. 항상 먹을 걸 찾았어. 나무 밑에 버찌가 꽤나 많이 널려 있었는데, 그해에는 버찌가 모자라서 주스를 만들지 못했어. 그래도 대신 널 얻었으니 상관없었어."

다섯 살의 마르가레타는 그게 엘렌 아줌마가 지어낸 이야기라는 것을 모를 만큼 어리석지 않았다. 그럼에도 엘렌 아줌마의 무릎에 기어올라 기분 좋게 웃었다.

마르가레타는 혀를 빼물며 배냇저고리를 원래대로 다시 접었다. 크리스티나가 그것을 간직하고 있다는 게 기쁘다. 크리스티나의 옷장 안에는 많은 세월이 간직되어 있다. 크리스티나가 죽으면, 쌍둥이 딸 중 하나가 그걸 보관할 것이다. 이런 가문에서는 그렇게들 한다. 후손들을 위해 유물을 아끼고 보호한다. 그래서 지금 이 순간의 마르가레타 요한손처럼 회상의 덩어리가 어느 날 매듭을 풀고 수천 가지 다른 모습으로 나타나면, 배냇저고리는 언제까지나 마르가레타의 존재를 입증하듯 그 자리에 있을 것이다. 마르가레타는 고급 삼베로 된 비석을 갖게 되는 것이다.

오 맙소사, 지금 이렇게 바닥에 주저앉아 감상에 빠져 있을 때가 아닌데! 그럴 시간이 없다. 마르가레타는 허둥지둥 비닐백을 원래 자리에 가져다놓는다. 크리스티나가 옷장을 뒤진 사실을 알면 그 얼음장처럼 차가운, 용서할 줄 모르는 성미에 노발대발할 것이다. 물론 마르가레타는 그것을 원치 않는다. 평소에도 톡톡 쏘아붙이는 크리스티나의 성격을 받아주는 것만으로도 벅차다.

마르가레타는 빙그레 웃는다. 순간 제일 아래 칸에 있던 종이봉투가 손에 스친다. 만져보고 싶어진다. 이미 얼굴에선 미소가 가신다. 봉투를 열고 들여다본다. 손의 느낌이 맞았다. 고등학교 졸업식 때 쓰는 사각모이다. 크리스티나의 졸업모.

크리스티나가 이걸 보관하고 있을 줄이야.

자작나무 잎으로 치장한 자동차들과 재미있는 플래카드, 소음과 웃음소리로 운동장은 한창 떠들썩했다.

마르가레타는 바글거리는 아이들 틈바구니에 서서 자꾸 층계와 교문 쪽을 쳐다보았지만 소용없는 짓이었다. 까치발을 해도 어림없었다. 굽 높은 신발을 신었더라면 보였을지도 모르지만 그런 신발을 신고 집을 나설 수는 없었다. 늘 십대의 유행 패션을 따지는 마르고트에게 굽 높은 신발은 두말할 나위 없는 구식이었다. 지금 굽 높은 신발을 신고 다니는 건 자기가 촌년이라는 걸 광고하는 거야. 내 귀여운 마가, 촌년이 되고 싶진 않겠지?

당연하다. 마르가레타는 촌년이 되고 싶지 않았다. 그리고 마르고트가 사온 옷들 대부분이 마음에 들었다. 미니스커트와 낮은 신발도, 목 짧은 흰색 부츠와 유명 디자이너의 옷들도. 설령 옷이 맘에 들지 않아도, 마르가레타는 그 옷을 입었다. 그게 가장 쉬운 방법이라는 걸 이

334

미 알고 있었으니까.

마르가레타는 앞이 트인 흰색 부츠와 꼭 끼는 오렌지색 미니원피스를 입고 있었다. 너무나 매력적이었다! 완전히 넋이 나갈 정도로! 남자아이들이 내 앞에서 사시나무 떨듯 다리를 후들거릴 테지…… 마르가레타는 코를 킁킁거렸다. 마르고트는 그런 그녀에게 내내 양동이째 햇볕을 쏟아부은 것 같다는 둥, 꼭 뱀 한 마리가 기어가는 것처럼 땅이 들썩인다는 둥 온갖 미사여구를 늘어놓아 마음을 더 들뜨게 만들었다.

하지만 그런 찬사도 잠깐이었다. 오늘은 수업이 몇 시간 없었다. 그렇다고 너무 일찍 집에 돌아가면 마르고트가 실망할 것이다. 마르가레타는 꽃다발을 사기 위해 오십 크로네 동전 몇 개를 타냈다. 마가, 고등학교를 졸업하는 친구들 모두에게 꽃을 선물하렴! 친하지 않아도 잊지 말고! 마르고트는 이렇게 투자를 하면 마르가레타가 한밤중까지 졸업파티를 여기저기 쏘다니다 올 거라고 내심 기대하고 있었다.

하지만 마르가레타는 단 한 명, 크리스티나하고만 졸업파티를 즐기기로 마음먹었다. 그건 일종의 속죄 같은 것이었다. 마르가레타는 벌써 오래 전부터 크리스티나에게 양심의 가책을 느끼고 있었다. 노르셰핑으로 온 뒤 그들은 단 한 번도 따로 시간을 내서 만난 적이 없었다. 가끔 한번씩 학교 복도에서 우연히 마주치면 엘렌 아줌마의 근황에 대한 얘기만 간단히 나누었다. 언젠가 크리스티나는 병원 앞에서 후베르트손을 만났다고 했고, 마르가레타는 어느 달인가 몰래 한 번 전화를 걸었단 얘기를 했다. 하지만 각자의 생활이나 비르지타와 관련된 얘기는 절대 하지 않았다. 그건 둘 사이의 암묵적인 협정이었다.

크리스티나는 항상 아파 보였다. 낯빛은 창백했고 눈자위는 검었다. 쉬는 시간이면 학교 운동장 한구석에 서서 정신없이 공부에 빠져 있었다. 그에 반해 마르가레타는 담배를 피우는 아이들이 모이는 모퉁이에 자리를 잡고서 항상 깔깔대며 수다를 떨고 시시덕거렸다. 한번씩 크리스티나 쪽을 향해 슬쩍슬쩍 눈길을 던졌지만, 크리스티나는 절대로 돌아보지 않았다. 책 속 세상 말고도 또다른 세계가 있다는 것을 알지 못하는 것 같았다. 자신이 온갖 모험으로 가득한 학교 운동장에 있다는 사실을 모르는 것처럼 보였다. 크리스티나는 엘렌 아줌마 집에 살 때도 자기만의 세계에 빠져 살았다. 정원을 벗어난 적도, 비르지타와 마르가레타처럼 놀이터에 간 적도 없었다. 여름에 해수욕을 하러 바라몬 해변에 가려고도 하지 않았고 도서관에도 가지 않았다. 그리고 겨울에는 마르가레타와 함께 남학생 모임에 가려고도 하지 않았다. 마르가레타나 비르지타처럼 단짝친구 한번 사귀어보지 못했다. 그녀는 엘렌 아줌마의 작고 하얀 복제품처럼 늘 그 자리에 앉아서 수놓는 일과 레이스 뜨기에 열중했다. 엘렌 아줌마는 졸졸 쫓아다니는 크리스티나한테 날이 갈수록 지쳐가는 눈치였다.

그러나 마르가레타는 크리스티나의 고등학교 졸업을 축하해주고 싶었다. 그녀는 크리스티나의 목에 걸어줄 노란 장미 세 송이와 파티 때 건네줄 카린 보위에의 시집도 샀다. 마르가레타는 크리스티나 모녀가 어디에 사는지, 어떻게 찾아가야 하는지도 모르고 있었다. 하지만 꽃을 걸어주면서 물어볼 생각이었다.

크리스티나의 엄마는 어디에 있는 걸까? 마르가레타는 주위를 둘러보았다. 그 마녀 같은 여자는 단박에 알아볼 수 있을 것이다. 예전에 엘렌 아줌마 집을 찾아왔던 때의 인상이 잊혀지지 않았다. 하지만 운동장에 사람들이 너무 많은 탓에 찾을 수가 없었다.

축하객들이 웅성거리는 소리가 들렸다. 저기 졸업생들이 온다! 멀리서 졸업축가가 요란하게 들렸다. 트럼펫 소리가 외로이 울리며 몇마디 노래를 이어가다 환호성으로 바뀌었다. 졸업생들이 운동장으로 쏟아져나오다가 갈라져서 행진을 계속했다.

마르가레타는 그 강렬한 분위기에 압도된 나머지 엉겁결에 맨 앞으로 나가 흥분한 상태로 껑충껑충 뛰었다. 아, 바보같이, 다른 친구들한테 줄 꽃도 사는 건데! 저기 귀가 커다란 안데르스도 있네. 쟤는 분명 진한 키스를 선물로 받았을 거야. 저기 레이프도 있네! 세상에, 카리나는 지금까지 본 것 중에 제일 딱 달라붙는 졸업가운을 입었잖아! 가벼운 입맞춤, 입맞춤, 안녕, 안녕, 진심으로 축하해, 축하해!

잠시 뒤 말랐지만 힘이 넘치는 안데르스의 팔에서 몸을 떼고 주위를 둘러보았을 때, 마르가레타의 몸은 땀으로 흠뻑 젖었고 얼굴은 발그레했다. 대체 크리스티나는 어디에 있담? 범퍼를 자작나무 잎으로 꾸민 자동차를 타고 벌써 튀어버렸나?

아니, 천만의 말씀, 저쪽에서 오고 있다! 뚜렷한 목표물을 쫓는 단호한 발걸음으로 운동장을 가로질러오고 있는 사람은 분명 크리스티나였다. 입술을 굳게 다문 그녀는 언제나처럼 창백했다. 하지만 지금까지와는 어딘가 모르게 달라 보였다. 얼굴을 왼손으로 방패처럼 가리고 손바닥으로는 생판 모르는 사람들의 등을 밀어제치면서 환호하는 남학생들과 대견스러워하는 어머니들 사이를 빠져나갔다. 팔꿈치로 한 할머니의 등을 슬쩍 밀치기까지 했다.

크리스티나에게 무슨 일이 생긴 걸까? 미쳤나? 마르가레타는 고함을 치며 다른 사람들을 밀치고 다가갔다.

"크리스티나! 정말 축하해, 크리스티나. 진심으로!"

크리스티나는 잠깐 손을 아래로 내리고 그 자리에 멈춰 섰다가 다시 갈 길을 갔다. 마르가레타는 크리스티나가 보도에 거의 다다랐을 때에야 간신히 따라잡을 수 있었다.

"크리스티나, 잠깐만! 잠깐만!"

크리스티나는 고개를 돌리고 잿빛 눈으로 마르가레타를 멍하니 바라보았다. 그리고 눈을 몇 번 깜박이더니 정신을 차린 듯했다. 마르가레타가 크리스티나의 목에 꽃을 걸어주었다. H&M 백화점에서 구십구 크로네만 주면 살 수 있는 흰 합성섬유 블라우스 위로 꽃이 외로이 흔들렸다. 얼핏 보니 흰 스커트도 그와 비슷해 보이는 싸구려였다. 굽 높은 낡은 신발은 분명 오늘의 축제를 위해 하얗게 칠한 듯했지만 그리 성공적이진 못했다. 해진 틈 사이로 원래의 갈색이 눈에 띄었고 가죽도 다 드러나 보였다. 마르가레타의 눈길을 좇던 크리스티나의 시선도 그 찢어진 자리에서 멈추었다. 마르가레타는 곤혹스러웠다.

"축하해. 행운을 빌게."

마르가레타는 이렇게 말하며 고개를 들었다.

"고마워."

"파티는 어디에서 하기로 했어?"

크리스티나는 메마른 헛기침 같은 웃음을 터뜨렸다. 하지만 대답하기도 전에 그녀 옆에 통통하고 작은 여자가 나타났다.

"크리스티나! 여기 있었구나! 졸업 진심으로 축하해, 귀여운 것!"

크리스티나의 얼굴에 갑자기 화색이 돌았다. 그녀는 무릎을 구부리고 여자가 목에 은방울꽃 화환을 걸 수 있도록 우아하게 살짝 머리를 숙였다.

"엄마는 어디 계시니? 인사드리고 싶은데. 널 무척 대견하게 여기실 거야……"

크리스티나가 다시 무릎을 구부렸다.

"엄마는 못 오셔요, 엘시에 간호사님. 어젯밤부터 아프셨거든요."

통통한 여자는 손으로 입을 가렸다.

"아니, 저런! 하필이면 오늘 같은 날…… 많이 편찮으신 건 아니겠지?"

크리스티나는 다시 무릎을 구부렸다. 부인이 말을 걸 때마다 무릎을 구부리는 것 같았다.

"아뇨, 그건 아니에요. 어제 저녁에 열이 아주 높았어요. 사십일 도 이 분이었으니까요. 그래서 할 수 없이 파티를 취소했어요……"

엘시에 간호사는 이마를 찌푸렸다.

"사십일 도 이 분이라고? 흠. 열이 내리지 않으면, 의사에게 꼭 가 봐야 해."

크리스티나는 다시 한번 무릎을 구부려 인사했다.

"그렇게 할게요. 이렇게 와주셔서 정말 고맙습니다."

엘시에는 그녀의 볼을 쓰다듬었다.

"어휴, 귀여운 것, 고마워할 것 없어. 아직도 너처럼 모범적인 아이가 있다는 사실이 너무 기뻐."

크리스티나는 엘시에가 시야에서 사라지자마자 발걸음을 옮겼다. 마르가레타는 그런 그녀의 뒤를 황급히 쫓아갔다.

"엄마가 아프다니 안됐어, 크리스티나. 집에 가야 되니? 어디 가서 커피라도 마실까? 나 돈 있어, 내가 살게……"

"그 여잔 안 아파."

"뭐라고?"

"아스트리드는 아프지 않다고. 지금 일 나갔어. 그냥 그렇게 얘기했을 뿐이야."

"그러면 파티는 있는 거야?"

"아니, 없어."

그녀는 성큼성큼 걸어갔고, 마르가레타는 거의 뛰다시피 쫓아갔다.

"우리 어디에서 커피라도 마실까? 그래도 졸업식 날인데."

"아니. 안 돼."

"왜?"

"그럴 수 없어. 기차를 타야 하거든."

크리스티나는 모퉁이를 돌아 드로트닝가탄으로 접어들었다. 마르가레타는 서둘러 걷다가 그만 앞이 트인 부츠 밖으로 발가락이 쑥 나와버리고 말았다. 그녀는 어느 집 담벼락에 기대서서 발을 다시 제자리로 밀어넣고 계속 쫓아갔다. 모퉁이를 돌았을 때, 크리스티나는 이미 반 블록 앞서 있었다. 다시 따라잡으려면 이젠 정말 뛰어야 할 것 같았다. 그런데 발가락이 또 튀어나와버렸다.

마르가레타는 숨도 쉬지 않고 말했다.

"기다려. 무슨 기차를 탄다는 거야? 어디로 갈 건데?"

"바드스테나. 엘렌 아줌마가 있는 요양원에서 여름방학 아르바이트 자리를 구했어."

크리스티나는 틀림없이 아침 일찍부터 모든 준비를 했을 것이다. 짐이 꽉 찬 여행가방은 역 보관함에서 주인을 기다리고 있었고, 기차표는 지갑 안에 잘 보관되어 있었다. 크리스티나는 안심한 듯 가방을 꺼내 양발 사이에 놓고 기차역의 시계를 올려다보았다.

"우리가 좀 일찍 왔네. 출발시간이 삼십 분이나 남았어."

그렇게 말하면서도 크리스티나는 곧바로 승강장으로 향했다. 무거운 여행가방을 들어올리다 순간 얼굴을 찌푸렸다. 그러나 마르가레타의 도움을 거절하고 양손으로 바꿔 들었다. 크리스티나는 벤치에 자리를 잡고 앉아 텅 빈 선로를 바라보았다.

"자유로워지고 싶어."

크리스티나가 말했다.

"뭐라고?"

"응…… 아니야."

"어디에서 지낼 거야, 요양원?"

크리스티나는 웃음을 터뜨렸다.

"아니, 수녀님들이랑 같이 지낼 거야. 손님 접대실에서. 방세가 무척 싸. 부엌일을 거들면 좀더 싸게 있을 수도 있고……"

마르가레타는 움찔했다.

"너 가톨릭 신자가 되었니?"

크리스티나가 다시 웃음을 터뜨렸다. 승강장에 나오니 그녀의 모습이 훨씬 더 생기 있어 보였다.

"아니, 믿지는 않아. 그래도 어느 정도 안정과 평화는 필요하잖아. 그래서 수도원으로 가는 거야."

"엄마는 뭐라고 하셨어?"

"아스트리드? 전혀 모르고 있어."

"네가 어디로 가는지도 모른다고? 그러다가 신고라도 하면 어쩌니. 넌 아직 미성년자잖아!"

크리스티나는 어깨를 으쓱했다.

"절대 그러지 않을 거야. 그러려면 경찰서에 가야 하는데, 감히 그런 짓은 못 할 거라구. 그보단 나한테서 해방되었다고 좋아 날뛸걸."

"정말?"

"음. 아마 경찰서에 가는 대신 고양이를 한 마리 사겠지. 그러다가 그것도 세탁기에 던져버릴지 모르지만."

크리스티나는 확신하듯 말했다. 마르가레타는 머릿속이 복잡했다. 허리를 구부리고 자신의 발을 보았다. 지저분해진 발가락이 흰 부츠 가죽 사이에서 반짝이고 있었다. 정말 가관이었다.

"그렇게 사이가 안 좋아?"

마르가레타가 쐐기를 박듯 물었다.

"응. 안 좋아."

마르가레타는 기차가 떠날 때까지 승강장에 서 있었다. 크리스티나는 머리카락을 흩날리며 차창 밖으로 몸을 내밀고 졸업모를 흔들었다. 꼭 샴페인에 취한 사람처럼 보였다. 마르가레타는 건성으로 손짓을 하며 답례했다. 갑자기 몸이 근질근질했다. 주둥이가 뾰족한 쇠파리들이 명치를 파고들고 팔에는 살찐 파리들이 이리저리 날아다니는 것 같았다. 몸 여기저기에서 거미들이 목구멍을 향해 기어오르는 것 같았다. 숨쉬기가 곤란했다.

마르가레타는 대합실 창구로 가서 일 크로네를 이십오 외레 동전 네 개로 바꿨다. 공중전화부스 앞에서 한참을 기다렸다. 그러나 막상 차례가 되었을 땐 흥분한 나머지 투입구에 동전을 제대로 밀어넣을 수가 없었다.

어떤 여자가 받았다. 어른 목소리였다. 마르가레타는 최대한 어린애 같은 목소리를 내려고 애썼다.

"안녕하세요, 저는 마르가레타 요한손이라는 RIIb반 학생이에요. 앙드레 선생님하고 통화할 수 있을까요?"

"잠깐만요!" 여자는 손을 수화기에 올려놓고 큰 소리로 외쳤다. "베르티─일! 전화 받아요! 어떤 여학생이에요!"

그가 바로 전화를 받았다. 목소리에서 약간 불안한 기색이 느껴졌다.

"여보세요?"

"나예요."

그가 잠시 숨을 멈추더니 목소리를 낮추었다.

"미쳤어? 왜 여기로 전화한 거야?"

"자기야."

마르가레타는 속삭이듯 말하고는 작은 구멍들이 뚫린 하드보드 벽을 응시하며 새끼손가락으로 해져서 너덜너덜한 구멍을 잡아뜯어 더크게 만들었다.

"화내지 마세요! 그냥 보고 싶어서 전화한 거예요…… 오늘 저녁에 만날 수 없어요?"

자정이 막 지나 집으로 돌아가면서 마르가레타는 스톡홀름에서 사촌이 왔다는 변명거리를 생각해냈다. 안데르스의 집에서 만나 알게 되었어요. 아니 라스무스의 집에서 만났다고 하는 게 더 나을 것이다. 마르고트는 라스무스를 모르니까…… 사촌 이름은 페터인데, 정말 뭐라고 말할 수 없을 만치 너무 멋있었어요. 아, 비틀스 스타일의 금발머리와 파란 눈, 구릿빛 피부. 게다가 취미는 테니스고, 아버지는 자동차회사를 운영한대요. 장차 변호사가 되는 게 꿈이고요. 별자리는 전갈자리, 파란색을 좋아한다나요.

마르고트는 코르셋 위에 장미색 가운을 걸치고 같은 색깔의 타월을 터번처럼 머리에 두른 채 요란하게 치장한 거실 소파에 앉았다. 그리고 마르가레타의 말 한마디 한마디를 곧이곧대로 믿었다.

"그래, 네게 키스하던?"

마르고트는 작고 통통한 손을 마르가레타의 손등에 올려놓으면서 물었다. 마르가레타는 뿌리치고 싶었지만 꾹 참았다.

"아니요. 페터는 하고 싶어했는데 내가 안 된다고 했어요. 그랬더니 뺨에 키스를……"

"잘 했다. 너무 빨리 빠지면 안 돼. 또 만나기로 했니?"

마르가레타는 미소를 지었다.

"음. 내일 저녁에 영화 보러 가기로 했어요. 오후에는 내가 시내 구경을 시켜주겠다고 약속했구요."

마르고트는 어깨를 으쓱하며 감격에 찬 목소리로 말했다.

"와, 굉장해! 옷은 뭘 입고 갈 거니?"

마르가레타는 조용히 숨을 내쉬었다. 피곤하고 정신없고 아랫배도 아팠다. 하지만 그런 건 아무 소용 없었다. 밥값을 해야 했으니까. 마르가레타는 머리를 갸우뚱했다.

"모르겠어요. 옷 고르는 것 좀 도와주세요."

마르고트는 킥킥거렸다.

"지금?"

마르가레타는 고개를 끄덕였다.

둘은 말없이 계단을 성큼성큼 올라갔다. 마르가레타는 손에 흰 부츠를 들고, 마르고트는 타월지로 된 장미색 작은 슬리퍼를 신고. 도대체 저런 슬리퍼를 몇 켤레나 갖고 있는 걸까? 장미색, 하늘색, 청록색, 빨간색…… 각각의 슬리퍼에 어울리는 가운까지 있다. 그녀에겐 모든 것이 세트로 조화를 이루는 것이 중요했다. 색깔을 잘 맞춰 입지 못하는 사람은 센스가 없는 사람이다. 마르가레타의 방도 마찬가지였다. 가끔 마르가레타는 자기 자신 역시 액세서리에 지나지 않는다는 생각이 들었다. 방의 분위기를 완벽하게 해주는 소품 같은 존재 말이다. 여하튼 소녀의 방은 소녀를 필요로 하니까. 마르가레타가 오기 전 마르고트는 벽지와 커튼과 침대 커버를 미리 런던에서 구입했다. 마르가레타는 뭐라고 싫은 소리를 할 수도 없었다! 한번 생각해보라, 한결같이 장미가 그려진 벽과 커튼과 침대 커버를! 그런 건 스웨덴처럼 재미없는 사회복지국가에서는 찾아볼 수도 없다. 마르고트는 늘 작고 귀여운 십대의 딸을 갖고 싶어했다. 그리고 그 딸의 방을 꽃무늬 벽지로 꾸며주고 싶어했다. 그 벽지가 눈에 띈 순간 이제 때가 되었다는 걸 느꼈다. 일은 대단히 순조롭게 진행되었다. 청소년국 직원은 빌라를 둘러보고 이상적인 양육공간임을 인정할 수밖에 없었다. 모든 소녀들이 소원하는 꿈의 공간이군요. 그래도 분명 좀더 큰 입김이 작용했을 것이다. 모든 사람에겐 수호천사가 있다. 게다가 마르고트의 수호천사는 대단히 왕성하게 활동하는 사람이었다. 헨리 아스토어, 마르고트가 그 이름을 청소년국에 말했던 걸까?

마르고트와 마르가레타는 이층 복도로 올라갔다. 계단을 올라올 때 일정한 간격으로 들렸던 드르렁거리는 소리가 뚝 그쳤다. 마르고트도 순간 얼음처럼 꽁꽁 얼어버린 듯했다.

"쉿!"

마르고트는 집게손가락을 입에 갖다댄 채 헨리의 코 고는 소리가 다시 들릴 때까지 미동도 않고 서 있었다. 그러다가 킥킥거리며 웃음을 터뜨렸다.

"깼을 거야…… 우리가 일부러 그런 건 아니지만."

마르가레타는 빙그레 웃으며 고개를 흔들었다.

"가끔은 우리 같은 여자들한테도 자신만을 위한 시간이 필요할 때가 있지."

마르고트는 이렇게 말하며 마르가레타의 방문을 열었다.

"우리 예쁜 공주님, 뭘 입을지 옷장 한번 뒤져볼까……"

삼십 분이 지났지만 마르고트와 마르가레타는 적당한 옷을 고르지 못했다. 마르가레타는 옷을 차례대로 입어보고 거울 앞에서 이리저리 살펴보았다. 마르고트는 턱을 괴고 염려스러운 표정으로 거울을 들여다봤다.

"이것도 아니야. 괜찮은 옷이 없구나. 내일 시간 맞춰 일어나서 시내에 가자…… 드로트닝가탄 거리 끝에 새로 개업한 부티크에서 노란색과 초록색이 섞인 아주 귀여운 옷을 봐두었거든. 어때, 부티크라고 발음하면 되지? 제대로 말한 거지?"

마르가레타는 고개를 끄덕이며 미소를 지었다. 거부 의사를 완곡하게 돌려 말하기 위한 제스처였다.

"내일 아침에는 학교에 가야 되는데……"

"아하, 내가 결석 사유서를 써주면 되잖아. 오래 걸리지 않을 거야. 나머지 시간에는 너 하고 싶은 대로 하면 되잖아……"

"그래도 내일 아침엔 학교에 가야 돼요. 토요일이잖아요."

"상관없어. 넌 학교를 너무 진지하게 생각해서 탈이야. 계집애가 고등학교는 졸업해서 뭘 하니. 그 페턴가 하는 애한테는 자연과학에 관심이 있다는 말은 아예 꺼내지도 마라. 질려버릴 수가 있어. 누누이 얘기하지만 사내아이들은 너무 지적인 여자는 별로 좋아하지 않는단다."

마르가레타가 대답하기도 전에 문이 열렸다. 복도에 노인들이나 입는 줄무늬 파자마 차림의 헨리가 서 있었다. 파자마는 앞부분이 불룩했다. 그의 성기가 팽팽하게 곧추서 있었다.

"이리 와봐, 마르깃."

마르고트가 허둥지둥 일어섰다.

"내 이름은 마르고트예요, 마르깃이 아니라구요! 당신은 어떻게 내 이름도 제대로 몰라요!"

그녀는 재빨리 거울에 모습을 비춰보며 입술을 쓱 핥았다. 벌써 마음의 준비는 끝났다.

마르가레타는 욕실에서 양치질을 후닥닥 해치우고 방으로 되돌아오면서 손으로 귀를 막았다. 하지만 소용없는 짓이었다. 헨리는 섹스할 때 큰 소리를 냈다. 그의 신음 소리는 무엇이든 꿰뚫어버릴 것 같았다.

그간의 경험을 통해 마르가레타는 솜을 귀에 쑤셔넣어봐야 별 도움이 안 된다는 걸 알고 있었다. 헨리의 그 이상야릇한 소리는 귓불을 위로 잡아올려 집게손가락으로 꾹 누르고 있어야 들리지 않았다. 그렇게 아무 일도 없는 척 침대로 기어들었다.

문제는 누워도 잠들 수 없다는 것이었다. 엘렌 아줌마 집에 살 때는 항상 두 팔을 머리 위로 뻗은 채 똑바로 누웠다. 그러면 몇 분 만에 잠이 들었다. 하지만 지금은 오래도록 잠이 오지 않았다. 고통스러운 일이었다. 마르가레타는 생각하는 것보다 꿈꾸길 더 좋아했다. 하지만 이렇게 말똥말똥한 정신으로 누워 있으면, 어쩔 수 없이 생각을 해야 했다. 밤이면 밤마다 그녀는 스스로를 재판했다. 마르가레타 요한손은 누구인가? 어떤 사람인가? 고통스런 비밀을 지닌 사람인가? 이중인격자인가? 거짓말쟁이? 혹은 위선자인가?

하지만 뾰족한 수가 없었다. 이 집에서 거짓말을 하지 않고 살아남을 방법은 떠오르지 않았다. 본심을 말하면 그 순간부터 마르고트가 작년에 안락사시켰던 예민한 푸들 강아지 꼴이 되고 말 것이다. 물론 마르가레타를 수의사에게 보내진 않을 것이다. 그건 정말 품위 없는 방법이라고 생각할 테니까. 그래도 마르가레타를 쫓아내리라는 것만은 분명했다. 그러면 다음 입양될 집은 또 뭘 갖고 자꾸 귀찮게 할지 모른다. 내일 학교에 가겠다는 소리는 입 밖에 꺼내지도 말아야 한다.

원래 마르가레타는 마르고트를 좋아했다. 가끔 당황스러울 때도 있지만, 마르가레타는 마르고트를 동정했다. 그녀는 감정적인 측면에서 약간 비장한 구석이 있었다. 옷이 몸에 잘 맞지 않아도 어울리기만 하면 몸에 걸치고 부자연스런 걸음걸이로 다녔다. 머리카락은 절대로 남에게 보이지 않았다. 인조가발을 쓰고 다니거나 타월을 둘렀다. 그러나 얼핏 보기에 대머리는 아니었다. 간혹 머리카락 몇 가닥이 터번 아래로 비어져나오기도 했다. 머리카락뿐만 아니라 몸을 보이는 것도 싫어해서 절대로 코르셋을 벗지 않았다. 거품목욕 후 마치 작고 연약한 여인처럼 소파에서 느긋하게 기지개를 켤 때조차 목욕가운 안에 코르셋을 입고 있었다. 작년 여름 삼십 도의 무더위에도 가발에 코르셋에 필론 스타킹을 신고 다녔다. 그때 마르가레타는 마르고트가 자기 자신을 부끄러워한다는 것을 알게 되었다. 그렇지 않다면 그토록 감추고 다니지는 않을 테니까.

엘렌 아줌마는 아무것도 숨기지 않았다. 여름에는 양말을 신지도 않았다. 정원에 앉아서 햇빛 속에 두 다리를 쭉 뻗었다. 하얀 피부 위로 파란 혈관이 선명히 드러났지만 개의치 않았다. 하지만 마르가레타는 그 기억을 잘 되살릴 수가 없었다. 학교에 있거나 같은 반 친구들과 커피를 마실 땐 가능했지만 혼자일 땐 엘렌 아줌마에 대한 기억이 잘 떠오르지 않았다. 그건 도대체 누구의 책임일까? 왜 이렇게 된 걸까? 그러나 그것조차 깊이 생각할 수 없었다.

마르고트는 엘렌 아줌마에 대해 이야기하는 걸 좋아하지 않았다. 자신과 마르가레타가 진짜 엄마와 딸의 역할을 하길 원했다. 처음에는 자신을 엄마라고 부르기를 원했지만, 막상 마르가레타가 그렇게 부르자 너무 어색하고 부자연스러워 그만두라고 했다. 마르고트라고 부르는 것도 좋았다. 현대적인 부모 대다수가 자식들이 이름을 불러주길 바란다는 걸 잡지에서 읽은 적이 있었다.

잡지는 마르고트의 유일한 친구였다. 마르고트는 마르가레타가 학교에 가고 헨리가 회사에 출근하면 친구들과 시간을 보냈다. 같이 식사를 하면서 오늘은 어떤 잡지가 나왔는지 얘기를 주고받았다. 스벤스크 담티드닝 지는 굉장히 매력적이야, 다메르나스 펠드에 실린 건 세련됐구. 마르가레타가 집에 돌아왔을 때 마르고트는 유행패션 통신잡지와 베코 레비 모두를 정기구독 신청했다. 그후 몇 달간 마르고트의 생활은 한편으론 끝내줬고, 또 한편으로는 대단히 감미로웠다.

헨리는 꿈속에서 사는 듯한 아내의 생활을 못마땅해하지 않았다. 간혹 머리를 흔들며 미쳤다고 말할 때도 있었지만 대부분 아내가 하는 대로 내버려두었다. 거의 매일 마르고트가 몇백 크로네씩 달라고 요구하면 여자들이 모여서 생각하는 거라곤 어쩌구 하며 중얼거리면서도 유쾌하게 지갑을 열었다. 그는 마르가레타가 이 집에 오게 된 것도 마르고트가 새 모피코트나 진품 카펫을 사들이는 것과 마찬가지라고 여겼다. 아내가 비싼 대가를 치르면서도 자신의 괴팍한 성질이 지나친 독선으로 발전하지 않도록 애쓰고 있다고 생각하는 것 같았다. 그는 단 한순간도 마르가레타에게 양아버지 역할을 하지 않았다. 그녀에게 인사를 건넬 때조차. 그가 생각하는 건 오로지 작은 목공소로 시작하여 직원 수 삼백 명이 넘는 가구공장으로 성장한 자신의 회사뿐이었다. 별난 부인과 이래저래 까다로운 양딸을 거느린 몸이긴 했지만 실제로 그 둘에게 관심을 쏟을 만한 시간이 없었다. 물론 마르깃, 아니 마르고트라고 불러주길 바라는 멍청한 여편네가 여자의 매력을 유일하게 보여주는 밤시간만큼은 제외하고.

그렇다. 거짓말하지 않고 이 집에 붙어살기란 불가능했다. 마르고트는 마르가레타에게 집세 대신 믿음을 요구했다. 그것도 정말 제대로 된 믿음을. 마르가레타의 임무는 잡지에 나온 세계를 현실로 옮겨놓는 일이었다. 그래서 이상적인 남자친구와의 순결한 이성교제에 대한 애기를 머리로 쥐어짜낼 수밖에 없었다. 게다가 그 이야기들이 완전한 타당성을 지니기 위해선 대가를 치러야 했다. 그래서 수다쟁이 마르가레타는 침묵을 배워야 했고, 더이상 생각나는 대로 아무렇게나 떠들어댈 수 없었다.

마르가레타는 차츰 예전엔 몰랐던 세상에 대해 하나씩 배워나갔다. 가령 모든 일에는 대가가 있으며 그 대가를 치르지 않고는 아무것도 얻을 수 없다는 것. 그래서 고등학교를 졸업할 때까지 최소한 일 년 동안은 이 옷 저 옷 입어보는 마네킹이나 장난감 같은 역할을 어떻게든 잘 해내야만 했다. 그것도 졸업시험을 통과할 때의 얘기였다. 당시 마르가레타의 성적은 그리 좋지 않았다. 공부에 대한 욕심이 남자들을 도망가게 만들 거라는 마르고트의 경고는 귀에 들어오지도 않았다.

원래 마르가레타는 자신을 쫓아다녀줄 남자를 원하지 않았다. 남자친구가 있었으면 좋겠다는 생각도 해보지 않았다. 운동장에 모인 남자아이들은 살덩이와 섹스로 찌든 퀴퀴한 냄새를 풍겼고, 마르가레타는 그 냄새에 기겁했다. 하지만 그들을 완전히 거부하지는 않았고 쉬는 시간이면 아이들이 담배를 피우는 운동장 모퉁이에 서서 열심히 눈을 반짝이며 상황에 어울리는 말을 한마디씩 던졌다. 그러다가도 사내녀석이 그녀를 잡을라치면 번개처럼 그 손을 뿌리쳤다. 마르가레타는 뭔가 다른 걸 원했다. 남자. 강한 남자, 하늘을 반쯤은 가릴 수 있을 정도로 큰 남자를⋯⋯

마르가레타는 귓불에서 조심스럽게 집게손가락을 뗐다. 다 끝났나? 그랬다. 헨리는 다시 코를 골고 있었다. 마르가레타는 돌아누워 한 팔을 머리 위로 올렸다.

아랫배의 통증이 되살아났다. 공짜는 없다. 마르가레타는 한숨을 쉬었다. 그건 한 남자를 얻은 대가였다. 강한 남자, 하늘을 반쯤은 가릴 수 있을 정도로 큰 남자를 얻은 대가.

그는 앙드레였다. 마르가레타는 그를 부를 때 그렇게 성을 불렀다. 베르틸이라고 부르고 싶지 않았다. 베르틸은 출세주의자나 경리과 직원에게나 어울리는 이름이지, 애인의 이름으로는 정말 별로였다.

그래도 앙드레는 마르가레타의 애인이었다. 열일곱 살 마르가레타에게 진짜 애인이 생긴 것이었다.

마르가레타는 부끄러워해야 할지 자랑스러워해야 할지 갈피를 잡을 수 없었다. 친구들과 함께 커피를 마시며 이야기를 나누는 동안에도 가끔 그에 대한 생각이 뇌리를 스치면, 커다란 수치심에 눈물이 글썽글썽해졌다. 나쁜 놈! 맙소사, 사내놈과 잠을 자다니! 하지만 학교 복도에서 그와 마주치기라도 하면 뺨이 붉어지며 우쭐한 기분을 애써 숨겨야 했다. 저기 내 애인이 걸어간다! 그와 나만 알고 있을 뿐 이 세상 그 누구도 모른다.

그럼에도 불구하고 그가 그녀의 반이 아닌 다른 반에서 수업하는 게 좋았다. 단 한 번, 노르셰핑으로 온 지 얼마 안 되었을 때 그가 다른 선생 대신 마르가레타의 반에 온 적이 있었다. 앙드레가 낡아서 해진 가방을 교탁에 던지며 입을 열었던 바로 그 순간 둘의 관계는 시작되었다.

"반갑다, 이 코흘리개들아. 다들 앉아서 조용히 하도록."

여기저기서 의자 끄는 소리가 났다. 교실 분위기가 갑자기 붕 뜨며 어떤 기대감으로 부풀어올랐다. 앙드레. 그가 어떤 사람인지 그 분위기가 말해주었다.

출석부를 훑어보던 앙드레가 말했다.

"전학 온 여학생이 있네? 마르가레타 요한손. 어디 있지?"

마르가레타는 조심스럽게 손짓했다. 앙드레는 일어서서, 손을 플란
넬 바지 깊숙이 찔러넣고 의자 사이로 어슬렁거리며 마르가레타에게
왔다. 키가 크고 어깨는 떡 벌어졌다. 머리카락은 굵고 검었다. 미국의
영화배우와 닮았는데, 이름이 뭐더라…… 딘 마틴. 그래, 정말 그랬
다. 후베르트손도 딘 마틴을 약간 닮았지.

"모탈라에서 왔다고? 모탈라의 지리적 환경에 대해 말해볼 수 있겠
니?"

아이들이 킥킥거렸다. 마르가레타는 기분이 좋았다. 그 웃음소리가
친근하게 들리며 호감을 불러일으켰다. 그녀는 빙그레 미소를 지었다.

"예, 아주 많이요."

그는 마르가레타의 책상 가장자리에 걸터앉았다. 그의 넓적다리가
그녀의 손에서 불과 몇 센티미터밖에 떨어져 있지 않았다.

"할란드의 하천들을 구체적으로 하나하나 얘기해볼 수 있겠지?"

아이들이 웃음을 터뜨렸다. 마르가레타는 손을 몸 쪽으로 가져오며
재빨리 예전 학교에서 부르던 짧은 노래를 떠올렸다. 라가 비, 에타
니. 우리는 요리를 하고, 그들은 먹는다.

"라간, 비스칸, 에트란, 니스칸……"

웃음소리는 포복절도하는 소리로 바뀌었다. 마르가레타는 불안스
레 눈을 깜박였다. 이게 그렇게 웃긴가? 앙드레는 웃음소리가 잠잠해
질 때까지 히죽거리며 마르가레타의 책상에 앉아 있었다.

"잘 했어. 니스칸은 나도 모르고 있었는데."

그는 자리에서 일어섰다.

"아!"

마르가레타는 손을 입에 갖다댔다.

그날 이후로 앙드레는 복도를 뛰어가다가도 마르가레타와 마주치면 항상 미소를 지었다. 마르가레타는 그 미소에 화답했다. 하지만 날이 갈수록 점점 조급해지고 부끄러웠다. 그의 눈 속의 반짝이는 빛 때문에…… 마르가레타는 책을 가슴에 꽉 끌어안고 그의 시야에서 벗어나기 위해 허둥지둥 걸음을 옮겼다.

"얼굴이 왜 그렇게 빨개?"

마르가레타가 교실에 들어오자, 짝이 물었다.

"빨갛다고? 내가?"

"그래. 너무 서두르지 마."

마르가레타는 여름방학 내내 앙드레의 꿈을 꾸었다. 그에 대한 생각에 너무 골몰한 나머지 꿈에까지 나타난 것이었다. 하지만 그 꿈들은 이상야릇했다. 밤이면 밤마다 헐떡거리고 신음하고 끙끙거리고 숨을 몰아쉬며 둘이서 학교 운동장을 뒹굴었다.

하지만 그녀는 앙드레와 뒹굴고 싶지 않았다. 원하는 건 그의 키스뿐이었다.

앙드레는 학교에서 열린 가을 첫 댄스파티에서 감독을 맡았다. 마르가레타는 학생회장이었다. 그 덕에 둘은 저녁에 몇 번이고 만나 이야기할 시간이 있었다. 어디 갈 땐 손을 뻗어 마르가레타의 손목을 잡기도 했다. 게다가 앙드레는 그녀에게 함께 춤을 추고 싶다고 청해왔다. 그건 분명 학생회에 대한 예의를 차리는 것으로 간주할 수 있었지만, 사실 그에겐 농담이거나 평상시 그가 잘 하는 별 대수롭지 않은 장난에 불과한 것이었다. 그가 마르가레타의 허리를 감싸안았을 때, 체육관 안은 일제히 비웃음으로 가득 찼으니까. 저기 봐! 앙드레하고 마르가레타가 춤춘다!

그는 마르가레타와 약간의 간격을 두면서 보통 남자애들처럼 자기 쪽으로 밀착시키지 않고 손을 꼭 잡은 채 체육관을 누볐다. 시선은 시종일관 마르가레타의 눈을 향했다. 마르가레타의 배가 우연히 앙드레의 하반신에 닿자 그의 두 눈이 작아졌다. 입을 벌리고 한순간 하얀 이를 모두 드러냈다. 마르가레타는 그의 은근한 시선이 좋았다. 그의 눈길에 사로잡힌 기분이 좋았다. 하지만 사실 마르가레타는 앙드레의 손에 더 신경쓰고 있었다. 그의 왼손은 그녀의 손과 서로 깍지를 끼고 있었고, 그의 오른손은 활짝 펴진 채 그녀의 등에 얹혀 있었다. 앙드레의 손은 굉장히 컸다. 그 손바닥에 편안히 앉아도 될 것 같았고, 그 위에서 웅크리고 잠을 청할 수도 있을 것 같았다. 마르가레타는 내심 앙드레가 자기를 들어 그의 큰 손 위에 올려놓기를, 그리고 그쪽으로 당겨 빙빙 돌려주기를 바랐다.

앙드레는 파트너가 되어준 데 대한 고마움의 표시로 마르가레타의 뺨을 잠깐 스쳤다. 뺨이 맞닿을 때의 느낌이 온몸으로 확 퍼졌다. 순간 집중력을 완전히 잃어버린 마르가레타는 앙드레가 속삭이는 소리를 듣지 못했다.

"죄송해요."

마르가레타는 앙드레의 얼굴을 쳐다보지도 못하고 자기 팔을 응시하며 말했다. 머리카락은 얼어붙은 것처럼 곤두섰다. 앙드레는 마르가레타에게 몸을 낮추고 다시 한번 말했다.

"넌 참 대담한 아이야. 그렇지?"

마지막 댄스가 끝나고 난 뒤, 앙드레는 재킷을 입고 돌아갈 준비를 했다. 하지만 마르가레타와 다른 학생회 임원들이 뒷정리를 하는 동안 내내 기다려주었다. 그러고는 학생들이 다 나갈 때까지 팔을 벌리고 문가에 서 있었다. 학생들은 밖으로 나가려면 앙드레의 팔 밑으로 지나가야만 했다.

마지막으로 마르가레타만 남았다. 그녀는 손을 앞에 모아쥐고 체육관 중앙에 서 있었다. 예쁘게 보이고 싶었다. 난생처음 진심으로 예뻐 보이고 싶다는 생각이 들었다.

앙드레는 문에 기대 마르가레타를 바라보고 있었다.

"이리 와."

일은 시작됐어, 마르가레타는 그런 생각을 하면서 앙드레를 향해 한 발을 뗐다. 지금 일이 벌어지고 있어. 이건 현실이야.

앙드레는 마르가레타의 몸 속으로 들어왔을 때, 신을 찾으며 소리쳤다.

일을 마치고 그들은 함께 운동장을 걸었다. 앙드레는 성큼성큼 앞서 걸었고 마르가레타는 쓰러질 듯 반은 뛰는 걸음으로 따라갔다. 자동차의 시동을 걸기 전에 앙드레는 담배에 불을 붙였다. 라이터 불빛 때문에 그의 얼굴에 검은 그림자가 스쳐갔다.

"남자 경험이 없다고 왜 말 안 했니?"

마르가레타는 흠칫하며 앙드레의 담뱃갑에 손을 뻗었다.

"아프지 않았니?"

그녀는 고개를 저었다. 아프지 않았다. 좋았다. 하지만 앙드레만큼은 아니었다. 그녀는 한순간도 비명을 지르거나 이상한 소리를 중얼거리지 않았다. 그리고 지금 이 시간 가만히 자기 안에 머무르고 싶었다. 아무 말도 하고 싶지 않았다. 남자의 품안에 안겨 있을 때의 그 느낌을 언제까지나 간직하고 싶었다. 좀전의 일은 세상 그 어떤 말로도 표현할 수 없을 것 같았다. 피부에 닿던 앙드레의 살결은 침묵 속에서만 느낄 수 있었다. 입을 닫고 있어야만 입 속에 앙드레의 느낌을 그대로 간직할 수 있었다.

"대답해봐! 내가 너를 아프게 했니?"

마르가레타는 그의 손을 잡았다. 별안간 벙어리처럼 수화로 대화를 나누고 싶었다. 하지만 이런 경우 손가락으로 어떻게 표현해야 하는지 알 수 없었다.

"개새끼!"

마르가레타는 눈물을 글썽거리며 졸업모를 다시 종이봉투에 쑤셔넣고 장롱에 넣는다. 앙드레 생각만 하면 화가 치밀어오른다. 지금 여기에 있다면 한 방 날려줄 텐데. 오늘 누구한테 이 주먹 맛을 보여줄까? 시체를 붙잡고? 양로원에서 몸을 부들부들 떠는 늙은이라도 붙잡고 때려볼까? 그놈이 관절염에라도 걸렸으면. 아니면 노인성 통풍에라도 걸려 된통 아프기라도 했으면.

앙드레는 완전히 그녀를 가지고 놀았다. 마르가레타는 언제든 그의 품에 안길 자세가 되어 있었다. 항상 교무실 탈의실로 몰래 기어들어가 작은 쪽지를 그의 외투 주머니에 숨겨놓고 매일 오후 운동장 앞을 어슬렁거리며 기다렸다. 그녀는 겨우 열여섯 살이었다. 정확히 따져도 열일곱이 채 안 되었다. 그런데 앙드레는 어떤가? 마흔? 아니면 마흔다섯? 자식이 셋이나 있는 아버지인데다 선생님이다. 그는 마르가레타가 고아이고 입양아 출신이라는 것도, 손톱을 물어뜯는 버릇이 있으며, 항상 위염에 시달린다는 사실도 알고 있었다. 그는 마르가레타에게 상황을 제대로 이해시켜야 한다는 걸 분명히 알고 있었을 것이다. 하지만 실제로는 어땠나? 롤리타가 되는 속성과정을 가르쳤을 뿐이다.

마르가레타는 마흔이 넘어서야 그 의미를 깨달았다. 이십여 년이란 세월을 보내며 자신의 성관념이 다른 여자들과 다르다는 걸 알게 된 것이다. 성이란 신비스럽고 은밀하며, 합법적인 부부관계 뒤에서 이루어지는 것이다. 따라서 사기와 기만과 속임수 위에서 일어나는 것이라고 생각했던 자기 자신이 비참했다. 천한 계집이나 다를 바 없다고 스스로를 비웃고, 거울에 비친 자신의 모습과 싸워본들 무슨 소용이 있겠는가? 그녀의 내면 깊은 곳에는 자신이 별 가치 없는 존재일지도 모른다는 생각이 뿌리를 내리고 있었다. 앙드레는 그녀의 존재를 송두리째 뒤흔들어놓았다. 그는 친절한 말 한마디에도 다리를 벌려 보상해야 된다고 생각하게 만든 장본인이었다. 그녀는 조금만 상냥하게 대해주는 사람이 있으면 섹스로 보답했다. 자신에게 관심을 보이는 사람에게도 마찬가지였다. 마르가레타 요한손은 존재의 정당성을 섹스로 지불해야 했다.

앙드레가 건드리지만 않았다면, 분명 같은 또래의 남자를 만났을 것이다. 여드름투성이에 땀이 밴 손을 가진 키 작은 안경잡이 소년을 만났을지도 모른다. 그랬더라면 모든 게 달라졌을 것이다. 둘은 단순히 잠자리를 같이하는 대신 함께 사랑을 나누었을 것이다. 싸웠다가 다시 화해하기도 하고, 팔짱을 끼고 잠들기도 하면서 서로를 신뢰했을 것이다.

마르가레타는 장롱을 쾅 하고 닫는다. 모아 마르틴손은 뭐라 말했던가? "남자를 믿는다고? 그 대가는 몽둥이찜질이야." 마르가레타는 지금 열쇠를 다시 꽂아두고 샤워를 하고 싶었다. 그래서 앙드레를 진심으로 사랑했었다는 것, 앙드레 말고 그 누구도 사랑해본 적이 없다는 사실을 잊고 싶었다.

개새끼.

계단을 올라가는데 전화벨이 울린다. 마르가레타는 그 자리에 서서 위층에서 받아야 할지 아래층에서 받아야 할지 망설였다. 결정을 했을 땐 이미 늦었다. 아래층 복도에 놓여 있는 자동응답기에서 크리스티나의 감정 없는 목소리가 흘러나온다. 마르가레타는 계단을 뛰어내려간다. 크리스티나가 전화를 했다면 자동응답기를 끄고 전화를 받아야만 한다.

그건 정말 언니의 목소리였다. 첫마디만 듣고도 알 수 있다. 하지만 친자매지간은 아니다. 가짜 언니의 음성이다. 비르지타의 우물거리는 말소리가 들린다.

"너, 이 나쁜 년. 어쩜 그렇게 인정머리가 없을 수 있니? 빌어먹을 버스표 한 장 사달라는데 그걸 거절해? 그건 그렇고 어떻게 그런 편지를 보낼 수 있니? 응? 완전히 돈 거 아니야? 두고 봐, 내 너를……"

마르가레타는 엉겁결에 수화기를 든다. 후회할 거라는 걸 온몸으로 느끼면서도 전화를 받는다.

"여보세요. 비르지타?"

일순간 정적이 흐른다.

"마르가레타? 너, 마르가레타니?"

"응."

"세상에. 어디 산꼭대기나 아프리카에 텐트 쳐놓고 사는 줄 알았는데."

"아프리카?"

"그래. 너 한동안 아프리카에서 일했잖아……"

"아냐…… 그건 남미였지. 한 삼 개월 정도 있었나. 벌써 옛날 얘기야."

"그러거나 말거나, 대체 쉬며느리 집에서 뭐 하고 있는 거야?"

그건 네가 제일 잘 알잖아. 하지만 마르가레타는 아무 소리도 하지 않는다. 갑자기 가벼운 두려움이 고개를 든다. *어휴, 어휴, 창피한 줄 좀 알아. 아무도 널 원하지 않는다구!*

"그냥 여기저기 떠돌고 있어."

마르가레타는 삐딱한 투로 대답한다. 실은 다른 얘기를 하고 싶었다. *보내준 편지 덕분에 밤을 꼬박 새웠어. 고마워. 하지만 우리는 같은 배를 탔다는 걸 잊지 마. 널 원하는 사람은 아무도 없어. 네가 그렇게 잊지 못하는 너희 엄마도 한 번도 널 원했던 적은 없을 거야.*

"너 차 있니?"

"응, 그런데……"

"좋았어. 그럼 여기로 와서 나 좀 데려갈 수 있니? 지금 꼼짝 못하고 있거든."

마르가레타는 거짓말일 수도 있다고 생각하면서 입을 연다.

"잠깐만. 어디에 있는데?"

"노르셰핑에."

"노르셰핑? 대체 거기는 왜?"

"응, 말하자면 길어. 나중에 얘기해줄게. 노르셰핑까지 오는 데 얼마나 걸리지? 한 시간? 그럼 경찰서 앞에서 한 시간 뒤에 만나……"

"잠깐만!"

마르가레타는 고함을 질렀지만 비르지타는 벌써 전화를 끊은 뒤였다.

어떻게 해야 할까? 마르가레타는 욕실 거울에 비친 자기 모습을 보며 체념한 듯 웃어본다. 잘 교육받은 여자들은 제 언니가 궁지에 몰렸을 때 어떻게 할까?

신경쓰지 말자. 마르가레타는 그렇게 마음먹는다. 그러자 가벼운 죄책감이 생긴다. 하지만 비르지타도 이제 성인이다. 자기 맘대로 사람을 이리저리 불러낼 수 없다는 것을 서서히 배워야 한다. 그리고 설령 노르셰핑까지 간다 해도 다시 그녀를 집까지 데려다주어야 할 것이다.

최근 비르지타는 자기의 활동영역을 넓힌 것 같았다. 지금까지 그들은 가끔씩 연락하며 지냈다. 십여 년 동안 비르지타는 대부분 모탈라에서 지낸 것 같았다. 물론 거짓말일 수도 있지만. 비르지타는 모르겠지만 마르가레타는 그녀가 바드스테나에 가서 크리스티나의 책상에 똥봉투를 올려놓았던 것과 처방전 용지를 슬쩍했던 것을 모두 알고 있었다. 그리고 두서너 달 전에 힌세베리에 갔던 일도. 하지만 치료감호소에 입소할 때면 항상 마르가레타에게 전화를 걸어 유쾌하게 자신의 소식을 전했다. 이제 나 술하고 마리화나 끊을 거야. 이번엔 꼭.

비르지타는 엘렌 아줌마가 뇌출혈로 쓰러진 후 몇 년간 자주 노르셰핑에 찾아왔다. 마르가레타는 당시 그 사실을 들어서 알고 있었다. 어느 날 저녁 살텡엔 거리에서 직접 목격한 적도 있었다. 그날 마르가레타는 앙드레와 함께 차를 타고 여기저기 돌아다니면서 외진 주차장을 찾고 있었다.

"잠깐, 차 좀 세워봐요!"

마르가레타는 이렇게 말하며 앙드레의 손을 잡았다. 그는 화들짝 놀라 브레이크를 밟았다가 다시 액셀러레이터를 가볍게 밟았다.

"여기는 안 돼. 어디인지 몰라?"

물론. 마르가레타는 그곳을 알고 있었다. 노르셰핑에서 가장 가난한 구역. 아마 스웨덴 최후의 슬럼가일지도 모른다. 아직도 화장실이 바깥에 있고 부엌에는 따뜻한 물이 나오지 않는, 그리고 복지국가에서는 절대로 용납할 수 없는 사생아들이 사는 곳. 저녁이면 번쩍번쩍 빛나는 차들이 이 살텡엔 거리를 느릿느릿 통과했다. 자동차 안에서는 판에 박은 정돈된 삶에서 도망친 사람들이 끈적한 시선으로 창밖을 내다보았다.

비르지타는 가로등 아래에 비스듬히 기대서 있었다. 저 여자가 비르지타 맞나? 맞다. 분명해. 낡은 사슴가죽재킷이 눈에 익었다. 가죽재킷은 앞이 벌어져 있고 흰 블라우스는 가슴께가 터질 듯 꼭 맞았다. 비르지타는 성숙해 보였다. 마르가레타 자신도 마찬가지지만.

마르가레타가 다시 말했다.

"잠깐만요. 내가 아는 사람 같아요……"

"누구? 저기 가로등 아래에 서 있는 여자?"

앙드레는 이렇게 물으면서 다시 브레이크를 밟았다.

"우리 언니예요."

"넌 형제가 없다고 했잖아."

"어쨌든, 후진해요. 얘기 좀 하게."

"그건 안 돼. 저 여잔 창녀야."

샤워기에서 쏟아지는 물이 뜨겁다. 아무리 좋아도 너무 뜨거운 물에 샤워를 하면 오히려 피곤해진다. 하지만 떠오르는 상념들은 더 또렷해지면서 머릿속을 복잡하게 만든다. 마르가레타는 비누칠도 하지 않고 가만히 서서 얼굴을 물줄기 쪽으로 돌린다. 카센터에서 차를 찾아 스톡홀름으로 돌아가려면 한두 시간은 잠을 자둬야 하지 않을까? 그래야 안전하지 않을까? 배기장치 교환 비용은 얼마나 나올까? 잔고

는 얼마나 될까? 특별히 많이 남지는 않겠지. 마르가레타는 이번 달에
도 여느 때와 같은 경제원칙을 따른다. 즉 돈을 다 써버리기 전에 요모
조모 따져보는 것이 최선의 방법이다.

마르가레타는 몸을 돌리고 머리를 높이 들어 물이 목 뒤로 떨어지
게 한다. 돈 때문에 고민하진 않는다. 그 점만큼은 자신 있다. 그녀는
한 마리 누에와 같은 존재다. 실이 동나면 또 잣는 누에. 늘 그래왔듯
석간신문 일요일 특별판에 오로라나 태양 에너지의 폭발에 대한 기사
를 가명으로 투고할 수도 있고 고등학교에서 몇 시간 대리교사를 할
수도 있다. 더욱이 배기장치 교환 비용의 절반은 클래스가 부담할 것
이다. 그렇게 하는 편이 돈도 덜 들고 합리적일 것이다. 클래스에게도
그게 더 이득이다. 그가 사라예보에서 전화를 했을까? 쇠데르에 있는
그의 집, 말끔하게 닦아놓은 서랍장 위의 자동응답기는 돌아갔을까?
그랬기를 바란다. 마르가레타는 자동응답기에 녹음된 클래스의 목소
리를 듣는 게 좋았다.

퍼뜩 어떤 생각이 뇌리를 스친다. 비르지타는 마르가레타가 어제
바드스테나에 온 사실을 어떻게 알았을까? 도무지 알 수가 없다. 마르
가레타가 카센터에 갔다는 걸 어떻게 알았을까? 어떻게 그렇게 적시
적소에 숨어들 수 있었을까? 카센터 사장과 얘기를 하던 그 짧은 시간
에 어떻게 편지를 놓고 나갈 수 있었을까?

도무지 이해할 수가 없다. 미스터리다. 왜 좀더 일찍 그 일에 대해
곰곰이 생각해보지 않았을까?

별안간 물이 얼음장처럼 차갑게 느껴진다. 마르가레타는 팔로 몸을
감싼다. 꽁꽁 얼어버릴 것만 같다.

마르가레타는 비밀을 좋아하지 않는다. 하지만 비밀과 더불어 사는 방법을 배웠다.

그녀는 모탈라의 어느 주택 공동세탁실에서 발견되었다. 그 시절에 흔히 볼 수 있던 평범한 세탁실이었다. 1940년대에 지은 임대주택의 귀퉁이에 붙어 있었는데, 마당에서 시멘트 계단을 내려오면 흰색 페인트를 칠한 문으로 연결되었고 문에는 물결무늬 유리가 끼워져 있었다.

세탁실 한쪽 벽에는 구식 빨래통이, 다른 쪽에는 스테인리스 재질의 드럼세탁기가 있었다. 타일바닥에는 빨간색 호스가 줄무늬 뱀처럼 수도꼭지에서 벽까지 구불구불 연결되어 있었다. 마르가레타는 그 모든 걸 알고, 기억할 수 있다. 고등학교 졸업시험을 마치고 몇 주 뒤 마르고트 몰래 그곳에 가보았으니까.

초여름이었지만 무척 더운 날이었다. 세탁실 문은 활짝 열려 있었

고, 마당 빨랫줄에 걸린 하얀 침대보는 미동도 없었다. 건너편 모래밭
에서는 아이들 몇 명이 모여 놀고 있었다. 마르가레타는 천천히 계단
을 내려가 문지방에 서서 안을 들여다보았다. 안개처럼 수증기가 자욱
했다. 처음에는 흰 타일 바닥 위에 비친 자기 그림자 말고는 아무것도
보이지 않을 정도였다.

"어떻게 오셨나요?"

안개 속에서 한 여자가 나타났다. 가운에 고무장화를 신고 머리는
수건으로 질끈 묶고 있었다. 크고 뚱뚱한 몸집에 이마에는 땀이 송글
송글 맺혀 있었다. 마르가레타는 손을 내밀며 자신의 존재를 숨기려고
무릎을 구부려 인사했다. 여자는 잠시 마르가레타를 뚫어져라 쳐다보
다가 손을 가운에 닦은 다음 내밀었다.

"무슨 일로 왔는지?"

순간 할말을 잃었다. 어떻게 설명해야 할까?

"한번 보려고 왔어요."

"본다고? 대체 뭘?"

"세탁실요."

여자는 이맛살을 찌푸리며 양손을 허리에 갖다댔다.

"그냥 보러 왔다고? 뭐 그런 개 같은 소리가 다 있어! 꺼져버려!"

"저……"

여자는 팔을 흔들었다.

"썩, 꺼져! 꺼지라고!"

마르가레타는 뒤로 움찔 물러서다 계단에 부딪혀 넘어졌다. 재빨리
난간을 잡았지만 계단에 꼬리뼈를 부딪혔다. 참을 수 없을 정도로 아
팠다. 눈물이 왈칵 쏟아졌다. 마르가레타는 어린애처럼 큰 소리로 울
기 시작했다. 한번 터진 눈물은 그칠 수가 없었다. 모든 게 서러웠다.

엘렌 아줌마의 뇌출혈도, 자신을 사랑할 수 없었던 앙드레도, 겁 많은 크리스티나도, 비르지타의 잘못도, 가련한 여자 마르고트와 그녀의 예쁜 옷들도 모두 서럽게 느껴졌다. 그중에서도 자신의 처지가 가장 서러웠다. 이 세상에서 완벽한 외톨이인, 세탁실조차 맘대로 볼 수 없는 자신의 처지를 생각하니 울음을 그칠 수가 없었다.

여자가 걱정스런 표정으로 바라보았다.

"아프니?"

마르가레타는 여자에게 고개를 돌리며 훌쩍거렸다.

"난, 난 정말 보기만 하려고 했어요, 이 세탁실을, 내가 여기에서 발견되었다고 해서……"

"네가 여기에서 발견되었다고? 그럼 네가 그때 그 아이니? 여기에 버려졌던 그 아이?"

그녀의 이름은 군힐트이며 예순 살이었다. 현재는 과부이지만 전쟁이 끝난 뒤 남편 에스킬과 함께 이곳 방 두 개짜리 임대주택으로 이사 와서 지금까지 살아왔다. 그녀는 커피와 빵과 일곱 가지 종류의 비스킷을 들고 싱크대에서 뒤뚱거리며 걸어와 식탁에 올려놓았다. 마르가레타는 기분이 좋아져 그 궁색한 살림에서 내온 음식을 흔쾌히 들었다. 이곳에서 산다면 얼마나 좋을까, 만약 그랬다면 어떤 소녀로 자랐을까? 문득 그런 생각이 들었다.

마르가레타를 발견한 사람은 군힐트가 아니라 그 주택의 관리인인 스벤손이었다. 하지만 그는 벌써 오래 전에 죽었다. 당시 그 임대주택에서 전화가 있던 집은 군힐트와 에스킬 부부의 집뿐이었기 때문에 스벤손이 마르가레타를 그리로 데리고 올라와 거실 소파에 눕혀놓았다고 한다. 하지만 여기서 그리 오래 머무르진 않았다. 십오 분 뒤 경찰이 왔고 한 시간 뒤엔 벌써 청소년국에서 여직원이 나왔다. 여직원이 젖병과 기저귀를 가지고 온 것만으로도 정말 다행이었다. 마르가레타는 악을 쓰며 울고 있었으니까.

"내가 어떤 옷을 입고 있던가요?"

군힐트는 인상을 찌푸리며 곰곰 생각했다.

"아무것도 입지 않았어. 그래서 청소년국 직원이 천조각과 내가 세탁실에 널어두었던 낡은 수건으로 둘둘 말았어. 탯줄도 떨어지지 않았고 아주 심각한 상태였어…… 하지만 여직원이 피도, 끈끈한 점액질도 모두 깨끗하게 씻겼지."

마르가레타는 비스킷을 세 개째 커피에 담그며 용기를 내서 제일 중요한 질문을 던졌다.

"혹시 제 어머니가 누군지 아세요?"

군힐트는 의자에 엉덩이를 들이밀고 앉으며 불룩한 가슴 위로 팔짱을 꼈다. 부엌에 그늘이 드리워졌다. 실내 공기는 바깥보다 서늘했지만 그녀의 하얀 이마에는 땀방울이 맺혀 있었다.

"아니, 난 모르겠어. 정말로 몰라."

마르가레타는 커피잔을 들여다보았다. 커피 알갱이들이 가라앉아 있었다.

"그래도 짐작 가는 사람 없어요? 이 집에 그럴 만한 사람이 있지 않았나요?

"아니. 말들은 정말 많았지. 하지만 이 집에 살던 사람은 아니야……"

"정말이에요?"

군힐트는 그게 얼마나 진지한 문제인지 알고 있는 것 같았다. 마르가레타를 뚫어지게 바라보더니 두 손을 눈에 띄게 식탁에 올려놓았다.

"그래. 정말이야."

잠시 침묵이 흘렀다. 수도꼭지에서 방울방울 떨어지는 수돗물 소리가 꼭 심장박동 소리처럼 들렸다. 누군가 거기 숨어서 숨을 죽이고 그들의 얘기를 엿듣고 있는 것 같았다. 마르가레타는 그 소리가 귀에 거슬려 스푼으로 커피를 저으며 찻잔 바닥을 긁었다.

"이 세탁실에서 나를 낳은 건가요?"

군힐트는 긴장한 듯 보였다.

"모르겠어. 아무도 몰라…… 아무튼 네 엄마는 너를 낳고 물을 뿌려 흔적을 없애버렸지. 우리집 거실 바닥에 스벤손의 커다란 신발 자국이 났던 걸 보면 바닥이 젖어 있었던 게 틀림없어. 나중에 내가 거실 바닥을 왁스로 청소했으니까."

갑자기 마르가레타의 눈앞에 그의 모습이 보이는 듯했다. 군힐트의 집 거실 한복판에 작고 왜소해 보이는 사내가 작업복을 입고 서 있었다. 그가 왜소하다는 것을 어떻게 알았을까? 그러나, 그녀는 알고 있었다. 하지만 다른 것은 알 수 없었다. 기억할 수 없었다. 햇볕이 어느 쪽으로 비쳤는지, 부엌으로 비쳤는지 방으로 비쳤는지도 기억나지 않았다.

"그때가 몇시쯤이었죠?"

"아침이었어. 에스킬이 막 출근한 뒤였으니까."

"제 생모는 어떻게 세탁실에 들어갈 수 있었나요?"

군힐트는 막 비스킷 하나를 먹으려다가 동작을 멈추고 다시 꽃무늬 냅킨 위에 내려놓았다.

"그것도 모르겠어. 네 사건은 신문에도 났었는데. 어휴, 정신머리하고는, 그 기사 오려놓은 걸 깜박 잊고 있었네! 더 먹고 있어. 찾아올 테니까."

마르가레타는 그늘이 드리운 부엌에 홀로 남겨졌다. 반쯤 열린 창문으로 마당에서 노는 아이들이 보였다. 아이들 떠드는 소리가 찌는 듯한 더위 속에 날카롭게 울렸다. 번갯불이 번쩍이듯 하얗고 날카롭게. 수도꼭지에서는 여전히 물방울이 똑똑 떨어지고 있었다.

"여기 있구나."

군힐트가 스크랩북을 들고 부엌으로 뒤뚱거리며 걸어왔다. 그녀는 식탁보 위에 떨어진 과자 부스러기를 살찐 팔로 쓱 치우고 의자를 끌어당겨 마르가레타 옆으로 좀더 다가갔다.

그녀는 큰 갈색 스크랩북을 펼치며 말했다.

"같이 보자. 에스킬의 앨범이란다. 축구에 대한 기사가 대부분이야. 에스킬은 예스타 뢰프그렌과 함께 1부 리그에서 뛰었거든."

마르가레타는 고개를 끄덕였다. 모탈라에서 성장기를 보낸 이상 예스타 뢰프그렌을 모를 수가 없었다. 엘렌 아줌마까지 그를 알았으니까. 군힐트는 뢰프그렌이 국가대표 선수가 되기까지의 과정이 담긴 기사를 얼른 넘겼다.

"여기 있네."

드디어 그녀는 소시지처럼 통통한 집게손가락으로 기사를 찾아 가리켰다. 공동세탁실에서 갓 태어난 여자아이 발견.

마르가레타는 자신에 대한 이야기가 신문에 났으리라고는 꿈에도 생각지 않았다. 그런데 지금 눈앞에 자신의 이야기가 대문짝만하게 실린 기사가 있다. 물론 스웨덴 프로축구 1부 리그에서 모탈라 클럽이 우승했다는 기사보다는 못하지만. 엑스프레스 지에 첫번째 사진이 실려 있었다. 카메라를 뚫어져라 쳐다보는 진지한 표정의 갓난아기 사진이었다. 기사의 표제는 엄마, 어디에 있어요? 였다. 크벨스 포스트 지도 동일한 내용의 기사를 싣고 있었다. 마르가레타는 참담한 듯 인상을 찌푸리며 기사를 계속 넘겨보았다. 외스트예타 지, 모탈라 티드닝과 다겐스 니헤테르 지에 실린 사진은 선명하진 않았지만 동정심을 불러일으켰다. 또한 지면을 크게 할애하고 있었다.

마르가레타는 무덤덤하게 스크랩북을 획획 넘기며 기사 표제들을 훑어보았다. 하지만 아무것도 읽지 않았다. 갑자기 여기에 온 것이 후회되었다. 군힐트의 스크랩북에도, 세탁소에도 해답은 없었다. 돌연한 장의 사진이 눈에 들어왔다. 주택관리인 빌헬름 스벤손, 정말 왜소하고 허약해 보이는 남자였다. 순간 그의 냄새가 콧날을 간질이는 것 같았다. 담배와 한여름 땀에 전 냄새가.

군힐트는 주저하면서 커피를 따랐다. 갑자기 그녀도 지쳐 보였다. 그녀 역시 이런 재회는 예상치 못했을 것이다.

"네 생모를 용서해야 돼. 다른 선택의 여지가 없었을 거야. 요즈음은 사정이 좀 다르지만 당시에는 처녀가 애를 낳는 건 수치스런 일이었으니까."

군힐트는 스푼으로 커피를 저으면서 원을 그리며 도는 커피를 잠시 바라보았다. 그리고 같은 말을 반복했다.

"대단히 수치스런 일이었지……"

차를 타고 가는데 속이 더부룩했다. 군힐트의 집에서 집어먹은 비스킷이 치밀어올랐고, 찌는 듯한 열기가 바닥을 무겁게 짓누르고 있었다. 열린 차창으로 버스의 배기가스가 밀려들어와 토할 것 같았다.

엘렌 아줌마는 마르가레타를 보고 깜짝 놀랐다. 아줌마는 마비되지 않은 손을 내밀며 일그러진 미소를 지어 보였다. 그사이 아줌마는 정확하진 않지만 느릿느릿 말할 수 있게 되었다. 하지만 많은 말은 할 수가 없어서 대신 몸짓으로 하고 싶은 말을 전했다. 아줌마는 이마를 쓱 훔쳤다. 더위 때문에 고생하는 기색이 역력했다. 엘렌 아줌마와 함께 바드스테나 시내를 산책하는 건 색다른 경험이었다. 마르가레타는 차비와 일요일에 쓸 용돈을 핑계로 마르고트에게서 슬쩍 얼마를 타내는데 몇 번 성공했다. 보도 위에는 눈이 쌓여 있었으나 휠체어를 타는 데는 별 무리가 없었다. 그래서 예상보다 오랜 시간을 돌아다닐 수 있었다. 그들은 한가로이 거리를 산책했다. 마르가레타는 한번씩 수공예품 쇼윈도 앞에 멈춰 섰다. 아줌마는 허리를 굽히고 레이스 수예품들을 찬찬히 뜯어보다가 가벼운 한숨을 내쉬며 마비되지 않은 손으로 체념한 듯한 자세를 취했다. 그곳은 그들을 조용히 보듬어주었다. 너무 조용해서 마르가레타는 무의식중에 목소리를 낮추었다. 마치 잠든 엘렌 아줌마를 깨우지 않으려는 듯이. 하지만 그들의 대화는 겉돌았다. 무더위와 후베르트손과 다시 바드스테나로 올 크리스티나에 대한 얘기만 나누었다. 크리스티나는 올해도 이곳 병원에 아르바이트 자리를 얻어서 다음주면 룬드에서 도착할 것이다.

시립공원에는 거의 사람이 없었다. 관광객들도 보이지 않았다. 큰 나무들의 그림자는 잔잔하고 푸르렀으며, 깎은 지 얼마 안 되는 풀 위에는 태양의 검은 그림자가 군데군데 반짝거렸다. 성이 드리운 그늘이 공원 가장자리를 덮고 있었다. 마르가레타는 휠체어를 세우고 벤치에 앉았다. 그리고 오랫동안 말없이 나란히 앉아서 베테른 호를 바라보다가, 풀향기를 맡으며 갈매기 울음소리에 조용히 귀를 기울였다.

"모탈라에 갔다 오는 길이에요. 그 공동세탁실에 갔었어요."

마침내 마르가레타가 입을 뗐다. 엘렌 아줌마는 고개를 돌려 빤히 쳐다보았다. 그러나 마르가레타는 꼼짝 않고 호수를 내려다보고 있었다. 뭔가 중요한 이야기를 해야 할 때마다 마르가레타의 머릿속은 항상 다른 방향으로 상상의 나래를 펼쳤다. 그녀는 생각했다. 물이 파랗다고 믿는 건 일종의 미신이라고 여겼어. 대개 물빛은 회색이니까. 하지만 오늘은 정말 파랗군. 검푸른 색이야.

"참 이상해요. 모탈라에 살 때는 왜 한 번도 그곳을 찾지 않았는지. 거리도, 집도 알고 있었는데. 어떻게든 믿고 싶지 않았어요. 그건 사실이 아니었으니까. 차라리 벚나무에서 날 발견했다는 아줌마의 말을 믿는 게 더 쉬웠으니까……"

엘렌 아줌마는 살짝 미소지었다. 마르기레다는 시선을 내리깔고 손을 쳐다보았다.

"어렸을 때 내가 그 말을 정말로 믿었다는 거 알고 계시죠? 난 아줌마가 내 친엄마이면서 그냥 그걸 숨기고 있을 뿐이라고 생각했어요."

엘렌 아줌마가 한 손을 내밀었다. 마르가레타는 그 손을 잡았다.

"난 그렇게 느꼈어요. 그래서 다른 엄마가 있으리라고는 상상도 못했어요. 노르셰핑으로 오고 나서야, 나는 생모에 대해 생각하기 시작했어요. 그제야 난 어릴 적 버림받은 고아라는 아줌마의 말이 사실일지 모른다고 생각하게 된 거예요."

엘렌 아줌마는 그녀의 손을 힘주어 잡았다. 하지만 마르가레타는 손을 빼서 주머니를 뒤졌다. 마르가레타는 주위를 기웃거리다가 담배를 입에 물고 몸을 살짝 숙여 불을 붙였다. 그리고 담배연기를 내뿜으면서 말했다.

"마르고트가 날 보면 기절할 거예요. 얌전한 소녀는 밖에서 담배를 피우지 않는다고 했는데……"

엘렌 아줌마는 어깨를 으쓱하고 다시 베테른 호숫가를 바라보았다. 그녀의 눈길은 갈매기 한 마리를 좇고 있었다. 갈매기는 반짝이는 수면 속으로 사라졌다가 몇 초 뒤에 은브로치 같은 물고기를 부리에 물고 창공으로 날아올랐다.

"생모는 왜 날 버리고 떠났을까요?"

마르가레타는 불쑥 한마디 던지고 반쯤 남은 담배를 던져버렸다.

"아줌마는 그 이유를 말해줄 수 있어요? 어째서 갓난아기를 내버리고 떠났는지 모르세요?"

엘렌 아줌마는 아무 대꾸가 없었다. 꼼짝 않고 휠체어에 앉아 갈매기의 움직임을 좇고 있었다.

"아니에요. 아줌마도 모르실 거예요."

마르가레타는 한숨을 내쉬었다.

물리학을 통해 마르가레타는 위안을 얻었다. 고고학보다 훨씬 나은 위안을.

물리학과 첫 학기 때 그녀는 이렇게 생각했다. 물리학은 나와 같은 상황에 있는 사람들한테만 어울려. 우리 같은 사람들은 우리의 뿌리에 대해서 아무것도 몰라. 신이 세탁실에 버려놓고 도망쳐버렸으니까.

마르가레타는 그런 생각을 공공연히 얘기할 만큼 어리석지 않았다. 대부분의 물리학자들은 자연과학의 법칙들이 대우주뿐만 아니라 소우주와의 관계 속에서도 어느 정도 들어맞기를 바란다는 사실을 빨리 간파했던 것이다. 천재라는 말을 듣고 싶다면 다른 학문보다도 우선 물리학의 실존적인 측면에 몰두해보는 것이 좋을 듯싶었다. 하지만 보통의 물리학자들은 평범한 사고와 평범한 말과 평범한 행동을 원했다. 아니면 무슨 그런 말도 안 되는 소리가 다 있냐며 철학과나 신학과로 가라는 질책을 감수해야만 했다. 그 원칙은 지금도 여전히 유효하다. 물리학과의 평범한 박사과정 학생들은 세상의 종말이나 신에 대해 생각해선 안 되었다. 그런 건 아인슈타인이나 스티븐 호킹 같은 인물들한테만 부과된 과제였다. 그것도 제한적인 형태로만 허락된. 호킹은 자신과 신의 관계에 너무 깊이 골몰한 나머지 동료들에게까지 자신에 대한 존경을 표하길 요구할 정도로 자만심에 빠져 있었다. 그리고 아인슈타인은 분명히 경고했다.

"신은 주사위를 던지지 않습니다."

하지만 신은 주사위를 던졌다. 신이 존재한다면, 그는 분명 악명 높은 주사위 게이머였을 것이다. 이건 양자물리학에서 증명되었다. 물질은 끊임없는 불안정 상태에 있기 때문에 자신이 파동으로 구성되었는지, 입자로 구성되었는지 스스로 판단할 수 없다. 관찰자의 눈을 통해서만 비로소 결정된다. 뿐만 아니라 결정된 입자들은 여러 곳에 동시에 존재할 수 있다. 그래서 보다 많은 우주론이 정당성을 얻게 될 만큼 여러 갈래의 해석이 가능해진다. 여러 곳에 동시에 존재하는 입자의 능력은, 현재는 시간으로 쪼개지고, 우주는 분할을 통해 확장된다는 것을 간접적으로 증명한다.

마르가레타는 가끔 신이 우리 인간과의 게임을 즐긴다는 생각이 든다. 그러면서 우리를 화나게 한다. 하지만 그가 우리 발 앞에 새로운 수수께끼를 던지면 우리 인간은 무조건 그의 꽁무니를 쫓는다. 우리는 신의 형상에서 아주 미세한 부분까지 들쑤시며 반(反) 물질의 사라진 부분에 대해 가장 작은 양자까지 연구할 것이다. 그리고 중성자의 정확한 무게까지도 계산해낼 것이다. 왜냐하면 신이 우주의 무게마저도 계산하려는 우리의 시도를 비웃기 위해 질량이 없는 존재인 척했으니까. 우리는 힉스 입자*를 깡통에 담아 비웃으며 그걸 흔들어댈 것이다. 신은 우리 인간을 순수하게 내버려두지 않는다.

하지만 마르가레타는 그런 생각들을 입 밖에 내진 않았다. 하루 종

---

* 물질을 이루는 기본 입자들과의 상호작용을 통해 질량을 갖게 해주는 가설적 입자. 이 입자를 찾아내면 우주의 질량 형성을 증명할 수 있다고 한다.

일 컴퓨터를 쳐다보며 자기폭풍 연구에만 몰두했다. 그녀는 현실의 이러한 부분을 지식과 오성으로 파악할 수 있었다. 그래서 신비한 것에 대해서는 입을 다물었다.

그럼에도 불구하고 내심 다른 물리학자들이 현실을 계산하는 일뿐만 아니라 파악하려는 노력을 충분히 하고 있는지 궁금했다. 예를 들면 제4의 자연력인 중력 같은 것에 대해. 마르가레타는 다른 사람들처럼 중력의 정의와 계산 방법에 대해 알고 있었지만 중력이 무엇인지는 알 수가 없다. 이런 문제를 혼자만 느낀 것은 아닐 터이다. 실제로 중력이 무엇인지는 아무도 알지 못한다. 그럼에도 불구하고 그런 문제에 매달리는 건 자기뿐인 것 같다. 가끔 한번씩 키루나 우주물리학 연구소 식당을 둘러보며 이런 생각을 한다. 지금이야, 지금 자리에서 일어나 사람들한테 질문을 던질 거야. 마르가레타는 눈앞에 그 장면을 그려본다. 사람들이 수저를 내려놓고 식사를 중단한다. 식당 안은 완벽하게 조용하다.

"자, 여러분의 식사를 방해해서 죄송합니다. 그런데 나는 중력을 신, 또는 적어도 신의 손 정도는 된다고 믿는데, 누구 나처럼 생각하시는 분 있으신가요?"

대단히 고맙습니다. 마르가레타는 바로 그다음 벌어질 상황도 정확히 머릿속으로 그릴 수 있다. 피곤해 보이는 동료 하나가 마르가레타의 옷을 움켜잡고 눈보라 치는 바깥으로 내동댕이친다. 마르가레타 요한손의 종말이다. 박사논문을 쓴 뒤에도 고정적인 연구원 자리는 없다. 이미 박사학위를 마친 상태라면, 정신병동 응급실의 청색등이 보인다.

그런 까닭에 식탁에 얌전히 앉아 저지방우유를 마시며 스테이크나 씹는다. 그러면서 잠깐씩 눈을 감고 마음속에 간직한 그리움을 들여다본다. 누군가 좋아하는 사람이 있다면. 남자친구, 아이, 자매. 그래서 자신이 느끼는 이 놀라움을 함께 나눌 수 있다면.

마르가레타는 목욕가운을 찾을 겨를도 없이 타월만 서둘러 두르고 몸을 떨면서 계단을 내려간다. 그리고 현관 앞 방으로 달려가서 젖은 손가락으로 재킷 주머니를 뒤진다. 구겨진 영수증에서 전화번호를 찾아낸다. 번호를 누르는 동안 이가 덜덜 떨린다. 목소리를 가다듬으려 노력한다.

"여보세요? 어제 피아트 맡겼는데요. 수리가 다 됐나요? 아, 끝났다구요. 십 분 뒤에 갈게요."

전화번호부는 어디에 있나? 오래된 서랍장을 열고 뒤적거린다. 빌어먹을. 실크 숄과 캐시미어 목도리만 가득할 뿐 전화번호부는 한 권도 없다. 전화번호 안내 서비스에 알아볼 수밖에. 두 군데의 전화번호가 필요하다. 택시 회사와 크리스티나의 직장.

계단을 성큼성큼 내디뎌 세 걸음 만에 올라간다. 가능한 한 빨리 옷을 입고 이 정신병원 같은 집구석을 떠나고 싶다.

크리스티나도 자기 엄마처럼 정신병자이다. 의심의 여지가 없다.

마르가레타는 여행가방에 자기 물건들을 쓸어담고 지퍼를 잠그고
는 깊은 숨을 내쉰다. 크리스티나에게 침착하고 태연한 목소리로 말해
야 한다. 긴장하지 않은 목소리로 아무것도 모르는 척 작별을 고해야
만 한다.

"불프 박사님과 통화할 수 있을까요?"

"지금 안 계신데요. 간호사와 연결시켜드리지요."

지친 목소리다.

거기 없다고? 벌써 집으로 오는 중인가?

"헬레나 간호사!"

사무적인 말투다.

"크리스티나 불프와 통화하고 싶은데, 안 계신가봐요."

"예, 안 계세요. 뭘 도와드릴까요? 진료 예약 해드릴까요?"

"아뇨, 아뇨. 동생이에요. 집엘 왔는데 고맙다는 말 전하고 이제 가
려구요."

간호사의 말투가 좀 차분하고 상냥해진다.

"아, 그러세요. 박사님이 안 계셔서 어떡하죠…… 시설에 가셨는데,
아시죠?"

"그럼 저 갔다고 좀 전해주시겠어요? 스톡홀름에 도착하면 다시 전
화하겠다고……"

"예, 알겠습니다……"

막 통화를 끝내려는데 머릿속을 스치는 생각이 있다.

"후베르트손 박사님은 응급병동에서 근무하나요? 거기 계신가요?"

헬레나 간호사가 짧게 헛기침을 한다.

"예, 그런데 후베르트손 박사님은 지금 전화를 받으실 수 없으신데요."

"그럼 그분께도 안부 전해주세요! 몇 년 전에 보고 못 봤지만, 아마 날 기억할 거예요. 내 이름은 마르가레타예요. 크리스티나의 동생."

그 말에 헬레나의 흥미가 동한 듯하다.

"그러면 크리스티나 박사님과 당신은 예전부터 후베르트손 박사님을 알고 지내셨겠네요?"

마르가레타는 미소를 짓는다. 크리스티나도 후베르트손도 서로 잘 아는 사이라는 걸 병원 동료들에게 말하지 않았을 게 뻔하다. 그들의 그 알량한 비밀에 구멍을 낼 수 있다면 기꺼이 그러고 싶다.

"그럼요. 후베르트손 박사님이 오랫동안 우리집에 세 들어 살았었거든요."

"아, 그랬군요."

헬레나가 꿈꾸듯 멍한 목소리로 대답한다.

마르가레타는 잊지 않고 부엌 열쇠를 소라고둥 안에 숨기고 나서 거리로 나온다. 크리스티나가 갑자기 들이닥칠 경우를 대비해 밖에서 택시를 기다린다.

완전히 미쳤어. 정신이 홱 돌아버린 거야. 정말 미쳤어.

아무리 그래도 비르지타가 크리스티나 책상에 똥을 갖다놓았을 리는 없다. 처방전 장부도 훔쳤을 리 없다. 비르지타는 나조차 진작에 손 뗀 그런 복잡한 일을 꾸밀 만한 성격도 못 되고, 돈도, 목적도 없다. 하지만 크리스티나는 이미……

크리스티나는 그런 유치한 장난을 위해 엄청난 시간을 투자했을 것이 분명해. 우선 내 예테보리 여행에 대한 정보를 입수해 정탐하러 왔었을 거야. 그리고 내가 커피를 마시며 길렌 우테른의 경치를 감상하려고 차를 세운 동안 차 밑으로 기어들어가 배기장치를 조작했겠지.

마르가레타는 발걸음을 멈추고 터지는 웃음을 참느라 숨을 헐떡인다. 얼마나 웃긴 생각인가! 크리스티나가 그런 짓을 할 리가 없다. 두꺼운 모직망토에 에르메스의 주름실크 숄을 두른 차림으로, 주차장 아스팔트 위에 작은 핸드백을 올려놓고, 배를 깔고 차 밑으로 기어들어가 간신히 돌아누워 차체를 만지작거리는 모습이라니……

멍청한 짓이다. 그랬을 리가 없다. 크리스티나의 더러운 손은 상상할 수도 없다. 크리스티나는 손이 더러워지면 토할 정도로 질색했다.

어쩌면 서서히 미쳐가는 건 마르가레타 자신일지도 모른다.

어떻게 해야 하나. 어쨌든 여기를 떠나고 싶다. 가능한 한 빨리.

확신. 신뢰. 위로. 안정감. 보호. 보살핌. 대화.

아마 이런 말들은 다른 우주에서나 의미가 있을지 모른다.

만약 그녀 자신이 분별력 있는 열여섯 소녀였더라면, 결코 이 지경까지는 이르지 않았을 것이다. 스스로를 자제하고 불안감을 통제할 수 있었다면, 입을 다물고 있었더라면, 전화부스의 문을 열지 않았더라면 모든 일이 지금처럼 되지는 않았을 것이다.

엘렌 아줌마는 지금까지도 모탈라에 사셨을 것이다. 일주일에 몇 시간 누군가의 도움을 필요로 했을지도 모른다. 꼭 비르지타가 아니더라도 누군가는 그 일을 했을 것이다. 비르지타도 물론 안정을 찾았을 테지만. 십대 후반의 비르지타는 시간만 있으면 빌이든, 레이프든, 케네스든 누구라도 만났을 것이다. 그들이 노련한 수공업자든 자동차 수리공이든 건설노동자든 상관없이. 그리고 그 사이에서 아마도 사내아이 둘을 낳고 공장에는 다시 나가지 않았을 것이다. 방 세 칸짜리 집에

서 아이들 코도 닦아주고 수프도 끓여주면서 친엄마의 죽음과 그녀에
대한 그리움 때문에 슬퍼했을 것이다. 그리고 빌이든, 레이프든, 케네
스가 됐든, 여하튼 그들이 작은 집을 마련할 꿈에 부풀어 연장근무를
거듭하는 동안 비르지타는 쉬면서 힘을 비축했을 것이다. 그렇게 드디
어 집을 장만하고 나면, 파트타임으로 노인을 돌보는 간호사 일을 시
작해서 주택이자와 분할상환금을 조금씩 갚아나갔을 것이다. 그랬다
면 허리를 펴고 걸으며 수치스러운 옛일을 잊어버릴 수 있었겠지. 한
때 엘렌 아줌마가 그랬듯 여유 있게 미소지으며 모탈라 시내를 드라이
브했으리라. 그러면 사람들은 이렇게 말할 것이다. 저기 비르지타 프
레드릭손이 오고 있다! 그녀는 분명 명예로운 일터로 출근하는 존경받
는 부인처럼 보였을 것이다. 완벽한 보통 사람의 모습이었을 것이다.

　살아 계셨다면 지금쯤 여든이 넘었을 엘렌 아줌마의 몸상태가 좋지
않으면, 비르지타는 의사인 첫째 크리스티나에게 전화를 했을 것이다.
크리스티나는 근무가 끝나면 작은 자동차에 몸을 싣고 아줌마에게 와
서 혈압을 재고 약을 주면서 충분한 휴식을 취하라고 당부했을 것이
다. 하지만 크리스티나가 가고 나면 엘렌 아줌마는 마르가레타에게 전
화해서 고집을 피웠을 것이다. 크리스티나의 당부도 당부이지만, 난
연금생활자협회의 연차 모임에 가고 싶어. 그러면 마르가레타는 웃음
을 터뜨리며 아줌마의 그런 오기에 즐겁게 맞장구를 쳤겠지.

　크리스마스가 되면 그들은 모두 아줌마의 집으로 모였을 것이다.
비르지타는 빌인지, 레이프인지, 케네스인지 여하튼 그들 중 하나와
그 사이에서 낳은 아들녀석들과 함께 왔을 것이다. 변기뚜껑 같은 손
과 넓은 어깨를 가진 건장한 두 아들이 눈웃음을 치며 들어선다. 통통
한 엄마의 팔을 꽉 잡고 엘렌 아줌마를 할머니라 부르며, 그들의 안정
적인 직장인 공장의 특수기술부품에 대해 설명하면서 머리를 복잡하

게 만들었을 것이다. 비르지타의 자식들도 분명 먹고살기 위해 직업교
육을 받으며 당대의 실업률을 극복해야 했을 것이다. 다행히 그들은
그들이 없으면 공장이 잘 돌아가지 않을 정도로 직장에서 인정받았을
것이다.

엘렌 아줌마네 집 '먹는 방'에 예전처럼 젊은이들을 위한 작은 식
탁이 별도로 차려지면, 그 한편에 비르지타의 아들들이 앉고 맞은편에
는 크리스티나의 딸 오사와 토베가 앉았을 것이다. 설령 크리스티나의
교수가 별난 버릇이 있다 하더라도 마르가레타는 그와 그의 아이들을
크리스티나의 삶에서 떼어내 생각할 순 없을 것이다. 그리고 상석에는
다섯번째 아이가 앉았을 것이다. 바로 마르가레타 자신의 아이가.

그 아이는 리마의 고아원에서 보았던 남자아이였을 것이다. 마르가
레타와 마르가레타의 아들을 통해 엘렌 아줌마는 끝없이 나올 고아들
의 시조(始祖)가 됐을 것이고, 그 아이들은 또 버림받은 아이들에게
손을 내밀었을 것이다. 그 사내아이가 그때 버림받지 않았다면, 여기
이 자리에 앉아 있었을 텐데. 안데스 산맥의 전설 속 주인공처럼 구릿
빛 피부를 가진 아름답고 신비한 인디언의 모습으로 엘렌 아줌마의 집
크리스마스 파티 식탁에 앉아 그 작고 까만 눈으로 사촌들을 바라보았
을 텐데. 내내 아주 진지한 표정이면서도 입가엔 작은 미소를 띤 채.
그러다 식사중 돌연 마르가레타와 눈을 마주치며 자신의 크리스마스
포도주스를 들고 이렇게 말하며 건배했을는지도 모른다.

"엄마의 인생을 위하여!"

그러면 마르가레타도 미소와 함께 잔을 들어 화답한다. 인생을 위
하여! 엘렌 아줌마네 모든 식구들의 인생을 위하여, 믿음을 위하여,
평안을 위하여, 직장을 위하여.

택시는 좀처럼 오지 않는다. 마르가레타는 크리스티나의 파라다이

스 옥외계단에 턱을 괴고 주저앉아 있다. 나의 불만은 뭘까? 우리 셋은 뭐가 그리 맞지 않는 걸까? 왜 우리는 항상 최악의 상황을 염두에 두는 걸까? 왜 그리 서로 믿지 못하고 속이려 드는 것일까?

상황이 달라질 수도 있었다. 우리는 안정된 시대에 성장했다. 떠오르는 태양이 지난날을 이기던 시대에 성장기를 보냈다. 좋지 않은 모든 일은 지나가고 과거는 극복하고 참고 이겨냈다. 그리고 이제는 찬란한 아침햇살이 비칠 날만 남았다…… 사람들도 모두 그렇게 알고 있다.

하지만 그런 식의 위안은 지극히 순진한 생각일 뿐이다. 순진하다는 건 본래 어리석은 거라는 냉소주의자들의 주장은 전적으로 옳은 말일지도 모른다. 어느덧 세상은 냉소주의자들의 것이 되었다. 마르가레타가 그 순진했던 시절을 태평스럽게 즐긴 순진한 소녀였다 하더라도, 크리스티나에게 공중전화부스의 문을 열어주었던 순간을 떠들고 다니지는 말았어야 했다. 마르가레타는 어리석었다. 우둔했다. 정말 바보 같았다.

아니다. 그녀는 전혀 순진하지 않았다. 마르가레타는 그 당시에 이미 세상이 온통 그늘로 가득 차 있다는 걸 분명히 알고 있었다. 어떤 이들은 극단적인 상황 속에 살다가 스러져갔다. 그녀의 엄마, 비르지타의 엄마, 크리스티나의 엄마와 같은 사람들은 위태로운 생활을 버티며 자신의 시대가 오기를 기다렸다. 때로 엘렌 아줌마의 얼굴에도 그늘이 드리울 때가 있었다. 아줌마는 아무도 보지 않을 때면, 식탁 앞에 주저앉아 손으로 얼굴을 가렸다. 다시 손을 내리면 얼굴은 코피와 눈물 범벅이 되어 있었다.

엘렌 아줌마의 집에만 그늘이 있었던 건 아니다. 같은 반 한 아이는 눈을 반짝이며 아우슈비츠라는 곳에 대해 얘기했다. 자기 엄마는 이틀 동안 가스실 앞에서 죽음을 기다리다가 흰색 버스를 타고 가까스로 빠져나왔다고 했다. 또다른 친구 수잔네는 어느 날 오후 자기 집 안의 빨래를 넣어두는 장롱을 열어 하얀 베갯잇 더미 아래에 숨겨놓은 비밀을 보여주었다. 한 장의 사진이었다. 장밋빛 앙고라 재킷을 입고 눈을 감고 있는 어린 여자애의 사진.

수잔네가 속삭였다.

"내 여동생이야. 이름은 데이지."

마르가레타는 한동안 사진을 보다가 역시 속삭이는 소리로 물었다.

"왜 눈을 감고 있어?"

"앞을 못 보거든."

마르가레타는 잠시 현기증을 느꼈지만 위로의 말을 찾았다.

"그래도 참 예쁘다. 너무 귀여워."

수잔네는 속삭이면서 사진을 다시 베갯잇 아래에 쑤셔넣었다.

"예전에는 그랬는데, 지금은 아냐. 뇌수종에 걸렸어."

"그게 무슨 병인데?"

"머리가 점점 커져서, 물로 가득 차는 병이야…… 삼 년 전에 데이지를 찾아갔었는데 그새 머리가 무척 커졌더라구…… 꼭 공처럼. 머리가 너무 무거워서 앉지도 못했어."

"그러면 집에 다시는 못 와?"

수잔네는 장롱문을 닫고 잠갔다. 어느덧 그녀는 보통때의 목소리로 돌아와 있었다. 장롱문을 닫은 뒤엔 그렇게 속삭일 필요가 없다는 듯이. 집 안에는 그들뿐이었다. 수잔네의 부모님은 외출중이고 다른 형제도 없었다.

"응. 데이지는 올 수 없어. 우리도 이젠 찾아갈 수 없고."

"왜?"

"데이지가 너무 소리를 지르고 울어서. 우리가 돌아가고 나서도 그치질 않는대."

그후 마르가레타는 곧장 집으로 가서 자전거를 정원에 내팽개치고 정신없이 집 안으로 달려들어갔다. 엘렌 아줌마는 뭐라고 잔소리를 하다가, 데이지에 대한 얘기가 나오자 입을 다물고 등을 돌려버렸다.

그늘에 대해 이야기하는 건 금물이었다. 그늘은 어쨌든 곧 걷힐 것이다. 그리고 미래가 시작되는 순간 분명 그늘은 사라졌다.

성인이 되고 나서야 마르가레타는 크리스티나와 비르지타가 그녀의 희망을 공유할 수 없다는 것, 그들이 자신과 똑같은 방법으로 이 시대가 품었던 미래의 희망을 공유할 수 없다는 것을 알았다. 아마도 그들에겐 어린 시절의 그림자가 마르가레타의 경우보다 몇 배는 더 어둡게 드리워져 있기 때문이리라. 이런 생각을 하게 된 건 몇 해 전부터였다. 처방전 장부를 훔치고, 그 상황을 모면하기 위해 거짓말을 한 비르지타가 어떤 처벌을 받았는지 궁금해서 크리스티나에게 전화했던 날. 크리스티나의 목소리는 완강했다. 하지만 비르지타가 이미 힌세베리의 여성 교도소로 이송되었다는 소식을 전하면서 만족스런 투로 바뀌었다. 마르가레타는 실망했다. 집행유예나 치료감호를 기대했기 때문이었다.

"복지국가라는 말이 무색하군."

마르가레타가 말했다.

"그게 무슨 국가적인 손실이라도 되는 것처럼 말하네!"

크리스티나가 응수했다.

그 목소리를 듣는 순간 마르가레타의 눈앞에 어떤 영상 하나가 번쩍하고 나타났다. 빌딩이었다. 진흙투성이 농지 위에 우뚝 선 회색 콘크리트 고층빌딩. 이것이 크리스티나가 생각하는 복지국가였다. 그리고 비르지타가 머릿속에 그리는 복지국가의 모습 역시 회색일 것이다. 추측건대 비르지타에게 복지국가란 사회복지담당 부서의 작고 음산한 사무실로 존재할 것이기 때문이었다. 하지만 마르가레타의 눈에 복지국가는 뭔가 다른 것이어야 했다. 초록색 정원에 둘러싸인 하얀 집. 홀로 버려진 아이들이 안전하게 자랄 수 있는 집.

산업사회의 파라다이스.

"탈 거요, 말 거요?"

택시 운전사가 재촉한다. 그는 빈 조수석 쪽으로 몸을 굽히고 손잡이를 돌려 차창을 연다. 아마 송가탄 거리 초입부터 쭉 따라 내려오다가 유턴을 해서 차를 오른쪽에 세웠을 것이다. 하지만 마르가레타는 알아채지 못했다.

마르가레타가 슬며시 웃는다.

"죄송해요. 잠시 딴생각을 했어요……"

십 년 전이었다면 운전사는 그런 미소와 말에 기분을 풀었을 것이다. 시동을 끄고 차에서 내려 가방을 든 마르가레타를 도와 조수석의 문을 열고 안전하게 차에 타도록 했을 것이다. 그러나 지금 운전사는 반쯤 연 차창을 통해 조급한 얼굴로 마르가레타를 뚫어지게 쳐다본다. 마르가레타는 가방을 보도 위로 끌고 올 수밖에 없다. 뒷좌석에 앉은 그녀에게 운전사는 한마디도 건네지 않는다. 마르가레타는 미소를 짓는다. 그건 그녀가 한때나마 비르지타와 같은 물에서 놀았기 때문이 아니라, 지난 몇십 년 동안 남자들의 시선과 수작이라는 무성한 덤불 속을 지나왔기 때문이었다. 덤불을 빠져나와 결국 앞을 훤히 볼 수 있을 때의 기분도 나쁘지 않다. 그래서 아무런 위험에 노출되지 않고 자유롭게 다닐 수 있는 것도 좋다. 가방을 혼자 들어야 하고 화난 택시 운전사한테 된통 욕을 먹는다 하더라도 치마가 제자리에 있기만 하면 나쁠 게 없다. 이제 더이상 조심할 필요가 없다. 앉아 있을 수도, 서 있을 수도, 걸어갈 수도 있다. 남성 호르몬을 자극할 위험을 무릅쓰지 않고도 하고 싶은 대로 할 수 있다. 하지만 비르지타에게는 아무 고통 없는 수월한 일이었던 것 같지만은 않다.

비르지타가 떠오른 순간 마르가레타는 결심한다. 그래, 무슨 일이 있더라도 노르셰핑으로 가자. 비르지타를 기꺼이 모탈라까지 데려다 주자.

마르가레타는 죽음도 악마도 두렵지 않았다. 그리고 비르지타도.

마르가레타는 카센터에서 차를 몰고 나오면서 계기판의 시계를 본다. 속도를 내면 삼십 분 이상은 늦지 않을 것이다.

이런 날 모탈라로 가는 비좁은 도로를 굉음을 내며 달리는 기분은 정말 굉장하다. 쏟아지는 햇살을 느끼며 열린 차창으로 스치는 바람에 머리카락을 흩날리며 달리는 기분이란. 머리 위 하늘은 높고 청명하며, 발 밑의 촉촉한 대지는 한껏 기대에 부풀어 있다.

마르가레타는 오른손을 뻗어 라디오를 켜려고 한다. 버튼을 돌리다가 화들짝 놀라 웃음을 터뜨린다. 클래스의 음성이 흘러나온다. 그의 목소리가 자동차 안을 가득 채운다. 클래스의 고물차에 앉아 그의 목소리를 듣고 있다니! 특파원 특유의 독특한 리듬과 변함없는 스타카토식 발음으로 뉴스를 전하고 있다. 그의 말을 제대로 알아듣기까지는 어느 정도 시간이 걸린다. 보스니아의 산에서 집단 매장지가 발견되었습니다. 마흔네 구의 시신이 발굴되었는데 성인남자들과 남자아이들의 것으로 추정됩니다……

그녀는 자동차의 속도를 줄이면서 손으로 담배를 찾는다. 마흔네

구의 시신. 텅 빈 동공과 알몸의 해골이 비웃는 듯한 표정으로 눈앞에
아른거린다. 무거운 부츠를 신은 클래스가 마이크를 코밑에 바짝 대고
무덤 가에 서 있는 모습도 보인다.

그가 돌아오는 토요일 저녁 아란다로 마중을 나가겠다고 약속했다.
함께 식사를 하러 갈 것이다. 출장 가기 전에 그는 항상 단골 레스토랑
에 예약을 해놓는다. 식사중에 클래스는 별말을 하지 않지만, 설명하
는 동안에는 포크를 이리저리 휘젓는 버릇이 있다. 그는 그들 사이에
존재하는 진공상태를 말들로 채우지만, 정말 중요한 얘기는 하나도 하
지 않는다. 진실한 얘기는 하나도 없다.

마르가레타 자신은 아무 말도 하지 않는다. 정말 중요한 얘기, 정말
진실된 얘기는 말할 것도 없다. 그랬다간 그가 어떤 반응을 보일지 알
수 없다. 클래스도 그녀가 어떤 반응을 보일지 모르기는 마찬가지다.

그들은 서로 의지하지만 서로를 믿지는 않는다. 단 한순간도.

마르가레타가 우주연구소에 다니기 시작했을 때, 연구원 중 누군가
가 일요일이면 항상 교회에 나간다는 소리를 들었다. 하지만 당사자한
테서는 전혀 그런 인상을 받을 수 없었다. 그는 다른 누구보다도 욕도
잘 하고 악담도 잘 하는 사람이었다. 육 개월에 한 번씩 기구들을 점검
하기 위해 산꼭대기에 올라가야 할 때면, 그는 항상 배낭에 위스키를
챙겼는지, 다른 사람들도 모두 한 병씩 갖고 왔는지 무척 신경을 썼다.

그의 이름은 바이킹이었다. 참으로 촌스러운 이름이었다.

처음에 마르가레타는 알 수 없는 두려움으로 그를 주시했다. 교회
를 다닌다는 사람도 결국 트루바두르*나 시 낭송가와 다를 바 없어서,

---

* 중세 남프랑스 지방의 음유시인을 통틀어 이르는 말.

언제 또 괴팍한 일을 저지를지 예측할 수 없었다. 하지만 두려움만 있었던 건 아니었다. 그를 좀더 알고 싶다는 욕구도 동시에 느꼈다. 스캔들을 일으킬 만한 사람은 상대방에게 속이 뻔히 다 드러나 보일 정도로 경솔한 행동을 잘 한다.

쉰 살이 된 연구원의 생일을 축하하기 위해 연구소에서 깜짝파티가 열렸을 때, 마르가레타는 그 유혹에 빠졌다. 식당에는 뷔페음식이 차려졌고 저녁 늦게 댄스파티가 열렸다. 첫 테이프가 돌아가기 시작하자 마르가레타는 뒤로 슬쩍 빠졌다. 마치 갑자기 아주 중요한 생각이 떠올라 지금 막 해결해야 하는 사람처럼 계단을 올라 연구실로 향했다. 하지만 단지 외투를 가지러 간 것뿐이었다. 많은 사람들로 북적대는 파티에 여러 번 참석해 지쳐 있었던 터라 잠시 연구소 옥상에서 혼자 담배를 피우며 자기만의 생각에 빠지고 싶었다.

연구실에서 마르가레타는 오리털 점퍼를 입었다. 하지만 지퍼를 올리지도, 부츠를 신지도 않았다. 날씬한 파티슈즈를 신은 자신의 발을 보면 기분이 좋았다. 파티슈즈를 신고 있으면, 자기 자신보다 훨씬 더 완벽한 삶을 사는 아주 다른 사람이 된 것 같은 기분이 들었다.

옥상으로 올라가는 데는 별 문제가 없었다. 작은 계단을 올라가 평범한 문을 열고 나가면 바로 옥상이었다. 옥상은 마음대로 드나들 수 있어야 했다. 언제나 하늘을 향하고 있는 카메라와 기구 들을 보호하기 위해 크고 볼품없는 플라스틱 재질의 풍선들이 잔뜩 장치되어 있었기 때문이었다.

문을 열어젖히자마자 오로라가 눈에 들어왔다. 인상적이었다. 하늘의 반을 채울 정도로 컸고 보고서에서나 봤던 색을 띠고 있었다. 보통 오로라는 하얗거나 파랬지만, 이날 저녁에는 짙은 보라색 파동들이 하늘 위를 스치듯 지나갔다. 지나간 자리에는 곡선이 생겼다가 다시 사라졌다. 마치 한순간의 꿈인 듯 커다란 보랏빛 조각들이 빨랫줄에 걸린 침대보처럼 훨훨 날아갔다. 그리고 하늘이 땅에 반사되는 순간 땅위의 눈은 라일락 빛깔로 바뀌었다.

"와!"

감동과 실망이 교차하는 큰 소리가 터져나왔다. 키루나에 온 지 수년의 세월이 지났지만 생각만 해도 가슴 떨리는 그 기대를 포기할 수 없었다. 바로 오로라의 소리를 들을 수 있을 거라는 기대였다. 태양전자가 대기중에서 춤을 추기 시작하면 우주는 음악으로 가득 찰 것이다. 현악기 주자인 태양광선은 오로라 장막의 변화를 따르며, 코로나가 변화하는 오로라에 광선을 쏘면 팀파니와 트럼펫 소리가 울릴 것이다. 그렇게 우주쇼가 종반으로 치달을 무렵 청아한 플루트 소리가 나지막이 하늘에서 울릴 것이다.

물론 오로라 소리는 들을 수 있는 것이 아니었다. 지금 보이는 보랏빛 오로라의 소리도 들을 수 없었다. 빛의 색깔은 전자가 빠른 속도로 대기권 아주 멀리까지 뻗어나가면서 생기는 것이었다. 지금 여기에 먼 우주까지 날아가는 전자들이 존재하는지는 알 수 없었지만, 보랏빛 비단 같은 오로라는 정말 경이로웠다. 그런 광경을 목격한 사람이라면 누구나 숨을 들이마시며 가슴에 손을 얹고 하늘을 올려다볼 것이다. 마르가레타는 마음 저 깊은 곳에서부터 환호성을 질렀다. 하지만 조용히 있어야 했다. 아주 작은 소음도 금기사항이었다.

아. 그녀는 가슴에서 손을 내리고 주머니에서 담배를 찾았다. 기적의 최전선에서 침묵해야 한다면 지구 전체가 쥐 죽은 듯 조용해야 할 것이다. 그런데 기적이 아니라면, 크리스마스 트리에 매달린 이 방울은 결국 뭐란 말인가? 잊혀진 기적. 맞다. 기적을 잊고 있었다. 시끄럽고, 혼돈스럽고, 사기와 통속성이 판을 치고, 완전히 찌그러진 플라스

틱 오리와 쓸모없는 다이어리와 올 풀린 팬티스타킹과 보풀이 일어난 합성섬유 스웨터와 기름 덩어리 정크푸드와 냄새나는 행주로 가득 찬 이 지구는 대체 뭐란 말인가? 마르가레타는 생각했다. 어쩌면 우리는 주변을 다시 한번 돌아보게 만드는 그런 쓰레기들에 감사해야 할지도 모른다. 우리가 기적 속에 살고 있다는 걸 항상 의식해야 한다면, 디즈니 만화영화에 나오는 새로운 주인공들처럼 외투를 걸치고 몹시 심각한 표정을 지으며 꼿꼿한 자세로 다녀야 할지도 모른다. 아주 작은 자작나무 잎이나 풀줄기에도 매번 깜짝 놀라 아! 오! 소리를 치면서 말이다. 그러면 재미있을까? 분명 그렇지는 않을 것이다.

마르가레타는 담배에 불을 붙이기 위해 고개를 숙였다. 그때 등뒤에 있던 문이 열리는 바람에 앞으로 몇 걸음 비틀거렸다. 문틈으로 바이킹이 각진 얼굴을 내밀고 말했다.

"어이쿠, 놀라게 해서 미안해요."

마르가레타는 다시 중심을 잡았다.

"괜찮아요. 나와보세요. 오늘 저녁 여기에서 대형 쇼가 벌어졌어요."

바이킹은 손으로 얼굴을 쓰다듬으며 말했다.

"난 벌써 봤어요. 환상적이죠."

그는 셔츠만 입고 있었다. 소매도 걷어올린 상태였다.

"춥지 않아요?"

"아뇨. 잠깐 바람 좀 쐬려고 나왔어요. 아래층은 분위기가 점점 무르익어서 그런지 너무 더워서."

"폐렴이라도 걸리면 어쩌려고."

바이킹은 히죽 웃으며 마르가레타에게 음흉한 눈길을 던졌다.

"상관없어요. 난 죽음 뒤의 삶을 믿으니까."

마르가레타는 그 말이 가슴에 와닿은 듯 킥킥거리며 몸을 양팔로 감쌌다. 그리고 발가락을 움직여주기 위해 파티슈즈로 바닥을 몇 번 굴렸다.

"난 외투를 걸쳐서 괜찮아요."

"그래도 부츠는 신지 않았네요."

"그래요. 우리 인간은 모든 걸 장담할 수는 없지요. 특히 날씨만큼은 절대로."

둘은 잠시 침묵했다. 오로라가 그들의 머리 위로 소용돌이를 만들었다.

"종교가 있으면 좋을까요? 그러면 사는 게 좀 쉬울까요?"

마르가레타가 물었다. 바이킹은 가볍게 한숨을 쉬고 가슴 위로 팔짱을 꼈다.

"그렇지 않다는 게 옳은 답일 거예요. 종교란 삶을 쉽게 살기 위한 기호품도 보조물도 아니죠."

마르가레타는 다음 말을 기다렸지만, 그는 아무 말도 없었다. 그녀가 그를 살짝 찔렀다.

"진심이에요, 그렇지 않다는 게?"

"솔직히 말하면 종교를 가지면 사는 게 좀 편해져요. 다른 세상으로 통하는 입구를 찾은 것처럼."

바이킹은 고개를 돌려 반쯤 눈을 감고 있는 마르가레타를 쳐다보았다.

"내가 보기에 당신은 꼭 방황하는 휴머니스트 같네요."

마르가레타는 웃었다.

"그래요. 잘 봤어요. 휴머니스트보다 더 헤매고 있죠. 내가 무슨 말을 하는지 이해한다면……"

"아니. 참, 당신은 어떻게 물리학자가 됐어요?"

마르가레타는 담배 한 모금을 빨았다. 뭐라고 설명해야 하나?

아니다. 마르가레타는 바이킹과 같이 자는 건 상상할 수 있어도, 타눔의 파라볼라 안테나에 대해서는 설명할 수 없었다. 한계가 있었다.

"아아, 그건. 당신도 1970년대의 상황이 어땠는지 아시겠죠. 그때는 아무도 물리학을 공부하려고 하지 않았어요. 다들 사회학자가 되고 싶어했으니까. 그래서 자연과학 분야의 연구소들은 아무나 다 들어갈 수가 있었죠…… 나도 그런 부류였어요. 별 고민 없이 결정했어요. 원래는 고고학자가 되려고 했었지만."

마르가레타는 벽에 기대어 구두 굽으로 담배꽁초를 비볐다. 담뱃재가 잠깐 파티슈즈의 밝은 색 가죽 위에 검은 점처럼 앉았다가 눈 위로 떨어졌다.

"중력, 언제나 중력이 작용하는군요……"

마르가레타가 비꼬듯 말했다. 바이킹은 뭔가 물어보려는 듯 눈썹을 치켜세웠지만, 아무 말도 하지 않았다. 마르가레타는 기지개를 켜고 손을 외투 주머니에 밀어넣고는 목과 턱을 옷깃 아래로 움츠렸다.

"내 생각에 당신은 개천에서 용 난 케이스 같은데 맞나요? 그저 그런 집안 출신이죠?"

마르가레타가 물었다. 바이킹은 짧게 미소지었다.

"그래요. 아버지가 벌목꾼이셨죠. 그러면 당신은?"

"나도 그래요. 어머니는 결혼하기 전까지 시청 소속 봉사요원으로 일했어요."

"아, 그렇군요. 그럼 여기에 오기까지 뭘 보고 뭘 배우셨어요?"

"이것저것. 우리가 얻은 것과 얻지 못한 것에 대해."

마르가레타는 억지웃음을 지으며 대답했다. 바이킹은 팔로 세게 자기 몸을 때렸다. 코앞에 어린 입김이 마치 하얀 깃털 같아 보였다.

"자신감에 대해 말하고 있는 거죠? 카리스마라고 할까, 그러니까 다른 사람들 눈치 안 보고 자기 자신을 기준으로 삼을 수 있는 힘 같은 거 말하는 거죠? 우리에겐 그런 게 없어요. 유복한 집안에서 태어난 사람들은 그것에 가치를 두는 반면, 그렇지 못한 사람들은 자신의 가난한 태생을 숙명으로 받아들인다는 주장과 똑같죠."

마르가레타는 얼굴을 찌푸렸다.

"하지만 당신은 한 가지 좋은 점을 잊고 계시는군요. 자유 말이에요. 우리에겐 그들이 결코 가질 수 없는 자유가 있어요."

바이킹은 양손을 소매 안으로 밀어넣었다. 그는 오로라는 벌써 잊은 채 추위에 떨고 있었다.

"그럴 수도 있겠군요."

"특히 여자들을 보면 알 수 있어요. 자유롭지 못하다는 건 너무 우울해요……"

마르가레타가 말했다.

바이킹은 손은 여전히 소매 안에 넣은 채 그 자리에서 껑충껑충 뛰기 시작했다.

"어째서죠?"

"여자들은 끔찍스러울 정도로 교육을 강요당하지요. 큰 소리로 말하면 안 된다, 웃을 때 입을 벌리면 안 된다, 뛰어다니면 안 된다, 기어오르는 것도 안 된다, 상상력을 발휘해도 안 된다. 그렇게 여자들은 반은 죽은 사람처럼 무릎을 딱 붙이고 가만히 앉아서 방해가 안 되기만을 바라야 하죠."

바이킹은 그 자리에서 계속 뛰면서 자기 내면의 소리에 귀를 기울인다.

"글쎄요, 당신 생각이 맞을지도 몰라요. 하지만 그건 남자에게도 해당돼요. 부르주아 계급은 순응을 강요당하죠. 노동자 계급도 마찬가지예요."

마르가레타도 추워서 덩달아 뛰기 시작했다. 하지만 들어갈 생각은 하지 않았다. 오랜만에 솔직한 사람과 솔직한 대화를 나누는 것이 좋았다. 둘의 리드미컬한 발소리가 옥상을 울렸다.

"그래도 우리처럼 밑바닥에서부터 올라온 사람들은 자유로워요. 어디서나 아웃사이더죠. 그게 활력소가 되구요."

마르가레타는 말했다. 바이킹이 몰아쉰 숨이 입 앞에 구름처럼 머물러 있었다.

"모르겠어요. 때로는 고민할 필요 없이 자기 신분을 당연한 것으로 받아들이고 사는 게 좋은 거 같아요."

마르가레타는 눈을 감고 신분상승을 한 몇 명의 사람들을 한참 생각했다. 그러다가 입을 열었다.

"아니에요. 자기 신분을 당연하게 받아들이지 않는 게 나아요."

"그러면 당신은 우리 같은 신분의 단점을 보지 못하는 것이군요. 그저 자유롭기만 할까요?"

마르가레타는 제자리 뛰기를 멈추고 팔로 몸을 꼭 감쌌다. 바이킹도 멈춰 섰다. 호흡이 가빴다.

"천만에요. 나도 단점을 알고 있어요. 하지만 그게 나의 개인적인 문제인지, 아니면 신분이 상승했기 때문인지 판단할 수가 없어요. 난 믿음이 없어요. 신이든 인간이든 그 누구도 믿지 않아요."

바이킹은 그녀를 잠깐 바라보다 팔로 자기 몸을 때리기 시작했다. 그리고 마르가레타의 말을 되풀이했다.

"믿음이라구요? 하지만 굳이 누굴 믿을 이유는 없어요."

"그럼 당신도 아무도 믿지 않나요?"

바이킹은 문을 열고 손으로 마르가레타를 안으로 미는 듯한 몸짓을 했다. 그리고 말했다.

"난 신을 믿어요. 사람을 믿느냐구요? 그럴 이유는 없지요. 사람들은 무슨 짓을 벌일지 모르니까요."

노르셰핑 경찰서는 감탄부호처럼 노라 산책로 옆에 서 있었다. 마르가레타는 멀리서부터 그 건물을 보았지만 정작 도착해서는 그 주위를 두 바퀴나 돌아야 했다. 주차장으로 가려면 어디에서 방향을 틀어야 할지 정확히 알지 못했기 때문이었다.

노르셰핑은 그대로였다. 하늘에서 내리쬐는 햇빛은 여전히 황동색이고, 전차는 금속성을 울리며 거리를 달린다. 노르셰핑 사람들은 삼십 년 전이나 지금이나 마찬가지로 바빠 보인다. 마르가레타는 이 도시가 좋다. 가끔 한번씩 그녀를 미치게 만드는 키루나의 그 냉소적인 독선이 이곳엔 없다. 박사논문 따위 휴지통에 집어던지고 여기로 와버릴까. 사범대학 과정을 마치고 인문계 고등학교의 교사가 되어 애인이나 사귀어볼까. 농부라면 어떨까. 혹은 뺨이 거친 외스트예타 족의 후예라면. 그렇지만 그게 무슨 상관이람. 아니면 후베르트손처럼 목요일마다 스탠더드 호텔의 삼류 속물들의 댄스파티에 가볼까. 그리고 금요일에는 체셔 고양이*처럼 실실 웃으며 여기저기 쏘다니는 건 어떨까. 후베르트손과 똑같이.

하지만 유감이다. 그렇게는 안 된다. 엘렌 아줌마에게 교육받은 사람은 박사논문을 쉽게 휴지통에 내던질 수 없다. 일단 시작한 일은 끝을 봐야 한다. 그것이 박사논문이든 작은 덮개에 수를 놓는 일이든, 끝이 별로일 게 뻔해도 일단 시작한 건 끝을 맺어야 했다. 엘렌 아줌마가 그렇게 못을 박았다. 아니면 신이. 아니면 대학본부가.

마르가레타는 자동차 문을 잠근다. 그리고 주위를 둘러본다. 경찰서 입구에는 아무도 없다. 비르지타는 안에서 기다리는 모양이다. 마르가레타는 핸드백에서 빗을 꺼내 얼른 머리를 빗고 옷매무새를 살피면서 혀로 앞니를 한번 쓱 훑는다. 경찰서에 들어갈 땐 단정하게 보여야 한다. 비르지타 같은 사람을 만날 땐 특히나 더. 마르가레타는 왠지 모르게 관공서를 드나들기가 두렵다. 도움이 필요한 사람들을 위해서 경찰서와 사회복지국이 있어야 한다는 생각은 들지만, 자신은 정작 그런 곳과 엮이지 않으려고 매우 조심했다. 마르가레타는 경찰들과 사회복지국 직원들이 하는 짓이 꼭 오소리 같다는 인상이 든다. 한번 물면 뼈가 딱 부러지는 소리를 듣기 전까지 절대로 놓지 않는 오소리.

경찰서 현관에는 아무도 없다. 문 뒤에서 난동을 부리고 있는 비르지타라는 여자도 없다. 마르가레타는 힐끔 시계를 본다. 생각보다 빨리 왔다. 이십 분 늦었을 뿐이다. 물론 비르지타가 누군가를 무작정 기다릴 만큼 진득한 인물은 아니니까, 아마 접수대 앞에 앉아 있을지도 모른다……

---

*『이상한 나라의 앨리스』에 나오는 고양이.

398

안은 사람들로 북적인다. 피곤에 지친 평범한 시민들이다. 서 있는 사람들도 있고, 앉아 있는 사람들도 있고, 기대서 있는 사람들도 있다. 우체국에서처럼 모두들 손에 번호표를 들고 있다. 마르가레타는 번호표를 뽑으며 한숨이 나오는 걸 참는다. 73번인데 이제 겨우 51번이 창구에서 몸을 숙이고 용건을 중얼거리고 있다. 반나절은 기다려야 할 것이다.

주위를 한번 휙 둘러본다. 비르지타를 못 본 지 벌써 몇 년이나 되었다. 단번에 알아보지 못할 수도 있다. 하지만 여기엔 비르지타와 비슷하게 생긴 사람도 없다. 대부분이 조용하고 교육을 잘 받은 것 같은 사람들이다. 한 사람만이 혼잣말을 중얼거리고 있다. 그 사람이 결정적으로 남자가 아니었다면 비르지타라고 생각할 수도 있었다. 하지만 그는 면도 자국이 있고 문신까지 한 남자였다. 비르지타의 모습을 여러 모로 상상할 수는 있어도, 성(姓)까지 바꾸지는 않았을 것이다. 그녀는 자신이 여자라는 사실에 대단히 만족스러워했으니까.

돌연 머릿속이 하얘진다.

그래, 또 당했어. 속임수에 넘어가 스물네 시간 동안 벌써 두 번씩이나 비르지타가 있지도 않은 곳을 쫓아오다니. 그래도 이건 어제보다 더 심해. 이해할 수는 없지만, 크리스티나가 하룻밤의 반을 투자하면서까지 모탈라 병원의 모든 병동을 정신없이 뒤지고 다니는 재미에 통화 내용을 거짓말로 전했을 수도 있으니까. 하지만 오늘 아침엔 분명 비르지타와 직접 통화를 했다. 분명 비르지타의 목소리였다. 크리스티나가 비르지타의 목소리를 흉내냈을 리는 없다.

제기랄. 이제 이런 장난은 정말 지긋지긋하다. 설령 이런 장난 치는 재미에 사는 사람이 있더라도, 이제 자신만은 제발 빼줬으면 좋겠다. 마르가레타는 번호표를 구겨서 휴지통에 던진다. 스톡홀름으로 가자.

지금 즉시.

마르가레타는 몸을 홱 돌렸다. 그러다 그만 그곳을 가로질러가던 경찰관과 부딪친다. 그녀는 몸의 균형을 잡으려다 경찰관의 어깨에 손을 얹고 만다. 고개를 돌려 보니 아주 젊고 피부는 입고 있는 셔츠만큼이나 주름 없이 매끈하다. 누군가 그의 머리끝에서 발끝까지 쫙 다림질을 해놓은 느낌이다.

마르가레타가 말한다.

"죄송합니다. 잠깐 뭐 좀 물어보려고 하는데요……"

"말씀하시죠."

그녀는 말 한마디 한마디에 신중을 기하며 보호관찰관과 사회복지국 직원들 특유의 정형화된 말투를 쓴다.

"모탈라에서 온 사람을 데리러 왔는데요. 오늘 아침까지 여기에 잡혀 있었다고 했습니다. 이름은 비르지타 프레드릭손이라고 합니다."

"그래요?"

"도대체 어디 있는지 모르겠어요. 밖에서 기다리라고 했는데 없군요."

금방 다림질되어 나온 듯한 인상의 남자가 이마를 찌푸린다.

"그 여자 인상이 어떻죠?"

마르가레타는 머뭇거린다. 그사이 비르지타는 어떻게 변했을까?

"나이는 쉰이 넘었고 꽤 괄괄한 편이에요. 입도 거칠고."

경찰관은 빈정거리는 듯한 미소를 짓는다.

"누구를 말하는지 알 것 같군요. 그 여자 벌써 한참 전에 여기에서 쫓겨났어요."

마르가레타는 안도감에 무릎이 조금 후들거린다.

비르지타는 분명 여기에 있었다. 속인 게 아니다. 그녀는 눈썹을 높이 치켜세우고 그 뺀질뺀질한 경찰관에게 뭔가를 물어보려는 듯이 바라본다.

"쫓겨났다고요?"

경찰관이 자세를 바로잡는다.

"이 안에서 소란을 피우기에 나가라고 했어요. 내가 다른 동료하고 같이 밖으로 데리고 나갔죠."

마르가레타는 손으로 이마를 쓰다듬는다. 무슨 일이 벌어졌을지 보지 않아도 훤하다. 얼마나 고래고래 소리를 질러댔을까?

"어느 쪽으로 갔는지 보셨어요?"

"노라 산책로를 따라 내려가던데. 역 쪽으로요."

마침내 길다운 길에 도착할 때까지 마르가레타는 빨간불에 두 번이나 걸린다. 조바심이 나고 갑자기 마음이 급해진다. 비르지타를 모탈라까지 데려다주는 것이 엄청나게 중요한 일처럼 느껴진다. 우선 역으로 가서 샅샅이 뒤진다. 대합실에는 없다. 창구에도 없다. 승강장에도 없다. 모탈라행 기차가 마지막으로 출발한 것이 두 시간 전이었으니 그새 떠나지는 못했을 것이다. 대합실 옆 화장실 칸이 다 비어 있는 것으로 보아 여기에도 없다. 비르지타가 오 크로네를 넣고 화장실을 이용한다는 건 상상할 수 없는 일이다. 그래도 들어왔으니 일단 열어보기라도 하자.

십 센티미터는 됨직한 통굽 신발을 신은 십대 여자아이들이 마르가레타를 이상한 눈초리로 쳐다본다. 마르가레타는 오 크로네짜리 동전을 넣었다 뺐다 하며 이 문 저 문으로 옮겨다니고 있었다. 비르지타는 없고 바닥에 나뒹구는 화장지 뭉치뿐이었다.

역 앞 층계에 서서 주위를 둘러본다. 노라 산책로 다른 쪽에 있는 공원으로 가봐야겠다. 옛날에 늘 그곳에서 만났었으니까. 거기에도 없으면, 차를 되돌려 살텡엔으로 갈 것이다. 살텡엔이 예나 지금이나 마찬가지일 거라는 생각 때문이 아니라 비르지타가 즐겨 다니던 거리이기 때문이다.

공원을 향해 걷다가 문득 가던 길을 멈추고 두리번거린다. 스탠더드 호텔은 더이상 스탠더드 호텔이 아니다. 결코 후베르트손과 같은 목적으로 호텔에 들어갈 수도 없을 것이고, 조용히 만족스러운 표정으로 그곳을 나올 수도 없을 것이다. 모든 게 쓸데없는 짓이다. 마르가레타는 앞에 있는 돌멩이를 발로 찬다. 그리고 칼 요한 공원 쪽으로 천천히 걸음을 옮긴다. 저쪽 벤치에 부랑자로 보이는 사람들 몇 명이 앉아 있다. 마르가레타는 눈을 찌푸리며 쳐다본다. 모두 남자들인 것 같다. 하지만 젊은 남자든 늙은 여자든 멀리서 보면 모두 비슷하다.

가까이 다가가보니 역시 남자들이었다. 실패한 인생의 세 중년 남자가 캔맥주 하나를 같이 나눠 마시고 있다. 아마도 그들은 비르지타를 보았을 것이다. 비르지타가 어디에 있는지 알 것이다…… 하지만 마르가레타는 묻지 않을 생각이다. 두려워서가 아니라 일단 한번 말을 붙이면 저 부랑자들에게서 어떻게 벗어나야 할지 알 수 없기 때문이다. 그들 앞을 빙 돌아 계속 걷는다.

몇 분 뒤 마르가레타는 노르셰핑의 첫번째 나이트클럽인 스트란드 레스토랑 뒤편 해변 보도의 넓은 계단에 앉아서 모탈라 쪽 바다를 굽어본다. 집에 온 느낌이다. 마르가레타는 종종 친구들과 같이 앉아서 이렇게 바다를 바라보았다. 고등학교 졸업시험을 마쳤을 때도 해변에 왔었다. 앙드레도 거기에 있었다. 그의 아내와 함께.

마르가레타는 인상을 쓰며 담배를 찾기 위해 핸드백을 연다. 더러운 놈! 그놈을 확 걷어차봤으면. 앙드레는 바로 자기 부인을 만난 댄스장으로 마르가레타를 데리고 갔다. 그때 그의 마누라는 혼자 탁자에 앉아 작은 핸드백을 만지작거리고 있었다. 마르가레타 자신도 정말 바보였다. 앙드레가 한번 쳐다보기만 해도 행복한 듯 미소지으며 마음이 촉촉해져 언제든 받아줄 준비를 했으니.

바람이 분다. 마르가레타는 라이터 불꽃에 머리카락이 닿지 않도록 손으로 잡는다. 하지만 곧 바람에 불이 꺼지고 만다. 라이터 불꽃은 아주 잠깐 붙었다가 꺼진다. 그러나 머리카락이 더 중요하다. 턱을 가슴 쪽으로 좀더 숙이고 다시 라이터를 켠다.

그때 뒤에서 누군가의 목소리가 들린다.

"아, 너 왔구나. 기대도 안 했는데. 나도 담배 한 대 줄래?"

비르지타의 여동생이라는 건 곧 그녀의 인형이라는 의미이다. 눈이 감긴 채 이리저리 내팽개쳐져 있다가 눈을 뜨면 어딘지 몰라 헤매는 그런 인형. 엘렌 아줌마의 정원에서는 아주 평범한 놀이가 순식간에 돌변하곤 했다. 금방 우유가게 벽으로 썼던 구스베리 덤불이 순식간에 무너지고 약국 선반으로 새로 태어나기도 했다. 마르가레타는 카운터를 대신한 정원 의자에 몸을 기대고 오른손을 니트재킷 주머니에 넣은 채로, 절룩거리며 다가오는 환자에게 상냥한 미소를 지어 보였다.

비르지타는 말했다.

"난 지금 교수야. 완전히 미친 교수 말이야. 그럼 이제 물어볼게. 너희 약국에 뱀의 독이 있는지……"

"뱀의 독이라고?"

"그래. 그럼 넌 없다고 말하는 거야."

마르가레타는 머리를 비스듬히 하고 무릎을 구부려 인사했다.

"손님, 죄송합니다만, 저희 약국에 뱀의 독은 없습니다."

그러자 비르지타는 겁에 잔뜩 질린 표정을 지으며 인상을 썼다. 그리고 별안간 주머니에 넣고 있던 손을 빼서 덜덜 떨며 마르가레타의 코앞에 작은 유리병을 디밀었다.

"하하하! 이걸 받으면 돼. 이 유리병 안에 새끼 뱀들이 들어 있으니까, 이걸 내게 팔면 되잖아!"

마르가레타는 뒤로 움찔 물러섰다. 목구멍으로 가벼운 구역질이 올라왔다. 반짝이는 유리병 안에 뭔가 끈적끈적하고 징그러운 것이 있다는 생각에 제대로 쳐다볼 수조차 없었다.

"싫어!"

비르지타는 머리를 뒤로 젖히고 웃어댔다. 이 순간은 정말로 미친 교수인 것이다.

"안 돼, 넌 여기에서 싫다고 말하면 안 된다구. 그러면 화낼 거야. 지금 넌 이 뱀을 사야 되는 거야! 천 크로네를 주고 나한테 사야 한다고. 안 그러면 이 뚜껑 확 열어버린다!"

마르가레타는 두 팔을 들어올려 두려움으로부터 자신을 보호하려고 했다.

"싫어!"

"뭐라고? 너 또 싫다고 말했어. 나 정말 화났어. 이 뚜껑 열고 뱀 풀어버린다!"

마르가레타는 비명을 질렀다. 작지만 날카로운 그 소리에 벚나무에 앉아 있던 새 몇 마리가 놀라 그림자처럼 하늘로 날아갔다. 그때 회색 반점 덩어리같이 서로 엉켜 있던 뱀들이 병에서 기어나오는 게 보였다. 뱀들은 서로 뒤엉켜 약국 카운터 위로 기어올라갔다. 몇 마리는 바닥으로 떨어져서 기어다녔다. 그중 한 마리가 마르가레타의 발을 향해 기어와서 발목을 둘둘 감았다…… 마르가레타는 아래를 쳐다보며 만질 엄두도 내지 못하고 손으로 발을 때렸다.

"하지 마! 그만 해! 그만! 제발!"

"그렇게 소리치지 마. 어떤 뱀이 벚나무 꼭대기까지 올라가나 볼까?"

유리병은 정원 의자 위에 놓여 있었다. 안은 텅 비어 있었다. 유리병은 내내 그렇게 비어 있었다.

마르가레타는 무릎을 팔로 감싸고 앉아 담뱃불을 붙이는 비르지타의 모습을 바라본다. 비르지타는 힐끔 곁눈질로 대답을 대신한다. 그 눈빛 속에 경고가 숨어 있다. 내 꼴이 어떤지 나도 잘 알아. 하지만 그걸 갖고 한마디라도 떠들면, 넌 국물도 없어!

비르지타의 이중턱이 헐렁한 주머니처럼 흔들린다. 눈 밑에 시퍼런 멍이 들어 있고 입술은 터서 부풀어올랐다. 오래 전에 한 듯한 파마가 뒤엉킨 윤기 없는 머리카락이 반쯤 내린 커튼처럼 얼굴에 드리워 있다. 허벅지는 어찌나 굵은지 청바지 안쪽 실밥이 다 보일 정도다. 오리털 재킷도 찢어져 주머니와 소매에 난 구멍 사이로 합성섬유 안감이 비어져나와 있다. 그리고 붉은색 재킷에는 전체적으로 때가 켜켜이 껴서 꼭 암갈색을 덧입힌 것처럼 보인다.

"젠장, 너 여기까지 오는 데 꽤 오래 걸렸나보구나. 내내 기다리다가 경찰서에서 그냥 나와버렸지."

"자동차가 카센터에 들어갔었거든. 찾는 데 시간이 좀 걸렸어."

그러나 비르지타는 전혀 듣고 있는 눈치가 아니다.

"여기 경찰놈들 완전히 돌대가리야."

"그래."

"그냥 길거리를 조용히 다니는 것도 안 된다니…… 술 마시고 행패를 부린 것도 아닌데 사람을 잡아넣었다고. 정말 아무 짓도 안 했는데!"

"그런데 노르셰핑엔 왜 온 거니? 어떻게 여기까지 온 건데?"

비르지타는 담배 한 모금을 쭉 빨며 불안스레 눈을 깜박인다.

"그래, 여기 어디에서 파티가 있었어. 정확히는 모르겠는데, 아무튼 진이 빠지게 놀았어……"

기억의 틈새, 마르가레타는 생각한다. 곧 언니의 뇌도 스위스 치즈처럼 구멍이 숭숭 나겠군, 가엾은 언니. 물론 본인도 알고 있겠지.

"기억이 그렇게 안 나?"

비르지타는 다시 곁눈질로 힐끔 마르가레타를 쏘아보며 기억을 더 듬어보려고 애쓴다.

"염병할. 너도 알잖아. 굳이 말하자면 아주 끝내주는 파티였다니까……"

비르지타는 입꼬리를 끌어올려 아주 오만한 미소를 지어 보이려 하지만 잘 되지 않는다. 그래서 고개를 돌려 강물을 바라보며 눈을 몇 번 빠르게 깜박여본다.

마르가레타는 그녀의 어깨에 팔을 두르고 자기 쪽으로 당겨 머리를 기대게 한다.

마르가레타는 엘렌 아줌마의 명령을 어기고 딱 한 번 전화를 받은 적이 있었다. 비르지타가 엘렌 아줌마의 집으로 들어온 다음 해 겨울 늦은 저녁. 엘렌 아줌마의 집에서 목요일 저녁은 목욕하는 시간이었다. 그날은 셋 모두 타월로 된 목욕가운을 입고 차례로 지하실로 내려 갔다. 그리고 아줌마가 한 명씩 때를 밀어주는 동안 다른 둘은 나무깔판에 앉아서 차례를 기다렸다.

하지만 그날 저녁 마르가레타는 열이 있어서 목욕을 해서는 안 되었다. 목욕을 하면 상태가 더 나빠질 수 있었다. 그래서 방 침대에 책상다리를 하고 앉아 『다섯 친구 이야기』를 읽고 있었다. 그때 전화벨이 울렸다.

마르가레타는 귀를 기울였다. 엘렌 아줌마가 막 손을 씻고 있거나 손이 더러울 때 전화벨이 울린 상황이라면, 비르지타는 전화기 쪽으로 쪼르르 달려가 숨을 헐떡이며 전화를 받았다. 그러고는 그 자리에서뿐만 아니라 나중에까지 두고두고 아줌마에게 심한 욕설을 들었다.

마르가레타는 망설였다. 전화를 받아야 할까? 엘렌 아줌마가 없을 때도 받으면 안 되는 것일까? 아니다. 누군가는 전화를 받아야 한다. 지금 전화를 받을 수 있는 사람은 자신밖에 없다. 마르가레타는 흘러내려간 면양말을 허겁지겁 끌어올려 제대로 신었다. 열이 날 때 맨발로 뛰었다간 사형선고를 받는다. 그리고 발을 질질 끌며 복도로 갔다.

"여보세요."

마르가레타는 검은색 수화기를 들고 말했다. 수화기는 두 손으로 들어야 할 만큼 무겁게 느껴졌다.

우물거리는 소리가 들렸다.

"아이고, 내 새끼야. 네가 직접 받아서 정말 다행이야…… 항상 그 고집불통 같은 여편네가 받아서 호통을 쳐대는 바람에 어찌나 무서웠는지……"

"여보세요? 누구세요?"

마르가레타는 거듭 물었다. 수화기 저편의 여자는 흐느껴 울고 있었다.

"듣고 있니, 내 새끼야? 내 목소리 모르겠어? 네 엄마야. 엄마라고. 이게 마지막 전화야……"

목소리는 구슬프게 바뀌었다.

"그래, 내 딸아, 이번이 마지막이야. 이제 엄마는 죽을 거야! 모든 게 준비되었어. 지금 내 앞에 수면제가 든 커다란 유리병이 있어. 칼도 있고…… 곧 알약을 모두 삼키고 동맥을 끊어버릴 거야. 알겠니? 난 죽어버릴 거야! 내 딸을 찾지 못해서 죽는 거라고! 그러면 우리를 갈라놓은 사람들이 와서 볼 테지. 너에게 접근하지 못하게 해서 이 어린 엄마를 고통스럽게 만든 그 사람들이 와서 볼 테지! 땅을 치며 후회하도록 만들어줄 거야!"

열 때문에 머리가 어지러웠다. 마르가레타는 넘어지지 않으려고 벽에 기댔다.

"누구세요? 여보세요! 누구세요?"

흐느낌은 금방 격하게 울부짖는 소리로 바뀌었다.

"그러지 마, 비르지타! 내가 누군지 다 알잖아!"

"하지만…… 난 비르지타가 아니에요. 마르가레타예요."

그 순간 낯선 목소리는 갑자기 냉정을 되찾고 또렷해졌다.

"아 그러니, 그러면 말이다……"

수화기에서 철컥 소리가 들렸다. 비르지타의 엄마는 전화를 끊었다.

잠시 뒤 비르지타가 일어서더니 마르가레타의 팔에서 벗어난다.

"제기랄. 여기 앉아 있다간 엉덩이가 다 얼어버리겠어."

물론이다. 마르가레타는 일어서서 양모재킷의 뒤쪽이 젖었는지 보려고 상체를 돌린다. 그리고 허리를 펴면서 묻는다.

"점심 먹었니?"

비르지타는 우스워 못 견디겠다는 듯 킥킥거린다.

"점심? 아니. 난 원래 점심 안 먹어. 저녁도. 그런데다 오늘은 아무것도 먹지 않았어."

"뭘 좀 먹으러 갈래?"

비르지타는 혐오스럽다는 듯 얼굴을 찌푸린다.

"아니, 난 배고프지 않아……"

"나는 배고파. 간단히 피자나 먹자. 어때?"

비르지타는 어깨를 움찔하고 굵은 손가락으로 블렌드 담뱃갑을 뒤적인다. 마르가레타는 그것이 자기 담배라는 걸 뒤늦게 눈치챈다. 자기 것인 양 태연하게 뒤지는 모습이 정말 역겨워 볼 수가 없다. 뭐라고 한마디 해야 할 것 같다. 마르가레타는 자신의 소심함 때문에 혼란스럽다. 왜 내 담배 달란 소리도 못 하고 이렇게 바보처럼 서 있는 것일까?

마르가레타는 몸을 돌려 손을 주머니에 넣고 드로트닝가탄으로 향한다. 비르지타는 서둘러 쫓아오다 마르가레타를 따라잡는 순간 조금 비틀거린다.

"염병할, 이 신발도 제정신이 아닌가봐."

마르가레타는 비르지타의 시선을 좇는다. 비르지타는 낡은 검은색 하이힐을 신고 있다. 신발은 닳고 닳은데다 너무 커 보인다. 마르가레타는 자신의 발을 본다. 최신 유행 스타일의 따스한 부츠가 발을 따뜻하고 안전하게 감싸고 있다. 그래도 발가락이 좀 시렵다. 아직은 겨울이므로.

"물론 식당에 갈 수는 있는데, 돈은 네가 내. 난 땡전 한 푼 없거든."

비르지타가 말한다. 그녀는 드로트닝가탄의 피자집 앞에 서서 코를 찡그린다. 비르지타는 스파게티를 좋아하지 않는다. 끈적거리는 걸 보면 토할 것 같다. 하지만 콤비네이션 피자와 그릴을 하는 작은 노점 레스토랑에 들어가자는 말에 쫓아들어간다. 들어가자 더 만족한 듯 보인다.

"죽이네."

그녀는 카운터 뒤의 술통 밸브에서 눈을 떼지 못하며 말한다.

마르가레타는 오므라든 비르지타의 윗입술을 본다. 꽤 한참 동안 그러고 있다. 보통 십오 분 정도만 같이 있어보면, 크리스티나처럼 입술을 삐죽거리는 그녀의 버릇이 나온다. 그리고 지금은 벌써 삼십 분이 흘렀다.

"우리 뭐 좀 먹자. 나머지는 생각하지 말고."

비르지타는 거부하듯 손을 든다.

"내가 뭐라고 했나? 그랬으면 몇 번이고 사과할게. 미안. 미안해."

레스토랑은 사람들로 반쯤 차 있다. 그래도 종업원은 창가에 앉은 그들에게 다가오지 않고 메뉴판을 든 채 뜸을 들인다. 비르지타가 이리 오라고 눈짓을 한다. 젊은 종업원은 검은 피부에 눈부시도록 하얀 셔츠를 입고 있다. 그는 분부에 따르겠다는 듯한 눈빛으로 대답을 하고는 뒷짐을 지고 거리를 내다본다.

"부르셨습니까?"

그가 따지듯 말한다. 마르가레타는 선생같이 거만한 특유의 목소리로 대답한다.

"메뉴판을 먼저 보고 주문을 하지요. 그러니 조금 있다 다시 오면 고맙겠네요."

"음식 고르는 동안 흑맥주 몇 병 주문할까 하는데."

비르지타가 말한다. 마르가레타는 한숨을 내쉬며 메뉴판을 옆으로 치운다.

마르가레타는 알고 있었다. 비르지타가 죗값을 치르지 않도록 도와줄 수 없다는 것을 알기에, 세월이 흐르면서 순간순간 어떤 발작이라도 하듯 그녀에 대한 절박한 동정심을 느꼈다. 이전부터 알고 있던 사실이었다. 하지만 마르가레타가 비르지타를 찾아간 것은 그녀를 돕기 위해서가 아니라, 자신이 도움을 받고 싶어서였다.

고등학교 졸업시험이 끝나고 몇 주 뒤 마르가레타는 이제 더이상 마르고트의 관심 대상이 될 수 없었다. 마르고트의 눈에는 브로비켄 근교에서 발견한 다 허물어진 농가만이 들어왔다. 열네 개의 방과 천장화, 그리고 테니스장까지 딸린 집이라니! 예테보리에서 고고학을 전공하려던 계획을 포기하고 대신 얼굴마담 노릇을 하며 농가의 잔일을 해달라는 부탁을 마르가레타가 거절하자, 마르고트는 차츰 그녀와 얘기조차 하기 싫어했다. 언제나처럼 세시에 점심상을 준비하긴 했지만, 마르가레타에게 우유나 소금을 건네줄 때는 내동댕이치듯 쌀쌀맞게 굴었다. 당시 그녀의 관심은 오직 헨리에게 집중되어 있었다. 농가를 향한 마르고트의 열망은 마치 헨리의 이마에 정면으로 쏘는 레이저 광선 같았다.

헨리는 이런 종류의 일처리를 하는 데 여자들이 얼마나 서툰지 장광설을 늘어놓으면서도 마르고트의 그 관심이 그리 불쾌하지는 않은 모양이었다. 그는 이런 얘기를 곁들여가며 설명했다. 눈먼 닭도 한 번쯤은 모이를 주워먹을 수 있으니, 다 허물어져가는 그 집에 투자를 한다는 게 완전히 잘못된 것만은 아니지. 무리하게 보수공사를 강행하지만 않는다면 말이야. 또 내가 직접 건축회사를 연결해줄 수도 있으니, 당신은 다른 일은 신경쓰지 말고 벽지 정도만 고르면 될 거야. 아무렴, 그렇고말고! 마르고트는 열심히 고개를 끄덕였다. 그러고는 8월에 둘이 함께 런던에 가서 자기는 옥스퍼드 가에 있는 멋진 벽지가게를 둘러보고, 헨리는 좋아하는 소호 거리 술집에서 식사를 하면 어떨지 물었다. 헨리가 호의적인 반응을 보이자 마르고트는 자신의 포동포동한 두 손을 맞잡고 감격에 겨워했다. 와, 정말 멋져!

마르가레타는 혼자 집에 남아 예테보리로 가기 위한 준비를 해야 했다. 이것저것 고민하느라 짐을 꾸리는 데 시간이 많이 걸렸다. 마르가레타는 마르고트와 헨리에게서 받은 선물들을 어떻게 처리해야 할지 갈피를 잡을 수 없었다. 세 번의 크리스마스와 두 번의 생일, 그리고 고등학교 졸업시험 때 받은 선물로 보석함은 보물상자만큼이나 묵직했다. 이 보석들이 정말 모두 내 것일까? 내 맘대로 해도 되는 걸까? 짐은 모두 어디에다 꾸려야 되나? 이 집에 올 때는 작은 가방 하나만 갖고 왔었는데…… 그 가방으로는 지금 옷장에 있는 짐의 삼분의 일도 못 쌀 거야. 예테보리에 도착하면 어떻게 살아가야 하나? 장학금을 타려면 몇 주는 더 기다려야 할 텐데……

셋쨋날 먹을거리가 바닥나자 마르가레타는 손 안의 마지막 빵조각
을 보면서 보석들을 자기 것으로 생각하기로 마음먹었다. 전당포가 뭔
지는 책에서 봐서 대충 알고 있었다. 또한 노르셰핑에 그런 점포가 하
나 있다는 것도 알았다. 어느 봄날 오후 시청 뒤 좁은 골목길에서 길을
잃고 헤매던 중 미지의 왕자님을 만나듯 그 간판을 본 적이 있었다.

전당포 안으로 발을 들여놓는 순간 소설 속으로 빨려들어가는 듯한
기분이 들었다. 시간은 1960년대가 아니라 20세기 초로 뒤바뀌어 있
었다. 자신은 미니원피스에 나무로 밑창을 댄 신발 차림이 아니라, 단
추를 채우는 부츠를 신고 얇은 옷을 입은 연약한 결핵환자 여주인공으
로 바뀌어 있었다. 판매대 뒤의 남자는 전형적인 20세기 초의 남성이
었다. 낡은 검정색 양복이 구부정하고 작은 몸뚱어리를 휘감고 있었
다. 너무 하얘서 마치 이 갈색의 어둠침침한 공간을 떠나본 적이 없는
것처럼 보이는 손가락은 누런색의 뿌연 램프에서 나오는 빛과는 또다
른 빛을 발하는 것 같았다. 남자는 마르가레타가 팔기로 마음먹은 금
시계와 진주귀고리, 목걸이를 말없이 살펴보더니 가격을 불렀다. 삼백
이십오 크로네입니다. 얼마 안 되네. 마르가레타는 대답 대신 고개를
끄덕이며 얼른 펜을 들고 영수증에 서명했다. 그와 동시에 결핵환자라
는 상상 속의 여인은 사라졌다. 마르가레타는 이제 곧 밖으로 나가 세
상을 정복해야 하는 젊고 건강한 자신의 육체를 느꼈다. 그 속에서 뛰
는 심장 소리도.

도무스에서 여행가방 두 개를 사서 집으로 가는 전차에 몸을 실었
다. 열린 차창으로 불어오는 바람에 머리카락이 흩날렸다. 전차에서
풀쩍 뛰어내려 마르고트와 헨리의 낡고 흰 벽돌집을 향해 마지막 한
구간을 달렸다. 그리고 위층으로 난 계단을 성큼성큼 세 걸음 만에 뛰
어올라 가방들을 침대 위에 던졌다. 그렇다! 이제 자유다. 드디어 자

유다!

새 가방이 꾸려지자 문득 과거로 돌아가고 싶다는 생각이 들었다. 앙드레에게 전화를 걸었다. 그가 부인과 아이들과 함께 휴가를 떠났다는 걸 알고 있었지만 개의치 않았다. 잠시 마르가레타는 시간이 완전히 멈추기라도 한 듯 가만히 서서 수화기를 귀에 바짝 대고 집게손가락으로 전화선을 둘둘 감으면서 신호음에 귀를 기울였다. 텅 빈 집에 끊임없이 전화벨만 울려대는 장면이 머릿속에 그려졌다. 결국 수화기를 천천히 내려놓고 가방을 들었다.

열차시간도 확인하지 않고 곧장 역으로 가기로 작정했다. 늦게든, 빠르게든 기차는 올 것이다.

겨울학기 동안 마르가레타는 마르고트와 헨리에게 몇 차례 편지를 썼지만 답장은 받지 못했다. 그들의 침묵에 걱정이 앞섰다. 두번째 편지는 첫번째 편지보다 좀더 나긋나긋하고 수다스럽게 썼다. 그들 집에서 보냈던 시간에 대해 감사를 표했고 자신의 새로운 생활에 대해서도 열심히 얘기를 늘어놓았다. 저는 기숙사를 얻지 못해 헤덴에서 그리 멀지 않은 시내 중심가의 작은 재임대 방에 세 들어 살고 있습니다. 종종 폭풍이 휘몰아치거나 비가 오긴 해도 예테보리는 아름다운 도시예요. 공부는 계획대로 잘 되고 있습니다. 크리스마스 전에 첫 시험을 치를 것 같아요. 물론 이것 말고도 마르가레타는 편지에 이런저런 거짓말을 보태어 썼다. 새로운 친구들을 많이 만났어요. 특히 남자친구들을.

다른 편지도 몇 통 썼다. 짧지만 좀더 진지한, 그러나 결코 솔직하다고는 할 수 없는 그런 편지들. 병명은 모르지만 위에 구멍이 났다는 사실은 쓰지 않았다. 앙드레에게는 사랑에 대해, 엘렌 아줌마에게는 밤의 적막감에 대해, 크리스티나에게는 공부에 대해, 비르지타에게는 때로는 가족을 향한 그리움에 대해, 때로는 가족으로 인한 두려움에 대해 썼다. 하지만 한 통의 답장도 받지 못한 채 몇 달이 흘렀다. 그러던 12월의 어느 날 오후 늦게 학교에서 돌아왔을 때, 현관 옷걸이대 위 램프 옆에 작은 그림엽서 한 통이 비스듬히 놓여 있는 것이 눈에 띄었다. 정신없이 달려들자 집주인이 미소를 지었다. 엽서를 먼저 읽은 눈치였다. 하지만 그런 건 아무래도 상관없었다. 마르가레타는 대충 빠르게 훑어보고 가벼운 미소로 집주인에게 답변을 대신했다. 크리스티나가 보낸 엽서였다. 크리스마스 방학 동안 바드스테나에 갈 계획이고 수녀원에서 운영하는 숙소에 있으려고 하는데, 마르가레타도 와서 자신과 방을 같이 쓰지 않겠는지, 그리고 엘렌 아줌마와 함께 요양원에서 크리스마스를 보낼 수 있는지 궁금하다는 내용이었다.

마르가레타는 강림절 마지막 주에 좀 망설이다가 흰 보석이 박힌 반지와 하나 남은 금팔찌를 들고 전당포에 갔다. 반지는 생각보다 비싼 값을 받을 수 있었다. 그녀는 마르고트가 지난겨울에 사준 토끼털 가방에 돈을 쑤셔넣고 시내로 걸음을 옮겨 아베넌 가를 오랫동안 천천히 돌아다닌 끝에 맘에 쏙 드는 크리스마스 선물을 찾았다. 공예가가 운영하는 가게에서 엘렌 아줌마 선물로 수제 숄을 골랐고 크리스티나를 위해서는 양모 핸드백을, 비르지타를 위해서는 장밋빛 보드라운 어린 양모 스웨터를 샀다.

마르가레타는 기차에 자리를 잡고 앉아서야, 비르지타가 그들과 같이 크리스마스를 보내지 않으리라는 생각이 들었다.

그럼에도 불구하고 크리스마스는 화해의 날이었다. 크리스티나가 역에 마중을 나왔다. 그녀는 몇 년 전 노르셰핑 역에서 헤어질 때와는 또다른 모습이었다. 변함없이 창백하고 가냘팠지만 아파 보이지는 않았다. 오히려 청순해 보인다는 표현이 적절할 듯했다. 지금 크리스티나의 분위기는 마르고트의 농장과 잘 어울릴지도 모른다. 마르고트와 헨리에게 소개해주면 크리스티나는 방학 동안 브로비켄의 농장에서 아르바이트할 기회를 잡을 수 있을 것이다. 여름 내내 베란다 문 옆에 앉아 사색에 잠긴 채 주위를 굽어보고 수를 놓으면서 할 수 있는 아르바이트.

숙소는 예상대로 수도원 분위기가 물씬 풍겼다. 희미한 천장등과 스프링이 늘어난 좁은 침대 두 개, 그리고 벽에 걸린 십자가 상. 초저녁이었는데도 벌써 키 큰 창문으로 뿌연 황혼이 밀려들고 있었다. 해변 산책로에 외로이 선 가로등 불빛 속에 눈발이 소용돌이쳤다. 그 너머로 굽이치는 베테른 호수의 검은 물빛이 보이는 듯했다. 마르가레타는 갑자기 울고 싶어졌다. 유리창에 기대어 눈물을 참으려고 애썼지만 소용없었다. 집게손가락으로 뺨을 훔치고 고개를 돌릴 수 있을 때까지 가만히 서 있어야 했다. 크리스티나는 아무것도 눈치채지 못하고 마르가레타의 옷을 꺼내 옷장에 거는 일에 열중하고 있었다. 마치 엄마, 혹은 진짜 맏언니 같았다.

크리스티나는 흰 블라우스를 만지작거리면서 말문을 열었다.

"사실 우리가 엘렌 아줌마를 집으로 모시면 안 될까 생각해봤어. 예전처럼 크리스마스를 모탈라 집에서 보낼 순 없을지, 아줌마가 며칠만이라도 휴가를 얻을 수 있을지 말야. 그건 그리 어려운 일 같지는 않은데…… 문제는 스티그가 그 집을 세주고 가구를 모조리 치워버렸다는 거야. 엘렌 아줌마의 후견인이었으니까."

"엘렌 아줌마가 건강을 되찾는다면? 그러면 아줌마는 어디에서 살게 되는 거야?"

크리스티나는 몸을 돌려 마르가레타를 바라보았다.

"아줌마는 다시 건강해질 수 없어. 아직도 그걸 모르겠어?"

마르가레타는 얼굴을 찡그렸다.

"하지만 기적은 언제든 일어날 수 있잖아……"

"아니, 기적이란 결코 없어."

크리스티나는 아주 자잘한 것까지 세심하게 준비했다. 12월 초에 이미 요양원 여사감과 엘렌 아줌마의 방에서 특별한 크리스마스 음식을 접대해도 좋다는 얘기를 끝냈고, 더군다나 수녀들에게 숙소 부엌을 밤늦게까지 이용해도 좋다는 허락까지 받아놓았다. 크리스마스 이브 전날 크리스티나는 새벽 네시에야 겨우 잠자리에 들었지만 피곤한 기색은 조금도 없었다. 그녀는 냉장고 문을 열고 의기양양하게 자신이 만든 음식들을 보여주었다. 감자 수플레와 청어절임, 햄과 생선볼, 적상추와 돼지갈비, 파이, 아몬드와 레브쿠헨*. 거기에다 치즈와 간으로 만든 파이, 소시지, 파운드케이크 등 가게에서 사다놓은 것들도 있었다. 그녀는 그것들을 모두 잘게 나누어 버터빵 종이에 싸놓았다.

"와! 엘렌 아줌마를 위한 크리스마스 음식이군. 미니 요리……"

마르가레타가 웃으며 탄성을 질렀다. 크리스티나도 따라 웃음을 터뜨렸다.

"맞아. 올 크리스마스를 인형의 집 축제로 꾸밀까 생각해봤거든."

엘렌 아줌마는 먹을거리가 가득 담긴 바구니를 들고 온 크리스티나와 마르가레타를 보고 웃음을 터뜨렸다. 그녀는 다시 인자한 어머니의 모습으로 돌아와 있었다. 마르가레타의 뺨을 어루만지며 바보라고 불렀고, 크리스티나의 이마를 쓰다듬으며 잘 챙겨먹고 살 좀 찌라고 일렀다. 간병인이 엘렌의 방을 크리스마스 분위기가 나도록 꾸며놓았다.

---

* 당밀이나 꿀과 함께 여러 향료를 넣어 만든 과자.

크리스마스 장식용 구슬이 달린 솔가지 몇 개가 탁자 위 원뿔 모양의 병원 꽃병에 꽂혀 있었고, 창턱에는 치료요법의 일환으로 만든 가지 세 개짜리 촛대 위에 초가 타고 있었다. 크리스마스 선물을 전할 시간이 되자 엘렌은 잠자코 있다가 고통스럽게 우물거리며 말문을 열었다.

"내가 예전처럼 손을 쓸 수만 있다면."

마르가레타가 작은 선물 꾸러미를 풀자, 아줌마는 목소리를 가다듬고 이렇게 말을 이었다.

"그랬다면 좀더 예쁜 걸 만들어줄 수 있었을 텐데."

마르가레타는 포장지 안에 든 작은 목걸이를 보았다. 나무색의 작은 막대 펜던트와 구슬이 잘 어울리는 목걸이였다. 그녀는 목에 걸어보았다.

"이것도 예쁜데요. 정말 예뻐!"

크리스티나도 고개를 끄덕이며 제 몫의 선물꾸러미를 풀었다.

"그 검은 옷에 아주 잘 어울리네!"

그녀는 크리스마스 포장지를 열었다. 그 안에는 코바늘로 뜬 장갑 한 켤레가 들어 있었다.

"가을에 뜨개질을 배웠어. 한 손으로 했는데…… 내년에는 침대 커버를 뜰 생각이야……"

엘렌 아줌마는 그렇게 말하고는 특유의 미소를 지어 보였다.

마르가레타는 웃으며 말했다.

"난 노란색 침대 커버가 좋아요!"

크리스티나의 두 눈도 반짝 빛났다.

"저는 장미 빛깔이요!"

꽤 시간이 흘러 밤 열시가 가까워오자 엘렌 아줌마의 얼굴에 피곤

한 기색이 역력했다. 크리스티나와 마르가레타는 아줌마가 오늘을 위
해 특별히 갖춰입은 정장을 벗기고 잠옷을 입혔다. 아줌마는 침대 양
쪽에 걸터앉은 크리스티나와 마르가레타의 모습을 보며 흡족한 마음
을 감추지 못했다. 그들은 엘렌이 잠들자 조용히 의자를 한쪽으로 밀
어놓고 복도를 지나 직원용 간이부엌으로 갔다. 크리스티나가 개수대
에 물을 받는 동안 마르가레타는 행주를 찾았다.

"지금 비르지타는 뭘 하고 있을까?"

마르가레타가 묻자, 크리스티나는 어깨를 으쓱하며 대꾸했다.

"글쎄, 모르겠는데…… 언제나처럼 똑같지 않을까?"

마르가레타는 접시를 마른행주로 닦은 다음 조심스레 내려놓았다.

"그래도 오늘 밤은 좀 다르지 않을까?"

크리스티나의 목소리는 언제나처럼 차분했지만 그 톤은 날카로웠다.

"그런 인간들이 크리스마스 이브에 뭘 하는지 알게 뭐야? 비르지타
가 도대체 뭘 하든 말든. 더이상 걔에 대해서는 얘기하고 싶지도 않아.
역겨워!"

밖으로 나가자 아직도 눈이 내리고 있었다. 마르가레타의 토끼털
코트와 장화 틈새로 추위가 파고들었다. 크리스티나의 차림새는 좀더
따뜻해 보였다. 그녀는 무릎까지 오는 외투에다 숙소에서부터 입고 있
던 모직 바지 차림이었다. 마르가레타는 잠시 망설이다 문득 떠오른
생각을 어렵사리 꺼내놓았다.

"우리 같이 자정미사에 갈까?"

크리스티나는 새 장갑을 끼며 의아한 눈초리로 마르가레타를 쳐다
보았다. 장갑은 색깔이며 크기까지 그녀에게 썩 잘 어울렸다.

"싫어, 내가 거길 왜 가?"

마르가레타는 수녀원 숙소의 삐걱거리는 침대에 누워서 혼자 생각에 잠겼다. 왜냐하면 성화와 펄럭이는 촛불을 바라보고 있으면 좋을 것 같아서 말이야. 그리고 이 공허한 마음을 파이프오르간의 웅장한 소리와 성가로 채우고 싶어. 그러면서 용서하고 용서를 구하면 좋을 것 같아서……

　그녀는 두 눈을 꼭 감고 생각하지 않으려 애썼다. 머릿속에 있는 걸 모두 끄집어내고 싶었다. 그래서 그해 가을에 있었던 일 전부, 학업과 친절한 집주인만 빼고 전부 잊어버리고 싶었다. 그러나 아무리 노력해도 이것만은 절대 잊지 못할 것이다. 대학에 입학했을 때 엄습했던 수치심, 그 때문에 원래 큰 소리로 웃고 쉴새없이 킥킥거리던 자신이 동기들에게 말을 걸 용기조차 없는 사람으로 변해 있었다는 것, 그래서 저녁이면 대학 축제나 파티에 참석하는 대신 오른쪽 주먹을 움켜쥐고 가슴을 꾹꾹 누르며 조용히 길거리를 쏘다녔다는 것, 낯선 남자들이 말을 걸면 고개를 돌려 그들을 가만히 쳐다보았다는 것. 그래서 세 번씩이나 남자들을 쫓아가 그들에게 자신의 몸을 허락했다는 것. 마르가레타는 이 모든 기억들을 지워버리지 못할 것이다.

　이런 이야기들을 크리스티나에게 어둠을 핑계로 얘기할 수 있을까? 건물 뒤 좁은 공터에서 팬티를 반쯤 내린 채, 낯선 사내의 얼굴에 뺨을 대고 서 있던 그 광경을 어떻게 설명할 수 있을까? 극장에서 두 다리를 벌리고 남자의 격렬한 손놀림에 자신의 몸을 내맡겼던 일은? 이름도 모르는 남자의 더러운 여관 방에 말없이 따라들어갔던 일은 어떻게 설명할 수 있을까? 일을 치르는 동안은 일종의 안도감 같은 것이 느껴졌다는 것, 하지만 나중에는 두려움으로 술을 마실 수밖에 없었다는 것, 그래도 마음의 평온과 해방감을 찾을 수 없었던 죄과로, 그리고 그 누구에게도 아주 짧은 시간 이상을 내주려 하지 않았다는 데 대한 벌로 스스로를 책망할 수밖에 없었다는 것을 크리스티나에게 얘기할 수 있을까?

아니다. 크리스티나에게는 절대 얘기할 수 없다. 비르지타에게라면 몰라도.

나는 파멸이다, 그녀는 생각했다. 내가 파멸하지 않도록, 누군가 나를 도와준다면!

크리스티나는 크리스마스 방학이 끝나면 바로 룬드로 돌아가야만 했다. 새 학기가 시작하자마자 시험을 칠 생각이었다. 마르가레타는 그녀를 역까지 배웅했다. 그들은 거듭 포옹을 나누며 좀더 자주 연락하자고 약속하고서 헤어졌다.

마르가레타는 엘렌 아줌마가 있는 요양원으로 돌아왔다. 크리스마스에 내린 눈은 비에 모두 녹아내렸다. 마르가레타가 산책을 권하자 엘렌 아줌마는 기다렸다는 듯 고개를 끄덕였다. 다음날까지 그들은 여러 번 산책을 했다. 엘렌 아줌마는 신선한 공기를 그리워했다. 보슬비도, 칼바람도 엘렌의 욕구를 방해하진 못했다. 그녀는 다시 나이든 엄마의 모습이 되어 있었다. 오후에 그녀는 스토라 토르게트 제과점의 초대를 받았다. 엘렌 아줌마가 판매대 뒤에서 여자들과 수다를 떨고 쇼트케이크와 쿠키 만드는 법에 대해 얘기를 나누는 동안 마르가레타는 휠체어 뒤에서 조용히 기다려야 했다. 송년파티 하루 전날 아줌마는 커다란 쇼트케이크를 주문했다. 파티 당일 오전 진눈깨비가 정신없이 내리는데도 아줌마는 직접 가서 케이크를 가져오겠노라고 고집을 피웠다. 너무 이른 시각이었다. 제과점 종업원들은 오후 네시 정각에 커피를 마시고 난 후에야 즉석에서 케이크를 만든다고 들었는데. 돌아오는 길에 엘렌은 덜컹이는 휠체어에 앉아, 보도블록 위를 갈 때는 상자 안의 케이크가 망가지지 않도록 조심하라고 타일렀다. 마르가레타는 웃었다. 추위에 손이 얼어 있었고 토끼털 코트는 비를 맞아 엉클어지고 묵직해졌지만, 엘렌 아줌마의 정겨운 꾸지람을 듣자 마음만은 따스했다.

이제 곧 일상으로 되돌아갈 시간이었다. 집에 가야만 했다. 엘렌 아줌마는 작별의 표시로 만났을 때처럼 마르가레타의 뺨을 어루만졌다. 마르가레타도 엘렌의 뺨을 어루만졌다.

"가끔 한번씩 편지 써주실 수 있죠?"

엘렌 아줌마는 머리를 가로저었다.

"하지만 내 글씨가 너무 엉망이라서 알아볼 수가 없을 거야……"

"알아볼 수 있을 거예요. 써주세요, 제발."

엘렌 아줌마는 이마에 내려온 마르가레타의 머리카락을 쓸어올리며 말했다.

"그럼 좋아. 쓸게. 그렇게 원한다면……"

마르가레타 스스로도 의식하지 못했으나, 플랫폼에 섰을 때 자신이 묄뷔행 기차를 기다리고 있지 않다는 사실을 알았다. 묄비에서 기차를 갈아타야 예테보리로 갈 수 있었다. 아니면 앞서 출발한 다른 행선지의 기차를 탈 수도 있었을 것이다. 가방에는 풀지 않은 크리스마스 선물 하나가 들어 있었다.

모탈라에도 비가 내리고 있었다. 마르가레타는 잠시 대합실에 서서 공원을 바라보며 비가 그치길 기다렸다. 그러나 결국 엉망이 된 털외투 깃에 턱을 파묻고 문을 밀쳐 열었다.

가방 속에는 주소가 적힌 메모지 한 장이 구겨져 있었다. 노르셰핑으로 옮기기 전 스티그를 통해 알아낸 주소였다. 구시가의 작은 골목쯤인 것 같았다. 어떤 집일지 막연히 상상해보았다. 그 구역에 있는 집들은 별반 차이 없이 비슷했다. 모두 낡고 허물어질 듯 보였다.

그럼에도 마르가레타는 시내를 걸어오는 동안 모탈라 시 곳곳에서 과거의 흔적을 지워버리려는 시 당국의 노력을 엿보았다. 금방이라도 쓰러질 듯 위태롭던 집들이 늘어서 있던 곳에 지금은 벽돌과 콘크리트로 신축한 임대주택 단지가 들어서 있었다. 미래는 아직 건설중이었다. 마르가레타는 시어머니처럼 삐딱한 시선으로 도시 곳곳을 살폈다. 그녀는 어디를 가든 항상 깨끗하게 정돈된 분위기를 좋아했다.

그러나 비르지타의 집이 있는 거리에 이르기까지 그러한 기대는 채워지지 않았다. 주변 정리도 하지 않고 신장개업한 주유소에서 약간의 가능성만 발견했을 뿐, 그 밖에는 예전과 별반 다를 게 없었다. 보도 위의 다 망가진 울타리도 보였고 목재판이 떨어져나간 집들도 눈에 들어왔다.

마르가레타는 계단으로 통하는 문을 밀어 열고 주위를 둘러보았다. 장식용 띠를 두른 벽은 갈색으로 칠해져 있었고 리놀륨이 깔린 바닥은 엉망이었다. 수리나 보수의 흔적은 찾아볼 수 없었다. 파란색 작은 판자에 세입자 이름인 듯한 흰색 플라스틱 알파벳 철자가 씌어 있고, 벽에는 네 개의 구형 우체통이 걸려 있었다. 아마도 그중 하나는 비르지타의 것이리라. 아니, 아니었다. 아무 데도 프레드릭손이라는 이름은 보이지 않았다. 우체통에는 아무 이름도 적혀 있지 않았다.

"나가서 뒈져버려! 이 더러운 년!"

위층 문이 열렸다. 남자 목소리가 울리고 얼마 뒤 계단으로 내려오는 무거운 발걸음 소리가 천둥치듯 들려왔다. 마르가레타는 벽에 바짝 붙어섰다. 남자는 검정색 가죽점퍼를 걸치며 황급히 마르가레타 옆을 지나갔다. 가죽이 그녀의 얼굴을 스쳤지만 남자는 알지 못하는 듯했다. 그는 문을 열고 어디론가 사라져버렸다. 문이 다시 닫히기 전 가죽재킷을 입은 사내의 등만 보였을 뿐이다. 마치 커다란 호랑이를 연상케 하는 모습이었다.

"철없는 것 같으니라구, 저렇게 어린 놈과 살다니."

마르가레타는 직감으로 알 수 있었다. 그 사내는 도게였다. 몇 년 전 폭주족의 우두머리였던 시절보다 더 살이 찌고 날라리 같아 보였다. 의심의 여지 없이 바로 그 녀석이었다. 도게가 있다면, 이곳이 비르지타의 집이 맞을 것이다.

어디에선가 갓난아이의 울음소리가 들렸다. 그 울음 속에 체념의 흔적이 배어나왔다. 계단을 오르는 마르가레타의 등골이 오싹해졌다. 계단 중간 참에 잠시 멈춰 섰다. 두 개의 문 중 어떤 걸 열어야 비르지타를 만날 수 있을까? 오른쪽 문을 선택했다.

초인종 소리에 일순간 어린아이의 울음소리가 그쳤다. 그러나 잠시 뒤 마룻바닥을 걷는 누군가의 발소리와 함께 울음소리는 다시 시작되었다.

"누구세요?" 비르지타의 목소리와 함께 문이 열렸다. "네가 웬일이니?"

집은 외풍이 심했는데도 난방시설도 없고 더운물조차 나오지 않았다. 부엌에 덩그러니 놓여 있는 전기오븐만이 열기를 뿜어냈고, 석탄 아궁이 위로 작은 레인지가 보였다. 레인지가 달궈지기까지는 꽤 오랜 시간이 걸렸다. 비르지타는 커피를 준비하면서 마르가레타의 담배 세 대를 피웠다. 집 어디에선가 젖먹이의 울음소리가 계속 들려왔지만 어느새 잦아들어 그토록 필사적으로 들리지는 않았다.

비르지타는 예전과 다름없이 예뻤다. 금발머리는 예전처럼 빛이 났고 피부는 매끈하고 비로드처럼 부드러웠다. 동그란 입술 라인은 아주 가냘파 보였다. 그러나 손톱을 물어뜯는 버릇은 여전한지 둥그런 손끝이 손톱보다 높이 올라와 있었다. 머리에는 빗자국이 그대로 남아 있었다. 감은 지 오래된 것 같았다. 목욕도 해야 할 것 같았다. 목에는 지저분했던 어린 시절의 칙칙한 흔적이 수갑처럼 내려앉아 있었다.

비르지타는 커피를 따라주는 동안, 못마땅한 듯 꼼꼼하게 뜯어보는 마르가레타의 시선을 삐딱하게 마주보았다.

비르지타는 비스킷 접시를 마르가레타 쪽으로 밀었다.

"꼭 물에 빠진 생쥐 같군. 꼴이 왜 그래? 헤엄쳐 온 거야?"

"밖에 비 와. 역에서 여기까지 걸어왔거든."

마르가레타는 대꾸하며 비스킷을 입에 넣었다.

비르지타는 창 쪽을 바라보았다. 그제야 밖에 부슬비가 내리고 있다는 것을 안 듯했다. 하지만 그런 건 별 관심 없다는 듯 다시 창문에서 등을 돌리고 다리를 뻗어 매끄러운 장딴지와 까만 나일론 스타킹을 보았다. 어디선가 들리는 아이의 울음소리는 호흡과 함께 끊어질 듯 멈췄다가 다시 시작되었다. 점점 더 거칠면서도 점점 더 약하게. 비르지타는 그 소리를 전혀 듣지 못하는 눈치였다.

"요즘은 뭘 하고 지내?"

"공부하느라 정신없어. 예테보리에서. 내가 편지에 썼잖아. 못 받았어?"

비르지타는 어깨를 쭈뼛하더니, 새 담배에 불을 붙였다.

"예테보리에 있다면서, 모탈라에는 웬일이야?"

마르가레타는 탁자에 선물상자를 내밀면서 멋쩍은 듯 웃었다.

"너한테 크리스마스 선물 주려고."

비르지타는 상자를 응시하며 재떨이에 다 탄 성냥개비를 던졌다. 그러나 선물을 풀 생각은 하지 않았다.

"어서 풀어봐, 네 거야!"

비르지타는 망설이며 한 손으로 상자를 잡고 담배를 삐딱하니 물었다. 움직임이 빨라졌다. 선물을 묶은 끈과 접착테이프를 허둥지둥 떼냈다.

"와!" 입술 양쪽 끝에서 담배연기가 뿜어져나왔다. 비르지타는 장밋빛 스웨터를 몸에 대보았다. 구식 브이넥 스웨터는 약간 우스꽝스러워 보였지만, 마르가레타는 비르지타가 이 스웨터에다 몸에 딱 붙는 스커트를 입으면 무척 섹시해 보이리라는 걸 순간적으로 알아챘다.

비르지타는 옷을 무릎 위에 놓고 담배를 들어 그럴싸하게 연기구름을 내뿜었다.

"이걸 주려고 예테보리에서 일부러 왔단 말이지?"

마르가레타는 찻잔을 집어들었다. 문득 불쾌한 감정이 밀려들었다.

"아니, 바드스테나에서 크리스마스 방학을 보냈거든. 엘렌 아줌마와 같이."

비르지타는 이맛살을 찌푸렸다.

"그 노인네가 이사를 했어? 지금 바드스테나에 살아?"

마르가레타는 커피를 한 모금 마셨다.

"지금 바드스테나의 요양원에 계셔."

비르지타의 얼굴에 당황한 기색이 역력했다.

"아직도 안 나았어?"

마르가레타는 고개를 끄덕이며 탁자를 내려다보았다. 방수포로 만든 식탁보는 찢어져서 아랫부분의 흰색 실이 다 드러나 보였다.

"반신불수야. 회복되기는 힘들어."

비르지타는 담배를 쭉 빨며 시선을 돌렸다. 그러나 목소리에는 날이 서 있었다.

"내 탓이 아냐."

마르가레타는 다시 시선을 내리깔았다. 뭐라 대답할 말이 없었다. 둘 사이에 침묵이 흘렀다. 비가 유리창을 때렸다. 어린아이의 울음소리가 다 마른 작은 실개천이 되어 배경음악처럼 흘렀다. 커피잔을 바라보던 마르가레타는 갑자기 극도의 피로감을 느꼈다. 쓸데없는 짓이었다. 비르지타는 단 한 번도 그해 가을의 일을 마르가레타에게 얘기하지 않았다. 만약 비르지타의 잘못이라면 그녀는 어떤 위로도, 도움이 될 만한 이야기도 해주지 않을 셈이다. 비르지타는 마르가레타의 삶 속에 너무 깊숙이 들어와 있었다. 아기가 숨을 깊이 들이켜는 듯하더니 곧 다시 체념의 울음소리를 쏟아냈다.

"젠장할!"

비르지타는 커피잔을 한쪽으로 밀어놓고 일어서서 마루를 지나 모습을 감추었다. 곧 문을 여는 소리가 들렸다.

"입 닥치지 못해! 조용히 하지 않으면, 죽여버릴 거야!"

마르가레타는 깜짝 놀라 자리에서 벌떡 일어섰다. 의자가 뒤로 나동그라졌다. 비르지타의 집에 어린아이가 있다는 사실을 그제야 깨달은 것이었다. 그녀는 한달음에 부엌을 가로질러갔다. 바닥에 깔린 누더기 카펫에 걸려 넘어질 뻔했지만 간신히 문기둥을 붙잡고 섰다.

작고 어두운 그 방은 침실이 분명했다. 블라인드는 내려져 있었고 벽 뒤쪽 침대 위의 이부자리는 어지럽게 흐트러져 있었다. 바닥 매트리스 위에는 몇 가지 침구가 개어져 있었다. 그 공간 한가운데에 유아용 격자침대가 놓여 있었다. 역겨운 냄새가 났다. 똥오줌이 범벅된 듯한 달착지근한 냄새였다.

비르지타는 부동자세로 어색하게 아기침대 옆에 서 있었다. 양손은 몸에 딱 붙인 채 등을 곧추세우고 시선은 이불을 쏘아보고 있었다. 그러다가 꽥 소리를 질렀다.

"입 닥쳐! 조용히 하지 않으면, 미쳐버릴 것 같단 말이야!"

침대에서 날카로운 울음소리가 울리더니 조그마한 손 하나가 삐죽 올라왔다. 마르가레타는 망설이다 방 안으로 들어갔다.

"비르지타, 네 아이야?"

비르지타는 마르가레타를 쏘아보았다.

"뭐라고, 빌어먹을! 무슨 소릴 하는 거야?"

마르가레타는 이 모든 걸 마치 하나의 연극처럼 만들어버렸다. 그녀는 언니의 귀여운 인형을 갖고 놀겠다고 조르는 어린 동생이 되어 있었다. 태어난 지 석 달 정도밖에 안 돼 보이는 사내아이는 안아도 전혀 무게가 느껴지지 않았다. 그러나 아이를 침대에 뉘었을 때 아이의 눈동자가 극도의 공포감으로 반짝이는 것을 느낄 수 있었다. 아이의 엉덩이는 검붉었다. 갓난아이 우주복의 뾰족한 끄트머리로 똥을 닦으니 엉덩이가 거의 연보라색에 가까웠다. 우주복은 완전히 똥오줌 범벅이었다. 벌써 꽤 한참 전에 기저귀에서 새어나와 다리를 타고 흘러내린 듯했다.

그녀는 부엌으로 가서 우주복에 물을 축여 물수건 겸 때수건으로 썼다. 그리고 방 안을 이리저리 뒤져 탈지면 한 꾸러미를 찾아 어릴 적 인형에 기저귀를 채울 때 그랬던 것처럼 뭉쳐서 기저귀 커버 안에 대주었다. 기저귀 커버는 오래 채워놓아 딱딱해졌고 가장자리가 똥으로 누렇게 변해 있었다. 아이를 속싸개로 싸서 안아올렸다. 꼭 작은 롤라데* 같았다. 아기는 울음을 그치지 않으면서도 기운이 없는지 눈은 감고 있었다. 동그란 이마가 땀으로 축축하게 젖어 있었다.

마르가레타는 부엌 문지방에 머리를 비스듬히 기대고 서 있었다. 비르지타는 다시 식탁에 앉아 담배에 불을 붙였다.

"이 녀석이 배가 고팠나?"

비르지타는 경멸하듯 윗입술을 삐죽이며 담뱃재를 떨었다.

"그게 아니라 예민해서 그래."

"한 번도 안 해봤는데 젖병 한번 물려봐도 될까? 응, 비르지타?"

비르지타는 고개를 끄덕였지만 곧장 얼굴을 돌리고 외면했다.

마르가레타는 직접 분유통을 찾아 냄비에 물을 붓고 솔을 찾아 더러운 병을 씻었다. 그리 간단한 일은 아니었다. 수도꼭지에서 찬물을 받아 한 손으로 젖병을 깨끗이 씻고 굳은 분유를 타는 일은 불가능했다. 하지만 팔에 안은 아이를 내려놓을 엄두가 나지 않았다. 아이는 여전히 울고 있었고 비르지타는 양손으로 귀를 막고 있었다. 아이가 부엌 바닥에 가만히 누워 있으면, 그녀가 무슨 짓을 할지 오직 신만이 아시리라!

마침내 식탁 옆에 쭈그리고 앉아 아이의 입에 젖병을 물렸다. 아이는 잠깐 두 눈을 동그랗게 뜨고 멍한 시선으로 마르가레타를 보다가 천천히 눈을 감고 젖꼭지를 빨기 시작했다. 갑자기 집 안엔 정적이 감돌았다. 비르지타는 여전히 손으로 귀를 막은 채 식탁 맞은편에 몸을 숙이고 앉아 있었다.

"아기 이름이 뭐야?"

마르가레타가 조심스레 물었다. 비르지타는 손을 내리고 어깨를 으쓱했다. 그리고 손가락으로 식탁보 위의 담뱃갑을 더듬다가 그만 떨어

---

* 저민 고기를 양배추 잎으로 만 요리.

뜨리고 말았다.

"저, 마르가레타, 몇 시간만 아이를 봐주면 안 되겠니? 장을 봐야겠어. 사회복지국에 상담 신청도 해야 하고. 병원 진료 때문에 돈이 필요하거든."

마르가레타는 망설이며 시계를 보았다. 비르지타의 목소리는 더 간절해지고 점점 더 비굴해졌다.

"유모차가 없어, 너도 알겠지만…… 그래서 나갈 수가 없어. 집에 먹을 거라곤 아무것도 없고 병원에도 꼭 가봐야 해. 몸이 안 좋아."

마르가레타는 고개를 끄덕였다. 비르지타도, 아이도 불쌍했다. 이들에겐 도움이 필요했다.

"그래도 다섯시 전에는 꼭 돌아와야 해. 그래야 기차를 탈 수 있으니까."

비르지타는 벌써 자리에서 일어나 머리를 매만지고 있었다.

"걱정 마, 몇 시간이면 돼. 마르가레타, 넌 정말 착해. 언제나 그랬지만!"

비르지타는 검정 스웨터를 벗어던지고 허둥지둥 장밋빛 스웨터로 갈아입고 복도로 나갔다. 다시 주방으로 얼굴을 디밀었을 때 그녀의 눈은 선명한 마스카라로, 입술은 붉은 핑크 색으로 빛났다. 그녀는 생긋 웃으며 말했다.

"몇 시간이면 될 거야. 그럼 이따 봐!"

그날 저녁 여덟시경 마르가레타는 울기 시작했다. 열시가 되어서야 눈물을 그치고 집 안을 이리저리 왔다갔다하면서 입에서 나오는 대로 욕을 해댔다. 그리고 새벽 두시에 아이를 품에 안고 잠들었다. 다음날 아침 여섯시 반 누군가 어깨를 흔드는 소리에 잠에서 깼다. 비르지타였다.

"젠장, 조금만 저쪽으로 가란 말이야. 이건 내 침대잖아. 피곤해 죽
겠어."

"그런 눈으로 보지 마. 이거 딱 한 잔만 마실 거야."

비르지타가 잔에 맥주를 따르면서 말한다. 마르가레타는 고개를 돌린다. 후회스럽다. 항상 후회의 연속이다. 비르지타에게 친절을 베푸는 것이 즐거울 때도 있지만, 이젠 정말 모른 척할 것이다. 추억을 위해서라도.

"화 안 났어." 말은 그렇게 해도 날 선 목소리까지 감출 수는 없다. "더이상은 입에 대지 않을 거라고 작년에 전화했을 때 네 입으로 말했었잖아."

비르지타는 잔을 들어 호박처럼 누런 액체를 유심히 쳐다본다.

"안 마셔, 딱 한 잔만 마시기로 작정했다구. 그렇다고 네가 그런 식으로 히스테리를 부릴 필요까지는 없잖아."

히스테리라고? 마르가레타는 씩씩거리며 메뉴판을 펼친다.

"뭐 먹을래? 피자, 아니면 다른 거?"

비르지타는 대답이 없다. 눈을 감고 오랫동안 음미하며 맥주를 마신다.

"난 연어 먹을래. 훈제연어."

비르지타는 잔에 머리를 박고 입술에 묻은 거품을 살짝 핥는다.

"연어? 아, 젠장! 난 배 하나도 안 고픈데⋯⋯"

빈속에 술을 마시면 비르지타는 금방 취할 것이다. 눈에 선하다. 마구 고함을 치며 비틀거리는 비르지타를 진정시키면서 드로트닝가탄 거리를 걷는 자신의 모습이 눈앞에 보이는 듯하다. 그런 창피스런 일이 일어나는 꼴을 빤히 두고 볼 수는 없다. 마르가레타는 두 손을 테이블 위에 올려놓고 고개를 숙인다.

"뭘 좀 먹어야지! 그러지 않고 너를 어떻게 모탈라로 돌려보내겠니? 이런 상태로 집으로 돌아갈 수 있을지, 생각을 해봐!"

"흥분하지 마. 뭘 좀 먹긴 먹어야겠는데, 난 연어를 좋아하지 않는다구. 그럼 됐지?"

그녀는 맥주를 홀짝홀짝 마시며 메뉴판을 넘긴다.

"머리 고기 소시지가 스피드스테이크랑 같은 건가?"

마르가레타는 담배에 불을 붙인다. 손이 가볍게 떨린다.

"그건 도축과정에서 버려진 고기들을 눌러 만든 거야."

나머지 설명은 입 안에서 삼켜버린다. 머리 고기 소시지는 바로 너 같은 사람들을 위해 만들어진 요리야. 너처럼 쓰레기 같은 인간들을 경멸하는 사람들이 만든 요리라구. 그러나 비르지타는 마르가레타의 말에도 생각에도 별 관심이 없어 보인다.

"포테이토칩과 마요네즈소스를 곁들인 머리 고기 소시지라⋯⋯ 좋아, 이걸로 하지."

그녀는 잔에 맥주를 새로 따르며 잔 너머의 마르가레타를 향해 씩

웃는다.

"마르가레타, 넌 언제나 변함없이 친절해…… 누구한테나."

잠시 침묵이 흐른다. 마르가레타는 창밖을 보며 자신의 두 어깨가 연약해 보인다는 생각을 한다. 드로트닝가탄 거리에는 그늘이 드리워졌다. 모든 것이 예전과 똑같다. 사람들의 차림새와 전차 색깔만 아니라면 60년대로 착각했을 것이다. 자신도 고등학생이 된 것 같다. 적어도 정신적으로는.

"노르셰핑에 살 때 어떤 남자 선생과 연애를 한 적이 있는데," 마르가레타는 입을 열며 자신의 잔에 맥주를 채운다. 그러면서 스스로도 놀란다. 그녀와 앙드레 사이의 일은 지금까지 그 누구한테도 얘기한 적이 없다. 그러나 비르지타는 전혀 귀를 기울이지 않는 것 같다. 대신 마르가레타가 입으로 가져간 잔을 실망스러운 눈초리로 쳐다본다. 두 번째 잔 역시 자신의 것이 되리라 기대했던 모양이다.

"저녁마다 우리는 차를 타고 주차할 곳을 찾아 헤맸지. 매번 다른 곳에 차를 댔거든. 아무도 못 알아보게 하려고 말야. 그리고는 뒷좌석에서 관계를 가졌어."

"맙소사, 네가 그럴 줄은 상상도 못 했어. 어땠어? 미칠 것 같았어?"

"미칠 것 같았냐구?"

"그 사람이랑 섹스할 때 어땠냐구?"

마르가레타는 윗입술을 가볍게 씰룩인다. 원 참!

"섹스. 그랬었지. 하지만 중요한 건 그게 아니었어. 난 외로웠고 그저 누군가가 필요했던 거야……"

그녀는 입을 다문다. 젊은 종업원이 접시를 내려놓는다. 마르가레타는 연어를 무덤덤하게 바라본다. 비르지타는 소금통을 집어들고 포테이토칩에 소금을 뿌린다. 마르가레타는 캑캑거리며 계속 말을 잇는다.

"엘렌 아줌마에게 벌어진 일은 너무 끔찍했어. 그 일이 있고 거의 일 년 이상 난 쇼크상태였어."

비르지타는 갑자기 동작을 멈추고 눈살을 찌푸린다.

"그건 내 책임이 아니야!"

마르가레타의 분노가 다시 폭발한다. 비르지타는 어째서 그 이야기만 나오면 들어볼 생각도 하지 않는 걸까?

"내가 뭐라고 했어?"

비르지타는 소금통을 놓고 담배를 찾는다. 울상이 된 입으로 라이터를 켠다.

"너희들은 항상 나한테 죄를 뒤집어씌우잖아, 항상!"

마르가레타는 감자를 포크로 찍는다. 문득 이런 아주 평범한 동작에서 재미를 느낀다.

"어느 날 저녁인가 우리, 그러니까 그 선생과 나는 너를 봤어."

비르지타의 눈동자가 흔들린다. 라이터를 떨어뜨리고 빈손을 청바지 주머니에 넣는다.

"잘 봐, 크리스티나는 나를 쫓아다니는 데 완전히 미쳤어. 이것 봐, 이 말도 안 되는 편지를……"

비르지타는 테이블 위에 작고 네모난 노란색 쪽지를 던진다. 그것을 펼치는 그녀의 손이 바르르 떨린다. 그와 동시에 마르가레타는 비르지타를 쳐다보며 가소롭다는 듯 미소를 짓는다. 화제를 이런 식으로 돌려버릴 줄은 생각도 못 했다. 이제 비르지타가 그때의 일을 자기 맘대로 조작하도록 내버려둘 수는 없다. 마르가레타는 호의적인 태도를 접는다. 더이상 두려울 것도 없다.

마르가레타는 대화의 실마리를 이어나간다.

"그러니까, 얘기했듯이, 나와 선생님, 우리는 그날 저녁 같이 너를 보았어. 넌 살텡엔 거리에 있었지."

비르지타는 잠시 그녀를 쏘아보다 소시지 접시에 담배를 비벼끄고 그 노란색 쪽지를 낚아챈다. 이윽고 자리에서 일어나 의자 등받이에 걸어놓았던 재킷을 잡아당긴다. 그리고 마르가레타의 등 너머로 조용하지만 화난 목소리로 말한다.

"나쁜 년, 잘났어. 너나 크리스티나나 네년들은 지금까지 항상 그런 궁리만 했지?"

마르가레타가 차가운 눈초리로 쏘아본다. 네가 가야 한다면, 좋다, 내가 먼저 스톡홀름으로 갈 테다! 그러나 아직 일이 덜 끝났다. 비르지타, 네년을 이빨로 물어뜯어버릴 거다. 살덩이가 다 떨어져나가도록! 마르가레타는 턱을 괴고 아주 달콤한 목소리로 묻는다.

"도게 그 녀석이 네 기둥서방이냐? 그리고 그 사내아이는 뭐야? 그러니까 그것도 교통사고같이 우연한 일이었다, 그 말이지?"

비르지타는 재킷을 어깨에 걸치고 코트처럼 펄럭거리며 문을 향해 돌진한다. 신발이 너무 커서 넘어질 것만 같다.

물론 마르가레타는 양심의 가책을 느낀다. 연어를 모두 먹어치운 뒤이긴 했지만. 심장이 쿵쿵 뛴다. 그녀는 정신없이 음식을 삼킨다. 씹어 넘길 때마다 한 입 한 입 좀더 천천히, 그리고 힘주어 씹는다. 음식은 생각보다 맛이 괜찮다. 종업원을 불러 맥주를 치우고 대신 물 한 잔 가져다달라고 한 뒤에 그 맛을 좀더 제대로 음미해본다. 마르가레타는 맥주라면 질색이다. 맥주 생각만 해도 토할 것 같다. 맥주 냄새를 풍기는 사람은 더더욱 역겹다. 정말.

커피를 마시려는 순간 갑자기 회의가 몰려온다. 커피잔을 앞에 놓은 채로 두 손을 이마에 대고 고개를 푹 숙인다. 온몸에 전율이 인다. 어떻게 된 걸까? 어떻게 그런 말을 할 수 있었을까? 나는 도대체 비르지타의 삶에 대해 뭘 알고 있는 걸까? 어디에서부터 알고 싶은 걸까? 비르지타도 걸어다닐 때마다 심장마비라도 일으킬까봐 가슴을 손으로 꾹꾹 누르는 건 아닐까? 생판 모르는 남자를 만나는 일 외에는 삶의 위안거리가 없는 건 아닐까? 나처럼 자신의 존재 여부를 확인받고 싶은 건 아닐까?

마르가레타는 얼굴을 손으로 문지르면서 기운을 차리려 해본다. 아니다. 비르지타와 자신은 비교 대상이 될 수 없다. 자신은 예테보리에서 보낸 대학생활 초기에는 삶의 의미를 거의 찾지 못해 스스로에게 관대해질 수밖에 없었다. 그러나 여름학기 이후부터는 모든 것이 달라졌다. 매주 바드스테나에서 그림엽서가 한 통씩 왔으니까. *봄기운이 완연하구나! 몸조심해라!* 그 그림엽서들은 낮잠을 늘어지게 자고 일어나서 눈을 비비며 주위를 둘러볼 때처럼, 마르가레타의 정신을 깨우는 마력을 지니고 있었다. 다른 여학생들보다 못생긴 것도 아닌데, 왜 나는 단과대 파티나 축제에 가지 않았을까? 라는 의문이 들었고 그래서 사회적인 테두리 내에서 성관계를 맺기 시작했다. 그것을 통해 자신의 공포심이 또래의 남자들에 의해 누그러질 수 있다는 것을 배웠다. 그들과 함께 영화관에 가거나 동아리 모임에 참석하기도 했고, 결국 한 남자와 동거를 시작해 일 년간 마요르나 주지사의 옛집에서 살기도 했다. 그리고 어느 날 아침 미련 없이 그를 떠났다. 그후 자신의 인생에서 만난 네 남자와의 관계도 마찬가지였다. 아침 일찍 일어나 아주 조용히 짐을 꾸려 침대에 잠들어 있는 남자를 남겨두고 떠났다. 그리고 여관으로 거처를 옮겨 싱싱한 대학강사와 또다시 짧은 연애를 시작했다. 하지만 비르지타와는 반대로 항상 책임감을 느꼈다. 그것도 극도의 위기의식 속에서. 만약의 경우에 대비해 늘 피임약을 준비해 갖고 다녔다.

그렇다고 비르지타보다 더 낫다고 할 생각은 없다. 그녀를 이러쿵 저러쿵 판단할 권리는 더더욱 없다. 엄마라는 정체불명의 여자가 자신을 떠나버릴 만큼 못되지 않았다면, 공동세탁실에 버려지지 않았다면, 그래서 어린 시절의 어두운 그림자처럼 생모가 뇌리에 남아 있었더라면, 마르가레타 자신도 지금 어떻게 되어 있을지 짐작할 수 없다. 엘렌 아줌마의 집에 오게 되었다는 것, 거기서 최대한의 것을 얻었다는 것, 그에 대해 마르가레타는 만족하고 감사해야만 한다. 그래서 비르지타나 크리스티나와 같은 운명을 피할 수 있는 행운을 얻었다는 것에 대해 늘 감사해야만 한다.

그러나 한 가지만은 비르지타의 말이 옳다. 그들은 항상 비르지타에게 죄를 뒤집어씌웠다. 공중전화부스의 문을 열고 들어가 크리스티나에게 그 깨알 같은 낙서를 보여준 것을 자책하면서도 머릿속에는 내내 또다른 비난이 가득 차 있었다. 비르지타! 그년이 아무 놈팡이의 차에 들어가 슬립을 벗으려고 하지만 않았어도. 그런 것을 수치스럽게 여기는 사람들에게 그 일을 얘기할 정도로 어리석지만 않았어도. 자신의 변변치 못한 엄마를 떠나 엘렌 아줌마의 집에 오게 된 것이 행운이었다고 생각했더라면. 무엇보다도, 엘렌 아줌마의 심장을 미쳐 날뛰게 하고, 혈압을 올려 뇌혈관을 터뜨린 그 이름 모를 아이에 대해 아줌마가 다그쳐 물었을 때, 비르지타가 입만 다물고 있었더라면 네 사람의 인생은 모두 달라졌을 것이다.

바보 천치 같은 것!

마르가레타는 머리를 옆으로 쓸어올리며 커피잔에 손을 뻗는다. 손이 떨린다. 비르지타만 생각하면 화부터 난다! 벌써 삼십 년 이상 그랬다. 엘렌 아줌마의 집 현관에 들어서서 날카롭게 흐느끼던 그녀의 목소리를 들었던 바로 그 순간부터.

"내가 안 그랬어, 내 잘못이 아니야. 내 죄가 아니라구!"

문을 닫고 안으로 몇 발짝 들어가 거실 바닥에 쓰러진 엘렌 아줌마를 본 순간, 마르가레타는 앞으로 자신의 인생이 완전히 달라지리라는 걸 직감했다.

엘렌 아줌마는 갈색 카펫 위에 쓰러진 채로 오줌을 싸버렸다. 옆에 무릎을 꿇고 아줌마의 손을 잡는 순간 암모니아 냄새가 코를 찔렀다.

"아줌마! 무슨 일이에요?"

엘렌 아줌마는 눈썹을 치켜세우고 입을 움직였으나 말은 하지 못했다. 윗입술이 코피로 붉게 물들어 있었고 왼쪽 입 언저리에는 침 비슷한 것이 묻어 있었다. 마르가레타는 고개를 들어 비르지타를 쳐다보았다. 그녀는 짙은 화장을 하고 벽에 착 달라붙어 있었다. 스프레이를 뿌려 한껏 추켜세운 파마 머리에 꽉 끼는 스커트와 몸에 달라붙는 윗도리. 순간 마르가레타의 머릿속에서 걷잡을 수 없는 경멸의 감정이 작열하듯 솟구쳤다. 창녀! 하지만 이 말만은 목구멍으로 꿀꺽 삼켰다.

"어떻게 된 거야?"

비르지타는 손을 입에 대고 손가락 사이로 흐느꼈다.

"내 잘못 아니야!"

마르가레타의 목소리가 다시 속삭이듯 낮아졌다.

"네가 아줌마를 때렸어? 엘렌 아줌마를 친 거야? 망할 것 같으니……"

비르지타는 벽에 더 꼭 붙어 섰다. 여전히 손으로 입을 가리고 있었다.

"아냐! 난 건드리지도 않았어. 맹세해…… 좀 다퉜을 뿐인데……

아줌마가 나한테 막 소리를 지르다 갑자기 쓰러진 거라구. 난 아무 잘
못 없어!"

마르가레타는 얼굴을 찌푸리고 눈을 내리깔았다.

쳐다볼 가치도 없는 인간이다. 엘렌 아줌마의 손을 놓고 소파에서
녹색과 빨간색 실이 꼼꼼하게 사선으로 바느질된 쿠션을 갖고 왔다.
우선 아줌마의 머리를 조심스럽게 들어 그 밑에 쿠션을 받쳐주었다.
그리고 가만히 손을 잡았다.

"엄마, 사랑해요. 조금만 기다려요. 다 잘 될 거예요."

그때 크리스티나가 거실문 앞에 나타났다. 그녀의 목소리는 알아들
을 수 없을 정도로 작았다.

"도대체 무슨 일이야?"

마르가레타는 고개를 들어 크리스티나를 보고는 결국 울음을 터뜨
렸다.

비르지타는 사는 동안 내내 죗값을 치렀다. 당연한 결과였다.

마르가레타는 잠시 탁자 위의 담배를 찾았다. 하지만 담배는 다 떨
어졌다. 비르지타는 담뱃갑을 챙겨가지 못할 만큼 흥분한 상태는 아니
었다. 아무래도 상관없다. 마르가레타는 자신이 해야 할 일을 깨닫는
다. 꽃가게를 찾아 장미꽃 한 송이와 묘 앞에 켜놓을 초 하나를 사서
혼자 모탈라로 갈 것이다. 엘렌 아줌마의 무덤에 가서 누가 보냈는지
알 수 없는 그 편지에 대해서, 그리고 현재 벌어지고 있는 모든 일과
앞으로 벌어질 일들에 대해서 아줌마와 얘기를 나눌 것이다. 그렇다.
결코 아무에게도 얘기하지 않은 앙드레와 예테보리의 가을에 대해, 어
떤 남자와 함께 간 라틴아메리카 여행에 대해, 결국 사흘째 되던 날 그
남자와 헤어져 혼자 리마를 여행하고 아동복지시설로 돌아와 텅 빈 침

대를 발견했던 그 순간에 대해 엘렌 아줌마에게 얘기할 것이다.

"내 아이는 어디에 있죠?"

그녀는 이렇게 물으며 고개를 돌려 수간호사의 검은 두 눈을 쏘아보았었다.

"아, 부인. 그 아이는 이제 당신 아이가 아닙니다. 아이 엄마가 오늘 오후 변호사와 함께 와서 오백 달러를 지불하고 그 아이를 데려갔습니다. 그보다 더 많은 돈을 내실 수 있으신가요?"

수간호사는 비웃는 듯한 미소를 띠며 대답했다.

그래. 그녀는 더 많은 돈을 지불할 수도 있었을 것이다. 그녀는 돈을 많이 벌었고, 많이 낼 수도 있었다. 끊임없이 양산되는 부모 없는 아이들이라는 종족에게 베풀 수 있는 유산은 달러 냄새를 풍기는 미국 부부들을 능가할 만큼 충분했을 것이다. 그러나 아이는 벌써 사라졌고 수간호사는 끝끝내 변호사의 이름을 가르쳐주지 않았다. 엘렌 아줌마가 고아들의 양엄마가 돼주지 않았더라면, 그래서 마르가레타가 요한 손이라는 성을 가질 수 없었다면 어떻게 되었을까. 마르가레타 자신은 극히 우연의 일부일 뿐이다. 수천수만의 다른 부분들 속으로 흔적도 없이 용해되어 섞여들어간 우연의 일부일 뿐이었다.

밖으로 나왔다. 거리에는 햇빛이 가득하다. 하늘을 향해 고개를 돌리자 머리카락이 바람에 휘날린다. 맑은 공기에서 향기가 느껴진다. 마르가레타는 그 향기를 들이마시며 콧속 점액질에 닿는 공기를 느끼고 미소짓는다. 봄은 향기로 느껴진다. 그래, 맞다. 내일은 춘분이다. 춘분 전날이니 엘렌 아줌마를 찾아가기에는 좋은 때이다.

맞은편 상가에서 꽃가게를 발견하고 서둘러 횡단보도를 건넌다. 차도에 한 발을 떼어놓는 순간 누군가가 팔을 잡는다. 고개를 돌리니 비르지타의 잿빛 얼굴이 보인다. 이중턱을 바르르 떨며 뭐라고 웅얼거린다.

"난 잘못이 없어. 믿어줘. 내 말을 한 번만이라도 믿어달라구!"

마르가레타는 대답하지 않고 팔을 빼낸다. 그리고 황급히 거리를 가로지른다. 급하다. 몇 걸음 안 가 신호가 빨간불로 바뀐다. 버스 한 대가 위협하듯 부릉거린다. 맞은편 보도에 도착해서야 비르지타의 고함 소리가 들린다.

"아줌마는 위선자였어! 빌어먹을 늙은이였다구! 그 할망구가 어떤 사람인지 넌 아무것도 몰라!"

그 한마디에 마르가레타는 가능한 한 빨리 모탈라로 가야겠다고 결심한다.

천칭 저울

"오, 너 성실하고 훌륭한 본성의 소유자여,
네가 요란하게 꾸민 트롤과 다를 게 무엇이냐?
자신의 태아를 죽여 먹어치운 트롤도
너의 그 잔인한 애무에 속아넘어갔는가?
너, 그 태아의 무덤이자 묘지기여,
영원으로 가는 문을 감시한다, 스핑크스,
처녀의 모습에 사자의 앞발을 가진,
너는 끊임없이 죽음의 미소와 침묵을 상징한다……
그래 좋다! 입 다물어라, 그러나 결국엔 알게 되리라,
내가 왜 이러는지, 나의 세계가 무엇을 의미하는지!"

페르 다니엘 아마데우스 아테르봄

나는 더이상 아무것도 삼킬 수가 없다. 앞으로 다시는 아무것도 삼키지 못할 것이다.

이것이 무슨 의미일까? 이 상실감은 나를 어디로 끌고 갈 것인가?

대답은 간단하다. 무(無)의 심연으로.

케르스틴1이 방에서 드르륵거리며 다이얼을 돌려 후베르트손에게 전화를 건다. 그래봤자 그는 오늘 외래진료를 하지 않을 거라고 말해주고 싶다. 그러나 컴퓨터를 너무 멀리 치워놓아서 호흡 인터페이스에 손이 닿지 않는다.

울리카는 아직도 옆에 서 있다. 그녀의 얼굴엔 직업상 늘 머금던 미소가 사라져 있다. 그녀는 능숙하게 내 잠옷을 갈아입히고 침대 시트를 바꿔준다. 비누 냄새 나는 목욕타월을 미지근한 물에 적셔서 얼굴을 닦아주고 침대 옆 협탁에 놓인 책들을 바닥에 떨어지지 않도록 크기대로 정리한다. 그렇게 하고도 퇴근해도 될지 결정을 내리지 못한다. 굳이 그럴 필요가 없는데도 조용히 침대로 다가와 벌집무늬 시트를 잡아당겨 꼼꼼하게 정돈해준다.

그녀는 갑자기 겁을 잔뜩 집어먹은 어린애처럼 불안해 보인다. 위로라도 해주어야 될 것 같은데 호흡 인터페이스가 너무 멀리 있다.

난 두렵지 않다. 앞으로 내게 닥칠 일을 알고 있다. 음식물을 삼킬 수 있는 능력을 상실한 사람에게는 단 세 가지 가능성밖에 없다. 우선 아무것도 먹지 않는다. 그러면 사흘째 되는 날 굶어죽게 된다. 두번째 방법은 주사약을 투여하는 것으로 몸에 당분과 일정량의 소금을 액체 형태로 넣어준다. 하지만 제대로 된 영양 공급이 아니므로 한두 달 후면 사망에 이른다. 세번째 경우는 코에서 식도를 거쳐 위까지 호스를 집어넣어 영양제를 공급하는 것이다. 그러면 언제까지든 살 수 있으리라. 아멘.

주를 찬양하라
나는 빛을 보았으니……

찬송가 소리가 복도를 지나 마리아 방까지 들려온다. 문득 천장 위 하늘이 열리고 대천사 세라핌과 케루빔이 노래로 나를 유혹하는 듯한 느낌에 휩싸인다. 그러나 하늘은 항상 뚫려 있고 오늘 어떤 합창단이 찾아오기로 되어 있었다는 생각이 떠오른다. 합창단의 찬송 소리를 들으며 깊고 평온한 감정에 휩싸인다. 마리아의 천사들을 바라본다. 천사들은 내가 보고 싶을까? 내가 오기를 기다릴까? 난 간다, 곧.

그러나 지금은 때가 아니다.

난 신에 대해 아주 소박한 인상을 갖고 있다. 그 부분에 대해 오랜 세월 동안 병원의 목사들과 많은 이야기를 나누었다. 나는 신을 무조건 동화에 나오는 만물의 왕처럼 표현하는 것은 옳지 않다고 생각한다. 흰 수염에 번쩍이는 왕관을 쓴 유피테르로, 혹은 커다란 샛별로 장식한 빛나는 푸른색 망토를 입고 수많은 별들이 반짝이는 왕좌에 앉아 은하수 저편 진공상태 속을 떠다니는 거인으로 묘사하는 것만이 전적으로 올바른 일은 아니라고 말하고 싶었다. 그러면 목사들은 말한다. 신은 훨씬 더 신비롭다고. 존재 속에 깃든 미스터리와 같은 존재라고.

이처럼 신이란 너무나 추상적인 존재이기 때문에 자신의 신비 속에 갇혀 있을 수밖에 없다. 귀먹고 눈멀고 말 못 하고 온몸이 마비된 상태에 갇혀 있을 수밖에 없다. 신과 얘기를 하려면 어떻게 해야 하는지 나는 모른다. 장난을 일삼는 신에게 묻고 싶다. 난 누구를 탓해야 합니까? 누구에게 해명을 요구해야 되죠? 하지만 난 신앙이 없다. 믿을 이유도 없다. 그사이 물리학은 모든 종교가 당당하게 들이대는 최후의 질문, 그러니까 조물주 없이 세상이 어떻게 만들어졌겠는가, 무의 상태에서 어떻게 뭔가가 생성될 수 있겠는가라는 문제에 대한 해답을 찾았기 때문이다.

충분한 압력이 가해지면 진공상태에서도 물질이 생성될 수 있다. 이것은 이미 입증된 사실이다. 따라서 어떤 것, 예를 들면 우주도 무에서 창조될 수 있다. 그렇다면 우리는 압력을 어떤 것으로 가정해야 한다. 진공상태 그 자체도 그렇게 가정해야 할 것이다. 텅 빈 공간도 어떤 것이 될 수 있는가? 비존재는? 신은 누가 만들었는가? 신을 창조한 사람은 또 누가 만들어냈는가?

그렇게 우리는 무한의 영역으로 나아갈 수 있다. 시간이 허락하는 한. 무언가에서 아무것도 생성될 수 없다는 기존의 생각을 뒤집어보면, 우리는 예컨대 의식과 사고, 존재의 영역으로 끊임없이 나아갈 수 있다.

나는 눈을 감고 침잠상태에 빠져든다. 이건 조금 독특한 형태의 피로라고 할 수 있다. 노르셰핑의 횡단보도에 서 있는 비르지타가 느끼는 납덩이 같은 피로처럼 무겁지도 메스껍지도 않고, 진료시간 짬짬이 눈을 붙이는 크리스티나의 것처럼 고통스럽거나 예민하지도 않다. 그리고 꽃가게에서 차례를 기다리는 마르가레타의 피로처럼 하품이 나오지도 멍하지도 않다. 이건 나만이 느끼는 피로감이다. 가볍고 투명하면서 동시에 온몸이 마비된다. 흔들리는 거미줄 위에 멈추어 선 느낌이다. 그리고 그 상황에서 빠져나올 수 없다. 나 스스로 빠져나오겠다는 의지를 가질 수가 없다.

그렇지만 내 몸을 내 맘대로 할 수만 있다면 기꺼이 빠져나올 수 있을 것이다. 불과 몇 시간 전까지 경멸했던 상황이 이제는 지상낙원처럼 여겨진다. 침대에 앉아 아침식사를 할 수만 있다면, 손이 떨려도 오트밀과 사과죽이 든 수저를 입으로 가져갈 수만 있다면, 혀를 맘대로 움직일 수만 있다면, 그리고 미각이 불러일으킨 상상 속의 그림을 실제로 즐길 수만 있다면. 늦여름. 일렁이는 귀리 밭, 향긋한 사과 내음, 눈앞에 끝없이 펼쳐진 외스트예타 평원.

그야말로 그림엽서 같은 풍경이다.

휴게실에서는 합창단이 새로운 노래를 시작하여 청아한 화음이 울려퍼진다.

주여 나를 찾으소서

내 영혼에 천국의 빛을 비추소서
주여 나를 찾으소서
올바른 길로 이끄소서 구원하소서
나는 온전한 사람이 되기를 원하옵니다……

고맙습니다만, 사양하겠습니다. 나는 무조건적인 구원의 확신을 구하지 않는다. 영원한 삶을 갈구하지도 않는다. 단지 죽은 뒤에 신 앞에 서서 내 삶을 정리할 수 있기를 바랄 뿐이다. 그렇다, 나는 원한다. 손에 저울을 들고 번쩍이는 왕좌에 앉은 신 앞에서 내 죄를 고백하고 싶다. 그 순간이 오면 나는 손에 쥐고 있던 까만 구슬 세 개를 내보일 것이다. 질투의 구슬과 절망의 구슬. 그리고 마지막, 하늘이 내려준 나의 직분을 제대로 관리하지 못한 죄에 대한 구슬을.

"잘 들어보세요!"

이렇게 말하면서 먼저 질투의 구슬을 신의 천칭 저울 위에 올려놓을 것이다.

"난 죄인입니다. 살아 있는 동안 나는 매일 다른 사람들이 가진 것을 탐했습니다. 어머니에게서 편지를 받은 타이거 마리아를 부러워했고, 귀엽고 매력적인 암네타를 시샘했으며, 목발만 짚으면 걸을 수 있는 엘세게르드를 질투했습니다. 또한 그들이 정신지체시설에서 차례차례 퇴원했을 때도 질투했지요. 여러 해 뒤 그곳을 나와 외스트예타로 보내졌을 때도 내 마음은 항상 불만으로 가득 차 있었습니다. 린셰핑으로 와서 신경외과의 실험 대상이 되었을 때도 건강을 회복한 다른 환자들이 부러웠습니다. 신경외과 의사들은 환자의 두개골을 열고 그 안에 있는 뭔가를 뒤적였고 결과는 성공이었습니다. 나는 환자들이 하나씩 자리에서 일어나 힘들게나마 걸음을 떼는 걸 보았습니다. 그때까지도 나는 누워 있어야만 하는 신세였습니다. 그래서 미간을 찌푸린 채 그들을 유심히 살펴보았습니다. 그러면서 나도 걸을 수 있기만을 바랐습니다!"

나는 한 걸음 뒤로 물러나 고개를 뒤로 젖히고 신의 눈을 들여다볼 것이다.

"당신은 왜 미움이 아닌 질투심을 죄의 항목에 집어넣으셨습니까? 그 반대가 되어야 하는 것 아닙니까? 더 큰 죄가 뭔지 얘기해볼까요? 나도 그걸 갖고 싶다, 라고 말하는 대신 그 사람은 그것을 가져선 안 된다, 라고 말하는 것입니다. 왜 모든 것을 빼앗긴 사람은 아무것도 바라서는 안 된다는 것입니까?"

이제 두번째 구슬을 신의 저울에 올려놓을 차례다.

"이건 절망의 구슬입니다. 이번에도 난 죄인이지요. 그것이 죄악으로 남아 있는 한 반론의 여지는 없습니다. 그러나 내게 짧게나마 해명할 기회를 주세요. 그것의 실체를 보여줄 기회를 달란 말입니다."

나는 거의 속삭이듯 낮은 소리로 반론할 것이다.

"절망감은 전 국민적 질병입니다. 종국에는 슬픔의 감정조차 허락받지 못한 사람들에게 내려진 형벌이라고 할 수 있지요. 나 또한 슬퍼할 수조차 없는 한 시절을 살았습니다. 슬퍼하는 대신 뭐가 문제인지 찾아야만 하는 시절이었지요. 좀더 쉽게 설명하면 이렇습니다. 그 시절은 삶의 곳곳에서 비통함을 느낄 수밖에 없는 상황임에도 그에 대응해야만 한다는 문제를 갖고 있었지요. 뿐만 아니라 슬프고 비참한 상황은 여러 곳에 잠복해 있다가 사람을 깜짝깜짝 놀라게 했습니다. 그 때문에 사람들은 이미 극단적인 상황까지 갈 마음의 준비를 하고 있었습니다. 그래야 슬퍼할 이유를 갖고 있는 사람들이 실제로 그 슬픔을 표현하지 못하도록 방해할 수 있으니까요. 그들은 거짓말을 하며 성인군자처럼 설교를 늘어놓았습니다. 요란한 소리로 떠들고 웃으면서 다른 모든 사람들을 압도했습니다. 나는 슬퍼할 만한 이유가 많았습니다. 하지만 그것은 그들에게 두려움을 불러일으켰지요. 나의 상황은 너무도 절망적이어서 사람들은 내게서 불길함을 느꼈습니다. 그들은 내가 육신을 부지하는 데 필요한 음식과 옷을 얻었다는 것에 우선 감사의 마음을 갖기를 바랐습니다. 내가 주어진 운명을 받아들이고 현실을 직시하기를, 종국에는 나의 장애를 비극이 아닌 그저 불편한 상황으로 받아들이기를 기대했지요. 하지만 그건 명백한 비극이었습니다. 걸을 수도, 말할 수도 없다는 것이 비극이 아니면 무엇이란 말입니까? 단순한 불편함을 훨씬 뛰어넘는 엄청난 비극이었습니다! 나와 같은 처지의 사람들은 세상 사람들이 보는 앞에서 하늘을 향해 주먹질을 하고, 욕을 하고, 저주를 퍼붓고, 고래고래 소리를 지르고, 때리고, 바닥에 뒹굴고, 짓밟고, 두 주먹으로 바닥을 두들기고, 정처 없이 걷거나 눈물이 마를 때까지 울 권리가 있습니다. 그런 후에야 겨우 세상을 바라볼 수 있는 여유를 갖게 되는 거지요. 비로소 잠시나마 가만히 누워 개미 한 마리가 풀줄기를 따라 집으로 기어가는 모습을 바라볼 수 있는 거지요. 그런 뒤에라야 삶이란 이렇게 한순간일 뿐이면서 동시에 무궁무진한 것이라는 사실을 받아들일 수가 있는 거지요. 우리가 어떻게든 살아 있다는 것 자체가 행복임을 인정할 수 있게 되는 겁니다."

이쯤에서 나는 다시 한번 신을 올려다볼 것이다. 그는 수염을 살짝 잡아당기며 내 얼굴을 쳐다보고 계속 얘기하라며 고개를 끄덕일 것이다. 그렇다면 더이상 주저할 이유가 없다.

"그러나 슬퍼해서는 안 된다는 사실만이 나를 절망에 빠뜨린 것은 아닙니다. 더 많은 이유가 있었습니다. 나는 누군가에게 가장 소중한 사람이 되어본 적이 없었습니다. 살아 있는 동안 단 한 번도. 내가 세상에 태어났을 때 엘렌에게 중요했던 것은 나의 삶보다는 후고의 죽음이었어요. 그후로도 나는 나의 존재를 마땅히 주장할 만한 누군가를 만나지 못했습니다. 내가 누군가에게 소중한 존재라는 근거는 아무것도 없었지요. 그건 그야말로 당연한 결과였습니다. 엄마에게조차 단한 번도 가장 소중한 사람이 되어보지 못했던 사람은 결코 이 세상 그 누구에게도 소중한 존재가 될 수 없는 것입니다. 자기 자신에게조차도 말이죠."

이 대목에서 하늘 가득 신의 음성이 울릴 것이다.

"후베르트손이 있지 않았느냐?"

그러면 나는 신을 차가운 눈초리로 쏘아볼 것이다. 한낱 미물에 지나지 않는 인간의 분노가 만물의 지배자와 맞닥뜨리는 순간.

"잠자코 계십시오! 이 마지막 말은 귀 기울여 들어야 할 겁니다. 나는 후베르트손에게 갔습니다. 나중에. 우선 세번째 구슬을 당신의 저울에 올려놓고 싶습니다. 나의 직분을 잘 감당하지 못한 죄에 대한 구슬을."

나는 일어서서 등을 양손으로 받치고 헛기침을 한 번 한 후에 계속 얘기할 것이다.

"당신이 내게서 모든 것을 빼앗아 간 건 아니지요. 내겐 예리한 시각과 오성이 있었으니까요. 그럼에도 불구하고 난 왜 인생을 잘 꾸려가지 못했을까요? 왜 나는 스티븐 호킹처럼 유명한 학자가 되지 못했을까요? 아니면 최소한 평범한 여대생이라도 되어야 하지 않았을까요? 왜 나는 공부도 계속하지 못하고 침대에 가만히 누워서 자매들에게 내 영혼을 빼앗겼다는 감정을 느껴야만 했던 걸까요?"

신 역시 이 부분만큼은 수긍할 것이다. 그래. 왜 그랬느냐?

"나의 린셰핑 시절로 같이 되돌아가보실까요? 그러니까 내가 신경외과 의사들의 피실험자이자 착한 바보 역할을 하던 바로 그해 말이에요. 그때 난 정말 유용한 사람이었지요. 나도 뭔가 세상에 쓸모 있는 존재라는 생각에 얼마나 마음이 흡족했는지 모릅니다! 사람들이 나를 칭찬하면, 난 태양처럼 환하게 웃곤 했지요. 저 어린 데시레를 보세요. 대단하지 않나요? 시설에서도 통신대학에서 온 편지를 무릎에 올려놓고 휠체어에 앉아 있는 걸 보세요! 이제 영어도 마스터했다지요! 톰슨과 전자에 대한 연구보고서도 작성했다던데! 아, 하지만 이제 책을 볼 수 없게 되다니! 신경외과 의사에게 보내져 다시 머리에 구멍을 내야 한다니."

이쯤에서 나는 다시 고개를 들어 신을 바라볼 것이다.

"전지전능한 신이시여, 당신은 아십니까, 내가 얼마나 많은 수술을 받았는지? 모르겠습니다. 잦은 수술을 통해 나는 의사들이 내 병의 근원이라고 할 수 있는 마법같이 작은 신경조직을 찾아내리라는 것, 예리한 면도날 같은 기구들을 이용해 능숙한 손놀림으로 그 신경조직을 원상태로 고쳐놓으리라는 것, 그래서 예전에는 감히 꿈에서조차 생각지 못한 일들을 할 수 있으리라고 믿었습니다. 노래 부르고 춤추고 달릴 수 있을 거야. 나는 그렇게 또하나의 새로운 삶을 준비했습니다. 그 희망으로 매번 수술이 끝나고 바로 며칠만 지나면 빡빡 민 머리를 한 채 교과서에 파묻혀 살았습니다. 상처가 아물자마자 새 담당의사에게 보이기 위해 다시 보호시설에서 신경외과로 보내도 난 그들을 원망하지 않았습니다. 새 삶이 나를 기다리고 있었으니까요."

숨을 깊이 들이마시고 목소리를 가다듬는다.

"그후 고등학교 졸업시험을 치렀습니다. 방송통신학교 직원이 직접 증명서와 하얀 모자를 들고 병실로 찾아왔습니다. 환자들이 꽃다발을, 직원이 케이크 하나를 내게 선물로 주었습니다. 외스트예타 주의 기자도 찾아왔었죠. 사람들은 휠체어에 앉아 갖가지 꽃에 둘러싸여 있는 나를 격려하고 사진도 찍었습니다. 기자는 친절한 미소를 가득 머금고 뒤에 가만히 서 있었습니다…… 나는 행복했습니다. 처음으로 내가 사람들의 관심 대상이 된 순간이었으니까요. 난생처음으로 정말 행복했습니다. 그리고 몇 시간 뒤 룬드베리가 왔습니다."

추측건대 이 대목에서는 숨을 깊이 한 번 들이마셔야 계속 얘기를 이어갈 수 있을 것이다.

"룬드베리 박사를 기억하시겠지요. 그 수석의사 말입니다. 당연히 기억할 것입니다. 당신은 전지자시니까. 그가 내게 의례적인 졸업 선물로 책 한 권을 건네주면서 뭐라고 얘기했는지도 아실 겁니다. 그는 나의 뇌를 분리해야 한다고 말했습니다. 나의 뇌피질에 메스를 대고 반으로 잘라야겠노라고 했습니다. 간질이 더 많은 장애를 일으키지 않도록 하려면 어쩔 수 없는 일이라고 했지요. 그는 이렇게 말했습니다. 그것이 내가 당신을 위해 할 수 있는 전부입니다. 하지만 완치되거나 새로이 건강을 찾을 수 있을지는 장담 못 하겠습니다. 다만 또다른 장애가 일어나지 않도록 조치를 취할 뿐입니다. 이해해주십시오. 그리고 뇌를 자르는 것은 특별한 경우이긴 하지만, 미국에서는 40년대부터 이미 시술된 방법입니다. 그는 이렇게 얘기했지요."

그 시점에서 내 목소리는 아마 속삭이듯 낮아질 것이다.

"나는 맥이 빠졌습니다. 사람을 새로운 희망으로 잔뜩 부풀게 해놓고 그런 얘기를 하다니요. 온몸의 기운이 쏙 빠졌습니다. 내 몸에 일어난 반응을 느낄 수 있었습니다. 마치 단 몇 분 만에 뼈 마디마디에서 골수가 빠져나가는 기분이 들었습니다. 내가 갖고 있던 최소한의 힘도, 의연함도 모두 잃어버린 느낌이었습니다. 나의 뇌를 쪼갠다니! 오성과 감성, 문자와 숫자, 의식과 무의식을 분리하려 하다니! 룬드베리는 내가 또다른 장애에 시달리지 않도록 해준다는 명목으로 나의 개성 모두를 강탈하려 한다! 선물을 내려놓고 그를 쳐다보았습니다. 순간 퍼뜩 뇌리를 스치는 생각이 있었습니다. 그가 내게 약속해줄 수 있는 건 아무것도 없다는 것, 나 자신을 위해 스스로 뭔가를 해야 한다는 것입니다. 그건 생전 처음 겪는 일이었습니다. 내가 무엇을 기대할 수 있을까? 노래하기? 춤추기? 달리기? 아니다. 운이 좋대야 문서 보관실 업무 정도겠지. 하루에 네 시간, 혹은 여섯 시간, 아니면 여덟 시간 이상 어둠침침한 미로 같은 도서관 가장 구석진 곳에서 휠체어에 앉아 하는 일 정도겠지. 재수 없으면, 영원히 일자리를 구할 수 없을지도 몰라. 앞으로의 내 삶이 불행해질 확률이 꽤 높았습니다. 나는 마지막 남은 힘을 모아 단 한마디 말을 했습니다. 노! 당신은 나의 뇌를 자를 수 없습니다. 나는 동의할 수 없습니다."

이 대목에서 나는 다시 신의 눈을 쳐다볼 것이다.

"이미 자포자기 상태였습니다. 죽을 수밖에 없는 운명이라고 생각했습니다. 나는 말도 안 했고, 책도 읽지 않았습니다. 먹지도, 마시지도 않고 의사만 보면 미친 사람처럼 고래고래 소리를 질렀습니다. 그러면서 졸지에 나는 아무짝에도 쓸모없는 사람이 되어버렸고, 시당국에선 단순 치료만 하는 바드스테나의 값싼 보호시설로 나를 보냈습니다. 그때 나의 삶은 또 한번의 변화를 겪었습니다. 바로 후베르트손이 내 인생에 끼어든 것입니다. 그를 통해 나는 세상엔 지금까지 믿어왔던 것보다 좀더 많은 것이 있음을 깨닫게 되었습니다. 좀 유치한 표현을 쓴다면, 내 영혼이 날개를 얻었다고나 할까……"

신은 "다시 본론으로 들어가자"고 중얼거릴 것이다.

"더이상 말씀드릴 수는 없습니다. 후베르트손의 곁에 있기 위해 억지로라도 그의 환자가 되고 싶었습니다. 나는 매일 침대에 가만히 누워 밤의 세계를 여행했습니다. 그걸로 충분하다고 생각했지요. 공부도 그만두었습니다. 그래서 스티븐 호킹처럼 될 수 없었지요."

이 대목에서 나는 빙긋 웃으며 마술을 보여줄 것이다. 입고 있던 수의의 주름에서 네번째 구슬을 꺼내는 마술. 앞의 구슬 세 개를 합친 것보다도 훨씬 큰 금빛 천구(天球)를 꺼내 보여줄 것이다.

"보시죠. 고개를 숙이고 이 구슬을 보시란 말이에요! 이것도 천칭 저울 위에 올려놓겠습니다. 이 구슬이 나의 죄목들을 보상해줄 수 있을까요?"

나는 들고 있던 구슬을 저울판에 굴릴 것이다. 구슬은 불꽃을 일으키며 반짝일 것이다. 구슬이 저울판에서 자리를 잡기도 전에 이미 신이 갖고 있는 그 어떤 별보다 무겁다는 게 증명될 것이다.

"보십시오, 저울이 이 구슬의 무게에 눌려 기울었습니다. 접시의 금속추도 거의 찌그러질 것 같군요⋯⋯"

그 대목에서 신이 고개를 숙여 큰 손을 내게 뻗칠 것이다. 그러면 나는 한 걸음 앞으로 나아갈 것이다. 두려움으로 몸이 덜덜 떨리지만 단호한 걸음걸이로 천천히 하늘을 향해 나아갈 것이다. 그리고 나의 시선은 신의 손에서 얼굴로 옮겨간다. 그의 대답 때문에.

"나는 알고 있다. 네가 누군가를 사랑했다는 것을."

다시 케르스틴1과 울리카가 있는 방이다. 나는 그들을 반쯤 감은 눈으로 살펴본다. 그들의 이런 모습은 처음이다. 케르스틴의 머리가 헝클어져 있다. 울리카는 눈물을 글썽이며 바짝 긴장하고 있다. 그들은 침대의 머리 부분을 들어 내 상체를 올리고 구겨진 잠옷을 펴준다. 좋다. 그런 상태로 계속 누워 있는 건 고역이다.

"데시레!"

케르스틴이 평소와는 전혀 다른, 가끔 심각한 순간에만 내는 목소리로 부른다.

"데시레! 들려요?"

눈을 뜨고 그녀를 올려다본다.

"후베르트손 박사님과 연락이 안 되는군요. 응급병동에도, 집에도 전화를 했는데, 아무 데도 없어요. 불프 박사님이라도 모셔올까요?"

노. 애써 그럴 필요까지는 없다. 나는 다른 계획이 있다. 나는 눈을 감고 머리를 조금 움직인다. 케르스틴이 경련이 아닌 나의 움직임을 본 것은 지금이 처음이다.

"그러면 후베르트손 박사님을 기다릴래요? 좋아요. 연락은 계속해보죠. 저녁까지도 안 되면 2조장 케르스틴에게 얘기를 해둘게요. 그러면 되겠죠?"

좋다. 아주 좋은 생각이다.

후베르트손이 오면 그에게 뭐라고 말해야 할지 아직은 모르겠다. 결정은 결정이고 약속은 약속이다.

물론 우리는 안락사에 대해 얘기한 적이 있다. 안락사라는 용어가 더이상 파시즘이나 나치의 강제수용소와 동일시되지 않고, 하이테크 놀로지 시대의 새로운 해결책이라는 인식이 설득력을 얻어가던 작년의 일이었다. 네덜란드에서만 새로운 방법을 추구했던 것은 아니다. 호주에서도 전신마비 환자들을 위한 새로운 안락사 방법이 개발되었다. 죽음의 컴퓨터를 통한 방법. 휠체어를 컴퓨터 앞에 밀어놓고 주사기를 독극물로 채운다. 그리고 죽음을 자원한 사람의 팔에 주삿바늘을 올려놓는다. 모니터에서는 삼십 초 간격으로 물음이 반복된다.

"정말 죽고 싶습니까?"

엔터.

"정말 죽고 싶습니까?"

엔터.

"정말 죽고 싶습니까?"

이 질문이 세 번 반복되고, 세 번 엔터키를 친다. 그러면 삼십 초 뒤 주삿바늘이 피부를 파고든다. 독극물이 피와 섞인다. 간단하고 위생적이다. 사형집행인은 없다. 희생자만 있을 뿐이다. 한 푼 두 푼 절약해서 세금으로 낸 동전의 숫자만큼이나 많이.

합창단원의 휴게실 공연은 막바지에 이른다. 그들의 합창 소리는 이제 이글이글 타오르는 불처럼 열정으로 가득 차 있다. 큰 소리로 박수치며 박자를 맞추고 있기 때문에 가사의 짧은 후렴구만이 들린다.

나의 두려움을 잠재울 자 없으리……

저들이 부럽다. 노래를 부를 수 있다면 얼마나 좋을까. 그러면 기꺼이 후베르트손에게 저 노래를 불러줄 텐데.

나는 후베르트손이 생각하는 것 이상으로 그에 대해 많은 것을 알고 있다. 그의 목 부위 살갗이 혀끝에서 어떤 맛을 내는지, 그의 가슴털을 한 손가락으로 쓸었을 때의 감촉이 어떤지, 그가 오르가슴의 순간에 눈을 감고 입을 벌리는 모습이 어떤지 나는 안다. 그렇지만 나의 기억력은 부서질 듯 약하다. 지금까지 나는 그 추억을 가능한 한 잃어버리지 않고 오랫동안 간직하기 위해 마음속 깊이 감춰놓았다. 그러나 이제 그건 더이상 의미가 없다. 앞으로 남은 시간이 별로 없다.

딱 한 번 후베르트손을 쫓아 스탠더드 호텔에 간 적이 있었다. 1월 어느 목요일 상향곡선을 그리던 내 병세가 급커브를 틀던 바로 그때였다. 발작이 점점 더 잦아지고 입을 통해 나오는 소리는 단어나 어떤 표현과는 거리가 멀어져가던 시절이었다. 그 시절 나는 불만으로 가득 차 있어서 간병인들에게도 인내심을 갖지 못했다. 그들은 내 말을 알아들으려 노력하는 대신, 알파벳이 씌어진 판을 갖고 와서 아주 사소한 단어마저 철자 하나하나를 가리켜 표현하게 함으로써 우월감을 느끼려는 것 같았다. 손가락으로 가리키는 것은 입으로 말하는 것만큼이나 어려운 일이었다. 알파벳 판 위를 종횡무진 왔다갔다하면서 전달하려는 말이 나 자신에게조차 불가사의하고 이해할 수 없는 것으로 느껴졌다. 결국 나는 입에 지시봉을 무는 방법을 시도해보았다. 그러나 그역시 별 효과가 없었다.

나는 말문을 닫고 내 안으로 빠져들었다. 하루 종일 거의 자리에 누워 잠을 자거나 자는 척했다. 그리고 나를 밖으로 끌어내려는 온갖 조심스런 시도들을 완강하게 거부했다. 길거리에는 눈이 쌓여 있고 공기는 차다! 그래, 도대체 내가 저 바깥에서 뭘 할 수 있단 말인가!

얼마 뒤 간병인들은 이런 내게 익숙해져서 책과 신문을 갖고 거실에 자리를 잡았다. 그리고 아주 가끔씩 조용히 내 방에 들어왔다 나가거나, 내가 발작을 하는지 알 수 있도록 문을 조금 열어놓았다. 더이상 말도 걸지 않았다. 분명 내가 원하던 바이기도 했다. 그들이 말을 걸 위험이 없어야 내 계획을 실행할 수 있었으니까.

나는 내가 기생할 만한 아주 특별한 대리인을 하나 찾아냈다. 바로 11월 말 언젠가 침실 창문 앞 소나무에 날아와 둥지를 튼 늙은 까마귀 한 마리였다. 까마귀의 능력은 나의 계획과 딱 맞아떨어졌다. 그 녀석의 울음소리는 거칠고 기분 나빴지만 기본적으로 아주 쓸 만한 존재였다. 제 뒤에 내가 앉아 있는 것을 느끼면 그 녀석은 다른 까마귀들처럼 공포에 사로잡히는 게 아니라 잽싸게 주변 탐색에 나섰다. 물론 그 강자의 위치에 있는 것은 나였지만 까마귀는 내가 자신을 필요로 한다는 것을 알고 있었다. 그래서 우리 사이에는 일종의 평형관계가 형성되었다. 나는 더이상 그 녀석이 탐색전을 벌이지 못하게 하고 내 편으로 만들기 위해 까마귀의 혈관에 확신의 입김을 가볍게 불어넣었다. 내가 시키는 대로만 한다면 녀석은 살아남을 수 있을 것이다. 그리고 새봄이 오면 자기가 낳은 알과 함께 자유의 몸이 될 것이다.

처음에 나는 조심조심 까마귀에게 접근해서 하루에 몇 번 정도만 내 영혼을 싣고 바드스테나 시가지를 벗어나도록 했다. 하지만 절대 베테른 호수 위는 날지 못하도록 했다. 호숫가 얼음 덩어리 사이로 보이는 시커먼 바닷물이 까마귀를 공포로 밀어넣을 수 있기 때문이다. 대신 나는 성 탑과 공원으로 올라가는 목조계단에서 호수를 보는 것으로 만족했다. 그러고 나서 까마귀를 조종해 진료실 앞 나무에 앉아 환자들을 돌보는 후베르트손과 크리스티나를 가만히 지켜보았다. 좀 지나자 한기가 느껴졌다. 나는 까마귀를 잠시 날아가 있도록 하고 가지 위의 눈이 녹아 물기가 맺힌 곳에서 휴식을 취했다. 까마귀는 그리 멀지 않은 다른 가지로 날아갔다. 며칠 뒤 내가 부르자 그 녀석은 곧장 되돌아왔다. 나는 계속 까마귀와 함께 다녔다. 외스트예타 평원을 지나 더 넓은 지역까지 날아가게 해서 숲속 덤불 사이에 묵으면서 여우나 토끼로 둔갑하기도 하고, 잠자는 고슴도치의 몸 속에 숨어들어 그와 같이 꿈을 꾸기도 하고, 여름을 추억하며 추위에 떠는 새끼 다람쥐를 위로하기도 했다. 일이 끝나면 다시 나의 새를 불렀다. 몇 시간씩 기다리다가도 부르면 그 즉시 나타났다. 그 녀석은 이제 버릇이 잘 들어서 언제든 내 말을 들을 준비를 하고 있는 충실한 나의 하인이 되어 있었다.

목요일이면 눈을 뜰 때마다 몸에 이상한 기운이 느껴졌다. 오늘 후베르트손이 커피잔을 서둘러 내려놓고 허둥지둥 돌아간다면 내일 늦게야 나타날 것이다. 목요일 아침 그는 이상하리만치 말이 없었다. 신경이 온전히 그날 밤의 일에 쏠려 있기 때문이었다.

난 불쾌했다. 그가 매주 목요일 낮과 금요일 밤 사이 뭘 하는지 알 길이 없었다. 매주 한 여자를 만나는지, 아니면 매번 다른 여자를 만나는지 알 수가 없었다. 그렇다고 물어볼 생각도 없었다. 그건 우리 사이의 계약 전체를 파기하는 것과 다름없는 일이었으니까. 그럼에도 불구하고 거리를 두고 그를 대하고 싶지 않았다. 당시 이미 내가 나의 자매들에게 그랬던 것처럼 눈꺼풀 뒤에서 그를 추적하고 싶지 않았다. 나는 후베르트손의 눈을 통해 보고 싶지 않았다. 후베르트손의 눈길을 받는 여자이고 싶었다.

드디어 고대하던 목요일 아침이 밝았다. 서류가방을 든 후베르트손이 서둘러 작별인사를 하고 그만의 아침을 위해 내 방 문 뒤로 사라졌다. 결국 나는 그를 좇아 모험을 하기로 마음먹었다. 그날 하루 종일 나는 고분고분 얌전했다. 간병인은 그저 조용히 내 휠체어 주변을 맴돌기만 했다. 다섯시가 다 되었을 때 나는 일부러 하품을 하며 졸린 척했다. 정열적인 젊은 예술가인 다음 간병인은 침실 문틈으로 나를 살폈다. 그는 내가 조용히 잠들어 있는 모습에 만족스러워하며 일지에 뭔가를 적어넣고 나서 스케치북을 펴고 펜을 들었다. 오늘 저녁 그는 아마 마음껏 그림을 그릴 수 있을 것이다.

내가 까마귀를 북동쪽으로 조종하자, 까마귀는 이미 뭔가 특별한 임무를 수행하고 있다는 걸 감지한 듯했다. 녀석은 까악까악 울며 밤의 어두운 천장으로 높이 날아올랐다. 나는 까마귀의 머릿속에서 웃음으로 대답을 대신하며 속도를 더 내도록 격려했다. 그럼에도 노르셰핑 스탠더드 호텔 앞 가로등 기둥에 도착하기까지는 많은 시간이 걸렸다. 까마귀는 기진맥진해서 목을 늘어뜨렸다. 녀석은 양 날개 아래 머리를 묻고 쉬고 싶어하는 것 같았지만 나는 허락하지 않았다. 내 영혼이 들어갈 또다른 대리인을 찾기 위해서는 까마귀의 두 눈이 필요했기 때문이었다. 호텔 입구에는 아무도 없었다. 거의 이십 분이 지난 후에야 밤늦게 혼자 호텔로 들어가는 중년의 남자가 보였다. 그는 나의 존재를 느끼지 못했다. 도중에 나의 안착으로 인해 몸에 현기증이 났는지, 잠깐 걸음을 멈추고 가볍게 비틀거릴 뿐이었다. 옷 보관소에서 그는 화장실로 가는 한 여자를 만났다. 그의 몸에서 튕겨나올 때까지 나는 그녀의 얼굴을 거의 보지 못했다.

그녀의 몸은 멋졌다. 가뿐하고 가녀린 몸매에, 폐엽은 담홍색이었고 기도의 섬모는 저 깊은 바닷속 해초처럼 하늘거렸으며 입 속의 침도 어린아이의 것처럼 신선했다. 나는 주저 없이 그 여자의 몸을 빌리기로 결정했다.

약간 취해 있던 그녀는 화장실 변기에 앉은 다음에야 나의 존재를 감지했는지, 자신의 하얀 면슬립과 벽을 가만히 쳐다보았다. 여기 누가 있나?

"춤을 추고 싶어요."

내가 속삭였다. 그녀는 웃음을 터뜨리며 내 말을 반복했다.

"춤을 추고 싶다고!"

화장실에서 나온 뒤 나는 거울에 비친 그녀의 모습을 살펴보았다. 그녀는 아름다운 빛깔을 지니고 있었다. 머리는 금발이었고 눈은 초록색이었다. 하지만 얼굴은 동안이었고 소녀티를 벗지 못했다. 두 뺨엔 윤기가 흘렀고 동그란 눈은 호기심으로 가득 차 있었다. 후베르트손에게는 너무 어려 보였다.

"후베르트손의 체중보다는 가벼워야 하는데……"

나는 생각했다. 그녀는 고개를 비스듬히 하고 거울에 비친 자신의 모습을 보며 미소지었다.

"그의 체중보다 가볍다……"

몇 초 뒤 그녀는 손으로 입을 가볍게 때리며 거울을 응시했다. 내가 왜 이러지?

"너 이름은 뭐니?"

내가 속삭였다. 그녀는 입에 손을 대고 속삭이듯 말했다.

"넌 누구니?"

그때 화장실 한쪽 문이 홱 열리면서 여자애 하나가 킥킥거리며 나왔다.

"도대체 왜 그래, 카밀라? 너 누구하고 얘기하는 거야?"

카밀라는 가볍게 비틀거리며 웃었다. 수정처럼 맑은 웃음소리였다. 생기 있고 순수하다. 분명 후베르트손의 마음에 들 것이다.

"뭔가 이상한 느낌이 들어. 내 몸 속에 나만 있는 게 아닌 것 같은……"

그 계집애는 킥킥거렸다.

"그렇게 오래가진 않을 거야…… 언제나 그렇듯이……"

천박한 계집애. 그애를 선택하지 않은 게 다행이었다.

나는 카밀라를 레스토랑 문 앞에 잠깐 서 있게 하고 안을 둘러보았다. 크리스털 샹들리에와 희뿌연 등, 붉은 비로드 커튼과 댄스홀. 프로답게 검정색 양복을 잘 차려입었지만 화려하지 않고 절제되어 보이는 연단 위의 사중주단. 대충 내가 기대했던 분위기였다.

후베르트손은 뒤쪽 창가 옆 테이블에 혼자 앉아 있었다. 표정은 진지했지만 자세는 약간 건방져 보였다. 다리를 꼬고 오른팔은 비어 있는 옆 의자 등받이에 올려놓고 있다. 마치 자기 자신을 둘러싼 불빛도 분주함도 전혀 인지하지 못하는 사람 같았다.

카밀라의 친구는 이미 레스토랑을 중간 정도까지 가로질러 걷다 고개를 돌리며 빨리 들어오라고 손짓했다. 카밀라가 친구 쪽으로 한 발짝 걸음을 뗐을 때 나는 그녀를 제지했다.

바로 저 남자야. 내가 속삭였다. 저 뒤에 혼자 있는 저 남자!

하지만 어떤 경멸의 감정 같은 기분 나쁜 파동이 카밀라의 뇌리를 스쳤다. 무뚝뚝하고 고집스러워 보이는 늙은이잖아! 나는 화가 나서 기지개를 쭉 켰다. 그러자 바짝 주눅이 든 카밀라의 영혼이 내가 지시한 방향으로 갔다. 나는 초록빛 눈동자로 후베르트손을 바라보며 손가락으로 테이블보를 스쳤다. 그리고 조심스럽게 알 듯 모를 듯한 미소를 지어 보이며 지나갔다.

효과는 즉각 나타났다. 내가 자리에 앉자마자 후베르트손은 내 어깨에 손을 올려놓았다. 작은 핸드백을 테이블에 놓고 일어서자 그는 내 팔을 잡고 무대로 이끌었다.

와우!

드디어 후베르트손에게 머리를 기댈 수 있다. 미소를 지어도 된다. 그 순간 가벼운 전율이 신경조직을 관통한다. 절절한 그리움으로 가득 찬 유백색의 몸뚱이가 그의 품안으로 사라지는 걸 볼 수도 있다. 우연을 가장해서 내 허벅지를 그의 몸에 밀착시켜도 된다.

그는 춤을 잘 췄다. 나는 최대한 긴장을 풀고서 그의 팔을 잡고 몸을 맡기기만 하면 되었다. 아무 말도 필요 없었다. 그는 춤을 추면서 말없이 나를 무대 중앙으로 이끌었다. 역시 춤을 추고 있던 카밀라의 친구가 몇 번 옆을 스쳐갔다. 그녀는 뭔가 믿기지 않는 듯 갈색 눈을 동그랗게 떴다. 하지만 나는 눈을 감고 카밀라를 밀어냈다. 카밀라의 존재는 거의 사라졌다. 그녀는 당황한 듯 눈을 동그랗게 뜨고 자의식의 한쪽 귀퉁이에 앉아 자신은 지금 꿈을 꾸고 있는 거라고 최면을 걸었다.

나는 한참 뒤에야 자리로 돌아왔다. 곧 마지막 곡을 연주하겠다는 안내방송이 나왔다. 후베르트손은 강요하듯 내 등에 손을 올려놓고 가까이 다가왔다. 나는 낮은 웃음소리와 함께 그의 목에 대고 속삭였다. 좋아요. 모든 상황이 뒤바뀌면 되찾을 내 고유의 음성이 느닷없이 카밀라의 목을 밀치고 터져나왔다.

"예스, 예스, 예스."

후베르트손은 웃음을 터뜨리며 내 등을 쓰다듬었다. 그도 반복한다.

"예스, 예스, 좋아."

호텔 방은 모든 것이 완벽하게 준비되어 있었다. 작은 탁상등이 있어서 천장 조명 때문에 분위기를 망칠 염려는 없었다. 커튼도 내려져 있었고 침대도 잘 정돈되어 있었다. 베개에는 작은 초콜릿 상자 두 개가 놓여 있었다. 그는 하나를 들고, 또다른 하나를 스스럼없이 내게 던졌다. 나는 손쉽게 그것을 받아들고 웃어 보였다. 원래 카밀라는 물건을 받는 솜씨가 좋은 것 같았다.

테이블 위에는 와인 한 병과 잔 두 개가 놓여 있었다. 나는 후베르트손의 치밀한 준비에 내심 깜짝 놀랐다. 욕실에서 가져온 양치컵이 아니라 자루와 받침이 있는 제대로 된 와인잔이라니!

후베르트손이 와인을 따는 동안 나는 두 발을 나란히 붙이고 방 한가운데 서 있었다. 갑자기 신경이 바짝 곤두섰다. 그 동안 책과 텔레비전을 통해서 보아왔던 그런 단계에까지 갈 수 있을까?

후베르트손이 잔을 하나 내밀었다.

"자, 카밀라는 어떤 사람이지?"

잔을 든 채 사실 그대로 대답했다.

"몰라요. 그러는 당신은 누구세요?"

그는 잔을 내려놓고 재킷을 벗었다. 눈에 불꽃이 일었다. 지금 이 대화가 맘에 든 것 같았다.

"이방인. 그냥 그렇게 해두는 거 어때?"

"좋아요, 내게 원하는 게 뭐지요, 이방인 나으리?"

"모든 것." 후베르트손이 대답했다. "그리고 아무것도."

후베르트손은 깜짝 놀랄 정도로 치밀하게 상황을 몰아갔다. 그는 하나밖에 없는 안락의자에 미동도 없이 앉아 있었고, 나는 그의 무릎에 올라타 셔츠 단추를 풀었다. 그는 머리를 뒤로 젖히고 눈을 감았다. 나는 카밀라의 손가락으로 가슴털을 쓰다듬다가 그의 심장 소리를 듣기 위해 카밀라의 귀를 가슴 가까이에 댔다. 순간 나는 짐승으로 돌변했다. 불타는 욕정으로 덤벼들어 핥아대는 맹수로 변했다. 아몬드 향이 나는 그의 목을 날카로운 이빨로 물었다. 그가 신음 소리를 내기 시작했다. 이번에는 바닥에 주저앉아 그의 가랑이 사이에 무릎을 꿇고 양복바지의 혹을 더듬기 시작했다. 그는 하체를 약간 들어올렸다. 나는 일을 단숨에 해치우고 싶지 않았다. 그래서 잠시 지퍼를 올리고 그 밑에 숨겨져 있던 물건이 불끈 서게 만들었다.

"아!" 내가 그 위로 몸을 구부리자 후베르트손이 부정확한 발음으로 물었다. "아! 넌 누구지?"

밤새 나는 이름 없는 여인으로 후베르트손 밑에서 십자가에 못 박힌 사람처럼 누워 있었다. 우리는 마치 한 몸뚱이처럼 더블침대를 이리저리 굴렀고 나는 이리처럼 네 발로 서서 울부짖었다. 방 안 공기는 두 남녀가 뿜어대는 열기로 가득했다. 카밀라의 머리카락은 헝클어지고 땀으로 축축했다. 나는 카밀라의 머리 가닥 사이로 후베르트손의 얼굴을 보며 맹수 같은 이빨을 드러냈다. 그의 입술은 촉촉이 젖어 있었고 콧날은 팽팽했으며 눈은 반쯤 감겨 있었다. 모든 것! 내게 모든 걸 줘! 그리고 아무것도 주지 마! 그는 내가 나가는 것을 눈치채지 못했다. 내가 일어나서 카밀라의 흩어진 물건들을 하나하나 챙기고 있을 때 그는 이미 시체처럼 잠들어 있었다. 나는 야회용 핸드백, 슬립, 브래지어와 구겨진 원피스를 챙겼다. 카밀라는 매우 고통스러워했다. 원망스러운 듯 울부짖으며 벗어나려고 몸부림쳤다. 그러나 아직 할 일이 남아 있었다. 나는 후베르트손의 맨어깨에 이불을 덮어주고 고개를 숙여 마지막으로 그의 수염에 키스했다. 그다음 불을 끄고 조심스럽게 뒤에서 방 문을 닫고 나왔다.

나는 카밀라를 패션디자이너들의 조롱거리로 만들고 싶지 않았다. 분명 내겐 그녀의 외투를 갖고 오라고 명령할 책임이 있었다. 카밀라는 보도에 비틀거리듯 올라서서야 다시 의식을 찾았다. 나는 그녀를 거기에 서 있도록 하고 나의 까마귀를 불렀다. 까마귀는 예른베그 공원 나무에 앉아 있다가 호출을 받자마자 날개를 펼쳤다. 나는 카밀라를 놓아주고 하늘로 날아올라 까마귀를 환호와 천상의 소리로 충만케 했다. 녀석은 까악까악 거친 소리로 답례했다.

카밀라는 노르셰핑 스탠더드 호텔 앞에 팔로 몸을 감싼 채 서 있었다.

몇 시간 뒤 내 방 문을 두드리는 후베르트손의 목소리가 아침근무 중인 간병인을 방해했다. 그가 물었다.

"어디에 있어요?"

"누구요?"

"그야 물론 데시레지요!"

"침대에 있지, 어디에 있겠어요?"

그가 문고리를 돌리자 발소리가 나지 않는 모직양말을 신은 간병인이 그 뒤를 더듬거리며 쫓아왔다.

"자고 있어요. 박사님이 오실 줄은 몰랐는데…… 금요일 아침에 이렇게 일찍 오신 적은 없었잖아요……"

그녀는 손을 뻗어 후베르트손을 막으려고 했다.

"자도록 내버려두세요. 데시레는 어제 너무 힘들어했어요."

후베르트손은 간병인을 옆으로 밀치고 문을 열어 방 안을 살피다가 다시 그녀에게 고개를 돌렸다.

"지금 또 발작을 일으켰잖아요! 아무것도 안 보여요? 아무 소리도 못 들었냐구!"

나는 후베르트손과 하룻밤의 사랑을 나눈 대가를 톡톡히 치러야만 했다. 눈앞의 세상이 흔들리고 부서지는 듯 나흘 밤낮으로 연속해서 허리케인이 몰아쳤다. 나는 한번씩 아주 힘겹게 현실이라는 수면에 도달해서 숨을 헐떡이다가 다시 깊은 심연 속으로 가라앉았다.

닷새째 되는 날 겨우 눈을 떴을 때 나는 낯선 방의 침대 위에 누워 있었다. 잠시 후 그곳이 내가 후베르트손을 알게 된 바로 그 시설이라는 것을 깨달았다. 몇 시간 뒤 그가 신발을 질질 끌며 나타났다. 지난번에 보았을 때보다 훨씬 더 나이들어 보였다.

그는 내 침대 발치에 서서 말했다.

"환자의 현재 상태 간질. 간단히 묻죠. 내 말 들려요?"

대답하고 싶었지만, 신음 소리만이 입에 맴돌 뿐이었다.

"뭐라고?"

나는 갖은 애를 써서 머릿속으로 단어를 그린 뒤 쭈글쭈글한 뇌피질을 타고 내려가 성대와 부딪치게 한 다음 겨우 입을 열었다. 그러나 크르릉거리는 소리만 나올 뿐이었다. 후베르트손은 협탁에 있던 자모판을 집어왔고 내 입에 펜을 물렸다. 머리는 긴장감으로 고통스러웠지만 나는 짧은 단어의 철자를 하나하나 짚기 시작했다. 예스.

"말하기 힘들어?"

이마에 뜨거운 기운이 느껴졌다. 나는 눈을 감지 않으려고 애쓰며 아홉 개의 철자를 하나하나 짚어나갔다. Kann nicht(말을 할 수가 없어요).

"할 수 없다고? 전혀?"

눈을 감은 채 후베르트손의 손을 더듬어 두 번을 꼭 쥐었다 놓았다. 못 하겠어요. 나는 더이상 말을 할 수 없어요. 그러고는 손을 맥없이 툭 떨구었다. 후베르트손은 한동안 가만히 침대 옆에 서 있었다. 바스락거리는 소리가 들리는 걸 보니 손을 주머니에 넣은 것 같았다.

그가 입을 열었다.

"며칠 더 이곳에 있어야 할 거야. 하지만 곧 다시 집으로 갈 수 있어. 새 약도 처방해줄게."

눈을 뜨지도 그의 손을 잡지도 못하고, 그의 말에 아무런 대꾸조차 할 수 없었다. 머리가 아팠다. 그는 신발을 질질 끌고 가서 문을 열었지만 닫지는 않았다. 얼마간의 시간이 흘러서야 그의 말소리가 들렸다. 그의 음성엔 전혀 어울리지 않는 작은 웃음소리가 섞여 있었다.

"목요일 날 네 꿈을 꿨어, 밤새도록."

나는 눈을 감은 채 미소지었다. 그럴 만한 가치가 있었군.

몇 주 뒤 병원에서 퇴원했다. 하지만 아직은 불안하다. 후베르트손은 내가 그 얘기를 꺼내려 할 때마다 말머리를 돌린다.

난 내 집에 단 한 번만이라도 돌아가고 싶다. 그래서 내 눈앞에 얼쩡거리지 않는 말 없는 간병인과 같이 거실에 있고 싶다. 나는 그 예술가 간병인이 제일 맘에 든다. 그가 집중해서 뭔가 스케치하는 모습을 가까이에서 보면 마음이 정말 편안하다. 그리그의 음악을 듣는다. 나는 그리그가 좋다. 그리그는 주저하지도 수줍어하지도 않는다. 그의 음악은 공간을 압도한다. 남성들의 생각을 거리낌없이 표현하면서, 동시에 보통 남자에겐 흔치 않은 재주를 갖고 있다. 그러니까 자기 스스로를 비웃을 수 있는 재주. 꼭 후베르트손처럼.

나의 기숙사 거실은 내 자매들의 그 어떤 방보다 훨씬 더 예쁘다. 크리스티나의 담청색 '파라다이스'도 비교 대상이 되진 못한다. 나의 집엔 볕이 잘 든다. 눈부신 한여름의 아침도, 한겨울 오전 부서지듯 반짝이는 햇빛도 잘 든다. 아마 그것이 후베르트손으로 하여금 몇 해 동안 아침마다 다른 사람들의 방이 아닌 내 방으로 오게 한 요인일 것이다. 그래서 거실의 멋진 커튼이 오히려 제구실을 하지 못했지만.

우리는 일 년에 한 번뿐인 기술박물관 관람을 끝내고 나서 세련된 가구점인 스벤스크트 텐에 들른 후부터 꼬박 반년을 다퉜다. 후베르트손은 자신이 속고 있다고 생각했다. 내가 무슨 고집을 부렸다고 그런 생각을 하는 것일까? 외스테르말름의 여자들이 좋아하는 그 가구점에 들를 기회를 얻으려고 안개상자를 보고 싶다는 핑계를 댔기 때문에? 하긴 오천 크로네나 되는 커튼을 산다는 것은 너무 뻔뻔스러운 일이긴 하다. 이 세상에는 제대로 먹지도 못하는 사람들도 많으니까. 그런데 내가 그걸 모른다고? 나는 이런 그의 불만에 대해 그저 경멸하듯 씩씩거리기만 할 뿐이었다. 기숙사에 들어오고 나서는 요세프 프랑크 사의 커튼을 사고 싶었다. 머릿속에 꽃이 만발한 벽을 수천 번도 더 그려보았다. 그래서 몇 년 동안 그걸 사기 위해 연금을 저축했다. 그런데 내 집 커튼이 얼마짜리이든 후베르트손과 무슨 상관이란 말인가, 응? 나와 요세프 프랑크가 가난한 사람들의 입에서 먹을 것을 빼내기라도 했단 말인가?

아, 한 번만이라도 집에 가보고 싶다. 나의 커튼을 비롯한 다른 모든 것이 있는 곳으로 돌아갔으면 좋겠다. 이른 아침 거실에 앉아 집 안 가득한 커피향을 마지막으로 맡아보고 싶다. 후베르트손이 초인종을 울리는 순간 간병인을 시켜 전기오븐의 스위치를 켜고 그에게 알맞은 온도의 하드롤빵을 접시에 담아 대접하고 싶다.

후베르트손과 나. 커튼을 둘러싼 우리의 다툼. 커피와 따스한 하드롤이 있는 우리의 아침식사. 우리의 긴 침묵과 몇 마디 대화. 기술박물관 여행. 바르르 진동하는 포막 샴페인 잔을 들어 건배를 하고 새해를 축하하며 마셨던 우리 생애 단 한 번의 송년파티.

아마도 그것이 인생이리라. 내가 경험해야 했던 인생.

그렇다. 나는 후베르트손이 오기를 바란다. 오후의 빛이 푸르게 물들고 황혼을 예고하는 바로 이 순간 그가 오기를 바란다. 그래서 두 팔에 나를 안고 바드스테나 시내를 지나 나의 집으로 데려다주기를 간절히 바란다. 그는 나를 빨간 소파에 누이고 짐짝처럼 누워 있는 내 모습이 보이지 않도록 하얀 이불을 덮어줄 것이다. 그리고 요세프 프랑크 사의 커튼을 한쪽으로 밀어놓고 황혼이 비쳐들도록 해줄 것이다. 우리는 그렇게 그곳에 있을 것이다. 손을 잡고 사흘 동안. 따로, 또 같이 그렇게.

내일은 춘분이다. 그러나 베난단티는 나 없이 행진의식을 행해야만 한다. 나는 내 육신 안에 머무를 것이다. 직접 후베르트손의 몸 속에서 휴식을 취하며 이 마지막 날 그에게 주어야 하는 단 하나의 완전한 정보를 전달할 것이다.

나의 자매 중 누구도 내게 주어진 삶을 강탈하지 않았다. 나는 내게 주어진 삶을 살았다. 그럼에도 불구하고 나의 자매들을 놓아줄 수 없다. 크리스티나, 마르가레타, 비르지타가 각자의 길을 가도록 놓아줄 수 없다.

후베르트손은 나에게 한 가지 질문을 했었다. 모든 것이 끝나기 전에 그는 답을 얻을 것이다.

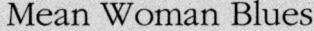
Mean Woman Blues

"때로는 암컷으로 존재하는 것이
여자가 살 수 있는 유일한 방법일 때가 있습니다."

스티븐 킹

버스가 지나간다. 마르가레타의 모습이 가려서 보이지 않는다. 버스가 완전히 지나쳤을 때 그녀는 이미 그 자리에 없다. 과연 마르가레타답다! 동에 번쩍, 서에 번쩍하며 나타났다 사라지는 데는 탁월한 재주를 가졌다. 마르가레타는 비르지타의 화를 돋워서 그때의 기억을 어떻게든 되살리게 해놓고 비르지타가 그것에 대해 설명이든, 핑계든 무슨 말을 하기 시작하면 그 재주를 한껏 발휘해 순식간에 없어져버리는 것이다. 겁먹은 어린 토끼처럼 코를 바르르 떨며 사라진다. 마르가레타는 비꼬듯 독설을 토해내다가도 모든 것이 걸린 문제일 때는, 정작 무슨 얘기가 나올지 몰라 겁을 낸다.

고통스럽다!

비르지타는 가슴을 손으로 누르며 신호등 기둥에 몸을 기대섰다. 젠장. 침을 뱉고 싶다. 무형의 작은 기포가 위장에서부터 올라와 목까지 꽉 차오른 느낌이다. 입과 다리를 벌리고 고개를 숙인다. 그 메스꺼움 한가운데서도 퍼뜩 스치는 생각이 있다. 도대체 옆에 보이는 하이힐들은 모두 이 세상 어디에서 온 것일까? 어떤 게 내 발인가?

마르가레타가 보기에 비르지타는 완전히 얼이 빠진 것 같다. 눈을 보면 알 수 있다. 그러나 비르지타는 어제 일을 생각하는 중이다. 일어나지도 다시 잠들지도 못하고 꽤 한참 동안 실신이라도 한 듯 납덩이처럼 무거운 몸으로 매트리스 위에 누워 있었다. 로저는 바닥에서 코를 골며 자고 있었다. 오후에 그들은 무슨 일 때문인지 싸웠는데, 그래, 로저가 맥주를 넉넉히 준비하지 않았다고 화를 냈었다. 맞다. 그랬다. 그러다 결국 그 바보 같은 놈을 복도로 끌어내 문을 열고 밖으로 내동댕이쳐버렸다. 그러고 나니 우쭐한 기분이 들었다. 그놈도 알았을 것이다. 그녀는 누구에게도 이래라저래라 명령받을 여자가 아니라는 것을, 사는 동안 어떤 남자에게도 쥐여살 여자가 아니라는 것을. 언젠가 한 신문에 비르지타가 모탈라의 마약여왕이라는 기사가 실린 적이 있었다. 맞는 말이다. 최소한 지금으로서는. 그녀는 한 번의 마약주사를 위해 닥치는 대로 다리를 벌리는, 그렇고 그런 가련한 로커족*은 결코 아니다. 그녀는 자신과 거래하고 처리할 줄 안다. 그런 기분으로 집을 나섰다가 로힙놀을 구하러 나선 늙은 마약중독자 카레를 만났고 같이 이곳저곳을 쏘다녔다. 그러던 중 차를 가진 외국인 몇 명을 만났다. 불쾌했다. 그래서 카레와 세산, 그리고 키엘레, 뢰트 패거리와 함께 차를 강탈해서 아무 파티장으로나 돌진했던 것이다. 노르셰핑. 그래, 틀림없이 노르셰핑이었다. 오늘 아침 눈을 뜬 곳도 노르셰핑이었고, 지금 이 시간까지도 노르셰핑에 있으니 말이다. 신고 있는 미니마우스 하이힐은 확실치는 않지만 간밤에 못에 걸려 찢어진 모양이었다.

---

* 검은색 가죽 옷을 즐겨 입는 오토바이 폭주족.

한쪽 구두 밑창에 구멍이 난 것 같다. 발가락에 동상이 걸리지 않기를 바랄 뿐이다. 부츠를 벗는 순간 작고 예쁜 발가락이 얼음 조각처럼 떨어져나갈 것만 같다.

아, 젠장. 속에서 뭔가 올라온다.

헉헉거리며 아스팔트 위에 토악질을 한다. 두 눈 가득 눈물이 차오른다. 파란불을 기다리던 여자가 화들짝 비켜서는 게 보인다. 빌어먹을!

그렇게 많이 게우진 않는다. 먹은 거라곤 맥주 한 병밖에 없으니. 비르지타는 고개를 들고 신호등에 기댄다. 잠시 눈을 감고 정신을 가다듬으려 애쓴다. 작은 맥주 한 병 정도에 토하다니, 위경련과 피로 탓이다. 젠장. 집에만 있었어도, 그래서 매트리스에 몸을 던질 수만 있었어도, 그 정도 맥주쯤은 아무것도 아닌데. 그랬으면 손가락 하나 까딱하지 않고 하루 종일 누워 천장만 바라보고 있어도 됐을 텐데.

집에 가야 한다! 마르가레타, 그 빌어먹을 년이 집까지 데려다준다고 했는데. 분명 그렇게 약속했다. 하지만 마르가레타는 어떤 약속이든 아무렇지 않게 깨버릴 수 있는 년이다.

비르지타는 다시 한번 도로를 힐끗 본다. 도로는 연말 장터에 나온 기상천외한 모형집의 바닥처럼 물결 모양으로 불룩해 보인다. 그러거나 말거나, 아무 상관 없다. 토할 때마다 계속 현기증이 인다. 그렇게 몇 분이 흐른다. 그녀는 신호등에 기대서 있다. 그 모습이 마치 구역질 나는 순간에도 파란불을 기다리도록 교육받은 지극히 평범한 스웨덴 여인, 스벤손 같아 보인다.

그러나 그런 꼴로 과연 누구를 속일 수 있단 말인가? 자기 자신이나 속일 수 있을까. 아무도 그녀를 평범한 스벤손 부인으로 생각하지 않을 것이다. 한 무리의 사람들이 신호등 앞에 선다. 남자 셋에 여자 둘이다. 그들은 가능한 한 비르지타에게서 멀찍이 떨어져 애써 그녀를 외면하려 한다. 어서 신호가 바뀌기만을 안절부절못하고 기다리는 듯 보인다. 거기에다 휘파람만 분다면, 영락없이 비르지타 따위에겐 아무 관심 없는 사람들이라는 것을 보여줄 수 있을 텐데.

"재수 없는 것들!"

비르지타는 낮은 소리로 내뱉고 웃는다. 그들은 분명 뭔가 두려운 눈치다. 바짝 긴장한 다섯 명의 일행은 모두 시선을 도로에 내리꽂은 채, 여자들은 핸드백을 꼭 붙잡고 있고 남자들은 두 주먹을 주머니 깊숙이 찔러넣고 있다.

비르지타는 씩씩거리며 주머니에서 담배를 찾는다. 저것들은 도대체 내가 뭘, 어쩔 거라고 생각하나? 잡아먹기라도 할까봐?

평범한 것과는 거리를 두고 살던 시절, 비르지타는 어떤 우월감과 특권의식에 사로잡혀 있었다. 예를 들면 모탈라에서 만트로프까지 떼를 지어 몰려갔던 그 하짓날 밤처럼 말이다. 그때 도게의 크라이슬러가 선두를 달렸다. 도게 옆에는 새 화이트진 바지와 새빨간 블라우스에 브리짓 바르도와 같은 브래지어를 한 비르지타가 앉아 있었다. 얼마나 매력적이었던가! 부풀려올린 머리에 빨간 스카프를 썼다가, 집을 나서자마자 풀어버렸다. 그리고 그 추악한 엘렌의 시야를 벗어나자마자 바지에 넣어 입었던 블라우스 아랫자락을 꺼내 허리춤에 묶었다. 허리를 펴면 배꼽이 보였다. 비르지타는 일부러 몸을 더 쭉 펴서 몇 집 건너에 주차해둔 크라이슬러에 앉아 기다리고 있던 도게에게 힘껏 손을 흔들었다. 도게는 그저 웃어 보일 뿐 별말이 없었다. 이상한 일이었다. 보통 그는 비르지타의 차림새에 대해 간섭을 많이 했다. 그들이 처음 잠자리를 하던 날은 특히 더했다.

그들은 묄뷔를 거쳐가는 길을 선택했다. 시내를 통과하는 우횟길이었다. 커다란 차 여덟 대가 광장을 향해 일렬로 변두리를 가로질렀다. 비르지타를 본 사람은 아무도 없었다. 정적이 감도는 일요일 아침 거리엔 햇빛만 쏟아질 뿐 하지 축제를 위한 나무조차 심겨 있지 않았다. 거리는 방금 청소한 듯 산뜻해 보였다. 지저분한 건 눈곱만큼도 참지 못하는 엘렌과 크리스티나가 걸레를 들고 묄뷔 전체를 습격해, 크리스티나는 가위로 잔디를 가지런히 손질해놓고, 그 늙은 할망구가 솔로 건물 벽을 문지르고 세제로 자작나무를 한 잎 한 잎 반짝반짝 윤이 나도록 닦아놓은 것 같았다.

시내 중심가에 다다르자 사람들이 점점 더 많아졌다. 상점들도 열려 있었다. 도게는 왼손은 운전대에, 다른 손은 비르지타의 좌석 등받이에 편하게 올려놓고 있었다. 비르지타의 어깨를 감싸진 않았지만, 메릴린 먼로 같은 이 여자가 자기 여자라는 것을 도게는 분명히 공표하고 있었다. 비르지타는 뒤로 기대어 그의 팔에 목덜미를 비볐다. 산다는 건 이런 거야. 언제까지나 이렇게 살고 싶어. 천국이 있다면 영원할 것 같은 바로 오늘 아침 같을 거야. 다가올 스물네 시간에 대한 기대로 잔뜩 부풀어 뒷좌석에서 달그락거리는 술병 소리를 들으며 번쩍거리는 오픈카를 타고 작고 촌스러운 도시를 달리는 오늘 아침과 같을 거야.

하지만 왠지 모르게 허전했다. 도게는 금방 눈치채고 크라이슬러의 값비싼 소형 리코더에 음반을 밀어넣었다. 리코더는 룩소르에서 직원가로 나온 것을 비르지타의 권유로 구입한 것이었다. 그는 볼륨을 최고로 높였다. 스바르톤으로 가는 다리 위를 미끄러지듯 달릴 때 귀에 익은 음악이 강물 위에 쿵쿵 울렸다.

Well since my baby left me
I found a new place to dwell
it's down at the end of Lonely Street
at Heartbreak Hotel……[*]

마치 도시 전체가 그 노래에 귀를 기울이기 위해 일시정지된 것처럼 느껴졌다. 광장에 장사를 나온 농부들은 가판대의 과일과 야채에 두던 시선을 거두고 조용히 미끄러지듯 계산대로 갔다. 알고트에서 새로 산 여름 셔츠를 입은 남자들은 헛기침을 하며 주름진 이마를 들어 거리의 동정을 살폈고, 파마 머리에 베이지색 외투를 걸친 정숙해 보이는 그들의 아내들은 얼어붙은 듯 서 있었다. 손엔 햇딸기 봉투를 들고 있었지만 장바구니에 넣을 생각은 하지 못하는 것 같았다.

비르지타와 도게는 제 주제에 맞게 무덤덤하고 무시하는 듯한 시선으로 차 안에 앉아 있었다. 뒤따라오던 나머지 패거리들은 일찌감치 술병을 따서 슬슬 흥이 오르기 시작한 상태였다. 그들은 차창을 내리고 포도송이처럼 얼굴을 내밀며 마구 소리를 질러댔다. 노래를 부르고 웃어댔다. 도게는 백미러를 힐끔 보고 일행이 전부 다리를 건너온 것을 확인했다. 그리고 브레이크를 밟아 광장에 차를 세웠다.

비르지타와 도게가 먼저 차에서 내렸다. 도게는 자동차 열쇠를 공중으로 던졌다가 멋들어지게 다시 낚아챘다. 비르지타는 스카프를 풀어내리고 재빨리 손으로 곱슬머리를 매만졌다.

"아이스크림 하나 먹으면 안 될까?"

비르지타는 도게의 팔짱을 끼며 바짝 붙어섰다. 오늘따라 그가 멋져

---

[*] 엘비스 프레슬리의 노래 〈Heartbreak Hotel〉. "내 사랑이 떠나간 이후/머물 만한 새로운 곳을 발견했지/그곳은 바로 외로움의 거리 끝에 있는/상심의 호텔이라네……"

보였다. 포마드를 발라 솜씨껏 웨이브를 살린 머리에, 새로 산 검은색 공단재킷을 입고 있었다. 스톡홀름의 통신판매회사 할리우드에서 주문한 검정색 재킷은 몇 주를 초조하게 기다린 끝에 이 하지 축제 하루 전날에야 받은 것이었다. 등에는 독수리 문장이 새겨져 있었다. 외스트예타 지역 전체를 통틀어 그런 재킷을 가진 로커족은 아무도 없었다.

"좋아."

도게가 지갑을 꺼냈다. 비르지타는 아이스크림 가판대 앞에 까치발을 하고 섰다. 일행들이 차에서 내리면서 내는 문소리가 시끄럽게 쿵쿵 울렸다. 등뒤로 자신과 남자친구를 바라보는 사람들의 뜨거운 시선이 느껴졌다.

도게도 그것을 의식한 듯했다. 그는 계산대에 얼굴을 내밀고 일 크로네짜리 동전을 던지며 외쳤다.

"콘 하나!"

비르지타는 그의 등에 팔을 얹었다.

"넌 안 먹어?"

"싫어. 이런 단것은 계집애들이나 먹지…… 딸기도 먹을래?"

딸기? 딸기는 또 왜 먹으라는 거지? 하지만 문득 이런 생각이 들었다. 이 녀석은 자기가 통이 크다는 걸 보여주고 싶어한다…… 만난 지 겨우 한 달밖에 안 되었지만, 그가 한턱내고 싶어하면 자신은 계속 뭔가를 먹어주어야만 한다는 것을 비르지타는 터득하고 있었다. 어제 저녁에도 그를 흡족하게 하려고 감자퓌레를 곁들인 소시지를 삼인분이나 먹어치웠다. 그래서 둘이 뒤엉켜 잠자리에 들 때까지도 목구멍이 오이마요네즈와 토마토케첩으로 꽉 막힌 기분이 들었다. 그러나 메스꺼운 걸 꾹 참고 겉으로는 아무렇지도 않은 척했다. 만약 크라이슬러 뒷좌석에 케첩과 마요네즈를 모두 토해냈다면, 그가 어떻게 했을지 안

봐도 훤했다. 지금까지 그가 그녀에게 심하게 화를 낸 적은 없었다. 비르지타가 말을 너무 많이 한다 싶을 때 손등으로 뺨을 가볍게 때릴 뿐이었다. 그건 허벅지 사이의 욕정을 불러일으키는 작은 불씨이기도 했다. 하지만 그녀도 남자에게 진짜 주먹으로 실컷 얻어맞으면 별로 기분이 좋지 않으리라는 것쯤은 알고 있었다.

도게가 손에 지갑을 들고 가판대 쪽으로 향하자 장 보러 나온 사람들이 한쪽으로 비켜섰다. 그 뒤를 비르지타가 종종걸음으로 따랐다. 굽이 뾰족한 작은 가죽 샌들을 신었으니 그럴 수밖에 없었다. 그런 중에도 아이스크림을 정신없이 핥아댔다. 시장에 모인 사내들 모두가 그 모습을 뚫어져라 쳐다보고 있었다. 그럴수록 비르지타의 혀는 더 길고 뾰족하게 날름거리며 아이스크림 껍데기를 애무하듯 미끄러져내려와 조심스레 작은 초콜릿 조각과 과일소스를 핥았다.

가판대 앞에 배짱 좋은 촌사람들이 모여 있었지만 도게가 다가가자 그들 역시 말없이 옆으로 비켜서서 기꺼이 앞자리를 내주었다. 비르지타는 아이스크림을 핥아먹으면서 허겁지겁 그의 뒤를 쫓았다.

"딸기!"

도게의 음성이 광장에 쩌렁쩌렁 울렸다.

가판대 뒤의 농부가 허둥지둥 딸기접시 하나를 집어 보여주었다. 비르지타는 고개를 돌려 무심한 표정으로 사람들을 쳐다보았다. 그들은 그제야 긴장을 풀고 끼리끼리 무리 지어 작은 소리로 얘기를 나누었다. 비르지타 바로 옆에는 그 꼴 보기 싫은 할망구 엘렌을 꼭 닮은 부인이 서 있었다. 그 여자는 단추를 꼭 잠근 포플린 외투 안에 회색 꽃무늬 원피스를 입고 있었다. 코르크마개 따개처럼 꼬불꼬불 파마한 앞머리에, 뒷머리는 머리그물로 잡아매고 있었다. 그녀는 누런 봉투를 장바구니에 넣어 비르지타 맞은편에 있던 남자에게 건넸다. 남자는 팔을 뻗어 얼른 장바구니를 받아들었다.

그 순간 비르지타가 소리쳤다.

"아니, 이런 망할! 이 나쁜 놈 같으니!"

도게가 깜짝 놀라 돌아보았다.

"이 남자가 내 가슴을 만졌어!"

비르지타는 집게손가락으로 장바구니를 든 노인을 가리켰다. 그녀는 확신했다. 분명해! 아니면 내가 어떻게 그리 찢어지듯 날카롭고 화난 목소리로 외칠 수 있겠어? 어떻게 이렇게 내 속이 분노로 떨릴 수 있겠어?

"어떤 놈이야?"

도게가 목소리를 높이며 소매를 걷어붙였다. 고무줄로 된 소맷부리를 올리자 털이 수북한 오른팔이 드러났다.

"저기 저 남자! 모자 쓴 저 남자!"

낯선 여자의 목이 빨갛게 달아올랐다. 여자는 비르지타를 지나 자기 남편 앞에 섰다.

"바보 같은 소리 하지 마! 에곤은 여자 가슴이나 만질 그런 사람이 아니라구!"

노파는 씩씩거렸다.

"뭘 안다고 그래, 이 할망구야. 네 눈에나 그렇게 보이지!"

그건 지게 게팅의 고함 소리였다. 나머지 일행들이 나타났고, 그들은 장에 모인 사람들을 중심으로 반원을 형성했다. 그리고 도마뱀 같은 모래색깔 옷을 입은 비쩍 마른 지게 게팅이 그 가운데 서 있었다. 가죽조끼에 팔짱을 낀 모습으로. 여자들은 분개하여 뒤쪽 여기저기에서 왁자지껄 떠들어댔다. 어떤 미친놈이 저 여자 젖가슴을 만졌다네? 세상에! 어떻게 그런 짓을!

"할망구는 저쪽으로 꺼지시지."

도게는 걸걸한 음성으로 말하며 노파를 옆으로 밀쳤다.

영화의 한 장면 같군, 비르지타는 생각했다. 저 친구가 관련되면 모든 일이 영화 같아진다. 한 편의 영화를 찍을 때마다, 그녀는 자신이 맡은 배역에 충실했다. 비르지타는 도게의 팔을 잡고 바짝 붙어서서 눈물을 씻어내기라도 할 양으로 눈을 깜박였다.

"이리 와, 내 사랑! 그냥 가자. 이 더러운 놈을 그냥 봐주자구."

"똥으로 범벅을 만들어버릴까."

도게는 버럭 소리를 지르며 노인을 향해 팔을 높이 들어올렸다가 내리쳤다.

"아으!"

그의 부인이 비명을 지르며 바닥에 쓰러졌다.

비르지타는 청바지 주머니에서 담배를 찾으며 천천히 길을 건너면서 그때의 일을 떠올린다. 얼굴이 일그러진다. 다른 사람들은 바삐 걸음을 옮겨 벌써 맞은편 보도에 이르렀다. 누구라도 붙잡고 담뱃불을 빌려볼걸. 그러면 날개를 푸드덕거리며 쫓기는 닭떼처럼 우왕좌왕하는 모습까지 즐길 수 있었을 텐데. 하지만 그럴 필요가 없을 것 같다. 주머니에서 원하는 걸 찾았다. 비르지타는 도로 한가운데 다리를 벌리고 서서 한 손으로 바람을 막으며 담배에 불을 붙이고 한 모금 쭉 빨아들인다. 승용차 한 대가 방해하듯 왼쪽에서 부르릉거린다. 비르지타는 담배연기로 작은 구름을 만들어 내뿜으며 기분 나쁜 눈초리로 운전사를 쏘아본다. 나쁜 새끼, 뭘 어쩌라고? 아직 파란불인데.

묄뷔 사건은 깽패 애인 비르지타의 데뷔작이었다. 비록 그녀 자신이 한 일은 아무것도 없었지만. 그 사건으로 무선 순찰차 안을 처음으로 구경할 수 있었다. 수갑을 찬 도게와 함께 광장 밖으로 끌려나왔을 때, 그는 자기 패거리들에게 소리를 질렀다. 만트로프로 가. 하지만 도게는 비르지타가 조사를 받기 위해 같이 체포된 것에 대해서는 아무런 항의도 하지 않았다. 비르지타는 불만은 없었지만 불안하긴 했다. 자신이 경찰에 체포되었다는 소식은 금방 모탈라까지 퍼질 터이고, 곧장 엘렌의 귀에도 들어갈 것이기 때문이었다. 그렇게 되면 여러 가지 불미스런 일이 벌어질지도 모른다. 의심의 여지가 없다. 그 할망구는 작년부터인가 분별력이 생긴 것 같긴 했다. 비르지타가 '하지 축제일을 가족과 같이 보낼 생각이 없다' '밤에 집에 들어오지 않겠다' 고 얘기했을 때도 그저 말없이 고개만 끄덕였으니까. 하지만 세 딸 중 누가 경찰에 체포당했다는 소식을 들으면 기겁할 것이 뻔했다.

걱정했던 대로 엘렌은 충격을 받았다. 그로부터 몇 달 뒤 도게의 공판이 열렸을 때는 이미 모든 일이 끝난 뒤였다. 마치 그해 가을은 하짓날 이미 시작된 것만 같았다. 앞으로도 뭔가 좋지 않은 일이 생길 거라는 전조 같았다.

하지만 시작은 일단 순조로웠다. 그날 저녁 무렵 그들은 풀려났다. 경찰서 앞 계단에서 도게는 잠시 비르지타의 손을 낚아채듯 꼭 잡은 채 웃음을 지었다. 언제나처럼 억센 손아귀였다. 노을이 아주 붉었다. 도시의 기운은 따스했다. 시가지가 마치 잠든 고양이처럼 고요하게 그들 두 남녀 앞에 펼쳐져 있었다. 그러나 도게는 조용한 것도, 파스텔 톤의 정경도 원치 않았다. 그가 원하는 건 액션이었다. 최대한 빨리 만트로프로 가서 한껏 축제 분위기를 누리고 싶었다.

둘은 마치 전쟁에서 돌아온 승자 같았다. 한 시간 뒤 엘비스의 강한 비트 음악을 쿵쿵 울리며 캠핑 장소에 도착했을 때 모탈라의 패거리들은 포효하며 그들을 맞이했다. 도게는 선글라스를 이마에 올리고 야릇한 미소를 지었다. 비르지타는 큰 소리로 웃으며, 어디에서 어떻게 지냈는지, 경찰이 뭐라고 했고, 무슨 짓을 했는지 정신없이 퍼붓는 여자애들의 질문 공세에 아무렇지도 않은 듯 가볍게 대답했다.

그러나 분위기는 몇 시간 뒤 순식간에 뒤바뀌었다. 물론 지게 게팅 때문이었다. 지게는 언제나처럼 큰 입을 벌리고 비틀거리며 걸어와서는 도게의 어깨에 팔을 올려놓더니 젖은 입술을 귀에 갖다대고 웅얼거리듯 말했다.

"도게, 이 미친놈! 이런 빌어먹을 호색한 같으니, 네가 그 할망구를 한 방에 보낼 줄은 생각도 못 했어……"

물론 이 말에 도게는 발끈하며 일어서서 재킷을 벗었다. 순간 느닷없이 지게는 기도하는 사람처럼 두 손을 모으고 그 앞에 무릎을 꿇었다.

"때리지는 마, 친구! 차라리 내 여자를 치든지!"

지게는 잽싸게 일어나 족제비처럼 쪼르르 달려가서 아니타 뒤에 숨었다.

"애를 때려! 괜찮아! 앤 아주 강하거든. 아니면 우리 같이 내일 쇼넨으로 가서 또 늙은이나 하나 구할까? 내가 그 늙은이 지팡이를 뺏아줄게, 약속해! 늙은이를 함정에 빠뜨려서 실컷 패주는 거 어때?"

도게의 얼굴이 하얗게 질렸다. 너무 화가 난 나머지 오히려 냉정을 되찾은 것 같았다. 그는 입술을 지그시 깨물고 황소처럼 코로 숨을 내뿜으며, 양손을 폈다가 오므렸다. 그리고 이번엔 손가락을 천천히 비틀기 시작했다. 그는 단번에 아니타를 옆으로 밀친 다음 지게 게팅의 셔츠를 움켜쥐고 높이 들어올렸다. 지게의 두 다리가 허공에서 잠시 버둥거렸다. 도게는 지게를 내려놓고 주먹을 날렸다. 눈을 뜬 지게는 하짓날의 청회색 밤하늘을 뚫어져라 쳐다보았다. 그는 처음엔 코피가 흐르는 것도 모르는 눈치더니, 천천히 한 손을 올려 코피를 확인했다. 집게손가락으로 입을 만져보자 앞니가 흔들렸다. 그는 상체를 팔꿈치로 버티고 일어나 잔디에 침을 뱉었다. 피가 섞여나왔다.

지게는 다시 잔디에 벌렁 드러누웠다.

"빌어먹을, 네가 그렇게 기분 나빠할 줄은 몰랐어……"

도게는 주먹을 쥐고 황소 같은 숨을 내뿜으며 그 앞에 다가섰다. 한 대로는 분이 풀리지 않은 모양이다. 더 패고 싶다. 더 세게. 하지만 벌써 바닥에 뻗어버린 놈을 또 때릴 수는 없었다. 뮐뷔 광장에서의 일은 이미 다 지난 일이었다. 지게는 영리했다. 그는 다시 조용히 바닥에 누워 한쪽 팔을 이마에 올리고 불쌍한 표정을 지으며 고개를 가로저었다. 코밑을 흐르던 피도 바르르 떨며 방향을 틀었다.

지게가 입을 열었다.

"네가 그렇게 진지하게 받아들이리라고는 정말 생각 못 했어. 모탈라 시내 전체를 통틀어 가장 멋진 크라이슬러 자동차와 죽여주는 여자를 가진 네가 말이야. 우리가 널 얼마나 부러워 하는데. 너도 그렇게 생각하지 않냐? 넌 행운아야. 너만 나타나지 않았더라도, 우리 패거리 모두가 돌아가며 비르지타랑 잘 수 있었을 거야. 한 번씩 다 하려면 아직 반이나 남았는데 네가 나타난 거야. 그래서 모두 손을 뗄 수밖에 없었지. 빌어먹을. 우리를 좀 이해해줘. 여기 아무것도 못 얻어먹고 한숨만 쉬고 있는 놈들도 많다는 걸."

하짓날 밤하늘이 뿜어내는 희끄무레한 빛이 모든 색을 삼켜버린 듯 갑자기 주위의 모든 것이 잿빛으로 변했다. 잔디도, 자동차도, 비르지타의 빨간색 블라우스도. 그녀 주위로 정적이 감돌았다. 마치 하늘이 이들 위에 유리돔을 씌운 것 같았다. 그녀를 원형의 대열 속으로 물러서도록 강요하는, 그리고 캠핑장의 다른 그룹이 내는 소음을 모조리 몰아내는 돔을.

누군가 웃음을 터뜨렸다. 비르지타는 순간 옆을 살폈다. 클라인 라르스였다. 옆에는 그의 키 작은 새 여자친구가 터져나오는 웃음을 억지로 참고 있었다. 원은 점점 더 좁혀졌다. 그제야 문득 비르지타는 자신이 그 대열에 끼어 있지 않다는 것을, 도게와 지게 게팅과 함께 무리에서 따로 떨어져 있다는 것을 알아챘다.

도게는 여전히 미동도 없이 그 자리에 서 있었지만 더이상 입을 앙다물지도, 방어자세를 취하지도 않았다. 지게 게팅은 한쪽 다리를 다른 쪽 다리 위에 올려놓았다. 해변 백사장에 편히 누워 있는 사람 같았다. 그는 손으로 코를 훔치고 물끄러미 코피를 바라보다가 다른 손을 이마에 대고 리듬에 맞춰 박수를 치기 시작했다.

"아아, 내가……"

그의 음성은 나지막이 속삭이듯 울렸지만 모두가 알아들을 수 있었다. 패거리들이 형성한 유리돔은 금방 리드미컬한 박수 소리로 가득 찼다. 모두 한 박자로 박수를 쳤고 한 목소리로 속삭였다. 가벼운 미풍 같던 그 소리는 순식간에 허리케인처럼 커져 캠핑장에 쩌렁쩌렁 울려퍼졌다.

"……비르지타의 옷을 입고 있다면.
이 가죽 같은 음부를 찢어버리고,
어떤 차에든 올라탈 텐데.
아무하고나 섹스를 할 텐데……"

지게 게팅은 박수를 멈추지도, 리듬을 깨지도 않으면서 천천히 자리에서 몸을 일으키더니 고개를 돌려 노래를 계속하도록 했다. 그 모습을 비르지타가 흘끔 쳐다보았다. 지게는 웅크린 자세로 킥킥거리면서 반지를 돌려가며 박수를 좀더 크게 유도하고 있었다. 그러더니 순식간에 대열이 무너졌다. 그들은 마치 수천의 날카로운 유리 파편처럼 비르지타를 향해 쓰러졌다. 원형의 대열이 해체되고 하나의 목소리는 수많은 목소리로, 유리처럼 맑고 불꽃이 튀던 눈동자는 원래의 뿌연 우윳빛 눈으로 바뀌었다. 그들은 비르지타 위로 무너져내렸다. 지게 게팅은 이제 승리자처럼 팔을 곧게 뻗어, 피 묻은 손으로 병목을 쥐었다. 그리고 패거리를 향해 건배를 외치고 술을 마셨다.

도게와 비르지타만이 그 자리에 가만히 서서 서로를 응시했다.

그 일이 있은 뒤 그들은 처음으로 헤어졌다. 그해 가을 서로 몇 번 멀리서만 보았을 뿐 말을 걸지는 않았다. 그럼에도 불구하고 비르지타는 묄뷔 사건으로 법정에 섰을 때 도게에게 유리한 진술을 했다. 그 노파의 잘못이다. 도게는 그저 허공에다 대고 팔을 휘둘렀을 뿐인데, 노파가 낯짝을 들이미는 바람에 일이 그렇게 됐다고 진술했다. 하지만 그런 노력에도 불구하고 도게는 곧바로 소년원으로 송치되었다. 거의 반년 동안 모탈라 시내를 휘젓고 다닐 때는 아무 말도 없더니 사람들은 갑자기 그를 처벌하는 데 몰두했다. 그래도 어쩌면 그 정도에서 해결된 것이 다행이었을지도 모른다. 도게가 체포되지 않았다면, 그래서 비르지타가 집에 가는 걸 막았더라면, 그리고 증인석을 떠나던 비르지타를 차갑고 공허한 표정으로 지켜보았던 것처럼 공판 이후에도 똑같이 그런 눈으로 그녀를 바라보았다면, 비르지타의 기분은 더 참담했을 것이다.

그날 저녁 모탈라로 돌아왔을 때, 당시 비르지타는 해시시나 암페타민 같은 건 모르던 때였는데도 마치 환각상태에 빠진 기분이었다.

제일 먼저 게르트루드의 옛집으로 가서 닫힌 문을 잡고 마구 흔들어댔다. 어떻게든 게르트루드가 죽었다는 사실을 떨쳐버리고 싶었다. 하지만 문을 연 사람은 난생처음 보는 사람이었다. 그제야 정신이 퍼뜩 들었다. 비르지타는 움찔 뒤로 물러나 계단을 뛰어내렸다. 그리고 버스 정류장 쪽으로 달려가 변두리에 있는 엘렌의 집으로 가는 버스를 잡아 탔다. 하지만 작은 문 앞에 서서 노크를 하고 나서야 그곳도 예전의 그 집이 아니라는 사실을 깨달았다. 후베르트손이 사는 이층에만 불이 켜져 있었다. 그 늙은 할망구는 이제 린셰핑으로 거처를 옮겼다. 물고기처럼 말없이 가버렸다. 그사이 비르지타도 자신만의 거처를 찾았다. 구시가에 있는 작고 추운 여인숙이었다. 결국 다시 그곳으로 갔지만 잠이 오질 않았다. 밤새 식탁에 앉아 전기오븐을 뚫어져라 바라보며 줄담배를 피웠다.

이튿날 비르지타는 일을 나갈 수가 없었다. 병원진단서 없이 결근한 게 그해 가을에만 벌써 일곱번째여서 해고당한 것이었다. 그건 전적으로 부당한 처사였다. 도대체 어디에서 병원진단서를 써온단 말인가? 전화도 없는 판국에.

비르지타는 맞은편 인도에 서서 가만히 주위를 둘러본다. 도로는 더이상 흔들리지 않지만 너무 좁은 공간에 건물이 몰려 있어 숨쉬기조차 힘들다. 그리고 춥다. 높은 건물들이 도로 전체에 그늘을 드리우고 있다. 모탈라는 그렇지 않다. 시내 어디나 밝고 탁 트였고 전차도 없다. 비르지타에게 전차는 두려움의 대상이다. 종종 전차에 치이는 상상을 하곤 한다. 쇠바퀴에 몸이 으스러지는 소리도 상상해본다. 우드득, 우드득, 우드득. 끈적끈적 기분 나쁘게 온몸을 휘감고 도는 피비린내 나는 소리. 머릿속으로 그려낸 그 영상은 실제가 아닌 상상이므로,

490

자신이 전차에 치이는 일은 결코 없을 것이다. 하지만 만에 하나 이러한 상상이 마법을 일으킨다면? 상상 속의 일이 현실에서도 일어날 거라고는 믿지 않는다. 하지만 분명 그럴 가능성은 있다……

아아! 사람들은 그 부분에 대해서는 전혀 생각하지 않는다.

마르가레타는 어디로 간 것일까? 하늘로 솟지도, 날아가지도 못했을 텐데. 아마도 성문 어귀나 어떤 상점에 박혀 있을지 모른다. 마르가레타라면 능히 그럴 만하다.

마르가레타는 뭐라고 한마디로 딱 꼬집어 설명하기 힘든 성격의 소유자다. 정말 못됐거나, 아님 정신이 좀 이상하거나 둘 중 하나다. 크리스티나의 경우는 좀 설명하기 쉽다. 그녀는 오만방자하고 역겹다. 그래서 그녀를 어떻게 대해야 할지 안다. 그러나 마르가레타는 어떤 순간엔 아주 호의적이어서 같이 킥킥거리고, 웃고, 수다 떨고, 농담을 나눌 수 있는 최고의 친구 같다가도, 또 어떤 순간엔 사나운 로트와일러처럼 으르렁거리며 문을 쾅 닫고 나가버린다. 마르가레타를 믿자, 내 동생 마르가레타를 좀 도와주자, 이런 생각을 수도 없이 해보지만, 그녀는 그대로 나가서 의기양양 싸돌아다니면 그만이었다. 그런가 하면 또 아주 깜찍한 데가 있어서 어느새 고개를 갸웃거리며 상냥한 척하기도 했다. 그러면 순간적으로 그녀가 얼마나 못된 인간인지 금방 잊고 만다.

그나저나 비르지타가 잠시 살텡엔에 들락거렸다는 걸 갖고 무슨 시비를 걸려는 것일까? 그걸 꼬투리 잡아 뭘 어쩌려는 걸까? 마르가레타가 그때 일을 다시 끄집어냈을 때, 비르지타는 왜 그렇게 흥분했을까? 어차피 백 년만 지나도 다 잊혀지고 말 텐데. 인간의 육신은 칠 년의 세월이면 모두 새로운 세포로 다시 태어난다고 어떤 책에선가, 아니 누구한테선가 들었던 것 같다. 그게 사실이라면 살텡엔 거리에서 몸을 팔던 때의 자신과 지금의 자신은 다른 사람이다. 손발톱도 그때의 것이 아니고, 갈래머리도, 피부에 났던 작은 점들도 없다. 분노가 치밀어오른다. 분명 현재의 그녀는 완전히 다른 사람이다. 마르가레타처럼 저 잘난 맛에 사는 족속들도 현재의 비르지타에게 엘렌의 사고에 대한 책임을 지게 할 자격은 없다. 어쨌든 그 추악한 할망구는 벌써 오래 전에 죽지 않았던가? 비르지타가 아니었더라면, 그 할망구가 죽지 않고 영원히 살 수 있기라도 했단 말인가? 또 엘렌 자신도 그 책임이 있지 않은가? 그래! 마르가레타는 지금 당장 그 사건의 진상을 들어야 한다. 그래서 비르지타는 그 사건에 책임이 없다는 사실을 인정해야만 한다!

비르지타는 한 쇼윈도 앞에 서서 안을 기웃거린다. 마르가레타가 이 휘황찬란한 상점을 도도하게 휘젓고 다니다가 어디 탈의실에서 옷을 입어보고 있을지 모른다. 분명 이 상점은 마르가레타 같은 여자에게나 어울리는 곳이다. 창가에 거액의 가격이 붙은 블라우스가 걸려 있다. 비르지타가 그런 블라우스를 입고 나타나면 사회복지사 울라는 어떤 표정을 지을까. 안 봐도 훤하다. 그러나 마르가레타 같은 사람들에겐 껌값 정도에 지나지 않을 것이다. 그리고 뭇사람들의 시선을 한 몸에 받을 정도로 잘 어울릴 것이다. 언젠가 비르지타에 대한 증언을 하려고 법정에 섰을 때도 그녀의 옷차림에선 돈냄새가 물씬 풍겼다. 역겨운 유한마담 같았다. 팔에는 두꺼운 금팔찌가 세 개나 걸려 있었다. 비르지타는 그녀가 증인진술을 하는 내내 그 팔찌만 뚫어져라 쳐다보며 저 돈이면 마약을 얼마나 살 수 있을까 계산하기에 여념이 없었다.

비르지타는 문을 열고 가게 안으로 들어선다. 안은 텅 빈 듯 점원도 보이지 않는다. 걸음을 멈추고 주위를 둘러본다. 탈의실은 어디일까?

그때 가게 제일 뒤쪽 커튼이 열리면서 비쩍 마른 여자 하나가 입을 연방 실룩이며 나타난다. 품위 없는 부잣집 계집애처럼 땋은 머리에 영락없이 부티크의 전형적인 말단직원으로 보이는 그녀는 손님을 맞으면서 입에 있는 것을 꾸역꾸역 삼키느라 애쓴다. 비르지타를 발견하고 멀찌감치 떨어져 서서 갈색 눈을 동그랗게 뜨고 묻는다.

"무슨 일이세요?"

볼멘소리가 비르지타를 손님으로 보고 있지 않다는 사실을 말해준다. 갈색 눈동자는 위로 치뜬 나머지 이마에 딱 달라붙은 것만 같다. 비르지타는 벽에 붙은 거울을 본다. 창백한 얼굴에 머리카락은 풀어헤쳐져 있고 허벅지는 나무기둥처럼 뚱뚱하고 두껍다.

점원은 갈색 눈동자를 여전히 치뜨고 말한다.

"이곳에서는 담배를 피울 수 없어요. 그리고 우리 가게에서는 사회복지국에서 발행한 상품권은 받지 않아요."

순간 비르지타는 뭐라고 대꾸하려 입을 열었으나 말이 나오지 않는다. 빌어먹을! 이 가게에서 무엇을 찾고 있단 말인가? 마르가레타는 여기에 없다. 뒤돌아 문을 연다. 작은 종소리가 울린다. 점원이 잘 가라고 말하는 소리인가보다. 다시 속이 울렁인다. 발밑 도로가 올라왔다 내려갔다 한다. 넘어지지 않으려고 담벼락에 기대선다. 온몸에서 힘이 빠져나가는 느낌이다. 무릎이 푹 꺾인다. 그 자리에 주저앉아 모든 걸 포기하고 싶다. 흔들리는 길바닥에 드러누워 자고 싶은 생각뿐이다.

이렇게 고통스럽지만 않아도 좀 나을 텐데!

가슴을 손으로 꾹 누른 채 계속 비틀거리며 걷는다. 아플수록 정신을 다잡는다. 이런 계절에 길바닥에 쓰러지는 건 대단히 위험한 일이다. 얼어죽을 수도 있다. 아무도 이불을 덮어주거나 머리 밑에 쿠션을 대주지 않을 것이다. 남의 일에 별 관심 없는 그들은 비르지타를 넘어 다니며 아무 일도 없는 것처럼 행동할 것이다. 믿을 건 오직 자신뿐이다. 쇼윈도에 등을 기대고 유리를 손바닥으로 짚으며 몸을 지탱한다. 잠시 쉬면 기운을 차릴 수 있으리라. 그러면 다시 마르가레타를 찾아나설 것이다.

누군가 비르지타 옆 상점 문을 열고 나온다. 눈을 뜨고 누구인지 확인할 기력조차 없다. 계속 길을 갈 생각이 없는 듯 멈춰 서서 눈을 가늘게 뜬다. 얼굴을 들어보니 장갑을 끼고 있는 마르가레타가 보인다. 팔에는 꽃다발을 담은 종이봉투가 걸려 있다.

마르가레타가 입을 연다.

"내 담배 돌려줘. 그리고 그렇게 신경 곤두세울 필요도, 슬픈 표정 지을 필요도 없어. 그래봐야 불쌍하단 생각도 안 드니까."

불쌍하다고? 비르지타가 언제 자신을 동정해달라고 강요한 적이 있었던가? 아니, 절대로. 단 한순간도 없다.

그럼에도 불구하고 비르지타는 지금까지 절름발이, 꼽추, 귀머거리, 벙어리 같은 장애인 취급을 받으며 살아왔다. 엘렌과 크리스티나는 처음부터 비르지타를 동정하지 않았다. 인생의 대부분을 제정신이 아닌 채로 살아온 할머니도 그녀는 물론 그 누구도 동정하지 않았다. 할머니는 낮은 소리로 킥킥거리며, 그래도 삶은 공평하다고 말하곤 했다. 사람들은 보통 일한 만큼 대가를 얻기 마련이지. 특히 선한 사람들은 마지막에 보상을 받기 마련이지.

비르지타는 간혹 밤에 잠이 깨면 어디선가 할머니의 그 웃음소리가 들리는 듯했다. 물론 착각이었다. 할머니는 아주 오래 전에 돌아가셨다. 유령이 되어 찾아왔을 리도 없다. 게르트루드가 집에 와서 유령 이야기를 하면 할머니는 언제나 씩씩거리며 무시하곤 했었다. 이런 생각이 죽은 뒤라고 바뀔 리는 없을 것이다. 지금쯤 할머니는 입을 꼭 다물고 팔짱을 낀 채 구름 위에 앉아 있을지도 모른다. 스스로 이 세상에 귀신 따윈 없다고 장담했으니, 유령이 되어 여기저기 나타나는 일 같은 건 생각도 하지 않고 계실 것이다.

비참했던 삶과 대조적으로 할머니는 웃음이 많았다. 아침 일찍 거울 앞에 앉아 머리를 빗으면서도 항상 "아, 아주 아름다운 아침이네. 오늘은 더 젊고 예뻐 보여!"라고 말하며 웃었다.

비르지타는 부엌 한켠에 놓인 긴 의자에 앉아 할머니의 이런 모습을 지켜보았다. 아주 어렸을 때는 거울에 비친 자신의 모습을 보며 젊고 예쁘다고 얘기하는 할머니가 정말 이상하게 느껴졌다. 할머니의 두루뭉술한 몸매와 밀가루 반죽처럼 펑퍼짐한 얼굴에서는 예쁜 데라곤 눈곱만큼도 찾아볼 수 없었기 때문이었다. 할머니가 늘 자랑스럽게 여기는 머리카락도 전혀 아름다워 보이지 않았다. 밤에 썼던 수건을 손가락으로 살짝 잡아당겨 머리카락이 등으로 흘러내리게 했지만 그다지 윤기도 없어 보였고 색채도 전혀 없었다. 세상에 단 하나뿐인 무색 머리카락이었다. 몇 년 뒤 이사를 한 비르지타가 집에서 텔레비전을 틀었을 때, 미국의 어떤 우주비행사가 달 표면은 매우 특이하고, 무색이라고 말하는 걸 본 적이 있다. 이 말을 듣는 순간 할머니의 얼굴이 떠올랐다. 할머니의 머리색은 달 표면과 같은 톤이었다.

할머니는 머리를 매만지는 데 시간을 들이지 않았다. 능숙한 솜씨로 머리를 꼼꼼히 빗어넘겨 목덜미 부분에서 작고 단단한 소시지 모양으로 틀어올렸다. 그리고 낡은 장화를 신고 철길로 나갔다.

할아버지는 역무원이었다. 할머니와 할아버지는 철길 바로 옆 철도원 관사에서 살았다. 외스트예타 평원 한가운데에 있던 그 작고 빨간 집은 도로에서 일 킬로미터, 가장 가까운 농가에서도 오 킬로미터나 떨어져 있었다. 말이 농가이지 대농장이나 다름없었다. 농장에 딸린 밭이 철도원 관사의 울타리에까지 펼쳐져 있었다. 할머니는 비르지타에게 저 너머 커다랗고 하얀 집에 사는 애들하고는 놀 생각 하지 말라고 자주 얘기했다. 그애들은 역무원의 아이와 어울리면 혼나기 때문이라고 했다.

비르지타는 마당에서도 놀 수 없었다. 까딱 잘못하다가는 철길로 굴러떨어질 수 있기 때문이었다. 아주 어렸을 때 정말 그런 적이 있었다. 할머니는 목재에서 나는 타르 냄새 때문에 코를 막은 채 철로 침목 위에 누워 있는 비르지타를 발견했다. 그 순간 벌써 저쪽에서는 기차 소리가 들려왔다. 할머니는 간신히 어린 비르지타를 철로에서 밀어냈다. 할머니가 미처 보지 못했다면 자기는 그때 죽었을 거라고 비르지타는 생각했다.

그날 집으로 돌아왔을 때, 비르지타는 태어나서 처음으로 말을 했다. 할머니는 종종 그 일에 대해 얘기했다. 할머니는 우선 집으로 돌아와 잘못에 대한 벌로 비르지타의 엉덩이를 때렸다고 했다. 그러자 매를 맞은 비르지타가 방 한가운데로 뒤뚱뒤뚱 걸어가더니 느닷없이 큰 소리로 욕을 했단다.

"지타, 이 못된 년!"

할머니의 기억 속에서 비르지타는 이처럼 유별난 아이였다. 그런 식으로 말문을 튼 아이는 듣도 보도 못했다고 했다. 보통 아이들은 음—마, 빠—빠 소리를 한참 하다가, 나중에 가서야 알아들을 수 있는 말을 조금씩 하게 되지만, 그녀는 세 살 때까지 아무 소리도 못 하다가, 어느 날 갑자기 정확하게 말을 하기 시작한 것이었다. 그건 분명 지속적인 연습을 통해서만 가능한 일이었다. 또 이런 일도 있었다. 비르지타는 꽤 한참 동안 할머니의 앞치마를 꼭 붙잡고 걸어다녔다. 그러나 하루 종일 붙어다니는 비르지타 때문에 힘들었던 할머니는 어느 날 앞치마를 풀어버렸다. 비르지타는 전혀 모르는 눈치였다. 그녀는 넘어지거나 힘들어하지도 않고 뒤뚱뒤뚱 부엌으로 갔다. 하지만 할머니가 앞치마를 하지 않았다는 걸 알아채자, 바닥에 큰대 자로 누워 울기 시작했다. 앞치마를 붙잡지 않으면 걷지 못할 거라 생각한 것 같았다.

그 밖에 철도원 관사 시절의 생활은 비르지타의 기억에 별로 남아 있지 않다. 육 년이라는 세월 동안 아무것도 하지 않고 부엌 의자에만 앉아 있었던 것 같았다. 할아버지의 얼굴을 본 기억도 별로 없다. 항상 늦잠을 주무셨기 때문에 아침마다 늘 분주했고 저녁식사 때에야 겨우 집으로 돌아오셨다. 비르지타는 막연하게 할아버지가 하루 종일 작은 궤도차를 타고 선로 이쪽저쪽을 왔다갔다하는 거라고 생각했다. 할아버지를 따라가고 싶은 마음은 굴뚝같았지만 허락되지 않았다. 어린 꼬마에게는 너무 위험했기 때문이었다.

할아버지의 한쪽 손은 손가락 세 개가 굽어서 일자로 펴지지가 않았다. 언젠가 비르지타를 품에 안아올렸을 때 비르지타는 할아버지의 약지를 꼭 잡고 펴보려 했다. 하지만 헛수고였다. 손가락은 이미 오랜 시간 동안 갈고리 모양으로 뻣뻣하게 굳어 있었다. 게르트루드는 언젠가 집에 와서 귓속말로 그건 할아버지의 잘못 때문이라고 했다. 술에 잔뜩 취해 식탁에 고꾸라지는 바람에 유리 조각과 도자기 파편 천지인 부엌 한복판에 쓰러져 손을 다친 것이다. 하지만 그런 상황에서도 할머니는 당신 탓이니 알아서 하라며 할아버지를 그냥 내버려두었다고 했다.

비르지타는 게르트루드가 집에 오는 날이면 무척 기분이 좋았다. 그녀가 문에 들어서면 마치 관사 안의 공기와 색깔이 달라지는 것 같았다. 게르트루드의 금발머리가 모든 것을 환하게 비추는 것 같았다.

한번은 그녀가 흰옷을 입고 집에 온 적이 있었다. 허리가 잘록하게 들어간 재킷에, 공주처럼 길고 넓게 퍼지는 스커트였다. 재킷 속에는 파란 블라우스를 받쳐입고 제비꽃을 꽂은 모자를 썼다. 그녀가 비르지타를 안으려고 몸을 숙였을 때 향긋한 꽃내음이 콧속을 파고들었다. 그러나 할머니는 게르트루드의 새 옷이 맘에 들지 않았는지, 잠깐 쳐다보다가 다시 부엌 쪽으로 몸을 돌렸다.

"네가 조금이라도 생각이 있는 애라면 아버지가 돌아오시기 전에 옷을 갈아입어야 할 거다. 그런 거추장스런 것들을 어디에서 얻어 입었는지 모를 만큼 네 아버지가 바보는 아니니까……"

비르지타는 부엌 의자에서 미끄러지듯 일어나 다락방으로 올라가는 게르트루드를 쫓아갔다. 게르트루드는 집에 돌아오면 항상 다락방에서 잠을 잤다. 겨울엔 지독히 추운 방이었는데도 아랑곳하지 않았다. 얼어죽으면 되지 뭐, 게르트루드는 항상 그렇게 말했다. 그러면 비르지타는 웃음을 터뜨렸고 그 모습을 보며 게르트루드는 얼굴을 찌푸렸다. 하지만 그날은 여름이어서 방은 더웠다. 너무 더워서 목재합판 냄새가 솔솔 풍겼다. 게르트루드는 창문을 활짝 열고 침대에 벌렁 드러누워 담배에 불을 붙였다. 그리고 작은 모자를 벗어 옆으로 밀쳐두었다.

"원, 참. 여긴 다시 중세로 돌아간 것 같아……"

비르지타는 게르트루드가 무슨 말을 하는지 제대로 이해할 수 없었다. 지금 이곳이 게르트루드가 살고 있는 모탈라하고는 시대가 다르다는 건가. 그럴 때마다 그저 고개만 끄덕이며 다리 사이에 손을 끼워넣고 침대 옆 나무의자에 가만히 앉아 있었다. 게르트루드는 웃으며 비르지타의 코를 살짝 잡아당겼다.

"그래도 내가 여기 오는 건 너 때문이야. 나의 작은 천사……"

그녀는 담배를 입 가장자리에 물고 두 팔을 활짝 벌렸다.

"이리 와! 꼭 껴안아줄 테니!"

비르지타는 자기를 안기 전에 담뱃불을 꺼주길 바랐지만 게르트루드는 입에 담배를 물고 있다는 것을 깜박한 채 비르지타를 품에 안았다. 비르지타는 낮은 신음 소리를 내며 손으로 뺨을 문질렀다.

"어머, 어떡해! 데었니?"

게르트루드가 웃으며 소리쳤다.

"아주 조금……"

비르지타는 게르트루드가 담뱃불을 끄고 다시 꼭 껴안아주기를 바랐지만, 그녀는 침대에서 일어나 재킷 단추를 풀었다. 앉은 자리가 움푹 들어가 있었다.

"그냥 내가 갈아입고 말지. 노인네 발작 일으킬라…… 할아버지 오시는지 잘 봐!"

게르트루드는 벽에 걸려 있던 옷걸이를 들었다.

비르지타는 의자에 무릎을 세우고, 창밖으로 몸을 내밀었다. 정원은 부엌 창문에서 보는 것보다 이층에서 내려다보는 것이 훨씬 아름다웠다. 갈색으로 시들어가는 라일락 꽃잎도 보이지 않고 언제나 싱싱하고 촉촉해 보였다. 마지막 남은 벚꽃 잎들이 나비처럼 하늘에서 너울댔다. 예쁘다. 할아버지 말씀처럼 지저분하거나 너절해 보이지 않았다. 철둑길에 피어 있는 야생초들은 미간을 모으고 보면 마치 풀밭에 레이스로 수를 놓은 것 같았다. 비르지타는 야생초를 좋아했지만 꺾을 수는 없었다. 그건 잡초야, 할아버지는 그렇게 말씀하셨다. 꽃을 따면 식탁 위에 밀가루가 떨어지듯이 하얀 꽃잎이 우수수 떨어졌다. 할머니는 늘 할아버지와 비르지타 뒤를 졸졸 쫓아다니며 청소를 했기 때문에 집에 잡초를 잔뜩 따들고 온다는 것은 상상도 할 수 없는 일이었다.

밖에서는 좋은 향기가 났다. 햇빛에 달궈진 침목 때문에 철길을 따라 타르 냄새가 났다. 비르지타는 코를 벌름거리며 냄새를 맡았다. 그향기를 몸 속에 간직하려는 듯 거의 집어삼킬 듯이 달려들었다. 이마에서 가벼운 두통이 느껴졌다. 침목 냄새를 아주 좋아하면서도 그 냄새만 맡으면 언제나 두통이 일다니 우스운 일이다.

게르트루드는 속옷만 걸친 채 벽에 걸린 작은 거울 앞에 서서 머리를 빗었다. 옷은 뒤쪽 갈고리에 걸려 있었다. 불룩 솟은 치마의 형상이마치 벽에 꽃자루가 걸려 있는 것 같았다. 그래, 맞다. 활짝 핀 튤립 같았다. 하얀 꽃잎이 금방이라도 떨어져 바람에 하늘하늘 날아갈 것만같은 한 송이 튤립.

"좋아!" 게르트루드는 거울을 향해 고개를 숙이고 얼굴을 자세히 들여다보며, 곱슬머리를 이마 위로 쭉 잡아당겼다.

"6자 모양." 그녀는 이렇게 말하면서 고개를 돌렸다. "어때, 멋있지?"

"난 아직 계산할 줄 모르는데."

게르트루드가 그 말에 웃음을 터뜨렸다.

"이 곱슬머리를 말하는 거야. 이거 안 보여? 내 이마에 있는 6자 두개 말이야! 세련돼 보이지?"

순간 창피했다. 그 말도 못 알아듣다니! 그러나 게르트루드는 개의치 않고 다시 거울을 쳐다보며 속눈썹을 깜박였다. 그리고 머리를 6자모양으로 매만졌다.

"레나르트는 요걸 볼 때마다 멋지다고 하던데."

비르지타가 고개를 들었다.

"레나르트가 누군데?"

게르트루드는 어깨를 으쓱해 보였다. 그녀의 하얀 살덩이 전체가 구구거리며 비둘기 소리를 내는 것 같았다.

"내 새로운 이상형. 정말 매력적이지. 끝내주는 남자야."

게르트루드는 비르지타 옆에 무릎을 굽히고 앉아 손을 잡았다.

"비밀 지켜줄 수 있지?"

비르지타가 진지하게 고개를 끄덕였다. 게르트루드는 속삭이듯 말했다.

"목에 칼이 들어와도 얘기하면 안 돼. 절대 비밀이야. 우리 올가을에 결혼할 거야."

비르지타는 깊이 숨을 들이켰다. 게르트루드가 내쉬는 숨이 비르지타의 뺨을 스칠 정도로 둘은 바짝 붙어앉아 있었다.

"네 얘기를 했기 때문에, 그 사람도 너에 대해서 벌써 알고 있어. 네가 조금 더 크면 우리와 같이 살아도 아무 상관 없다고 했어. 아이를 좋아하거든."

게르트루드는 잠시 하던 얘기를 멈추고 계단에서 들리는 소리에 귀를 기울였다. 그리고 좀더 작은 소리로 말을 이었다.

"레나르트는 몇 달만 있으면 이혼할 거야. 그러면 집은 그의 것이 될 거구. 얼마나 굉장한 집인지 몰라…… 방이 네 개에 부엌과 제대로 된 욕실이 딸린 집이라니. 거기다 냉장고까지 있다나."

비르지타는 고개를 끄덕였다. 잡지에서 본 적이 있어서 냉장고가 뭔지는 알고 있었다.

"난 살림만 할 거야. 레나르트도 그게 최고라고 했어. 그는 옆에 항상 누가 있기를 바라. 우리는 정말 멋지게 살 거야. 너도 네 방을 갖게 될 거구. 부엌 뒤쪽으로 모든 게 완벽하게 갖춰진 작은 방이 하나 있거든……"

그녀는 비르지타의 손을 놓고 새 담배에 불을 붙였다. 그리고 손을 흔들어 성냥개비의 불을 끄며 보통때의 목소리로 비르지타에게 다시 한번 단단히 일렀다.

"아까 얘기한 대로 절대 비밀이야. 한마디라도 꺼냈다간 넌 여기 남아 있어야 돼. 무슨 말인지 알지?"

비르지타는 고개를 끄덕이며 입을 꾹 다물었다. 그 말의 의미를 충분히 이해할 수 있었다.

그해 가을 내내 비르지타는 창가에 붙어서서 누군가를 기다렸다. 언젠가는 게르트루드와 레나르트가 저 오솔길로 걸어올 거야. 웨딩드레스에 면사포를 쓴 게르트루드와 연미복 차림의 레나르트가. 그는 키가 크고 멋진 남자일 거야. 단춧구멍에 하얀 패랭이꽃을 꽂고……

어느 날 문득 게르트루드의 결혼식 그림을 그려보고 싶다는 생각이 들었다. 그건 분명 누군가에게 얘기하는 것과는 다르다. 종이 한 장만 달라는 비르지타의 부탁에 할머니는 투덜거리면서도 앞치마에 물 묻은 손을 닦고 연필과 편지지를 꺼내주었다. 비르지타는 진지한 표정으로 식탁에 앉았다. 대충 그림을 어떻게 그려야 할지는 알고 있었다. 잡지책에서 신랑, 신부의 사진을 본 적이 있었다. 그것도 여러 번.

그러나 막상 비르지타가 그린 그림은 주간지에 실린 것하고는 전혀 비슷하지 않았다. 게르트루드는 너무 커 보였고, 레나르트는 이상해 보였다. 연미복 꼬리가 보이도록 다리를 벌리고 있는 모습을 그렸는데 꼭 다리 사이에 삼각봉투가 매달려 있는 것만 같았다. 비르지타는 연필을 내던지고 손으로 눈을 가렸다. 왈칵 눈물이 쏟아질 것 같았다. 할머니는 두 손을 허리에 받치고 서서 호통을 쳤다.

"그 나이에 울다니, 창피한 줄 알아라, 이것아! 얼른 연필 줍지 못해?"

게르트루드는 크리스마스가 되어서야 집에 왔다. 그러나 웨딩드레스는 입고 있지 않았다. 예전의 하얀 옷도 입지 않고, 대신 갈색 외투에 파란색 숄을 두르고 왔다. 색상이 변하지 않은 것은 그 숄뿐이었다. 게르트루드가 온 뒤에도 부엌엔 여전히 한겨울의 어스름이 드리워 있었다.

비르지타는 그녀를 따라 다락으로 올라갔다. 그러나 게르트루드는 눈치채지 못한 것 같았다. 외투 주머니에 추위로 꽁꽁 언 손을 넣고 침대에 앉았다. 비르지타는 잠시 망설이다가 작은 소리로 물었다.

"반지 좀 봐도 돼?"

게르트루드는 흠칫 놀란 표정으로 비르지타를 쳐다보았다.

"무슨 반지?"

"결혼반지."

"아, 그거…… 다 끝난 얘기야. 그 사람, 자기 부인한테 돌아갔어. 그런 사람들 언제나 그런 식이지."

그럼에도 불구하고 비르지타는 그 다음해 여름 모탈라로 가야 했다. 할머니는 학교에 보내야 하니 더이상 철도원 관사에 데리고 있을 수 없다고 했다. 가장 가까운 학교도 몇 킬로미터나 떨어져 있는데다 스쿨버스도 다니지 않아 어쩔 수 없다고.

"난 내 할 일 다 했다. 아니 더 많이 했으면 했지……"

할머니는 이렇게 말하며 게르트루드에게 비르지타의 가방을 내밀었다.

"이젠 네 차례야."

게르트루드는 가방을 바로 받아들지 않았다. 어쩔 수 없이 한숨을 내쉬며 받아들 때까지 할머니는 계속 가방을 들고 서 있어야 했다.

"집도 좁은데다 일주일에 세 번은 밤에 일하러 나가야 하는데."

"그러면 다른 일자리를 찾아."

할아버지가 훈계조로 한마디 했다. 할아버지는 파이프에 담배를 채우고 작은 연초쌈지를 돌돌 말면서 식탁 위의 성냥을 찾았다.

게르트루드는 국도를 따라 버스정류장으로 걸어가면서 화난 목소리로 고함을 질렀다.

"나 참! 그 노인네가 이젠 제정신이 아닌가봐. 아직도 19세기인 줄 아나……"

비르지타는 큰 보폭으로 걸었다. 양말 고무줄이 다 늘어나서 밑으로 줄줄 흘러내렸지만 멈춰 서서 올리려고 하지 않았다. 비르지타는 이곳에 남고 싶지 않았다. 철도원 관사로 되돌아가고 싶은 마음은 전혀 없었다. 게르트루드를 따라 모탈라로 가고 싶었다. 자기 방이 없다고 해도 상관없었다. 게르트루드는 간이부엌이 딸린 방 한 칸짜리 아파트에 살고 있다고 했지만 그 말이 무슨 의미인지는 잘 몰랐다. 하지만 게르트루드와 같이 살게 되면, 침대 옆 간이탁자에서 잠을 자야 하리라는 것쯤은 짐작으로 알고 있었다.

게르트루드는 짐가방을 바닥에 세워놓고 말했다.

"네 할아버지가 어제 뭐라고 했는지 아니? 글쎄, 식당 종업원이나 미스 시가나 별반 차이가 없다는 거야. 그래서 미스 시가가 도대체 뭐냐고 물었더니 그 노인네 어렸을 적 노르셰핑에 있었던 창녀나 마찬가지라나…… 젠장!"

게르트루드는 다시 걸음을 옮겼다. 비르지타는 허둥지둥 쫓아갔다.

게르트루드의 신발은 그새 길가의 먼지가 뿌옇게 앉아 있었고 뾰족한 굽은 땅에 푹푹 박혔다.

"미스 시가라니! 나 원 참, 그 노친네가 나더러 코르셋에 긴 부츠를 신고 길거리에서 돈 벌어 오라고 할 날도 이제 멀지 않았어."

"할아버지는 바보 같아."

비르지타는 내뱉듯 말했다.

"맞아. 어리석은 노인네지."

게르트루드가 고개를 끄덕였다.

비르지타는 철도원 관사에서는 밖에서 놀 수 없었지만, 모탈라에서는 집 안에 있을 수 없었다.

"너 밖에 좀 나가 있지 않을래?"

다음날 일터에서 돌아온 게르트루드가 신발을 내동댕이치며 물었다.

"밖에 나가라고?"

모탈라처럼 큰 도시에서 혼자 밖에 나간다는 것은 상상도 못 할 일이다. 게르트루드가 일하러 나간 사이 비르지타는 집 안 구석구석을 뒤지며 시간을 보냈다. 옷장 서랍을 하나하나 열어 속옷과 숄, 필론 양말, 목걸이를 뒤적이고, 다음엔 간이싱크대 서랍을 모두 열어 빨간 상자에 든 건포도 몇 개와 설탕통에서 각설탕 두 개를 몰래 꺼내 먹기도 했다. 그 일이 다 끝나면 참았던 오줌을 찔끔찔끔 지리며 화장실로 갔다. 화장실에서도 거의 한 시간 이상을 보냈다. 그때까지 비르지타가 수세식 변기에 앉아본 것은 두 번 정도뿐이었다. 하지만 그때마저 할머니가 나서서 작고 까만 추를 당기는 바람에 비르지타는 변기에서 무슨 일이 일어나는지 제대로 볼 수가 없었다. 이제는 화장지 두 쪽을 변기에 던져넣고 그것이 춤추듯 빙글빙글 돌다가 밑으로 쑥 내려가 없어지는 것을 지켜볼 수 있었다.

게르트루드는 침대에 몸을 던졌다. 스프링이 삐걱거렸다.

"나가서 놀아, 애들은 그러면서 크는 거야."

비르지타는 물었다.

"도대체 어디로 나가라고?"

게르트루드는 화가 난 듯 얼굴을 찌푸렸다.

"나, 참! 마당으로 나가. 아니면 가게엘 가거나. 아무 데나……"

그녀는 흰 재킷 주머니를 뒤적이다 일 크로네짜리 동전을 꺼냈다.

"자! 얼른 가서 군것질이라도 해!"

비르지타는 한 번도 군것질을 해본 적이 없었다. 하지만 뭔지는 알고 있었다. 할아버지가 장을 보면서 몇 번인가 사탕을 사온 적이 있었다. 할머니는 딱딱한 캐러멜이 담긴 접시를 항상 찬장 제일 위쪽에 넣어두었다. 그나저나 가게가 어디 있다는 거지? 비르지타는 마당에 나와 머뭇거리며 주위를 두리번거렸다. 아파트 마당에서는 가게가 보이지 않았다. 커다란 쓰레기통과 흰 시트를 널어놓은 빨랫줄 몇 개가 있을 뿐이었다. 마당 진입로에는 아이들 몇 명이 광택 없는 금속 버팀목에 매달려 놀고 있었다. 한 사내녀석이 그 옆 막대기에 올라타더니 아래위로 잽싸게 움직였다. 여자아이 하나는 창살같이 생긴 것 위로 올라섰다.

그때 갑자기 앞집 창문이 열리더니 어떤 아줌마가 고개를 쑥 내밀고 고함을 쳤다.

"그 막대기 좀 가만 놔둬! 그건 카펫을 널어놓는 데지, 너희가 오르락내리락하는 장난감이 아냐!"

그럼에도 불구하고 아이들은 금방 다시 버팀목 위로 올라갔다. 그러면서 약간 떨어져 있는 비르지타를 관심 있게 쳐다보았다. 그도 그럴 것이 군것질할 돈을 일 크로네나 갖고 있는 아이는 처음이기 때문이었다. 엄마에게 졸라서 간신히 타낼 수 있는 돈은 보통 십 외레 정도였다. 막대사탕 두 개는 오 외레, 젤리 열 개나 잘미* 한 통은 일 외레면 충분했다. 아이들은 모두 우르르 가게로 몰려갔다. 한 여자애가 아주 그럴듯한 표현을 써가며 떠들어댔다. 뭐니 뭐니 해도 가장 오랫동안 먹을 수 있는 건 잘미야. 그 작고 까만 조각들을 비스듬히 입 안에 쫙 퍼지도록 한 다음 혀로 입천장을 눌러서 삼키면 금방 까만색의 가느다란 침이 입가로 흘러나오거든. 뭐 많이는 아니고 얼핏 보일 정도만 말이야. 그다음 침을 삼켜 짭짤한 맛이 느껴지면 씹으면 돼. 부드러워져서 거의 껌처럼 되거든.

하지만 비르지타는 잘미를 사지 않고 생쥐 모양 생크림과 바나나젤리, 크림사탕과 구슬 초콜릿을 사서 봉투를 꼭 여며 들었다. 날이 어두워지기 시작했는데도 공기는 따스했다. 아이들의 목소리가 길거리 자동차 소음과 한데 어우러졌다. 가벼운 행복감이 등줄기를 타고 흘렀다. 저녁이 다 되어서도 비르지타는 갖가지 먹을거리가 든 봉투를 품에 안고 모탈라 한복판의 버팀목 위에 앉아 있었다.

이윽고 앞뒷집 창문이 차례로 열리면서 아줌마들이 하나둘씩 얼굴을 내밀고 밥 먹으라고 고함을 질렀다. 그 소리에 비르지타는 깜짝 놀랐다. 웃음이 절로 터져나왔다. 꼭 할아버지네 집 뻐꾸기시계처럼 아줌마들의 모습이 모두 주둥이에 립스틱을 바른 뻐꾸기 같았다. 아이들은 하나둘씩 어디론가로 사라졌다. 키 큰 남자아이 하나만 사탕 조각이라도 얻어 먹을까 하여 가지 않고 남아 있었다.

---

* 시럽, 맥아, 소금, 지방, 감초 등을 섞어 만든 서양식 사탕과자.

그 아이가 돌아간 뒤에도 비르지타는 두 다리를 밑으로 축 늘어뜨리고 앉아 있었다. 혹시 게르트루드가 창문을 열고 밥 먹으라고 비르지타를 불렀는지도 모른다. 하지만 좀더 찾는다고 해서 나쁠 건 없다. 어쨌든 이제 배는 고프지 않았다.

게르트루드는 비르지타에게 침대를 사줄 만한 형편이 안 되었다. 비르지타는 안락의자에서 잠을 잤고, 그래서 매일 아침저녁으로 집 안 가구들을 이리저리 옮겨 재배치하는 수고를 해야만 했다. 낮에는 게르트루드가 진짜 터키산 흡연탁자라고 우기는 작은 금속탁자 양쪽에 있던 안락의자 두 개가 저녁이면 나란히 붙여져 작은 침대로 변신했다. 비르지타는 두 다리를 쭉 뻗고 잘 수는 없었지만 그런대로 견딜 만했다. 안락의자에서 잠을 잘 수밖에 없더라도 게르트루드와 같이 사는 것이 모든 면에서 좋았다.

간혹 비르지타의 눈에 게르트루드가 불쌍하게 비칠 때도 있었다. 일을 끝내고 돌아오면 발이 아프다고 하는 그녀의 모습이 처량해 보였다. 레스토랑에 온 손님들이 불손한 태도로 음식에 대해 이러쿵저러쿵 불평을 하고 뭐가 그리 잘났는지 뻐기면서 게르트루드를 무시했다는 얘기도 했다. 특히 으스대는 여자 손님들을 상대하는 것만큼 지긋지긋한 것도 없지만 그저 참을 도리밖에 없다고 했다. 생긴 것도 별볼일 없고 잘나지도 않은 주제에 뻐기는 꼴이라니. 게다가 남편이란 작자들도 시시껄렁한 놈들이어서, 마누라가 잠깐 한눈이라도 팔면 게르트루드의 엉덩이를 꼬집고 가슴을 더듬기도 한단다.

그런 일이 있었던 날은 게르트루드와 한 침대에서 같이 잠을 잘 수 있었다. 비르지타는 그것이 좋았다. 게르트루드에게선 향수와 담배 냄새가 났고 숨을 쉴 때마다 간혹 부드러운 리큐어 냄새도 풍겼다. 게르트루드가 담뱃재를 떨려고 하면 비르지타는 터키산 흡연탁자로 뛰어가서 재떨이를 가져왔고, 재떨이를 비워야 할 때면 개수대로 갖고 갔다. 그럴 때마다 게르트루드는 비르지타가 정말 예쁘다고, 자기 인생을 통틀어 유일하게 사랑하는 사람이라고 얘기했다. 레나르트가 있긴 했지만 진심으로 사랑하지는 않았다고, 그는 결혼 약속을 깨버리고 부인한테 가버렸다고 했다. 게르트루드는 레나르트가 완전히 자기 손바닥 안에 있다고 믿었지만, 그는 동업자들과 식사를 하기 위해 스탠더드 호텔에 갈 때면 지긋지긋하다는 표정을 지으며 그녀를 한참이나 흘겨보았다고 했다.

게르트루드는 일하러 나갈 시간이라는 것도 잊고 꽤 늦게까지 잠자리에서 일어나지 못할 때도 있었다. 그런 날은 비르지타가 그녀의 출근을 도왔다. 커피 물을 냄비에 부어 불 위에 올려놓고 빵 몇 조각에 버터를 발랐다. 그 동안 게르트루드는 팅기듯 방을 나가 성한 스타킹 한 켤레와 늘어난 고무밴드에 단추 대용으로 쓸 이십오 외레짜리 동전을 찾았다. 그리고 여종업원용 흰 재킷과 검정 치마를 입고 비르지타가 어설프게 썰어놓은 두툼한 빵조각을 보며 웃음을 터뜨리다가 단숨에 커피를 마시고 허겁지겁 밖으로 나갔다. 그러고 나면 비르지타는 혼자가 되었다. 코흘리개 꼬마 일 소대를 아파트로 끌어들여 집 안을 온통 난장판으로 만들어놓는 것만 빼놓고 원하는 것은 무엇이든 할 수 있었다.

집에서 요리를 하는 일은 아주 드물었다. 게르트루드는 직장에서 식사를 해결하고 비르지타를 위해 남은 음식들을 조금씩 가져오곤 했다. 그런데 냉장고가 없어서 음식들을 모두 그 자리에서 해치워야 한다는 문제가 있었다. 오래 두고 먹을 수가 없기 때문이었다. 때때로 게르트루드가 야근을 하는 날이면 비르지타는 그 다음날 아침을 걸렀다.

잠옷 바람으로 터키산 흡연탁자에 앉아 식초에 절여 구운 쇠고기를 다시 데워먹는 모습이란 보통 가정집에서 흔히 볼 수 있는 광경은 아니었다.

입학식 날 아침, 비르지타는 한눈에도 게르트루드가 무지무지 피곤하다는 것을 눈치챌 수 있었다. 나중에 그녀에게 들은 바로는 새벽 세시가 다 되어서야 집에 돌아왔다고 했다. 입은 옷 그대로 자명종도 맞춰놓지 않고 잠들어 있었다. 비르지타가 일곱시 사십오분에 혼자 잠이 깬 건 순전히 우연이었다. 여덟시까지 학교에 가야 한다는 생각에 게르트루드를 흔들어 깨웠으나 소용없는 일이었다. 게르트루드는 등을 돌리고 팔을 머리에 올린 채 코까지 골기 시작했다.

그나마 다행인 건 비르지타가 자기 옷 중에서 가장 예쁜 잠옷을 입고 잤다는 것이었다. 예쁜 주름이 있는, 겉옷처럼 보이는 잠옷이었다. 할머니가 자투리천을 기워 만들어준 것으로 다른 잠옷처럼 발치까지 치렁치렁 내려오지 않고 무릎까지 오는 옷이었다. 그 위에 니트재킷을 입고 양말과 신발만 신으면 문제는 간단히 해결되었다. 비르지타는 후닥닥 옷을 챙겨 입고 게르트루드가 늘 그랬듯 문을 향해 뛰었다.

학교 가는 길은 알고 있었다. 길을 쭉 따라 뛰어가다가 다음 교차로에서 우회전. 앞에 보세처럼 보이는 애가 가는 게 보였다. 앞집에 사는 아이였는데 아마 같은 반을 배정받았을 것이다. 저만치에서 엄마 손을 잡고 가는 저 아이가 틀림없다. 아니다, 확신할 수 없다. 보세는 항상 셔츠 위로 꽁지머리가 보였었는데, 앞서 걷고 있는 꼬마는 목덜미 쪽 머리를 싹 밀어서 면도 자국이 하얗게 빛났다.

"보세!" 비르지타가 목청껏 불렀다. 학교 울타리 부근에 들어서자 왠지 떨렸기 때문이었다. 어제 저녁엔 텅 비어 까만 아스팔트만 보였던 교정은 사람들로 꽉 차 있었다. 그렇게 많은 사람을 본 건 처음이었다. 그래도 모탈라에서 생활한 지 거의 한 달이 다 되어가는데. 앞에 가던 꼬마와 아줌마가 정문으로 들어서다 말고, 꼬마가 먼저 고개를 돌렸다.

"보세!" 비르지타는 다시 한번 고함을 치며 손짓했다. 머리를 깔끔하게 자르고 하얀 셔츠에 짧은 내의와 짧은 바지를 입었다고는 해도 보세가 틀림없었다. 모자를 쓰고 코트를 걸친 보세의 엄마는 누가 훔쳐갈까 핸드백을 옆구리에 바짝 끼고 걷다가 비르지타를 힐끔 쳐다보았다.

"세상에! 불쌍한 것 같으니!"

모든 것은 그렇게 시작되었다. 보세의 엄마는 그런 상황을 마음껏 즐기는 것 같았다. 그녀는 다른 엄마들 틈에 끼어 무슨 걱정거리라도 있는지 쑥덕거리다가 여선생이 비르지타의 이름을 부르자 못마땅한 듯 고개를 흔들었다. 그리고 뒤이어 교실에 남아 흰 면장갑을 끼고 있는 선생에게 뭔가를 소곤거렸다.

보세의 엄마가 입은 텐트처럼 큼지막하고 월귤 섞은 우윳빛 코트는 정말 보기 흉했다. 비르지타는 철도원 관사 시절 저녁으로 꼭 우유에 월귤을 섞어 먹었다. 하지만 마지막 수저를 뜰 때면 눈을 질끈 감아버렸다. 그 색깔이 너무 혐오스러워서 속이 메스꺼웠기 때문이었다. 보세의 엄마도 꼭 그만큼 역겹게 생겼다.

사흘 뒤 게르트루드는 처음으로 뻐꾸기시계의 뻐꾸기가 되었다. 그녀는 다른 엄마들처럼 창밖으로 머리를 내밀고 비르지타를 불렀다. 그건 좀체 드문 일이었다. 게르트루드는 집에 돌아오면 늘 피곤해서 죽을 지경이고 머리가 아파서 잠시 눈 좀 붙여야겠으니 밖에 나가 놀라고 했었다. 그날 아파트 문을 열고 들어갔을 때 게르트루드는 신발을 신고 현관에 서 있었다. 전에 없던 일이었다. 그녀는 퇴근하고 돌아오면 항상 두 발이 퉁퉁 붓고 아파서 양말만 신고 왔다갔다했다. 머리는 완전히 산발이었다. 그녀는 비르지타를 화가 난 듯 쏘아보고 방을 향해 고개를 끄덕이더니 조용히 하라는 표시로 입술에 집게손가락을 갖다댔다.

비르지타는 잠자코 있었다. 게르트루드가 왜 그렇게 화가 났는지 알 수는 없었지만 이해했다. 비르지타는 문지방에서 고개를 숙이고 방 안 분위기를 살폈다. 낯선 여자가 안락의자에 앉아 있는 것이 보였다. 파란색 정장에 목까지 단추를 채운 흰색 블라우스를 입고, 바닥에 질질 끌릴 정도로 긴 치마는 두 다리 사이에 둥그렇게 퍼져 있었다. 그녀는 비르지타를 보지도 않은 채 가슴에 안고 있던 갈색 가죽가방에서 안경집을 뒤져 안경을 꺼냈다. 그리고 천천히 꼼꼼하게 닦고는 다시 안경을 쓰고 말을 건넸다.

"안녕! 네가 비르지타니? 나는 마리안네라고 해. 청소년국에서 일하고 있어."

훗날 게르트루드는 늘상 비르지타의 책임이라고 얘기했다. 잠옷을 입고 학교에 갈 정도로 멍청하지만 않았다면, 마리안네 따위에게 시달리는 일은 없었을 거라고 했다. 그 여자는 거의 매주 찾아왔고, 얼마 뒤에는 노골적으로 옷장 서랍을 열어보기도 하고 비르지타의 속옷을 검사하기도 했다. 심지어 욕실까지도 확인했는데, 비르지타는 칫솔이 없었다. 게르트루드는 그건 단지 우연일 뿐이라고, 쓰던 칫솔은 버리고 곧 새 칫솔을 사주려 했다고 우겼지만 물론 거짓말이었다. 모탈라에 온 뒤로 비르지타는 단 한 번도 이를 닦은 적이 없었다. 마리안네도 이미 눈치챈 것 같았다. 그녀는 비르지타의 입을 벌려 검사를 하며 얼굴을 찌푸렸다. 그리고 비르지타가 학교 담당 치과의사에게 우선적으로 치료받을 수 있도록 조치를 했다.

치과의사는 주삿바늘 앞에서 멈칫거리는 비르지타에게 괜찮다고 하면서 어금니 세 개를 뺀 다음 그 자리에 흰색의 뭔가를 채워넣고 집으로 보냈다. 그것은 완전히 스펀지처럼 변했다. 비르지타는 길가에 서서 침을 탁 뱉었다. 침은 피로 빨갛게 물들어 있었다. 입 안에서는 더 많은 피가 흘렀다. 머리를 숙이고 침을 뱉어도 소용이 없었다. 피는 점점 더 계속 흘렀다. 언제까지라도 그 자리에 서서 피를 뱉어내지 않는 이상, 삼키는 수밖에 없었다. 발밑의 땅이 흔들리는 것만 같았다. 비르지타는 흐느끼며 고개를 숙이고 피로 물든 거즈를 집어올려 다시 입에 넣고 물었다. 토할 것 같았지만 그리 심하지는 않았다. 비르지타는 입에서 피가 나지 않게 하려고 무진 애를 썼다.

저녁에는 마취가 풀려 이가 아팠기 때문에 놀러 나갈 수 없었다. 게르트루드는 화주에 레모네이드를 섞으며 그건 전적으로 비르지타 책임이라고 비난하듯 얘기했다.

그럼에도 게르트루드는 비르지타가 정말 아프다는 걸 알고 있는 눈치였다. 초저녁부터 안락의자를 붙여 비르지타를 눕혀놓고는 날이 어두워지자 손수 빈 술병을 대형 쓰레기통으로 들고 가서 열심히 던졌다. 빈 병 값을 돌려받을 수 있었는데도. 게르트루드는 마리안네가 물받이통 밑 창고에 서서 그 빈 병 개수를 세고 있다는 생각은 꿈에도 하지 않았을 것이다. 마리안네는 그때까지 막연했던 이름 모를 알코올중독자에 대해 확증을 잡게 되었다.

게르트루드가 돌아왔을 때 비르지타는 입에 엄지손가락을 물고 눈을 감은 채 자는 척했다. 비르지타는 드디어 결정을 내렸다. 내일 보세의 코피를 터뜨리고야 말리라고.

그건 그들의 죗값이다. 그와 그의 꼴 보기 싫은 엄마의 죗값.

비르지타는 잠이 덜 깬 사람처럼 눈을 깜박거린다.

"담배라니?"

"내 담배! 아까 네가 슬쩍했잖아."

마르가레타가 이맛살을 찌푸리고는 숄더백 끈을 올리며 손을 내민다. 성난 눈빛에도 불구하고 모델이라고 해도 될 만큼 예뻐 보인다. 어떻게 보면 순수해 보이기까지 한다. 참 이상한 일이다. 소녀 적에 마르가레타는 예쁘지도 귀엽지도 않았다. 얼굴은 널빤지처럼 밋밋했고 뺨은 십대 소녀인데도 아기처럼 붉고 포동포동했다. 그랬던 애가 마흔다섯은 족히 넘은 지금 나이에 더 예뻐질 리가 없다. 다 돈을 처바른 덕이다. 마르가레타는 마법의 크림과 새 옷을 끊임없이 사댈 수 있는 돈이 있다. 온몸을 휘감고 있는 모든 것이 새것 같다. 양피재킷 위로 보이는 흰 깃은 얼룩 하나 없고 청바지도 몹시 빳빳해 보인다. 비르지타도 빳빳한 청바지를 좋아하는데. 그게 다 무슨 소용인가? 비르지타의 청바지는 다 닳아 후줄근하다.

아주 생생한 기억 하나가 떠오른다. 그녀의 마음속 거울에 비친 영상. 그건 이 속물적인 사회를 그대로 반영하는 아주 특별한 경우였다.

불과 십 년 전만 해도 이렇지는 않았다. 마약 암거래를 하던 때였지만, 사회복지국을 찾아가면 재킷 솔기만 조금 터진 옷도 새걸로 바꿀 수 있었다. 그러나 지금은 너덜너덜한 누더기가 될 때까지 같은 옷을 입어야 한다. 그래서 옷차림만으로도 크리스티나나 마르가레타처럼 잘난 사람과, 못난 사람이 확연히 구분된다. 지저분한 방한재킷을 입은 사람은 서민이고, 양피재킷에 양피가방을 든 사람은 속물이다.

비르지타는 속물이 아니다. 돈이 썩어난다 해도 사는 동안 귀부인 정장이나 양피재킷 대신 토요일마다 모탈라 시장에 나오는 빔보에서 까만 가죽재킷을 사입을 것이다. 빔보 재킷은 몸에 딱 달라붙는 진짜 싸구려 옷이다. 그럼에도 사회복지사 울라는 비르지타가 아주 겸손하게 그 얘기를 꺼냈을 때 대꾸조차 하지 않으려 했다. 방한재킷을 수선해 입거나, 빨아서 입으면 되지 않느냐는 말뿐이었다. 울라의 상사 역시 지금은 걸칠 수만 있으면 아무 옷이나 주워입어야 할 때라고 말했다. 소심하고 겁 많은 울라는 언제나 같은 말만 되풀이한다. 그래서 최근엔 손가락이라도 빨아야 될 만큼 무척이나 고통스런 상황에까지 이르렀다. 배불리 먹지 못한다고 고통스럽진 않았다. 하지만 이 또한 눈에 보이지 않는 축복일지 모른다. 게르트루드는 먹는 것을 항상 돈과 연관지어 생각했고, 그러는 사이 비르지타에게 먹는다는 것은 메스꺼운 것이 되었다. 하지만 그에 비해 액체로 된 건 그 어느 것도 거부할 수 없었다. 지금 이 순간에도 맥주 한잔을 위해서라면 기꺼이 오른손을 내밀 준비가 되어 있었다.

"어서."

마르가레타가 말한다. 비르지타는 눈을 깜박인다. 대체 얘가 원하는 게 뭘까? 왜 저렇게 화난 얼굴로 쳐다보는 걸까? 마르가레타는 재촉하듯 숨을 들이켜며 몸을 숙이고 얼굴을 바짝 들이민다.

"괜찮으면 내 담배 돌려줄래?"

마르가레타는 비르지타가 알아듣지 못할까봐, 듣지도 이해하지도 못할까봐 단어 하나하나를 똑똑 끊어 묻는다.

"무슨 담배?"

비르지타는 되물으며 다시 쇼윈도에 몸을 기대고 눈을 감는다. 피곤하다. 끔찍하게 피곤하다.

"너 그렇게 살지 마! 아까 네가 레스토랑에서 내 블렌드 담배 한 갑 가져갔잖아. 어서 내놔!"

마르가레타의 몸이 흥분으로 바르르 떨린다.

어련하실까. 비르지타는 다시 생각에 잠긴다. 자기 담배를 꼭 돌려받아야 직성이 풀리겠지. 조금만 손해봐도 견디지 못하는 성격이니. 설령 그걸 감수한다 하더라도, 앞으로 삼십 년은 족히 내 뒤를 끈질기게 쫓아다니며 투서나 익명의 편지로 괴롭히겠지. 아니면 저녁마다 우리집 창문 앞에 서서 너 때문이야, 네 잘못이라구! 하면서 고함을 치든지. 그깟 담배는 얼마든 되돌려주지!

두 눈을 감은 채 비르지타는 재킷 주머니를 뒤진다. 주머니에 있긴 한데 구멍이 작아서 담뱃갑이 얼른 손에 잡히지 않는다. 이윽고 담뱃갑을 꺼내 손을 뻗어 허공에서 마르가레타의 손을 찾는다. 눈을 뜰 수가 없다. 아니 자기를 노려보고 있을 이 재수 없는 년을 두 눈으로 보고 싶지 않다는 게 더 적절할 것이다. 분명 마르가레타는 비르지타가 피워 없앤 담배 몇 개비도 돈으로 돌려받고 싶을 것이다. 그녀도 담배 살 돈이 없을 때가 있는 것이다. 마르가레타 같은 부류의 인간들은 담배 생각이 간절하면, 궐련을 말아서라도 그 욕구를 채우고야 말 것이다.

마르가레타는 담뱃갑을 낚아채듯 뺐는다. 곧이어 가방 지퍼를 열고 쑤셔넣는 소리가 들린다. 이제 마르가레타는 의기양양하게 휭하니 가버릴 것이다. 그러면 눈을 뜨고 주위를 둘러볼 수 있을 것이다. 하지만 아니다. 여전히 마르가레타의 숨소리가 들린다.

"너 괜찮니?"

마르가레타의 목소리는 조금 전과는 완전히 딴판이다. 망설이는 듯 날카롭지도 않다.

비르지타는 고개를 끄덕인다. 지금까지는 감사하다는 말을 거듭 되뇌며 잘 버텼다. 그런데 마르가레타가, 빌어먹을, 너무도 친절해서 당장이라도 그녀의 양피재킷과 그 치사한 담배와 이 쓸잘 데 없는 상황에서 슬쩍 도망이라도 치고 싶다. 그러나 그런 사정을 모르는 마르가레타는 한 손을 비르지타의 팔 위에 얹고 흔든다.

"너, 도대체 어쩌려는 거야? 여기 서서 잘 거야?"

네가 무슨 상관이야. 하지만 비르지타는 아무 말도 하지 않는다. 쇼윈도에 등을 기대고 눈을 감은 채 말없이 서 있다. 유리의 찬 기운이 재킷을 뚫고 등줄기로 스멀스멀 기어든다. 비르지타는 진저리를 치며 자세를 바꾸고 양손을 옷소매 사이로 밀어넣었다. 손가락은 벌써 뻣뻣하게 곱아 있다. 발도 꽁꽁 얼었다.

"그럼, 좋아. 할 수 없이 내가 모탈라까지 데려다줘야겠군. 하지만 난 싸우고 싶진 않아."

마르가레타는 한숨을 내쉬며 말한다.

비르지타는 눈을 부릅뜬다. 도대체 누가 싸움을 원한단 말인가? 여기에 싸우고 싶은 사람이 있단 말인가? 비르지타 프레드릭손은 절대 그렇지 않다.

절대로. 결코.

마르가레타가 빠른 걸음으로 드로트닝가탄 거리를 따라 내려간다. 비르지타의 신발이 너무 헐렁한 탓에 둘 사이의 간격이 벌어진다. 잠 깐 사이에 아주 많이.

마르가레타는 일부러 빨리 걷는 게 분명하다. 늙은 창녀와 같이 길 을 걷는 게 싫은 것이다. 학창 시절 선생과 관계를 가질 정도로 뻔뻔스 러웠다면, 그후에도 계속 그런 짓을 했을 것이다. 비르지타는 전화 통 화중에 몇 번 그런 얘기를 들어서 알고 있었다. 마르가레타의 남자는 통화할 때마다 매번 바뀌었다. 육 개월에 한 번은 남자를 바꾸는 것 같 았고 그런 생활은 오래 계속되었다.

일찌감치 다리에 도착한 마르가레타는 비르지타가 따라오지 못하 는 걸 알아채고, 따라잡으면 다시 먼저 출발할 셈인지 잠시 서서 주위 를 살핀다. 도대체 왜 저렇게 서두는 걸까? 비르지타가 미니마우스 하 이힐을 신고 연약한 밤비 사슴처럼 비틀거리는 게 보이지 않는 걸까? 마르가레타가 정말 아까처럼 그렇게 엄청나게 친절하고 상냥한 사람 이라면, 공원 벤치에 비르지타를 누이고 자동차를 가져올 것이다.

지금 마르가레타는 저 앞 신호등에 기대서 있다. 비르지타는 사력 을 다해 뛰다가도 얼마 못 가 설 수밖에 없다. 빌어먹을. 몸상태가 정 상이 아니다. 간에 문제가 있는 게 분명하다. 아니면 폐나 신장에, 그 것도 아니면 심장에 문제가 생겼을 것이다. 지난주 병원 문을 나설 때 의사는 그렇게나마 서서 버틸 수 있는 게 기적이라고 했다.

"원래 강한 성격이에요."

말은 그렇게 했지만 진짜 속내를 드러낼 수는 없었다. 그러면 당장 정신병원에 가라고 했을 테니까. 의사는 비르지타의 말에 웃음으로 답하고 컴퓨터를 보며 자판을 두드렸다. 모니터에 그녀에 대한 자료가 떴다. 의사는 고개를 설레설레 흔들었다.

"지금으로선 그렇게밖에 생각할 수 없지만…… 그러나 어느 정도 휴식을 취해야 합니다. 조금이라도 더 살기를 바란다면."

그는 후베르트손만큼 아주 친절한 의사였다. 그러나 그도 다른 의사들과 마찬가지로 모든 걸 이해하지는 못했다. 비르지타는 죽음뿐만 아니라 늙음에 대해서도 생각해보지 않았다. 늙을 때까지 살기 위해 무슨 노력을 해야 하는지 전혀 알지 못했다. 게르트루드는 서른다섯도 못 돼서 죽었다.

그럼에도 불구하고 한 가지 분명한 것은 게르트루드는 비르지타처럼 강하지 않았다는 것이었다. 한눈에도 너무 약하고 투명해 보여서, 할머니네 책상 위에 있던 도자기로 된 발레리나처럼 깨질 것만 같았다. 할머니는 그 도자기 인형을 언제나 조심조심 다루었다. 비르지타가 의자에 기어올라 인형을 건드리는 걸 본 날이면, 할머니는 귓속이 한참이나 윙윙거릴 정도로 세게 뺨을 때렸다. 그건 장난감이 아니야, 이것아!

비르지타는 발레리나 인형을 갖고 놀 생각이 아니었다고, 그럴 정도로 멍청하지 않다고, 그저 도자기 인형이 쓰고 있는 빳빳한 망사를 가까이에서 보고 한번 만져보고 싶었을 뿐이라고 애써 설명하지 않았다. 이빨로 깨물어도 보고 싶었지만 할머니에게 들키는 바람에 그건 할 수 없었다. 하지만 계속 비르지타의 마음속엔 알 수 없는 호기심이 일었다. 그녀는 그 망사가 사탕처럼 달콤한 것으로 만들어졌을 거라고 확신했다.

언젠가는 게르트루드의 살결을 핥아본 적도 있었다. 엘렌의 집으로 가기 바로 얼마 전인 4학년 때의 일이었다. 당시 게르트루드는 시내 호텔에서 쫓겨난 터라 일이 없었다. 모탈라에서는 식당 종업원 같은 그나마 제대로 된 직장은 찾을 수 없었다. 하지만 마리안네 같은 사회 복지사들이 떠미는 대로 선술집 주방에서 접시 닦는 일을 할 생각은 없었다. 어쨌든 그녀는 직업을 가졌었고 그 일에 대한 자부심도 있었기 때문이었다. 그리고 곧 오스발드와 결혼해서 그가 살던 방 세 개짜리 아파트에서 평범한 주부의 삶을 살 것이다. 결혼반지를 손에 끼면 제일 먼저 마리안네와 그쪽 관계자들의 간섭에서 벗어나고 싶었다.

비르지타는 오스발드를 좋아하지는 않았지만 결혼식에 대한 기대감은 갖고 있었다. 펑퍼짐하고 뚱뚱한 오스발드가 아파트에 불쑥 나타나는 날이면 집이 한치의 공간도 없이 꽉 찬 느낌이 들었다. 성격도 좀 괴팍했다. 제대로 인사도 하지 않고 현관에 들어서자마자 신발과 더러운 양말을 어깨 너머로 벗어 던지고 맨발로 성큼성큼 방 안으로 들어왔다. 그러고는 안락의자 깊숙이 몸을 묻고 저녁 내내 한 번도 일어나지 않았다. 그러면서도 주변을 난장판으로 만들어놓는 불가사의한 재주를 갖고 있었다. 눈 깜짝할 사이에 잔이란 잔은 죄다 더러워지고 재떨이는 담뱃재로 꽉 찼으며 마룻바닥에는 빈 병들이 셀 수 없이 굴러다녔다. 당시 깨끗한 것과는 거리가 멀었던 비르지타의 눈에도 오스발드는 정말 돼지 같아 보였다. 큰 소리로 트림을 하고 바닥에 코를 팽 풀기도 했고, 방귀를 길게 뀌어놓고 키득거리며 웃기도 했다. 냄새가 얼마나 지독한지 창문을 열지 않고는 배겨낼 수가 없었다. 그런데다 집에 돌아갈 생각은 아예 없는 사람처럼 몇 시간이고 그렇게 안락의자에 앉아 있었다. 그 때문에 비르지타는 제대로 잠을 잘 수가 없어서, 마루에서 옷가지 몇 개를 찾아 그걸 차곡차곡 쌓아올리고서야 잠을 청했다. 하지만 오스발드는 집에 갈 시간이 되면 비르지타를 깨워 밑에 깔아놓았던 옷을 잡아당기며 자기 재킷을 깔고 잔다고 욕설을 퍼부었다.

그가 가고 나면 게르트루드는 불안감을 못 이기고 흐느껴 울기 시작했다. 그리고 비르지타를 꼭 껴안고 내 작은 천사, 이 세상에서 단 하나뿐인 친구라는 말을 되풀이하며 신세 한탄을 했다. 세상 모든 사람들이 우리를 갈라놓으려고 해. 오스발드 그 바보천치 같은 놈도 마찬가지야. 하지만 난 그것만큼은 양보할 수 없어. 결국 내가 한 아이의 엄마라는 사실을 오스발드도 받아들여야만 해. 엄마들에게 모성애는 남편에 대한 사랑 그 이상이야. 오스발드가 날 원하면 비르지타 너도 받아들여야만 해. 난 이 작은 천사 없이는 살 수 없어. 비르지타 너도 이 어미 젖무덤과는 헤어질 수 없을 거야. 아니, 혹시 그러고 싶니? 게르트루드는 훌쩍이기 시작했다. 넌 그러고 싶을 거야. 이 어미가 죽어서 땅에 묻히기만을 바랄지도 몰라. 그래야 마리안네가 누누이 얘기한 대로 자기 침대, 자기 방과 모든 것을 갖춘 좋은 가정에 입양될 수 있을 테니까. 그러면 이 어리고 불쌍한 엄마를 금방 잊어버릴지도 몰라……

그 대목에서 비르지타는 눈물을 참을 수가 없었다. 눈물이 두 눈 가득 차올랐다. 눈을 감자 눈물이 뺨을 타고 주르르 흘러내렸다. 비르지타는 흐느끼며 게르트루드의 침대 옆에 무릎을 꿇고 앉아 그녀의 손을 꼭 잡고 자기는 맹세코 한 번도 그런 그럴싸한 집에 입양되고 싶다는 생각을 해본 적이 없다고, 내 침대, 내 방을 갖고 싶다는 생각을 해본 적이 없다고 말했다. 모두들 다 어리석다. 오스발드도, 마리안네도, 보세의 엄마도, 학교 선생님도 모두모두 어리석다. 그 누구도 비르지타가 건강하게 잘 자라고 있다는 것을, 세상에서 가장 사랑하는 엄마가 있다는 것을 모르고 있다…… 비르지타는 몸을 들썩이며 흐느끼면서 겨우 더듬더듬 말했다. 커다란 침풍선이 입에서 방울방울 터져나왔다. 하지만 게르트루드는 비르지타의 말을 듣고 있는 것 같지 않았다. 그녀는 계속 신음하듯 흐느끼면서 얼굴을 손에 파묻고 있었다. 가녀린 몸이 한번씩 발작하듯 오그라들었다.

그러고는 소리를 지르며 매트리스를 발로 차고 머리를 이리저리 쿵쿵 찧었다.

"천만에! 천만에! 너도 내가 죽기를 바라지, 다 안다구! 사람들이 모두 날 미워한다는 걸 알아! 다 알고 있어! 세상 사람들에게 보여주고 말 테다, 내일 네가 학교에 가고 나면 죽어버릴 거야. 맹세해! 커다란 부엌칼로 내 배를 찔러버릴 테니……"

비르지타는 몸을 던지듯 침대로 기어올라가 게르트루드의 목을 감싸안았다. 엄마 곁에 꼭 붙어 있겠다고, 그러니 죽지 말라고 애원이라도 하는 것 같았다.

"엄마!" 비르지타의 입에서 엄마 소리가 터져나왔다. "엄마, 엄마, 엄마…… 죽으면 안 돼! 죽으면 안 돼! 엄마 사랑해, 죽지 마!"

비르지타가 축축한 뺨을 게르트루드의 얼굴에 대고 그녀를 따라 눈물을 흘리자 게르트루드는 차츰 안정을 되찾는 것 같았다. 다리를 버둥거리지도, 머리를 찧지도 않았다. 소리도 지르지 않았다. 고개를 천천히 벽에 기대고 잠들 때까지 그저 계속 흐느끼기만 했다. 비르지타도 더이상 울지 않았다. 눈물을 참았다. 꼭 목구멍에 작고 단단한 덩어리가 걸린 것 같았다. 게르트루드가 잠에서 깨어나 다시 발작을 일으킬 수도 있으니 울음을 삼킬 수밖에 없었다.

비르지타는 게르트루드의 숨소리가 들리지 않을 때까지 가만히 누워 있다가 조심스레 그녀의 목에서 팔을 빼고 일어났다. 잠자리에 들기 전에 할 일이 남아 있었다. 우선 내일 아침에 먹을 빵을 잘라놓고 집 안에 있는 칼들을 숨겨놓아야만 했다. 칼은 세 개뿐이어서 그렇게 두렵지도 어렵지도 않았다. 하나는 개수대 밑 수도파이프 뒤에, 또하나는 변기 물받이통에 숨겼다. 플라스틱 나사를 풀고 뚜껑을 내려놓는 일은 그리 만만치 않았다. 나머지 하나는 현관 거울 뒤 갈고리 못에 걸어두었다. 그 추악한 엘렌의 집에 갔던 첫날 비르지타는 부엌 서랍에 있던 열한 개의 날카로운 칼을 보고 완전히 체념할 수밖에 없었다. 번개처럼 칼이 몇 개인지 세어보고, 한순간 그것들을 모두 어디에다 숨겨야 할지 생각하느라 완전히 공황상태에 빠져들었다. 그렇지만 엘렌의 집에서는 그럴 필요가 없었다. 그러나 게르트루드의 집에서는 거의 일상적인 일이 되어버렸다. 게르트루드는 집 안의 칼들이 없어졌다가, 비르지타가 학교에서 돌아오면 다시 제자리로 돌아온다는 사실을 전혀 눈치채지 못했다.

비르지타는 칼을 숨긴 다음에 병이란 병은 모두 작은 천가방에 넣어 현관 옷걸이 밑에 세워두었다가 아침 등굣길에 갖고 나갔다. 그리고 대형 쓰레기통 쪽으로 가서 다른 빈 병들을 담고 책가방에 쑤셔넣었던 작은 두루마리 화장지로 감았다. 그럴 때마다 이웃집 여자가 창문 유리를 깨끗이 닦으며 이쪽을 유심히 살펴보기도 했다. 아마 그 여자는 병들을 버리는 거라고 생각했을 것이다. 그러나 비르지타는 그것을 쓰레기통 뒤에 숨겼다. 병을 팔면 돈을 벌 수 있었다. 돈을 벌 기회를 놓칠 만큼 비르지타는 그렇게 멍청하지 않았다. 게르트루드는 비르지타에게 잘 해주긴 했지만 예전만큼 돈을 벌지는 못했다. 그 때문인지 비르지타는 언제나 단것을 먹고 싶은 욕구에 시달렸다. 비르지타의 뱃속엔 꼬리가 긴 역겨운 설탕생쥐 한 마리가 항상 들어앉아 있어서, 먹이를 주지 않으면 그 누런 이빨로 내장을 물어뜯겠노라고 겁을 주고 욕을 하는 것만 같았다.

아마도 그 설탕생쥐가 어느 날 밤 비르지타로 하여금 게르트루드를 시험하게 만든 장본인이었을 것이다. 그날도 비르지타는 칼을 숨기고 빈 병들을 모두 모아놓았다. 그리고 터키산 탁자 옆에 서서 스스로 한 일에 대한 보상으로 각설탕을 한 움큼 집어먹었다.

게르트루드는 하얀 팔을 허리에 올려놓은 채 벽을 보고 조용히 잠들어 있었다. 비르지타는 게르트루드의 동정을 살피며 각설탕에 침이 스며들어 입에서 서서히 녹아드는 그 맛을 음미했다. 뱃속의 생쥐는 참을성 없이 조바심을 내며 찍찍거렸다. 그 녀석은 뭔가 다른 것, 그러니까 햇살이 드는 가게 판매대 위로 끈적하게 녹아내린 마라보 밀크 초콜릿을 먹고 싶었던 것이다. 아니면 아이스크림, 그것도 딸기잼을 사선으로 바른 입맛 돋우는 커다란 바닐라 아이스크림 생각이 간절했던 것이다.

블라인드 뒤로는 이미 새벽의 여명이 밝아왔다. 방이 서서히 환해졌다. 형체를 드러내기 시작한 가구와 집기들이 뿌옇게 시야에 들어왔다. 비르지타는 마음대로 움직일 수 없었다. 혓바닥은 마지막 남은 설탕 찌꺼기를 쫓듯 이빨 사이를 미끄러졌다. 비르지타는 눈물과 콧물로 범벅이 된 얼굴을 손으로 훔쳤다. 두 발이 몸뚱이와 따로 노는 것만 같았다. 바닷속을 걷고 있는 듯했다. 비르지타를 둘러싸고 있는 물과 빛과 속삭이는 듯한 파도가 리듬에 맞춰 잠자리로 인도하는 것만 같았다.

깊은 잠에 빠진 게르트루드는 비르지타가 팔을 들었다 놓아도 꼼짝하지 않았다. 비르지타는 집게손가락으로 팔꿈치 아랫부분의 하얀 솜털을 가만히 스치듯 만져보았다. 뱃속에서는 설탕생쥐가 걸신 들린 듯 이리저리 요동쳤다. 게르트루드의 팔 심줄이 무슨 설탕으로 엮여 있는 줄 아는 것 같았다. 비르지타는 언젠가 연말 장터에서 사먹었던 하얀 솜사탕 생각에 입 안 가득 침이 고였다. 입맛이 걷잡을 수 없이 살아나 이빨 사이로 침이 흘렀고 단것에 대한 욕구가 목까지 가득 차올랐다.

눈을 감고 혀로 게르트루드의 흰 팔을 핥았다. 팔목에서 어깨까지. 그러고 나서 가만히 팔을 허리에 올려놓았다. 마음을 가다듬으며 지그

시 눈을 감고 금방이라도 폭발해버릴 것 같은 센세이셔널한 맛이 느껴지기를 기다렸다.

그러나 게르트루드에게선 초콜릿이나 바닐라 향이 나지 않았다. 좀 찝찔할 뿐이었다. 잘미처럼.

비르지타가 가까스로 마르가레타를 따라잡은 순간, 마르가레타는 다시 차도로 내려선다. 신호등은 아직 빨간불이다.

"좀 기다려!"

비르지타가 헉헉거리며 소리쳤지만 마르가레타는 이미 횡단보도를 반쯤 건너가고 있다.

이런 젠장! 비르지타는 비틀거린다. 이 염병할 신발! 다시 따라잡으려고 애쓰지만 마르가레타가 일부러 빨리 걷고 있다. 순전히 따돌리려는 수작이다! 자기 차가 주차된 곳에 도착하면 비르지타가 오지 않아도 냉큼 올라타서 아무런 양심의 가책 없이 액셀을 밟을 인간이다. 맞다, 정말 그렇다, 충분히 가능한 이야기이다. 이제 몇 분 뒤면 마르가레타는 차를 타고서 주머니에 땡전 한 푼 없는 절망적이고 불쌍한 비르지타 옆을 지나가면서 야릇한 미소를 지을지도 모른다. 비르지타를 못 본 척하면서. 그러면서 나중에 이 얘기를 꺼내면 깜짝 놀란 표정을 지으며 말도 안 된다는 소리만 되풀이할 것이다. 아니, 내가 그랬어? 하지만 마르가레타는 결코 자신의 행동을 후회하지 않을 것이다! 천만에, 난 그냥 간 게 아니야! 그 반대야. 한참 널 기다렸는데 오지 않아서 어쩔 수 없이 그냥 출발한 거라구. 그때 일은 정말 유감이다, 애.

마르가레타가 기차역 주차장에 도착했는데도 비르지타는 여전히 횡단보도를 벗어나지 못하고 있다. 가슴이 터져버릴 것처럼 심장이 쿵쾅거린다. 하지만 빨리 가야 한다. 고통을 참다못해 죽을지도 모른다. 작은 핏덩어리가 혈관을 터뜨려 피가 분수처럼 솟구쳐오를지도 모른다.

그래. 그럴 것이다. 무슨 일이 일어날지 눈앞에 훤히 보인다. 비르지타 프레드릭손이 심장을 움켜쥐고 도로 한복판에 서 있다. 한 발은 춤추듯 허공을 맴돌고, 다른 한 발은 땅을 디딘 채 빙글빙글 돌면서 한순간 담청색 하늘을 응시하다가 천천히 쓰러진다. 사람들이 사방에서 몰려든다. 두 손을 비비며 걱정스런 목소리로 뭐라 떠든다. 죽었어? 아, 어떡해! 죽으면 안 돼! 옛날 그 예뻤던 비르지타 프레드릭손이네! 조금만 더 젊었으면 스웨덴의 안나 니콜 스미스라고 해도 됐을 텐데! 그 세계적인 모델 말이야! 프레드릭손의 인생이 이렇게까지 잔인할 줄이야!

물론 이건 단지 상상일 뿐이다. 비르지타는 죽음에 대해서 한 번도 생각해본 적이 없다. 단 일 분 일 초도.

비르지타는 골백번도 더 극적인 상황과 슬픔, 죄책감, 탄식의 감정을 느꼈다. 허영 덩어리 사회와 속물적인 사람들에게서 등을 돌리고 나서부터 그런 부정적인 감정들은 더 심해졌다. 그럼에도 불구하고 언젠가는 죽을 거라는, 영원히 살 수 없다는 사실을 믿을 수 없었다. 다른 사람들은 어떤지 모르지만 비르지타 프레드릭손은 영원히 살 것이다. 그렇게밖에는 생각할 수 없다.

어릴 적 비르지타는 이러한 자신의 생각을 어른들에게 설명하려고 애썼다. 하지만 아무도 진지하게 받아들이려 하지 않았다.

"나는 죽을 때 관에 삽을 하나 넣어갈 거예요! 그래서 사람들이 장례를 지내고 모두 집으로 돌아가면, 다시 삽으로 무덤을 파고 나올 거예요……"

이렇게 말하면, 할머니는 비웃듯 큰 소리로 웃음을 터뜨렸다.

"어떻게 그래. 죽으면 그냥 죽는 거지. 다시 무덤을 파고 나올 수는 없어."

"그래도 나는……"

할머니는 고개를 뒤로 젖히면서 큰 소리로 웃었다. 철도원 관사의 유리창이 산산조각 날 것만 같았다. 분명 할머니 평생 가장 터무니없는 소리였을 것이다.

"아니 얘가! 보자보자 하니까!"

게르트루드는 벌컥 화를 냈다. 초저녁이라 많이 취하진 않았지만, 게르트루드는 결국 팔꿈치로 버티면서 침대 위에 엎드린 채 씩씩거리며 화를 냈다.

"너 미쳤니? 죽었다가 다시 살아 돌아올 만큼 네가 뭐가 그리 특별한데?"

비르지타는 아무 대꾸도 하지 않았다. 마음속에 작은 단추 하나가 있는 것 같았다. 게르트루드가 화를 낼 때마다 한 번씩 누르면 무사히 넘어갈 수 있게 해주는 진실의 단추 하나가. 게르트루드가 울거나 슬퍼할 때, 그리고 욕하거나 저주를 퍼부을 때조차 충돌을 일으키지 않게 만드는 단추가 있는 것 같았다. 지금처럼.

게르트루드는 씩씩거리며 쿠션 위로 풀썩 드러누웠다.

"아, 지랄 같아! 내가 매일 화만 낸다고? 응? 이 촌구석 거지 같은 집에 살면서, 꼭 필요한 돈도 한번 제대로 못 만져보고, 하나 있는 딸 년은 저렇게 미친 소리만 해대니 내가 화를 안 내게 생겼어! 정신차려, 이것아! 여기저기 돌아다니면서 그따위 말도 안 되는 소리 떠들었다간, 마리안네가 널 당장 정신병원에 집어넣을 테니! 명심해!"

추악한 할망구 엘렌은 웃지도, 소리치지도 않았다. 단지 레이스 틀만 쳐다보다가 잠깐 비르지타를 노려보는 게 전부였다.

"아!" 엘렌은 이 한마디를 내뱉고 다시 시선을 내리깔았다. 그러면서 레이스 추를 얼마나 빨리 움직이는지 비르지타는 눈으로도 따라잡을 수 없었다. "죽지 않는다구…… 벼락 맞을 소리."

비르지타는 실눈을 뜨고 엘렌을 쳐다보며 다음엔 무슨 말이 나올까 기다렸지만 그뿐이었다. 엘렌은 바늘을 입에 물고 고개를 숙여 레이스들을 들여다보았다.

"나는 눈을 뜨고 죽을 거예요. 무슨 일이 일어나는지 보게."

엘렌은 비르지타를 쳐다보며 스치듯 미소지을 뿐이었다. 비르지타는 초조함에 헛기침을 했다. 망할 놈의 노인네! 뭐라고 말 좀 해봐! 비르지타는 얼굴을 잔뜩 찌푸리고 손을 괴물처럼 구부렸다.

"사람들이 날 땅에 묻으려고 하면 괴물처럼 소리지를 거예요……"

엘렌은 바늘을 입에서 꺼내고 깔깔거리며 웃었다.

"그래, 그 말은 내 믿지! 하지만 아직은 죽지 않았으니 어서 가서 좀 씻어라. 손이 왜 그렇게 더럽니."

죽음에 대한 비르지타의 생각은 지금도 여전하다. 그녀에게 죽음이란 자신이 주인공이자 동시에 관객인 연극과 같은 것이다. 맑은 정신으로 관에 누워 눈을 반쯤 뜨고 장례식 조문객들을 지켜보면서 그들이 모두 돌아가면 뚜껑을 밀치고 제2의 드라큘라처럼 관에서 일어날 것이다. 사회복지사 울라에게 화장은 원치 않는다고 말했지만, 다른 사람들이 그 소망을 들어줄 거라는 허황된 희망은 품지 않는다. 울라는 최고 상관이 이 시의 쓰레기 같은 사람들을 모두 화장시켰으면 좋겠다고 했다며 비르지타도 화장될 거라고 걱정했다. 그 때문에 장롱 안쪽에 메모지 하나를 붙여두었다. *나는 어떤 경우에도 화장을 원치 않습니다. 비르지타 프레드릭손.* 비르지타는 그런 허영 덩어리 인간들이 자신의 장례식에 나타나길 바랐다. 그들이 메모지를 발견하고 난 후에 어떤 일이 벌어질지 뻔하다. 눈물을 글썽이며 결국 자신들이 비르지타를 얼마나 부당하게 대했는지 깨닫게 될 것이다! 그래서 공동묘지 화장터로 정신없이 몰려가서 관이 화덕에 들어가는 걸 막으려고 애쓸 것이다……

물론 사정이 달라질 수도 있다. 비르지타는 자신의 자매들을 믿지 않는다. 지금 당장 기차역 공원 자갈길에 비르지타가 십자가에 매달린 모습으로 뻗어버려 사람들이 가득 몰려들어도 단 한 사람만은 눈에 보이지 않을 것이다. 마르가레타. 그년만은 서둘러 제 갈 길을 갈 것이다. 망할 년!

비르지타는 정신을 가다듬고 목구멍 저 깊은 곳에 남아 있는 힘을 모아 한마디 내뱉는다.

"기다려!"

그렇게 큰 소리로 고함쳐본 건 벌써 여러 해 전이다. 하지만 그 기억을 잊을 수 없다. 노르셰핑 시내 전체가 한순간에 마비된 것 같다. 붕붕거리던 길거리의 차소리도 멎은 것 같다. 오래된 스탠더드 호텔과 폴케스 후스 사이에서 울리던 사람들의 얘기 소리도 몇 초간 침묵 속에 빠져든 것 같다. 비르지타는 몸을 숙인 채 결승점을 통과한 스프린터처럼 허벅지에 두 손을 얹고 몸을 지탱한다. 앞서가던 마르가레타는 갑자기 그 자리에 등을 곧추세우고 얼음처럼 우뚝 멈춰 선다. 비르지타는 숨을 헐떡거린다. 아니야, 아직은 아니야. 목에서 그르렁거리는 소리가 들린다. 심장이 너무 거칠게 뛰어서 온몸 구석구석에서 맥박이 느껴진다. 머리, 손가락, 무릎 뒤 정맥에서도. 그리고 귓불에서도 심장 박동 소리가 느껴진다. 피곤하다. 이 정도면 누구든 잠시 쉬어갈 권리가 있다.

마르가레타의 발소리가 들린다. 자갈과 질퍽거리는 눈 위를 총총거리며 다가온다. 그녀 특유의 도도한 걸음걸이다.

"왜 그래? 왜 그렇게 소리를 질러?"

목소리는 좀 부드러워졌다. 먼저 말을 걸어야 비르지타의 고함 소리를 제지할 수 있다고 생각한 모양이다. 비르지타는 여전히 두 손을 허벅지 위에 올려놓은 채로 얼굴을 찌푸리며 옆으로 돌린다.

"젠장, 넌 모탈라까지 그렇게 뛰어갈 생각이니?"

마르가레타는 발뒤꿈치에 힘을 싣고 서서 시선을 돌린다.

"뛰는 게 너한테 좋을 것 같아서 그랬지. 운동이 좀 필요한 것 같은데……"

뭐라고 지껄이는 건가? 이런 더럽고 치사한 말 말고는 할말이 없나? 비르지타는 스티그의 고급 빌라를 떠났던 날 이후로 그렇게 화를 낸 적이 없었다. 지하 파티장에 살던 몇 주 동안 마르가레타도 크리스티나도 비르지타와 말 한마디 주고받지 않았다. 비르지타가 떠난다고 했을 때도 그들은 아무런 대꾸 없이 멍한 눈으로 바라보기만 했을 뿐이다. 그래서 몇 년 뒤 마르가레타의 편지를 받고 무척 당황스러웠다. 비르지타는 그들을 인생의 원수로 여겼지만, 그런 생각을 마르가레타에게 분명하게 전할 수는 없었다. 갑작스레 우편함에 이전과 다른 장문의 편지가 오기 시작했기 때문이었다. 또 아들을 낳고 몇 달 뒤 마르가레타가 불쑥 찾아온 적도 있지 않았던가? 아, 그래. 생각난다. 식탁에 앉아 아이에게 젖병을 물리던 마르가레타가……

아하! 그래서 마르가레타가 오늘 이렇게 유치하게 구는구나. 아까 레스토랑에 있었을 때도 그 아이가 생각난 게 분명해. 마르가레타의 머릿속에 불현듯 자기에게 없는 모든 것을 내가 갖고 있다는 생각이 들었던 거야. 나는 엄마도, 남편도, 아이도 있었지만, 마르가레타는 이 세상에서 그 누구도 가지질 못했어. 젊을 적에는 스스로가 원치 않았다지만, 지금도 마찬가지야. 그러니 이렇게 지긋지긋한 중년의 마녀가 될 수밖에 없지. 마르가레타는 질투심에 사로잡혀 있어. 죽음의 위협을 느낄 정도는 아니지만. 젊을 적에 마르가레타는 전혀 알지 못하는 생모에 대해 얘기하는 걸 좋아하지 않았지. 그래서 게르트루드 얘기만 꺼내도 견디기 힘들어하면서 질투심에 불탔었지. 그건 지금도 마찬가지야, 지금도.

비르지타는 몸을 일으켜세운다.

"나쁜 년! 몸이 성치 않아서 빨리 갈 수 없다는 거 너도 다 알잖아! 간경화 때문에 병원에 입원했다가 퇴원한 지 이제 겨우 십사 일밖에 안 됐는데."

마르가레타의 표정이 좀 누그러지긴 했지만 완전히 마음을 놓을 정도는 아니다. 간경화가 어떤 병인지 잘 몰라서 상황이 얼마나 심각한지 잘 이해하지 못할 수도 있다. 좀더 확실히 해둬야만 한다. 비르지타는 자신의 병에 대해 제 입으로 얘기하게 될 줄은 꿈에도 몰랐다.

비르지타가 신발을 질질 끌며 공원 벤치로 향한다. 자갈들이 부딪치는 소리가 난다.

"자업자득이지, 너도 알겠지만, 후후. 나처럼 방탕한 생활을 하는 사람들은 오래 살 수 없어. 의사가 그러더라구. 이제 한 반년 정도 남았다구. 그것도 운이 좋아야……"

비르지타는 벤치에 앉으며 마르가레타의 표정을 빠르게 읽는다. 이제야 무슨 말인지 완전히 이해한 듯한 눈치다. 입을 다물지 못하고 눈물을 글썽이며 비르지타를 쳐다본다. 비르지타는 씁쓸한 미소를 지으며 말을 잇는다.

"하지만 너도 잘 알다시피, 난 나 자신을 돌볼 처지가 아니야. 그러고 싶어도……"

마르가레타는 벌어진 입을 겨우 다물고 침을 삼킨다.

"정말이야?"

물론 정말이지. 도대체 무슨 생각을 하는 거지? 거짓말하는 줄 아나? 물론 의사는 반년, 아니면 일 년 정도는 살 수 있다고 했어, 술만 끊는다면!

"물론 다 사실이야."

비르지타는 고개를 푹 숙인다. 자신의 거짓말이 들통 날 것만 같아 두렵다. 비르지타는 지금 거짓말을 하고 있다. 비르지타 프레드릭손은 죽지 않는다. 죽을 수 없다.

그들은 천천히 역을 향해 걷는다. 비르지타는 늙은이처럼 마르가레타의 부축을 받으며 걷는다.

"저기 역 앞 벤치에 앉아 있어. 내가 차 갖고 올게. 오래 걸리지는 않을 거야, 경찰서 뒤에 있으니……"

비르지타는 눈을 감고 고개를 끄덕이며 천천히 길을 건넌다. 절뚝거리는 걸 깨닫고 자세를 바로잡는다. 과장해선 안 된다. 간경화에 걸렸다고 해서 다리를 절뚝거리는 사람은 없다. 일 년 육 개월 전 다시 병원에 입원했을 때 그 사실을 들었다. 그리고 오늘까지도 그런 증상은 없었다. 사실 비르지타는 자신의 간에 신경을 써본 적이 없다. 하물며 토악질이라니 말도 안 된다. 미간을 찌푸리고 핏덩어리가 올라오는지 확인한다. 만약 그렇다면 병원에 가야 한다. 하지만 병원에 누워 있는 건 싫다. 솔직히 두렵다.

"아니! 여긴 너무 젖어서 춥네. 기다려, 내가 얼른 가게에 가서 깔고 앉을 신문 좀 사올게……"

벤치로 돌아온 마르가레타가 말한다. 눈이 녹아서 그런지 좀 젖은 것 같다. 그녀는 금방 여러 장으로 된 두툼한 신문을 갖고 돌아와 벤치에 펼치면서 비르지타에게 캔 하나를 건넨다.

"이거 받아! 어디 잠깐 갔다 올 동안 마시고 있어. 오래 걸리진 않을 거야. 몇 분이면 돼……"

비르지타는 조소가 나오는 걸 억지로 참는다. 코카콜라 라이트. 마르가레타답군. 내게 필요한 건 맥주인데. 그 말을 했다간 분명 로트와 일러처럼 으르렁거리겠지.

"괜찮겠니?"

마르가레타가 묻는다.

비르지타는 고개를 끄덕이고 눈을 감는다. 하지만 금방 다시 뜨고는 뭔가 구걸하는 듯한 미소를 짓는다.

"담배 하나 얻어 피울 수 있을까?"

정말 화창한 날이다. 우습게도 조금 전까지는 미처 느끼지 못했다. 비르지타는 등을 기대고 해를 바라보며 담뱃갑을 주머니에 쑤셔넣는다. 봄햇살을 받으며 담배 한 대를 피우는 것도 그런대로 기분이 괜찮다.

　비르지타는 항상 그렇게 길 위에 있었다. 사는 동안 집보다는 바깥에서 더 많은 시간을 보냈다. 우박이 내리든, 비가 억수같이 쏟아지든 상관없었다. 그렇지 않았다면 아마 공기 좋은 곳이라면 어디든 찾아다니는 열성분자가 되었을지도 모른다. 이런 생각을 하며 코를 킁킁거린다. 비르지타는 뺨이 붉은 숲속의 다람쥐를 자신의 모습과 비교해본다. 팔에는 버섯 소쿠리를 끼고 눈에는 햇빛을 머금은 다람쥐에게서 자신의 모습을 떠올린다. 맙소사! 그 정도로 그친 게 다행이다.

　그런 상상 자체에 무슨 문제가 있는 건 아니다. 생의 대부분을 푸른 자연 속에서 보냈던 할머니도 자연을 미심쩍은 눈으로 바라보았다. 더군다나 게르트루드는 아스팔트 킨트였다. 비르지타는 지금까지 딱 한

번 숲으로 소풍을 간 적이 있었다. 엘렌이 세 아이를 데리고 버섯을 따러 갔던 날이었다. 그때까지 비르지타는 숲에 나갈 생각은 꿈에도 해보지 않았다. 엘렌은 스티그의 마흔 살 생일에 음식 준비를 도와주기로 약속했다. 전채요리로 살구버섯파이를 해주기로 했는데, 구두쇠인 그녀는 버섯을 사는 대신 숲에 가서 따오는 것이 낫다고 생각한 것이다. 그렇지만 그들은 코딱지만한 버섯 하나 찾지 못했다.

그날 숲으로 들어서던 그들의 모습은 어떠했던가! 비르지타는 그 광경을 지금도 또렷이 기억한다. 고무장화를 신고 앞치마 비슷한 옷에 니트를 걸친 엘렌이 앞장섰다. 비슷한 차림새의 크리스티나가 껑충껑충 뛰며 바로 그 뒤를 따랐다. 비르지타는 발밑으로 길이 나타나 그들을 집어삼키지나 않을지 두려움과 걱정으로 가슴을 졸였다. 마르가레타가 그 뒤를 느릿느릿 쫓았다. 그녀는 엘렌이 등을 보이자마자 소쿠리에 숨겨온 책 한 권을 읽기 시작해서 똑바로 걷지 못했다. 마르가레타는 책에 미쳐 있었다. 엘렌과 크리스티나와 비르지타가 곱지 않은 시선으로, 정상이 아니야, 저렇게 시도 때도 없이 책에 머리를 박고 있으니, 하며 타박해도 그녀는 책만 들여다봤다. 핀잔을 줘도 소용없었다. 그녀는 아랑곳하지 않고 항상 새 책을 들고 다니며 읽었다. 그녀는 수풀 속으로 넘어질까봐 비르지타를 꼭 잡고 있었다. 비르지타는 이날 기분이 아주 좋았고, 무엇이든 받아줄 마음이 있었기 때문에 마르가레타가 하고 싶은 대로 내버려두었다. 비르지타는 버섯으로 가득 찬 종이봉투를 가방에 넣었다. 제아무리 백세 생일이라 해도 자기가 찾은 버섯을 제정신이 아닌 혐오스런 노인네의 생일에 내놓을 생각은 추호도 없었다. 그러느니 비싼 값에 팔아 그 돈으로 군것질을 하고 싶었다. 사실 비르지타는 낮에 몰래 게르트루드를 찾아가곤 했다. 게르트루드는 말짱한 정신으로 있을 때가 많았고, 비르지타를 다시 집으로 데려올 수 있도록 마리안네를 계속 설득해보겠노라고 약속했다. 비르지타가 엘렌의 집으로 거처를 옮긴 지 정확하게 아홉 달하고 열이틀째였다. 아무도 그녀가 그렇게 꼬박꼬박 날짜를 세고 있으리라 생각하지 못했다. 비르지타는 처음 엘렌의 집으로 오던 날부터 마치 죄수가 출소일을 꼽듯 시간과 분까지 꼼꼼하게 계산하고 있었다.

비르지타를 그곳에 데려다준 건 마리안네였다. 마리안네는 어느 금요일 마지막 수업시간에 교실 문을 두드리고 낮은 목소리로 스텐베리 선생에게 잠깐 얘기할 시간을 청했다. 스텐베리는 지시봉을 흔들며 조용히 앉아 있으라고 하고는 복도로 나갔다.

같은 반 누구도 마리안네를 알아보는 아이는 없었다. 비르지타와 같은 아파트에 사는 보세도 전혀 알아보지 못했다. 청소년국 직원인 그 할망구가 챙 없는 털모자를 쓰고 서류가방을 든 채 의기양양 찾아오는 날이면 아파트 뜰에서 놀고 있던 보세를 포함한 아이들은 눈을 동그랗게 뜨고 멍하니 쳐다보았다. 청소년국에 대한 두려움 때문뿐만 아니라, 마리안네의 모습이 너무 특이했기 때문이었다. 그 사실을 비르지타는 뒤늦게 알게 되었다. 모탈라 어디에도 그런 남자 같은 차림새로 돌아다니는 여자는 없었기에 충분히 입방아에 오르내릴 만했다. 그러나 그날 마리안네는 털모자도 쓰지 않고 서류가방도 들지 않았다. 그래서 보세는 그녀를 알아보지 못했다.

비르지타는 막 자연책을 걸상 위에 펴놓고 고슴도치에 관한 장에서 아주 흥미진진한 생식에 관한 장까지 몰래 예습하던 중이었다. 그것은 어렵고 이해하기 힘들었다. 하지만 비르지타처럼 세상을 향해 눈과 귀를 활짝 열어놓고 있는 학생이 포유동물이 인간적인 행동양식을 갖추기까지의 과정을 추론해내지 못할 정도는 아니었다. 비르지타는 인간이 포유동물에 속한다고 확신했다. 그게 어떻게 가능한지는 잘 이해가 되지 않았지만 세상 사람들은 모두 엄마의 뱃속에서 나왔다고 씌어 있었다. 그 홀쭉한 게르트루드의 뱃속에 자기가 있었다니 상상도 할 수 없는 일이다. 정말 그랬다면 게르트루드의 배는 뻥 터져버렸을 것 같은데, 그렇지 않은 모양이다. 아마 배 위에 또다른 피부가 있는지 모른다. 아기가 엄마 배 위에 있으면 그 위를 덮는 펄론 양말 같은 피부가 또 있는 것이다. 그리고 임신을 하면 엄마가 아기를 볼 수 있도록 펄론 양말 같은 투명한 피부가 그 위를 덮을 것이다. 아기가 장기들 사이에 끼어 있으면 엄마도 아기를 가졌는지 알 길이 없을 테니……

아, 이런! 비르지타는 계속 그렇게 앉아서 오랫동안 잡념에 빠져 있을 수만은 없었다. 그녀는 자연책을 덮고 자리에서 벌떡 일어섰다. 나동그라진 의자에 마룻바닥이 긁혔고 종알거리던 아이들은 순간 입을 다물고 비르지타를 쳐다보았다. 반 아이들 모두가 그녀를 주목했다. 그들은 비르지타의 다음 행동을 기다렸다.

그러나 비르지타는 아무것도 할 수 없었다. 온몸이 마비된 사람처럼 걸상 앞에 일자로 서서 꼼짝도 하지 않았다. 발을 내디딜 수도, 걸어가서 문을 열 수도, 마리안네가 학교에 왜 왔는지 물어볼 수도 없었다. 그 이유를 알 것 같았다.

어젯밤 칼을 숨기는 것을 잊고, 바보처럼 잠이 든 게 문제였다. 게르트루드가 죽었을지도 모른다. 커다란 식칼로 자기 배를 찔렀을지도 모른다.

시간이 정지한 것 같았다. 게르트루드는 곧 땅에 묻힐 것이다.

마리안네가 잠시 뒤 입을 열었다.

"엄마는 죽지 않았어. 도대체 너는 어떻게 그런 생각을 할 수가 있니? 이제 곧 엄마 얼굴만 보고 헤어져야 해."

그녀는 비르지타를 질질 끌다시피 운동장으로 데리고 나왔다. 팔을 움켜잡고 앞장서서 걸었다. 비르지타는 피하지도 못하고 넘어질 듯 발만 간신히 움직일 수 있을 뿐이었다. 그러나 그것도 잠시 그녀는 마치 수갑을 채운 듯 팔목을 꽉 잡고 있는 마리안네의 손을 물어뜯었다. 하지만 헛수고였다. 마리안네는 힘이 셌다. 그녀는 비르지타의 생각을 눈치채고 다른 손으로 바꾸어 여전히 꽉 움켜잡았다. 마리안네는 두툼한 장갑을 끼고 있었기 때문에 비르지타가 기를 써도 소용없었다. 이빨로 장갑을 뚫을 수는 없었다. 그래서 이번엔 허벅지를 물었다. 성공이었다.

"고집 좀 그만 부려!"

마리안네가 욕을 하며 끌어당기는 바람에 비르지타는 중심을 잃고 쓰러질 뻔했다. 멍청한 년! 마리안네의 새 모자가 이마를 타고 떨어졌다. 완전히 돌았군!

텅 빈 학교 운동장엔 적막감이 감돌았다. 십 분만 있으면 학교를 파하는 종소리가 울릴 것이다. 비르지타에겐 조금 일찍 돌아가도 좋다는 허락이 떨어졌다. 선생님은 비르지타에게 이렇게 일렀다. 내일은 토요일이니 학교에 안 와도 돼. 새 가정에 적응할 수 있도록 자유시간을 갖기 바란다. 하지만 월요일엔 널 기다릴게. 새집 가까이에 다른 학교가 있어도 학교를 꼭 옮길 필요는 없어. 교장 선생님도, 청소년국의 저 친절한 부인도 네가 지금 반 친구들과 정든 선생님 곁에 남는 게 더 낫지 않겠느냐고 말씀하셨단다.

흥, 그따위 말에 관심이라도 있을까봐? 게르트루드가 아닌 사람의 사탕발림에?

마리안네가 아파트 문을 열었을 때 안에서 나는 시큼한 토사물 냄새가 너무 심해서 그 냄새에 익숙한 비르지타도 토할 것 같았다. 게르트루드가 아플 때마다 결국 그 뒤치다꺼리는 비르지타의 몫이었다. 그러니 집을 완전히 바꾸는 것만 아니면 어떤 일이라도 견딜 수 있을 것 같았다.

비르지타는 현관 문지방에 서서 안을 가만히 들여다보았다. 믿을 수 없었다! 아침에 학교에 갈 때만 해도 집 안은 평상시와 다름없었다. 어젯밤 오스발드가 친구 몇 명과 목소리가 찢어질 듯 큰 여자를 데리고 오는 바람에 평상시보다 약간 더 어질러져 있었을 뿐 별다를 게 없었다. 비르지타는 오늘 아침 늦게 일어났다. 오스발드 일행이 외투를 안 입고 갔는지 중간에 깨지 않고 현관 옷더미 위에서 잤던 것이다. 게르트루드가 있는지 보려고 방으로 갔을 때는 이미 늦은 아침이었다. 게르트루드는 비르지타가 자기 물건을 찾으려고 방 안을 돌아다니는 동안에도 평온하게 잠에 빠져 있었다. 너무 곤히 잠들어 있는 모습에 왠지 모를 두려움이 일었다. 비르지타는 양말을 끌어올리면서 게르트루드가 정말 잠들어 있는 건지 보려고 고개를 숙였다. 분명 자고 있었다. 아무 문제도 없었다. 비르지타는 가방을 집어들고 각설탕 몇 개를 웃옷 주머니에 넣고 문을 향해 뛰었다. 빈 병들을 모아놓지 못했지만 별일 없을 것이다. 마리안네는 어제 왔었으니 이틀 연속으로는 오지 않을 것이다.

그러나 마리안네가 집 안 분위기를 완전히 바꾸어놓았다. 비르지타와 게르트루드가 늘 해오던 것과는 뭔가 달랐다. 블라인드는 위로 올려져 있었고 커튼은 옆으로 젖혀져 있었다. 방 안으로 밀려드는 회색 태양빛에 비르지타는 전율을 느꼈다. 마리안네가 옷장 옆 구석에 모아둔 빈 병들은 마치 다시 채워지길 고대하는 듯 서 있었다. 새로운 축제, 아마도 댄스파티가 시작되기를 기다리는 것 같았다. 카펫은 둘둘 말려 수줍은 듯 벽에 세워져 있었다. 문 앞 바닥도 뭔가 변화가 있었다. 고개를 숙여보니 침대 커버가 완전히 축축하게 젖어 다른 때보다 색깔이 더 어둡게 보였다. 도대체 마리안네는 이걸 왜 물에 적신 걸까? 비르지타의 옷가방은 또 왜 그 옆에 있단 말인가?

게르트루드는 침대에 누워 잠을 자고 있었다. 안색이 이상해 보였다. 게르트루드의 얼굴은 침대 옆 바닥에 놓인 양동이처럼 잿빛 얼룩 같았다. 그 양동이는 쓰레기통으로 쓰던 것이었다. 하지만 그건 빨래통 밑 수납장 안에 있던 것인데? 마리안네는 그걸 몰랐나? 완전히 미쳐버렸나?

마리안네는 비르지타의 머리에 한 손을 올리고 속삭였다.

"비르지타, 엄마는 아프셔. 그래서 너를 돌봐달라고 우리에게 부탁하셨단다. 네 엄마에겐 지금 휴식이 필요해."

천벌 받을 새빨간 거짓말이다! 마리안네는 지금 자신의 손을 보호해줄 장갑을 끼고 있지 않다. 완전 무방비 상태였다.

비르지타는 오른손을 노렸다. 그녀의 이빨은 아주 민첩하고 날카로웠다. 마리안네가 얼마나 크게 소리지를지 기대돼 죽을 지경이었다.

월요일 등굣길은 왠지 좀 낯설었다. 모든 것이 예전과 다를 바 없는데도 모든 게 완전히 다르게 느껴졌다. 집도, 거리도, 반 친구들도 모두 낯설었다. 교실조차 주말 동안 뭔가 바뀐 것 같았다. 꼬집어 말할 수는 없었지만, 교실의 색도, 크기도 변한 것 같았다. 좀더 커진 것 같기도 하고 아닌 것 같기도 하고. 창문도 이상했다. 전체적으로 금요일보다 훨씬 더 어두워 보였다. 아마 스텐베리 선생이 주말에 교실 페인트칠을 새로 한 모양이었다. 세상에 아주 큰 변화가 일어났다는 것을 분명히 보여주기 위해서 그랬는지도 모르겠다. 하지만 그는 훌륭한 화가는 아닌 것 같았다. 벽 윗부분의 틈새도 여전했고 작년에 그림이 걸려 있던 자리는 흰색이 도드라져 보였다.

아파트 뒷동에 살던 아이들 몇 명이 비르지타를 에워쌌다. 도대체 어떻게 된 거야? 어디 갔었니? 네가 마리안네와 떠난 다음에 구급차가 와서 게르트루드를 들것에 싣고 갔는데 알고 있니?

물론, 비르지타는 당연한 것을 묻는다는 듯 대답하고 고개를 끄덕였다. 바로 그 순간 독화살처럼 공기를 가르고 날아와 귀에 꽂히는 말이 있었다. 도대체 누가 그따위 소리를 지껄였는지는 정확히 알 수 없었다. *주정뱅이!* 비르지타는 바로 옆에 있던 아이의 머리채를 마구 잡아당겼다. 울음소리를 듣고서야 그 아이가 겁쟁이 브리트 마리라는 사실을 알았다.

아이들은 평상시 같았으면 비르지타가 머리채를 채 놓기도 전에 정신없이 교무실로 몰려가서 스텐베리 선생에게 알렸을 것이다. 그러면 비르지타는 야단을 맞고 학급일지에 이름이 적히거나, 매를 맞았을지도 모른다. 그러나 오늘은 그렇지 않았다. 겁쟁이 대장 구닐라는 울고 있는 브리트 마리의 어깨를 팔로 감싸안고 다른 아이들에게 고자질하지 말라고 일렀다. 비르지타는 아빠도 없는데다, 이제는 엄마까지 없으니 얼마나 불쌍하니! 비르지타는 순간 구닐라의 머리에 침을 뱉어줄까, 아니면 이빨로 머리가죽을 벗겨버릴까 고심했지만 결정을 내릴수가 없었다. 수업 시작을 알리는 종이 울렸고, 순식간에 아이들이 뿔뿔이 흩어졌다. 겁 많은 아이들은 수업에 늦을까 문을 향해 달렸다. 비르지타는 다음 쉬는 시간까지 기다릴 수밖에 없었다.

그러나 다음 시간에도 비르지타는 밖에 나갈 수 없었다. 다른 아이들과 같이 우당탕탕 교실 문으로 뛰어가려는데 스텐베리 선생이 불러세웠기 때문이었다. 그는 얘기를 나누고 싶으니 미안하지만 교탁 쪽으로 나와줄 수 있는지 물었다. 선생은 평상시와 달리 마치 비르지타에게 선택권이 있는 것처럼 말했다. 이전에는 보통 비르지타를 명령조로 불렀었다. 비르─지─타! 가만히 앉아 있지 못해! 조용히 해! 코 풀고 나가서 손 좀 씻어! 한번은 반 아이들 모두에게 들릴 만큼 큰 소리로 더러운 계집애라고 한 적도 있었다.

그러나 이제 한눈에 보기에도 비르지타는 더이상 예전의 그 지저분한 계집아이가 아니었다. 비르지타는 아주 예쁜 소녀가 되어 있었다. 예쁘지만 누구든 측은하게 여기는 그런 아이. 스텐베리 선생은 노파처럼 머리까지 비스듬히 기울이고 자기가 좋아하는 구닐라나 브리트 마리 같은 아이들을 부를 때처럼 부드러운 목소리로 말했다. 비르지타, 정말 예쁘구나. 오늘 너무 깔끔하고 예뻐 보여. 새 옷을 입어서 그런가? 정말 예뻐졌어. 모든 게 좋아진 것 같아. 여유도 생기고 생기발랄해져서 숙제에도 신경쓰게 될 거야. 난 말이지, 네 머리가 나쁘지 않다는 걸 알고 있었어. 최선을 다하면 너는 정말 좋은 학생이 될 거야. 이렇게 주변 여건이 좋아졌는데 이제부턴 잘 할 거지? 응? 응? 응?

비르지타는 무릎을 굽히고 인사하며 그의 말에 동감을 표했다. 그녀는 스텐베리와 말다툼을 할 만큼 어리석지 않았다. 언젠가 한번 대들었다가 앉지도 못할 만큼 벌을 받은 적이 있었다. 게르트루드는 비르지타의 엉덩이에 난 빨간 피멍을 보고 그 선생이란 작자를 교육청과 보건위생국, 그리고 교회에 고발하겠노라고 떠들었지만, 금방 잊어버렸다. 비르지타가 다시 그 얘기를 꺼내자 술에 취해 있던 게르트루드는 화를 벌컥 내면서 그건 네 잘못이라고 했다.

점심시간 동안 학생들은 교정 바깥으로 나갈 수 없었다. 그러나 그걸 잘 지키는지 통제하는 사람은 없었다. 교사들은 따뜻한 교무실에 앉아 케이크 조각으로 무료함을 달랬다. 교정에서 아이들은 선생님들이 매일 생크림 케이크와 치즈 조각을 먹는다고 수군거렸다. 하지만 학생들은 교무실에 들어갈 수 없었기 때문에 그 사실을 직접 눈으로 확인한 사람은 없었다. 용건이 있으면 대기실에서 기다려야만 했다. 그래서 문이 열리고 닫힐 때만 잠깐씩 교사들의 사치를 엿볼 수 있었다. 비르지타도 선생들이 모두 안락의자에 앉아 있는 걸 두 눈으로 똑똑히 보았다. 커다란 갈색 안락의자와 커피잔이 놓인 작은 갈색 탁자도. 아이들은 수군대기 시작했다. 학생들이 학교 간이식당에 앉아 딱딱한 빵과 간 스튜를 먹는 동안 선생들은 맛있는 생크림 케이크와 치즈를 먹는다는 소문이 사실이었다며, 아이들 모두 떠들어댔다.

그러나 오늘 비르지타는 선생들에게 생크림 케이크와 푹신한 안락의자 같은 그들이 원하는 모든 사치를 기꺼이 누리게 해줄 용의가 있었다. 그런 호사를 누리느라 선생들이 미처 교정에 나올 시간이 없다면 말이다. 비르지타는 족제비처럼 잽싸게 교정을 빠져나와 길거리로 나섰다. 집으로 가는 길, 원래의 집으로 가는 길로 들어섰다.

비르지타는 잠시 아파트 입구에 숨어서 호기심 많은 노인네가 마당에서 카펫을 털고 있는 건 아닌지, 아니면 엄마를 찾아오는 아이를 막으려고 청소년국에서 내보낸 감시원이 있는 건 아닌지 주위를 살폈다.

하지만 아파트 앞뜰은 텅 비어 있었다. 뒷동도 앞동도 모두 치워놓은 것 같았다. 마음껏 소리를 지르며 가로질러가도 될 것 같았다. 게르트루드는 분명 집에 있을 것이다. 주말 동안 병원에서 수술을 받고 다시 건강을 회복했으리라. 지금쯤 비르지타를 다시 데려오겠노라고 부탁하러 마리안네의 사무실에 가기 위해 기모노를 입고 집 안을 왔다갔다하며 올이 나가지 않은 필론 스타킹을 찾고 있을지도 모른다. 비르지타가 혼자서 집으로 돌아왔다는 걸 알면 얼마나 좋아할까. 철도원 관사에 소리치며 오던 날처럼 두 팔을 벌려 비르지타를 꼭 껴안아주리

라. 아주 꼭!

비르지타는 오래 기다릴 수 없었다. 그녀는 날쌘 걸음으로 뜰을 가로질렀다. 매처럼 날카로운 눈의 보세 엄마도 볼 수 없을 정도로 잽싸게 뛰었다. 그리고 뒷문을 열어젖히고 비틀거리며 계단을 오르다 그만 넘어졌다. 하지만 바로 일어섰다. 무릎이 아픈데도, 정말 많이 쓰렸는데도……

그러나 문은 닫혀 있었고 초인종을 눌러도 대답이 없었다. 비르지타는 열쇠를 갖고 있었다. 위탁가정으로 가는 택시 안에서 목에 걸고 있던 흰 열쇠를 풀어 주머니에 넣었지만 마리안네는 아무것도 눈치채지 못했다. 다만 비르지타의 이빨 자국이 퍼렇게 난 오른손을 집게손가락으로 쓰다듬으며 한숨만 내쉴 뿐이었다. 새로 도착한 그 집 늙은이 역시 비르지타의 재킷 주머니를 뒤지지 않았다. 마리안네가 돌아가자 그 할망구는 비르지타의 옷꾸러미를 식탁 위에 올려놓고 하나하나 불빛에 비춰가며 꼼꼼히 살펴보았다. 마치 더 크게 만들려는 듯 구멍이란 구멍엔 모두 손가락을 넣어보았다. 그러나 그 재킷만큼은 잊어버리고 건드리지도 않은 채 현관에 걸어두었다. 그 덕분에 비르지타는 그 집 살림살이를 죄다 부수지 않고 조용히 첫날을 보낼 수 있었다. 열쇠가 있으면 언제든 다시 집으로 돌아갈 수 있으니까.

비르지타는 열쇠를 자물통에 밀어넣었다. 하지만 열쇠가 돌아가지 않는다. 금요일부터 고이 간직했던 희망이 어둠 속에 활짝 핀 꽃에서 꽃잎이 우수수 떨어지듯 수그러들었다. 문에 머리를 기대고 잠시 호흡을 멈췄다. 아마 안에서 게르트루드가 스타킹을 찾느라 돌아다니면서 낮게 흥얼거리는 소리가 들릴지도 모른다. 그러나 문 저편에는 정적만이 감돌았다. 문득 돌풍처럼 머릿속을 파고드는 생각이 있었다. 아, 게르트루드가 이제 여기 살고 있지 않다면, 다시 돌아오지 않는다면……

비르지타는 자물통에서 열쇠를 꺼낸 다음 부리나케 계단을 내려갔다. 계단에 발이 닿을 틈도 없이 걸음아 날 살려라 도망치듯 뛰었다. 마치 악마와 귀신들에게 쫓기는 듯 계속 달리기만 했다. 가능한 한 빨리……

비르지타는 지금껏 살면서 크리스티나처럼 그렇게 소심하고 예민한 사람은 본 적이 없었다. 비극이 아닐 수 없었다. 그 가련한 쥐며느리 같은 크리스티나는 너무 소심해서 겉으로 큰 소리를 내지 못하고 그저 속으로 속삭이는 것처럼 보였다. 그녀는 아무 얘기도 하지 않고, 잿빛 눈을 동그랗게 뜬 채 사람을 빤히 쳐다만 보았다. 그게 또 사람을 미치게 만들었다.

이런 크리스티나의 모습에 한 대 때리지 않고는 배겨낼 수가 없었다. 아니 한 대로도 부족하다. 결국 월요일 낮에 크리스티나는 처음으로 비르지타에게 한 대 얻어맞고 정원 바닥에 나자빠져서 양말에 구멍이 났다.

자업자득이다. 그런 겁쟁이는.

그 추악한 할망구 엘렌의 집에서 아이들은 아침 여섯시 사십오분이면 자리에서 일어났다. 비르지타도 다른 두 아이처럼 그 바보 같은 목욕가운을 걸치고 실내화를 신고서 부엌으로 가야 했다. 지금까지 목욕가운도, 실내화도 가져본 적이 없는데, 도대체 어쩌란 말인지. 엘렌은 부엌 레인지 옆을 떠나서는 안 되는 사람처럼 하루 종일 그 자리에서 냄비를 매만졌다. 엘렌은 비르지타의 접시에 걸쭉한 오트밀 죽을 가득 담아주면서, 이 집에서는 남기지 않고 다 먹어야만 자리에서 일어날 수 있다고 했다. 비르지타는 잠자코 앞머리 사이로 엘렌을 쏘아보았다. 그녀에게는 먹는 것 그 자체가 무척 중요한 일임을 재빨리 간파했다. 식구들은 입는 것, 씻는 것, 청소하는 것 갖고는 이러쿵저러쿵 말들이 많았지만 먹는 것만큼은 달랐다. 비르지타가 그 말에 토를 달았다면 그 할망구는 분명 더 큰 국자로 걸쭉한 오트밀 죽을 부어주었을 것이다. 비르지타는 죽을 깨끗하게 다 비웠다. 예전 같으면 설탕을 한 움큼 뿌려 먹었을 죽을 그냥 먹었다. 뱃속의 생쥐가 갑자기 킹킹거리기 시작했다. 엘렌의 집으로 온 지 며칠 만에 비쩍 마른 그 생쥐녀석은 맹수로 변해 있었다. 하지만 비르지타는 어떻게 해야 돈을 구할 수 있을지 알 수 없었다. 음식물 창고도, 개수대 밑 싱크대 서랍도 뒤져보았지만 빈 병은 보이지 않았다. 뭔가 다른 방법을 생각해봐야 했다.

다른 두 아이는 오트밀 죽이 맛있는지 잘도 떠먹었다. 엘렌은 마르가레타 옆에 앉았다. 한눈에도 마르가레타를 꽤나 예뻐하는 눈치였다. 식탁 맞은편에 앉은 크리스티나는 예민하게 한 손으로 식탁보를 잡아당기면서, 다른 손으로는 죽을 떠먹고 있었다. 엘렌은 빵 바구니를 크리스티나 쪽으로 놓아주고 얼굴을 마주보며 미소지었다. 어쩐지 알 수 없는 미소였다. 크리스티나는 마치 엘렌과 동갑내기 어른처럼 보였다. 비르지타와 같은 열 살도 채 안 된 어린아이가 아니라, 나이와는 상관없는 사람처럼 보였다. 하지만 크리스티나는 수저를 접시에 놓고 하드롤빵을 집어들며, 금세 어린아이의 목소리로 물었다.

"금방 구운 거예요?"

속삭이듯 말하는 그녀의 창백한 얼굴엔 여전히 그 희미한 미소가 남아 있었다. 엘렌이 고개를 끄덕였다.

"응. 따뜻하니?"

이번엔 크리스티나가 고개를 끄덕였다. 엘렌은 마르가레타를 팔로 꼭 껴안았다.

"너도 하드롤 하나 먹어봐, 따뜻할 때."

마르가레타는 입에 잔뜩 뭔가를 우물거리며 고개를 끄덕이고 바구니에 손을 뻗었다. 따뜻한 하드롤 위에 버터가 사르르 녹자 얼른 한입 핥아 먹고 거기에 다시 버터를 발랐다. 엘렌이 웃음을 터뜨리며 마르가레타의 뺨을 꼬집었다.

"어휴, 바보!"

아하. 이 집에서는 이렇게 행동해야 하는구나. 마르가레타가 하듯 새끼 고양이처럼 귀엽게, 아니면 크리스티나처럼 어른스럽게. 그리고 가능한 한 많이 먹어야 사랑받는구나.

그 두 계집애는 배신자들이다. 엘렌은 그들의 친엄마가 아니다! 이 계집애들도 어딘가에 진짜 엄마가 있다! 하지만 그들은 전혀 그런 생각을 하지 않는다.

그러나 비르지타는 친엄마를 배신할 수 없다. 절대 그런 일은 일어나지 않을 것이다.

엘렌은 비르지타를 좋아하지도, 처음부터 자기 집에 데리고 있고 싶어하지도 않았다. 비르지타는 첫날부터 그런 느낌을 받았다. 첫날 엘렌은 비르지타를 지하실로 데려가 살갗이 다 벗겨지도록 때를 밀었다. 목욕시키는 내내 엘렌은 단 한 번도 웃지 않았다. 미간을 잔뜩 찌푸리고 닦기 편하도록 등을 이쪽으로 돌려라, 팔을 들어라 하면서 짤막짤막한 지시만 할 뿐이었다. 비르지타는 자기 혼자서 할 수 있다, 혼자서도 잘 씻는다, 이렇게 아기처럼 씻겨줄 필요까진 없다고 말했다. 하지만 할망구는 씩씩거리며 혼잣말로 일 년 내내 한 번도 씻지 않은 것 같다고 중얼거렸다. 그렇지만 그건 터무니없는 소리였다. 비르지타는 작년에 목욕을 했다. 여름에 한 번 혼자 바라모 해변에 가서 물 속에 뛰어들었다. 하여 비르지타는 가슴에 깊이깊이 새겨두었다. 이 노인네가 뻣뻣한 솔로 자기 몸을 학대하듯 때를 밀 절대적인 권한은 없다고 말이다.

엘렌은 이상하리만치 한번의 실수조차 용서할 줄 모르는 성격의 소유자였다. 첫날 이후로 내내 비르지타를 미워하는 것 같았다. 비르지타는 엘렌이 내민 노란색 주스를 오줌이라면서 마시지 않았다. 그때부터 엘렌은 비르지타를 쫓아다니며 사사건건 생트집을 잡고 욕설을 퍼부었다. 작은 도자기 인형을 떨어뜨렸다고, 옷을 깨끗이 입어야 한다고, 매일 두 번씩 양치질을 해야 한다는 것을 잘 모른다고 흉을 보았다. 그러다가 때로는 악에 받쳐 코피를 흘리며 쓰러지기도 했다. 그때마다 두 계집아이는 지구가 멸망이라도 할 듯 이해할 수 없을 정도로 흥분했다. 크리스티나는 부엌으로 달려가서 물을 떠와 수건에 적신 다음 엘렌의 이마를 닦아냈고 마르가레타는 탈지면으로 할망구의 코를 틀어막고 그녀의 품으로 기어들었다. 그들은 모든 것이 비르지타의 죄라도 되는 양 도끼눈을 뜨고 노려보았다.

그것만 빼면 마르가레타는 나무랄 데 없는 아이였다. 소심한 면이 있긴 해도 크리스티나처럼 눈꼴사나울 정도로 겁쟁이이거나 아첨꾼은 아니었다. 그녀는 집 안에서 노는 걸 좋아했고, 새 책을 보면 아무것도 하지 못했다. 자기 방 침대에 배를 깔고 누워, 자기가 콧구멍을 파고 있다는 것도 깨닫지 못한 채 책 속에 빠져들었다. 책 한 권을 다 읽어치우고 나면 비르지타를 찾아 온 집 안을 헤매고 다녔다. 그녀는 항상 새로 읽은 책에 나오는 공상적인 모험을 즐겼다. 특히 『다섯 친구 이야기』를 무척 좋아했다. 비르지타는 그 책에 나오는 게오르게 역할이 주어지면 가끔 마르가레타의 부탁을 들어주곤 했다. 다른 역을 맡았다면 우스웠을 것이다. 마르가레타 스스로 원한다 해도, 그녀가 게오르게의 역을 맡는 건 상상도 할 수 없는 일이었다.

그해 여름이 되었을 때에야 비로소 엘렌은 비르지타를 하나의 인격체로 대우했다. 그러나 때는 이미 늦었다. 그녀는 비르지타가 벚나무에 올라갈 수 있다는 사실을 알고 무척 놀란 것 같았다. 그래서 비르지타는 그보다 더 높이 올라갈 수 있다는 것을, 가을엔 항상 친구들과 바라모 해변으로 가서 굳게 닫힌 여름별장 앞 쓸쓸한 정원에서 주머니 가득 열매를 땄다는 얘기를 굳이 하지 않았다. 엘렌은 아주 강한 인상을 받았는지 비르지타가 나무 꼭대기에 앉아 있는 모습을 사진으로 남기고 싶어했다. 물론 다른 아이들도 같이 사진을 찍었다. 나중에 엘렌은 그 사진을 확대해서 손수 색칠을 하고 액자에 끼워 자신의 방 서랍 위에 세워두었다.

비르지타는 그 사진이 좋았다. 그래서 아무도 보지 않을 때면 엘렌의 방으로 살금살금 들어가 제 얼굴을 들여다보았다. 금발머리에 빨간 옷을 입은 모습은 자기가 봐도 정말 매력적이었다.

엘렌은 옷을 손수 꿰매 만들어주었다. 그에 대해 비르지타는 불평하지 않았다. 아이들은 옷의 색상과 모양을 손수 고를 수 있었다. 겨울용 핫팬츠나 여름용 숄 같은 기상천외한 옷만 아니면 엘렌은 대개 아이들이 원하는 대로 만들어주었다. 그 때문에 비르지타는 4학년 시험을 치르던 날 반에서 가장 예쁜 옷을 입을 수 있었다. 빨간 장미 모양 단추를 달고 옷 가장자리에 장식을 덧댄 흰색 옷이었다. 소심한 성격의 크리스티나나 마르가레타는 그렇게 장미 모양 단추에 테두리를 과감하게 장식한 옷을 가져본 적이 없었다.

결국 나중에 비르지타가 그 옷을 주긴 했지만.

그러나 그 옷은 비극의 씨앗이었다.

5월 말경의 어느 날, 보세는 게르트루드가 돌아왔다는 소식을 전해
주었다. 매처럼 눈매가 예리한 그의 엄마가 빨래를 너느라 아파트 공
터에 나왔다가 보았다고 했다.

점심시간이 시작되어 비르지타가 학교 식당으로 가려던 바로 그 순
간에 그 말을 해준 것이 얼마나 다행인가! 그렇지 않았으면 수업을 빼
먹어야 했을 것이다. 그녀는 운동장 옆쪽으로 슬쩍 비켜서서 걷다가, 아
무도 눈치채지 못하게 작은 문으로 사라졌다. 그리고 정신없이 달렸다.

비르지타는 열쇠를 지니고 있지 않았다. 땅이 녹자마자 엘렌의 집
정원 수풀 사이에 묻어두었던 것이다. 그러나 아무래도 상관없었다.
게르트루드는 집에 있을 것이고 문을 열어줄 것이다. 그건 비르지타의
존재이유이기도 했다.

여름을 포함해서 반년간의 주말 동안 비르지타는 단 한 번도 점심
을 먹지 않았다. 점심시간을 알리는 종이 울리자마자 교정 바깥 길거
리로 살짝 빠져나왔다. 하지만 며칠 만에 그녀는 누구에게 들키든 말
든 아예 신경쓰지 않게 되었다. 필요하다면 교장 선생이든, 스텐베리
선생이든 밀치고 도망쳐나올 마음의 준비도 되어 있었다. 어쨌든 게르
트루드에게 돌아가야 했다.

게르트루드는 예전처럼 침대에 누워 있었지만 완전히 달라 보이진
않았다. 얼굴은 조금 포동포동하게 살이 오른 것 같았다. 하지만 건강
해 보이기는커녕 훨씬 더 창백해 보였다. 몸 전체가 축 처져 보였다.
머리카락도, 얼굴 주름도, 기모노 속에 별 욕정 없이 달려 있는 젖가슴
도 축 처져 있는 것 같았다. 그러나 게르트루드는 비르지타를 환한 웃
음으로 반기며 가게에 가서 담배와 군것질거리, 잡지와 레모네이드를
사오게 했다. 비르지타는 게르트루드의 집에서는 단것을 먹을 수 있었

다. 하지만 게르트루드는 비르지타가 옆에 있을 때는 잡지책을 보지 않고 침대에 앉아 담배를 피우며 얘기를 계속했다.

게르트루드는 지난 몇 달 동안 쉽지 않은 생활을 했다며 이렇게 말했다.

"처음 몇 주는 병원에 누워 있다가 형편없는 어느 시설로 보내졌어. 군대에서 운영하는 요양소 같은 곳이었는데 겉으로는 그럴싸해 보였지만 정말 혐오스런 시설이었지. 그곳에서 술 취한 여자들과 함께 생활했어. 그게 다 마리안네 때문이었지. 그 미친 여자가 내 인생에 끼어든 것 자체가 불행이었어. 그 도덕군자 같은 여자 아니고는 아무도 나를 시설로 보낼 생각을 하지 않았는데……"

그 이야기에 이르렀을 때, 비르지타는 양손을 허벅지 밑에 끼워넣었다. 그리고 알람시계를 힐끗 쳐다보았다. 곧 가야 한다. 비르지타는 의자에서 미끄러지듯 일어섰다.

"미안해요, 늦게 가면 스텐베리 선생님이 때릴 거예요."

게르트루드의 아랫입술이 바르르 떨렸다. 그녀는 눈을 감았다.

"그래, 어서 가봐! 푸념이나 늘어놓는 처량한 에미 옆에 앉아 있는 것도 고역일 테니……"

비르지타는 침대 옆에 가만히 서 있었다. 더이상 게르트루드를 포옹할 용기가 나지 않았다. 그저 손을 뻗어 게르트루드의 팔을 쓰다듬을 뿐이었다.

"난 언제 집으로 돌아올 수 있어? 마리안네한테 얘기해봤어?"

목소리가 왠지 딱딱 끊어져서 나왔다. 비르지타는 침을 한번 꿀꺽 삼켰다. 게르트루드는 코앞에 대고 바로 손뼉을 치며 흥분한 목소리로 말했다.

"곧! 곧 그렇게 한다고 했잖아!"

시험 보는 날 아침 엘렌은 크리스티나와 마르가레타의 학교에서 비르지타의 학교까지 두 군데 모두 갈 수는 없을 것 같다며 미안해했다. 그녀는 비르지타가 상심할까봐 걱정하는 것 같았다. 하지만 비르지타는 눈곱만치도 서운하지 않았다. 아니, 정반대였다. 겁쟁이들이나 시험 볼 때 어른이 따라오지, 자신은 겁쟁이가 아니다. 게다가 엘렌이 비르지타의 꽁무니를 졸졸 쫓아다니면 게르트루드를 찾아갈 수 없다.

비르지타는 게르트루드의 집 초인종을 누르는 일에 익숙해졌다. 그녀는 오후 내내 정원을 파헤치고 다녔지만 열쇠를 찾지 못했다. 급기야 엘렌이 정원으로 나와 두더지 놀이는 그만하라고 할 때까지 계속 파보았지만 소용없었다. 게르트루드는 비르지타에게 새 열쇠를 주겠다고 약속했지만 아직까지도 열쇠를 새로 장만할 만큼의 돈을 모으지 못했다. 그래도 불평하지 않았다. 그녀에게 얼마나 걱정거리가 많은지 자신만은 알고 있으니까.

그런데 아무도 문을 열어주지 않았다. 하지만 문 뒤에서 무슨 소리가 났다. 게르트루드는 집에 있다. 그리고 분명 혼자가 아니다. 비르지타는 게르트루드의 옛 친구 중 누군가가 찾아왔기를 바랐다. 그러면 자기의 그 예쁜 옷을 보고 놀라서 손뼉 칠 여자가 둘이나 되니까. 다시 한번 초인종을 누르기 전에 옷매무새를 단정히 했다. 하지만 아무런 답변이 없자 손잡이를 아래로 눌렀다.

옛 친구는 아니었다. 오스발드였다.

그는 예전처럼 안락의자에 앉아 있었다. 하지만 오늘은 그의 무릎에 게르트루드가 앉아 있었다. 그들의 눈빛은 왠지 슬퍼 보였다. 게르트루드의 스타킹은 줄줄 다 흘러내려 마치 무릎에 면사포를 씌워놓은 것 같았다. 입 주위는 루주로 뒤범벅이 되어 있었다. 그런데다 오스발드가 그 큰 손을 원피스 속에 집어넣은 것도 모르는 것 같았다. 비르지타가 안으로 들어서자 둘은 소스라치게 놀랐다. 한마디 말도 없이 가만히 앉아 비르지타를 응시했다. 그들은 비르지타의 원피스를 보고 입을 열지 못하는 것 같았다.

"너 왔니?"

게르트루드는 한마디 툭 던지고 고개를 숙여 담배를 집어들었다. 오스발드는 손을 빼내 터키산 탁자에 놓인 잔을 찾았다.

"응……"

게르트루드는 눈을 깜박거리며 담배연기를 내뿜으면서 말했다.

"아주 잘 빼입었군…… 도대체 어디서 난 옷이야?"

"엘렌 아줌마가."

"엘렌? 엘렌 아줌마라니, 그 여자가 도대체 누군데?"

"내가 지금 살고 있는 집……"

게르트루드는 얼굴을 찌푸리고 일어나 스타킹이 흘러내리건 말건 상관없이 비틀비틀 침대로 걸어가 앉았다. 스프링이 삐걱거렸다. 언제나처럼. 모든 것이 그대로였다. 아주 사소한 부분까지. 아무것도 변하지 않았다.

"그 여자가 너한테 이런 근사한 옷을 사줬단 말이야?"

게르트루드는 비웃듯 입을 삐죽거렸다. 비르지타가 뭐라고 얘기할지 갈피를 못 잡는 사이 게르트루드가 다시 입을 열었다. 손에 동그랗게 말아쥐고 있던 담뱃재를 떨고 웃음을 터뜨리며 말했다.

"그래, 이렇게 비싼 옷을 사줄 수 있는 정도의 여자란 말이지…… 내 믿지. 다른 사람의 아이를 돌보는 대가를 어떻게든 받을 테니 말이야. 그렇지, 오스발드?"

오스발드는 안락의자에 앉아 웅얼거리며 그 말에 동감을 표했다.

게르트루드는 입에 담배를 물고 비르지타를 다시 한번 위아래로 훑어 보았다.

"와, 아무리 봐도 정말 예뻐. 어린 셜리 템플 같아…… 좋겠네, 응? 계속 엘렌의 집에 있을 거지? 그러면 매일 이렇게 잘 빼입고 다닐 수 있잖아!"

비르지타는 입을 꼭 다물고 머리를 흔들었다. 아니야! 엄마한테 되돌아오고 싶다고, 수도 없이 얘기했잖아! 하지만 소리가 너무 작았는지, 게르트루드는 아무것도 듣지 못한 것 같았다. 비르지타는 입고 있는 장미색 원피스 솔기가 터져 갈가리 찢겨나갔으면 했다. 그래야 몸을 움직여 뭐라고 얘기할 수 있을 것 같았다. 그러나 아무런 변화도 없었다. 원피스는 몸에 찰싹 붙어 있었고 비르지타는 옴짝달싹할 수 없었다. 더이상 아무 말도 할 수 없었다.

"그건 그렇고, 도대체 어떤 여자지?"

게르트루드는 담뱃재를 떨어야 한다는 사실도 잊은 채 팔꿈치로 몸을 지탱하면서 베개에 기댔다. 침대보 위에 작은 회색 반점이 생겼지만 불꽃이 없어서 걱정할 필요는 없었다. 또 몸을 움직인다면 한번 쓸어내버리면 된다.

"알아요, 오스발드? 비르지타가 지금 살고 있다는 집 노친네?"

오스발드는 들고 있던 술을 한 모금 마시고 트림을 했다.

"그럼. 엘렌 요한손이라고 당신도 알잖아. 아이들을 입양해 키우지. 내가 알기로는 벌써 계집애 셋인지, 넷인지……"

게르트루드는 미간을 찌푸렸다.

"엘렌 요한손이라고?"

"죽은 후고 요한손의 마누라. 그 높으신 나으리 있잖아. 십 년 전엔가 죽은……"

오스발드는 웃음을 터뜨리고 술을 한 모금 더 마시며 가슴팍을 긁적였다.

"아주 영악한 여자지…… 후고보다 족히 스무 살은 어렸을걸. 결혼해서 기껏 일 년이나 살았나. 엘렌은 그 덕에 가만히 앉아서 집과 돈을 물려받았지…… 후고가 거지는 아니었으니."

그 순간 게르트루드가 침대에서 벌떡 일어나 앉았다.

"암에 걸렸었지? 암으로 죽었죠?"

오스발드는 어깨를 으쓱했다. 그걸 어떻게 알아? 하지만 굳이 답변할 필요는 없었다. 게르트루드가 먼저 대답해버렸으니까.

"맞아, 아 젠장! 누군지 이제야 생각났어. 땅딸막하던 그 여자……아하!"

게르트루드는 담배 한 모금을 깊숙이 빨고 비르지타를 보며 눈을 깜박거렸다.

"너 엘렌을 나한테 소개시켜줄 수 있지? 그 여자와 그 여자가 낳은 기형아를 똑똑히 기억해. 나랑 같은 산부인과, 같은 병실에 누워 있었거든."

"차 좋네!"

비르지타는 안전벨트를 매면서 한마디 한다. 마르가레타는 웃음을 터뜨린다. 정말 웃긴 농담이라도 들은 것처럼.

"음, 그렇게 나쁘진 않은데…… 너무 오래 타서 좀 덜커덩거려. 어제 배기장치가 고장나서 맡겼다가 오늘 카센터에서 찾아왔어……"

이 차가 카센터에 있었다고? 그렇다고 내가 뭐라고 한마디 해주길 기대하는 건가? 마치 내가 뭘 알고 있다는 소리처럼 들려…… 사람들은 뭔가 주위의 관심을 끌고 싶을 때 자주 이런 방법을 쓰지. 그런데다 비르지타 프레드릭손이 눈치 하나는 아주 빠르다는 건 세상 사람들이 다 아는 사실이야. 그러니 지금 마르가레타의 얘기가 무슨 소린지 모르겠다는 걸 드러낼 필요는 전혀 없어. 비르지타는 화제를 돌린다.

"라펜휠레에서 여기까지 내내 직접 운전해서 온 거야?"

마르가레타는 파출소 앞 교차로에서 슬쩍 끼어들기를 시도하면서 혓바닥으로 운전이라도 하듯 살짝 혀를 내밀고 머리를 가로젓는다.

"아니, 키루나에서 스톡홀름까지는 비행기를 타고 왔어. 이건 내 차가 아니고 빌린 거야."

비르지타는 간신히 주머니 속에서 담배를 꺼낸다.

"누구한테?"

"있어. 괴짜인데, 이름은 클래스라고."

비르지타는 갈색 눈을 치뜨고 담뱃갑에서 담배를 하나 꺼낸다. 이제 몇 개비 안 남았다.

"멋있어?"

"그럼, 얼마나 근사한데."

"결혼할 거야?"

또다시 마르가레타의 웃음보가 터진다. 말도 안 되는 소리다. 기분이 갑자기 유쾌해진다.

"그럴 일은 거의 없어. 우린 둘 다 the marrying kind는 아니거든……"

빌어먹을 뭔 소린가? 그냥 스웨덴어를 쓰면 안 되나? 비르지타는 학교에서 배운 영어를 거의 잊어버렸다. 그래서 도통 무슨 소리인지 이해할 수가 없다. 마르가레타 이년은 으레 이렇게 한 번씩 이상한 짓을 하니, 더럽고 치사해도 그냥 넘어가자. 비르지타는 잠자코 담배에 불을 붙인다.

"나도 한 대만 줘."

마르가레타가 여전히 앞을 주시하며 담뱃갑에 손을 뻗는다. 비르지타가 담뱃갑을 들여다본다.

"이제 몇 개비 안 남았어."

순간 비르지타는 말을 잘못했다는 걸 깨닫는다. 잠잠하던 로트와일러를 건드린 꼴이 되었으니.

"원래 내 담배잖아!"

마르가레타는 벌컥 화를 내며 담뱃갑을 홱 채간다.

차에 가만히 앉아 드라이브를 하는 기분도 괜찮다. 비록 운전자는 화를 억지로 참고 있는 듯 찡그리고 있지만. 비르지타는 하품을 하며 기지개를 켠다. 아, 빌어먹을, 빨리 그 오막살이 집에라도 가서 맥주 몇 잔만 벌컥벌컥 들이켰으면. 그러면 죽은 듯이 편하게 잠이라도 잘 수 있을 텐데. 내일 아침이면 그 정체불명의 편지도, 이 잘난 년도, 싹 잊어버릴 수 있을 텐데.

"피곤하니?"

마르가레타의 목소리에 날이 서 있다. 담뱃갑은 비르지타가 건드리지 못하게 제 손아귀에 쥐고 있으면서도 여전히 분이 풀리지 않은 모양이다. 입에도 한 대 물고 있으니 이제 그만 화를 풀어도 되련만. 비르지타는 마르가레타의 물음에 대답하고 싶지 않다. 등을 기대고 눈을 감는다. 그러나 마르가레타는 이런 비르지타의 마음을 모르고 계속 말을 쏟아낸다.

"나도 너무 피곤해. 오늘 저녁 스톡홀름까지 갈 수 있을지 모르겠어. 운전하다 졸면 어떡하지……"

아, 아주 긴장되는군. 재미있어. 하지만 비르지타는 지금 잠을 자고 싶다. 자신의 문제만으로도 머리가 복잡해서 마르가레타의 얘기에 귀를 기울여줄 마음은 조금도 없다. 죽을 날을 받아두고, 곰곰이 생각해볼 시간을 갖겠다는데 누가 뭐라겠는가? 안 그런가? 그렇다고 입을 벌려 굳이 이런 생각을 얘기하고 싶지도 않다. 바로 로트와일러의 먹잇감이 될 테니 말이다.

마르가레타는 계속 쓸데없는 소리만 늘어놓는다. 목소리는 여전히 날카롭다.

"아, 참 긴 밤이었어. 어젯밤은. 한숨도 못 잤어. 넌 어땠는지 모르겠지만."

뭐라고? 비르지타는 눈을 번쩍 뜨고 깜박거린다.

"그게 무슨 말이야?"

마르가레타는 여전히 앞을 바라보면서 머리를 약간 숙인다. 비르지타는 깜빡 잠이 든 것 같았다. 그들은 지금 고속도로 위에 있고 린셰핑까지 거의 반 정도 왔다.

"시치미 떼지 마, 무슨 말인지 다 알면서……"

비르지타는 의자에서 미끄러지듯 몸을 일으킨다.

"빌어먹을, 도대체 무슨 말이야?"

마르가레타는 액셀을 밟는다. 속도계 바늘이 130 근처에서 바르르 떤다. 비르지타의 머릿속에 난데없이 대형 교통사고의 한 장면이 떠오른다. 하지만 금방 지워버린다. 지금은 그런 상상을 할 여유도 없다.

"응? 도대체 무슨 말을 하는 거냐구?"

비르지타가 따지듯 캐묻는다. 마르가레타의 시선은 여전히 전방에 고정되어 있다. 하지만 담배를 정확하게 재떨이에 눌러끄고 다시 새 담배에 불을 붙인다.

"네가 어젯밤 벌였던 그 짓거리에 대해 얘기하고 있는 거야."

그 짓거리라니? 기억이 나지 않는다. 어딘지 알 수 없는 파티장만 어렴풋이 생각날 뿐이다. 노르셰핑이었나. 맞다. 분명 노르셰핑이었다.

"어젯밤 열시 반쯤 누가 크리스티나에게 전화를 했더라구."

마르가레타는 뭔가 의미심장한 말로 얘기를 풀어놓는다.

"크리스티나가 전화를 받았다구? 그렇게 늦게?"

비르지타의 목소리가 찢어진다. 마르가레타는 그녀의 말엔 아랑곳없이 계속 얘기를 이어간다.

"누가 크리스티나에게 전화를 했어. 네가 모탈라 병원에서 제대로 치료도 못 받고 죽어가고 있다구. 그러면서 네가 우리를 마지막으로 한번 보고 싶다고 그랬대. 그래서 우리는 병원으로 갔었어. 그런데 그렇게 감쪽같이 우리를 속이다니! 네가 병원에 없다는 사실을 알고, 밤새도록 모탈라 시내를 샅샅이 뒤지며 찾아다녔다구!"

그녀는 담배 한 모금을 쭉 들이켜고 연기를 삼키려고 입을 다문다. 하지만 담배연기가 코로 스며나온다. 다시 얘기를 시작했을 때 마르가레타의 음성은 마치 혼잣말을 하는 듯 가라앉아 있었다.

"불과 몇 시간 전까지만 해도 크리스티나가 제정신이 아닌 줄 알았어…… 하지만 네가 얼마나 몸이 안 좋은지 얘기를 듣고, 너를 햇빛이 드는 벤치에 앉아 쉬게 하고 차를 갖고 온 뒤에야 난 전후 사정을 이해했어. 모든 걸 이해하기까지 많은 시간이 걸리진 않았지만, 너는 그런 수법을 바꿔야 해. 이젠 네가 거의 죽기 직전이라고 해도 동정해줄 사람은 없을 거야. 다음날이면 바로 간경변 때문이었다는 게 밝혀질 테니. 크리스티나나 나도 다시는 그런 미친 짓 안 할 거야."

그러면서 고개를 돌려 비르지타를 힐끗 쳐다본다. 어깨를 으쓱해 보이고 다시 자기 말에 열중한다.

"흥, 너는 술꾼에다 마약중독자야. 그리고 거짓말에 도둑질까지 하지. 너는 인생을 마약 암거래와 거짓말로 허비했어. 크리스티나의 책상에 똥까지 갖다놓았었다니. 걔가 너한테 뭐 그리 나쁜 짓을 했다고. 그러더니 이제는 이상한 편지를 보내고 정체불명의 장난전화질까지 해대고 있어. 너도 이젠 나잇값 좀 할 수 없겠니?"

그녀는 바로 말을 잇지 못한다. 담배를 한 모금 짧게 들이켜고 재떨이에 비빈다.

"널 모탈라로 데려다줄게. 어쨌든 나도 엘렌 아줌마 무덤에 꽃 한 다발 올려놓고 올 생각이니…… 이게 너한테 베푸는 마지막 친절일지 몰라. 난 네가 이 차에서 내리는 순간 다시는 보지 않을 생각이니 말이야. 너만 보면 구역질 나."

비르지타는 가만히 눈을 감는다. 마르가레타가 잠잠해지자 다른 시간 속에서 다른 목소리가 들리는 듯한 느낌이 든다.

"네가 어른스럽게 행동하면, 어른 대접을 받을 거야."

마리안네는 하얀 손을 식탁에 올려놓으며 말했다. 비르지타는 고함을 질렀다. 마음 저 깊은 곳에서부터 터져나온 눈물이 뺨을 타고 흘렀다.

"그래도 내가 잘못한 것도 아닌데, 왜 내가 벌을 받아야 하나요? 아이를 때린 건 도게지, 내가 아니란 말이에요!"

마리안네는 고개를 숙이고 손가락 마디로 탁자를 두드렸다.

"내가 알기로는 도게가 때린 건 너지, 아이가 아니야. 도게도 물론 잘못의 대가를 치르게 될 거야. 네가 구급차에 실려가고 도게가 순찰차에 잡혀갔을 때 아이를 혼자 내버려둘 수는 없었어. 우리는 아이를 돌봐야 했어. 너도 이해할 거야."

비르지타는 주먹을 쥐고 탁자를 북 치듯 두드리며 고함을 쳤다.

"아이를 돌려줘! 내 아들이란 말이야!"

마리안네는 의자에 등을 기대고 고개를 저었다.

"그만 해, 비르지타. 아무리 그래도 소용없어. 잘 생각해봐. 팔 개월 된 아이가 겨우 사 개월생 정도의 몸무게였어. 시설로 보내졌을 때 허벅지는 퍼렇게 멍들어 있었고 엉덩이는 욕창으로 엉망이었지. 탈수증세도 있었고. 그것만 봐도 아이를 방치했다는 걸 알 수 있었어. 학대까지는 안 했어도 제대로 돌보지 않았다는 증거야. 아이의 양엄마가 간호사여서 상처가 위험하다는 걸 한눈에 알아보고 병원으로 보냈어. 그때부터 양부모는 하루도 빠짐없이 병원을 찾아왔어. 엄마가 항상 침대 곁에서 아이를 지키고 있지……"

비르지타는 곱슬머리를 쥐어뜯으며 마녀처럼 으르렁거리기 시작했다.

"잘 들어, 그 여잔 엄마가 아니야, 이 나쁜 년아! 엄마는 바로 나라구! 누구도 그 아이의 엄마가 될 수 없어!"

마리안네의 얼굴은 금방이라도 울음을 터뜨릴 것처럼 보였다. 불같이 화를 내는 와중에도 비르지타는 그 표정을 보았다. 청소년국 직원 마리안네는 지금까지 보여왔던 그 냉철한 이성과 도덕군자 같은 모습을 벗어던지고 완전히 다른 얼굴을 연출하고 있었다. 핸드백을 열어 손수건을 꺼내 마치 우아한 백작부인이라도 된 양 손가락에 감아쥐었다!

"비르지타, 그들은 좋은 사람이야. 네 아이를 사랑해. 너와 도게는 아이 이름도 지어주지 않았다지. 그들이 벤야민이라는 이름을 지어주었어."

벤야민, 웃기고 있네! 스티븐이야. 아니면 딕, 혹은 론니든가. 임신했을 때부터 도게와 난 그렇게 불렀어. 우리가 이름을 지어주지 않았다니, 어떻게 그리 쉽게 단언하는 거지?

마리안네는 손수건으로 코를 훔치며 말했다.

"불쌍한 비르지타. 네가 화내고 슬퍼하는 건 충분히 이해해. 하지만 넌 이제 겨우 열아홉이고, 앞으로도 네 인생은 한참 남았어. 몇 년만 지나면 알게 될 거야. 고성과 싸움 속에서 아이를 키우는 건 그 아이를 위해서도 불행한 일이라는 걸 말이야. 듣기로는 너와 도게는 작년 내

내 매일 싸우기만 했다고 하던데. 또⋯⋯"

마리안네가 목소리를 낮추더니 고개를 숙이고 탁자를 가만히 두드
렸다.

"또 네가 종종 노르셰핑의 살텐엔에 간다는 얘기를 들었어. 너는 여
러 면에서 네 엄마의 전철을 밟고 있어. 그게 법에 저촉되는 건 아니지
만 말야. 우리 사회복지국도 큰 권리는 없어. 하지만 젖먹이 아이를 스
물네 시간 이상 혼자 내버려두었다는 건 미성년자 감독의무를 완전히
무시한 거야. 심각한 방치에 해당하지. 그리고 네가 노르셰핑에 가서
뭘 하고 다니는지 이웃들도 다 알아. 그러니 우리가 나설 수밖에 없었
던 거야. 아기를 위해서라도."

그녀는 다시 등을 기대고 앉아 손수건을 핸드백에 넣고 가방을 닫
았다. 눈물의 왈츠는 지나갔다. 비르지타를 올려다보고 다시 말문을
열었을 때 두 눈의 물기는 완전히 말라 있었다.

"비르지타, 아이가 그냥 그곳에서 지내게 해. 아이에게 더 좋을 거
야. 너도 그 아이가 너의 전철을 밟기를 바라는 건 아니겠지?"

비르지타는 그후 감옥에 가게 될 거라 생각했지만, 대신 바드스테
나의 정신병원으로 보내졌다. 폭력을 행사하는 여자는 정신병자로 간
주되던 시대였다. 그러니 여자애가 누군가의 코를 으스러뜨린 걸 보고
제정신이라고 생각할 사람은 아무도 없었다. 비르지타는 제대로 주먹
을 날려 마리안네를 부엌 바닥에 자빠뜨렸다. 그리고 다시 얼굴에 침
을 마구 뱉으며 사정없이 때렸다. 이 사건으로 사람들은 비르지타가
곧바로 수용시설로 보내졌다가 그 도시에서 추방당할 거라고들 했다.
물론 그랬다. 하지만 그 일로 비르지타는 더이상 마리안네를 보지 않
아도 되었다. 그건 정말 굉장한 수확이었다. 게다가 이번엔 이 위선자

마르가레타에게서 해방될 수 있다니, 얼마나 행복한 일인가. 하지만 마르가레타는 왜 하필 영영 헤어질 판에 이런 쓸데없는 말을 지껄이는가. 그렇다고 해서 어리석게 고속도로 한복판에서 운전중인 사람을 때릴 수도 없는 노릇이다. 하지만 환상이 깨지면 가끔은 턱이 부서지는 것만큼이나 아프다. 비르지타는 그걸 알기에 고민한다. 환상이 깨지면 육체적으로도 고통스럽다는 걸 이미 경험했다. 그것도 여러 번.

"왜 그렇게 히죽거리는데? 뭐 재밌는 일이라도 있어?"

마르가레타가 묻는다.

비르지타는 계기판을 손으로 두드리며 작은 소리로 흥얼거린다. 담배는 마르가레타 옆에 있다. 안전벨트를 풀면 손으로 잡을 수 있는 거리이다.

"뭐 하려고?"

비르지타가 벨트를 풀자 마르가레타가 쇳소리로 고함을 친다. 비르지타는 대답하지 않고 운전대 너머로 가만히 손을 뻗어 노란 담뱃갑을 집는다. 그 순간 마르가레타가 힘껏 브레이크를 밟는 바람에 몸이 옆으로 쏠린다. 그녀의 음성은 고함으로 변한다.

"너 돌았니? 같이 죽고 싶어?"

맙소사. 완전히 제정신이 아니군. 거의 히스테리 수준이야.

담배는 한 대뿐이다. 비르지타는 담배에 불을 붙이고 길게 한 모금 음미하듯 빨아들인다. 그리고 담뱃갑을 구겨 바닥으로 던진다. 이것은 하나의 신호탄에 지나지 않는다. 담배가 한 개비도 남아 있지 않다는 걸 알면 마르가레타는 노발대발 난리일 것이다.

비르지타는 잠깐 기지개를 켜면서 말한다.

"흥, 익명의 편지라…… 나도 궁금한데. 크리스티나가 나에게도 보냈지. 자기 이름이 적힌 종이에……"

마르가레타는 격앙된 듯 씩씩거린다.

"그건 익명의 편지가 아니지. 내가 말하는 건 누가 쓴지 모르는 편지를 말하는 거야."

아아아. 드디어 반응을 보이기 시작하는군. 핀이라도 있으면 차 천장에 십자가를 새겨놓으면 좋을 텐데. 비르지타는 손가락을 뻗어 흰 플라스틱 위에 재빨리 십자가를 그린다. 마르가레타는 아무것도 눈치채지 못하고 운전대 위로 거의 엎드리듯이 몸을 숙이고 액셀을 한층 세게 밟는다. 이제 속도는 130을 넘어선다. 교통경찰한테 걸리면 면허 취솟감이다. 지금 무선 순찰차가 옆에 나타나면, 그들한테 맥주 한두 병 정도는 얼마든지 선심 쓸 수 있으련만. 이런 기분이 드는 건 난생처음이다.

"익명의 편지라 하더라도 이름이 있을 수 있지."

비르지타는 단어 하나하나를 신중히 골라 침착하게 말한다. 법정진술이라도 하듯 사무적이고 차가운 목소리이다. 그녀는 인생에서 몇 가지 교훈을 얻었다. 잠자코 있을수록 더 가차 없는 공격을 받을 수도 있다는 것을.

"물론 크리스티나는 편지에 서명도 하지 않았고 이름도 쓰지 않았어. 하지만 자기가 쓰는 처방전 용지에 편지를 썼단 말이지, 이 바보야!"

빌어먹을! 정신차려야 한다. 비르지타는 눈을 감고 크게 심호흡을 한다. 그리고 주먹으로 창문을 몇 번 두드린다.

"그래서?"

그래서라니? 비르지타는 씩씩거리며 담배 한 모금을 힘껏 빨아, 마르가레타의 얼굴 정면에 연기를 뿜는다. 성공이다. 마르가레타의 눈에서 눈물이 찔끔 흘러나온다. 그녀는 손으로 눈을 비빈다. 예민한 스타

일이다. 자기도 담배를 피우면서.

"같이 죽고 싶은 거야 뭐야?"

마르가레타가 말한다.

"입 닥쳐. 네가 그렇게 쓸데없이 떠들어대는 바람에 배가 아파 죽겠단 말이야……"

그렇다. 누군가 지금 비르지타의 오장육부를 발톱으로 갈기갈기 찢고 있다. 아마도 오랜 친구인 설탕생쥐가 기어이 비르지타의 내장을 모조리 찢어놓기로 작정했나보다. 최근 삼십 년간 그 녀석은 별로 단 것도 찾지 않고, 비르지타의 입맛에 잘 맞춰 살아왔었는데……

"네가 한 짓거리…… 다시는 너의 그런 술수에 말려들지 않을 거야. 알아듣겠어?"

마르가레타가 다시 입을 연다. 비르지타는 대답하지 않는다. 그리고 몸을 숙여 가랑이를 벌리고 토악질을 해댄다.

다시 몸을 일으키자, 차가 멈춰 선다. 마르가레타는 주유소에 차를 세우고 비르지타의 발밑 고무매트를 잡아당기며 씩씩거린다.

"발 좀 들 수 없어?"

비르지타는 발을 조금 들었다가 고무매트를 들어내자마자 다시 내려놓는다. 제기랄. 살면서 지금처럼 피곤한 적도 없었다. 링거며 주사 따위를 맞으며 병원에 누워 있을 때도 이렇게 힘들진 않았다.

마르가레타는 수도꼭지에 대고 한 팔을 쭉 편 채 고무매트를 씻어낸다. 차 문은 열려 있다. 비르지타는 계기판에 손을 짚고서 몸 전체를 일으켜 세우고는 두 다리를 차에서 뺀 채 힘겹게 버티고 있다. 울렁거리는 속을 가라앉히려면 잠시 차에 기대서 있어야 한다.

"어디 가려고?"

등뒤에서 마르가레타의 고함 소리가 들린다.

비르지타는 대답하지 않고 아무 말 말라는 제스처를 해 보이며 주유소로 향한다. 화장실도 허락받고 가야 한단 말인가? 주유소 건물 안은 텅 비다시피 했다. 손님은 하나도 보이지 않는다. 한 녀석이 계산대 옆에서 전화를 하고 있다가 비르지타를 힐끗 쳐다본다. 비르지타는 몸을 일으켜 등을 꼿꼿이 세우고 입을 꼭 다문다. 멀리서 보면 영 딴사람처럼 보인다.

화장실은 제일 뒤쪽에 있는데 거기까지 가는 길이 환상적이다. 바로 가까이에 맥주상자가 높이 쌓여 있다! 눈을 굴리며 청년을 주시한다. 신이여, 고맙습니다! 지금 그는 수화기를 귀에 댄 채 창문 쪽으로 몸을 돌려 밖을 내다보고 있다. 절대 비르지타를 볼 수 없을 것이다. 비르지타는 왼손을 재킷 주머니에서 꺼내 도수 낮은 맥주 여섯 개들이 팩을 집어들고 조심조심 화장실로 향한다.

비르지타가 되돌아왔을 때, 마르가레타는 카운터에서 계산을 하고 있다. 이윽고 고개를 돌려 아주 다정한 음성으로 묻는다.

"아, 왔구나. 좀 괜찮아졌어?"

대답은 기대하지 않는 눈치다. 또 꽤나 친한 척이다. 대꾸하지 않고 고개만 끄덕이며 트림이 나오려는 걸 참는다. 그래, 속이 훨씬 괜찮아졌다. 도수 낮은 맥주는 지린내 나는 오줌과 다를 바 없지만, 마르가레타가 노르셰핑에서 억지로 떠안겼던 그 빌어먹을 코카콜라 라이트보다는 훨씬 낫다.

"뭐 좀 마실래?"

분명 맥주는 아니다. 주스나 레모네이드, 또는 다른 것을 말하는 거겠지. 하지만 그걸로도 충분하다. 그 녀석에게 마르가레타 자신이 얼마나 나무랄 데 없이 고상한 여자인지 보여주었으니 더이상 긴장할 필요가 없다. 비르지타는 고개를 가로저으며 문으로 간다. 서두르지도, 과장되게 천천히 걷지도 않고 자연스럽게.

마르가레타가 왔을 때 비르지타는 안전벨트를 매고 자리에 얌전히 앉아 있었다. 그녀는 차에 타면서 비르지타의 무릎에 노란색 블렌드 담배 한 갑을 던지며 히죽 웃는다.

"네 거야. 내 것도 하나 샀어."

아. 지금 또 뭘 기대하는 걸까? 예찬의 환호성이라도 질러야 할까? 아니면 고마움에 감격해서 밖으로 뛰쳐나가, 눈과 기름으로 얼룩진 바닥에 뒹굴기라도 해야 되는 걸까? 좀전까지만 해도 담배가 있었으면 하는 생각이 불쑥불쑥 들었는데. 하지만 그깟 블렌드 담배 한 갑에 기분을 풀 만큼 비르지타는 싸구려가 아니다.

역겨워! 비르지타는 정말 역겨운 게 누군지 이제야 깨닫는다. 다른 사람뿐만 아니라 자기 자신마저 뻔뻔하게 속이는 사람이 과연 누구인지.

린셰핑을 지났을 때에야 비르지타는 방한재킷에서 캔맥주를 하나 꺼낸다. 이미 네 개를 화장실에서 해치웠기 때문에 서두를 이유가 없다. 이제 마지막 캔 두 개를 천천히 음미하고 입술에 묻은 거품을 핥으면 된다.

난데없이 차가 차선을 벗어난다. 깡통 소리에 깜짝 놀란 마르가레타가 도로에서 시선을 놓치고, 그만 운전대를 잡고 있던 두 손이 시선을 쫓아왔던 것이다. 몇 초 사이에 정말 죽을 뻔했다. 왼쪽 차선을 달리고 있었고 바로 오른쪽 차선에 다른 차가 없었던 게 다행이었다.

"앞을 봐야지!"

비르지타는 소리치지 않는다. 그녀의 음성은 조용하고 무덤덤하다.

마르가레타는 속도를 서서히 줄이며 손으로 이마를 훔친다.

"그 맥주 어디서 났어?"

마르가레타의 목소리가 바르르 떨린다. 지구 멸망이나 그 비슷한 사건이라도 목격한 사람 같다. 비르지타는 도로 이쪽저쪽을 두리번거린다.

"속도 좀 줄여봐. 이정표 못 봤어? 아니면 모탈라 말고 다른 데로 가는 거야?"

마르가레타가 백미러를 한번 힐끗 보고 방향지시등을 켠다. 코밑에 땀이 송글송글 맺혀 있다. 아무리 세련된 옷을 입고 기적의 크림을 처발라도 그녀 역시 중년의 마녀일 뿐이다. 비르지타는 가만히 미소지으며 캔을 높이 들고 입으로 가져간다. 아! 이 냄새! 이걸 순한 오줌 같은 맥주가 아니라, 진짜 백 퍼센트 맥주라고 생각해줄 수도 있다. 모탈라에 도착할 때까지 설탕생쥐를 행복하고 평화롭게 해줄 수만 있다면 이것으로도 충분하다. 빵이 없으면 비스킷이라도 먹어라. 추악한 엘렌은 항상 그렇게 말했었다.

마르가레타는 모탈라 방향 차선으로 갈라지기 전 갓길에 차를 세운다. 차는 한 대도 보이지 않고 도로는 텅 비어 있다. 그러나 마르가레타는 더이상 달리지 않는다. 엔진만 끄고 열쇠를 돌려 뺄 생각도 하지 않고 운전대에 엎드려 신음하듯 중얼거린다.

"너 또 도둑질했지! 그 맥주, 주유소에서 훔친 거지!"

다시 고개를 든 그녀의 얼굴은 완전히 눈물로 뒤범벅이다.

"나보고 또 그 맥주 값을 물어내라는 거니? 스톡홀름으로 돌아가면서 또 그 주유소에 들러서 네 맥주 값을 내라는 거냐구? 아니면 그 청년을 붙잡고 늙은 알코올중독자한테 나도 지금까지 수백 번도 더 속았다고 신세 한탄이라도 해야 하는 거니!"

마르가레타는 천천히 고개를 젓는다.

"살아오면서 지금처럼 이렇게 모욕적인 기분은 처음이야. 처음이라 구!"

비르지타는 아무런 반응 없이 천천히 맥주를 음미하며 마신다. 마르가레타가 차를 다시 출발시킨다.

정말 모욕적인 기분이란 어떤 건지 말해줄 수도 있었다.

예를 들어 사람들에게 창녀라는 소리를 들었을 때의 기분이 어떤지 얘기해줄 수도 있었다. 열네 살의 순결한 여자와 열여섯 살 창녀의 기분이 어떻게 다른지 비교해서 차이점을 설명해줄 수도 있었다. 또 늙은 창녀라는 소리가 얼마나 수치스러운 건지, 얼마나 기분이 더러운 건지 자세히 말해줄 수도 있었다.

최악의 경우는 언제일까?

그래, 그건 물론 각자 다를 수도 있다. 하지만 비르지타는 단순히 창녀라고 손가락질 받을 때보다 정말 창녀일 때가 그렇다고 생각한다. 가령 사내들이 등뒤에서 킥킥거리며 야한 흉내를 낸다는 것을 알면서도 공장의 넓은 마당을 가로질러가는 여자가 있다고 해보자. 그녀가 등뒤에서 들리는 쑥덕거림이 성욕으로 달아오른 늙은 수컷들의 소리는 아닌지 고개를 뻣뻣이 들고 생각한다면, 그 여자는 분명 열네 살 처녀이다. 봉긋 솟은 젖가슴과 백합처럼 흰 피부를 가진 소녀. 이 세상 모든 남성들이 언젠가는 차지하리라 꿈꾸는, 그래서 그들을 손아귀에 넣을 만한 힘을 가진 한 떨기 꽃과 같은 처녀.

하지만 몇 년 뒤 자기가 진짜 창녀라는 걸 알게 되면, 창녀임을 입증하는 것들이 지갑에 쌓이고, 슬립 속에서 성병이 악화되고 있음을 느끼면 기분은 더욱 처참해진다. 얌전한 소녀처럼 페니실린을 삼키며 몸

을 씻고 또 씻어도 정말 사랑하는 남자의 사랑과 청혼을 받을 수 있을
만큼 깨끗해질 수는 없는 것이다. 그의 가슴에 머리를 기대고 그의 심
장 소리에 귀를 기울이고 싶은 마음을 내비칠 수 없다. 대신 그 때문에
남자를 끊임없이 유혹해야 한다. 그의 눈앞에서 젖가슴을 출렁거리고,
그의 손을 가랑이 사이로 끌어당겨 꼭 끼는 스커트 안에 아무것도 입
지 않았다는 것을 알려주어야 한다. 그러면 남자는 갈등과 일시적인
쾌락 사이에서 고래고래 소리를 지르며 여자의 관자놀이에 주먹을 날
릴 것이다. 그것도 바로 여자가 자신이 창녀라는 사실을 막 잊어버릴
찰나에. 여자는 한순간도 자신이 창녀라는 사실을 잊어서는 안 된다.
남자는 결코 그 사실을 잊지 못할 것이다. 그 때문에 그들은 서로 사랑
하면서도 매일같이 증오하고 싸우고 때린다. 그러다 결국 남자는 치사
량의 마약을 복용할 것이고 여자가 그 죄책감을 고스란히 떠안게 될
것이다. 그를 죽음으로 몰고 간 책임이 그녀에게 있으니까. 그건 바로
그녀가 창녀이기 때문에. 창녀이기 때문에.

　게다가 늙은 창녀라는 것은 너무 끔찍하다……

　그래. 늙은 창녀라면 한 번쯤은 성난 황소처럼 세상을 향해 성큼성
큼 나아가 경찰의 얼굴에 침을 뱉어줄 수도 있다. 기회가 된다면, 하는
일 없이 빈둥거리는 놈들, 비참해지기를 원하는 모든 놈들에게 따귀를
한 대 올려줄 수도 있다. 그러고 나서 맥주 한잔을 들이켠다. 모욕적이
고 수치스런 기분에 맥주만큼 좋은 게 있으랴!

　비르지타는 입술에 묻은 거품을 훔치며 마르가레타를 힐끔 쳐다본
다. 아까보다 천천히 차를 몰고 있다. 정말 모욕적인 기분을 설명하면,
그 말들은 마르가레타의 그 장미 같은 작은 귓속에 쏙쏙 들어가 박힐
까?

　어쩌면 그럴지도. 비르지타는 무릎에 캔맥주를 끼고 담뱃갑을 만지작

거리며 셀로판지를 잡아당긴다. 그녀도 알 수가 없다. 그 말들이 어디에서 튀어나왔는지, 무엇 때문에 느닷없이 속사포처럼 튀어나왔는지.

"애비 없는 년. 갈보딸년. 거지 같은 년. 사탄의 자식. 더러운 인간. 거지발싸개 같은 년. 창녀. 개 같은 년. 역겨운 년. 악마의 자식. 문제아. 주정뱅이……"

마르가레타가 고개를 돌린다.

"너 지금 뭐라고 그랬어?"

하지만 비르지타는 아무 대꾸도 할 수 없다. 입이 수십 년 동안 목구멍에 걸려 있다가 이제야 봇물처럼 터진 단어를 내뱉기 시작한다. 마치 토악질을 하듯 욕설을 퍼붓는다. 비르지타 자신도 어떻게 해볼 도리가 없다.

"후레자식. 매춘부. 더러운 갈보년. 싸구려 창녀. 더러운 년. 씨팔년. 불결한 년. 마약중독자. 닳고 닳은 년. 마약중독자. 썹―썹―썹할년."

"그만둬! 그만두라구!"

마르가레타가 흥분으로 씩씩거린다. 그러나 비르지타는 멈출 수 없다. 말들이 입을 마구 밀어젖히고 터져나온다. 담뱃갑을 더듬거리다 도난방지장치처럼 느껴지는 셀로판지를 뜯어내려 했지만 소용이 없다. 이젠 담뱃갑도 뜯을 수 없다니. 손은 덜덜 떨리고 입은 제멋대로다.

"마녀. 뱀. 흡혈귀. 돼지. 구역질나는 년. 주정뱅이 할망구. 염병할년. 사기꾼. 사기도박꾼. 복지에 빌붙어 사는 년. 거지. 떠벌이. 도둑년. 거짓말쟁이! 거짓말쟁이! 거짓말쟁이!"

마르가레타는 이제 거의 소리를 지르다시피 한다.

"닥쳐! 정말 닥치지 못해!"

그제야 비르지타는 말을 멈추고 등을 기대고 눈을 감는다. 말들은 이제 그녀의 입을 떠났다. 손도 더이상 떨리지 않는다. 비르지타는 기어이 마음속 깊이 꽁꽁 숨겨두었던 진실에 이르렀다.

그날 아침은 이상하리만치 조용했다. 비르지타가 부엌으로 머리를 디밀고 '안녕' 하고 아침인사를 했을 때, 엘렌과 크리스티나, 마르가레타는 추위에 떠는 참새처럼 식탁 앞에 앉아 있었다. 엘렌만이 뭐라고 한마디 중얼거렸을 뿐 크리스티나와 마르가레타는 고개만 끄덕였다. 물론 피곤들 하셨겠지. 학교에 다니는 크리스티나와 마르가레타는 비르지타처럼 매일 아침 일찍 일어날 필요는 없었지만.

밖에는 빗방울이 가볍게 흩날리고 있었다. 가을공기는 서늘하고 쾌적했다. 버스가 비르지타의 얼굴에 매캐한 연기를 뿜으며 멈춰 섰다. 버스정류장에 있던 다른 사람들과 마찬가지로 그녀는 얼굴을 찌푸리며 고개를 돌렸다. 모두가 평범한 사람들이었다. 늙은 닐손과 노파 블라트, 그저 그렇고 그런 사람들. 룩소르에 다니는 사람들이었다. 모탈라의 룩소르 공장에서 일하는 사람들이 먼저 버스에 올랐다. 닐손 영감은 기회만 있으면 비르지타 옆에 앉아 조간신문을 읽는 척하면서 그녀의 허벅지에 자기 다리를 밀착해왔다. 비르지타는 역겨웠지만 보통은 내버려두었다. 그의 입술은 언제나 축축히 젖어 있었고 앞니는 누랬다. 그래도 닐손은 시간과 분, 스톱워치와 임금공제를 관리하는 근무 조장이었다.

그는 비르지타가 창가 쪽 자리에 앉는 걸 확인하고 엉큼한 미소를 지으며 옆 빈자리에 엉덩이를 들이밀었다.

"안녕!" 그는 인사를 건네며 무릎에 신문을 펼쳤다. 그리고 아니나 다를까 비르지타의 허벅지에 제 허벅지를 밀착해왔다. 비르지타는 가만히 있었다. 웃지도 않았고 창가로 더 붙어 앉지도 않았다. 그의 신문을 한번 힐끗 보고 고개를 돌려 잠시 비와 회색 안개에 눈길을 주었을 뿐이다. 그러다 퍼뜩 무슨 생각이 났는지 다시 신문 위로 몸을 숙였다. 순간 늙은이는 열린 재킷과 단추 풀린 블라우스 사이로 드러난 그녀의 가슴을 보고 숨을 헐떡거렸다. 하지만 신경쓰지 않았다. 그때 비르지타는 보았다. 오늘이 바로 10월 5일이라는 것을. 게르트루드의 삼주기, 바로 그날이었다.

"당신." 비르지타는 잔뜩 가라앉은 음성으로 운을 떼며 한 손을 신문 밑 닐손의 허벅지 위에 가만히 올려놓았다. 그는 눈을 깜박이며 마치 뭔가 결정적인, 그러니까 그의 인생을 송두리째 바꿔버릴 뜻밖의 기사라도 발견한 것처럼 신문을 뚫어져라 보았다. 순간 비르지타의 손이 재빠르게 움직였다.

"내가 오늘 좀 일찍 빠져나올 수 있도록 조정해줄 수 있어요? 아무도 눈치 못 채게."

닐손은 불명확한 소리로 우물거리며 신문을 뒤적였다. 그의 눈은 비르지타를 보고 있지 않았지만, 분명 뭔가 기대하고 있다는 게 느껴졌다.

비르지타는 손으로 한번 그의 허벅지를 가볍게 스치고 다시 제자리에 올려놓았다.

"고마워요. 정말 친절하시군요. 이번 일은 잊지 않을게요."

비르지타는 속삭이듯 말했다.

이렇게 해서 비르지타는 그날 어두워지기 전에 묘지에 갈 수 있었다. 작년에는 작업이 다 끝난 다음에야 갈 수 있었기 때문에 반쯤 미친 것처럼 공장에서 근처 꽃집으로 뛰었다. 그러나 막상 꽃집에 도착해서는 빨간 장미를 살지, 흰 장미를 살지 정하지 못하고 두 눈이 빨개지도록 망설였다. 결국 꽃을 사서 부랴부랴 가게문을 나섰을 때는 어둠이 짙게 내려앉은 뒤였다. 이미 가로등에 불이 들어와 있었다. 뒤로는 문을 닫느라 열쇠 돌리는 소리가 귓전을 스쳤다. 꽃가게도, 다른 상점들도 모두 문 닫을 채비를 하고 있었다.

공동묘지로 가는 길은 더 어두웠다. 모탈라 거리는 적막하고 쓸쓸해서 집과 집 사이로 그녀의 발걸음 소리가 메아리쳐 울렸고, 가로등 불빛에 비친 그녀의 그림자는 커졌다 작아졌다 했다. 가슴이 쿵쿵 뛰었다. 더이상 숨도 쉴 수 없을 것 같았다.

비르지타는 들어설 용기가 나지 않았다. 공동묘지는 불이 모두 꺼져 어두컴컴했다. 꽃을 옆구리에 꼭 끼고 오랫동안 울타리 옆에 서 있었다. 그때 어디선가 웃음소리가 들리는 것 같았다. 어둠을 가르고 여자의 은빛 웃음소리가 낮게 들려오는 것 같았다. 그리고 누군가 묘지에 누워 반짝이는 은빛 소리와 함께 유혹하듯 그녀를 향해 미소를 보내고 있는 것 같았다. 수의 안에 칼을 숨기고서.

비르지타는 꽃다발을 울타리 너머로 휙 던지고 그대로 뒤돌아 달렸다. 제정신이 아닌 바보처럼 달리고 또 달렸다. 하지만 올해는 그럴 수 없다.

닐손은 고개를 가만히 끄덕이고 머리를 돌렸다. 비르지타는 그 덕에 공장에서 빠져나올 수 있었다. 닐손은 적당한 시간에 그녀의 카드에 도장을 찍어줄 것이다. 분명 어느 날 화장실에서 그녀의 육체를 대가로 요구할 테지만 그래도 그럴 만한 가치가 있다.

비르지타는 시장을 지나 꽃가게로 달렸다. 올해는 시간이 지체되지 않도록 미리 생각을 해두었다. 빨간 장미로 게르트루드의 무덤을 장식해주기로.

게르트루드는 삼 년 전에 죽었지만, 비르지타는 매일 그녀를 눈앞에 보고 있는 듯한 착각에 시달렸다. 버스 안 낯선 사람의 목덜미에서도, 지나가는 사람 속에서도, 멀리서 들리는 웃음소리에서도 매번 게르트루드의 환영을 느꼈다. 그러나 고개를 돌리는 순간 그것은 환멸로 바뀌었다. 게르트루드는 죽었다. 다시 돌아올 수 없다.

비르지타는 공동묘지로 난 길 앞에 서서 숨을 깊이 들이마셨다. 어둡진 않았지만 흐리고 습한 잿빛 오후였다. 나무도 그림자처럼 보였다. 구름은 그 그림자마저 흔적도 없이 덮치고 비르지타마저 집어삼킬 것 같았다.

그녀는 게르트루드에게 갔다. 그리고 가을빛으로 물든 무덤의 누런 잔디에 붉은 장미를 올려놓은 다음 잠시 고개를 숙이고 서서 게르트루드를 추모했다.

그녀가 집에 들어서자, 엘렌은 깜짝 놀란 표정이었다. 엘렌은 언제나처럼 거실에 앉아 수를 놓고 있었다. 그녀는 거실로 난 문 앞에 서 있는 비르지타를 보고는 안경을 위로 올리고 눈을 깜박이며 레이스 틀을 내려놓았다.

"아니, 벌써 왔어?"

비르지타는 고개를 끄덕이며 머리에 썼던 스카프를 벗고 재킷 단추를 풀었다.

"네, 몇 시간 일찍 나왔어요."

엘렌은 이맛살을 찌푸렸다.

"허락은 받고 나온 거야?"

비르지타는 재킷을 벗어들고 밖으로 나가 현관 복도에 걸었다. 점심 메뉴는 양배추고기말이였나보다. 부엌에서 냄새가 풍겨나왔다. 비르지타는 다시 거실로 가서 곱슬곱슬한 앞머리를 쓸어넘기고 소파에 풀썩 주저앉았다.

"잘 처리했어요. 아무도 본 사람도 없고."

엘렌은 레이스 틀을 가슴께로 올리고 다시 수를 놓기 시작했다. 그녀는 빨간 결을 따라 한 땀 한 땀 수를 놓으며 허공으로 바늘을 뽑아냈다.

"그럼 임금에서 공제하기로 한 거야?"

비르지타는 고개를 가로저었다. 노. 그건 이미 잘 해결되었다. 엘렌의 눈은 비르지타를 쳐다보고 있었지만, 수를 놓는 두 손의 움직임은 멈추지 않았다. 그녀는 안경을 벗어들고 비르지타를 가만히 바라보았다. 마르가레타가 자기가 읽은 책의 한 부분을 빗대어 엘렌의 눈매를 표현한다면, 꿰뚫어버릴 듯한 눈초리라고 하지 않았을까?

"도대체 조퇴한 이유가 뭔데?"

비르지타는 자기 손을 가만히 들여다보았다. 그때 문득 금방 돌아가야 할 손님처럼 소파 한 귀퉁이에 앉아 있는 자신의 모습을 발견했다.

"묘지에 갔었어요. 오늘이 삼주기잖아요. 작년엔 일을 다 끝내고 갔더니 너무 컴컴하더라구요. 올해는 해가 지기 전에 가고 싶었어요."

엘렌이 고개를 끄덕였다. 하지만 두 눈만은 비르지타에게서 떼지 않았다.

"꽃은 사갖고 갔니?"

이번엔 비르지타가 고개를 끄덕였다.

"무슨 꽃?"

그게 자기와 무슨 상관이란 말인가? 그건 비르지타와 게르트루드의 일이다. 그렇다고 대답을 안 할 수도 없다. 이 집에서는 꼭 대답을 해야 한다. 비르지타는 허벅지 아래 양손을 밀어넣고 입을 열었다.

"장미꽃이요. 장미 세 송이."

엘렌이 고개를 끄덕였다. 분명 그건 알맞은 선택이었다. 최소한의 반론의 여지도 없는.

잠시 둘 사이에 침묵이 흘렀다. 벽시계의 째깍거리는 소리만 들릴 뿐이었다. 비르지타는 소파 등받이에 기대앉아 주위를 둘러보았다. 이 집에 온 후로 이 공간만큼은 변한 게 없다. 모든 것이 그대로였다. 화분도, 가구도, 장식품들도 언제나 그 자리에 있다. 지금 시간이 정지한 듯한 이 순간에도 시계는 변함없이 째깍거린다. 비도 변함없이 유리창을 두드린다.

엘렌은 안경을 들고 가위를 찾아 실을 잘라내고 수가 잘 놓였는지 살폈다. 그녀의 자수 솜씨 또한 항상 그렇듯 완벽할 것이다. 모든 사람이 인정하듯이.

비르지타는 불현듯 담배를 피우고 싶다는 생각이 들었다. 핸드백에 프린스 담배 한 갑이 거의 그대로 있을 텐데, 그걸 가지러 현관으로 갈 용기가 나지 않았다. 딱히 그러지 말라고 한 것도 아니었는데, 엘렌의 집에서는 담배를 피운 적이 한 번도 없었다. 정원에 나가서 몰래 피우고 와야겠다. 비르지타는 손가락에 힘을 주어 몸을 지탱하면서 소파에서 일어섰다.

"어디 가려고?"

비르지타는 다시 풀썩 주저앉았다.

"아무 데도 안 가요. 그냥 내 방에."

엘렌은 레이스 틀과 가위를 내려놓고 안경을 벗었다.

"잠깐 있어봐. 얘기 좀 하자."

그녀는 이렇게 말하며 손으로 얼굴을 비볐다. 그리고 엄지와 검지로 콧등에 난 안경 자국을 문질렀다.

비르지타는 등을 꼿꼿이 세우고 양손을 다시 허벅지 아래에 밀어넣었다.

"저랑요? 무슨 얘긴데요?"

"너의 행동거지에 대해서 별로 좋지 않은 얘기가 들려서 말이야. 너 토요일엔 어디에서 뭘 했니?"

비르지타는 입술을 꽉 물었다. 통증이 느껴졌다.

"응?" 엘렌이 재차 물었다.

비르지타는 엘렌을 똑바로 쳐다보며 말했다.

"특별한 일 없었어요. 누가 또 나에 대한 험담을 했나보죠? 크리스티난가요, 아니면 마르가레탄가요? 빌어먹을, 그것들은 왜 항상 나에 대해 나쁜 얘기만 하는 거죠? 머리를 쥐어짜내가면서까지. 도대체 왜 그러는지 모르겠어!"

엘렌은 숨을 한번 깊이 들이마시고 비르지타의 말을 끊었다.

"비르지타, 그애들이 험담한 게 아니야. 진정해. 어떤 여자애들한테서 몇 가지 들었을 뿐이야. 그 얘기가 정말 사실인지 알고 싶어."

비르지타는 고개를 푹 숙였다. 손은 여전히 허벅지 밑에 있었고 목소리는 속삭이듯 작았다.

"무슨 얘기를 들었는데요?"

엘렌은 헛기침을 하며 다시 콧잔등의 안경 자국을 비볐다.

"오늘 청소년국의 마리안네와 얘기를 했는데, 그 여자 말이 시내에 너에 대해 안 좋은 소문이 떠돌고 있다는 거야. 크리스티나와 마르가레타도 그 얘기를 들어 알고는 있는 듯한데, 무슨 얘기인지, 누구 이야기인지는 말을 안 해……"

그녀는 손을 무릎에 내려놓은 다음 다시 심호흡을 크게 하고 가만히 자기 무릎을 쳐다보았다.

"스티그가 오늘 낮에 내게 전화했었어. 자기도 그 소문 들었다고. 소문의 내용을 모두 다 알고 있었지. 네가 토요일에 남자 세 명이랑 잠을 잤다는 얘기를 직접 그 현장에 있었던 여자애한테 들었대. 개도 청소년국의 관리를 받아야 할 애라서 스티그가 직접 '소녀의 집'까지 데려다줬는데, 차 안에서 그 아이와 너에 대해 많은 이야기를 나누었다고 했어. 특히 토요일날 네가 술이 취한 채로 바라모 해변에 누워 세 녀석과 차례로 별 이상한 짓거리를 다 했다고……"

그녀는 말을 잠시 끊었다. 계속 얘기를 이어갈 수 없었는지 손으로 목을 한번 쓰다듬었다.

비르지타는 소파에 웅크리고 앉아 있었다. 마치 뭔가를 잔뜩 경계하고 있다가 언제라도 금방 달려들 맹수처럼 앉아 있었다. 처음엔 전혀 움직이지 않았다. 미동도 없었고 아무 대꾸도 하지 않았다. 이빨 사이로 침 같은 것이 흘러나오는 것만 보일 뿐이었다.

마리안네! 메기주둥이 스티그! 크리스티나와 마르가레타! 입만 벌리면 거짓말을 하면서 어린아이를 집으로 돌려보내지 않은 천하의 못된 것들! 언제쯤 이 모든 것에서 벗어날 수 있을까? 게르트루드의 인

생도 완전히 망쳐놓고, 이제는 비르지타의 삶까지 송두리째 짓밟으려
한다. 언제쯤 이 바보천치들에게서 헤어날 수 있을까! 모두 힘을 합쳐
비르지타를 죽이려 한다! 악담과 중상모략으로 게르트루드를 만신창
이로 만들어놓더니, 이젠 사회복지국 청소년부서의 결정을 등에 업고
비르지타의 삶마저 끝장내려 한다! 왜 그렇게 못 잡아먹어서 안달일
까? 왜 그렇게 비르지타를 같이 살고 싶어하던 사람과 기를 쓰고 떼어
놓으려 했을까? 그 때문에 게르트루드는 혼자 살다 죽었다. 비르지타
가 옆에만 있었어도, 이 망할 엘렌의 집에 마지못해 끌려와 살지만 않
았어도, 그런 일은 결코 없었을 것이다. 비르지타는 게르트루드가 아
프거나 상태가 안 좋으면 항상 자세를 바꿔 뉘어주었다. 게르트루드는
술을 마시면 똑바로 누워 있지 못하고 꼭 엎드려야 한다는 걸 비르지
타는 알고 있었다. 하지만 비르지타는 그때 그곳에 없었다. 비르지타
를 떼어놓아서 게르트루드를 죽게 만든 것이다! 그리고 이번엔 비르
지타를 노리고 있다! 이제 비르지타를 갈가리 찢어버리고 싶어한다!

　드디어 비르지타의 말문이 터졌다. 드디어. 말이 목까지 차오른 것
같았다. 목소리는 거칠었다. 느닷없이 말문이 터졌다. 한마디 한마디
가 입에서 공처럼 굴러떨어졌다.

　"너희! 때문이야! 니들이! 죽였어!"

　엘렌은 몸을 움찔했다.

　"뭐라고 하는 거야? 누가 죽어?"

　비르지타는 씩 웃었다. 목구멍에 꽉 막혀 있던 덩어리가 녹았다. 말
이 술술 나오기 시작했다.

　"그런 멍청한 소리 하지 마, 이 늙은이야! 게르트루드 말이야. 너희
들이 게르트루드를 죽였어. 너를 비롯한 너의 그 얽히고설킨 떨거지들
말이야! 너와 마리안네, 그리고 메기주둥이!"

엘렌은 두 눈을 깜박거렸다.

"무슨 소리야? 죽이다니? 메기주둥이는 또 누구야?"

비르지타는 소파에서 일어났다. 금방이라도 천장에 닿을 듯 갑자기 키가 부쩍 커진 느낌이 들었다. 천장을 뚫고 나가서 후베르트손의 방을 지나 다락까지 닿을 것 같았다. 이 망할 놈의 지붕까지도 닿을 수 있을 것 같았다. 이 저주받을 집이 폭삭 무너지도록 말이다!

비르지타는 비틀거리면서 거실 한가운데에 섰다. 치마폭이 허락하는 한 한껏 다리를 벌리고 서서 집게손가락으로 누군가를 고발하듯 안락의자를 가리켰다. 그녀의 목소리는 변성기 소년처럼 가장 낮은 베이스음에서부터 날카로운 소리까지 오르락내리락했다.

"입 닥쳐, 이 할망구야! 너와 네 떨거지들만 생각하면 신물이 나. 너와 메기주둥이 스티그, 마리안네가 쓸데없는 짓만 안 했어도 게르트루드는 죽지 않았을 거야. 내가 게르트루드와 계속 같이 살 수만 있었어도, 곁에 있기만 했어도, 내 소원대로 엄마를 돌볼 수만 있었어도 말이야! 그러면 죽지 않았을 거야. 그랬다면 언제까지고 게르트루드가 살수 있도록 돌보았을 거라구!"

엘렌의 안색이 변했다. 하얗게 질렸다가 상기되더니 다시 핏기가가셨다. 그녀는 늙은 노파처럼 힘겹게 자리에서 일어서서 두 손을 내밀었다.

"불쌍한 내 아가! 사랑하는 비르지타, 난 정말 몰랐어……"

비르지타는 허공에 대고 이리저리 몸을 흔들었다. 그녀는 엘렌의 손을 잡고 싶지 않았다. 다른 건 뭐든 괜찮았다. 하지만 그것만은 싫었다. 다시는 그 손을 잡고 싶지 않았다! 이 세상 모든 사람들이 그녀를 만져도 괜찮다. 원한다면 세상 모든 사람들이 그녀의 육체를 탐해도 좋다. 그러나 지금 여기서만큼은 아니다! 이 여자만큼은 안 된다! 결코!

늙은이는 울부짖기 시작했다. 굵은 눈물방울이 뺨을 따라 흘렀다. 두 손은 여전히 허공을 맴돌고 있었다.

"이 불쌍한 아가야! 불쌍한 비르지타! 너는 물론 집으로 돌아갈 수도 있었어. 하지만 네 엄마가 그걸 원치 않았어. 내가 직접 네 엄마와 얘기했는데 그럴 수 없다고 했었어."

거짓말이야! 저 마귀 같은 할망구가 이젠 면전에서 거짓말을 하고 있군! 뻔한 거짓말을 말이야. 비르지타의 눈엔 그 새빨간 거짓말이 마치 하얗게 빛나는 유성처럼 허공으로 돌진해오는 것 같았다. 눈먼 사람처럼 몸을 이리저리 흔들어보았으나 소용이 없었다. 두 눈은 멀어서 재로 변했고 살갗은 불꽃이 일며 삽시간에 숯으로 변해버렸다.

아, 아파!

비르지타는 배를 두 손으로 꼭 누르며 몸부림을 쳤다. 그러면서 고함을 지르다 난데없이 아무 소리나 지껄였다. 몸이 터져버릴 것만 같았다. 이제야 알았다. 몸이 절단 난다는 것이 이런 것임을. 이제 곧 바닥에 쓰러져 죽겠지…… 귀찮게 굴지 마! 썩 꺼져버려!

그러나 죽지 않았다. 처음의 그 격렬한 고통이 가라앉고 고함 소리도 잦아드는 것 같았다. 비르지타는 천천히 일어나 엘렌을 노려보았다. 노파는 그 자리에 서 있었다. 하지만 그녀의 팔은 허공을 맴돌지 않고 주인을 향해 축 늘어져 있었다. 눈물은 여전히 뺨을 타고 흘렀고 코에서 가느다란 핏줄기가 새어나왔다.

"네가 그렇게 슬퍼할 줄은, 네 엄마 때문에 그렇게 슬퍼할 줄은 꿈에도 생각 못 했어……"

그녀가 한 걸음 다가왔다. 비르지타는 깜짝 놀라 방어하듯 팔을 올리고 벽으로 뒷걸음질쳤다.

"나 건드리지 마, 경고야! 못 들었어? 건드리지 말라구! 당신이 얼마나 뻔뻔스런 위선자인지 난 다 알고 있어!"

엘렌은 순간 그 자리에 우뚝 멈춰 섰다. 잠깐 몸이 휘청했다. 눈에서 조심스런 불꽃 하나가 피어올랐다.

"그게 무슨 말이지? 비르지타, 그건 또 무슨 말이야?"

뺨에 흐르던 눈물을 손등으로 훔치며 엘렌이 물었다. 비르지타는 다시 한 걸음 뒤로 물러서며 바닥에 침을 뱉었다.

"난 다 안다구!"

엘렌의 코에서 흐르는 핏줄기가 더욱 굵어졌다. 시시각각 얼굴 마비가 심해지고 있는 것 같았다. 극도의 긴장으로 그 자리에 가만히 서서, 아무것도 의식하지 못한 채, 얼굴만 점점 더 굳어지는 것 같았다.

"이제 좀 진정해봐, 비르지타. 그게 무슨 얘기야?"

비르지타는 손으로 코밑을 쓱 훔치고 흐느끼면서 말했다.

"당신이 낳은 기형아 말이야! 나는 당신이 낳은 그 저주받은 기형아에 대해 다 알고 있다구!"

엘렌의 얼굴이 백지장처럼 하얘졌다. 비르지타는 언젠가 이런 순간이 닥치리라는 걸 알고 있었다. 엘렌은 몸을 움찔하며 아무 말도 못 했다. 비르지타는 음흉한 웃음을 터뜨렸다.

"게르트루드가 바로 당신 옆 침대에 누워 있었거든! 게르트루드는 당신이 어떤 여자인지, 단지 집에서 키우는 게 힘들다는 이유로 자기가 낳은 아이를 얼마나 쉽게 내쳐버렸는지 다 알고 있었지. 당신은 아주 매정하고 인색한 사람이야. 돈을 받을 수 있다는 이유로 건강한 아이를 원한 거지!"

엘렌은 여전히 그 자리에 가만히 서 있었다. 하지만 비르지타는 뒤로 한 발짝 더 물러섰다. 엘렌이 이젠 손을 내밀지 않았는데도 멀찌감

치 떨어져서 창가에 기대섰다. 느닷없이 웃음이 터져나왔다. 유리처럼
맑게 울리는 폭소였다. 웃었다. 배가 아프고 눈물이 날 정도로 미친 듯
이 웃고 또 웃었다. 그러다 숨을 헐떡이며 눈물을 훔치고 다시 말하기
시작했다.

"이 집에서 당신은 언제나 성녀였어. 그래서 마르가레타와 크리스
티나는 당신을 떠받들었던 거야. 네 발에 키스를 하고 똥구멍이라도
핥을 것처럼 말이야. 그야말로 당신은 훌륭한 엄마였어. 어쨌든 마르
가레타와 크리스티나를 버린 못된 생모들과는 달랐으니까 말이야. 하
지만 나는 처음부터 다 알고 있었어…… 당신은 한순간도 그애들의
생모보다 더 나을 게 없었다는 걸 말이야!"

비르지타는 다시 웃음을 터뜨렸다. 한번 터진 웃음보는 좀체 그칠
줄 몰랐다. 오줌이 찔끔찔끔 나와 두 다리를 바짝 오므려야 할 지경이
었다. 그녀는 웃고 또 웃었다. 무릎에 힘이 빠져 넘어지지 않도록 눈을
감고 벽에 딱 붙어 있었다. 이젠 말도 제대로 할 수 없을 것 같았다. 정
신을 집중해야 했다.

"나는 처음부터 다 알고 있었어! 당신이 얼마나 쓰레기 같은 인간
인지, 얼마나 끔찍한 인간인지!"

비르지타는 다시 눈을 뜨고 엘렌을 쳐다보았다. 늙은이의 코밑은
피로 완전히 붉게 물들어 있었다. 그래도 엘렌은 꿈쩍도 하지 않고 가
만히 서서 나직이 말했다.

"나도 알아. 하지만 넌 이해 못 할 거야……"

엘렌은 더이상 말을 잇지 못했다. 그저 신음 소리와 함께 눈을 동그
랗게 뜨고 손을 뻗어 허공에서 있지도 않은 버팀목을 찾았다. 그러다
그만 바닥에 쓰러졌다.

얼마나 오랫동안 벽에 바짝 붙어서서 쓰러진 엘렌을 쏘아보았을까? 몇 분? 몇 시간? 아니 몇 년이 흘렀나?

　알 수 없었다. 단지 한 가지 확신이 그 시간 온몸의 세포 하나하나를 가득 채웠다는 것만 알았다. 모든 희망이 지나갔다는 확신, 종신형의 판결이 내려졌다는 확신. 벽에서, 천장에서 쉭쉭거리며 속삭이는 소리가 들리는 듯했다. 빗방울이 유리창을 두드리는 동안, 눈에 보이지 않는 판사의 목소리가 째깍거리는 벽시계 소리와 뒤섞여 들려왔다. *유죄를 선고하노라! 유죄! 유죄를!* 비르지타가 변론을 하려 해도, 그 말을 막기 위해 두 팔을 들어 벽을 눌러도 아무런 소용이 없었다. 난 죄가 없어요! 없어요! 없어요! 비명을 질러봐도 소용이 없었다.

"거짓말."

마르가레타가 기어를 저단으로 바꾸며 말한다.

비르지타는 대꾸하지 않고 한숨만 내쉰다. 그리고 두번째 캔맥주를 딴다. 그래, 거짓말이야. 그렇고말고. 난 이 나이까지 거짓말만 하고 살아왔으니까. 이럴 땐 차라리 가방에서 독사를 풀어 착한 엘렌 아줌마가 기겁했던 것이라고, 그래서 뇌졸중으로 쓰러진 거라고 하는 편이 나았을 것이다. 아무렴, 그렇고말고. 난 시민대학에서 혐오스러움에 대한 일반과정을 수료하고 트러블메이커가 되기 위한 직업교육을 받았기 때문에 정말 뒤로 자빠질 정도로 놀래키고 싶은 사람을 만날 때마다 가방에 항상 독사를 넣어 갖고 다닌다. 믿을 수 없겠지만 사실이다. 차라리 이렇게 말하는 편이 나았을 것이다. 만약 갑자기 거실에 하얀 독사가 쉭쉭거리고 나타나 엘렌이 기겁한 것이 아니라면, 그냥 그 착한 아줌마가 카펫의 엉킨 수술에 걸려 넘어져 뇌진탕을 일으킨 것이라고 하는 편이 나았을지도 모른다. 충분히 그럴 수 있다. 차라리 이런 가정이 더 개연성이 있다. 도대체 그 누가 진실에 만족해야 한다고 주장할 수 있겠는가?

도로가 좁아지더니 이내 길가 양옆으로 숲이 펼쳐지면서 어두워진다. 하지만 곧 앞이 탁 트이면서 도로가 다시 넓어진다. 벌써 모탈라에 도착한 것이다. 비르지타는 맥주 같지 않은 맥주 나머지를 벌컥벌컥 마신다. 어차피 이제 곧 집이고, 자기만 아는 곳에서 제대로 된 맥주를 가져오면 되니까.

마르가레타가 머리를 가로저으며 입을 연다.

"엘렌에게 아이가 하나 있었다고? 말도 안 되는 소리야. 아줌마는 그런 얘기는 한 번도 한 적 없었어…… 그 누구한테도."

"그랬을 거야. 하지만 아이가 있었던 건 사실이야. 내버리긴 했지만."

비르지타는 대꾸하며 숲으로 눈길을 돌린다. 나무 밑에는 아직도 눈이 녹지 않고 있다. 마르가레타는 입술을 깨물며 머리를 흔든다. 그러나 아무 말도 하지 않는다. 다시 입을 열었을 때 아랫입술에 피가 조금 비친다.

"죽었을 거야. 그렇게 심한 중증 장애아였다면."

마르가레타는 이 말과 함께 얼른 피를 핥는다.

"죽지 않았어. 후고는 죽었지만, 그 아이는 죽지 않았어."

마르가레타가 무시하는 눈초리로 비르지타를 쏘아보고 좀더 속도를 낸다.

"그걸 네가 어떻게 알아?"

비르지타는 고개를 끄덕이며 입술을 훔친다. 그래, 젠장. 그럴 줄 알았지.

"그애 이름도 알고 있어."

그러나 마르가레타는 이름을 묻지 않는다. 입에 담배를 물고 라이터를 찾는다. 그와 동시에 점점 더 속도를 낸다. 생명의 위협을 느낄 정도지만, 비르지타는 그저 자신의 일에 골몰한 채 머리를 숙이고 마르가레타에게 라이터를 건네준다. 비르지타는 곧 도착할 자신의 아늑한 집에도, 나무 주변에 새로 간 아스팔트에도 아무 관심이 없다. 집에 가면 매트리스에 잔뜩 웅크리고 누워 어둠을 즐길 거야. 어제 싸울 때 로저가 창문에서 뜯어낸 커튼도 다시 잘 정리해야지. 이미 날은 어두워졌고, 내일은 무슨 일이 있어도 해가 지기 전까진 깨지 않을 거야. 하루 종일 실컷 잠이나 자야지.

바깥에 막 어둠이 깔리는 것 같더니 이내 다시 밝아진다. 이 순간만큼은 비르지타도 기분이 좋다. 숲이 평원에 자리를 내준 것이다. 차는 이제 모탈라 시내로 진입한다. 비르지타는 등을 기대고 앉는다. 피곤하다. 아주 많이. 그대로 잠들어버릴 것만 같다.

눈을 떠보니 차는 옛 시청 강당을 지나고 있다. 비르지타는 캔맥주를 들고 얼마나 남았는지 가볍게 흔들어본다. 소리로 보아 생각했던 것보다 많이 남아 있는 것 같다. 한 모금 들이켜고 입을 닦으며 말한다.

"좌회전해. 여기 말고 샤를로텐베그에서. 우리집은 샤를로텐보리에 있거든."

아무런 대답이 없다. 비르지타가 잠들어 있던 사이, 마르가레타는 선생 특유의 표정을 되찾은 듯 콧대를 세우고 완전히 무표정한 얼굴로 운전을 한다. 흥. 영영 헤어지는 이 순간까지 저렇게 입 다물고 앉아 있어야 하는 건가?

"건배, 불평쟁이를 위하여! 이젠 다시는 널 보지 않아도 된다니, 기분 괜찮네. 여기서 좌회전!"

비르지타는 캔을 들며 마르가레타에게 축배의 말을 건넨다. 하지만 마르가레타는 좌회전을 하지 않고 그 지점을 지나쳐 계속 직진한다. 빌어먹을! 비르지타는 주먹으로 계기판을 내리친다. 그렇게 고대하던 시간이 코앞에 닥쳤는데, 이 순간까지 싸우고 싶지는 않다.

"이 바보야, 좌회전이라니까!"

마르가레타는 고개를 돌리고 비르지타를 힐끔 쳐다본다.

"알아, 알고 있었다니까. 모르고 지나쳐버린 게 아니라구."

"뭐라고? 내 집은 저 왼쪽에 있는 샤를로텐보리라구. 도대체 운전을 어떻게 하는 거야?"

마르가레타는 호의적인 미소를 띤 얼굴로 다시 한번 힐끗 쳐다본다.

"너희 집이 아니라 바드스테나로 가고 있는 거야. 크리스티나도 네 얘기를 들어야 한다고 생각해. 네 말에 대해 한 번이라도 스스로 책임을 져봐."

이건 납치다. 분명 납치다!

비르지타는 정지신호에 걸려 차가 서자마자 손잡이를 잡아당긴다. 하지만 아무리 애를 써도 문은 열리지 않는다. 조바심이 난 마르가레타가 액셀을 밟는다. 차가 요란스레 부르릉거린다. 마르가레타는 비르지타를 보지 않는다.

"괜히 손잡이 잡아당기지 마. 망가질 수도 있어. 내 자리에서 잠가버렸으니까 안 열릴 거야."

신호가 바뀌고 차가 움직인다. 마르가레타는 길을 잘 아는지 조금도 망설이지 않고 왼쪽으로 방향을 바꾼다. 하긴 놀랄 일도 아니다. 학생 시절 매일같이 다니던 길이었으니까. 엘렌의 집은 여기서 그리 멀지 않은 곳에 있다.

그곳을 지나가면서 마르가레타는 고개를 돌려 도로를 살핀다. 마치 희뿌연 그림자 말고 더 많은 것을 보고 싶은 듯이. 마치 자동차 도둑 같다. 이쪽저쪽 동태를 살피는, 정신나간 자동차 도둑. 그 차가운 눈빛의 배신자에게 대질심문을 받기 위해 가는 것이 아니라면, 비르지타에겐 바드스테나에 가는 것이 무척 즐거운 일이 될 수도 있다.

"이건 납치야. 내일 너를 고발하겠어."

비르지타는 캔을 높이 들어 마지막 한 모금까지 마신다. 마르가레타가 웃음을 터뜨린다.

"그래, 맘대로 해. 경찰이 누구 말을 듣는지 한번 보자구."

둘 사이에 침묵이 흐르고 차 안에는 정적만이 감돈다.

빠른 속도로 어둠이 몰려온다. 밤이 땅에서부터 올라오는 것만 같다. 밭과 들판에 띄엄띄엄 난 수풀은 완전히 시커멓게 보이고 그 위의 하늘도 푸른빛을 잃어간다. 하늘은 시든 라일락 색이다. 비르지타는 추억에 잠겨 미소를 짓는다. 할머니 집에 있던 라일락은 항상 채 시들기도 전에 빛이 바래 거의 흰색으로 변했었다.

마르가레타의 얼굴 윤곽도 흐릿하다. 마르가레타의 눈과 움직임을 더이상 알아볼 수 없다. 그림자처럼 보일 뿐이다. 비르지타는 캔맥주를 찌그러뜨리고 어둠 속을 응시한다. 거짓말을 하고 한 번도 후회한 적이 없었는데, 진실을 말한 이 순간이 후회스럽다. 납치를 당해서가 아니다. 바드스테나에 가는 것이 싫어서가 아니다. 그건 참을 수 있다. 문제는 또다시 직접 비난을 받아야 한다는 것이다. 사실을 말하면 마르가레타와 크리스티나가 믿어줄 거라고 생각했다. 순진하게도 결국엔 진실이 밝혀질 거라고 생각했었다. 하지만 모든 걸 얘기한 지금, 아무것도 변한 게 없다. 판결은 번복될 수 없다. 사면은 불가능하다.

비르지타는 분노를 삭이며 담배에 불을 붙인다. 누구라도 붙잡고 은총을 빌고 싶다! 이 더러운 속물 덩어리들만은 빼고!

바드스테나에 도착하자 마르가레타는 오래된 주택 앞에 차를 세운다. 비르지타는 그냥 차에 앉아 있다. 크리스티나의 집이 분명하다. 마르가레타는 집 앞 초인종을 누르고 정원으로 들어가 다른 문을 찾는다. 왜 저러는 걸까? 집 안엔 아무도 없는 듯 창문이 모두 어두컴컴하다.

비르지타는 의자에 기대앉아 휴식을 취한다. 문득 왠지 모를 온기가 느껴진다. 아침해가 뜰 때 꽃잎을 활짝 펴는 한 떨기 꽃처럼 따스한 기운이 온몸을 파고든다. 어깨뼈가 축 늘어지면서 불끈 쥔 두 주먹이 펴지고 덩달아 심장박동도 속도를 늦추는 것만 같다. 비르지타는 그 평화로움에 몸을 내맡긴다. 바드스테나는 평화롭다. 아무 소리도 들리지 않는다. 자동차 엔진 소리도, 사람 소리도, 새소리도 들리지 않는다.

한참 동안이나 세상은 고요했다.

작은 램프가 반짝인다. 마르가레타가 자동차 문을 열고 가방을 던진다. 무슨 얘기를 하려다가 비르지타를 보더니 다시 입을 다문다. 마르가레타는 말없이 자리에 앉아 시동을 건다. 그리고 출발하기 전에 비르지타의 뺨을 스치듯 쓰다듬는다.

죽은 자들의 행렬

"얼마나 빨리 두 볼이 창백해질까.
오라, 와서 촉촉한 입술로 내게 키스하라.
보라, 저 갈매기들이 둥근 원을 그리며
칠흑 같은 밤하늘에 시를 쓰는 것을."

스티그 다게르만

땅에서 어둠이 밀려올라오는 바드스테나 시내를 북 치는 소년이 걸어간다. 소년은 뭔가에 완전히 몰입해 있다. 두 눈은 거의 감겨 있고, 혀끝이 입술 사이로 살짝 비집고 나와 있다. 입은 북소리에 박자를 맞춰 실룩거린다. 열 살도 채 안 돼 보이는 앳된 모습이지만 북 치는 솜씨는 능숙하다. 포동포동한 손에 북채를 어른스럽게 꽉 움켜쥐고 망설임 없이 빠르게 북을 두드린다. 눈을 감고 박자를 맞춰가면서 가만히 짧은 멜로디를 읊조린다.

Leb. Leb. Leben.
Leb. Leb. Leben.
Leb. Leb. Leb.
Leb. Leb. Leb.
Leb. Leb. Leben.*

소년은 국립음악학교에서 북을 배웠다. 그러나 이 멜로디는 그곳에서 배운 게 아니다. 소년은 베난단티이지만 자신은 그 사실을 모른다. 소년은 낮에만 엄마 무릎에 기어오를 수 있었다. 앞에 아이언 메이든**의 사진이 있는 까만 셔츠를 입고, 금발의 곱슬머리를 엄마의 가슴에 비벼댈 수는 있어도, 무릎에 기어오르는 건 낮에만 가능하다는 것을 그도 알고 있다. 보통때는 그렇게 할 수 없다. 소년은 자신이 뭔가 좀 이상하다는 느낌을 갖고 있다. 잠이 올 때면 특히 그런 느낌이 강하다. 엄마는 그의 이마에 입을 맞추며, 감기에 걸린 것 같으니 이른 시간이 긴 하지만 어서 자라고 말했다. 그리고 잠시 침대 귀퉁이에 앉아 아들의 손을 잡고는 소년이 벽에 걸어놓은 사진들에서 엿보이는 남성들의 허황한 꿈을 생각하며 미소지었다. 키스하는 사진, 아이언 메이든과 AC/DC***의 사진, 그리고 가죽, 못, 잔뜩 찌푸린 인상의 사진들이었다. 그녀는 자기 손 안에 쥐어진 아들의 통통한 손을 가만히 내려다보았다. 그리고 집게손가락으로 하얀 살갗을 쓰다듬으며 아들의 손 안에 숨어 있는 남성의 손에 대해 잠시 생각했다. 이 아이는 어떤 남자로 자랄까? 좋은 남자로 자랄 거야. 엄마는 알고 있었다. 선한 마음씨를 가졌으니까 좋은 남자로 자랄 거야. 아이와 아이의 남동생은 음악과 역사, 노래와 그림 속에 살기 위해 태어났다. 엄마는 일어서서 빙긋 웃으며 소년의 이마를 쓰다듬었다. 잠을 잘 때마다 아이는 땀을 흘렸다. 태어났을 때부터 늘.

태어났을 때 이미 그녀는 모든 것이 잘 되리라는 걸 알았다. 아이는

* Leben은 독일어로 '인생' '삶'을 의미한다.
** 영국의 헤비메탈 그룹.
*** 호주의 하드록 밴드.

600

머리에 대망막을 쓰고 태어났으니까.

　자신이 아직 베난단티라는 걸 모르는 소년은 북을 치며 바드스테나 거리 곳곳을 누빈다. 소년은 자신이 꿈을 꾸고 있다고 생각한다. 여전히 침대에 가만히 누워 하드록 가수들의 강렬한 눈빛을 받으며 곧 잠들 거라고 믿는다. 그래서 감은 눈 너머로 느껴지는 형상들은 단지 꿈의 음영일 뿐이라고 생각한다. 소년은 자신이 북을 치는 이유를 모른다. 자신에게 베난단티와 일찍 죽은 혼령들을 모두 불러모아야 하는 임무가 있다는 걸 알지 못한다. 내일은 춘분이다. 오늘밤 죽은 자들이 삶을 찬양할 것이다.

　나는 여전히 나의 몸 속에 있지만 북소리는 아주 또렷이 들린다. 지금 이 순간 바람 한 점 없이 고요하다. 가끔 한번씩 경련으로 몸이 떨릴 뿐이다. 그렇지 않을 때는 완전히 긴장을 풀고 침대에 누워 북소리에 귀를 기울이며 바깥 세상을 둘러볼 수 있다.
　마리아는 원래의 자기 방으로 돌아와서 행복해 보인다. 마리아는 원뿔 모양으로 비치는 스탠드 불빛을 받으며 탁자에 앉아 교구에서 버린 종이상자를 천사의 날개 모양으로 오리며 흥얼거린다. 방 안으로 밀려든 황혼이 그녀의 어깨와 등을 숄처럼 감싼다. 벽에 있던 천사가 한 발짝 뒷걸음질치며, 고개를 비스듬히 기울이고 마리아를 바라보면서 미소짓고 신호를 보낸다. 천천히 어둠 속으로 가라앉으면서.
　그러나 아직 밤은 아니다. 창문 위 하늘은 비르지타의 시든 라일락과 거의 같은 빛을 띠고 있다. 침대에 누워서도 나는 밖을 볼 수 있다. 두 눈으로 주차장과 응급실을 볼 수 있다. 잔디밭 단풍나무는 금방 잠에서 깬 것처럼 쭉 뻗어 있다. 그 까만 가지로 하늘을 쓰다듬기라도 할 것 같다.

분명 지금의 공기는 숨쉬기에 좋다. 근무시간이 끝난 케르스틴1과 울리카는 주차장에서 가만히 걸음을 멈추고 웃지도 말하지도 않은 채 깊은 한숨을 내쉰다. 그리고 천천히 손을 들어 인사를 하고 각자의 길로 사라진다.

케르스틴2가 왔다. 그녀는 몇 번씩 방에 들러 마리아와 내가 잘 있는지, 새로운 발작으로 무슨 이상이 생기진 않았는지 확인했다. 마지막으로 문을 열었을 때, 그녀의 손엔 찻잔이 들려 있었다. 그녀는 마리아에겐 커피를, 내겐 커피향을 갖고 왔다. 마리아의 탁자에 찻잔을 올려놓고, 내게 와서 침대 윗부분을 약간 높여 앞으로 고개를 숙이게 한 후 미지근한 물수건으로 어깨를 닦아주었다. 기분이 좋았다. 나는 땀에 흠뻑 젖어 있었다.

"하루 종일 후베르트손 박사님 집에 전화를 했는데, 지금까지도 연락이 없네요. 하지만 곧 당신에게 오실 거예요, 아시겠지만."

나는 고개를 끄덕였다. 당연하다. 후베르트손은 온다.

지금 이 순간 나는 내 몸을 떠나고 싶지 않다. 후베르트손을 찾기 위해 갈매기나 까마귀를 잡아 바드스테나 시내를 벗어날 힘이 없다. 게다가 지금은 갈매기와 까마귀를 이용하기도 힘들 것 같다. 대망막을 머리에 쓰고 태어난 바드스테나 전 지역의 남성과 여성들이 각자의 아파트와 집 창가에 서서 낮은 소리로 오늘밤 이용할 대리자를 유혹하고 있다. 지금 새들은 벌거벗은 가지와 창턱에 앉아 깃털을 청소하며, 그들의 주인들을 광장으로 모셔가기 위해 밤이 오길 고대하고 있다. 새들은 경험을 통해 그 일이 어렵지 않다는 걸 알고 있다. 그들이 광장에 도착하면, 베난단티는 모습을 바꾼다. 그들은 새를 떠나 그들 자신의 영혼으로 변신한다. 그중 단 한 마리의 새만이 밤새도록 대리자로서 시중을 들고, 단 한 마리의 새만이 죽은 자들의 행렬 위를 날아다녀야 한다. 단 한 마리의 새가 바로 나의 새이다. 하지만 오늘 저녁 나는 가지 않을 것이다. 베난단티와 일찍 죽은 자들은 나 없이 골목 구석구석을 순회해야 하고, 몇 년 만에 처음으로 시내에서 외곽으로 행진할 것이다. 까만 새 한 마리가 머리 위를 빙빙 돌며 옛날의 배고픔을 못 잊어 까악까악 울지 않아도 말이다. 괜찮다. 북 치는 소년에게 열광한 나머지 내가 거기 없다는 것도 눈치채지 못할 것이다. 북 치는 소년을 맞아들인 이래 항상 그랬다.

아직까지도 나는 후베르트손이 베난단티가 아니라는 것이 놀랍다. 그도 똑같이 머리에 망막주머니를 쓰고 태어났는데. 나는 한 번도 다른 사람들 속에서 그의 영혼을 본 적이 없다. 그는 볼 때마다 언제나 한결같이 뚜렷한 형체를 갖고 있었다. 내 눈으로 직접 보든, 다른 존재를 통해 보든 그는 형체가 있었다. 아마 그는 베난단티의 특출한 우두머리일 것이다. 그가 눈앞에 보인다. 광장에 서서 진두지휘를 하고 있다. 베난단티 한가운데서 하수인들에게 명령을 내리고, 자기 환자를 다루듯 죽은 자들을 품에 안고 위로하고 있다.

불의의 사고로 몸이 마비된 사람들, 얼굴이 하얗게 질린 자살자들, 암에 시달리던 사람들, 심장마비로 쓰러진 사람들, 그들은 끊임없이 혼란에 시달린다. 그들은 두 눈을 동그랗게 뜨고 주위를 둘러보지만 눈앞에서 벌어지는 광경을 이해하지 못한다. 자신에게 주어진 생명을 끝까지 다 채우지 못했다는 것이 너무 낯설고 이상한 것이다. 살아야만 하는 세월을 다 살기도 전에 죽은 사람으로 세상을 떠나버릴 줄은, 이런 식으로 자신에게 주어진 시간을 압류당할 줄은 꿈에도 생각지 않았을 것이다.

엘렌은 그걸 받아들였다. 그녀는 두려움이 없었다. 잠깐 당황해서 주위를 둘러보았을 뿐, 이내 미소를 지으며 살아 있을 때 팔이었던 부분을 손으로 쓰다듬었다. 까만 새 한 마리가 옛날 굶주렸던 시절을 되뇌며 머리 위에서 까악까악 울자 그제야 엘렌의 표정이 진지해진다.

그렇게 그녀는 내가 누구인지 전혀 모르는 채로 세상을 등졌다.

마리아도 소년의 북소리를 들은 모양이다. 그 멜로디를 흥얼거리기 시작했다. *Leb. Leb. Leben. Leb. Leb. Leben*……

휴게실에서 돌아온 뒤 마리아는 내게 아무 말도 하지 않았다. 그러나 그녀는 지금 나를 보고 짧은 미소를 지으며 새로 오린 천사를 높이 들어 얼마나 예쁜지 보여준다. 회색 판지에 반짝이는 장식을 붙여 정말 예뻐 보인다.

크리스티나는 여전히 응급실에 앉아 있다. 나는 알고 있다. 그녀의 '파라다이스' 앞에서 우리 자매들을 떠나보낸 뒤 계속 내 몸을 떠나지 않았음에도. 크리스티나를 보려고 눈을 감을 필요도 없다. 그녀의 창에 불이 빛나고 있다. 응급병동의 창문에 전부 불이 켜져 있다. 후베르트손 방의 창문도 마찬가지다. 그러나 후베르트손은 지금 거기에 없다. 케르스틴이 1조장에서 2조장으로 바뀌었는데도 헬레나는 후베르트손의 행적을 주시하고 있었다. 그녀는 아마 그의 방으로 가서 불을 켜고 서류들을 정리하고 있을 것이다. 그녀가 방금 그의 방문을 닫는 것을 보았다. 응급실은 문을 닫았고 기다리는 사람도 없지만 헬레나는 서둘러 집에 가려 하지 않았다.

자동차 엔진 소리가 들린다. 마르가레타와 비르지타가 도착한 모양이다. 보지 않아도 안다. 예상보다 오래 걸렸다. 비르지타는 분명 크리스티나의 진료실과 책상을 알고 있었을 텐데, 그리고 마르가레타는 엘렌 아줌마가 죽은 집을 알고 있었을 텐데, 길을 찾는 데 애를 먹은 모양이다.

주차장 언저리에 남은 지저분한 눈이 전조등 불빛에 잠이 깬 듯 반짝거린다. 마르가레타는 갑자기 급한 일이라도 생겼는지 차를 비스듬히 주차시키고 안전벨트를 풀기도 전에 문을 연다. 비르지타는 여전히 조수석에 기대앉아 있다. 그러나 마르가레타가 크리스티나를 찾는 동안 차에 앉아 있을 생각은 없다. 그녀는 안전벨트를 풀고 문을 열어 자리에서 몸을 일으킨다. 몸을 숙였다가 팔을 들어올려 차 천장에 대고 머리를 뒤로 젖힌다.

멀리서 북소리가 들려온다. 마리아는 박자에 맞춰 멜로디를 흥얼거린다.

"도와줄까?"

마르가레타가 묻는다. 비르지타는 마르가레타를 한번 쳐다보고 고개를 젓는다.

"속이 메스꺼워서 그래."

"이젠 좀 괜찮아?"

그래. 지금은 괜찮아. 비르지타는 고개를 끄덕이고 문을 쾅 닫는다. 마르가레타가 문을 잠근다.

"왜, 문이 열릴까봐 그래?"

비르지타가 묻는다. 목소리가 왠지 주눅 든 것 같다. 그녀에게 어떤 심경의 변화가 일어난 게 분명하다. 사람들이 비르지타에 대해 이러쿵저러쿵 얘기할 수도 있다. 아니 벌써 얘기했을 것이다. 그러나 그녀는 그런 것이 두려워 뒤로 물러설 사람이 아니다. 겁이 날 때면, 더더욱 그렇지 않다. 그녀는 두려움이 클수록 두 눈을 동그랗게 뜨고 상대를 향해 돌진해간다.

"그게 아니라, 크리스티나가 분명히 여기 있을 텐데. 지금 에릭이랑 같이 있는 게 아니어서 아무 때나 괜찮거든……"

마르가레타는 양손을 주머니 깊숙이 찔러넣고 가느다란 불빛 앞에서 있다. 후베르트손의 창문에서 나오는 불빛이 아스팔트까지 뻗쳐 있다. 뭔가가 마르가레타의 목덜미를 짓누르는 것 같다. 한눈에도 그녀는 피곤해 보인다. 스물네 시간 전에 시작된 이 일은 여전히 끝날 기미가 보이지 않는다.

마르가레타가 응급실 계단을 올라가는 동안 비르지타는 아래에 남는다. 문득 불빛 속에 서 있는 자신을 발견하고 움찔 놀라 한 발짝 뒷걸음질친다. 다른 그림자들 속으로 그림자가 물러선다.

문은 정말 닫혀 있다. 마르가레타가 문을 몇 번 흔들다 창문을 두드린다. 집게손가락이 아닌 주먹으로 두드렸는데도 기척이 없다. 한참을 그렇게 두드린다. 문 안쪽 현관엔 불만 켜진 채 텅 비어 있다.

"여보세요, 여보세요!"

드디어 누군가가 나오는 소리가 들린다.

헬레나가 문을 빠끔 연다. 눈은 빨갛게 충혈되었고 얼굴엔 반점이 있다. 감기에 걸린 모양이다. 환자의 머릿속에 있던 작은 바이러스가 헬레나의 머릿속을 껑충껑충 뛰어다니는지도 모르겠다.

"오늘 진료는 끝났습니다. 급한 환자가 있으면 모탈라로 가보세요."

마르가레타는 상냥하게 미소를 짓는다.

"귀찮게 해서 죄송합니다. 저희는 환자가 아니라 크리스티나 박사의 동생들입니다. 언니가 집에 안 와서 아직도 진료중인 것 같아서요······"

헬레나는 마르가레타가 거짓말을 한다고 생각하는지 그녀를 빤히 쳐다본다.

"크리스티나 박사님은 여기에 안 계세요."

마르가레타가 얼굴을 찡그린다.

"그럼 길이 엇갈렸나보군요. 다시 집으로 가보죠. 여하튼 고맙습니다."

마르가레타가 뒤를 돌아 계단에 발을 내디디려는 순간 헬레나가 말한다.

"박사님은 집에 안 계실 거예요. 집으로 돌아가시지 않았어요."

마르가레타는 다시 몸을 돌려 황당한 표정으로 묻는다.

"그럼 도대체 어디에 있을까요?"

헬레나는 울음을 터뜨리며 문을 활짝 밀쳐 연다.

"시립공원에 계실 거예요. 후베르트손 박사님이 시립공원에서 발견되었다고 경찰서에서 전화가 왔어요. 돌아가셨다고요!"

마르가레타는 계단을 뛰어내려와 주차장을 향해 내달린다. 비르지타도 어둠 속에서 나와 마르가레타를 따른다. 그들 뒤로 헬레나의 탄식이 공기를 가르며 귓전을 때린다.

"돌아가셨대요! 후베르트손 박사님이 돌아가셨대요!"

안 돼!

말도 안 돼! 후베르트손이 죽다니, 아직은 아니야! 내가 죽을 때까지 사흘 밤낮을 내 옆, 내 침대 옆에 앉아 부드러운 미소를 지으며 나의 자매들 이야기를, 내 컴퓨터 모니터에 뜬 그들의 이야기를 들어야만 돼.

죽어선 안 돼! 나를 떠나면 안 돼! 후베르트손이 죽으면 난 사흘도 못 버텨.

마지막 겨울바람이 외스트예타 평원을 휩쓴다. 북쪽에서 불어온 바
람은 차디차다. 겨울바람이 몰아친 땅은 순식간에 얼어붙는다. 나뭇잎
과 숨어 있던 지난해의 풀이 고개를 내민 잔디밭도 금방 생기를 잃고
죽는다. 관목도, 수풀도 잔뜩 웅크린 채 몸을 숙이고 있다. 겨울 칼바
람이 마음껏 비웃으며 수풀을 땅으로 내리눌렀다가 다시 번쩍 들어올
려 뒤흔든다. 뻣뻣한 가지들은 깨진 약속처럼 꺾여 있다. 단풍나무는
바람 부는 대로 순순히 가지를 구부리지만, 돌풍은 무엇 하나 가만히
놔두지 않고 나무들을 잡아당겼다 놓았다를 반복하며 옆으로 밀어젖
힌다. 가느다란 나무 허리가 부러지면서 하얀 속살을 드러낸다. 드디
어 잠잠해진 바람이 나무 위에서 휘이잉 소리를 내더니 부러진 상처에
모래와 흙과, 거미줄처럼 약한 지난가을의 나뭇잎을 소용돌이처럼 내
동댕이친다. 그리고 곧 다시 속력을 내서 성난 거인처럼 소나무 숲으
로 돌진한다.

병정처럼 말없이 늘어선 소나무들은 은총을 구하기를 거부한다. 하
지만 폭풍우는 소나무의 그 꼿꼿한 자존심을 비웃고 조롱하다가 차례
로 옆으로 밀쳐버린다. 뿌리가 뽑히며 땅 속 뿌리에 숨어 있던 수많은
벌레들이 모습을 드러낸다. 그러나 단 한순간도 살지 못하고 죽어간
다. 매서운 추위가 차가운 손가락으로 그들을 절단 내고 얼어죽게 만
든다. 그런 와중에도 돌풍은 대지를 지나 도시로, 병원으로 무섭게 내
달린다.

바람은 잠시 멈춰 서서 한숨을 돌리고 힘을 모은다. 그리고 나서 다
시 팔팔한 기운으로 노란색 병원 건물이 뒤흔들릴 정도로 바람을 휘두
른다. 지붕 기와가 맞부딪치며 소리를 낸다. 벽이 흔들린다. 이윽고 창

문 유리가 아치형으로 휘면서 깨지기 시작한다……

마리아가 울고 있다. 내 침대 옆에 서서 불안스레 떨리는 내 손을 잡으려고 애쓰며 운다. 내 손을 잡는 것이 힘에 겨워서, 이리저리 정신없이 움직이는 내 몸을 주체하기 힘들어서 울고 있다. 마리아는 몰아치는 폭풍우의 의미를 안다. 허공에서 소용돌이치다가 땅바닥으로 떨어지는 꽃잎의 의미를 안다.

"케르스틴! 케르스틴! 어서 와봐요!"

마리아가 고함을 친다.

케르스틴 2가 온다.

나는 케르스틴 2가 좋다. 기운이 세고 능숙해서 좋다. 미소는 잘 짓지 않지만 가끔 한번씩 웃어서 좋다. 그 웃음소리를 들으면 그녀의 목구멍에 어린 비둘기가 살고 있는 것 같아서 좋다. 가끔씩 안경 너머 반쯤 감은 눈으로 나를 쳐다보아서 좋다.

그러나 지금 그녀는 웃지 않는다. 목구멍의 어린 비둘기도 소리내지 않는다. 입술을 깨물며 나를 팔로 꼭 감싸안고 있다. 그녀는 두려워하고 있다. 그녀는 내게 스테솔리드를 처방할 수 없다. 내게 주사를 놓아줄 의사도 데려올 수 없다. 크리스티나도 응급실에 없고, 후베르트 손도 어디에선가 죽었다.

두 번의 발작 사이 순간적으로 시간이 정지한다. 폭풍우가 잠잠해지고 내 몸도 더이상 심하게 요동치지 않는다. 시간의 공백 속에서 나는 케르스틴의 흰 가운에 머리를 기댄다. 문득 그녀의 심장 소리가 들린다. 이 세상 모든 시계가 멈추고, 우주를 흐르던 모든 자기장이 한 지점에서 마비되었지만, 케르스틴 2만큼은 예외다. 그녀의 심장은 끊임없이 운동하고 있다. 갑자기 이 시설을 떠나 어디로든 갈 수 있을 것 같다. 내 심장은 멈추더라도, 또다른 심장이 뛸 것이다. 이 세상엔 항상 누군가의 심장이 고동치고 있다.

나는 눈을 감고 긴장을 푼다. 폭풍우는 지나갔다. 눈부시게 흰 갈매기도, 반짝이는 까만 깃털에 황금색 눈을 가진 까마귀도, 청회색 홍채를 지닌 크고 힘센 까마귀도 단풍나무에서 날 기다리지 않는다.

하지만 이 새만은 날아갈 수 있다! 나를 태우고 지금까지 날았던 것보다 훨씬 높이 바드스테나 시내와 골목 위를 누빈다. 커다란 원을 그리며 웃으면서 공중을 난다. 스쳐간 구름들보다 더 새하얀 구름에 닿을 듯 더 높이높이 난다. 해가 떨어진 서쪽 저 멀리에서 헤일 봅 혜성이 은빛 불꽃을 번쩍인다. 오늘밤은 축제의 밤이다. 한 해의 마지막 겨울밤은 항상 축제의 날이다. 어둠이 마지막으로 온 힘을 모아보지만 우리, 나와 나의 새는 빛에 둘러싸여 있다. 하늘에서 별들이 총총 반짝인다. 그리고 아래에 있는 베테른 호수 주변으로 두번째 하늘이 빛을 발하기 시작한다.

지금 이 순간 나는 하늘과 땅 사이를 날 수 있다. 그리고 둘 중 하나를 선택할 수 있다.

나는 땅을 선택한다. 영원히 땅을 선택할 것이다.

북 치는 소년이 도착한다. 소년이 광장에 멈춰 북을 치는 동안, 소년을 에워싼 그림자는 점점 더 짙어지면서 수많은 사람들의 속삭임이 그의 리듬 속에 빠져든다.

"*Leb. Leb. Leben.*
Leb. Leb. Leben.
Leb. Leb. Leb.
Leb. Leb. Leb.

Leb, Leb, Leben.

광장 위를 나는 동안 베난단티 중 그 누구도 나를 알아보지 못한다. 나는 커다란 까만 새가 아니라, 수줍고 겁 많은 한 마리 작은 참새에 지나지 않는다. 이제 굶주렸던 옛날을 되뇌며 울부짖지 않는다.

나의 자매들은 시립공원에 서 있다. 공원 주변은 어둡다. 거리의 불빛도 그곳까지는 미치지 못하고, 희미하게 깜박이는 구급차의 청색등뿐이다.

그들은 바짝 붙어서서 구급대원들이 후베르트손의 시신을 들것에 싣는 걸 보고 있다. 모두들 울지도 말하지도 않는다. 갑자기 마르가레타가 머리를 숙여 덮개를 꼭꼭 눌러 여며준다. 후베르트손이 꽁꽁 얼기라도 할까봐 두려운 것처럼. 고개를 들자 크리스티나가 그녀의 손을 잡고 살짝 힘을 준다. 마르가레타는 크리스티나를 한번 보고 다른 손으로 비르지타의 손을 잡는다. 문득 순간적으로 어떤 생각이 그들의 손과 팔을 관통하는 느낌이 든다.

"후베르트손이 마지막이었어. 우리의 어릴 적 이야기를 아는 사람은 이제 아무도 없어."

크리스티나가 입을 연다.

"엘렌 아줌마와 우리를 후베르트손만큼 잘 아는 사람은 없었어."

이번엔 마르가레타가 말문을 연다.

"그는 우리가 생각하는 것 이상으로 많은 것을 알고 있었어."

비르지타가 중얼거린다.

마르가레타는 손을 놓으려 애쓰지만 비르지타는 놓지 않는다. 크리스티나는 그 상황을 미처 모르는 눈치다. 크리스티나가 입을 연다.

"늦게라도 그 여자를 만나봤어야 했어. 엘렌 아줌마가 낳은 동갑내기 그 여자 말이야. 가끔씩 꿈을 꿨어. 우리가 같이 카페에 앉아 있는 꿈. 꿈속에서 그 여자는 잠자코 가만히 있는데 나만 떠들었어."

마르가레타는 더이상 비르지타의 손에서 자기 손을 빼려고 애쓰지 않는다. 그녀는 작은 목소리로 말한다.

"어떤 진공영역이 있었어. 우리가 전혀 경험하지 못했던 어떤 틈새 같은 것 말야." 크리스티나의 얼굴에 작은 미소가 스쳐 지나간다. "하지만 우리는 그걸 채웠어!"

비르지타가 고개를 약간 숙이고 자갈돌 위에 침을 뱉는다.

"모든 진공영역을 채울 수는 없어. 아무리 애를 써도 채워지지 않는 것이 있어."

구급대원들이 들것을 높이 치켜드는 동안 그들은 그렇게 잠시 그 자리에 서 있다. 세 여자는 들것을 향해 고개를 끄덕이며 발걸음을 옮긴다. 비르지타는 마르가레타의 손을, 마르가레타는 크리스티나의 손을 놓고 서로의 얼굴에서 눈을 돌린다.

"이제 '후기 산업사회의 파라다이스'로 가서 버터빵과 같이 차 한 잔 하자."

크리스티나는 이렇게 말하며 하얀 손으로 이마에 내려온 앞머리를 쓸어올린다. 움직일 때마다 입고 있는 망토가 따라 흔들린다. 그녀는 계속 얘기를 하면서 거리 쪽으로 몸을 돌린다.

"너희들 떠나기 전에 배 좀 채우고 가야지."

마르가레타는 웃으면서 크리스티나를 따라간다. 그녀는 윙크의 의미를 알고 있다.

"물론 그래야지, 고마워. 번거롭지 않다면."

비르지타는 마르가레타와 크리스티나를 따라가기 전에 잠깐 머뭇거린다. 그러나 이내 미니마우스 하이힐을 질질 끌고 자갈길을 비틀거리며 걷는다. 멀건 차와 빵조각이라! 어쩔 수 없는 족속들이군! 지금 필요한 건 맥주 한잔인데.

후베르트손은 그늘진 공원 벤치에 앉아 있다. 진지하면서도 거만한 모습이다. 두 다리를 꼰 채로 쭉 뻗고 앉아 있다. 오른팔은 벤치 등받이에 올리고 있다. 나는 잠시 망설이며 어둠 속에 서 있다. 아직 그는 나를 볼 수 없다. 모든 것이 달라진 내 모습을 그는 볼 수 없다.

저 뒤 광장에서는 소년이 북을 치고 있다. 소리는 아주 크게 도로와 골목골목에 천둥처럼 울려퍼진다. 수도원의 둥근 천장에도, 교회의 벽 사이에도 마치 베테른을 지나는 봄바람처럼 쿵쿵 울려퍼진다.

그러나 후베르트손은 그 소리를 듣지 못한다. 일어서지도, 광장으로 가지도 않고 벤치에 조용히 앉아 기다린다. 내가 어둠 속에서 나올 때까지.

삶을 도둑맞은 마녀의 처절한 복수극

나이를 먹으면서 문득문득 어린 시절이 그리워진다. 그 시절, 시골에서 지냈던 기억은 바쁘고 팍팍한 도시생활에 지친 내게 한 번씩 되돌아가고픈 마음의 고향과 같다. 지금 되짚어보면 어떻게 살아냈을까 싶은 가슴 저미는 추억도 있지만 들로 산으로 신나게 뛰어다니던 내 유년기는 아픈 기억마저도 아름답게 감싸안을 만큼 아련한 향수로 남아 있다.

이 소설에 나오는 세 자매에게도 어린 시절의 아름다운 추억이 있다. 부엌에서 풍기는 맛있는 음식 냄새, 앞마당을 지키고 있는 커다란 벚나무. 하지만 이 소설에서는 그 정겨운 장면마저도 왠지 불안하고 음울하게 느껴진다.

스웨덴 여성작가 마이굴 악셀손의 『사월의 마녀』는 1950년을 전후해 태어난 네 자매의 이야기이다. 네 자매의 엄마라고 할 수 있는 엘렌은 장애를 갖고 태어난 친딸 데시레를 낳자마자 시설에 맡기고 대신 마르가레타, 크리스티나, 비르지타를 차례로 입양해 키운다.

마르가레타는 태어나자마자 어느 임대주택의 지하 공동세탁실에 버려져 엘렌의 집으로 입양된다. 어릴 적 책벌레였던 마르가레타는 실력 있는 물리학자가 되지만, 언제나 마음 한 곳이 뻥 뚫린 듯한 공허감과 자신이 별 가치 없는 존재라는 강박증에 시달린다. 이런 불안한 정체성은 남자관계에서 잘 드러나는데, 그녀는 생모에게 버림받은 아픈 상처 때문에 어떤 남자와도 지속적인 관계를 유지하지 못하고 항상 자신이 먼저 떠나는 쪽을 택한다.

크리스티나는 생모인 아스트리드에게 심한 학대를 당하다 엘렌의 집으로 오게 된다. 그녀는 유년 시절 실어증 환자처럼 보일 정도로 말한마디 제대로 못한 채 열등감에 시달리지만, 의사라는 사회적 성공을 통해 열등감을 극복해내고자 한다. 하지만 의사가 되고 교수와 결혼하여 남부럽지 않은 가정을 꾸린 뒤에도 내면 깊숙한 곳에는 생모에 대한 원한과 두려움, 자신의 뿌리에 대한 수치심이 도사리고 있다. 이러한 불안한 내면은 결벽증과 냉소, 완벽을 추구하는 성격으로 나타난다.

비르지타는 외할머니 손에 자라다 초등학교에 들어갈 무렵 엄마인 게르트루드와 함께 살게 된다. 미혼모인 게르트루드는 레스토랑 종업원으로 살림을 꾸려가지만 삶은 그리 호락호락하지 않다. 그녀는 비르지타를 돌볼 생각도 않고 하루하루를 술로 보낸다. 비르지타는 그런 엄마에게 사랑을 갈구한다. 집안일을 도맡다시피 하고, 술에 취해 잠든 엄마의 몸을 핥아보기도 한다. 그 시절 그녀는 항상 알 수 없는 허기에 시달린다. 사회복지국의 결정에 따라 강제로 게르트루드와 헤어져 엘렌의 집으로 입양된 비르지타는 사회에 대한 반항심으로 사춘기 시절 마약과 집단섹스를 하며 건달패들과 어울려 다닌다. 그리고 중년의 나이엔 엄마의 전철을 밟아 알코올중독자로 사회의 밑바닥 생활을 전전한다. 그녀의 굴곡 많은 인생역정은 소설에서 그 어떤 인물보다 강렬한 인상을 남긴다.

엘렌의 친딸인 데시레는 말을 하지도, 앉지도, 걷지도 못하는 중증 뇌성마비 장애인이다. '건강하지 못한 육체에 건강하지 못한 정신이 깃든다'는 인식이 팽배했던 1950년대 스웨덴의 사회 분위기 속에서 엘렌은 선택의 여지 없이 반강제적으로 데시레를 시설에 맡긴다. 하지만 데시레는 명석한 두뇌를 가졌을 뿐 아니라 남다른 능력까지 지니고 있었다. 그녀는 유체이탈이 가능한 이른바 '사월의 마녀'. 몸은 평생 침대에 누워 있을 수밖에 없는 처지이지만, 영혼은 다른 사람이나 동물의 몸 속에 들어가 그들의 의식을 지배할 수 있다. 데시레는 세 자매 중 누군가가 자신에게 주어진 삶을 강탈해갔다고 믿으며, 그게 누구인지 알고 싶어한다. 그래서 '사월의 마녀'로서의 신비한 능력을 이용해 세 자매에게 그들의 가장 아픈 상처를 건드리는 편지 한 통씩을 써보낸다. 편지를 통해 데시레는 세 자매를 배후에서 움직이고, 세 자매는 기억 속에서 영원히 지워버리고 싶었던 과거와 다시 대면하게 된다.

이 소설은 네 자매의 질투와 시샘, 원한과 경쟁, 엄마와 딸의 관계 등 여성적인 이야기를 섬세하고 사실적인 언어로 밀도 있게 담아내고 있을 뿐 아니라, 전후 스웨덴 복지정책의 이면을 예리한 시선으로 포착해낸 작품이다. 등장인물이 스웨덴 왕실여인들의 이름(크리스티나 여왕, 마르가레타 왕세자비, 데시레 왕비)이거나, 가톨릭 성녀(비르기타)의 이름이라는 점은 주인공들을 통해 스웨덴 사회를 대변하고자 한 작가의 의도를 잘 보여준다. 당시 스웨덴은 사회복지국가를 표방하면서도 서구 여러 나라와 마찬가지로 그 중심엔 '사람'이 아닌 개발, 질서, 통일성과 같은 계몽주의적 모토가 있었다. '빛이 있는 곳에 어두운 그림자가 드리울 수 있다' 는 생각은 아무도 하지 못했다. 사회복지의 찬란한 햇살에서 소외된 채 의학연구의 대상이 된 데시레는 자신의 처지에 절규한다.

작가는 오직 질서와 통일성, 밝고 긍정적인 가치관만을 추구하는 계몽주의의 흑백논리식 사고 방식을 색채의 대비로 분산시킨다. 작품 속에서 마르가레타는 노란색을, 비르지타와 크리스티나는 장미색을 좋아한다. 특히 비르지타는 유난히 장미색을 좋아한다. 장밋빛 인생을 꿈꾸었기 때문일까? 하지만 결국 사회의 밑바닥으로 추락한 비르지타의 인생을 통해 작가는 무엇을 말하고자 한 것일까? 겉보기에 남부러울 것 없는 크리스티나의 삶은 과연 장밋빛이라고 할 수 있을까?

이러한 인식은 형식 면에서도 드러난다. 이 작품에서는 영화의 플래시백(flash-back)과 컷백(cut-back) 기법처럼 회상과 성찰을 통해 과거와 현재가 끊임없이 교차된다. 또한 한 사건을 각 등장인물의 시각에서 거듭하여 서술함으로써 독자들에게 마치 퍼즐을 맞추는 듯한 재미와 함께 다양한 층위의 사고를 가능케 한다. 과거와 현재, 중세적인 주술과 현대물리학, 그리고 일인칭과 삼인칭 시점을 자유롭게 넘나들면서도 팽팽한 균형감각을 유지하는 서술 방식을 통해 기자 출신 작가의 만만치 않은 내공을 엿볼 수 있다. 주의 깊게 읽은 독자라면 이런 다층적인 전개방식을 통해 작가가 전달하고자 한 여러 겹의 울림을 감지할 수 있을 것이다.

대개 아픈 기억마저도 아름다운 추억으로 남는 과거가 이 책의 등장인물들에겐 잊고 싶은, 아예 머릿속에서 지워버리고 싶은 일이 된 이유는 무엇일까? 믿음의 부재, 사랑의 부재 때문은 아닐까? 악셀손은 한 인터뷰에서 "내 소설에 나오는 여성들은 그 어떤 것도 믿지 못하는데, 그리 놀라운 일은 아닙니다. 모든 것이 의문의 대상이 되고 급속도로 변해가는 이 시대에 믿음이란 찾아보기 힘든 가치 중 하나이니까요"라고 말했다. 이런 생각은 『사월의 마녀』에 잘 반영되어 있다. 이 책의 네 자매는 서로를 불신할 뿐만 아니라, 자신을 낳아준 생모와도 감정적인 유대감을 형성하지 못한다. 자식의 일이라면 기꺼이 목숨까지 내놓고, 그 어떤 잘못도 따스한 가슴으로 포용하는 어머니, 우리는 보통 어머니의 이미지를 그렇게 연상한다. 하지만 이 소설에는 그런 인자한 어머니가 부재한다. 엘렌의 집에 입양된 세 자매는 엘렌이 자신들을 학대하고 버린 생모와는 다르다고 느끼지만, 아이로니컬하게도 그녀 역시 장애인인 친딸을 시설에 맡긴 비정한 엄마였다. 모성이란 어떤 것일까? 본능일까 아니면 최소한의 생존 조건이 갖추어졌을 때에야 비로소 우러나오는 것일까? 많은 생각이 머릿속을 오간다. 나는 나의 어머니에게 어떤 딸일까? 또 내 아이들에게는 어떤 엄마일까?

작가는 이 책에 등장하는 네 여성과 그들의 어머니를 통해 모성에 대한 근본적인 의문을 던지는 동시에, 사회적인 억압이 개인에게 얼마나 큰 트라우마를 남기는지에 대해 이야기한다. 스웨덴은 전 세계적으로 가장 발달한 사회복지제도를 가진 나라이다. 하지만 아무리 좋은 시스템이라 하더라도 그것을 제대로 관리하지 못하고 공공의 이익만을 앞세울 때, 개인의 삶이 얼마나 불행해질 수 있는지 이 소설은 철저하게 파헤친다. 책을 읽는 내내 네 주인공의 모습이 안타깝고 불편하고 섬뜩하게 다가왔다. 나이 많은 교사와 밤마다 으슥한 곳을 찾아다니며 카섹스를 하는 여고생 마르가레타, 첫 데이트를 앞두고 자신의 처녀막을 스스로 찢어버리는 크리스티나, 마르가레타와 소꿉놀이를 하며 새끼 뱀들을 풀어놓겠다고 위협하는 어린 비르지타. 그리고 마음 저 깊은 곳에서부터 솟구치는 원망과 복수심으로 자신의 인생을 강탈해간 도둑을 찾아나서는 데시레. 과연 이들의 상처는 누구 탓인가? 이들의 인생은 누가 책임질 것인가? 작가는 네 여인의 인생이 왜 좀더 행복해질 수 없었는지를 현미경을 들이대듯 세밀하면서도 집요하게 묘사함으로써, 평범치 않은 캐릭터들이 마치 나 자신인 것처럼 공감하게 만든다.

악셀손은 『사월의 마녀』로 스웨덴의 가장 권위 있는 문학상인 아우구스트 상을 수상했다. 영감을 받은 작가가 있느냐는 질문에 그녀는 『내 이름은 삐삐 롱스타킹』으로 유명한 동화작가 아스트리드 린드그렌이라고 답했다. 아마도 인간에 대한 믿음을 바탕으로 인간의 약점을 이해하고 포용하려 애쓴 린드그렌을 모범으로 삼았다는 의미이리라. 그런 점에서 본다면 『사월의 마녀』는 문학적으로 성공을 거두었다고 할 수 있다. 작가는 물리학자인 마르가레타를 통해 인간이 우주공간 저 멀리까지 누비는 세상이 왔지만, 우리의 감성은 기본적으로 희로애락에 의해 좌우되며, 미래의 대역사 역시 지금 이곳의 평범한 일상과 다를 바 없음을 암시한다. 소설은 서로를 증오하고 악다구니를 해대며 전혀 마음의 벽을 허물 것 같지 않던 주인공들이 결국 손에 손을 맞잡는 것으로 끝을 맺는다.

식구들이 모두 잠든 늦은 밤 스탠드 불빛에 의지해 컴퓨터 자판을 두드리며 번역을 하는 동안 등뒤에 누군가가 서 있는 듯한, 그 어떤 '사월의 마녀'가 나를 지켜보고 있는 듯한 두려움에 줄곧 시달렸다. 그럼에도 이 일을 멈출 수 없었던 것은 시종일관 추리소설을 읽는 듯한 팽팽한 긴장감과 더불어 행간에 배어 있는 인간의 온기 때문이었다. 그 덕에 우리말로 옮기는 힘든 과정 중에도 행복한 꿈을 꿀 수 있었다. 마지막으로 독자들의 따스한 시선으로 주인공들이 평생 느껴온 마음의 진공상태가 채워질 수 있기를 기대해본다.

세계화 시대라고들 하지만 아직 우리에게는 낯선 스웨덴 작품을 선보이게 되어 기쁘다. 이 소설은 출간되자마자 유럽에서 큰 반향을 일으켰다. 번역을 위한 원본으로는 2001년 독일 베테베(btb) 출판사에서 나온 *Die Aprilhexe*를 사용했다. 우리말 조사 하나하나까지 세심하게 다듬어준 문학동네 편집부 여러분에게 고마운 마음을 전한다.

2008년 춘분을 앞둔 따스한 봄날
박현용

옮긴이 **박현용**

한양대 독문과를 졸업하고 동대학원에서 문학박사학위를 받았다. 독일 뮌스터 대학에서 수학하고 대학에서 강의를 했다. 주요 논문으로 「프리드리히 슐레겔의 '낭만적 아이러니' 연구」「노발리스의 '유럽' 구상」이 있고, 옮긴 책으로 요제프 로트의 『검은 옷을 입은 남자』가 있다.

문학동네 세계문학
사월의 마녀

초판인쇄	2008년 4월 4일
초판발행	2008년 4월 11일

지 은 이	마이굴 악셀손
옮 긴 이	박현용
펴 낸 이	강병선
책임편집	조연주 양수현 이연실
펴 낸 곳	(주)문학동네
출판등록	1993년 10월 22일 제406-2003-000045호

주 소	413-756 경기도 파주시 교하읍 문발리 파주출판도시 513-8
전자우편	editor@munhak.com
전화번호	031) 955-8888
팩 스	031) 955-8855

ISBN 978-89-546-0548-9 03890
www.munhak.com